茶聖陆羽

◎ 王升华 / 著

图书在版编目(CIP)数据

茶圣陆羽/王升华著. —长春：长春出版社,2012.1
ISBN 978-7-5445-1944-1

Ⅰ.①茶… Ⅱ.①王… Ⅲ.①长篇小说–中国–当代 Ⅳ.①I247.5

中国版本图书馆 CIP 数据核字(2011)第 232266 号

茶圣陆羽

著　　者：王升华
责任编辑：胡　新
封面设计：大　熊

出版发行：长春出版社	总编室电话：0431-88563443	
发行部电话：0431-88561180	邮购零售电话：0431-88561177	

地　　址：吉林省长春市建设街 1377 号
邮　　编：130061
网　　址：www.cccbs.net
制　　版：馨元工作室
印　　刷：长春市第十一印刷厂
经　　销：新华书店

开　　本：787 毫米×1092 毫米　1/16
字　　数：370 千字
印　　张：16
版　　次：2012 年 1 月第 1 版
印　　次：2012 年 1 月第 1 次印刷
印　　数：8000 册
定　　价：30.00 元

版权所有　盗版必究
如有印装质量问题,请与印厂联系调换　　　　印厂电话：0431-84917482

序一

我读《茶圣陆羽》

刘以煌

中华茶业,悠悠千载,何以尊陆羽为茶业的鼻祖——茶圣?

《茶圣陆羽》以唐中叶玄宗安史之乱到德宗朝政治为背景,详细描述了茶圣陆羽不平凡的人生。那是一个社会从盛世繁荣走向战乱频仍的大动荡年代,出生不久便遭弃的陆羽,一生命运坎坷又充满奇遇:大雁以翼覆身相救,又得智积禅师收养,逃入戏班又蒙皇戚李齐物帮助入学,以后更得到大诗人崔国辅、刘长卿、大书法家颜真卿的多次相助。虽然身经离乱,但他凭着对茶的认识和热爱,毅然放弃科举入仕之途,多次弃官,矢志许身茶业;他历尽千辛万苦、生死磨难到各茶区考校茶事,在实践中总结出大量"茶"的知识、经验,著成中华第一部专业茶书《茶经》,千古造福黎庶,为后人代代传颂。

作者以茶圣陆羽基本的人生脉络为主线,在运用大量丰富资料的基础上,展开一个个曲折入胜、起伏跌宕、激动人心的故事,在激烈的矛盾交织中塑造出众多鲜活的文学形象——执著茶业为民造福、重情守信而又性格褊躁任性的陆羽;佛学深厚的智积、老成持重的李齐物;年老心热的崔国辅;诗才横溢、全心为友的皎然;忠肝义胆、满腔正气的书圣颜真卿;禀性正直、至死不悔的刘长卿;貌比西施、才压文姬的女道士李冶;聪明美丽却又命比纸薄的女艺人婉娘;博学多才、淡泊名利的张志和;恃酒傲物的草圣怀素;机敏多才的朱放;纯真善良的蒙山兄妹吴春吴茶……一个个栩栩如生的人物跃然纸上,让人过目不忘,读来韵味悠长。

更难得的是,作者运用娴熟的文学技巧、多姿多彩的文笔、变幻多端的艺术手法,将历史与茶学知识及该时期风土人情、衣食住行等风俗习惯有机融汇在一起,尤其是书中关于茶事活动中的种茶、制茶、品茶、鉴茶、鉴水、斗茶、赌茶以及唐朝时期与茶相关的文人诗会联句等场景的巧妙结合和精彩描绘,为我们展示了一幅大唐朝生动的风俗画卷。其间亲情、友情、爱情等人类重要情感更在书中得到至真至纯至善至深的展现。

作为茶业界人，我为这部小说的出版感到欣喜，这是一部填空补白之作，一部高雅厚重之作，更是一部可读性、知识性、趣味性很强的雅俗共赏之作。小说《茶圣陆羽》的面世，相信定能受到读者欢迎，尤其是茶业界同仁的喜爱。

2010年11月25日

（刘以煌，四川省茶叶学会秘书长、原四川省茶叶标准化技术委员会副主任委员、高级工程师，著名茶学专家。）

序二

陆羽与湖州
—— 简评《茶圣陆羽》

张西廷

唐代的陆羽是举世公认的茶圣,而能够以文学的形式形象生动地展示圣人生命轨迹的,料想也定非等闲之辈。

我不认识作者,只是因茶学界朋友的推荐,才抽空翻了翻这部浅绿封面的打印本,谁知一看就放不下了。作者从陆羽诞生写起,一直写到他的辞世。几十年光阴,洋洋几十万字,娓娓道来,一气呵成,令人难以释卷。

陆羽出生于湖北天门,因避安史之乱,来到位于浙江湖州的苕溪之畔,开始了他"闭门著书,不杂非类,名僧高士,谭宴永日"(《陆文学自传》)以及"细写《茶经》煮香茗,为留清香驻人间"的隐居生活。

在隐居湖州期间,他一方面继续游历名山大川访泉问茶,广泛搜集资料;一方面同名僧高士保持交往,寻求知音,共研茶道。在此期间,结识了唐代有名的诗僧皎然,并共同居住在妙喜寺三年。由于陆羽的诚信人品以及对佛学、诗词、书法的造诣,特别是渊博的茶学知识和高超的烹茶技艺,为他在湖州士官僧俗各界赢得了崇高的声望。永泰元年,陆羽的《茶经》初稿完成后,广受好评,社会名流们争相传抄,使得陆羽的声誉日隆。在成名后的晚年,陆羽依然是四处品泉问茶,先后到过绍兴、余杭、苏州、无锡、宜兴、丹阳、南京、上饶、抚州等地,最终又返回湖州,于贞元末年(804)陆羽走完了他皓首穷茶之路,悄然逝去,葬于浙江湖州市郊区东南约三十公里处的杼山。

湖州是陆羽的第二故乡,也是他的埋骨之地。湖州的人民对陆羽有着非同一般的深厚感情。历朝历代,都有文人墨客、名人雅士,前来寻踪凭吊,吟诗留迹。1990年,湖州就成立了陆羽茶文化研究会,筹资重建了陆羽墓、皎然塔,还在长兴县顾渚山下重修了大唐贡茶院,举办了多次国际茶文化活动。每年出版《陆羽茶文化研究》刊物,至今已有20来期,以理论性、学术性博得国内外茶人、学者的肯定。出版了《茶文化丛书》一套五册。还致力于茶文化知识向学校、社区、企业拓展,努力推动茶产业的发展。作为湖州茶文化研究的首批会员,现任副会长兼会刊主编,本人对陆羽及其茶文化,有着更深切的了解,有着更深切的感情。

翻阅王升华先生的《茶圣陆羽》一书,感觉就像回到唐代那风云激荡、豪情满怀的岁月。沉浸其中,似乎是陆羽的同伴,随其行,随其止;似乎是陆羽的好友,为其悲,为其喜。看到卷终,才知是故事、是小说。于不知不觉间吸引读者,除了陆羽事迹曲折感人外,同时也充分体现了作者深厚的写作功力。这部书既把陆羽置身于唐代社会动荡的大背景下来描写,大江南北山山水水,朝廷上下名人权贵,气势磅礴,令人荡气回肠。又善于从细微处着眼,将人物内心的心理感受及其变化,人物之间的微妙关系,都描述得细腻动人,让人感同身受。特别写陆羽与李季兰、婉娘等人的复杂情感,甜中带酸,酸中带苦,端的是五味杂陈,让人感叹万千。还有对陆羽家乡湖北的描述,作者也颇费了一番心血,一山一水、一草一木都写得情深意切,令人难忘。小说的表述方式也有许多出彩之处。一是不同的章节,采用不同的人物视角,不同的口吻来写,有的甚至完全是人物的内心独白。这是以前所少见的;二是人物关系的处理、前后事件的衔接十分巧妙、自然;三是小说中的语言,巧妙地安插了一些鲜活生动的四川方言、土语,为作品增添了不少生气和灵气。

说来容易做来难。能够把千多年前的人物、故事演绎得如此全面和生动,也是殊属不易。作为陆羽第二故乡的湖州人,我真诚地感谢作者为我们奉献了这样一部生动的作品,对于我们了解陆羽、宣传陆羽、弘扬茶文化、拓展茶产业是一部很好的教材。作为茶文化的理论工作者,我热烈地祝贺作者。这部作品的编写出版,在茶文化界必定会产生重大的影响,并必将与茶圣陆羽一起,流传于世。

(张西廷,浙江省陆羽茶文化研究会副会长、会刊主编)

目　录

序一：我读《茶圣陆羽》
序二：陆羽与湖州——简评《茶圣陆羽》

第一章　茶　童/001

　　离奇身世/001
　　童真纯情/004
　　残阳来访/007
　　智积发怒/011
　　季兰远行/015
　　执典不屈/018
　　智宏陷害/020

第二章　伶　人/025

　　捉蝉换桃/025
　　误入戏班/027
　　婉娘吃醋/030
　　智退智宏/032
　　堂会奇遇/036
　　婉娘遇险/041
　　齐物提携/046
　　有心无心/051

第三章　学　子/055

　　问学夫子/055
　　挖泉酬师/059
　　纳凉心凉/061
　　曲水流觞/067
　　竟陵聚会/070
　　齐物之托/074

第四章　访茶（上）/079

　　崭露头角/079
　　寻访毛尖/082
　　苦学茶技/087
　　露宿深山/089
　　痛失峰牛/092
　　情撼青山/095
　　青山妙法/098
　　卖驴历险/101

第五章　访茶（下）/105

　　剑南道上/105
　　大茶树下/106
　　临邛赌茶/109
　　巧遇吴茶/114
　　吴茶求亲/117
　　蒙顶逃婚/122
　　误入蛊窝/127
　　死里逃生/129

第六章　情　殇/135

　　安史之乱/135
　　重会皎然/140
　　白苎诗会/144
　　心灵独白/148
　　顾渚紫笋/151

乔迁之喜/154
李冶情变/157

第七章 茶 经/163

坐论茶道/163
著书授艺/167
烟波钓徒/171
李冶探病/175
鉴水神功/178
修茶赛诗/183
辞官刻书/187
初识长安/190
拒诏离京/196

第八章 朋 友/201

湖州之会/201
韵海镜源/206
皎然斗诗/211
情聚山亭/215
《茶经》问世/218
结友赠书/222
香销玉殒/224
真卿遇害/227

第九章 永 生/231

皎然圆寂/231
妙手回春/234
兄弟重逢/236
喜会孟郊/239
归死大同/241

后 记 生活在唐朝/245

第一章 茶 童

竟陵城内，群雁鸣湖。龙盖寺高僧智积多了一个聪慧的茶童，偏偏茶童无心佛门，屡遭陷害，无奈出逃。

离奇身世

从龙盖寺偏房茶寮镂花的方形大窗中望出去，竟陵城清晨的天空像一块脏兮兮的破抹布，随时都可以拧出水来似的，灰暗而沉重地悬在小城上方。几只雨燕尖叫着，从龙盖寺天井的上面一掠而过。

茶童陆羽只那么瞟了一眼，就急忙把恍惚迷离的目光收回来，落在面前的陶釜上。精致的陶釜坐在一个小巧玲珑的炉灶上面，炉膛里的火愉快地燃烧着，只有微微一束淡淡的蓝烟飘出来。柴禾是干燥的松木，劈得像筷子一般大小，易燃还不出烟，使这间小小的茶屋保持清爽。

每天早早地起来，陆羽就提一个壶到离寺不远的西江河汲水，为晨修打坐回来的住持智积禅师煮茶，这就是他的"功课"。其实他本来是可以用寺院后边的支公井水煮茶的，但经过多次比对后，他发现煮茶粥用河水比用井水煮的茶味更悠远绵长，所以他就宁愿多走路去汲河水。每天做三次"功课"，然后做点扫地抹桌之类的杂活，吃三顿斋饭，伴着晨钟暮鼓。当然，偶尔也会进城，帮进城购置生活用品的智远搬些东西。

水快开了，陶罐里的水发出了嗞嗞的声响。他蹲下瘦小的身子，往炉膛里添了两片松木，火燃得更大了些，红红的火光映着他尖削的脸，右额头那块大疤边一颗亮晶晶的汗珠似掉未掉。他一抬手，用手背抹去那汗珠，随手在腰部的青色僧袍上一擦。这身小僧袍，还是原来的施茶僧智远用他的旧衣服为他改制的。

陆羽听着陶罐的声响，手捏了陶罐盖子的提耳，水开了，他急忙揭了盖，把旁边笸箩里海碗装着的茶末倒进陶罐（笸箩里还放着桔皮、茱萸、枣、花椒、姜、盐等好些作料），用一只长木汤瓢搅动一下，又在快燃尽的炉膛里加了一根小木柴——只能一根，现在得用文火熬了。做完这些,他才歇了口气。茶寮的门口突然一亮,只见十七八岁的施茶僧智远那颗光光的头探进门口,问到:"疾儿,你的茶煮好没有?师父问起了哩。"他头顶上的戒疤在晨光中特别打眼。

陆羽赶紧说:"就……就好……好了。"边说边弯曲身子去加柴。因为他自小就有这口吃的毛病,大家常常笑他,大家一笑他就更口吃了。"好了就快给师父送去,他等急了呢!"智远缩回头,提着一把大扫帚,歪着脑袋往天上看了看,喊道:"这鬼天哟,要下雨你就快下嘛,别这么要下不下的。"智远原是茶童,陆羽当了茶童后,他就正式剃度做了施茶僧,专管陆羽了。也许是天性使然,他和陆羽要得来,两人一直住一间屋,白日黑夜混在一起,没人时常说笑打闹,快乐得很。

疾儿是陆羽的小名,他还有个别名叫"疤儿"。那是在李府生活的时候,李家人为他起的,好像多是与他额上那块疤有关(大家只是从他额上有个大疤痕叫他"疤儿")。至于他的身世和名字的来历,他都是从别人嘴里知道的。那是在七年前,他可是竟陵城出名的人。不知他母亲是走投无路了,还是有别的什么原因,在一个寒冷的冬夜把三岁的他丢弃在竟陵西湖堤上,就在他要被冻僵时,一群大雁凌空扑下,用雪白的翅膀遮蔽温暖着他,并且发出嘎嘎的尖叫声向人求援。清晨,人们发现了这件怪事,纷纷围在他身边交头接耳,指指点点,却没人敢伸出援手。最后是晨起练功的龙盖寺主持智积禅师发了慈悲心,让人抱回了他,用热米汤把他从死亡线上拉回。这件事当年曾轰动整个竟陵城,人们像讲述神仙鬼怪一样传说着,后来还有好多人专门到寺院来看这个将来肯定不平常的婴儿,但他们没有看出什么特别之处。

晨钟暮鼓的古刹里时不时传出声声婴啼,让寺内寺外闲语四起。一群和尚也不知晓啥养育知识,陆羽瘦成了皮包骨头,再养下去恐怕只有死路一条了。智积主持只得把这个苦命的孩子托付给他的俗家好友李儒公,生活费用全部由寺院支付。就这样,陆羽就在李儒公家一住就是三年。李儒公是个饱读诗书的秀才,他的夫人刚在一年前生了个女儿取名季兰,便给陆羽起名季疵。在陆羽三岁时,李儒公就教季兰和他一起识字,背古诗文。当陆羽六岁时,一心要培养陆羽继承衣钵的智积听说李儒公教陆羽学习孔孟儒学,不顾老友李儒公的面子和与陆羽感情深厚的李夫人母女的劝阻,把万般不情愿的陆羽要回寺庙。

那次在火门山办私塾的邹夫子来访,听说"疾儿"还没有名字,就让陆羽拈蓍草为他卜卦起名,结果得了一个"渐"卦,封辞:"鸿渐于陆,其羽可用为仪",就起名陆羽,字鸿渐。按寺庙惯例让他从茶童做起,智积抽空就教陆羽结跏趺坐,诵念佛经,还有熬煮茗粥。开始,陆羽对盘腿打坐还觉有趣,三天新奇劲一过,就觉苦不堪言,双腿麻木如坐针毡。读经就更不用说,那金刚经说的是啥,他一点不懂。他在李儒公家和季兰一起,识了不少字,孔子孟子的话背了不少,那些话好懂也好背,像"朝闻道,夕死可矣","不孝有三,无后为大","恻隐之心,人皆有之;羞恶之心,人皆有之;恭敬之心,人皆有之;是非之心,人皆有之","富贵不能淫,贫贱不能移,威武不能屈,此之谓大丈夫"之类,一听就懂,一教就会背,背起来也很有味。

可那佛经,根本就不知所云,如"复次,须菩提,菩萨于法,应无所注于布施。所谓不信色布施,不信声、香味、触、法布施,须菩提,菩萨应如是布施,不住于相……",鬼知道说了些什么。陆羽坐不了禅,腿一麻他就要偷跑,也背不了佛经,结结巴巴吐不出一个字。恨铁不成钢的智积就罚他跪香,一炷香一个时辰,人都跪倒了,但陆羽仍无改变,智积只好暗自叹气。但说也怪,这煮茶没费多少时间教,陆羽就会了。何时下茶末,何时下作料,他都不会弄错,味道都赶上智积自己煮的了。除了第一天给智积送茶路过方丈门槛时摔了个跟斗摔烂了茶碗外,智积对他还算满意。这使智积忍不住在心里想,莫非这娃儿就只能做个茶童?不过想到陆羽奇异的生世,智积又很不甘心,心里想着纵然是块顽石,他也非把他打磨出来不可,便更加严厉地教陆羽佛经。

陆羽这些日子有些心神不定,在他一个人的时候,总会想起在李家的生活。活泼调皮的季兰姐姐经常张开右手的拇指和食指,让他去咬虎口,待他去咬时,她便迅速地将拇指和食指一合,就把他的嘴捏成"撮箕",疼得他直流眼泪。这时季兰就格格格地笑起来,陆羽才知上当了,可他下一次仍要去咬,他想加快咬的速度,在季兰拇指和食指合拢前咬住她的虎口。但不管他多快,季兰总能把他的嘴巴捏成"撮箕"。有时候,季兰会趁他不注意,用拳头在他下巴上一击,陆羽的上下牙就磕出重重的脆响,季兰笑着说:"请你吃个香葫豆!"然后笑着跑了,陆羽就去追打她……最难受的是季兰趁陆羽不注意时,双手同时在他的两耳一拍,陆羽就脑袋嗡的一响,眼前金花乱舞,好半天才能恢复过来。那是何等快乐的时光呀!不管吃季兰姐姐多少苦头,陆羽都很高兴。当然,更多的时候,是他们两人一起听季兰的父亲李儒公教他们读孔孟之书,描红习字,比赛谁识的字多,也总是他落在下风。想着想着,陆羽的眼里偷偷地落下几滴泪水,怕人看见,又急忙抹了去。

茗粥煮好了,陆羽用勺子舀到大土碗里,像往常一样,刚好满一碗,陆羽捧稳了往方丈室送。智积每天都在大雄宝殿背后的耳房里坐禅,那是一间清静雅致的小屋,陆羽从偏门进去,穿过几重侧殿就到了。屋里光线偏暗,佛像前的烛火却照得屋里尤如屋外,到处弥漫着火香的浓味。智积的屋门虚掩着,陆羽停下步子,眼睛看着碗里的茗粥,定了定神,喊了声:"师父!"

"唔——"智积在里面拖着长声应唤,这是让他进去了。陆羽就用他刚剃不久的秃瓢头顶开门,走了进去,然后把茗粥放在智积打坐旁的小木几上,轻轻地说:"师父,请用茶!"一身青灰僧袍,在蒲团上正襟跌坐的智积,把眼睛睁开一条细缝,鼻翼也翕动起来。他接过茗粥,先闻了闻味道,噘了嘴往碗沿处吹了吹,便急切地喝了一口。忽然,他的眼睛放出亮光,大声问:"疾儿,你这茗粥是怎么煮的?"

陆羽吓了一跳。他忽然想起来,师父要抽背佛经令他煮茶时神思恍惚,以至今天的茗粥忘了放盐、花椒、姜几样调味品,说不定又要挨罚跪香了。他一急,额上的疤子就红起来,嘴里结结巴巴:"我……我……"智积又喝了一大口,没等他回答便说:"今天的茗粥比往天好吃,清淡爽口,你是怎样想起来这么做的?"说完又大口喝起来。

哦,怎么还夸我?师父说的是反话吧?陆羽看师父,发觉并不是生气的样子,才放了心。可他实在想不出该怎么解释,总不能说是自己忘了放几样作料反倒好吃了的些,他变得更结巴起来。智积三下五除二就喝完了,头顶冒出些微汗。他看了看陆羽结巴难受的样子,心里想,这孩子这毛病要把他害了。他咂咂嘴说:"好吃,你别说了,以后你就照这样煮吧。昨天学的佛经背会没有?"

"没……没……会呢,师父!"陆羽声音更小了。智积脸一沉说:"孺子不可教啊。唉!"随后长叹一声。智积已经是五十多岁的人了,该找衣钵传人了,而寺里其他人质资都平平。他一直看好陆羽,大雁所佑之人,定有不凡之处,可是陆羽这么愚钝,他很失望。他想着再罚他跪香,可昨天才罚跪过了,再说陆羽今天煮的茗粥实在好喝,就饶他一次吧。

"咚!咚!咚!"执事僧敲响了正殿左侧的法鼓,这是通知僧人进早斋饭了。智积对陆羽挥挥手说:"你下去吧,再去把佛经好好背一背,不可贪玩,我晚上还得查你!"陆羽如得大赦,收了碗急忙跑了出去。

"跑什么跑,有恶煞罗撵你哇?"陆羽刚出门,就听管院务的维那(寺院监察官)智宏在外面大声喝斥。以前当过镇兵,有次与人争斗伤了人,怕追究责任就逃进寺院。他一直与智积不和,凡智积喜欢的人和事,他一概都看不顺眼,那张脸总是板着黑着,当初他是最反对收养陆羽的。陆羽最怕他那横肉凸起、鼓眼凶神的样子,平日总是像老鼠怕猫一般避着他。

陆羽脚步声渐远了。智宏还在叱责:"慌张莽撞,哪像个寺院里的人?"

"跟个孩子较什么劲?"智积摇了摇头,再次暗暗在心里叹了口气。

童真纯情

疾儿,有人找你哩。

谁呢?

不知道,一个女娃儿。

那肯定是我的季兰姐姐,她在哪儿?

在院门外边,她不进寺院来。

那我去看看……哎,季兰姐姐!

季疵弟弟!

砰!哎哟——季兰姐姐,你一来就给人家吃香葫豆!

格格格,好久没让你吃了嘛!唉哟,你们这龙盖寺好远,把我脚都给走痛了!

那快进院来歇歇,我给你煮碗茶喝,他们都说我煮的茶好喝哩!

不,我不进去,我怕见那些菩萨,还有你们那个……那个当维那的和尚。

那咱们到……到扁担山玩吧,那里有河,有树,还有鸟,还有……

好,远不远呀?

没多远的,一会就到了。

那走吧……哦,别忙,季疵弟,太阳好大,我口渴,你先给我舀点水来喝。

好……水来了,够不够?

够了……去放了碗走吧。

季兰姐姐，我好想你，你来看我，我好高兴哟！

我也想你，就跑来了；你想我怎么不来我家？

唉！师父他们对我管得好紧，又有好多好多事情，走不了哩。

我不管，我今天吃过饭，突然想你，我就趁爹娘不注意跑来了，问了好些人才找到龙盖寺。刚进寺门就被那个维那和尚拦住了，骂了我一顿，说这里是不让小姑娘进来的。我喊了你好多声，没人应，我只得到寺门口等，好不容易才看到个年轻和尚过，我让他帮找的你。

那是智远，我俩好着呢。茶寮在殿旁边，听不见喊。那个鬼维那，我们都恨他哩，可又怕他，他要打人的。

怪不得样子那样凶，是个恶和尚，嘻嘻嘻！

哦，李伯伯和你娘都好吧？

还好，我爹给人教书，每天忙得很，把我也管得紧，见天读书练字，玩的时间都没有，累啊！

我也是，智积师父把我也管得紧，让我每天读佛经，那佛经哔哩巴啦的，都不知说啥，记也记不住，苦死了，还要煮茶，打扫佛殿……我就喜欢煮茶，觉得有趣，其他都不喜欢。

唉！不知大人是怎么回事，怎么都这样？

看，季兰姐姐，那就是扁担山。

这哪是山嘛，根本就是个大土堆！

看，那是河。

嘻嘻嘻，那算河？是个大水沟。

那，那么多树！

嘿，树倒不错，有树就有鸟啊。

哎，季兰姐姐快看，还有蜻蜓哩。

啊——蓝蜻蜓、绿蜻蜓、红蜻蜓都有哟！

季兰姐姐，这里好吧？

嗯，还行。

季兰姐姐，我们坐这里吧，这里看得远。

好嘛——啊不，这里太阳好大，坐那棵小树下吧。

好！

这太阳真辣，把满世界晒得黄灿灿的，看，庄稼的叶子都晒蔫了。哟，那里有牛，黄牛，水牛，那么多，是哪的呀，不会是农人的，农人没有这么多。

这都是我们龙盖寺的牛，你看，这些地都是我们龙头盖寺的，庄稼也是龙盖寺的哩，这些地都是这些牛来耕种的。

哦，你们龙盖寺好有钱啊！哎！季疵。

嗯！

问你个事。

啥事？

你是成心一辈子在寺院当和尚？

不，我不想当和尚。

好，你要当和尚我是不理你的。

放心吧，季兰姐姐，我不会当和尚的。

那就好，我就放心了。

季兰姐姐，你在看什么？

我在看……季疵弟，再问你个问题，你长大了想做个什么样的人？

我要做个像李伯伯那样的人，有学问，人人都尊敬！

不，我是说，做个像什么的人，除了人以外，你拿世间什么东西来比照都行，山呀水啊树呀猪呀牛呀的……

哎呀，做牛做马受苦受累，不好；做猪做鸡做鱼要被人吃，也不好；做蛇做狼要被人打，也不好；哦，我就做一朵天上的云。季兰姐姐，你看，那块云就像一匹马，无忧无虑，在天上跑，飘啊飘的，多好啊！

哼，做云才不好哩，没有根底，风一吹就没了！

哦，那做……做一只鸟吧。自由自在，想到哪里就飞到哪里，多好啊！

做鸟……也不好，风吹雨淋的，夏天大太阳晒得它头晕，冬天又冻得它打抖，人人都可以欺负它，连小孩子都可以用弹弓打死它，见了人就怕得赶紧飞逃……唉，不好不好！

那就做一棵树吧，就跟我们身后的这棵树一样，树叶子可以给人荫凉，你说好吗？

嗯，做棵树还有点意思，不过，树不能动，运气不好的树要遭人砍……

哦……我不知道了，那你想做什么呢，季兰姐姐？

我？也是没想好……

季兰姐姐，你还是每天读书写字，多好啊，比我懂得多多了！我回寺院就没读过书了，师父让我读佛经，我又读不进去，不过我每天晚上都要背一背我们一起学的孔子孟子的话，还有时用树枝在地上写一写字，害怕搞忘了。

那我考考你，看你忘了没有。

你考！

我说上句，你接下句！

好！

学而时习之，不亦乐乎——

有朋自远方来，不亦悦乎——

人不知而不愠，不亦君子乎！

君子喻天义——小人喻于利。

富贵不能淫——贫贱不能移，威武不能屈，此之谓大丈夫。

天下有道，以道殉身——天下无道，以身殉道。未闻以道殉乎人者也！

南有乔木，不可休思——汉有游女，不可求思……

汉之广矣，不可泳思。江之水矣，不可方思……你怎么不接呀？

人家没学过嘛！

哦，我忘了你没学过《诗经》的。唉，你要还在我家就好了，我们还一起读书写字，一起玩耍，才有趣了！可是你长大了，就得回寺院了。

季兰姐姐，人为什么要长大，人不长大多好呀，我们永远在一起，听李伯伯教我们读书写字，一起玩捉迷藏，跳绳子，搭房子……

嘻嘻！小傻瓜，人怎么能不长大呢？人是要长大的，大了后要做很多很多的事，男女还要成家，养孩子，然后小孩子大了，大人就老了，以后就死了……哎呀，我也说不好，总之一辈子就过去了。我也想念你在我们家的日子，多快活呀，可是，回不来了！

唉——

嘻嘻，季疵弟也叹起气来了？算了，不说这些了，我们玩别的吧。

玩什么？

玩搭房子吧。

不好玩！干脆，我们到下面小河沟逮小鱼去。

好呀，走！

……

哈，今天逮这么几条小鱼，季疵弟弟，你说全给我？

当然给你，龙盖寺是不能有这些东西的，我要拿回寺的话，不打死我才怪！

家里小猫有的吃了！我喂它吃时就说，这是我季疵弟弟给你逮的哩。哟，太阳快落山了，我得回去了，回去晚了要遭娘骂的。

季兰姐姐，你多久再来看我？

嗯，这个，我也不知道。

你经常要来看我喔，我在这里好孤独。

好好，你别哭了。我尽量多来看你还不好吗？

好！季兰姐姐你可还要来啊！

残阳来访

襄阳的名士柳残阳来了！他是慕名来访智积禅师的。

智积佛法深厚，还喜与文士交往，颇有名气，来拜会他的文人雅士不少，但他对柳残阳了解不多，只知道他和孟浩然是同乡，且交往甚密。柳残阳比孟浩然小很多，也没有孟浩然那样的名气。智积看过一些他的诗作，印象平平。开元二十一年(733)孟浩然来龙盖寺同智积探讨禅学时，曾不经意提到过柳残阳的名字，不想今天他就来了。

这柳残阳是个浪得虚名的"名士"。他本是个襄阳富家子弟,读书多年,二十多岁时乡试中了秀才,考举人却是屡试屡败,且名次越来越靠后,失去信心就再也不考了。他打听到诗名了得的孟浩然隐居襄阳鹿门山,便做了些长长短短的诗歌,三天两头上鹿门山求教孟浩然。出于鼓励后学的初衷,孟浩然只得认真给以指导,柳残阳的诗艺虽有长进,但总体仍不入流。因为常在孟浩然那里,就见到不少与孟浩然来往的名流,经常接触后不知不觉中他也成了名流。孟浩然正值壮年而死,让他萌发了人生如梦、须及时行乐的念头。这次到竟陵,也只是偶发游兴而来。昨晚在竟陵宜春院里傍花眠柳,数度春风,销魂之后又觉无聊,就想起竟陵城边有个颇有名气的龙盖寺,其住持智积佛学深厚,曾让孟浩然称誉好久,便想着拜访智积看看高僧是个啥样,更能尝顿斋饭。他一觉睡到日上三竿,爬将起来,用餐后才临时写了名帖,这就来了。

柳残阳是骑着一匹健马来的,还带了一个仆从。他年纪不到四十,头戴一方硬角幞头,身穿一袭白色圆领缺胯袍,足登黑色高腰六合靴,手执白玉柄折扇,面容粉白清瘦,眉眼顾盼生辉,风流倜傥,飘然如临风之玉树。襄阳和竟陵都在汉江边,从襄阳坐船顺流而下到竟陵更为方便,可柳残阳觉得坐船太受局促,不如骑马自在,可以一路游山玩水。

正午时分,智积在正殿为众僧说法刚完,执事僧就送来柳残阳的名帖。智积连忙更衣,换上袈裟,带了两个弟子出山门迎接。刚出山门,一眼就看到站在一棵古松下的两人一马,四月的阳光透过松叶缝隙,在他们和马的身上写满亮斑。柳残阳也转头看智积,智积抢前一步,双手合十说:"柳先生远道而来,贫僧有失远迎,恕罪恕罪!"柳残阳慌忙答礼,抱拳齐眉说:"打扰高僧清修,失礼失礼!"智积躬身道:"不必客气,柳先生路途辛苦,快请上房用茶。"噗哧一声,柳残阳的仆人见他们客气的样子,忍不住笑出声来。柳残阳忙回头瞪他一眼,年轻仆从连忙忍住笑说:"不辛苦,我们昨天就来了,住在竟陵城里。"智积"啊"了一声,柳残阳则大声呵斥道:"要你多嘴,小心嘴巴!"仆人这才不出声了。

叙礼毕,智积请柳残阳进寺。柳残阳原以为智积是个鹤发童颜、体态龙钟的老者,今见了方知是个方面阔鼻、慈眉善目的壮僧。沉稳自如的神态,得体的举止,可见其佛学造诣之深,修炼之厚,柳残阳不由顿生敬畏之心。他边走边夸赞龙盖寺是个好地处,寺坐城郊,古树掩映,环境清幽,云雾缭绕,风景优美。智积谦虚地说:"方外之地,诸多不便,先生见笑了。"进了院子,智积让执事僧安排柳残阳的仆人去休憩,给柳残阳的马喂水喂料。然后到了上房,请柳残阳坐了一把高背椅子,自己坐了蒲团,两个弟子则知趣地去安排果品和茶水。

"柳先生,孟先生近来可好?"甫一坐定,智积就捻着佛珠询问柳残阳。禅房里很凉快,柳残阳习惯地打开折扇摇起来,眯着眼睛打量禅房简单的陈设,听问后立刻沉下脸来说:"小生就是特意来告诉大师,孟八没了!"

"阿弥陀佛!"智积一怔,念声佛号。智积想起了那年孟浩然来龙盖寺,他们一起度过了何等愉快的两天。孟浩然是个性情中人,诗做得好,酒也喝得,放浪形骸,实乃耿介之士。算起来,他不过五十出头的岁数,正是鼎盛之年。

"人生无常!"柳残阳的小白脸上满是痛楚,"都怪那个江宁丞王昌龄,突然跑来襄阳鹿门山会孟夫子。孟八背上长了毒疮,已经医治好久,快好了,再戒些日子的酒,就痊愈了。可孟八说王江丞来他不喝酒不行,不仅喝,还喝得凶。他摆了酒宴,把我也叫去作陪,那个酒喝得昏天黑地,直喝了一天一夜,也不知喝了多少坛陈年老酒,我们全醉倒了,睡了两天才醒过来。不想王昌龄才走几天,孟夫子就疾发离世。王昌龄听说后,长哭了三天。还有孟八的好朋友王维、张九龄、张子容这些人,全是痛不欲生,还听说王维连日边哭边喝酒,喝醉醒过来又哭,好多天后才让人劝过来……"

"阿弥陀佛!"智积又念了声佛,神色凝重地说:"天有不测风云,人有旦夕祸福。可惜可惜!孟先生往生极乐,无妄无念获得解脱,只是我大唐又失英才。"作为佛门中人,智积对死生看得相对较淡。他叹口气,又随口吟了孟浩然的两句诗:"何当载酒来,共醉重阳节。"倒是柳残阳叹道:"唉,孟八这一去,我们襄阳诗坛就群龙无首了!"智积忙接道:"孟先生走了,还有柳先生你呀。"柳残阳连忙摇手,有些沮丧地说:"不敢当,不敢当!孟八才高八斗,连大诗人李太白也称赞他'高山安可仰,徒此揖清芬',杜子美也说他'清诗句句尽堪传',他在襄阳的位置,是无人能代的,我能有他一半就好了。"智积不善给人戴高帽子,只是安慰道:"柳先生来日方长,不必气短,人生在世,一切随缘!"这句话倒让柳残阳兴致顿时高涨,忙点头称是。

说话间,智远和陆羽送上茶来。柳残阳喝一口茶,就连声赞美茶味好,智积指了指陆羽说:"是这小童熬的。"柳残阳侧视陆羽一眼道:"小小年纪就挺会做事,长大了会做大事。"听到夸赞,陆羽脸红到耳根。智积接着说:"我这小童只会煮茶,别的——"他没有继续说下去。智远在一边提示说:"师父,该用斋饭了,在哪里用?""当然就在这里!"智积转头对柳残阳说:"柳先生,佛门鄙陋,没啥招待先生,请先生将就则个。"柳残阳忙道:"叨扰叨扰。"智远和陆羽搬来一个小方桌,迅速上了菜,很丰盛,没有荤腥。清炒竹笋、黄花菜、木耳、金针菇,时令的蚕豆、青菜、黄瓜,再加果品之类,摆了满满一桌。柳残阳的仆人是在斋堂用饭,这里就他和智积两人。待柳残阳和智积来用膳,陆羽站在旁边伺候,眼睛一眨不眨地看着柳残阳,他被柳残阳的风度折服了,柳残阳的举手投足,一颦一笑,他都看在眼里,都觉得潇洒美好,心里想着人生在世能当个儒生就足够了。

饭毕,柳残阳提出要游览龙盖寺的支公井,那是晋代著名高僧支遁驻锡此处留下的胜景。智积自然答应,陪着他到后院。井口呈品字形排列,孔洞用石栏围护着的大井,看完后他们又去了寺院走走。趁着空隙,智远和陆羽赶忙用饭,然后一人收拾禅房,一人煮茶,茶煮刚好智积陪柳残阳回来了。待他俩在禅房坐定,陆羽连忙奉上香茗,然后退了出来,却没回茶寮,而是悄悄站在窗壁下听两人谈话。

该见的人见到了,该看的也看过了,现在,该探探智积的深浅了。柳残阳眼珠一转,用恭敬的口吻说:"此次能瞻仰高僧风采,乃三生幸事。小生虽为孔孟弟子,平时对释、道二教也有所好。汉武罢黜百家,独尊儒术;魏晋以来,数次毁佛;幸有则天大圣和中宗皇帝倡导,佛教和儒教、道教一起成为并蒂三莲。当今圣上沿用前策,但似乎对道教更为亲近。禅宗是佛学新枝,颇受文人青睐,孟八生前沉醉于此。不过前几年听说禅宗自己闹起了北宗南宗正统之争,有个叫神会的和尚到处宣扬禅宗五祖弘忍传递衣钵的六祖是岭南慧能,而不是荆州玉泉寺高僧神秀。神秀是当今公认的'两京法主,三帝国师',不知大师如何看待此事?"

智积的眉峰不经意地跳荡了一下,脸上却是无比的平静,呷了一口茶,轻轻放下茶杯,然后淡淡说道:"宠辱不惊,看座前花开花落;去留无意,望碧空云卷云舒。"智积是此地人,自小就在龙盖寺长大,也是先做茶童,再剃度做了僧人。开元三年,智积曾去荆州听神秀大弟子义福讲法半年,听讲过《五方便》,凭着非凡的悟性,佛法精进,一步步成为龙盖寺的住持。对于所有宗教都不免的门派之争,智积不感兴趣,他认为众妙之门,万法归宗,殊途同归,何必论什么南北,分什么嫡庶。柳残阳微笑,继而点头,接着问:"请教大师,禅是什么?"

"牛轭!"智积两唇一合嘣出两字。柳残阳粉白脸上一派茫然之色,似乎又不甘心,又问:"禅法的真谛是什么?"

"没有!"智积回答得很干脆。"如何修习禅法?"柳残阳瞪大了眼睛。"随便!"智积微闭双眼。柳残阳白脸涨得通红,剑眉竖起,站了起来再问:"那什么是佛祖西来意?"

"喝茶!"智积双手合十。柳残阳哈哈大笑说:"大师好禅机!小生拜服,我就喝茶——喝茶!"当真端了茶碗猛喝一大口,然后连声道:"好茶!好茶!"智积只是微微而笑。禅家讲究直接人心,见性成佛,柳残阳问的问题,很多人也这样问过智积,他都是这样回答的。"牛轭"是管束的意思,即管理人心、训练人心,使心完全向某一方面走,发生好的结果;"没有"则是从无办法中想出办法……只是这些说道,全看听的人有无悟性来理解了。

柳残阳对智积说的禅语完全摸不着头脑,对幽深的禅法顿时失去了兴趣。他用折扇敲敲幞头,忽然喜上眉梢,开口说道:"哎嘿,提到茶,前不久我去京都长安,可是长了见闻了。当今皇上喜欢梅妃,散朝后就到后宫,和一帮嫔妃斗茶作乐,她们围坐一张大桌旁,烹水沏茶,由皇上作总判,从茶的香味、汤色评出高下。还让宫女用贡茶像雅州蒙山的石花、甘露、常州的阳羡茶,烹了茶汤让嫔妃分别品尝,辨别是哪一种茶叶。"在窗下听壁脚的陆羽,先听两人说禅法,颇觉无趣,正待走时,忽听柳残阳说起皇宫斗茶,来了兴趣,就又继续听下去,心里对柳残阳又多了一层崇拜。

"哦,有这事?那我大唐茶业将更兴旺了。"智积说完又问起了柳残阳京师的一些情况,这下算是打开了柳残阳的话匣子。他说在长安看见了哪几个当代大诗人,哪个人新放了官,如何风光,哪个老官儿新讨了年轻漂亮的姨太太,如何宠爱,享尽艳福……说得智积跌坐蒲团一个劲捻佛珠念阿弥陀佛。柳残阳滔滔不绝讲了半天转过头来看到智积合上了眼睛,一声不语。这才知智积不爱听这些,便知趣地打住,看天色不早,就起身告辞。智积挽留他吃过斋饭再走,柳残阳连声谢绝,清淡的斋饭吃一次换一回口味还可以,连着吃就不是他柳残阳了,他心里早就念想着今晚在青楼的风流生活了。

智积也不强留,端茶送客,刚出禅房门就看见陆羽,"疾儿你在这干啥?"智积轻声斥道。陆羽结结巴巴地说:"我……我……来收……收茶碗。"智积见惯他口吃毛病,不以为意,吩咐他让柳先生的小童牵马过来,柳先生要走了。陆羽忙转身而去。

日影西斜,僧人们都在打坐做午课,禅院里显得很是清静。柳残阳不住地感谢智积,嘴里念着:"打扰高僧清修了!""智积微微舒展开眉头突然问道:"柳先生,老衲有事相问,你在服寒食散吗?"柳残阳瞬即脸红至耳,支支吾吾的。原来自魏晋以来,士大夫中流行服一种用白石英、紫石英、石钟乳、赤石脂、石硫黄合成的药叫寒食散。据说服了这种药的人美姿仪、脸色白里透红,整个身体风度飘逸,且能助情欲,名士们趋之若鹜,追逐时髦的柳残阳更是十分热衷,已经服了一年多了。但这种药对人的毒害也是明显的,掌握不好就会丧命。

智积又说道:"贫僧送柳先生一句话,过犹不及,先生以为然否?"柳残阳小声说:"高僧点拨,小生感激不尽!"这时,他的年轻仆从牵着马过来了,柳残阳连忙长揖,"大师留步,小生就此别过。告辞!"说完就和仆从一起,急慌慌地走了。

智积发怒

陆羽煮的的茗粥越来越好吃了。他只放一点椒盐,不放葱姜,和以前比,茶变得爽口许多。茶于无味处恰是禅意之所在,禅是平常心,清淡是平常心的寄寓之所,这把智积禅师喜爱得不行,把他煮的茶起名叫"渐儿茶"。陆羽的名声很快在龙盖寺传开,可他的学经仍然毫无长进,好长时间就会念个阿弥陀佛,又把智积气得不行,但是智积又发现,陆羽识字很快,许多生僻不常用的字他都认得,还清楚地知道意思。

"这孩子,怎么回事呢?"智积暗自纳闷,他依然没有打消要培养陆羽为禅林高僧的想法。这天上午,刚给众僧讲完功课,智积就来到斋堂旁边陆羽和智远住的小屋,想看看陆羽怎样背佛经。只见门关着,一问执事僧,才知陆羽与智远一起上竟陵城买寺院用物去了,智积只得怏怏而归。此时,在回龙盖寺的路上,挑着寺院用物的智远正焦急着,他突然发现提着东西走到前边的陆羽不见了。

龙盖寺很少上竟陵城里买东西,粮食蔬菜是不用买的。龙盖寺几十号僧人,就有土地一百多亩,全种着粮食蔬菜,还养着二十多头牛。僧人们除了学佛经做功课外,就由维那安排侍弄庄稼,吆牛犁地,挑粪上粪,栽秧打谷,一应农活皆做,严守一日不做、一日不食的禅家信条,收的粮食蔬菜就吃不完了,加上香客布施,更是绰绰有余。每年龙盖寺在正月和七月都会施舍穷人,一次七天,在大院里放上大锅,下面架了柴火,做好饭菜,让穷人来吃,寺院名声大噪,香火也更加旺盛。寺院里要买的主要是香烛纸钱的原料,买回来让僧人加工,供香客们使用。这部分东西用量很大,隔段时间就得采买一次,今天上房僧人上过早课就要下地,智远就让陆羽帮忙来了。

在竟陵城办货都很顺利,都是固定的店铺和价钱,不用和商家讨价还价,只是听店家说今年新改了元,开元变天宝了。智远和陆羽也不以为意,改什么那是皇家的事,与化外之人没什么相干。两人收拾好东西回程,智远用两筐挑着,陆羽用篮提着。天朗气清,路两边的庄稼地一派碧绿,鸟儿们欢快地在树上鸣叫,在天空追逐。路边的青房瓦舍内家畜叫唤,不时有人的欢声笑语传来。空气清新,比寺院每天闻着香烛味舒畅多了,更少了寺院的许多约束,陆羽快活得都想和鸟一样飞了。

智远问陆羽："怎么好久不见你那个季兰姐姐来了？"陆羽说："我也不知道，兴许是她父母管得紧，她每天都可以读书学诗。"智远告诉陆羽："有次季兰来了，撞着维那智宏，生生把她撵跑了。"陆羽气得骂维那狗混蛋，智远也跟着骂，骂一阵，气就出了，两人一路上说说笑笑，心里也愉快了许多。智远虽然剃度了，但十七八岁的人，好玩还是本性，对佛门进入不深，骨子还是世俗的人，所以言行仍无禁忌。他先给陆羽讲了个和尚偷尼姑的笑话，把陆羽笑得满地打滚。笑完后，陆羽一下跳到智远面前大喊："智远，你知罪么？"智远见陆羽一本正经，还不叫他师父而是直呼其号，吓了一跳，放了担子说："我……我有啥罪？"他剃度以前当茶童时，陆羽叫他长生哥（智远俗名余长生），剃度后有了法号，智远就拿大起来，要陆羽叫他师父。当然两人情谊依旧，每当做错事被智积罚跪香时，两人都悄悄为对方将香头去掉一截，直让智积起疑香的质量有问题，到没人时两人一起大笑。

陆羽板着脸说："你犯大戒，六根不净，还有妄语！"说完突然哈哈大笑。陆羽平日说话总是打结，但高兴的时候，却是一点不打结的。智远才知受了愚弄，一放扁担去抓陆羽说："看我揍你！"陆羽灵巧地一闪，笑着朝前跑了，篮子丢在他身侧，东西洒了一地。智远顾着担子不敢空手追，只得挑起担子赶。不料这一会，陆羽就不见踪影。智远一连走过好几个山弯，都没有看见陆羽的人，他怎么会走这么快，该不是在哪里藏了吧？智远把眼睛往两边看，两边是东一户西一户的人家，不会是藏人处。再到一个拐弯处，前面是一览无余很长的一段直路，仍不见陆羽的影子，智远这下确信陆羽还在后面。该不会出啥事吧？智远一下子发虚了，正好旁边有户人家，有个老人在院门处修理锄头，智远询问不得，忙寄了担子，沿路往回找。

回走了好长一段路，仍不见陆羽，智远心头万分焦急。忽然一阵器乐声传来，智远转头一看，见不远平地处围满了人，器乐声就是从那里来的。智远心下一动，小孩子好玩，陆羽该不会是在那里？走近了，智远才知道是有户人家在做上梁仪式。仪式已经进行好久只见人圈中间，一个精壮男人笑眯眯地站着，手里拿着一个红纸封，不消说是房主人了。他旁边，一个戴高冠、身穿五彩长袍、蓄着长长胡须像端公样的人，正一手持一只大红公鸡，一手执一把菜刀，将大红公鸡划圈挥舞，口中长声吆吆地唱道："此鸡不是非凡鸡，身穿五色美毛衣。主人今日来用你，上梁大吉是佳期。雄鸡拿在我手上，恭贺主人大吉昌。鲁班先行制梁枋，有请先师到华堂……"唱到这里，他将菜刀往鸡脖子上一抹，在众人的惊呼声中，鸡血四溅，洒了他一身。他不以为然，转身将鸡血滴到身后缠了红布的房梁上，梁顶、梁腰、梁尾，边滴边唱："雄鸡用来点梁头，儿子儿孙中武侯；雄鸡用来点梁腰，主家福寿天下高；雄鸡用来点梁尾，六畜兴旺大又肥。前点金银装满罐，后点主家福无边……"

智远顾不得细看，挤进人群，一眼就看见陆羽站在人圈前，眼瞪着，嘴张着，一副如痴如醉的样子，脚前放着他的另一只提篮，额上的疤在阳光下很是打眼。智远很是生气，冲过去一把抓起陆羽，没好气地吼道："你把我好急好找，你却在这里寻快活。快走！"陆羽吓了一大跳，见是智远就说："看完再走嘛。"智远一手提了篮子，一手抓了陆羽往外拖边说："啥时候了，回去迟了挨维那的板子！"陆羽一听到维那，不敢再犟，跟着智远跌跌撞撞地走。走不远，身后鞭炮声轰然响起,人群呜哇喊叫,陆羽忍不住扭了脖子往回看,就见在鞭炮声和众人的叫喊声中,房梁被墙上的人用绳子冉冉拉上墙去,端公洪亮的声音穿过来:"起梁重千斤,主人财宝要高升;木梁在半空,一定胜皇宫;房梁上了墙,主人喜洋洋;火炮震天响,要吃主人粑和糖;主人硬是好大方,银钱我用荷包装;恭贺主人把梁上,百事顺遂大吉大昌!"

智远见陆羽还往后看,用力一拖,差点把陆羽拖个跟斗。智远恨恨地说:"还想看,你烦死人了,下回可不让你来了!"陆羽一听慌了,忙说:"不看了不看了,我听你的还不行,快走快走!"智远气才消了些,问陆羽跑哪里看去了,害他找了好久。陆羽说:"我跑在你前头刚过了两个弯,就听见敲锣鼓,看到那里围了许多人,我想看热闹,又想你还得一会才来,就去了,不想看迷了……先还演了一段参军戏呢,可好看了……嘻嘻!"找陆羽误了时间,智远心急只顾走路,没搭理陆羽,他怕维那处罚。一想起维那那张横肉满颊的凶脸,智远就发虚。维那智宏喜欢打人,扇耳刮子、抽鞭子,他发起威来,智积也奈何不了他的,龙盖寺里人人怕他。

"嘻嘻!"陆羽忽扭头看智远头上的戒疤问:"智远,你是不是女人?"智远甩手就给陆羽背上一记,吼道:"胡说八道,看我撕烂你嘴!"陆羽老实了,走了一阵,又噗哧一声笑起来,忙掩了嘴。智远看他一眼说:"坏了,这丑疤鬼今天可是疯了!"说时,他已看见自己寄存担子的人家,就把篮子往路上一顿说:"快提去,我得去挑担了!"也不理陆羽,自顾朝那户人家跑了去。

智积禅师终于发了雷霆之怒。

这天下午,智积又来到智远和陆羽的住处,看看陆羽是不是在背佛经。他轻声走到茶寮旁边两人的住屋,听到两人在嬉笑打闹,细一听,直把个智积气得五内喷火,七窍冒烟。原来智远和陆羽打扫完院子回来,智远忽想起那天陆羽在路上说他是不是女人,并且发笑的事,就追问陆羽来由。起先陆羽不说,后来架不住智远的一再威胁利诱,就讲了经过。原来那天房主人为招徕更多的人来看上梁,风光一回,上梁仪式前请人演了一段参军戏。二人出场,戴幞头穿绿袍的参军就问:"苍鹘呀,你说你博通三教,那我问你,孔夫子是什么人?"身穿弊衣,如僮仆之状的苍鹘说:"是个女人。"参军再问:"何以见得?"苍鹘得意洋洋地说:"《论语》有言:沽之哉!沽之哉!吾待价(嫁)者也!孔夫子等待着嫁人哩,他不是女人是什么?"参军又问:"那你说道祖太上老君老子是什么人?"苍鹘说:"也是女人嘛!"参军故作迷惑说:"何以见得?"苍鹘说:"《道德经》中说得很清楚:'吾有大患,是吾有身,及吾无身,无复何患?'有娠(身)就是有了身孕了,不是女人是什么!"参军又问:"那你再说,佛祖释迦牟尼是什么人?"苍鹘不紧不慢地说:"还是女人!"参军吃惊地问道:"何出此言?"苍鹘说:"《金刚经》写得明明白白,佛祖是'敷座而坐',她要让她的"夫"(敷)——就是她男人先坐下才让儿子坐,你看看,这佛祖可是个恪守妇道讲规矩的好女人呢!"

智远笑得肚子疼,说道:"怪不得我去找你时很多人看着我笑,我还不知哪股水发了呢。"屋里两人哈哈笑成了一团。屋外的智积早气得浑身哆嗦,三教相争,你拿孔夫子、老子取笑倒也罢了,怎么敢拿自己的佛祖来取笑?忤逆不道,忤逆不道啊!这个拣来的孤儿季疵,真是枉费了我的一番苦心啊!智积越想越气,最后咕咚一声跌坐在地上,嘴里失声大叫:"逆障啊!逆障啊!来人啊……"

屋里的两个人还不知道他们犯了事,仍在肆无忌惮地有说有笑。最先发现智积跌坐在地的是巡院的执事僧,他大喊一声,整个龙盖寺都被惊动了。执事僧去扶智积,扶几次没扶起来,跑出来的智远和陆羽去帮扶,却被智积一下甩开了,两人这才知道他们惹祸了,脸都煞白起来。弟子们来后,终于扶起了智积,纷纷问他是啥事急成这样,智积抖抖着手,指着智远和陆羽说:"这两个逆障啊,敢取笑佛祖,真是大逆不道啊!"在众僧的目光中,智远和陆羽真恨不得有个地缝钻进去。智远拿手捅一下陆羽,小声恨恨地说:"都是你!"维那智宏来了,智积指道:"这两个小孽障交给你处置,要让他们洗清罪过!"

智宏问清原由,满脸狰狞,咬着牙说:"真是胆大包天,敢污辱佛祖,不好生教训教训,那还得了?"他眼珠一转,想起如把智远安排到地里干活,他现在那摊事还无人能顶,就又说:"不过,这智远只是听的一方,主罪在讲的一方季疵,他的过是没有制止季疵讲,我看这样,罚智远跪三炷香,再叫他把季疵烧茶粥的事一并包下来。至于季疵嘛,这娃娃是让惯坏了,居然敢拿佛祖取笑,罪大恶极,就让他当寺奴,罚他放牛——放牛一百二十蹄!"

陆羽吓哭了,哀求道:"师父,你还让我为你煮渐儿茶吧,我以后再不说这些笑话了。"这一段日子,他可是对煮茶入了迷,常常整天把自己关在茶寮里,琢磨着改进渐儿茶的煮法,用什么水煮茶好,水沸到什么时候放茶末,茶汤该放多少椒盐使其入口不咸还能回甘……入迷得忘了和智远玩耍打闹,好几次智远跑来看他,以为他得了什么魔症。不过师父智积可是赞不绝口,还宣布以后待客一律改为渐儿茶。他知道维那智宏是个恶人,落在他手里可没什么好。

智积垂下眼睑,鼻子里哼一声,挥挥手念一声佛号就转身走了。智宏狞笑着,抓起陆羽的手说:"走哟,今天就跟你安排事情!以前都让上座师兄把你惯坏了,这回我要好好磨磨你的性子,不信制服不了你这个孽障!"

离龙盖寺三里路的扁担山,是寺院的土地。说是山,其实不过是环绕田畴的长长缓坡,青黛一线,轻灵曼妙地柔曼起伏。坡上长满各种杂草,是专门放牧耕牛的所在。龙盖寺的几百亩土地,就靠这些牛们来耕耘。天刚蒙蒙亮,维那智宏就把陆羽吆喝起来了,让他赶牛去吃露水草,说吃露水草长膘。陆羽不敢怠慢,揉着眼睛起来,然后从寺后的牛圈里把三十头牛沿着一条山道往扁担山赶。维那智宏给陆羽定的规矩是:牛吃了地里的庄稼,挨十鞭子;牛没吃饱,陆羽也不能吃饭;丢了牛,饿饭带挨一百鞭子!

维那的厉害,他现在是真真切切地领受到了。那天他把陆羽揪到后院,塞给他一把扫帚,立刻让他打扫殿堂,要扫得干净,不能有一点渣。他提着一根小指粗的荆竹条子,跟在陆羽后面,进度稍慢一点,或者哪里有点小柴屑没扫到,他就骂起来:"平日吃白食惯了,连个扫地也不会。"骂着就在陆羽腿上抽一条子,抽得陆羽先麻后痛,是那种往骨髓里去的痛。扫完殿堂又去扫茅厕,扫完茅厕又让去把寺院外用马车拉来的那堆砖头搬到后院码起来,搬不完不准吃晚饭。天已不早,那么高一垛砖头,不知要搬多久。维那明知道搬不完,估计陆羽会要对他求饶,留一些明天搬。谁知陆羽一句话不说,整个下午,陆羽没说一句话,打他也没哭,连叫唤一声都没有,只是默默地让汗水浸漫他的脸,浸透他那身并不合身的灰色僧袍。

那天陆羽一直搬到深夜才把那堆砖搬完,没有吃饭就睡了。维那智宏并不满意,在心里更气愤了,心里想着看陆羽能熬多久。

吆牛到扁担山,每次都要经过寺院的茶山。龙盖寺植茶有上百年的历史,茶山有好几十亩,所产的茶称寺院茶,除自用外还要招待来寺的施主、香客,还有文人雅士和达官贵人。陆羽参加过两次寺院采茶,那是在清明节前,茶树长出新叶了,智积住持发话让所有参与采茶的人沐浴净身,学巴地寺院的仪式,先让12个僧人采365叶,精心焙制供奉佛祖,然后再是其他众人一齐采摘。采茶很有讲究,雨天不采,晴天有云亦不采,晴天有露水则是最好的采摘时机。最让陆羽高兴的是人多在一起干活的热闹劲,大家说说笑笑,干起活一点不累。那些天,他干采茶,也干运鲜叶,也干春茶、制茶饼。自从当了寺奴后,就没资格参加采茶了。

趁牛们散布在坡上吃草,陆羽就折一根小木棍在地上练字,他写得最多的是"茶"字,他心中想着茶,念着茶,他多想为智积师父煮他的渐儿茶呀,可惜不能了。练字累了他就躺倒在草坡上,望着天上的白云。他觉得寺院生活太没意思了,天地太狭小,每天伴着晨钟暮鼓,外面的什么也不知道。尤其是跟智远到竟陵城去了几趟后,他的这种想法更加强烈。龙盖寺唯一让他喜欢的是煮茶,他着迷煮茶,他愿意一辈子做这样事。而佛经,他是无论如何也读不进去的。他不知道那些僧人一辈子念着那佛经有什么意义,不禁又想起去年来过的那个风流名士柳残阳来,自从柳残阳来过后,就在陆羽的心里扎下根了,再也抹不去了。陆羽很羡慕他,觉得做人就该做那样的人,时不时地想起他。在朦胧的潜意识中,他把柳残阳作为他的偶像,下决心将来也要像柳残阳那样生活,浪迹山水,吟诗作词,那是何等潇洒?还有将来……

当然,更多的时候,他就想他的季兰姐姐,想起在她家的那段生活,想季兰调皮的笑脸,有时候,想着想着,他就鼻子一酸,眼泪忍不住就掉下来了。

季兰远行

这天,来到扁担山后,陆羽觉得无聊,就去和一头水牛说了一阵话。这头母水牛很温驯,从不给他捣乱。有时候,他还可以爬到它的背上打滚,或者吊在它弯弯的犄角上玩,灰犄(他给它起的名)也不生气。于是,他感到烦心的时候,就去找灰犄说话。

"灰犄,你说,我命为啥这么苦哇?做人为啥这么多磨难,还不如你们牛呢,无忧无虑多快活!你说,我想季兰姐姐,季兰姐姐想不想我呢?……"

灰犄不回答他,只顾吃草,有时抬起头来,嘴里嚼着草,用又大又亮的眼睛看他,不说话。陆羽很失望,埋怨道:"你不说话,我不理你了。"然后就在坡上躺下来,闭着眼睛。也不知过了好久,他的眼睛突然被人捂住了。

"谁呀?"他问。那人悄没声儿,只是捂着他的眼睛。陆羽用手去掰,居然掰不开。

"智远!"他叫道。他放牛后,智远来看过他一次,说这次他被连累苦了,天不亮就忙起,天大黑也不得休息。他又重新干起煮茶的事,可现在他煮的茶智积禅师总不满意,说味道不正。智远就建议让陆羽回来煮茶，智积禅师又不说话了。智远告诉陆羽："看来你还得放些日子的牛呢。"

"放手呀，智远，我的眼睛痛了！"

"格格格，手松开了——"

陆羽大叫着蹦起来："季兰姐姐！"

李季兰笑着说："你就知道个智远，不知道我李季兰了？"

陆羽惊喜地看着李季兰，"季兰姐姐，你怎么来了，怎么知道我在放牛？我这是在梦里吗？"李季兰冲上来，伸拳头在陆羽下巴上一磕，待陆羽的双齿叩响后说："给你吃个香葫豆，你就知道不是做梦了。"陆羽傻兮兮地看着季兰笑，见到季兰，吃多少香葫豆他都愿意。

季兰姐姐好像长高了，她身上那件红色斜襟夹衣显得小了，只是头发还是梳在脑后扎成"刷子"，高高地翘着像是在刷天。额上吊一缕刘海，遮挡了眼睛的视线，季兰就常常噘起嘴，噗地一吹，眉间的刘海就朝两边散开。在季兰家时，陆羽最喜欢看季兰噘嘴吹刘海了。

季兰瓜子脸上满是得意，说她问了好几个人，最后碰到智远，才晓得陆羽不做茶童做牛童了。还撞见那个维那凶和尚，被他吼骂了几句，说寺院不是女流之辈去的地方。她对智宏说那有钱的女香客去你还笑眉笑脸煮茶招待呢。把他噎得没话说，只是扬起棍子朝她发凶，她就跑了。想到寺院里那精彩的一幕，季兰又格格格笑了，陆羽也是望着季兰笑，却一句话也说不出了。

季兰摸着前几天智远才为他剃了的头，短短的发茬有些扎手，又摸着他右额上的疤，那疤因剃了头，显得更打眼。季兰心疼地说："季疵弟弟，你怎么不长呢，长大了就好了。"的确，陆羽终年穿着用旧僧服改小的灰袍子，瘦小的身子裹在里面，活脱脱像是一架木偶，季兰看着想笑，却又笑不出。

陆羽依然傻笑着不说话。

季兰抬头看看天说："太阳热了，我们到那棵树下说话吧。"不远的一块坪地上，长着一棵很大的樟树，陆羽平日常在那树下歇息的。陆羽这才醒过神来，今天光顾高兴，忘了人家季兰姐姐那么远走来，肯定又热又渴。他们朝樟树下走，陆羽说："季兰姐姐，你口干不干，那边有山溪水，可好喝了，甜着呢。"只要跟季兰在一起，他就不口吃。

"是吗，那我要喝一点。"陆羽就领季兰到山溪那儿喝了水，季兰咂着嘴说："嗯，是有些甜。"陆羽笑了说："不骗你吧？"来到樟树下，被樟树巨大的树冠荫蔽了，立刻感到凉风习习，爽快无比。季兰眯笑着说："季疵弟弟，你猜，我给你带什么东西来了？"陆羽瞪大了眼问："是蝈蝈笼吗？"季兰伸食指在陆羽额头一戳，"就知道个玩，晓得你猜不出，不要你猜了。看！我给你带的东西——季兰手一扬，变戏法似的从怀里掏出用麻纸包着的东西，还没打开，一股香味就冲进陆羽的鼻子。

纸还没有完全打开，陆羽已经叫起来："啊，胡麻饼！"竟陵城有名的胡麻饼，那是由一个从西域来的胡人制卖的烘焙面食，在靠近边缘处扎了四排细密的孔洞，形成圆形的图案，表面满布酥黄的芝麻。他迫不及待地抓过来，掰了一半给季兰说："姐姐你也吃！"季兰说："我不吃,我天天吃哩,这是专为你买的。"陆羽就不客气,一口咬出一个大口子,一股香气直透四肢,他禁不住深深呼了口气,两颊鼓鼓地大嚼起来,嘟囔着说:"好吃,好吃!"

看着他的馋相,季兰满意地笑了。"季疵弟弟,如果不是想到你在寺院里,不能有腥,那我就买烤羊肉串了——要知道你在这放牛的话,我也要买的,那才香哩,我想着就会流口水。"季兰当真咽了一口口水,又说:"你可别真当和尚,你当和尚我可真不理你的。"

陆羽忙鼓着腮帮含混不清地说:"我没有剃度,我可不是和尚的!"季兰说:"我是说你以后。"

"以后我也不会当和尚!"陆羽急道。季兰嘟了嘴说:"以后的事谁说得清呀?"陆羽吃完胡麻饼,又跑到溪间喝了水,然后一路小跑过来,边跑边大声喊道:"季兰姐姐,以后我也不当和尚!"季兰笑了,笑着笑着,忽然间黯然神伤。

陆羽跑回来,又坐到那块石头上说:"季兰姐姐,胡麻饼真好吃,以后你还给我买!"季兰没有直接回答,而是抚了陆羽的光头,看看天上的太阳说:"季疵弟弟,我告诉你一件事,你可不准难受。"陆羽吃惊地看着季兰姐姐,心里涌起一丝不安,预想着有什么事发生了。季兰姐姐抚着他的头说:"我是来向你告别的,我们家要搬走了。"

犹如晴天霹雳在陆羽耳边炸响,他哇地一声就哭了。季兰忙用手给陆羽擦泪,可老也擦不干,她也想哭,但她不能哭,她极力忍着说:"季疵弟弟,不要哭,不要哭!"陆羽还是止不住地落泪,呜咽着说:"季兰姐姐我不哭,可眼睛不听话。季兰姐姐,你是不管我了?"

"怎么会呢,姐姐永远会管你的,我们只是搬到别的地方去住了。我爹爹的朋友推荐他到乌程县去做官了。他去做官,我和妈妈就得跟着去呀。唉——"季兰一声长叹。陆羽泪水流得更凶了。

季兰终于狠了心说:"你再哭,我就真不理你了! 你知道,我爹爹最不喜欢爱哭的人了,他说人一辈子,不知要遇到多少事呢,任何时候都不要哭,哭的人最没出息。"陆羽立即抹抹眼睛,哽咽地说:"姐姐我不哭了!"季兰擦拭着他脸上的泪水抱着他说:"这才是我的好弟弟,你笑一下!"

陆羽使劲咧了一下嘴,那笑比哭还难看,倒把季兰逗笑了说:"你个季疵,我们只是短时离别些日子,还要见面的嘛。"陆羽问:"那季兰姐姐,我们多久见面呢?"季兰想了想说:"我们还小,还要长大,长大了就见面了。"陆羽似懂非懂地点着头说:"那我要快快长大!"季兰说:"你可别长得太大,长得太大我认不出你了——哦,不会的,一见你额上的疤,就晓得是你了!"陆羽嘿嘿地笑了问季兰:"乌程离竟陵这里多远?"

季兰说:"我也不知道,可能有些远。"说着又从怀里掏出一本书来,那是一本用麻黄纸刻印的《诗经》。然后说:"季疵弟弟,我把我读的这本书送给你。《论语》和《孟子》,你在我家时,我们都学过的了。你走后我就学《诗经》,你没有学到《诗经》,这比《论语》和《孟子》都有意思,不好懂的地方,我在旁边写了意思,生僻字我也写了读音和含义。你看了,学了,文学知识要大长劲,说不定你就能写诗了,像张九龄呀、王维呀、孟浩然呀那样。哦,还有诗仙李白,最近,关于他的诗和事说得可多呢,爹爹说他的诗写得真好,大气磅礴,汪洋恣肆,脍炙人口……"

陆羽忽然说："还有柳残阳，襄阳的柳残阳。"季兰撇撇嘴，"我怎么不知道他？无名之辈，不提也罢！"陆羽急红了脸说："他和孟浩然好。"季兰鼻子哼一声，说不知道他，不说他。陆羽就为柳残阳抱屈，那是他心中的偶像呀。季兰接着说："所以季疵弟弟，你得好好学，将来也像我提的那些人一样成就一番事业。姐姐我虽说是女流之辈，可我也不会自卑，要做女中豪杰的。"

陆羽庄重地把《诗经》收入怀中说："季兰姐姐，你的话我记住了，我不会给你丢脸的。"季兰满意了，仰头看看天说："不早了，我得走了。"陆羽问："季兰姐姐你什么时候走，我来送你。"季兰摇头说："不行的，我们下午就走，坐船去。"陆羽没说话，一副要哭的样子，但终于忍住没哭。

"季疵弟弟保重！"季兰深情地看了陆羽一眼就转身走了。

"季兰姐姐！"陆羽一声长唤。

"哎——"季兰转头望着他，"还有事吗？"

"我……我想……"

"你想什么，说呀！"

"我想，你再请我吃一次香葫豆，还有……我再咬一次你的手。"

"好的！"季兰格格笑着，上来伸拳在他下巴上一磕，陆羽早微张了嘴，牙齿就得地一响，他笑了。然后季兰又张开右手虎口让他咬，这一次他一下咬着了，问季兰姐姐你怎么不捏呀，季兰才轻轻地将拇指和食指一捏，让他的嘴唇撮圆，季兰突然低头在他的唇上一吻，然后飞快地放开，格格笑着跑了。

陆羽呆在那里，回味着季兰姐姐的嘴唇和他的嘴唇接触的感觉和滋味，回过神来才看到季兰已经跑好远了，便连忙去追，边追边喊："季兰姐姐！季兰姐姐！"季兰边跑边转头朝他招手，"季疵弟弟别来了，看好你的牛，别让牛吃了庄稼挨打！"

陆羽还是跑过去，站在一个山包上，既可以看着牛，又可以看到季兰姐姐。他眼巴巴地看着季兰穿着红衣的身影不断远去，直到完全看不到季兰姐姐了，陆羽才哇地一声痛哭起来。

天依然湛蓝，白云悠悠，阳光粉黄，一地的麦苗和树木青翠碧绿，但是，陆羽的心已是觉着无边无际的空落。

执典不屈

日月如梭，转眼快过一年了。那天，智积禅师忽然想起了陆羽，自言自语说："也不知道这孩子现在怎么样了？"于是这天下午，他找来维那智宏，让他派人去把陆羽唤来。

陆羽走进方丈室的时候，正碰上智远为智积上茶，一见陆羽，智远愣了一下，但没说什么，只是背对着智积，朝陆羽狡黠地挤挤眼睛，就端着托盘出去了。

陆羽叫声："师父！"智积看他一眼说："来啦？"然后端起茶碗呷了一口，眉峰皱了起来。他想起陆羽的渐儿茶了。唉！这智远，不管怎么指点，他煮的茶就是赶不上陆羽的渐儿茶滋味，偏偏这陆羽又是如此倔强！

"寺奴当得怎样，牛放得好吧？"智积放了茶碗问。陆羽不知怎么回答，想了想说："还好！"

智积蹙了眉，看着陆羽。他发觉陆羽像是长高了，身上那件改做的僧袍显得小了，而且也已经破烂，该给他另做一件了。因为瘦，额上的疤显得更大更显眼，但他的眉宇间充盈着一种说不出的傲然神气，这又让智积有些惊讶。陆羽也在偷偷地打量师父，屋里光线阴暗，他乍从外面进来，眼睛有些不适应，没把师父看得很清楚，心里有些打鼓，不知师父叫他来有什么事。

"疤儿呀，问你句话，你想不想还回来给我煮茶？"智积开口了。陆羽顿时精神一振，急忙说："师父我太想了，做梦都想，我在梦里都给师父煮过好多次茶了！"

"那好，师父也是想喝你煮的茶呢，这智远煮的茶就是不如你！我跟维那说说，你明天就回寺里来吧。"

"真的？"陆羽高兴得直想跳起来。

"真的！"智积也是眯笑着捋着长须。

"那我明天早晨就为师父煮茶！"陆羽乐道。

"不，你明天早晨歇一歇，待上午把仪式搞过后你再煮茶不迟。"智积打断了陆羽。

"仪式？"陆羽满脸不解。

"是呀！"智积笑着说，"明天上午就给你剃度，剃度以后你就好好煮茶，这些日子来我寺里布施、上香的居士、客人很多，让他们也品尝一下你的渐儿茶手艺。"

像一瓢冷水从头泼下，陆羽呆在那里。他知道，他剃度了，头上烧了戒疤，那他可就正式成为佛门里边的人了。

智积还在说："剃度后，你一边煮茶，一边研习佛经，你人小，佛经学得慢不要紧，慢慢来……"

陆羽脸涨得通红，他口吃地说："师父，我……我不剃度，我……我不……不做和尚！"

智积瞪大了眼睛盯住陆羽，手捻佛珠厉声喝问："为啥不剃度？佛祖庇佑着你在龙盖寺长大，你就该献身佛祖，待有二十年僧腊资格，为师将衣钵传给你，你就可升座为上人了……"

陆羽仍然直摇头说："我……不剃度，我不当……和……和尚！"

"为什么？你说出理由来！"智积重重地拍了桌子。"我就……就是不……剃度，不当……和……和尚！"陆羽低下了头。"哼！此事别人求之不得，我是一心栽培你，你别耍性子，辜负为师的良苦用心！"智积还留着一丝希望。陆羽仍然固执地说："师父，我宁愿放牛，决不剃度！"

"那你说，说出你的理由来！"智积无奈地盯着陆羽。突然，陆羽鼓足勇气大声说："师父，当了和尚，生无兄弟，死无后嗣。亚圣孟子说：'不孝有三，无后为大。'陆羽别无兄弟，此生决不会皈依佛门的,请师父高抬贵手放过我吧!"

智积惊呆了,像从不认识陆羽一样看着他。他想不到陆羽会说出这一番话来,这是谁教他的话?他极力压住心中的火气,手飞快地捻了佛珠,厉声斥责道:"疾儿,你这是什么话?你身在佛门,吃佛门的饭,穿佛门的衣,却迷恋孔孟之道,诋毁佛门,罪过——罪过!阿弥陀佛!"陆羽想起他在季兰姐姐家时,季兰的父亲李儒公与人争执时说过的两句话来,大声说:"师父执释典不屈,陆羽亦执儒典不屈!"智积忍不住了,他气得发抖地说:"好,好!你不剃度,你翅膀硬了,敢跟师父作对了。那你还去放你的牛吧!师父以后再也不管你了!"

陆羽知道又惹师父动怒了,而且是动了大怒,但这是决定他一生命运的大事,他不能退让。否则,他就要像所有的僧人一样终生相伴晨钟暮鼓,季兰姐姐再不理他,也不能像那些文人雅士一样喝酒吟诗,放浪山水快活自由了。他垂下头,小声地说:"师父,疾儿对不起您了!疾儿永远记着你的再生之恩,其他什么事我都依你,只剃度一事万难从命!"智积无力地朝他挥挥手,念声:"阿弥陀佛!你走你走!"

早已等在方丈室外窃听的维那智宏,此刻不失时机地走进来,兴奋地说:"师兄你别生气,烂泥扶不上墙的,把这野物交给我,卤水点豆腐一物降一物,看我来让他皈依佛法!"说着一把抓了陆羽的衣领,像拎一只小鸡一样拎出去了。陆羽挣扎着,怎奈智宏力气太大,无济于事,一会就被维那提到后院"管教"去了。

方丈室内,智积瘫软在蒲团上,心底一股绝望的悲凉渐渐散开,瞬间笼罩了全身。近几年来,当今大唐玄宗天子对释教不感兴趣,一味崇尚仙道,释教已是落在下风,让人忧心,而自己年事也是渐高,也急于找到传人着手培养,好继承自己的衣钵。陆羽是他理想的人选,偏偏陆羽不知身上哪根筋拧错了,就是不愿皈入佛门。以前智积总未死心,想着经过这么长时间苦磨,陆羽会回心转意的,再在学佛经上放松一下,不急于求成,事情就水到渠成了,但事情的发展,却大相径庭。

现在,他的希望彻底破灭了。

智宏陷害

> 扬之水,不流束楚。终鲜兄弟,维予与女。无信人之言,人实迋女。
> 扬之水,不流束薪。终鲜兄弟,维予二人。无信人之言,人实不信。

在一棵浓荫如盖的大樟树下,陆羽盘腿坐在一块大石头上,把《诗经》摊在脚上,头勾着,眼睛紧紧地盯在书上。遇到生僻的字,他就拿树棍在地上划,一直到写熟为止。好在不好懂的地方,季兰都已把意思写在旁边。他已经读过二遍,这是第三遍了,每读一次都让他激动不已,尤其是这首《扬之水》,他总是一遍又一遍地读,甚至觉得这首诗是为他写的,读着读着,他的眼睛就溢满了泪水……他忘了周围的一切,忘了他的破衣烂衫,忘了他悲苦的处境,忘了维那智宏在他身上抽下的一条条鞭痕——总之,一切都忘了。

但是有一个人此时没有忘记他,那就是维那智宏。他太恨这个桀骜不驯的野物了。那天他把陆羽从智积那里揪出来,罚他清扫厕所时,陆羽竟然不动,他用荆条抽打,陆羽居然敢趁他不备,一口咬住他的手腕,痛得他嗷嗷大叫。最后,他把陆羽摔在地上,用荆条把他抽得满地乱滚,更可气的是,虽然痛得乱滚,陆羽却不哭,一滴眼泪也不流,这就更让维那智宏来气,他打得更凶更狠,要不是智远拦着他,他非当场打死陆羽不可。

这个下午,智宏一个人悄悄地来到扁担山,他要找茬再治一下那个野物,一吐胸中恶气。智宏从小路走,避开有人修剪和上肥的茶山。他手里提着那根指头粗的荆竹条,荆竹韧性极好,打人有弹性,很痛又不会折断,是他专门挑制的。

昨夜下过雨,雨洗过的山显得格外青翠,秋庄稼已经快要成熟了,沟坪里的水稻呈现出淡黄色,沉甸甸的谷穗已深深勾下了头,要不了多久,就该收获了。智宏看着也高兴,粮食收得多,是他这个维那的功劳么,龙盖寺不愁吃的不说,他还可以趁机给发生灾荒的老家弄点粮食去吃。

虽然经过一上午的日晒,但路边的野草上还有水珠,打湿了智宏的袍脚。智宏毫不在意,一心想着去收拾陆羽。到了扁担山,智宏躲藏在一丛矮树后朝陆羽那边窥视,看了好一阵,他有些失望。他看到陆羽在大樟树下看什么,三十头牛散布在草坡上,肚子都吃得圆滚滚的,多数卧在地上反刍,几头水牛已在小水塘里困水,可以说一时看不出那野物有什么差池,没有差池就不好找借口动手。智宏又看了一会,仍没发现动手的理由。但他看出陆羽看什么东西很专心的样子,好久了连头也没抬一下,于是一个恶毒的念头就涌上心来。

他悄无声息地来到草坡上,牵起最边上也离陆羽最远的几头牛的鼻绳,就将它们往外拉。牛们认识他,并不惊诧叫唤,只是不明白他要将它们拉到何处。智宏将它们拉下坡地,来到坪地庄稼地旁,这里水稻田埂上种了一圈黄豆,黄豆叶子正嫩生生地绿,豆荚则还未饱满。智宏一直将牛们的嘴拉到豆叶上,于是它们就伸出肥厚的舌头,卷了豆叶吃起来,他丢了绳子急忙闪开。

陆羽正沉浸在《诗经》中,他不仅读写,还默记背诵。突然,他的耳畔突然爆响起一声炸雷:"你放的什么牛?庄稼都让牛吃完了!"跟着就是啪啪啪的连响,他的脊背就火辣辣地痛,直入骨髓。他痛得跳起来,只看见智宏那张凶神恶煞般的脸。他仍然还不知道是什么事,跳着大喊:"为什么打我?"智宏冷笑一声,用荆条往远处一指说:"你看你的牛放到哪里去了?"

陆羽果然就看见了那几头吃豆叶的牛,他正要跑去吆牛时,智宏忽地看见了他手里的书,伸手一把就给他夺了过来说:"我倒要看看是什么书把你迷得忘了看牛?"见书被夺,他立即收住吆牛的脚步,疯狂地朝智宏扑去,嘴里大喊:"快把书还给我,快还给我!"智宏岂会给他。他高举了书,看了封面上写着的《诗经》两字,立刻狞笑道:"哼!你佛经读不进去,看这些淫书好来劲,迷得忘了看牛!"陆羽大叫:"这不是淫书!这不是淫书!"

"这不是淫书?你看,开头就是'关关雎鸠,在河之洲。窈窕淑女,君子好逑',男女思淫,这不是淫书是什么!我马上告诉师兄去,非把你撵出寺院不可!嘿嘿,你小小年纪——"智宏狰狞地笑着。陆羽边夺书边愤怒地吼道:"你懂个屁!"但陆羽人矮,总是夺不到书。听到陆羽骂他,智宏顿时勃然大怒,"敢说老子懂个屁,老子叫你这淫书……"他几把将书撕成碎片,然后朝空中一扬,指头大的书碎片像雪花一样纷纷飘散开去。

看着他心爱的《诗经》书顷刻间粉身碎骨,陆羽呆了、傻了一般站在那里,两行泪水从眼眶深处无声地流出来,顺着脸颊往下淌。随即,他发疯般扑向智宏,嘴里说着你赔我书。他和智宏厮打在一起,抓、咬、踢、骂、撞无所不用,还在地上找石头砸智宏,可地上是厚厚的草,指头大的石头也找不到,他被智宏一次又一次地摔倒在地,但他一次又一次地爬起来又扑向智宏,他已经失去理智了,心里恨不得把智宏杀死——如果有刀的话。

但是他又怎么打得过牛高马大粗壮如熊的智宏呢?末了是智宏用一根布带将筋疲力尽伤痕累累的陆羽捆绑了,丢在牛背上回了寺院,然后将他关在后院一间废弃的僧房里,解了布带,看着瘫在草堆上仍然嘶哑着声骂他的陆羽说:你骂吧,老子今天歇一歇,明天把你偷看淫书的事告诉上座大人,再慢慢收拾你!又说:"你别想有人救你,没人知道你在这,谁也救不得你了!这次老子不彻底制服你,老子就不是维那!"

黄昏时分,智宏出了门,给他开门关门的执事僧于心不忍地说:"师兄,你何必跟个孩子过不去,整得他这样。"智宏白他一眼说:"你懂个屁!这个野物不服管,不磨磨他行吗?不打不成人,黄荆条下出好人。哼!你懂不懂?"执事僧不敢多说,嘴里支吾着走了,他知道得罪智宏的后果。

第二天早晨,智宏吃饱喝足,喊来执事僧开了门,他提着黄荆条一脚跨进去就吼:"野物,看老子今天如何调理你!赶紧向我求饶,向我认错,给我磕几个头,否则,今天有你的好果子吃!"房里很寂静,没有一点声音。乍进黑屋,智宏眼睛什么也看不清,他咦了一声说:"你死了?死了拉出去喂野狗。"还是没有动静。智宏有些心慌,想别是真死了!此时眼睛已能适应黑暗,他才看到屋里草堆上什么也没有,再看后墙那低矮的方窗,已被撬开,几根朽烂的木棍掉在窗子下面的地上。

逃跑了!智宏咬牙,沮丧万分。智宏退出门来,执事僧对他说:"智积上座请您去一下。"智宏对他发火道:"你怎么搞的,让那野物跑了!"

"陆羽跑了?"执事僧也是一愣。智宏哼一声,去了智积那里。原来刚才执事僧怕今天陆羽吃大亏,一早就告诉了起早为智积煮茗粥的智远。智远正奇怪陆羽昨夜没回去睡觉,听了执事僧的消息忙去告诉智积禅师,智积就让智远请智宏去。智远不敢直接和智宏说,刚才趁智宏进了那间小屋时来让执事僧转告。

到了方丈室,品着茗粥的智积劈头就问:"你把疾儿关起来啦?"

智宏说:"我正要跟你师兄说,陆羽那娃儿太不像话了!"

"哦?"智积放下了茶碗。"昨天下午我随便去看他牛放得怎么样,不想我这去就看到了大问题……你猜他在干什么?"智宏愤愤地说道。

智积惊疑地把目光定在维那脸上说:"他能干什么?"

"我先看到几头牛在吃庄稼,陆羽在树下看书,看得啥都忘了!"智宏一脸怒气。

"看书……看佛经吗?"智积有点兴奋。

"嘿,看佛经就好了,看的啥书?是看的一本淫书——《诗经》!"智宏骂道。

"啊,他看那种书?……不过淫书倒说不上,只是佛门的人——"智积明显有些生气,话说得有些错乱。

"我把书给他抓来撕了,谁知这小野物就跟我拼命,骂我打我,你看——"智宏把他手腕上被陆羽抓破的地方露给智积看,"后来是我来了点狠的,才制服了那个小野物,把他弄了回来……"

"唉,师弟,你一惯手重,千万注意,别把他打狠了……他人现在怎么样?"智积叹了口气。

"我正火呐,昨夜不知哪个时候跑啦,撬窗子逃跑了,你看这野物凶不凶?"

"啊!"智积一下惊愣了,脸色沉重,茶碗送到嘴边也忘了喝。好一会才说:"一定是你把他打狠了,他怕,才逃跑的!"

智宏不服气地说:"他看淫书,严重犯寺规,你说我气不气?我是动了竹条子,可当时你没见那野物是怎样个凶法,我差点招架不住了呢,原说今天才好好管教一下他的,没想他就跑了!你说他看那种书该不该管?"

智积不说话,忽然感到身子乏力,口里说:"看那种书是不好……唉,说什么都没用了。快派人去四处找一找,智远也去,城里、山上……都找一找。"智宏看师兄一眼说:"找是可以找,不过那野物鬼得很,八成是找不着的。"然后就走了。

屋里只剩智积一个人了,他喃喃地说:"疾儿这孩子,到哪里去了呢?"

陆羽到哪里去了呢?

第二章 伶人

偶入戏班，施展才华，脱离寺庙，婉娘示爱。太守李齐物的青睐，陆羽的命运出现转机。

捉蝉换桃

地处汉江之滨的竟陵城，北缘与大洪山余脉的低丘相连，西面和南面有汉水环绕，依山带水，呈龙拱虎卫之状。整个地势自西北向东南倾斜，形成低丘、岗状平原和河湖平原三种地貌，其间湖泊星罗棋布。黑压压一片的城区内，街巷纵横，店铺密集，十分热闹，特别是城西那个遗弃过陆羽的西湖，占地好几百亩，湖内碧波荡漾，岸边柳荫成片，鸟雀啁啾，端的是个好去处。那几条从城边辐射出去的官道，十分惹眼，东边一条直抵鄂州，西南一条渡过汉江便到荆州，北面一条则通达随州。

天蒙蒙亮，像个乞丐似的陆羽跑到了西湖。他的僧袍破烂，身上伤痕累累，一小步一小步地挪动着。昨夜凌晨时分，他是怎样弄断那两根朽坏的窗棂，爬出那间黑暗的小屋的，他已经记不清了。只记得他出来后，躲藏在院墙的暗影里，等那个起得最早的执事僧打开大门去上厕所的空闲，他就偷偷闪身出门离开龙盖寺，沿着那条他走过好多次的上竟陵城的大路，跌跌撞撞地跑，跑不动了就走。黎明时分，他越过那条留给他美好回忆的西江，进入了竟陵郊外，瘫倒在一块农人刚收过藕的田埂上歇了一阵，才缓过气来。忽然，他发现身边有一小堆东西，细一看，是农人收藕后丢下的几个藕肠子和藕节巴。想起他从昨日中午后就没吃过东西了，顿时觉着饥肠辘辘，眼冒金星，迫不及待地抓起一个藕节巴，也不管上面沾满了泥，就往嘴里塞，又把剩下的捧到田边，在一个水沟里洗了洗，蹲在那里一气吃光了，肚子才好受些，浑身也不觉那么痛了，人也有了精神。他又向四处看了看，希望再看到一堆，但这次失望了，只得爬起来朝城里走。

天大亮时，他已到了城里，还到自己和智远一起买过东西的店铺前看了看。此时还太早，店铺都没开门，大街上冷冷清清，只有少数有事起早的人从他身边走过，当他是叫花子，目光警惕地看他一眼，匆匆而去。他想到城东边他生活过的李儒公家去看看，但又想他们一家早已去他乡，去那里徒惹伤感，也就断了这个念头。到底去哪里好呢？想到如果不是智积师父收养，说不定自己早就死了。他的出走，师父一定很难过。师父，您的恩情我这辈子都会记住的，但我受不了智宏的折磨，不得不走。师父，对不起！有机会，我会报答你的大恩的，他心里在默念着。进了西湖，没什么人，他沿岸边彳亍而行，太阳出来了，满湖都是金光，一会就辣辣的，好在岸边柳树成荫，绿丝低垂，婀娜多姿，可以乘凉。

陆羽转了一会，也想不出几年前自己被丢弃在哪个地方，他更不知道，此时，龙盖寺的人正在大街小巷找他。智远还到那几个进货的店铺去问看见他没有，没人会想到他在西湖这个风景如画的地方。他们在街上找了好一阵，找不到陆羽，只得回龙盖寺去了。

日头当顶，柳树上的众蝉叫得欢，一阵一阵的袭人耳门。陆羽坐在湖边一块石头上，望着树上的蝉虫，想他要是能变个蝉虫就好了，也和它们一样不知悲苦地歌唱。他更想季兰姐姐，她现在做什么呢，乌程县是在哪里呢，离这里有多远呀？如果知道在哪里，他就要去找她。肚子又饿了，虚汗爬上额头，他那块疤里的汗珠被太阳照得亮闪闪的。城里酒店饭铺面铺多的是，但那是要钱的，他可是身无分文，那么只有去偷了。他立刻骂自己，怎么想到偷了？他是饿死也不会去做贼的！看来只有到城郊去，看能不能找点什么填肚子。

出了西湖，陆羽朝城外走去。他希望着能像早晨一样运气好，又能碰上农人扔下的藕肠子藕节巴。出西湖不远就是农田，种着大片的水稻，中间有一些藕田，陆羽转遍了那些田埂，没有发现一丁点的藕节巴藕肠子，饿的全身出虚汗。他试着把田埂上的草往嘴里塞，但他立刻吐出来了，草叶边缘的细毛刺扎得他舌头出血。他找到一个水沟，饱饮一顿，把肚皮喝得发胀，没有一点饱感，反而更饿得慌。他看到不远处有一户人家，房子较小，屋瓦也有些简陋，没有院门，但门前有两棵很大的桃树。陆羽往那树上一看，眼睛立刻直了，那上面挂满密密麻麻的大桃子，粉红粉红的耀人眼目。陆羽的口水流出来了，脚步不自觉就朝那里走去，越走越看越觉得桃子更为诱人，烈日消隐了，周围的一切也不存在了，他的眼前就只有桃子，桃子！

终于快走近桃树了，他的心忽然一下掉进冰窟窿里。桃树下守着一个女人，还有一个几岁的小男孩。女人手里纳着鞋底，眼睛时不时地往桃树上看，也许，她家里正准备摘了桃子卖成钱，扯布做衣，还有买煤油打盐巴过日子呢。那孩子倒是手里拿着一个桃子吃着，腿下夹了一把笤帚，跑过来跑过去地，跑几步就把桃子往嘴里啃一口，嘴里含混不清地吆喝着："驾！驾！"女人不时招呼一声："别摔了哟！"陆羽停住了，平白无故怎么能吃人家的桃子？但他的脚步不听使唤，仍然朝树下走去，直到离树有一米多远的地方才停下来，眼睛直直地看着树。那瓦屋、桃树、那人，构成了一幅清丽秀美的画图。孩子看到他了，朝他一瞪眼说："叫花子，走开！"女人抬起头，看了一眼，喝斥孩子道："咳，不懂事！咋这样没礼貌？"说完，她又朝陆羽微微一笑，仿佛是向他抱歉似的，然后埋头纳起鞋底来。

这是一个漂亮的少妇，她油黑的头发在脑后挽成个髻，一身丹蓝斜襟衣服，面容清秀，眉眼生动。桃树上响起嘹亮的蝉鸣，小男孩仰头朝桃树上看，然后大叫唤："妈，我不吃桃子了，我要蝉虫子!"女人柔声道:"就你事多,这树那么高,怎么逮?再说那蝉虫子是飞的,不等你爬上去它就飞走了。"小男孩立刻哇哇大哭,喊着说:"我不管,我就要蝉虫子!"女人气得直摇头,"小孽障哎,真是平日把你娇惯了,你要吃桃给你桃,你又要蝉虫子,那么高怎么逮,你怎么不说要星星呢,不理你!"小男孩立刻一屁股坐到地上哭,蹬着双脚说:"我不管,我不管,我就要,我就要。"女人似乎铁了心肠,任他哭闹,埋头纳鞋底。她的针往额头上划一下,然后朝厚厚的鞋底扎去,细细的麻索发出滋滋的动听声,接着又把针往额头上划一下……她的眼睛却不时瞟一下那个哭着的小男孩。

有妈的孩子真好啊,有人疼,有人爱,想到自己爹妈是什么样儿都不知道,陆羽不由黯然神伤,眼里涌出泪水来。肚子一声叫唤,他突然灵机一动,转身朝不远的小山坡上跑去……不一会儿,他就跑回来了,手里抓着十来只蝉虫子,都是雄的,一齐鸣叫着,掀起振耳的声浪。小男孩耳朵尖,立即不哭了,手指着陆羽向他妈妈大声嚷:"妈——他有蝉虫子!"女人抬眼,见又是那个身穿脏破僧袍的小孩,手里果然捧着叫得欢的鸣蝉,和善地说:"小兄弟,把你的蝉给他几个好吗?"

"可以,只是……"陆羽低下了头,终于鼓起勇气说:"姨,我一天没吃饭了,可以给几个桃子吃吗,我把蝉虫都给小弟弟!"女人一愣,重新看看陆羽,看着这个额上有疤特征明显的孩子,忽然眉开眼笑了说:"好吧,就这样!我家这是有名的仙桃,好吃得很呢。"小男孩顿时蹦起来,拍着手扑向陆羽,就去掰陆羽的手,要取鸣蝉。陆羽连忙躲开说:"莫慌嘛,别弄飞了,去拿个笼子来。"女人起身,将纳的鞋底放在矮凳上,进了屋,找了一个用麦草编的蝈蝈笼,把那个小门拨开,陆羽将鸣蝉全部放了进去,关好小门,把笼子交给小男孩。小男孩提着笼子跑起来,边跑边"啊!啊!"地叫。

女人又找来一根高凳子和篮子,站在上面为陆羽摘桃子。"一个蝉换一个桃子行吧?"陆羽的心激动得怦怦直跳,连声说,"行……行啊!"十多个桃子,装了小半篮子。她让陆羽撩起僧袍前摆,将桃子拣在袍里,让陆羽兜着,然后说:"小兄弟,你可是个聪明人,我看有什么吃的给你找点。"她又返身进屋,找出一块麦面饼来,又说:"小兄弟,只有这一块饼了,你将就吃吧。"陆羽眼里已经噙满了泪水,他向女人深深地一揖,兜着饼和桃子慌张地走了。

太阳被一块黑云遮了,天便晦暗了许多。他找到一处水沟,吃了饼,喝了水,洗了一个桃子吃了。这桃子真是好啊,又大又白又香,真是名副其实的仙桃。他满足地直舒长气,浑身充溢着解除饥饿后的快活。正要吃第二个桃子时,他忽然心又一动,他把桃子全洗了,用僧袍兜着,快速向城里跑去。陆羽在竟陵城的一个面铺,用一个桃子换了两个馒头,店老板还搭上一双筷子,陆羽用筷子穿了馒头提着,在街头悠然自得地边走边吃。

误入戏班

从襄阳来的施家戏社,已经到竟陵城好几天了。班主天生的一只独目,偏偏他父母给他起名叫施明亮,可谓"独眼照乾坤"。他一副五短身材,獐头鼠目,却娶了个牛高马大的女人做老板娘。施班主带着从父亲手上承继下来的戏班子，闯荡江湖已经好些年了。这回来到竟陵，拜过码头“长春会”后，被安排在城隍庙的“生意下处”，邻着一帮算卦相面、打把式卖艺、卖膏药眼药牙疼药耗子药的、卖糖葫芦等五花八门的人，扯开棚子，打出告示，演起杂戏。几场下来，收入居然比别地更好，喜得施班主对演员又是加赏钱，又是请吃席，对台柱子演员更别说了，赔着笑脸说尽好话还奖赏多多，总之是要大家能加时加点多演一场。

唱戏的都是锣鼓开道，每日中午过后，施家班的布围子里就锣鼓喧天了，咚咚锵锵之声传出老远。陆羽吃完馒头，在城边一处树荫下睡足了觉，醒来已是日近黄昏。他忽地心血来潮，懵懵懂懂朝城内走，在走过一个街道房屋拐角后，就听到了戏班子的锣鼓声。心里想着，是啥热闹，就循着声响走到竟陵城最繁华的地方城隍庙。

这里还真热闹，淡黄的阳光下，一个很大的土场子，四边摆着各式摊子，吆喝声此伏彼起。“来看相算命哟，算前世姻缘，测未来祸福！”“来也来也，来看来买，治跌打损伤，治头痛脑热，治腰疾劳损，百医百灵，不见效不要钱！”……场子里面男女老少，人来人往。

他是喜欢看戏的，在李儒公家住时，他就和季兰姐姐一起，在街头看过很多戏，常常是看得忘了一切，为此还吃了季兰姐姐不少香葫豆。走近了，就看见一人高的围布门口守着两个汉子，他们一边收取铜钱一边扯开嗓子吆喝：“啊，看西域艳姬谢婉娘唱胡歌跳胡舞——啊，看眼皮底下大变活人——啊，看惟妙惟肖傀儡戏——啊，看一张嘴巴吐出大千世界（口伎）——啊——”

陆羽眼睛扫视一周，心里就有主意了——那围布是挡不住他的。他走到守布围门汉子看不到的另一边，看到一处布围子下边缝隙较大，他一猫腰，趴在地上就钻了进去，脑袋顶住了一个人的脚。原来布围子里面人都站满了，那人正看戏看得上劲，脚被撞了，还以为是野狗之类，只是把脚往后一蹬，嘴里说：“去！”依然看自己的戏。陆羽被蹬得一趔趄，差点仰倒，忙站起来，往临时用木板搭的戏台子上看。但他人矮，哪里看得着。只听得一个娇滴滴的女子在台上唱歌，声音脆生生的婉转动听，看客们不断拍掌叫好。看不见戏，陆羽心里有些急，他又有办法了。他沿人圈绕到脚色出入的后台一角，蹲在帷幕边，不但演员的容貌和表演一览无余，各种角色的转换也看得一清二楚。

台上那个头发梳成高髻，穿一身翻领窄袖紧身胡妆的女子，正婉转地唱着北地民歌：“胡天四月草色鲜，女儿家携筐上平川。山花花，艳艳红，不如女儿俏脸庞。蜜蜂儿绕着女儿飞，女儿的心随着情郎飞……啊呀呀，女儿哟……”她长得真美，脸蛋不胖不瘦，身段不高不矮，眼波流动，眉目神情充满韵致，随着歌声变幻出各种令人心醉的媚态。她的嗓子清越激亢，尤如金属撞击，荡人心底。她边唱边舞，时而反弹琵琶，时而固定身子，只让头在双肩上左右移动，时而摇动臀部，细腰儿蛇样翻转腾挪，手臂和长腿上下狂舞，衣襟飘动，露出一段白生生的肚皮，直把众看客看得目瞪口呆，然后就是疯狂地叫好声。“婉娘再来一个！谢婉娘再来一个！”吼声巨浪样腾起，然后，铸有“开元通宝”字样的铜钱像下雨一般朝台上丢去。

女子说再丢点钱就给大家伙唱个刚学会的吴越情歌。台下一片叫好，铜钱更急更猛地朝台上飞。女子见铜钱落得差不多了，就顿开金嗓子唱起来：“杨柳依依深有意，你辈见侬底欢喜,别是一般滋味子,永在我侬心子里……"陆羽正听得如痴如醉,忽然被人抓起,他吓了一跳,却见是不知哪里跑出来一个比他大不了多少的孩子,一手捂住肚子,一手拉着他的衣服。黑脸孩子满是痛苦的表情说:"哎哟!小弟,你来得正好,你就在这儿别走,我拉肚子了,一会演大变活人你帮我挡下,你帮我救了场我送东西给你,不要怕,你不用说话,只由着幻术师叫你咋你就咋——哎哟,不好,我又要拉了——"那孩子撒了手就往后边茅厕跑,跑几步又转头说一句:"记住了!"

陆羽摸不着头脑,以为是那孩子认错了人,依旧缩在那里看戏。这时那女子下了场,累得香汗淋漓。下一个节目——也是最后一个节目是大变活人,化妆成高鼻红胡须着长衫的幻术艺人提着一根棍子上场了,自我吹擂一番吊足看客胃口。但这节目对陆羽来说没意思,他和季兰姐姐多次看过,还知道大变活人用的道具——箱子的秘密。幻术艺人说了一阵,该说的都说完了,却不见扮活人角色的黑脸孩上场,急得他直往后台看。在场后督场的施班主当然明白,连忙四处寻找黑脸孩,他对这个反应迟钝经常出岔的黑脸孩早不满意,早就想解雇他,只是一时找不到合适的人代替。施班主找一阵,一下看见台口侧边蹲着个孩子,此时日已黄昏,施班主只以为是黑脸孩,气得上去就是一脚,喝道:"滚你娘的,你发什么昏,该你上场了你还磨蹭!"又重重一脚将陆羽踢上了场。

跌跌撞撞的陆羽身不由己地来到幻术艺人面前才停下,待他站直了身子,幻术艺人吃了一惊,怎么班主临时换人也不跟他招呼一声?但此时不容他多想,他忙拿出早准备好的一段绳索将陆羽的手腕绑起来,陆羽想到那个黑脸孩的话马上明白了啥回事。也是他福至心灵,还有他天生好玩且能随机应变的本性,于是,他配合幻术艺人,装出傻乎乎的样子,忽儿恐惧浑身发抖,忽儿翻起白眼恨着幻术艺人。本来陆羽扑爬斤斗出场,就惹得台下看客起了关注,此时看他滑稽的样子,台下暴起阵阵哄笑,继而掌声如雷。

在陆羽站直身子的那一刻,施班主才看出这不是黑脸孩,顿时汗如雨下,心里直叫苦。"完了,砸锅了,施家戏班这下没法在竟陵城混了!"但是,接下来陆羽的表现更让他惊讶,这瘦小的孩子居然和幻术艺人配合默契,比以前表演效果还好。天啊!施班主怔在那里,肚子里直叫幸运,同时心里不由一动……他仔细观察起这个额头上有疤的孩子来。

此时,幻术艺人已将陆羽装进那个布有暗道机关的大木箱里,趁人不注意,他小声对陆羽说:"你躲藏到暗道里,第二次开箱你才出来。"陆羽点头说:"我知道。"然后幻术艺人拿着棍子,虚舞几下,又让台下一个看客上来锁箱子,还故意问这个看客:"人在里面没有?"看客向台下说:"在!"幻术艺人提了箱子转动几下,很沉重的样子,表示人确在箱子里,再放回原处。这时他用棍子指天划地,口里念念有词。陆羽就在这时间用能活动的手指拨开箱底,掀开地板,藏入地下,耳朵却听着外面的动静。他听到幻术艺人做完一套障眼法后,再让那个看客打开箱子,里面当然空空如也,陆羽清楚地听到台下看客"哦"的惊呼声,连开箱子的那个看客也是惊讶莫名,跟着就有不少铜钱往台上扔。

幻术艺人心里也很满意这个"新搭档",他让那个看客再次把箱子锁上。他又装模作样地作法,棍子同样指天划地,陆羽又在这时爬回箱子,掩了痕迹,待幻术艺人一声喊"开",那个看客忙打开箱子,陆羽笑眯眯从里面钻了出来向大家招手。台下顿时暴起欢呼叫好声,铜钱再次雨点般朝台上扔来,一边的幻术艺人这时才悄悄抹了一把额上的汗水……

收场了,平生第一次演戏的陆羽,心里很有些得意和满足。天将黑,他肚子也饿了,尤其是经过刚才的演戏,耗尽他的体力。演员们都到后台卸妆去了,没人过问他,他下了舞台,顺着人流往棚外走,正想着到哪里去找吃的,肩膀被人一下拉住了。他先以为被什么东西挂住了,扯了两下没扯开,转头一看,是一个独眼人拉着他,那只右眼睁得大大的,放着明光。他把陆羽拉离人群,笑眯眯地对他说:"小兄弟,别忙走,我找你说几句话。"

陆羽问:"你是谁?我不认识你。"那人说:"你不认识我,我认识你。我就是这个戏班的班主,刚才就是我把你踢……赶上场的。"陆羽那会根本没有看见他的面容,想起刚才被他从背后踢上场,生气地说:"刚才你把我踢痛了,我还给你救了场!"施班主说:"怪我眼睛不好没看清,小兄弟,我这厢给你赔礼了。"陆羽马上说:"你怎么谢我?我现在肚子饿得很了!"施班主微微一笑道:"小意思,这就请你跟我们施家班社的全体艺人一起去得月楼用膳,咱们边吃边聊,我还有事跟你相商。"

一听有饭吃,而且是吃酒楼——那可是从来没有过的风光享受啊!陆羽喜上眉梢,额疤发红,二话没说就跟着施班主走了。那晚,在酒足饭饱中,施班主大致问清楚了他的底细后立即相邀,陆羽痛快地答应了。从第二天起,他成了施家班社的一员,但那个黑脸孩被赶走了,施班主给了他两升米和几十个铜钱,打发他回了家。看着他临走时痛哭流涕的样子,陆羽几天心里都不好受。

婉娘吃醋

陆羽脱掉了破烂的土灰色僧服,换上了施班主为他买的淡蓝短褐衣裳,穿上麻鞋,蓄着长长了梳成髻挽在脑后,还有一络头发垂下来遮住他右额的疤的头发。他彻底告别了寺院生活,认认真真地做起了伶人。不过在梦中,还会常梦见智积师父和智远。

陆羽每天除了配合幻术艺人表演大变活人外,还负责戏班子的杂役:扫地,打水,还要侍候台柱子们的茶水。他烧的茶大家都说好喝,戏班子十多个人,都要喝他烧的茶,忙得他像陀螺般转。那施班主喝了陆羽煮的茶,连连咂舌说:"嘿,小玩艺,想不到你还有这一手,以后我喝的茶就是你煮了。"好在戏班自己不做饭,一天三顿得月楼包了,忙时得月楼送饭,闲时去酒楼吃。酒楼吃饭还有个好处,吃完就走人,省了许多事。在吃上班主是不能怠慢演员的,饭吃不好,戏也演不好。如果上的菜差了,一般演员还没什么,那些台柱子们就要做脸色了,还摔摔打打的,施班主就得赶忙让酒楼再上好菜,他们的脸色才平和下来。时间一长,施班主就什么都懂了,在吃上便毫不吝啬。好在多数艺人要爱护嗓子不喝酒,光吃饭菜开支也多不到哪里去。

能吃饱饭了,陆羽每顿肚皮都吃得滚瓜溜圆。当然戏班也有规矩,也有束缚,虽说每天受苦受累,但他觉得这戏班子的生活比寺院好到天上去了,最大的好处还不是能吃饱饭,而是自由舒畅了,陆羽感到很快活。没过几天,陆羽就给施班主出了主意:扩大宣传戏社。方法就是大贴报剧贴,把出演的精彩剧目让全城人都知道。施班主兴奋说道:"你这娃儿还有些鬼点子,这办法好,不过——"施班主的独眼目光随之暗淡下来,说道:"要贴报剧贴还得请人花一笔钱,我这戏班子还没人识字写字。"

陆羽很吃惊,戏班演的很多剧都有唱词,不识字怎么行呢?原来那时戏班子的人学戏或是祖传,父教子承,或是拜师学艺,靠师父教唱,徒弟硬性把唱词背下来,本人不一定识字,施家戏班当然也是如此。即使个别人多少识得几个字,平日不用,那几个字也忘得差不多了,连他班主施明亮,也是斗大字不识一升。陆羽说:"那你把和纸和笔墨买来,我来写。"施班主睁大了独眼惊讶莫名,"你读过书,识得字?"心里满是高兴。

几天后,竟陵城里到处就贴满了写有施家班社剧目的"报剧贴",一大张纸写着大大小小、花花绿绿醒目的大字:请看惊世奇技——大变活人;天女下凡,胡姬胡歌胡舞,醉眼醉心醉人;只口成大千世界,旷世难得一见……最下面是更大的字:欢迎各位光临城隍庙看施家戏班献艺!

陆羽的报剧贴让全竟陵城的人都知道来了个施家戏班演惊世绝技,来看戏的人一天比一天多,铜钱如水滚滚涌进施班主的腰包。施家戏社如此兴隆的生意,也让邻近其他行当生意的人大为羡慕,一时施家戏班在竟陵城名声鹊起,独眼施明亮心里乐开了花,一高兴,就让全戏班搬出城隍庙,住进了客栈,又给大家加发了赏钱,还不时当众对陆羽大加夸奖。私底下,他更为自己慧眼独具感到得意。

陆羽红了,有人不高兴了。谁?便是那个戏班的大台柱子,美艳迷人的谢婉娘。说起来,那谢婉娘其实并非胡人,年纪也只比陆羽大一岁多,和李季兰差年龄差不多,因家境贫寒,自小卖给戏班子学戏。在大唐朝,西域文化广为流传,连玄宗皇帝都十分喜欢胡戏,梨园唱胡歌跳胡舞成风,婉娘嗓音好,身段儿也妙,且能歌善舞。入了施家戏班,就成了第一号的台柱子,平日里是让施班主捧着护着让着的,可谓风头十足。如今见施班主三天两头地夸那个"小和尚",减了她的风头,她心里那个醋劲上来,就使起小性子。

这天晚上戏散场后到得月楼吃饭,几个台柱子演员都是和班主两口子在雅座一起吃的,其他演员则在大堂吃。菜上齐后,施班主让大家动箸,几个人都吃起来,只有婉娘板着脸动也不动。施班主笑着说:"婉娘,吃饭啦,辛苦半天,早该饿了。吃了饭没事玩'呼卢'吧。"施班主知道婉娘很喜欢玩呼卢(古代一种赌博游戏),没事就找人玩,输赢并不在乎。岂知谢婉娘依然端坐着,既不动箸也不说话。施夫人也帮着说了几次,她仍是那样。急得施班主也放了筷子说:"小姑奶奶哎,你又是咋了?你说话嘛,有事好商量。"

婉娘俏脸绷着,没好气地说道:"我要喝酒!"施班主长舒一口气说:"唉,我当是啥事呢,喝个酒,说一声就是嘛——堂倌,拿酒!可是——"施班主又疑惑地说:"你平日不喝酒嘛,上巳日过节让你喝酒,你还说怕倒了嗓子不喝,今天怎么……"婉娘气鼓鼓说:"我今天不开心!"施夫人看出眉目来,立即放了筷子,走到婉娘身边,一手搂了她,亲热地说:"乖女儿,你受了什么委屈,快跟姆妈说。"一手指了施班主问:"是不是这个狗东西欺负了你。他敢欺负你,看我收拾他。"说时拧过身,一手扯了施班主的耳朵说道:"你怎么欺负了我乖女儿?"

施班主眯着独眼,哎哟哎哟地叫,"我怎么敢欺负大美人?护还护不过来呢!"看见他那样子,一桌人都笑,婉娘也忍不住咧了咧嘴,露出雪白的牙齿。见婉娘情绪好转,班主娘子柔声说:"乖女儿,不是他欺负了你,那是有什么事,跟姆妈说,姆妈给你办。"

"我要那个小和尚以后除演戏外,专门侍候我。"婉娘咬着嘴唇恨恨地说。一听是这事,施班主两口子对看一眼,有些明白了。施班主深悔只顾夸赞陆羽,但此事牵扯陆羽,一时又不好表态。婉娘见施班主有些迟疑,抓起桌上的筷子使劲一扔说:"答不答应?"施班主连忙说:"我的小姑奶奶,你慌啥嘛,这事要问一下陆羽,看他的态度。"婉娘说:"问他干啥,他一个刚进班子的小和尚,还不是你叫他干啥他就得干啥。再说,他侍候我一个人比侍候大家活也少多了,他也轻松些,哪样不好?"

没退路了,施班主只好说"好,好!我答应你,快快吃饭吧。"婉娘高兴地说:"那马上把小和尚喊来说清楚。"施班主说:"人家在吃饭,吃过饭说。"婉娘不答应。施班主只得去大堂把陆羽喊过来,当众说:"小玩艺,你又要演戏又要给大家做杂活,太忙累了。这样,从今后,给你减少点活,除演戏外,别人你就甭管了,把婉娘照顾好就行,也就是提个水,扫个地的,灵活点。"

陆羽听说给他减活,还很高兴,他看婉娘一眼,见婉娘也在看他,脸上满是得意之色,便连声说好。还谢了婉娘。婉娘哼一声,没说话,陆羽就回大堂接着吃饭了。这里婉娘也抓起刚才扔散的筷子开始吃饭,施班主问还要不要酒喝?婉娘大口吃着,横了班主一眼说:"喝酒倒嗓子,我不喝。"班主娘子见状,差点笑出声来,赶紧扒一口饭压住,和施班主小声说:"到底是孩子啊!"

智退智宏

施家戏社的二十来个人中,十二岁的陆羽是年龄最小的,因此班子里的人有事无事都爱逗他玩。有的问他:"听说你是孤儿,是从哪里来的呢?你怎么那么会煮茶,可能你妈怀你时吃多了茶吧?"有的问:"陆羽,听说你有好几个名字,都叫什么?"有的说:"陆羽,你额头上的疤是咋回事?是不是你妈生你是在青石板上生的,你出来得急,一下把额头磕破了?"还有的说:"陆羽,听说你都做了和尚了,是不是六根不净,想女人被逐出来了?"陆羽偶尔会向他们解释说他只是被龙盖寺收养,并不是和尚。当和尚要剃度,他没有剃度,不算和尚。那些人不听他解释,哈哈一笑说:"都是一样,在庙子里生活就叫和尚。"后来陆羽懒得理他们,他们逗他时他就冲他们一翻白眼,啥也不说走开了。戏班里,只有一个人不取笑陆羽,那就是谢婉娘。她只是要陆羽为她干活,煮茶、扫地、提水,把个陆羽当杂役使唤。不过陆羽可不百依百顺,有时候婉娘叫他干的事他不愿干就不干(如洗衣),有时干脆说有事推脱了。婉娘开始有些生气,还去班主那里告他的状。后来她不生气,也不告状了,因为她发现了一个秘密——陆羽沉迷到戏剧表演里去了。

做了优伶的陆羽,就如鱼放大海,虎入深山,鸟进森林。两三个月时间,他就把施家戏班表演的戏目大致都了解了,还从两人表演的参军戏里得到启发,创立了一种单人表演的谐剧,并且自己偷偷写了一个叫《二娃子进城》的谐剧本子。经几度修改,觉得成熟了,他就和施班主提出要单独表演这种喜剧,施班主惊喜之下毫不犹豫地答应了。

　　演出那天,陆羽穿着施班主专门为他制作的长衫子演出服出了场,在舞台上久演"大变活人"早使他在台上不惊不诧。他将一个山里孩子二娃子第一次进城的惊异、无知和闹出的笑话演得惟妙惟肖。他一会儿是男声,一会儿是女声,一会儿是老人,一会儿是孩子,声音时粗时细,模样古怪可笑,看客们都快笑倒了,铜钱像飞蝗一样朝台上甩。这次的成功也大大鼓舞了陆羽,接下来他又编了一个叫《小姑贤》的谐剧,讲贤惠小姑促使婆媳和美的事,出演后更是火爆非凡,尤其里面婆婆和她男人——老汉的戏把看客逗得合不拢嘴,扔上来的铜钱把小小的舞台堆成了山。

　　施班主看后却有些哭笑不得,因为陆羽把他两口子的事也揉进剧里去了。有一次,施班主吃一个平日风流的女戏子的"豆腐",伸手摸了她的屁股,那女戏子故意尖叫,见班主娘子走过来急忙跑开了。班主娘子冲上来,扬手就给班主一个耳光,又拧了他的耳朵骂:"狗改不了吃屎,真不是个东西!"瘦小的班主在高大威猛的娘子面前,来硬的是不行的,嬉皮笑脸地说:"我本来就不是个东西嘛!"娘子迟疑一下说:"你就是个东西!"话出口又觉不对,忙改口说:"你终归不是个东西!"这话让陆羽听到了,嘿地一笑说你两口子有意思,不想这些话就让他编到戏里了。施班主尴尬归尴尬,心里却想着:"这个陆羽,人小鬼大,日后恐非久居人下!"

　　陆羽还有一样本事,他能当场询问场下几个看客的名字,然后立即编出一段顺口溜来。如有天他点了几个看客报名,有报名"何时人"的,有报"顾大国"的,有报"彭家村"的。有报"苟唐朝"的,有报名"梅广宇"的,有报"花文章"……陆羽的顺口溜即刻就出嘴了:"浩浩广宇有大国,大国中兴我唐朝,唐朝竟陵彭家村,村中有个何时人,顾首梅花著文章……"语未落,拍掌叫好声就响彻全场。

　　陆羽的名声越来越响了,班主给他的月俸也越来越多,每次给钱时班主总会问一句:"陆羽呀,你的钱怎么花呢?到春喜楼去开开荤吧,反正你也不是和尚,又不在寺院,不怕坏了道行。"陆羽知道春喜楼是竟陵城最有名的妓院,戏班子的男人领了钱就要去那个温柔乡里快活一通。女戏子有中年大的就和年轻小生眉来眼去,互相勾搭在一起。施班主都知道,只要不闹出事来影响演戏,他是从来不过问的,而且还常说:"食色性也,人之常情。如果不是婆娘跟着,我也要去快活的。"他劝陆羽的话又让班主娘子听到了,她正在一边往头发上插银钗,抬手就在班主头上一巴掌,骂道:"说你不是东西,你还真不是东西!"施班主摸着头,委屈地说:"我怎么不是东西了?哦,我本来不是东西嘛!"

　　"你是个东西……"班主娘子话出口忽觉不对,忙改口说:"你个坏东西,人家陆羽还小,你就教他学坏!"班主解释道:"小什么小,他也十五六岁的人了,老话说十二岁就是朝天百姓,我像他这个年龄,都跟你有染了呢!"施夫人"啪"地又给他一巴掌,横眉怒目说:"不知羞!

我那是遭你骗失了身！人家陆羽啥样人，就是要说那事，也该说个正经人家女子，怎么让人家去那种污浊地方？"施班主还强辩，"那地方怎么污浊了？那里的姑娘爱干净得很，个个细皮嫩肉，收拾打扮得妖妖娆娆的，一身香气，说话温柔，神态迷人……哎哟！你手轻点嘛，打那么重！"班主娘子仍不停手打，连打边骂："你个坏东西，知道得那么清楚，该不成你也去过那些地方？"施班主抱头连连否认告饶，说那是听别人讲的。陆羽早在门口了，这时忍不住"噗哧"一声笑出来，连忙知趣地跑出班主的屋子。

陆羽的钱自有用处。他来到竟陵城最清静的一处街巷，找到售书的崇文坊。他已经来过几次了，在那卖的几十部书中，他最想买那《诗经》和《南都赋》，他问过价，每部书都很贵，屡次怏怏而归。这次施班主刚发下月俸，他倾其所有，终于抱回了这两部麻黄纸刻印的线装书。

施家戏班住在福祥客栈，除少数人住的单间外，多数人是合住，陆羽和演双簧的两人住一起，这两人没事就招人来打"呼卢"赌钱，陆羽闹中取静，斜倚在角落里的被盖卷上看书。那几人一边掷骰子，一边对他讽刺挖苦，说他这么用功看书是要考状元做大官。陆羽不理他们，一心一意看自己的书，看着《诗经》里那些熟悉的诗句，他就想起被维那智宏毁掉的书，想起不知去向的季兰姐姐，他心里禁不住一次次地呼喊：季兰姐姐，你在哪里？

婉娘住在客栈的最里头的一个小单间，总是会在陆羽看书看得最上劲时来叫陆羽干活，陆羽很不想去，但看到婉娘那冰冷的俏脸，想起班主的吩咐，就不得不收起书起身跟婉娘走，去为她煮茶、扫地、丢垃圾……有一样事，婉娘倒不要他做，那就是洗衣，她说陆羽粗笨，她的衣服是不要臭男人摸的。陆羽发现，其实并没有什么事，有事则是很小的事，如晾晒衣服牵一下绳子，丢点小垃圾之类，本可以叫过路的人帮一下忙就解决的，她偏要来叫陆羽。陆羽心里有火，却又不好发作。他发觉他在做这些事时，婉娘总在一边笑着看他，眼里分明放出一种快意的光来。他明白了婉娘是要故意折腾他，让他不得安生读书，不由得对她恨得牙痒，又无计可施——这惹不起的角儿，弄不好就去施班主那里告状了。

有天上午，婉娘上街购物，陆羽也跟着替她拿东西，其实她只到布店买了一段白绫作刺绣用。回来的路上，婉娘走得慢，很有兴致地看街两边的店铺和人流，也享受着人们对她袅娜娉婷的风姿投来的目光。她看着陆羽撅着嘴走得极快，巴不得早回去看书，就说："小和尚，你别不情愿不高兴，别忘了是施班主要你侍候我的，你要使懒，我让施班主把你送回寺院，还当你的小和尚去！"陆羽听了心里发凉，戏班子虽然也苦，施班主对他也算过得去，至少没有打骂，还发给月俸。寺院那生活，他是再不想过了。但他想起了龙盖寺的智积师父、智远……也有维那智宏。这么些日子过去了，他们都过得好吗，还在为他生气没有，他们知不知道他在戏班，或许还以为他死了呢……随后又低头嗫嚅道："我可没使懒，你叫我做事，哪样我没做嘛？茶给你煮得也好么，我每天专门跑远路提河水煮茶。"婉娘看陆羽急的样子，哧的一笑说："这还差不多！"

第二天上午，戏班多数人还在睡梦中，智宏带着智远赶来福祥客栈讨要陆羽了。"陆羽，你个小孽障赶快出来回龙盖寺！"智宏气势汹汹，粗大的嗓门震天动地，先是惊动了客栈仆役，仆役叫起了施班主，施班主让娘子去叫陆羽先回避下，一面拿出笑脸，把智宏和智远迎进客房，叫人上了茶，赔笑说："师父有话好好说。"智宏仍是大声吼道："我们龙盖寺的小寺奴陆季疵，又叫陆羽，私跑出来到了你们戏班。昨天有人还看见他跟着一个女子上街，又一路跟着他们来到福祥客栈，去龙盖寺告知我的大师兄智积方丈，大师兄还赏了他一百文钱。你叫陆羽出来，好好地跟我们回去，就啥事也没有！"

施班主说："我这里是收留有一个陆羽，不过他现在已经成为本戏班的人，我们也需要他，他是走不得的，我们是订有契约的。"智宏拿手在桌上一拍说："那不管，我只问你要人！"只有智远默默地坐着，眼里有一丝忧戚。施班主思忖片刻说："那好，我们就叫陆羽来定，他如果愿意跟你们走，我不拦他；他如果不愿意，那恕我不敢从命。"他装模作样让人去叫陆羽，以为此刻陆羽早躲得远远的了，和尚们找不到人，也就没办法。不想人去一叫，陆羽就来了，施班主很意外，怎么没躲走，同时心里也生出一丝不安：是不是陆羽有心归寺？

陆羽一来就跪下给智宏叩头，呜咽着说："陆羽给师父师叔师兄们添乱了，请师父师叔师兄慈悲为怀，放陆羽一条生路。"在施夫人让他躲避的时候，他觉得逃避不是办法，他不能走，虽然他不会回到寺院，但应该和龙盖寺有个交代，也才对得起收他养他的智积禅师。施夫人只得叹息一声说："陆羽，你是个有情有义的男人！"智宏一见陆羽就拍桌大叫："你个不听教诲的孽障，龙盖寺收你养你，你居然忘恩负义，私自逃跑，害我们找你许久，若不是有人相告，还不知你在这儿鬼混。现在我奉智积大师兄的委派，押你回去，快去收拾东西跟我们走！"陆羽哭道："陆羽无缘佛门，我现已投身戏班，求师叔垂怜，放过陆羽吧。"陆羽抬起头来，望了智远一眼。"休胡说！"维那智宏扬起手臂，吩咐智远："咱们动手，把人弄走！"

从陆羽出现的一瞬间，智远的目光就没有离开过换穿了一身平民褐衣的陆羽，他发觉陆羽长高了不少，脸也胖了一些，想来他在这里过得还算不错。于是智远对智宏说："师叔这样好不好，既然陆羽不愿回去，我们回去告知住持后再作定夺。"智宏朝他鼓眼一瞪，"有什么好告知的，能由得这孽障？"智远讨个没趣，不言声了，但他也不动手。施班主和娘子也向智宏求情，请他听从陆羽的选择，但智宏一言不发。他见智远端坐不动，恨智远一眼，就自个儿来撕扯陆羽，陆羽躲让着，挣扎着，施班主和娘子也上前阻拦智宏，门口早围了不少戏班的人。

正混乱间，突听一声清脆的大喝："哪里的野和尚跑到这里来撒凶？还有没有规矩？"众人一惊，目光都指向了婉娘，陆羽一下跳到施班主身后。婉娘分开众人走进来，她柳眉倒竖，杏眼圆睁，凛气逼人。平日里对寺众狠暴的智宏，对前去上香的贵夫人们却是一概低眉奉笑的，乍见怒气冲冲的美貌婉娘，不知这女子是什么来头，气焰一下败下来，嘴里仍装硬说："你是什么人，敢管闲事？"

婉娘冷笑一声说："先别管我是什么人，你又是什么人，你看你的作为，哪像个佛门中人？"智宏说："我是龙盖寺的维那智宏，奉本寺住持智积禅师的法旨，把从本寺逃跑的寺奴陆羽抓回去，有何不对？"婉娘再次冷笑："哼哼！你就是那个把陆羽打得一佛出世、二佛涅槃的恶僧维那呀，你的名气大得很，你把陆羽差点打死，他身上你打的伤痕至今还没好呢！"智宏语无伦次地说:"我那是管教他……"

"天下有这样把人不当人往死里打的管教吗?"婉娘怒道。

"我如何管那是我寺院的事,你管不着,我现在就要把他弄回寺去!"智宏一脸蛮横。

"哼哼!你要把陆羽弄回去,那就真关我的事了!陆羽现在是戏班子的人,而且班主还让他侍候我,你要弄他回去,先要问我同不同意!"

这下子智宏知道了这女子也不过是戏班里的人,一个戏子,怕她则甚!声音陡然加大,"我当你是什么人呢,也不过一戏子,敢来挡我,我就一并收拾!"说完他就恶狠狠又朝陆羽扑去。

"住手!"婉娘又是一声大喝:"再撒野,我让戏班的人把你抓起来,收拾你一顿。别看你长得粗肥像个冬瓜,告诉你,我们戏班操武行的人有的是,收拾了你再送到官府。竟陵钱太守昨天看了戏请我们吃饭,还问我有什么事需要帮忙,看他不问你个无端抢人闹事的罪,也要定你个虐待之名!"

智宏一下子镇住了,镇兵出身的智宏当然知道官府的厉害。男人都好色,这个漂亮的女戏子说不定真和钱太守有一手,当今圣上喜道不喜佛,事情闹大自己吃亏不说,还将毁了龙盖寺的名头,他垂头丧气立在一旁。智远趁机过去,扯住智宏的膀子,"师叔就先缓一缓吧,问过智积师父再说。"智宏就驴下坡说:"也好,谅他们也跑不了!陆羽,你听着,问过智积师兄,明天我还来。"智远说:"我们就先回去了。"边说边拉了维那智宏往外走,出门时智远转身对陆羽眨了眨眼,陆羽对他点头一笑。

一场风波就此平息,大家都说今天多亏婉娘,想不到她一个女子这么能耐。施班主更对婉娘说着夸赞话,婉娘却理也不理,袅袅婷婷地回房去了。施班主自觉无趣,大吼一声:"大家准备吃饭演戏。"

第二天是智远一个人来的,找到陆羽后,告诉陆羽智积禅师听到陆羽不愿回寺,很伤心,他转述了智积禅师的话:既然陆羽和佛法无缘,那就成全他吧。从今以后,他可以随心所欲了,希望他好自为之!陆羽大叫一声"师父",流着泪趴在地上,朝龙盖寺方向叩了三个头,爬起来对智远说:"请你转告师父,我会永辈子记住他的话的!"智远郑重地点点头。陆羽和智远在一起说了许多话,最后互道珍重,洒泪而别。

堂会奇遇

戏班子要生存,一是要不断推陈出新剧目,但新剧目的推出不是一时半会儿的事;二是变动演戏地点,让看客有新奇感,才能舍得掏钱,所以大凡戏班子都是流动的。施家戏班的戏虽好,但时间长了,看客就明显少了,只好换个地儿。施家戏班经两天逆汉水上行,坐船到了襄阳。

襄阳当时被叫做襄州,是山南东道节度使的治所。襄州城自古就是交通要塞,素有"南襄隘道"、"南船北马"、"四省通衢"之称,是商贾汇聚之地。市内城廓雄伟,屋宇俨然,人流如潮,沿街一家挨一家的商行:粮行、布行、鱼行、肉行、染坊、铁铺、金银铺、酒铺、小吃铺、油盐酱醋铺、茶叶铺、果糖铺、药铺……还走着肩上蹲着一只或两只小猴子的耍猴人,衣衫褴褛挎着胡琴边走边拉乞讨的瞎子,也有背插草标引人来买的穷家孩娃。扰攘的市声和城外云居禅寺时不时传过来的钟声交织一起。

施班主照例是先拜码头,安排演出场地,号客栈,找食处。好在襄州是他的老窝,一切驾轻就熟,很快就安排好了。施家戏班住进了一家多种戏班汇聚的叫"悦来"的客栈后,他忙吩咐陆羽写好报剧贴,派人四处张贴,准备开演。施班主在襄州有祖屋,他两口子就没住客栈,也能省下点钱。

演出遇到了麻烦——台柱子婉娘生病了。秋凉时节,在船上婉娘没有适时加衣,受河风一吹着了凉,至襄州就倒在客栈里,烧得厉害。没婉娘节目逊色不少,弄不好看客还要闹事,那会坏了施家班名声,所以施班主又叫陆羽写了张延期出演的告示贴在演出场所。

班主娘子一早就请来郎中为婉娘诊病,抓了药后,熬药喂药就是陆羽的事了。那几天,别人都在逛襄州城,初次到襄州的陆羽,却是成天照看着婉娘,晚上也是守在婉娘床前,但他是心甘情愿。想到那天智宏来戏班要他回寺,最终是婉娘唬住了不可一世的智宏,他才得以留了下来,他心里就对婉娘充满了感激。同时陆羽也发现,平日对他冷眉冷脸的婉娘,对他态度也变了,目光已是充满温柔。尤其是婉娘生病的第二天晚上,婉娘一觉醒来,看见忽明忽灭的灯烛照着坐在床前一只独凳上打盹的陆羽时,婉娘流泪了。次日,陆羽喂她药时,她目光热辣辣地盯着陆羽说:"小和尚,谢谢你!"虽然还叫他小和尚,但语气已是充满亲昵,随即她将头轻轻地斜倚在陆羽肩膀上,陆羽脑袋里"轰"地一响,差点将药碗打翻……

来到襄州后,陆羽就想起一个人——柳残阳,他很想见一见这个至今在他心中的偶像。他甚至向客栈的伙计打听,都说不知道有这么个人。陆羽很失望,又想人家柳残阳一个文人雅士,这些做苦活的不知道他也是常事,再想自己一个伶人戏子,柳残阳哪知道有个陆羽,自惭形秽,也没面目去见人家,更加上戏班子事忙,也就打消了见柳残阳的念头。

戏班开演后,陆羽又多了一样活。施班主让他当戏班的茶头,即指导别人为戏班子的人烧茶。自从生病以后,婉娘叫陆羽做事更勤了,但只让陆羽煮茶了,其他事她自己就做了。和戏班子其他人一样,她特别喜欢陆羽煮的茶,很是好喝。还不止一次地问陆羽:"真是神了,怎么你煮的茶味道就不一样,你加了什么作料吗?"陆羽笑着摇头说:"只不过是掌握好火候罢了。"婉娘就守着陆羽煮茶全过程,然后摇摇头,伸手点着陆羽的额头说:"你真是个鬼精灵。"

婉娘总是喊陆羽去她那屋,名义上是做事,实际是叫陆羽到她那里看书、写剧本。她对陆羽说:"你那间屋里人嘈杂,没法看书写字,到姐的屋来看来写,没人打扰你。"陆羽真把自己的书连同笔墨纸砚等都拿过来,婉娘的屋里有桌椅、羊油灯,看书写字十分方便。陆羽最近忽然动了心思,他要将隋代流传下来的一出叫《踏谣娘》的歌舞剧改编出来,那是反映河内郡(今河南沁阳)一貌丑嗜酒的苏姓男人,每醉必打貌美善歌的妻子的故事,他觉得其中的女角很适合婉娘来演,因此写得相当认真,每一小段唱词就要反复修改许久。

婉娘伴在旁边做自己的事,她喜欢边哼歌边梳头,把自己乌黑油亮的长发披散开来,用木梳一下一下地梳,像瀑布一般奔泻,最后挽在头上,用发卡拉做成双环髻,或者做成堕马髻。闲暇时她就做香囊,用五彩丝绸料子缝成小口袋,里面装上香料,佩带腰间,清香四溢;后来她又将在竟陵城买的做帔头的白绫拿出来,在上面绣了花,披在肩上,平添无数风韵……她尽量不打扰陆羽看书写字,有时还起身悄悄地为陆羽倒一杯茶放在手边,有时为陆羽磨一磨墨,还会有时停了手边的活,静静地看陆羽看书写字的样子,若有所思。有次她对陆羽说:"陆羽,你长高了,比我还高了,还长胡髭了,变成大男人了!"陆羽红着脸忙低下头写字。

襄州城大户人家多,多有请施家戏班唱堂会的。因唱堂会少用道具,演员只化淡妆,花费少,却更见演员功夫。只要表演得好,主家一高兴,给赏钱更多,跟在场子里表演收益不可同日而语,所以每有堂会施班主就对演员千叮嘱万叮嘱,千万小心不能演砸了。这天戏班为当地望族白姓人家唱堂会,晚饭后开演,几十支燃烧的大蜡烛把大堂照得如同白昼,几场戏过后,陆羽表演了他的谐剧《二娃子进城》,赢得一片叫好声,他灵机一动,又即兴说了几段他总结来的笑段子:

承蒙主家大人看得起,陆羽再说几段市井坊间流传的妄语。一叫"必不来",便有醉客逃席,客作偷物去,追王侯家人把棒呼狗,穷措大唤妓女!

大堂上端坐的主家男女老少响起笑声。

二叫"羞不出",便有新妇失礼,尼姑怀孕,相扑人面肿,富人乍贫,处子犯物议,重孝醉酒。

三叫"怕人知",便有匿人子女,犯人受宠,偷税,栽赃。

四是"不嫌",便是饥得粗食,徒行得劣马,行久得坐次,渴饮冷浆,行急得小船,遇雨得小屋。

五是"隔壁闻语",说所送物好么,必是不佳;新娶妇却道是前缘,必是丑;说太公八十遇文王,必是不达;说食禄有地,必是差遣不好;说随家丰俭,必是待客不成礼数;说屋子住得恰好,必是小狭;咒骂祖先,必是家计不成。

六是"杀风景事",便是花间喝道,看花泪下,苔上铺席,斫却垂杨,花下晒裈,游春重载,石笋系马,月下把火,妓筵说俗事,果园种菜,背山起楼,花架下养鸡鸭。

七是"不快意",便是钝刀切物,破帆使风,树荫遮景致,筑墙遮山,花时无酒,暑月背风排筵。

八是"不忍闻",便是孤馆猿啼,市井秽语,旅店秋砧声,少妇哭夫,老人哭子,落第后喜鹊,乞儿夜号,居丧闻乐声,才及第便卒。

……

此时陆羽还没说完,大堂上早笑倒了一片。只有座当中一个老者,头戴硬角幞头,身着华贵青色圆领团袍,足登皮靴,面庞清峻,长髯飘拂,只是目光灼灼地盯着陆羽,随后在主家白大人的耳边小语一阵。

堂会完后,白大人留住了施班主和陆羽几个台柱子,吩咐摆酒置筵入席。施班主和陆羽心里都是忐忑不安,不知主家将有什么吩咐。五十多岁,做过县令的白大人介绍坐在上席的老者,原来是他父亲。施班主和众艺人连忙起身作揖行礼,口称见过老大人。老者忙摆手让他们坐下,说幸会施家班社,想与随意聊聊,又夸赞了一通剧目,便指着陆羽说:"这位小相公即兴表演很不错,富有生活况味和社会洞知,意义深长哪。"听到夸奖的陆羽不好意思地低了头。

一见主家赞赏,施班主可是来了兴头,他急忙向老者介绍陆羽,说陆羽是个天生艺才,他演的《二娃子进城》是自己编的,末了还加了一句:"他戏演得好,茶艺也不错,我们戏班都喜欢吃他煮的茶。他对茶品、用水、茶具都有研究。"

"哦?"老者眼睛更加放亮,拖长声音说:"我大唐茶风炽盛,当今圣上在皇宫里还和妃嫔斗茶,老夫自是不能免俗,也好此一口,文墨之余就是喜欢摆弄自制茶具,今天就请小相公用这套茶具为大家露示一下你的茶技,可否?"陆羽拱手一揖说:"陆羽雕虫小技,岂敢班门弄斧?"老者捋着长髯说:"陆小相公不必谦逊,同声相应,同气相求,切磋切磋嘛!"陆羽只好说:"那——小的愿为老大人煮茶,以表敬意,请大人指教!"

于是老者让家人搬出他自创的茶具:风炉、茶釜、罗合、水方、竹夹之类,还有茶饼、茶碾、茶碗、熟盂等。这些茶具都制作得小巧精致,如风炉和茶釜都只有七八寸高,五寸左右宽,很是新颖别致。有的陆羽还叫不出名,他一一问了器名,默记于心,不再谦让,说声:"献丑了!"他挽了袖,在众人的注视下动手煮起茶来。一会儿,他已将釜放上风炉,从水方中将生水倒入釜中,随口问:"老先生,水是什么水?"老先生说是泉水,陆羽道声好,就用细柴在风炉生了火,碾了茶饼,用罗合筛过,将已热的水舀出一些到熟盂,待水一沸后用则(量茶的小匙)舀茶末入水续煮,用竹夹环击汤心,以发茶性。水二沸时出现光沫,陆羽用细瓢舀出盛在熟盂之中,待三沸时将盂中之水再入釜中,以"救沸"和"育华",放入少量桔皮、姜、盐等作料,一会他的渐儿茶便已煮好,舀一碗给老先生先尝,老先生喝一口,咂咂嘴,立刻满脸皱纹舒展开来,连说:"好茶!好味道!别有风味,真是名不虚传!佩服!佩服!"

老先生兴致勃勃地把陆羽叫到身边,边喝茶边和他讨论起水的优劣和如何掌握煮茶火候来。他说:"煮茶选水很重要,是要特别讲究的,请问陆小相公以为什么水最好?"陆羽略作沉思便答道:"依小可的经验,用雨水、雪水煮茶最好,但这二水一般不可得,次是泉水,再次是江水,再次是井水……当然这些水也要选择,要讲究清、轻、活、甘、冽……"

老者不断地点头,又问陆羽:"煮茶如何掌握火候?"陆羽说:"煮茶注重掌握水的三沸,一沸为蟹眼到鱼眼微有声,此时放茶末最好。二沸汤缘边如涌泉连珠,到三沸则汤中腾波鼓浪,此时茶味正好。过了三沸继续煮,汤水变老,就不宜饮用了。"想了想,又补充说:"汤有三大辨十五小辨。一曰形辨,二曰声辨,三曰气辨。形为内辨,声为外辨,气为捷辨。如虾眼、蟹眼、鱼眼、鱼珠、连珠皆为萌汤;气至涌沸如腾波鼓浪,水气全消,方是纯熟;如初声、转声、振声、聚声皆为萌汤,直至无声,方是纯熟;如气浮一缕、二缕、三四缕及缕乱不分,氤氲乱绕,皆为萌汤,直至气直冲贯,方是纯熟……"

老者听得很认真,然后连呼受益匪浅,感慨真是俊才出少年。老少两个谈得密切投机,一边白大人怕冷遇了施班主诸人,连连招呼喝酒,品尝汉江鲜鱼。接着主宾来往互敬,酒宴十分热烈。只有婉娘,似乎心不在酒上,时不时拿眼去瞟陆羽……

一个老书生还不如一个小戏子懂茶,老先生似心有所不甘,再问陆羽:"小相公可否知晓我大唐国朝好茶出处?"问到茶的出处,陆羽还真不知,他能分辨茶的好次,却多不知来处,于是摇头道声:"惭愧,见识短浅,请老大人指教!"白老先生便来了兴致,说起来滔滔不绝:"我大唐朝现有十五道,产茶就有八道,乃剑南道、山南道、浙东道、浙西道、淮南道、江南道、黔中道、岭南道也,其中尤以剑南道、山南道、浙西道产好茶,每年向皇室上贡,当朝天子和在朝大臣喝的贡茶,皆为此几地所出,剑南有雅州蒙顶黄芽、石花,山南有峡州石涧明月,浙西有常州阳羡茶,据皇室和大臣品第,认为黄芽最上,毛尖次之——"

讲到此,白老先生的脸上忽然浮起一丝得意之色说:"老夫我在开元二十二年到开元二十七年(734～739),有幸在蜀郡为剑南道节度使张宥作幕僚,住蜀都。蜀人尚茶好饮,茶风盛极一时,街头巷陌均布茶肆,木桌竹椅盖碗盏,见日饮客不绝。张公文人,也颇雅兴,屡次带我出府品茗,我就是这样喜好上喝茶了。更有幸的是,开元二十七年(739)张公离任那年春上,我慕名专程到蒙顶山一观。那雅州蒙顶山属严道县,离蜀郡有三百多里,骑马三天才到。严道县丞在山下候我,陪我上山。蒙顶山以远古大禹治水成功,在此山祭天闻名,《尚书·禹贡》有'蔡蒙旅平,和夷底绩'之说。山上古树参天,岩泉飞洒,茶畦遍布,且终年浓雾逶巡,端是植茶好地处。就在蒙顶山的上清峰间,我不但见到了称为'仙茶'的皇茶园——专为皇家生产贡茶的茶树。'仙茶'是正贡,那黄芽、石花、雀舌、芽白等品,还是'陪贡'。那次,在县丞的撮合下,我得以品尝'仙茶'。守园人拿出珍存的十几叶'仙茶',为我熬茗。我先细观其叶,只见长芽叶脉细长,微细如针,蜀人谓其为雀舌。茶成,酌杯中香云蒙覆其上,凝结不散,汤色黄而碧,啜一口,味甘而馥,唇齿留香,经久不绝……那是我一生喝到的最美的茶味了。据说那山里还有一棵一两千年十多丈高的茶树王,可惜的是,因为山高路远难行,我们没能去一睹那棵茶树王的伟姿,成为终身的憾事!"

天下有如此神奇的好茶和那么高大的茶树?陆羽听呆了,他想:要是自己也能亲身体验一回多好啊!他暗下决心,来日一定要去见识见识那神奇的仙茶和茶树王。白老先生沉浸在往事的回想中,许久,他看一眼陆羽,见他如痴如醉的模样,心里十分满足,却忽又一声长叹说:"唉,离开蜀郡已是好些年了,接任张公任节度使的章仇兼琼也回朝做了户部尚书,如今是杨国忠遥领剑南节度使。人事已非,观时下朝政,令人心忧啊!玄宗天子一味求仙玩乐,杨家兄妹得宠,奸相李林甫专权,胡人安禄山得志,天下怕是离乱不远矣……"一旁的白先生听到父亲说起敏感的话,忙说:"爹,你说茶就说茶,扯那些不相干的做什么!你们光顾说话,都忘了喝酒了,快让人家陆小相公喝几杯呀。"那施班主也粗着嗓门帮着说:"就是就是,喝酒喝酒!"

白老先生也端起酒杯,歉意地对陆羽笑着说:"来,来,我们喝酒!"

婉娘遇险

下元节(农历十月十五)后,戏班子放了一天假。上午,下了几天当地人称的麻雨子(毛毛雨)也停了,天放出晴色,天空显得异常明亮。街道仍是湿漉漉的,婉娘叫上陆羽,陪她到襄州城热闹的隆中街买胭脂头油,还买了据说是三国时的诸葛亮在隆中隐居时泡制的大头菜(即榨菜)和安居乐蜜枣。婉娘说她爱吃,陆羽学着当地人的话说:"你们妮子什么都神(很)好吃。"逗得婉娘嘻嘻直笑。

买完东西,时候尚早,两人到城边去看襄州城有名的古城墙和护城河。那从汉朝时筑成的古城墙高大雄伟,尤其几十丈宽的护城河令人咋舌。两人吃着蜜枣往白铜堤走时,突然在一条街口,被几个纨绔子弟围住了,其中一个胖子,五大三粗,满脸络腮胡,头戴交脚幞头,身着直领绿绸长袍,足蹬乌皮靴,嬉皮笑脸地拦住婉娘说:"咦,这不是施家班那个唱胡歌跳胡舞的妮子么?嘿,长得比舞台上看起还朗塞(好)。今天碰到你,是我们有缘分了,怎么,陪大哥去喝酒,玩一把吧!"其他几人,虽也穿得光鲜,但头缠巾帻,穿齐膝褐衫,脸上皆带谄媚之色,一看就是胖子的仆从,他们纷纷哄笑着说:"玩什么玩,干脆做你的五姨太得啦,让她给你生几个儿子!"胖子笑着说:"先玩玩吧,慢慢来啦!"边说边靠上来。

婉娘的脸变得煞白,眼睛往四处张看,希望有路人出来相帮。但这里过往行人很少,即便有人也是一看到胖子几个,赶紧急急躲开。外人指望不上,婉娘横了心,她一下打开胖子的手说:"陆子,我们走!"胖子大喝一声:"往哪走?往哪走!没陪老子玩高兴,你走得脱!"他一个眼色,仆从们就把婉娘围起来,吼道:"小妮子,你别给脸不要脸啊,我们费公子是啥人?马步军都将的公子,嫁了他,一辈子享不完的荣华富贵,吃香喝辣,三年两载生几个儿子,尊贵无比,比你在台子上又吼又跳累死累活的挣几个赏钱好上天了!"

陆羽这时也急了,赶紧一步跳过去,推开婉娘面前的两个人说:"婉娘姐你快走!"又用刚学到的襄州话骂道:"生货(坏蛋),让开!"婉娘有些迟疑,自己走了陆羽怎么办。一边的胖子一声冷笑:"呵呵,还有横挡道的,可惜是个嫩水娃儿,给我教训教训他!"然后他拦住婉娘,笑着说:"妮子莫生气嘛,生气要伤容貌的,看你脸儿细白细嫩豆腐儿样,腰条子闪闪的柳条儿样,屁股儿翘翘的秤杆儿样,爱得哥子我饿狗儿样!小妮子别辜负我的一片情意……"边说边伸手往婉娘身上摸。

旁边胖子的仆从听陆羽骂他们,恼羞成怒,一听胖子吩咐,立刻攘臂挽袖,扑上来打陆羽。陆羽灵活,左躲右闪,身上虽挨了几下,却不重,眼睛看着婉娘,见胖子又要非礼,不由得怒火中烧,不顾一切冲出包围,跑到胖子身侧,双掌一推,猝不及防的胖子重重地摔出去几尺远。陆羽拉起婉娘说:"快走!"胖子的仆从见主人摔了,当即愣住了,陆羽和婉娘趁机跑了。

胖子摔的地方正好有一滩雨后积水,他的蓝绸袍被弄脏了,人也摔得不轻,回过神的仆从们急忙去扶他,他痛得呲牙咧嘴地爬起来后,狼狈地抖着身上的水,大骂仆从还不快去追人。仆从们赶紧吼叫着去追婉娘和陆羽,跑了一段路,却发现婉娘和陆羽不见了——原来他俩刚跑不远,迎面来了一辆带篷的马车,陆羽灵机一动,叫住马车,许车夫多给钱,马车拉他俩到白铜堤,然后跳下车飞驰而去……

次日上午,施家戏班接到一个帖子,是一个姓费的将军府邀唱堂会,许下的赏钱丰厚,是别家的一倍还多。这些日子施夫人的母亲得了重病,施夫人在侍候母亲,戏班里的事全靠施班主,他忙不过来,心情颇为不爽,得了这个贴子,顿时高兴起来,急忙通知戏班的人做好准备。天气风和日丽,下午施家戏班早早吃了饭,分坐了几辆篷布马车去了荆州街的将军府。

那将军府果然气度不凡,府门高大威严,门口站有府兵,照壁后是宽大的院子。过了堂屋是廊庑和天井,那里戏台子是现成的,足见将军府经常看戏。戏子们来了后安排喝茶、做化妆准备,一应都有管家安排。从管家嘴里,戏子们知道这是马步军都将费元宝将军的府第。相比而言,前不久唱过堂会的白府可就逊色多了。天黑下来后,在四处高脚油灯滋滋的轻响中,费府上下灯火通明。不一会,吃饱喝足的费府上下几十个人,簇拥着着了便服的费将军到了戏台二丈多远处的堂屋坐了,戏也就开演了。胡歌胡舞、双簧、谐剧、杂耍、魔术等,一出出演下来,除了"大变活人"需要特殊的道具不能演外,其他节目基本都上了场。

戏演完,管家传下费将军的话,说要宴请艺人,但只请一人,就是唱胡歌跳胡舞的婉娘。管家一说,群情哗然,本想一饱口福的其他人,把眼睛斜向婉娘,说起冷嘲热讽的话,说真是脸蛋子长得好看能管吃管喝,或许还管用啊!更有几个年大色衰的女戏子,说得更刻薄,说骚狐狸精走到哪里都要迷人。

正在后台卸妆的婉娘气得涨红了脸,她不愿跟别人计较。她突然想起了昨天的遭遇,心里顿时涌起几分不安。昨天那个胖子的仆从说胖子是什么将军的公子,她没在意听,回去后她和陆羽还暗自庆幸逃过了胖子的纠缠,这下想起来,好像那些仆从说胖子是将军的儿子,莫非这费府就是胖子老子的?如果是,那胖子肯定也在。艺人在台上演戏时,台上灯明,台下灯暗,上面是看不清下面看戏人的,她只恍惚看到主家坐在最前边的是个穿便服,留唇髭的敦实老头,现把他和昨天的胖子一比照,还真有几分相像,婉娘顿时有了不祥的预感。她对陆羽说了她的疑心,陆羽恍然大悟,说那你千万别吃他的宴。婉娘找到施班主说:"如果请大家,她就参加,如只宴请她一人,她无论如何不留下来。"施班主也觉得只宴请婉娘一人不合常情,就去和管家说。

不一会,施班主满脸沮丧地到后台,对婉娘说:"这晚宴你不参加还不行,将军说了,你不参宴就不付戏钱,我们这晚的戏就白演了,人家是将军,我们惹不起呀!"婉娘顿了一下。施班主又说:"你别怕,将军同意让我陪你——我见没办法拒绝,就提出我陪你留下,将军先不同意,我说我是班主,你是我雇的艺人,我应和我的艺人一起吃饭,将军这才同意了。你快收拾一下,他们已经等着了。"婉娘听说有班主相陪,宽了心些,也就无奈地同意了,但她悄悄对陆羽说:"陆羽,烦你在大门口等一等我。"

众艺人走后,婉娘和施班主随管家到了费府亮如白昼的宽大饭厅,马步军都将费将军已是坐在堆满鱼肉的桌子后等着了,一见他们进来,就连连招手,拍着旁边的座位说:"小妮子过来,坐我侧边!丫环,把酒斟上!"婉娘只得在他旁边坐了,施班主挨着她顺次坐下。婉娘环扫一眼,见陪客没几个人,除管家外,有个据称是费将军手下的校尉,还有……婉娘果然看见了昨天那个胖子,脸上带着一丝奸笑对她挤眉弄眼。婉娘脸一沉,又偷窥了旁边的费将军一眼,见他有五十多岁吧,也是戴交脚幞头,穿直领蓝绸长衫,膀大腰圆,满脸虬须,活脱张飞现世,尤其是眼睛血红,像个恶煞,目光如雷电一样看她,连忙低下头,心怦怦地跳动。

一个衣着鲜丽的使女执壶斟酒,她走动时,身上的佩饰叮当作响,显示着主家的豪富。费将军哈哈大笑,端起酒杯说:"费某是个粗人,不讲什么繁文缛节了。今天有幸结织施家班社的名媛——嗯,叫什么名?"施班主忙说:"叫谢婉娘,是我们戏班的台柱子……"费将军打断他说:"知道知道,唱胡歌跳胡舞的,谢……谢小妮儿,我们就算认识了,来,先干一大杯!"他仰头就把杯中酒干了,然后瞪着红眼看婉娘,见婉娘不动杯,他的红眼瞪得更大,鼻子里"嗯"一声,婉娘连忙说:"将军请见谅,小女我不会喝酒,从不喝酒……"

"哎——再不会喝酒到费某这里也要喝,是不是?"他把红眼瞪向其他人,除施班主外,那几个人都是笑着一迭连声说:"该喝,该喝!"费将军又把红眼转向婉娘说:"听到没有?我这是好酒,刚出的清秋酒,味道纯得很。"见婉娘仍不动,就带几分火怒声说道:"怎地不给面子?再不喝我就是灌了。"说完一捋长袖,要端酒杯的样子,吓得婉娘赶紧说:"我喝我喝。"端起杯来一饮而尽。其实婉娘是能喝酒的,这新酿的秋酒也不辣嘴,还带甜,颇好喝,但她故意装出不会喝,还连连咳嗽。费将军拍手大笑说:"好!好!这就好!来来,咱们连饮三杯!"

酒过三巡后,费将军说:"当今圣上和贵妃娘娘都喜欢胡人安禄山,所以胡风炽盛,已成时尚。"他侧身一把拉过婉娘的手,把红眼瞪着婉娘说:"你唱的胡歌跳的胡舞,真是喜煞人也!尤其跳胡舞,露一截肚皮,白生生的,屁股抖得嘛,风车儿似的,爱煞个人了!"说时,他的目光犹如饿心慌的狼舌头,在婉娘的俏脸上舔来舔去,一只多毛的手在婉娘白净的腕上摩挲,婉娘全身直发冷,挣了几次才挣脱,深低了头,恨不得地下有个洞子好钻进去。施班主见状,连忙站起来为费将军敬酒,费将军大咧咧拍打着施班主说:"施瞎子,费某我啥都缺,就是不缺钱。你让费某高兴了,顺心了,你就用马车来拉钱吧,哈哈哈!"

施班主睁着那只好眼连连点头说:"好,好,好!"

和费将军喝过几杯,施班主挨个往下敬。费将军又把红眼转向婉娘说:"昨天犬子大宝向我讲,说施家戏班有个小妮子很可人,今天见了果然生得俏!费某虽有十五房夫人,却没一个可心可意的,今天见你就惹火动心了。我说呢,小妮儿你就做我的十六房夫人吧,好歹我费仲成是个马步军都将,指挥着千军万马,你当了将军太太,那就是从糠箩跳到米箩,衣来伸手,饭来张口,享不尽的洪福,怎么样?"将军这么快就奔了主题,满座皆惊,气氛陡然紧张,尤其是施班主,睁大了那只独眼看着婉娘。

婉娘紧低了头,轻声说:"小女蒲柳薄质,不过一江湖戏子,不配将军……"将军大手一挥,"什么配不配,我看上了就是配了!"忽地啪一响,只见胖子摔了箸,气紫涨了脸,站起来大声说:"爹你怎么抢孩儿我……"将军伸手指着胖儿子,红眼一瞪,"你住口!娘的,真欠揍!再说一句,老子马棒伺候!身上的皮又痒了不是?"胖子顿时吓住,嘟着嘴气鼓鼓坐了下去。

婉娘站起来说:"对不起,小女上一趟别室(厕所)。"将军让使女陪婉娘去,挥手道:"快去快回,等你陪我喝酒、说话!"

婉娘离去后,为缓和气氛,施班主笑着说:"将军,你那么多夫人,忙得过来吗?她们不吃醋闹事?"旁边一校尉吹嘘说:"我们将军调理女人可是很有一套,夫人们个个皈依佛法,服帖得很!"将军也得意地大笑说:"老子这点本事是有的,不是夸口,再烈再横的女人在我手里,不出一月,就变得乖乖儿的,还变着法子让我痛她爱她宠她!她们之间吵呀闹的,我一去,鼻子哼一声,没人敢说一句话,规规矩矩!"大家向将军敬酒,说将军好艳福,好手腕,妻妾众多做到平安无事不容易。校尉还说:"将军,你给大家介绍介绍你调理女人的经验,也让我们学一学。"

将军高兴得自顾又喝一杯,粗声大嗓地说:"女人嘛,要耍小脾气,无非是一哭二闹三上吊,调理她们,容易!关键是头一回要下狠手打好,哪个女人敢忤逆我,老子脱光她的衣裳,把她跪在碗碴上,用皮鞭子细细地抽,让其她女人都来看,再不告饶悔过,就用盐水涂抹全身,痛得她长声嘶喊,让她生不得,死不得,再硬的人,没有不求饶的。这样,才找郎中给她服药调理,一个月后让她变成另一个人!"

"哦!"校尉惊叹,施班主长吸口凉气。这时使女转来说:"谢小姐酒喝醉了,出别室就倒了地,使女让她到她的房间睡了。"将军呵呵一笑说:"好,睡了也好,今晚就在这睡了!来,我们喝酒!"一桌人推杯换盏地喝起来,胖子心里不高兴,用大碗喝了一碗后趴在桌子上,施班主却是心里十五个吊桶打水——七上八下,不知如何是好……

婉娘可没真睡,她怎么能睡得着呢?其实她醉酒倒地都是装给使女看的,也是她要求到使女的房里躺一躺。使女不敢怠慢,将军的话她都听到了,眼前的年轻美人,成了将军小夫人的话,说不定就是她的主子。她把婉娘带到她的房间,伺候婉娘躺了,还怕她着凉,多加了一床薄被,这才到饭厅复命。使女一走,婉娘一骨碌爬起来,看到床边有使女的一块方巾,抓起来围在头上,遮住面目,悄悄往将军府大门走。从进将军府的那一刻起,她就十分留意路径。她知道费府的内眷都在后院,前院人很少,她绕开饭厅,顺利来到大门口。守门的卫兵盘问。她说是将军请客,忽然要吃一样鲜食,让她去买,卫兵就放她出去了。

出府门不远,她一眼就看到心急火燎的陆羽正等在那儿,她心里一热,朝他扬扬手跑过去。夜渐深了,街上行人已少,陆羽要问什么,婉娘朝他摆摆手,拉着他就朝夜的浓黑处跑去。一路上,婉娘一句话也不说,陆羽问她也不说。好一会儿,他们回到白铜堤悦来客栈,伙计给他们开了门,客栈里黑灯瞎火的,其他人都睡了,显得很清静。进了婉娘的房间,婉娘关了门,在黑暗里叫了声"陆子",人就瘫在了床上。陆羽用火镰点燃羊油灯,看见床上的婉娘紧闭双眼,泪水满面。他知道她受委屈了,于是默默地站在她身旁陪着。

婉娘突然坐起来,抓着他的手说:"陆子,我们伶人的命真苦哇,尤其是我们年轻女戏子,那些达官贵人,总是苍蝇一样叮着我们,我好怕,我早晚要遭他们祸害了,你对我好,我先把身子给你吧!"说着她就急急脱起衣裳。

"婉娘姐,你别、别……"婉娘突然的举动让陆羽不安,不知所措,他又口吃了,但话还没说完,婉娘已光溜溜地扑过来抱住了他。他感到她雪白的娇躯在微微颤动,她温热柔软的嘴唇压在他的嘴唇上,呼出的气息痒痒地撩着他的脸,一直撩到心里。天天在戏台上演绎人间故事,陆羽早知了男女情事,一般人家,在他这种年龄娶妻的也不在少数。他全身腾地燃起火焰,血也热烈地奔流起来,他搂紧了她,回应着她,吻她的脸,她的唇,手也抚着婉娘的滑滑的背……就在他要不能自制的时候,突然一个声音在他耳畔响起:陆羽,你原来是这么一个下作的人吗?

那分明是他的季兰姐姐,他心里一直想念着的季兰姐姐的声音!他全身猛地一震,他不能就这样要了婉娘姐姐的身子,此时此地,我不能这样,这不是他陆羽干的事!"季兰姐姐!"他全身一震,喃喃地叫了一声,轻轻地推开了婉婉的身子。婉娘疑惑地看着他,眼里含着泪说:"你瞧不起姐姐?"陆羽说:"婉娘姐,你怎么这么说呢,我从来敬重你呀。只是,这不是时候……说不定,将军府的人很快就要赶来,你快把衣裳穿好!"这一说,婉娘想了想,也就理智起来,穿好衣裳说:"陆子,这世上就你对我好,以后你哪时要姐姐,姐姐都给你!"

还真让陆羽说着了,门外走道响起脚步声,婉娘的脸一下变得死白,一把拉住了陆羽的胳膊。

"婉娘,婉娘!"施班主压低了的声音轻声呼唤。听见是施班主,二人才定下心来,陆羽开了门,施班主看陆羽一眼说:"咦,你还在这里?"婉娘指着陆羽说:"是他帮我逃回来的。"施班主小声说:"好,你回来了就好,把我担心死了,费府已经发现你跑了——是那个费公子先发现的,他自己悄悄去到使女屋里,想占你的便宜,就发现你跑了,连忙来跟他爹费将军说,费将军发大火了,当场把使女打了一顿,又骂我一通,而且,我们今夜的辛苦费一文也不给了,我愁明天其他艺人闹起来咋办哟,唉——"

婉娘转身飞快地在她的一只木箱里翻找。拿出一些散碎银两和几缗铜钱说:"难为班主了,今晚演艺的赏钱就由我来出吧。"施班主像被火烙了般跳开说:"那怎么行呢,又不能怪你,你也是……"婉娘说:"班主拿着吧,虽然不怪我,但总之是因为我没拿到赏钱的。"施班主这才说:"那不好意思了,这样吧,我拿一点,能把其他人安抚住就行,我们班头例钱那份就免了。"陆羽也说:"我那份赏钱我也不要的。"

"那好。"施班主放回一些钱。婉娘声音哽咽地说:"多谢班主了。"施班主拿着钱要走,又顿了脚说:"婉娘你住这恐怕不好,听费将军的口气,好像还不得放过你,弄不好今夜就会派人逮你,我看你跟我到我家吧,让我黄脸婆陪你找个隐蔽的地方住,你看可好?"婉娘马上深深一躬说:"那多谢班主!"陆羽也长出一口气。婉娘马上收拾了一些东西拿上,跟施班主走了,临走施班主对陆羽说:"陆羽你留心点儿,千万别暴露婉娘的行踪。"婉娘则深看他一眼,轻轻地说:"夜深了,你快去睡吧。"

当夜无事。第二天黎明,就有几个腰挂长刀的士兵来到白铜堤悦来客栈,要找婉娘,客栈的老掌柜见了兵,吓得双腿直打哆嗦,忙让伙计找人,早已在外候着的陆羽故作惊讶地对他们说婉娘昨晚让费府请去吃宴一直没有回来,还带兵去看了婉娘的住屋,果然没人。几个兵不放心,又问其他艺人,那些人都不知实情,还为昨夜没吃上宴请不高兴,对吃宴的婉娘讽刺挖苦一番,不过在婉娘回没回来问题上,倒是众口一词说没有看见,几个兵只得走了。

那天下午又发生了一件事,在施家戏班演出的场子,突然来了十多个壮汉,不由分说,将施家戏班的道具砸了个稀巴烂后,一溜烟跑了。施班主当即去报了官,官府派了衙役来看了看就再没有音讯了。施班主心知肚明,看来在襄州城是无法演戏了。眼看已进腊月快要过年,全戏班人还盼着多得一点赏钱回家过年呢,如今连生存也不好维持了。施班主一筹莫展,正当他愁肠寸断不知如何是好的时候,有个游商给他带来一封信,说是竟陵的县丞托他带来的。看了信,施班主就高兴起来,独眼放着光,急口说道:"天无绝人之路啊!"又问陆羽:"你的新剧写好没有?"陆羽说已经煞尾了。施班主说:"那好,我马上联系船——我们还回竟陵城!"

原来几月前,朝廷将一个叫李齐物的人,从河南尹贬为竟陵太守,即将到任,县丞紧急来信让施家戏班回去,为迎接新太守到任作唱戏准备。

齐物提携

李齐物修长的身躯站在竟陵府衙的窗前,目光透过窗棂迷离地望着庭院出神。天灰蒙蒙的,像要下雨。他并不看院中的亭榭假山,而是望着院墙处三棵高大的槐树,心里一阵翻波涌浪。又是春天了,冬日褪尽绿装的槐树萌发出绿雾样的细叶,几只麻雀在树头跳上跳下叽叽喳喳地乱叫,更使得他心境生出几分苦涩。他一身素静穿着,乍暖还寒时节,头戴乌色展脚幞头,身穿灰白圆领长袍,腰系练丝带,右侧用红缨络吊一块晶莹剔透的环形玉佩。

到任几天了,他还没有从身世的变故中适应过来。天宝元年(713),李齐物正在陕州太守任上领着几万民工凿三门峡的砥柱修河渠以通漕运,岩石坚硬,他采纳民工想出的办法,在石上泼醋,石头就变软好开凿了。政绩斐然却忽然被贬,他完全不知所然,从去年七月在河南尹任上无端遭贬黜后,他有一月的时间,是在东都洛阳城里和相知旧交们设的饯行酒中度过的,然后抛下家眷,带了两个家童,骑马向竟陵进发赴任。紫袍变绯袍,三品变五品,他不知道去到那块时常被人称为"荆楚蛮地"的地方后前途如何。他沿途逢山游山,逢水玩水,体察风土人情,往往一住就是十多天,再加所到之处官宦的迎送,足足盘桓了半年多才到竟陵。他没想到竟陵还是一个小巧玲珑、风景秀美的城阜,青山绿水,物产丰富,民风古朴。竟陵人很热情,县吏们对他的到来也是一片欢迎,说是郡人得良牧,无不归心,他们对他当年任陕西刺史时穿三门运渠以通漕运的政绩早已耳熟能详并由衷钦佩,也对他的被贬充满同情,这多少释放了他心头几分郁闷之情。

身后响起了轻微的脚步声,是府佐来了。这个留着一把山羊胡子、穿青灰直领长袍的干巴老头,他对皇室后裔颇有政声的李齐物很尊敬,因为李齐物的家眷还没来,所以他把李齐物的衣食住行安排得很妥帖。他来到李齐物身边,轻声唤道:"郡守大人!"正沉浸于遐思的李齐物回过神来,清癯的脸上露出一丝笑,问道:"佐公有事?"府佐说:"你要看的档案我已找出,今天的文牍我已清理好,都放在你的公事桌上,文牍我看过,没有什么紧要事。只是,有几个本地名流要来拜望你,看你怎样安排。"说着递上一叠制作精致的名帖。

李齐物接过来,看了一眼就说:"好吧,我定了告诉你。"看府佐还不走,就问:"还有事?"府佐抖动着山羊胡,嗫嚅地说:"郡人想请戏班子唱戏……"府佐话没说完,李齐物就打断说:"我不是说过不要张扬吗?"到竟陵的第二天,府佐就代表郡人要给他接风摆宴唱大戏庆贺,李齐物制止了,他说自己是一个失败的士子,没什么值得庆贺的,今后大家共事的时间很长,接风也不必了。的确,处在这样一种境况,须得一步一小心,出头招风惹火的事尽量避之,不谨慎就会给自己招来更大的祸事。

府佐说:"单独为你接风洗尘不搞了。郡人们有个想法,竟陵每年四月初九是龙抬头的日子,要在汉江边搞祭祀河神活动,想请你与民同乐,光顾赐教。我替你答应下来了,我想,借此你可以了解本地风土人情,还可以与当地头面人物融洽关系,再者,也散散心。"李齐物早就听说,楚风好鬼神,屈原有《山鬼》,宋玉有《招魂》,《汉书》有"楚人信巫鬼"的记载,想想,真如府佐所说,是两全其美的事,就爽快答应了。既然来到了竟陵,就尽自己的绵薄之力,为百姓多做一点事,百姓苦哇!从洛阳一路走来,沿途所见所闻,让他触目惊心。地方官横行霸道,吸骨敲髓,强取豪夺,多少百姓家破人亡,流离失所,民不聊生。从张九龄罢相以来,李家自太宗皇帝铺下基业的赫赫大唐王朝,就已经走下坡路了。如今,玄宗皇帝迷恋杨贵妃,沉醉在温柔乡里享乐好玩,挥金如土,奸相李林甫专权当道,如此下去,要不了多久,国家不知要发生什么变故了。悠悠千载,国家兴亡替代,可是无论兴盛与衰亡,百姓都是一个苦呀!李齐物长叹一口气。

汉江从遥远的西北奔竟陵而来,再折而往东浩荡流去。"楚塞三湘接,荆门九派通。江流天地外,山色有无中。"诗人王维在《汉江临眺》诗中这样描绘汉江中下游景色。但是,汉江温柔敦厚的外表掩藏着它粗野暴烈的性子。每到夏秋时节,连降暴雨,河水陡涨,由于江汉平原河床坡度小,水流缓慢,且愈近河口,河道愈窄,呈倒置喇叭形,泄洪能力差,汛期洪水常和长江洪峰相遇,排泄不畅,造成十年九涝,凶猛的河水吞没了沿岸的房屋、庄稼,卷走人和六畜。因此,每年夏初,竟陵的人都要自发祭祀龙王,祈求龙王在享用金童玉女、猪头三牲后,能大生善心,不发脾气,庇佑本地风调雨顺。

转眼到农历四月初九日,那天天气出奇的好,天高云淡,红日东升。用过早膳,李齐物在府佐和府役一干人的簇拥下,骑着健马来到竟陵南边十里处的河神庙。离河神庙还有里许,早有人在此候着接应。李齐物起眼一看,河神庙前的河滩地已是人山人海,到处彩旗飘飘,欢声笑语,不由得心情也开朗起来。李齐物一行被人引到河神庙前一侧搭建的贵宾台,这里既可以看到河神庙,又正对着祭祀台,上面还用篾席搭篷遮住日光。主持祭祀的周乡正已在台下恭候,向李齐物拱手作礼,李齐物没有见过他,府佐连忙介绍,李齐物也拱手答礼。上了台,见这里早坐满了人,都是竟陵城的社会名流和富商贤达。见李齐物到了,纷纷起身拱手作礼,李齐物也拱手回答,口里说着谦恭客套的话,府佐又是一一介绍。于是台上一片"久仰"和"幸会"之声。李齐物坐在当中特留的空座,就有人奉上茶水,他和旁边的人随意攀谈,以表和蔼可亲。对其他人李齐物印象不深,只对一个五十多岁头戴秀才方巾、身穿半旧青色团领长袍名叫邹塾的人留了意,知他在火门山开馆教书,也算是有点名气的先生,听说他是个儒者,李齐物和他叙谈起来,双方都觉颇为投机。

粉饰一新的河神庙很小,只供着一尊河神像,也是披红挂彩。那神像有些不伦不类,头额和身子如龙般有着龙角龙须龙鳞,面目却是个慈眉善目的老头,大概是取人神合一的寓意吧。祭祀台也是临时由木板搭成,从庙台处延伸出来,上面挂着演戏所用的紫红幕布。不远处的汉江江面开阔,浩浩荡荡,水波不兴,一副驯顺的样子。倒是台下滩地的百姓,因为李齐物的到来,人头攒动,伸脑引颈,有人还指指点点,想看新来的太守大人是啥模样。

等李齐物歇过气,时辰已到,周乡正就宣布祭祀开始,刹时鼓乐齐鸣,鞭炮声声,烟雾腾腾。李齐物就领着台上的耆老名流,登上祭祀台,向河神上香。香先用香炉里的火点燃,再插到香炉里,然后行三跪九叩之礼,然后邹夫子拖着长声念他写的祭文。待最后两个字"尚飨"落地,一些青壮男子就将纸扎的童男童女和扎着红布的三牲抬上,供在河神塑像前面的桌案上,这些祭物将在三天后抛入汉江。摆好供品,青壮男子们齐声吆喝呐喊,仿佛是在请河神享用供物,于是一阵更猛的鞭炮声响起来,整个祭祀程式如仪。李齐物还是乐于参与祭礼并领头上香的,那天府佐一说他就答应了,也算是他来后为竟陵做的一件事吧。

祭祀仪式完后,李齐物一干人回到贵宾台,重新上过茶后,早就化妆等待的施家戏班在锣鼓的敲击声中开始上戏了。台下的百姓涌动起来,纷纷寻找最好的位置,对他们来说,看戏才是他们来此的主要目的。今天是白看戏啊,而且是看很有名气的施家班的戏,而平日看戏是要钱的。对看戏李齐物倒不经意,作为皇室贵胄和官宦,他看过多少戏啊,一个小地方的戏班子能唱出什么好戏呢!不过为了体现与民同乐,他还得像模像样地坐着。

开头的几个戏,李齐物并没觉出特别,大变活人、走钢丝、二人双簧之类,他看得多了。胡歌胡舞、马戏也未引起他的兴趣,倒是台下的百姓爆出阵阵掌声。但是,当一个扮相的小生上场,演谐剧《二娃子进城》时,他不由得被吸引了,那来自生活深处的生动剧情,逗得他哈哈大笑,那小心侍在一侧不时观察太守大人脸色的周乡正,见太守大人高兴,也就高兴地跟着哈哈大笑。后来,那小生说起"必不来"等笑段子,李齐物情不自禁地不住拈了下巴上的短须,鼓了眼睛看着小生,尖了耳朵听,一边连连颔首。

最后一出压轴戏是歌舞戏《踏谣娘》。这剧又叫《谈容娘》,是当时很风行的戏,诗人常非月还写了一首看此剧感受的诗:"举手整花钿,翻身舞锦筵。马围行处匝,人压看场圆。歌要齐声和,情教细语传。不知心大小,容得许多怜。"剧情表现隋时河南沁阳有个叫苏阿叔的男人,面貌丑陋又嗜饮醅酒,每当他喝醉归来,必要毒打妻子。他的妻子貌美而善歌,怨苦无奈,作歌遣怀。李齐物在别处看过的,不过戏一演他就知道这是改编过了,剧情变得更为集中,人物形象更加突出。李齐物看出是那个唱胡歌跳胡舞的女子扮演的妻子,在挨了丈夫毒打后,她拖着蹒跚的脚步在场中间踟蹰,边走边歌:

见人家男耕女织百年好合,举案齐眉恩爱缱绻无数,叫人慕煞;可叹奴家怎生错嫁了夫,落得个挨欺负受痛楚,可怜儿虽生犹死苦难诉!

幕后的人齐声唱和:

踏谣,和来!踏谣娘苦,和来!

妻子又唱:

满腹苦痛,数年经受,天知否?天若是知我情由,怕不待和天瘦。

幕后的人又齐声唱和:

踏谣,和来!踏谣娘苦,和来!

妻子唱:

日月两轮如梭走,怎辜负这黄昏白昼,天地不分清浊几时休?为甚么泪漫漫不住点儿流,莫不是八字儿该载一世忧,谁似我无尽头!催人泪的是锦绣烂漫花谢处,断人肠的是迷人月色挂在柳梢头。啊——端的是急煎煎按不住意中焦,闷沉沉展不开眉尖皱,愁思里情怀冗冗,心绪悠悠,端的个有谁问,有谁瞅?落得个两泪涟涟空悲戚,人间没个理会处。须知道人心不是长逝水,那堪得天际一派滚滚流。

幕后的人又齐声唱和:

踏谣,和来!踏谣娘苦,和来!

……

艺人演得很投入,她完全沉浸在自己的角色里,举手投脚,无不动人痛人。那情,那景,那如泣如诉的歌唱,一下勾出了李齐物自己蒙冤屈被贬谪遭遇的感受,他看痴了,好久,发觉脸上有些冰凉,一摸,竟是两滴粘稠的泪水,他连忙拭去,往两边看了看,见没人注意他,所有人的精神都贯注到戏台上去了,他的心才落定下来。戏完后日已偏西,周乡正请士绅名流和施家戏班的客,大家簇拥着李齐物,骑马回城。本来在百姓散去时,李齐物想见见施家戏班的人,可看他们都在收拾道具,又听周乡正请客有施家戏班,也就先行回城。只是邹夫子因急着回火门山,告辞过大家另路走了,李齐物和他各自留下名帖,答应日后互相拜访。

回竟陵十里路的脚程,骑马一会就到了。筵宴设在竟陵城最好的汉江酒楼。这是一栋两层木楼房,外表都漆成朱红色,十分气派,大门两边挂一副木刻对联。左边是:处世好比烹饪,成熟才进油盐;右边是:经营犹如酿酒,灵活才能隽永。底楼大堂每天客流如织,二楼包厢清静悠雅。李齐物他们当然是在二楼包厢。开筵时,李齐物东张西望,似在寻找什么,他不知施家戏班是在底楼的大堂吃。

酒过三巡,李齐物对周乡正说:"我想见见刚才演谐剧和《踏谣娘》的伶人,你给我叫一声。"周乡正正为今天能和太守大人一起吃饭欣喜,恭敬地敬了李齐物三杯酒,立刻起身说:

"大人坐着,小人就去叫。"然后下楼,上楼来身后跟着施班主、陆羽和婉娘。周乡正笑着向李齐物介绍说:"这是施家戏班班主,大号施明亮,可他一点也不明亮,还少了一只眼睛。"一座人都笑了,唯独李齐物不笑,侧了身坐着,打量施班主。施班主见了太守大人就要跪拜,李太守忙说:"免礼免礼,雷都不打吃饭人呢!"施班主只得一个长揖,陆羽和婉娘也跟着或长揖或屈膝作礼。李齐物对施班主夸赞了今天的戏目和演技,施班主笑得连那只好眼睛也不见了,连连说:"谢大人夸奖!"周乡正说:"光知道这些,就不晓得敬太守大人一杯酒?"

施班主忙说:"那我敬大人一杯酒",周乡正让酒保拿来空杯,斟满了酒,递给施班主。施班主双手捧杯说:"今天得蒙大人赏识,小的不胜荣幸,敬大人一杯。"说着先干,李齐物也就干了杯中酒,一座叫好,纷纷说大人亲善下民,毫无太守架子。李齐物就和婉娘说话,夸赞她演得好,婉娘也是高兴得连连致谢。李齐物问她:"你演的《踏谣娘》是修改过的,是谁改的呀?"婉娘一指身边的陆羽,"小女子回大人话,就是他——陆羽改的,他很有能耐,能编能演。"施班主跟着补充说:"他演的《二娃子进城》,就是自个编的。"李齐物把灼灼目光转向陆羽,刚好陆羽也在看他,四目相对,他见陆羽虽然相貌并不英俊,额疤还有些打眼,但骨相清奇,大眼清澈,将来会是个有作为的人。一时间,李齐物心里有什么东西被触动了。

李齐物说:"你叫陆羽,戏改得不错嘛,也演得好。你读过书?没读过书不会写出那么好的唱词来。"陆羽答道:"回大人,小的没有专门上过学,只是小时在李儒公家时,识过三年字,后来就特喜欢看书。"施班主看出太守大人喜欢陆羽,觉得陆羽给他长了脸,心里更高兴,他向太守大人简要讲了陆羽幼儿遭弃,西湖边大雁覆羽,龙盖寺收养做茶童,出逃当伶人的经历,还附带夸了陆羽煮茶的奇技,李齐物"哦"了一声,说经历颇奇,问陆羽:"你多大了?"

"回大人,小的十六岁多,快十七岁了。"陆羽答道。李齐物领首,"比我儿子李复大一些哩。"他把头转向施班主说:"陆羽能编能演,煮茶特别好,这么能干,该做个伶正之师嘛!"施班主忙说:"小的早有这打算,只是怕他年纪小,压不了堂子,这下有大人一言,小的这就去跟大家伙宣布,有大人的话,没人敢不服了!"李齐物从衣内掏出一张名帖,递给陆羽说:"陆羽,你明天来我府里一下,你爱看书,我那里有许多的书,你喜欢什么就拿去看。今天不多说了,免得影响诸位吃饭喝酒。"

陆羽长揖到地,口说:"陆羽深谢大人了!"

有心无心

做了伶正之师的陆羽,更加忙碌了。施夫人因母生病在襄州没来竟陵,戏班的事太多了,多亏有陆羽,把演戏方面的事顶了,施班主忙后勤保障那一头,戏班才得以顺利维持。但陆羽不管怎么忙,他都会经常去郡府借书,他看了《孟子》、《春秋》、《离骚》,还有宋玉、司马相如的词赋等。他爱不释手,像一个饥肠辘辘的人扑在胡饼上大口啃咬一样,慌急而心满意足;又像是吸水的棉花,浸泡在水里,片刻功夫就变得饱胀极了。他还向李齐物奉上他写的《谑谈三篇》和《教坊录》,李齐物读过后沉思好久,他觉得陆羽将来会是一个非凡的人,不会久居俳伶蓬蒿的,他应该有一个更好的前程,作为一个忠事朝庭求贤若渴的地方官员,他考虑是是如何使陆羽更上层楼,脱颖而出呢?

最让陆羽高兴的是,几个月后,李齐物的家眷到了,他的儿子李复,比陆羽小两岁,已经是一个博学多识的人,读的书比陆羽多多了,但李齐物对他要求得仍很严,每天读书写字,孜孜不倦。陆羽和他年龄相当,常向他讨教,李复也很乐意帮他。久而久之,两人竟成了好友。陆羽每次去还书借书,总要找李复叙谈一阵,分别时还很舍不得的样子。

陆羽每次去郡府,都会为李齐物煮一次茶,同样也博得了李齐物的赞赏,太守喝完后总是咂咂嘴说:"味道真是不一样,好吃。"他听陆羽讲说江水煮茶比井水好,就让府役专门为他到汉江取水回来煮茶。一个伶人成了太守府衙的座上客,日久天长,竟陵城的人都知道陆羽了。

不觉春去冬来,暑过寒往,又到隆冬天气,那天李齐物处理完公事,回住处早,恰值陆羽又来还书,李齐物就在书房里,一边呷着茶,一边和陆羽交谈起来。

"陆羽,你这么发奋读书,莫非就为了做个好伶人?"

"回大人,做伶人,这是……这是无奈的事,衣食是活命之本,砫羽要活命,得有个谋衣食处所啊。"

"哦——那你心里最想做一个什么样的人呢?"

"我最想做一个……当然是像大人你这样的儒士了!可是我……唉!"他本想说像柳残阳那样的人,但想不知李齐物知不知道柳残阳,话到舌尖又缩了回去。听陆羽这样说,李齐物有些高兴,他说:"做儒士有啥好处,苦哇。"

"虽然苦,但只要心系天下,做一番成就作为,将为天下人所仰望。苦中有乐,其乐无穷!"

"哦!"李齐物点点头,再呷一口茶说:"陆羽,你有如此大志,本官就成全你,过了大年后和我儿子李复一起,到火门山邹夫子处进学读书,那里的一切花费由我襄助,你愿意吗?"

天!去进学读书,该不是做梦吧?陆羽一下愣了。李齐物再问一句:"愿意吗?"陆羽翻身跪倒在地,涕泪长流地哽咽着说:"谢大人再造之恩!"旁边的李复更是高兴得蹦起来,欢叫道:"要去读书啰——"

"陆羽出头了!"消息很快在施家戏班传开,艺人们怀着不同的心情这样说,大家看他的目光也与以前不同了,似乎多了一些什么东西。满心喜悦的陆羽并不留意,他要把最后在戏班这些日子的事做得更好。

过年是戏班最忙的时候,全竟陵城笼罩在鞭炮声中,家家户户热热闹闹团年走亲,地方官员、富商大贾和有钱人家都要请戏班唱戏,各家戏班都是兴意兴隆。除施家戏班杂戏外,还有花鼓戏、渔鼓、碟子莲湘三棒鼓、七星点子等戏种。当然要数施家班的杂戏最受欢迎,天天没有空,有时一天要演两三个地方,艺人都很累,但心里高兴,一是施班主赏钱给得多;二是在主家唱戏时吃喝好,台柱子艺人还可以另得赏钱。

元宵节后,戏班子歇下来,放了假,有家室的艺人都拿了钱回家过晚年去了,剩施班主和没家回的婉娘和陆羽还住在客栈,而施班主把戏班的一些事料理后也要回襄州。过不几天,陆羽也要和李复一起上火门山进学读书了。

正月十七这天傍晚,施班主在汉江酒楼请婉娘和陆羽吃饭,也算是为陆羽饯行,他已经把杂事处理完毕,明天回襄州。过了年十五,往日生意兴隆的汉江酒楼也显得冷清了,但羊油灯火依然把整个酒楼照得通体明亮。他们要了一个小单间,酒菜也要得颇丰盛,陆羽直劝施班主少点一些,施班主说:"你以后要我破费也没什么机会了,就让我表示一下心意吧。"

菜上齐,鸡鸭鱼肉摆了一桌,酒是最好的高粱红,土陶罐装的,连杯子也是配套的牛眼大土陶杯,施班主一下要了两瓶,陆羽吓得忙说:"班主一瓶足够了!"施班主说:"一瓶怎够,过年呢,能喝多少喝多少,喝不了剩着下次喝。"他开了酒,斟了酒先尝一口,说很清纯,就举杯。他看着婉娘和陆羽说:"今天我们三人一起过个晚年,你们两人是我施家戏班最好的艺人。这一年里,因为大家的努力,施家戏班的生意还算好,过年这些天你们更是辛苦,我敬你们一杯——放假不演戏了,婉娘可以放开喝,我知道你的酒量比陆羽还行的。来,干!"

三人干了,施班主让吃点菜,斟满酒,又说:"陆羽你出息了,就要离开我施家戏班了,少了你,我施家戏班就不如以前了,我想留你,可是,人往高处走,又有郡府太守的招呼,我是不能留的,还希望以后有空来看望我们,有空给我们再写点剧本。你过几天要走,我明天又要回襄州,送不上你了,现在我敬你一杯,祝你前程远大!"说着话,这个五十来岁的汉子,眼睛里面似乎有了泪光。陆羽赶紧一口喝了,并且也回敬施班主一杯,感谢戏班对他的关照。施班主又敬婉娘,婉娘也回敬。婉娘今天穿得一身素静,神色显得落寞,话很少,敬了酒叹口气说:"你们都走了,剩下我一个人孤零零在这里。"话音里有几分凄凉。施班主安慰她说:"这几天陆羽还在这里陪你,过不几天戏班的人就有回来的,我也耽搁不了几天,这回我那黄脸婆也要一起来了,有她给你撑腰,没人敢欺负你的。来,喝酒喝酒!"

酒一杯一杯地喝下去,施班主忙让吃菜,并动手给两人夹,然后叙话。还问陆羽进学还有几天,有怎么安排?陆羽说:"打算明天买点礼品回龙盖寺看望智积师父和智远,然后……"他看婉娘一眼,见婉娘一双清澈的大眼正看他,就说:"我再给婉娘姐姐煮几天茶。"

婉娘脸一红,露出一丝喜悦。施班主拍手说:"好,你想得周全,是该去看看你的师父,把你进学的事告诉他,让他也高兴一回。然后呢,好好陪陪婉娘,共事一场,戏上合作得好,平日生活上还互相照应,要分别了,虽说隔着不远,但要见上一次,也是难得的。你俩一起没事就转竟陵城,转累了吃这里的特色饮食,黄潭米粉、渔薪豆豉、蒋场干子、竟陵三蒸呀什么的。"陆羽就问起竟陵小吃,施班主一一给他说起。说一阵,施班主又端起酒杯来:"来来,别误了喝酒,今天咱们一醉方休,就不回客栈了,就在酒楼要几间客房睡,难得奢侈一回享受享受。来来来,端杯子喝起来!"

又是几杯下肚,三人的脸上都显出了酡色。一瓶酒完了,施班主打开另一瓶酒后起身出去,陆羽想他是去别室了。他拿眼睛看婉娘,婉娘的脸红扑扑的,漆黑的大眼也正看他,目光火辣辣的,陆羽避开,拿酒罐给婉娘添满酒杯,婉娘就端了杯说:"陆子,祝福你有了更好的前程。来,姐姐敬你三杯。"陆羽说:"婉娘姐,你敬的我都喝。"婉娘说:"好!"端杯就一干而尽,陆羽连忙也干了,他知道婉娘酒量大,女人自带三分酒,再加经常喝,酒量自然就大了。原在龙盖寺不喝酒的陆羽,来戏班后,也是因为经常喝,就练出了几两酒的量来。施班主这时进来,眨着那只独眼说:"我忽然想起有个事要办,去去就来。酒账我已结过,房间也要好了,你俩先喝着,我去了来,你们慢慢喝着。"说过转身急急走了,似乎事情很迫切。

他一走,陆羽和婉娘对望一眼。四壁的羊油灯交相辉映,把婉娘照得更加妩媚动人。她端了酒杯说:"陆子,我还敬你一杯,感谢你对姐姐的照顾,姐姐有对不起你的地方,就请包涵了,我先干为敬!"她干了杯后向陆羽亮了亮空杯。陆羽端杯应道:"姐姐别这样说,是你照顾了陆羽,那次维那智宏来闹,多亏你啊,你还给我缝补衣裳,还有……不说了!"说着"吱"一声就把酒干了。

婉娘幽怨地说:"陆子你别这样说,你为我做了多少事啊,每天煮茶、提水、倒垃圾……姐姐心里都有数呢,只是你这一走,剩姐姐一个人,孤苦伶仃的……"婉娘说不下去,趴在桌上低声抽泣起来。陆羽一下慌了,抚着婉娘的肩说:"婉娘姐,别难过,我会时常看你的,你永远是我的好姐姐啊!"婉娘突然抬起头,灯光映着她脸上的几颗泪珠,晶莹剔透,好让陆羽心痛。婉娘却一抹眼泪,露出几丝笑意说:"看我,这是怎么啦,陆子有出息,我该高兴才是啊!陆子,你还记得吗,姐姐给你许过的愿。"陆羽一脸雾水,摸不着头绪的样子。

婉娘提示说:"在襄州!"陆羽还是想不起。婉娘笑说:"是真想不起还是不好意思说呀?"陆羽还是想不起。婉娘款款地凑近陆羽说:"那姐姐告诉你。"她伸右手搂了陆羽的脖子说:"小傻瓜,记不起那晚在客栈的事啦?姐姐说要把身子拿给你,随你哪时要……你要走了,今天姐姐就给你,来吧……"她把脸贴在陆羽脸上,巧堆乌云的头顶垂下的发丝撩得陆羽发痒,柔若无骨的身子紧靠着陆羽,软玉温香,吐气如兰。情窦早开的陆羽不能自已了,周身又一次烧起大火,呼吸变得重浊而急促。他抱住婉娘,感到了婉娘胸部的坚挺和诱人,感受到她的心跳和身体快乐的颤栗,他吻住了婉娘粉嫩的脸颊,悄声说:"婉娘姐,你真好看!"婉娘幸福地闭了眼睛,等着陆羽更大的动作,柔声说:"我们到房间去罢。"

陆羽血脉贲张,浑身燥热,他把婉娘搂得更紧地贴着自己,急切地想和她融为一体。他离开酒桌,朝门走去,但这时,一个声音在他心底响起来:陆羽,你怎么能这样,你忘了我吗?陆羽又走了一步,那个声音顽强地叫道:陆羽,你怎么能这样?你不能这样!陆羽怔了怔,停住了脚步。婉娘感受到陆羽的迟疑,她睁开了眼睛,悄声说:"怎么了?"陆羽一下把她放回座椅上说:"施班主回来看见不好吧……"婉娘露齿一笑,再次抱紧陆羽,凑在他耳边说:"他不会回来的……傻瓜,你还看不出来?这都是他安排的!"原来施班主想到陆羽走后,戏班子少了一个重要台柱,难免颓败,如果能吊住陆羽,让他对戏班有所念想,对戏班子发展大有帮助。他早就看出婉娘对陆羽的感情,就想促成他们,他把意思委婉和婉娘一说,婉娘当然乐得顺水推舟了。

陆羽"哦"了一声说:"施班主不回了,那咱们不慌,再喝点酒。婉娘姐,你敬了我,我还没回敬你哪!没回敬你我就失礼哩。"他把一杯酒递到婉娘手上,自己端起一杯说:"我真诚地敬姐姐,感谢你对我的关顾爱护!小弟先干为敬了!"婉娘干了酒说:"别说那些生分话。"陆羽又倒了酒,"再敬姐姐一杯,你永远是我的好姐姐!"说着自己干了。婉娘一笑说:"你心里有姐姐就好!仰头也干了酒。"

陆羽又敬第三杯……不觉间,剩下的那瓶酒竟去了多半,只见陆羽身子摇晃起来,舌头打结,喷着酒气反复地说:"婉……婉娘姐,你永远……是我敬重的好姐姐!明天,我给你煮……最好的茶喝……"忽然猛把杯子往桌上一顿,人就瘫软在座椅上,脑袋耷拉在扶手边迷糊过去了。刚刚还满脸赤红、满心喜悦的婉娘见了一愣,一下双泪涌流,扬手在陆羽的背上猛打,边打边咬牙气恨地骂:"小和尚,你这个不开窍的小和尚!害人的小和尚……大傻瓜!"

第三章 学 子

问学邹夫子，汉江泛游中结识了他一生生死契阔的忘年友皎然；崔国辅的理解和支持，陆羽踏上访茶之路。

问学夫子

天一亮，陆羽就告别了婉娘，独自去了火门山。从竟陵城往北行三十多里，一望无际的江汉平原突兀地耸起一座小山，山上林木葱郁，泉水淙淙，这就是久负盛名的火门山。据说当年汉光武帝刘秀出师进援昆阳，是夜率兵经过此地，火把熠熠，遍山耀红，故名火门山。后又因山口形若天门，所以又称天门山。此时，大唐天宝十年（751）初春的一天，太阳刚刚从烟笼雾锁的汉江尽头冒出脸来，山腰几排茅屋中，当中最大的那栋茅屋内就传出朗朗书声，这是邹夫子在教他的弟子读屈原的《离骚》了。

冬天刚用稻草加盖的房顶上，已经长出了一株株细嫩的绿芽。宽敞的厅堂，四壁是一人多高的土墙，上部空了，用木杆撑着房顶，所以里面十分亮堂，冬天刮起寒风时就很冷。邹夫子的二十来个弟子，一个个头戴软脚幞头，内里穿短袄，外罩青色直领长袍，正襟危坐在长榻上，面前有个小桌，桌上摆着读书人必用的笔墨纸砚文房四宝。他们的眼睛专注地看着坐在屋中的邹夫子脸上，耳朵捕捉着邹夫子说的每一个字，长声悠悠地跟着邹夫子吟哦，再照邹夫子的吩咐一丝不苟地写在纸上。

那邹墾邹夫子乃是性情中人，在火门山自家学馆里，狂放的真性全露无遗。讲课时，他双脚盘在宽大的交床上，并不戴方巾，让长发自由披散，身上青色的团领长袍敞开，露着胸，不时把面前长条桌上的戒尺敲得啪啪作响，高大的身体四面摇动，激情四溢地向他的学生讲授经典。邹夫子最喜《论语》，要求弟子们会诵、会背、会解、会用，告诉诸生若将孔孟之学读好了，步入仕途，取富贵功名易如反掌！邹夫子讲学不拘一格，虽然他讲学以儒学为主，也介绍道家、墨家、法家、阴阳家，经、史、子、集门类齐全，甚至连最近新冒出的诗人李白、杜甫的诗文也向他的学生介绍。

同样穿戴着幞头和宽袖长袍的陆羽,犹如换了一个人。他坐在左侧靠边的地方,一边是太守的儿子李复和邹夫子的儿子邹荣,一边是襄州的鲍防、朱放、谢良弼。他们和陆羽一样,也是凝重端坐,全神贯注地听着先生讲的每一个字。邹夫子讲的内容,如《论语》、《孟子》、《诗经》等,陆羽在李儒公家和季兰姐姐一道学过,屈原的《离骚》也从李齐物太守那里借读过,但那时的理解领会没有邹夫子讲的这样深入,比如《离骚》,初读时只是惊叹于文辞的优美、瑰丽,而邹夫子结合其时楚国的历史背景讲来,一个具有高尚人格、情操的伟大诗人形象,顿时矗立眼前。邹夫子还让弟子把"亦余心之所善兮,虽九死其犹未悔"、"路漫漫其修远兮,吾将上下而求索"这两段辞句写下来,让陆羽心神向往。

逢好天气,邹夫子干脆把学生带到屋侧幽深的竹林里去上课,然后给学子们讲竹林七贤的事。陆羽是第一回听说有这七个人,那个叫嵇康的人尤其给他印象更深,一个人活到那种境界,何等洒脱,那才叫真名士,只可惜《广陵散》成了绝响,再也听不到那美妙的乐曲了!到开饭的时辰,邹夫子的老仆邹树就悄悄悄地来到学场,邹夫子一见邹树,就宣布散学。学馆旁边有间横着的大屋,半边是厨房半边是饭堂。里边厨房,邹树和他的老伴邹周氏在里面忙碌,飘荡的水汽四周环绕。老两口侍候邹夫子家已经很多年了,他们的儿女已是成人,男婚女嫁,各立门户过日子。他们在这里的事主要是为学子们做饭,当然也附带为邹夫子一家做饭,另外也做点为学子们浆洗衣物之类杂活,并养着一头猪几只鸡。隔三岔五地,他们的儿子就要赶着马,驮来米、油、盐、肉之类,回去时,那些临时要回竟陵的学子也好趁便骑马去来。菜、柴这些是附近山民送来的,学馆价格公道,山民有东西都愿意挑到这儿卖,当然大的进项是由邹夫子的娘子邹秦氏具体经管的,邹树老两口只管做具体的事。饭好时,邹周氏就用篮子将另做的饭菜送到邹夫子的居室,再来张罗学子们的饭菜。

外边饭堂里顺放着几块石头支着的大板——饭桌。桌上各放了大木盆盛着的菜。没有坐凳,学子们各人拿了自己的碗筷,到一边大木桶般的饭甑里舀上饭,围站在菜盆边狼吞虎咽。竟陵是鱼米之乡,蔬菜不缺,鱼肉是经常能吃到的,当然隔三岔五也要吃一些玉米红薯之类。学子们正是年轻长身体时候,吃什么都特别香,再加人多热闹,边吃边说说笑笑,自然更觉得饭菜好吃了。学馆一般不做汤菜,蒸饭后的米汤就当了汤菜,学子们吃了饭口干,就到屋角舀大桶里的米汤喝,饱灌一气。学子中有许多是富家子弟,本来都跟随有仆人侍候,但邹夫子要弟子一律不得带仆人,否则请回。那几个带了小厮仆人的富豪子弟,只得将童仆打发回去,自己打理起了自己的生活,几个人居一室,备下木质脸盆脚盆,天亮即起,到学馆一侧的溪边盥洗,合伙吃饭,任何人不能开小灶,晚上睡前到厨房舀热水洗脸洗脚。开始,好几个富家子弟叫苦连天,时间一久也就习惯了。

饭后有一个时辰的午歇,下午是学子们练字。明字(书法)是大唐朝科举取士内容之一,文章写得再好,字写得不好也与科举无缘。自太宗皇帝推崇王羲之书法以来,学子背诵和描摹《兰亭序》早成风气,可是邹夫子却要他的学生们学写颜元孙的《干禄字书》,写黑、大、圆、光为特征的楷体。他每天要弟子"日书一纸",每天写一大张纸的楷体小字,并且要交他检查合格后才完事,如不合格,还要加写半张纸。当学生们在学馆里屏气凝神执笔写字的时候,邹夫子就倒背了手,在一个个学子身边看一会,有的指点一下,说上几句,有的扫一眼就走过去了。在身边停留时间最长的有三个人,一个是李复,不仅因为他是太守的公子,还因年龄最小;一个是苦孩子出身的陆羽,那也是太守托付给他的;再一个就是自己的儿子邹荣了,写得很认真,但总写得不得要领。他无意识地看了眼儿子那只跛着的右脚,叹一口气,儿子这辈子是和科举无缘了。因为儿子生下来右脚就是个残疾,智力也比常人差,每次新开一个学班,邹夫子都让他跟学,可他的水平总不见长进,他是很努力的。唉,人生不如意事常八九啊!

火门山有了邹夫子的学馆,整个山就显得热闹和充满生气。除读书声外,散学的时候,还可见三三两两学子,或在坪地里,或在山径上,吟诗诵文,大声说笑,惊起山林中的鸟儿来回穿梭翻飞。傍晚的时候,邹夫子经常搬出他的古琴,叮叮咚咚地弹一阵,围在周围的学子们连声叫好,声音在山间起伏回荡,传得很远很远。夕阳西下,阳光洒在山峰间、树叶上,像金子一般耀眼。学馆前的坪地上,学子们有的手执孔孟之书,摇头晃脑地诵读,有的低头踱步,默背着典籍课文,有的口中念念有词,吟着自做的诗词。只有陆羽,独自一人站在坪地边,目光呆呆的,望着坡下的树林,一副落落寡欢、六神无主的样子。

火门山学馆的二十来个同窗中,陆羽除和李复交好亲密外,与其他的人都有着一种距离,他不合群,因他有些自惭形秽。这倒不仅是外貌,额上那个疤有幞头遮蔽倒无关紧要,主要是除他外,其他人基本全是富豪公子,在穿着简朴的陆羽面前,他们的言谈举止总透着一股逼人的傲气,这让陆羽总是自觉不自觉地远离他们。

陆羽读书很刻苦勤奋。先生讲文时,他听得比别人专心,读文章,别人熟读一遍,他熟读两遍;别人日书一纸,他日书二纸;他牢记着邹夫子在开馆那天讲的"舍得"的道理。邹夫子说:"这'舍得'二字,就有深意在焉! 舍得,舍得,有舍才有得。舍不去小名小利,得不来大眼光、大志向;舍不去患得患失,得不来大胸襟大智慧。舍不得'舍',得不到'得'! 舍与得,就如天与地,阴与阳,相辅相成,浩乎天地,存于心间,现于微妙的细处,流于不息的人生,囊括了大千世界的机理奥秘,万事万物皆在舍与得之中成就自身。唯有领悟舍得大智慧的人,方能超越一己之喜悲,成功一番事业,古今非常人物,无不怀此大智,遂此大志!"他当伶人时买下的《诗经》和《南都赋》两书,被他读得破烂不堪了。

虽说他的伙食和学习用品全由李太守供给,陆羽内心总有一种愧疚感。什么东西他都想尽量少用一些,节约一些,这样才对得起李大人。尤其是在学习用品上,他更是如此。邹夫子要求学子勤学苦练,对书学抓得紧,除每天下午写一大张纸外,要弟子课后自行练习,因此读书用品中需用量最多的是纸,他和李复入学时带的两令纸已经用完了,而买一令纸要用的开元通宝钱,就够一个人吃半年伙食。可是,要练好字,就得写字,要写字,就得用纸,所以陆羽用纸心疼得不得了。他总是将纸写了一面又写另一面,但是纸还是很快用完了。上午,李复搭老仆邹树儿子的马回竟陵去取纸墨去了,也随便看望父母大人。往日此时,背过范文后陆羽都要练字,今天没有纸,写不了字,他的心里焦灼万分,烦躁不安了。

襄州的鲍防、谢良弼和朱放三个人走过来，他们似在争论什么，各自引经据典反驳对方。只听鲍防说："夫子重礼，曰：克己复礼为仁，一曰克己复礼，天下归仁焉，而礼的核心是君君、臣臣、父父、子子，是以君为最高。可孟夫子却说民为贵，社稷次之，君为轻，这是不是相左？谢十，你说是不是？"年少的谢良弼，却蓄着寸长的胡子，他将着胡髭迟疑地说："似乎是这么回事吧。"一贯举止潇洒、目空一切的朱放反击说："二君之言差矣，二位夫子说的听似相悖，但其实不是一回事，夫子说的礼是一种社会秩序，而孟夫子说的是治国方法，谢十以为然否？"谢良弼又将着胡髭说："也对。"鲍防不依了，生气地责备他说："你怎么都对，没个主张？"谢良弼的脸红了一下，想说什么没说，忽然看到陆羽，就大声叫起来："陆大，你读书那么用功的人，怎么在这里观赏风景呢？"

陆羽没理他们，谢良弼又说："听说你在寺庙里好多年，当过和尚的吧？"陆羽还是不理。鲍防凑过来说："还听说你是个弃儿，是大雁用翅膀护住你才活下来的是吧？那你可是个有福之人哟！"谢良弼跟着说："怎么有福之人至今还是一副穷相？"三个人就大笑起来。尖酸刻薄的笑声，深深地刺痛了陆羽，他怒道："你们管我怎样。"鲍防和谢良弼还想逗陆羽，朱放拉着他俩说："咱们走，别和他说了，犟头一个！"陆羽看着三人的背影，"呸"了一口，也走开了，来到离伙房不远的地方，离那些人远些。他心里生着闷气，样子更显孤凄。伙房旁边堆着柴禾。此时老仆邹树和邹周氏出来抱柴，为明早煮饭作备。邹周氏抱的一捆柴细长，一头掉在地上，就像在拖着走，邹树就喝斥婆娘："你使劲抱起来嘛，看地都让你划烂了！"

果然柴禾拖过的地方，黄土坪地留下一道道印痕，邹周氏使劲往上抱，地上才没有印痕了。陆羽看着那印痕，看着看着，他一下蹦起来，去柴禾堆里找了一根树枝，就在地上划起来，后来又换了几个地方，找的地皮越来越松软。天黑回居室时，他已是一副高兴的样子，撞见朱放等三人，他还跟他们笑了一下，弄得三人奇怪地看他。

次日午歇里，陆羽到下边河沟处提来一筐细沙，在坪地边铺了一块两尺见方的沙地，就用树枝在上面练起字来。出来散步的邹夫子，见陆羽弓着腰在那儿全神贯注的样子，不知做什么，就悄悄地过来在后边看，才知道他是在练字，写过了，将沙子抚平又写，写了再抚平又写……邹夫子悄悄地走了，不过下午在讲堂上，他把陆羽用沙练字的事讲了，夸赞了他。学子们都看陆羽，陆羽深埋了头。

第二天李复回来，陆羽高兴地接过李复带来的很多黄纸和墨碇，一边询问太守大人和夫人的身体。李复一边抹汗歇气一边回说他们都安康，还问起了陆羽的学业情况，李复说了陆羽刻苦努力的情况，李齐物大人很高兴，还让李复向陆羽学习。陆羽听了不好意思地说："初阳（李复字初阳）你瞎说些甚么嘛。"李复说："我没瞎说，这是事实。"不一会儿李复就听说了陆羽在沙上练字的事后，他对陆羽说："鸿渐兄，咱有纸了，你就不要节省去沙上划字了，那多不方便呀？"陆羽点头称是，可是自此后他仍然只是在讲堂写字时才用纸，午后练字时一律在沙地上，李复数次把纸送到他手上，他收了，却是拿回屋放起来，仍又来到沙地上写起来。他对李复说："该节省还得节省的，再说，在沙上划字不用磨墨，很方便不说，还别有趣味呢。"李复无奈地叹道："鸿渐兄，你可真是……真拿你没办法！"

挖泉酬师

陆羽像个饥渴已久的人,贪婪地浸淫在孔孟典籍、诸子百家、楚辞汉赋、诗歌骈文里,如痴如醉,他的学问和文学水准与日俱进。但是,不管怎么变,他心中仍然放不下一件事,那就是茶事。

进学不久的一天下午,他看见邹树给邹夫子送来一碗茶,从那飘荡的茶味里,陆羽已经知道这是一碗怎样熬制的茶了。第二天吃过午饭,当别人都回屋小睡时,他到厨房,对正在洗刷收拾锅碗的邹树老两口讨了瓦釜、茶叶和作料,就在灶上将就着熬起茶来。那老仆邹树皱着树皮样的满脸深纹,瞪着有些昏花的老眼看着他,不知这个少爷怎么心血来潮,要为先生煮一回茶来,还要他下午上学时给先生送去。他不知这个额上有疤的少爷要玩什么花样,不过,作为仆人,他还是喏喏连声答应按吩咐去做。

下午开课不久,老仆邹树就将一碗茶汤送到邹夫子的桌上,还在他的耳边小声说了句话。邹夫子就抬起头来,朝陆羽看了一眼。此时陆羽和其他学子一样,正全神贯注地写毛笔字,什么也不知道。然后,邹夫子呷了一口茶汤,神情一怔,再看陆羽一眼。就不停歇地喝起来,还重重地看陆羽一眼。很快茶汤喝完,老仆邹树收走空碗,邹夫子将将胡须,又倒背了手,巡查起弟子们写字来。太阳快落山时,许多弟子写完一大张纸的小字,交先生检查了。往天,邹夫子检查得很认真,字的墨色、间架结构、笔划得失都要细说一番,认为写得不认真,罚再写半张纸,但今天他草草地看一下就认可了。直到陆羽来交卷时,他才认真地回到老师座位上,细细地看过陆羽的字就放在一边。老实说,陆羽的字虽然写得好,但并不符合他的端庄楷体要求,还是显得飘逸灵动了些,放在往天,他也要数说一番,叫第二天写时注意纠正。今天邹夫子没有多说,陆羽心里还有些忐忑不安。

邹夫子的眼光停在那张大纸的字卷上,嘴上却说:"陆羽,你会煮茶粥?"陆羽一下想起午时他给先生煮茶粥的事来,更有些惶恐了。他看着先生的胖脸,小心地说:"先生,弟子煮得不好……"邹夫子这才看着陆羽说:"不,你煮的茶别有滋味,你跟谁学的?"

"我煮茶是龙盖寺我师父智积禅师教的。"陆羽答道。

"哦,佛家懂茶,也擅茶。"

"不过,我把师父教我的方法改变了,变成'渐儿茶'——就是把辛辣味减淡,突出清香味,我觉得这么煮茶更有茶味。"

"嗯,不错,你善于动脑筋想事,将来会有作为的。"

"先生,你喜欢青州的金露?"

"嗯,此茶别有味道。"

"先生真识茶也,青州金露比闽州的梨花白好,止渴生津,提神醒脑……还有蕲春的蕲门团黄也是好的……"

"是的是的!好,你先退下。"邹夫子目光落在字卷上了。陆羽给先生施过礼,退下,走了两步,又返回说:"先生,你喜欢我煮的茶汤吗?"邹夫子点点头说,"不错,喜欢。"

"那我天天给你煮'渐儿茶'吧。"

"嗯——好吧!"

陆羽欢喜地出了学馆,能够为先生煮茶,说明先生对他的茶艺认可了;能为先生做点事,更使他高兴。学馆的外面,有一小块坪地,交过字卷的几个学子,正站在那里观赏风景。夕阳已将衔山,金辉四洒,遍山的树林被镀上一层红彩,十分的美丽壮观。陆羽无心观赏风景,他先到厨房,向老仆邹树要了个小桶,大步朝学馆旁边的竹林走去。穿过竹林,再走几十步,就有一道山溪,学馆的人食用水都取的溪水。他要去看看山溪的哪一段水质清洌可取。

刚走得几步,后边有人喊:"鸿渐兄,你到哪里去?"陆羽回头,见是李复,他也已交过字卷刚出来,就说:"我去提点水。"李复说:"我陪你去。"说话间他已赶上来,和陆羽并了肩走,又问:"怎么用你提水?"学子中皆是富家子弟,认为粗活是下人干的。陆羽说:"是我要为先生煮茶,所以去选水。"

"水还用选?"李复惊奇了。比陆羽小两岁的李复,长得眉清目秀,唇红齿白,一身儒生服饰,更显得风流潇洒。陆羽答道:"当然,水好煮的茶汤好喝得多,味儿都不同。"

"啊,鸿渐兄,你真能干。"李复由衷地赞道。"哪里呀,初阳你年虽小,可进学早,学问比我多多了!满腹经纶的,将来可是大有前程,我可不敢跟你比。"陆羽一脸真诚地说。"鸿渐兄,你可别小瞧自己啊,你读书这么刻苦努力,说不定,将来我们都没你有出息。"李复同样安慰陆羽。两人说笑着穿过竹林,来到溪边。陆羽喜欢和李复在一起,这不仅仅因为他的学习和生活皆由李齐物供给,更是因为他虽然贵为太守公子,却没有贵公子的架子,不像朱放、鲍防几个,仗着有钱,派头十足,说话颐指气使,让人难以忍受。因为这样,他也处处在生活上照顾李复,比如睡前洗脸洗脚,陆羽不让李复打水,都是他去端来满满一盆热水,一倒为二,正好两人分用。朱放那几人也有办法,他们每月给老仆邹树一些钱,让邹树每晚给他们提热水来。

陆羽顺小溪往上走,在一处悬空流下的地方接了半桶水,两人提着往回走,在竹林里歇气时,李复瞧着陆羽,忽然笑道:"鸿渐兄,忘了告诉你一件事,我这次回去,碰见了一个人,她专门问起你的情况,还要我给你带些吃食,只是因为我实在拿不了,只好许她下一次带,你不生我的气吧?"

"谁呢?"

"嘿,一个女子,漂亮的女子——婉娘嘛!"

"哦,婉娘,她怎么样呀?"陆羽的心中一动。

"她还好,只是有些憔悴的样子。她说施家戏班马上又要到外地演戏去了,要你安心读书,忘掉她。其实,看她的样子,对你很有情的。鸿渐兄,你还是想着季兰姐吗,可是这么多年她都没有音信,算起来,她已是过了婚嫁的年龄了,你这样苦等,有结果吗?我看婉娘也是挺不错的。"陆羽和季兰的感情,以前陆羽到太守府衙时,曾和李复说起过。

"初阳,别说了,我现在一心在读书上,这种事,顺其自然,看缘分吧。"

李复看陆羽不愿多说，也就打住。其实，陆羽的心里翻着五味瓶啊，他何尝对婉娘无情呢？只是，他实在舍不下镌刻在心底的季兰姐姐啊！他只能在心里无奈地暗叹一口气。

用溪水煮过几次茶，陆羽发现这溪水煮茶不理想，因为这水是从上面山林厚厚的腐叶层中流下来的，杂质多，水味不正，他想另找一处山泉水，但寻遍周围山坡都没发现。陆羽没有死心，他一有空闲就遍山跑，寻找泉水。初夏的时候，一连下了几天雨，天放晴时，邹夫子放了弟子一天假期，放松身心。陆羽又跑到火门山的半山腰寻泉，终于在一处石缝隙中看到了一股指头大的水在涌流，流出不远又沁入砂砾中消失了，陆羽掬了一捧水尝了尝，顿时喜上眉梢。那水甘甜爽口，清新宜人，用此水煮茗粥，当更胜一筹。他找来一截木棍，挽起宽袍大袖，试着在涌泉边刨了刨，想做成一个水塘，但砂石很硬，根本无济于事。

他返回学馆，去向老仆邹树要了一把锄头，想了想，觉得一个人修水塘力量不够，就回到居室找人。屋里，安放齐整的床榻边，鲍防、谢良弼等几人博戏赌酒，呼叫连天的，只有朱放在一边摇头晃脑地背诵：关关雎鸠，在河之洲。窈窕淑女，君子好逑……陆羽不好打搅鲍防他们，就到朱放跟前，要他帮助做点事。朱放问清做什么事后，对陆羽翻了个白眼，拖着长声说："子曰：'吾不如老农。'小人哉，鸿渐也！上好礼，上好义，上好书，焉用稼？"富家子弟出身而又满腹才情的朱放，才不愿去干累人的粗活，即使这是去挖为老师取水煮茶的水塘。

陆羽哭笑不得，可又无奈，他怏怏地出了居室，却一头碰到手执着书、才在外面背书回来的李复。李复看到陆羽拿着一柄锄头，觉得奇怪，问清所事后，就要与陆羽一起去。陆羽感于太守公子年幼，不让他去，最后陆羽拗不过他。那天，他俩费了半天功夫，累得脚软手酸，终于挖出了一眼三尺见方的泉塘。说也怪，以后这眼泉不论天旱淫雨，总是不涸不溢，始终澄澈清冽，煮出的茶茗倍增醇厚香味，让邹夫子大为赞赏。

纳凉心凉

仲夏的酷热是学子们最难受的，不过，到了傍晚的时候，又是学子们最畅快的。因为这时候学子们都脱下燥热的幞头长袍，换上松薄的襦衫，有的还摇一把折扇，到坪地里凉快。这时，远处吹来一阵凉风，满山的树叶发出哗哗的低语，身材高大的朱放就会叉开四肢，大呼道："快哉此风！"

学子们凑在一起纳凉，天南海北地闲聊，话题自是无拘无束，人人满嘴之乎者也，个个雄心勃勃。他们谈得最多的，当然是南省试官（唐尚书省在长安宫廷的南部，因称南省，其下属的礼部主持科举）考取功名的事，还有当今才子，谁又金殿题名了。

这天傍晚，晚霞在遥远的汉江尽头的山峦上烧出一片彩虹，从竹林深处吹来一缕凉风，陆羽和鲍防、谢良弼坐在靠近竹林的山石上纳凉闲谈。陆羽向他们问起襄州的特产时，突然间想起柳残阳来。只是到火门山后，他有些日子把他忘记了，一来忙读书，二来他也朝那个方向迈出一步了，将来有望也成为柳残阳那样的人，反而把真实的柳残阳丢一边了。

"鲍三（鲍防排行第三），你们在襄州，知不知道孟浩然？"

"孟八孟大诗人呀,谁人不晓,那是我们襄州的骄傲,只可惜英年早逝——唉!"矮胖的鲍防不停地摇动一柄折扇生凉,伴着一声叹息,他把折扇往腿上一磕。一边的谢良弼也插嘴道,"孟八一去,襄州再出不了那样的人物了。"

"那你们也该知道柳残阳了。"陆羽急忙跟着问。鲍防一怔,摇头道:"柳残阳?哪个柳残阳?没听说襄州有个柳残阳?"这下陆羽闹糊涂了,便说:"经常和孟夫子在一起的柳残阳嘛,听说诗名也和孟夫子一般,一身白衣,风流倜傥。"鲍防仍是摇头。

倒是谢良弼想起来了,说:"是有这么个人,可他有啥狗屁诗名,马粪蛋子一个,没听说他写过什么诗,不过是经常到孟夫子处走动一下,附庸风雅而已。孟夫子出于客气,敷衍一下他,结果他就到处吹嘘和孟夫子如何如何的好,孟夫子听说后,他再去时就把他骂了个狗血淋头,把他赶走了。"陆羽十分吃惊,心下怏怏地问:"他现在怎样了呢?"谢良弼啐一口说:"怎样,死了!"陆羽更是震惊地问:"怎么就死了,他正值壮年啊?"

"这事还真知道的人少,他那么个人,写诗的本事没有,偏要学名士派头,赶时兴服寒食散,把个人弄得像全身没有血,面孔像张纸,走路风都可以吹起来,去年夏天一病不起,就此呜呼哀哉!"陆羽"哦"了一声,小声说:"他怎么是这样个人呢?"像问人又像是自问。鲍防问道:"这么个人我怎么不知道呢?"谢良弼说:"一般人哪晓得这个人,我也是听我一个亲戚说的,我那个亲戚刚好是柳残阳的邻居,所以晓得此事。"

正说热闹时,朱放和前些天才来投学的李萼与裴修走来了,李萼远远地就叫起来:"你们在这里凉快呀,也不叫我们一声,写了半天字,把人写得累趴了。"裴修则说:"看你们谈论得好起劲,谈什么呢?"鲍防与这两个人不合,他把身子往石壁上一靠,不冷不热地说:"谈什么是我们的事,与你无妨!"李萼倒不在意,新来乍到,也不好跟人争执,他说:"你们谈什么是你们的事,不过我倒是想跟你们讲讲新近听到的李谪仙的故事,不知你们想不想听?"

一听说是李白的故事,在场的人都要听要听,连鲍防也坐了起来,诗名满天下的李白,只要是他的事,文人学士谁不想听?

"唉——不过他的故事好长,天热口渴的,讲起人忒难受。"李萼偏卖起了关子。谢良弼把屁股下的一个小马扎递给李萼说:"你坐这个!"又劈手将鲍防手里的折扇夺过拿给李萼,说:"你快扇扇风。"又对陆羽说:"快去把你煮的渐儿茶端一碗来。"陆羽迅速地回居室端茶,附带对屋内的人说:"快去听李十(李萼排行第十)讲李谪仙的事。"他这一说,居室里的人全跟出来了。

李萼安坐在马扎上,喝了茶,扇了风,才慢条斯理地看看即将黑下来的天,再扫大家一眼,开口说道:"大家可知李白李谪仙是哪里人么?"鲍防不耐地说:"谁不知道李白是剑南人,说什么废话,你到底讲不讲啊?"李萼白他一眼,又见诸生渴求的目光,这才收起关子,说道:"李白是剑南西川人不假,可他的命运发生转折又在别地。李白天质聪颖,什么东西一学就会,十岁时就精通书史,出口成章,人皆称他神童。可他自幼喜好的是两件事:出游四方和喝酒,发誓要看尽天下名山,尝遍天下美酒。他先登峨眉,次居云梦,复隐于徂徕山竹溪,后来听说湖州乌程酒好,就不远千里而往。这里我要插一句,我和裴修居乌程,也才知道李白的逸闻。李白在乌程喝酒时巧遇郡长官司马，司马爱他的才，留饮十日，劝他上长安应举，说以他的才华取青紫如拾芥。李白听从了，到长安得遇翰林学士贺知章，彼此相慕，贺知章解下身上的佩饰金貂当酒同饮，又互结兄弟，并留李白在家中下榻。试期相近时，贺知章为李白谋划说：'今年管南省的是贵妃娘娘的哥哥杨国忠和高力士，二人皆爱财，没有钱打点是万万不行的，贤弟有才无财，文章再好，也入不了两人的眼。好在下官与二人熟识，我这里写个札子去，或可看薄面上能有通融。'当下写了札子差人送去。不想那杨国忠和高力士看了贺知章的札子，很是起火，说：'你贺内翰得了李白的金银，写封空书来我们这里白讨人情，天下有这等好事？'两人约好，到考试那日，见李白的卷子，当时批落。到了举试那天，李白见了题目，文思泉涌，一挥而就，第一个交卷，不想杨国忠见卷子上写的李白名字，看也不看，提笔就在上面批道：这样书生，只好与我磨墨。高力士在旁边说：'磨墨还高抬了，给我穿袜脱靴子差不多。'马上喝令把李白推出门去……"

李蓴讲到这时停了下来，端起茶碗呷了一口，又扫视诸生一眼，见大家目光灼灼，紧盯着他听下文。此时天已黑下，不觉玉兔东升，凉风阵阵。李蓴本想再卖一下关子，见大家的情态，又继续讲起来。

"李白受了冤屈，他立誓有朝一日得志，要让杨国忠为他磨墨，高力士为他脱靴。天下事就是这样，一报还一报，不想报应来得这么快。不久后，有个番国派使者送来一封国书，玄宗天子敕宣翰林学士宣读，不想拆开番书，全然不识一字，问遍满朝文武大臣，没一个识得，这下玄宗天子龙颜大怒，发话说如几天内找不到识此书的人，众官一律问罪罢职。贺知章回去后将此事告知李白，博学多才的李白对贺知章说识番书不算什么。贺知章大惊，次日就向玄宗天子上奏推荐李白，正焦急万端的玄宗帝立赐李白进士及第，赏紫袍金带、纱帽象简，急召李白入宫为君分忧。李白见了玄宗帝，拿架子说：'臣学识浅薄，被上师批卷不中，高内监推逐出门，今日番书，何不让试官作答？'玄宗天子再三劝慰，李白才将番书看过作解，原来是渤海国来函，要求将高丽一百三十七城让与他，否则就兴兵厮杀。天子和众官失惊，天下承平日久，无将无兵，尚复动干戈，难保必胜。玄宗天子为难时，李白说：'此事不劳圣虑，明天宣番使入朝，由我来用番文作答，必使番国拱手来降。'玄宗天子高兴了，马上拜李白为翰林学士，摆酒金銮殿，李白开怀畅饮，醉得一塌糊涂。次早净鞭三响，天子升殿，李白紫衣乌纱，喝过天子为他调试的醒酒汤，飘然如神仙之态。番使来后，李白手执番书，朗声而读，一字不差，番使大骇。李白又说：'尔小邦无礼，吾圣上洪度如天，有诏批答，汝当敬听。'那番使当即战战兢兢跪于阶下候书。玄宗帝让人设七宝床于御座之侧，取于阗白玉砚，象管兔毫笔，独草龙香墨，五色金花笺，排列停当，赐李白近御榻前坐锦墩草诏。李白奏道：'臣靴不净，望皇上宽恩，赐臣脱靴结袜而登。'天子准奏，让内侍为李白脱靴。李白又奏：'臣前入试春闱，被杨太师批落，高太尉赶逐，失了神气。现代天子作书，须乞玉音吩咐杨国忠与臣捧砚磨墨，高力士为臣脱靴结袜，臣方能口代天言，不辱使命。'那玄宗皇帝用人之际，只得传旨，着杨国忠捧砚，高力士脱靴。那杨、高二人，心知李白报复，心中生气，还不能违背圣旨，只得去为李白脱靴、磨墨捧砚——"

讲到此处，四周漾起一片笑声。朱放干脆站起来，大呼道："过瘾！过瘾！大丈夫生当如此！"刚升起的月亮被惊动了，月光抖动了两下，众学子的眼睛闪闪烁烁。鲍防催着说："别停啊，快接着讲！那李白草了一封啥样的诏？"李萼不紧不慢地讲下去："高力士脱过靴，李白登褥坐墩，意气风发，提起兔毫，去杨国忠手中砚上蘸得墨浓，向五花笺上，手不停挥，一气呵成，须臾草就《吓蛮书》，献于龙案之上。天子看了吃惊，照样是番文，一字不识，传与百官看了，各各骇然。天子让李白读给大家听。诏书不长，仅二三百字而已，但气势非凡，讲大唐应运开天，抚有四海，兵强马壮，蕞尔番邦，比之中国，不过一郡，亟宜悔过，勤修政事，勿自取诛戮，为四夷笑。内中有几句写得最好：颉利背盟而被擒，弄赞铸鹅而纳誓；新罗奏织锦之颂，天竺致能言之鸟，波斯献捕鼠之蛇，拂林进曳马之狗；白鹦鹉来自诃陵，夜光珠贡于林邑；骨利干有名马之纳，泥婆罗有良酢之献。无非畏威怀德，买静求安！玄宗天子听了大喜，马上用宝入函，唤番使听诏。番使听得面如土色，浑身打抖不敢则声，然后山呼拜舞辞朝。不久那渤海国就写了降表，岁岁进献朝贡。你看，李白以才华化干戈为玉帛，为天下读书人扬眉吐气！"

月光下，站着的，坐着的，都长舒一口气。倒是李复急切地问："后来呢？"这也是大家要问的。"后来呀，本来玄宗天子要给李白加官和赏钱，李白都不要，只要求有酒喝，还为贵妃娘娘写下三首清平词，由李龟年作曲传唱，就是大家知道的'云想衣裳花想容'那三首。虽然玄宗天子重爱李白，那高力士和杨国忠受了辱，岂能甘心？他们挑唆贵妃娘娘，贵妃娘娘又在天子面前说李白不是，天子就疏远了李白。李白感觉到了，也就无心恋阙，屡请乞归，天子留不住，只得由他。李白从此放浪山水，遍历赵、魏、晋、齐、梁、吴、越之地，极诗酒之趣，逍遥自在去了。诸生，这就是吾所知李白之事。"

四周一片叹息，是叹李白不为世用，抑或是敬仰李白的卓然不群。陆羽一直默默地听着，虽惊叹于李白的才华，但李白的遭际让他忽然对大家平日热衷的科举仕进淡了几分。谢良弼叹了口气，忽又问李萼："李白的这些事，你咋知道得这么清楚？"李萼说："我刚才不是说了，湖州司马和李白有交道，而湖州司马也和家父交谊颇深。前不久湖州司马到我家拜访家父，说起李白的这事，让我记下了。"

有人开玩笑说："湖州颇出人物，看来你李萼今后也不是等闲人物！"李萼不客气说："那是，湖州鱼米之乡，人杰地灵，不但才子多，佳人亦不少。近来湖州就出了个女才子，叫李冶，人长得美不说，诗文更好，她新写的一首《相思怨》诗，就广为传布，我背给大家听，你们仔细听着。"

    人道海水深，不抵相思半。海水尚有涯，相思渺无畔。
    携琴上高楼，楼虚月华满。弹著相思曲，弦肠一时断。

"大家看此诗如何？"李萼问道。

人群中响起一片喝彩声。有人高声喊道："这么才貌双绝的女子，可否许人，如未许人，小生一定前去求婚。所谓窈窕淑女，君子好逑。"李萼说："这女诗人倒未许人，可惜她看破红尘,入了道观做了女道士了!"

"可惜可惜!"人群中又是一片感叹声。

听到那首诗的时候,陆羽突然感到心跳加速,李姓女诗人,尤其是诗中蕴含的海一样的相思,他意识到了什么。他急切地问李萼:"李兄,请问这李冶还有没有其他名字?她是不是本地人?"李萼还没答,裴修就插话了,他对陆羽的问题有些不屑,颇不耐烦地说:"她当然是我们湖州本地人了,至于名字嘛,据我所知,她就只有李冶这个名。"陆羽一声不吭了,心似乎仍是不甘,却又不好说什么。

话题不知怎么又回到李白,又扯到科举,不知是谁,忽然有人说起,咱们先生邹夫子,那么大的学问,怎么就不去应试博个功名,弄个一官半职,岂不比开馆教书强不少?"是呀!是呀!"许多人应和。有人则说:"先生去做了官,谁教我们读书呢?""是呀!是呀!"仍有许多人应和。突然人群后有人大声说道:"大胆狂徒,竟敢在背后非议师尊,该问个大不敬之罪耳!"原来是先生邹夫子,他在人群后候听多时了。看到先生来到,学子们一时皆惊骇莫名……

人圈儿自动闪开一个口,邹夫子摇着一把大蒲扇踱了进来。明亮的月光照着他,只见先生长髯如飘,目光炯炯有神,也是着了短衫,而且敞了怀,露出一段泛了白光的肚皮。那些坐着的学子连忙站了起来,那些衣衫不整的人连忙掩理衫裳,邹夫子见了,反对他们一挥手说:"算了,不必了,暑天无君子。"众弟子纷纷作礼说:"背后议师,大不敬,请先生宽恕则个!"邹夫子哈哈一笑,连声说:"无妨无妨!为师现在就跟你们说一说这个问题,其实这也不是为师一个人的问题啊。"李萼连忙将自己坐着的小马扎递给先生坐,邹夫子坐了,用蒲扇环扫一下月光下影影绰绰的众弟子说:"你们也各找地方坐吧,我们慢慢谈!"

待众弟子各自安顿好后,邹夫子说:"师者,传道授业解惑也,既然你们心中存有此惑,那就是为师未尽责故也!古往今来的学人,都有着穷则独善其身,达则兼济天下的抱负,修身、齐家、治国、平天下,志向远大,但到头来,结局却又大不相同。你们学《论语》很久了,我们先来温习《子路、曾皙、冉有、公西华侍坐》这一段,陆羽,你学习颇用功夫,你来背诵一遍!"

陆羽站起来,朗朗背诵道:

子路、曾皙、冉有、公西华侍坐。子曰:"以吾一日长乎尔,毋吾以也。居则曰:'不吾知也!'如或知尔,则何以哉?"子路率尔而对曰:"千乘之国,摄乎大国之间,加之以师旅,因之以饥馑;由也为之,比及三年,可使有勇,且知方也。"夫子哂之。"求,尔何如?"对曰:"方六七十,如五六十,求也为之,比及三年,可使足民。如其礼乐,以俟君子。""赤!尔何如?"对曰:"非曰能之,愿学焉。宗庙之画,如会同,端章甫,愿为小相焉。""点,尔何如?"鼓瑟希,铿尔,舍瑟而作,对曰:"异乎三子者之撰。"子曰:"何伤乎?亦各言其志也。"曰:"莫春者,春服既成,冠者五六人,童子六七人,浴乎沂,风乎舞雩,咏而归。"夫子喟然叹曰:"吾与点也!"……

"好了!"陆羽还要往下背时,邹夫子止住了他。他解释这是孔夫子和他的弟子谈志向的事。然后问:"你们说,为什么孔子对颇有抱负的子路、冉有、公西华没说甚么,反而对那个看来没什么抱负,只希望在天暖和起来的时候,邀约五六个好朋友相伴,再带上六七个小孩子,到沂河里洗澡,然后再登上高高的舞雩台吹吹风,唱着歌一路走回家的曾皙表示赞赏,还说曾点的理想和我一样呢?"学子们对邹夫子的话题不解,面面相觑回答不出。

邹夫子又是哈哈一笑说:"回答不出吧? 其实道理很简单,有的人追求功名,愿意出将入相,治国安天下;有的人淡泊名利,愿意把自己融入大自然的美好之中,人各有志,你能说他们之间,有高下之分吗?"先生的话,对一心仕进的学子们,尤如雷霆霹雳,有一道闪电在他们的脑间划过,照亮了隐藏在角落里什么东西,他们感到震惊。他们实在想不到先生还有如此一说,先前只知道作为学子,读书的目的从来都是走科举仕进这一条路的。邹夫子继续说:"昔者汉光武帝刘秀和严子陵是同窗,刘秀仰慕严子陵的学问,他做了皇帝以后,专门把严子陵请到京师,请他出山做官,可严子陵一口回绝,最后刘秀只得放他回去。从此,刘秀做他的皇帝,严子陵做他的隐士,他两不相扰,一样名留千古!"

"可是——"朱放疑惑地说,"请问先生,读了一肚子的学问用不上,岂不是可惜了? 隐士要过苦生活,也不是什么人都能过;而科举仕进,就有高官厚禄,岂不是好?"邹夫子又呷了一口茶,不住点头道:"问得好,问得好! 确乎不是什么人都能当隐士的,当隐士也并非就是浪费了一肚子学问,他们都没闲着,他们做的是真正的学问! 所以当隐士比仕进更难。对很多人来说,山水迢遥,也挡不住他们去长安求取功名的一片痴心,科举仕进的确是一条很好的路,能享受高官厚禄、荣华富贵,当然是好事,如果能做出一些济世安邦、造福于人的事,那就更好了。我也并非主张你们不求仕进,相反,还要努力仕进,能仕进当然好。在这个世界上,读书人除了科举仕进之路外,还存在着另一条路,那条路同样可以做出千古留芳的事来,同样可以体现一个读书人的价值! 我也算是走在这条路上的一个人吧。"这一说,弟子们似乎都明白了,纷纷说:"先生所言极是!"

月亮升到树梢顶了,银白的清辉洒满长空,天地显得更加明亮。邹夫子环视众弟子,发觉他们对他的话还存疑惑,接着说:"李萼刚才讲了李白的事吧,李白满腹经纶,才名天下无双,号为谪仙人,可他却无心仕进,放浪山水,流连诗酒,何则? 看透世事。但也是机缘凑巧,李白有了那么一个展示自家才华的机遇,所以被当今皇上制科钦点了翰林,如果没这个机会呢?"

有人轻声问说:"当今世道怎么了呢?"声音虽小,还是让邹夫子听到了。他长叹一口气说:"唉! 我就说些不该说的话吧,目今奸臣当道,朝政紊乱,公道全无,请托者登高第,纳贿者获科名。科考弊端严重,光文章写得好还不行,还得请托和纳贿,请托就是要有权重人士的推荐,否则也别想金榜题名。一般读书人参加常科考试,试前要把自己最好的诗作或者文章抄好,想方设法送给能决定命运的大人手中,向礼部投的叫公卷,向达官贵人投的叫行卷。当然,你不能光送文章,你还得送一份厚礼才起作用,也就是纳贿,二者结合才得成功。非此二者,虽有孔孟之贤,司马相如杨雄之才,无由自达,所以考生都奔走于公卿门下。李白蔑视权贵,不能中举;杜甫无钱纳贿,亦如是也。诗书画三绝的王维,在开元九年(721年)进京考试,一心要夺个状元,但他当时不懂,结果败给张九皋,人家张九皋早走通公主的路子,还没考试就被京兆试官内定为状元了。不过王维聪明应变,他听人的劝告,通过岐王帮忙去走通九公主的门路,岐王安排他以伶人的身份参加九公主的宴会——"

听到伶人两个字,陆羽的心中不由一紧,做伶人的种种屈辱苦楚顿时涌上心头。他想不到堂堂大诗人王维为博取功名也去从业如此,便突然对王维瞧不上眼起来,不过他还是兴致勃勃地听邹夫子讲下去。

"王维在酒宴上演奏了自己新作的琵琶曲子《郁轮袍》,一下引起了九公主的注意。在岐王的介绍下,王维献上他的诗作,九公主一看,这些诗她平时就常看的,很欢喜,还以为是古人的呢,顿时喜欢起这个英俊潇洒的年轻人。这样,王维投靠在九公主的门下,下一次科考时,九公主将京兆试官唤到府上,要他以头名录取王维。这样,王维终于如愿以偿,中了状元后当了太乐丞——从八品下的小官!"

一阵交头接耳后,学子们沉默了,他们的心上,忽然之间地笼上了一层阴云,都在思考着自己将来的出路了。邹夫子又叹了一声说:"这也是为师的在这里开馆教学的一个原由罢。"说完抬头看看天上的月亮,站起来说:"时候不早,明日还得讲学,就散了吧!我刚才讲的大家别以为意,你们当下是一心一意把学问做好,无论今后各人的道路怎么走,学问都是根基哪,可记住了?"

"记住了!"学生们齐声答到。他们似乎也明白了,他们的先生是参加过科举的,只因不懂科场规矩和出不起那份"礼"而名落孙山了。

"好,记住了就好!"邹夫子说着,丢开众学子,起身大步回屋了。学子们也相跟着回居室去,陆羽走在最后,脚步显得有些迟滞。

月亮升到天中,一片乌云遮过来,天地晦暗了许多,一阵清风吹过,遍山的树叶发出哗啦啦的声响,像是在继续着刚才的谈论。

曲水流觞

光阴似箭,转眼快到农历十月十五的下元节,邹夫子忽然别出心裁,他要学东晋大书家王羲之右军曲水流觞,以考察弟子们的学业。他提前让老仆邹树找来两个山民,将山溪水引到竹林旁的平地,再曲里拐弯地修一段弯渠,渠两边微做平整就成了。消息传出,火门山学馆的众弟子颇兴奋和紧张,都努力积极地准备。

下元节眨眼就到,天公作美,太阳在一层薄云中时隐时现,山林岑寂,有鸟在深林不知处欢鸣,长一声短一声。众学子饭后穿戴了最好的幞头和立领长袍,急急来到竹林边的水渠旁。只见幽幽的竹林里放着一张大桌,桌上摆了酒和一叠杯子,还有时鲜瓜果之类。新出的越窑杯子,薄薄的杯体泛着青光,让学子见了就想着将要开始的风雅活动,心里跟着怦然激动。竹林边就是水渠了,从上面坡上引来的水,到这里进入平地,新开的沟渠有三尺来宽,曲曲折折地走着"之"字,清凉的水在里面缓缓流动,过了这段平地后,有一个平圆的小塘,水出口处用竹篦挡着,水穿过竹篦急速地顺坡飞奔而下。

邹夫子来了,一改平日不修边幅的装束,也戴上了秀才方巾,穿上了青色团领长袍,一手拿着一个竹筒,一手摇着一把纸折扇,一脸肃然,跟在他身后的是儿子邹荣。朱放机敏地前去想接他手里的竹筒,却让先生挥手止退了。邹夫子来到大桌旁,将竹筒放了,在桌旁一只特制高凳上坐下,召集众弟子们到跟前说:"是日风和日丽,汝辈当学右军兰亭雅集,也算是我对你们来这里就学习半年的考察。"他用扇子一指竹筒说:"这里面有许多折着的纸条,上面写着各种题目,你们在水沟边各打一处地方坐了,酒杯流到谁的面前,谁就把酒喝了,到这来将竹筒里的纸条抽一个出来,然后照条上的要求行事,如果题做错了或做得不好的,罚酒三杯并且以后要补出。"他又一指邹荣说:"你就别参与了,负责给大家倒酒吧!"邹荣低头称是。

邹夫子立刻叫大家在沟渠边自己找地方坐好,一番忙乱后,学子们都找好自己的座位坐下来,邹夫子让邹荣端了酒杯放到上流飘下来,邹荣放时不小心,酒倾入水里了,只得又重新倒酒。终于倒好酒了,众学子端坐,屏气凝神,目光全都紧紧地盯着那只缓缓流动的酒杯,平时学业不勤的人更为紧张,在酒杯流过自己面前还没停下时,就暗暗长舒一口气,学业好的人轻松愉快,巴不得杯子在自己面前停下来,好展露一下才华。邹夫子一副怡然自得的神情,他有些满意自己想出的这个考察方法。他没看杯子,只是看弟子,手里摇着扇子,目光却是不经意地在这个弟子脸上扫一眼,在那个弟子脸上扫一眼,心里又在想着什么。

在众学子的目光中,飘在水面上的那只酒杯,走走停停地,最终在陆羽的面前水面停住不走了,弟子中暴起一阵欢呼。李萼说:"好啊,陆羽,你拔得头彩了,快快抽题吧!"陆羽倒是不慌不忙,他倾了身子,将浮在水面的酒杯端起来,将杯中酒一饮而尽,向大家亮亮杯子,来到竹林下的邹夫子旁边,把酒杯在桌上放了,先向邹夫子躬身一礼,邹夫子含笑把竹筒口伸向他,陆羽抽出一签递给邹夫子,邹夫子展开纸条念:"背诵王羲之《兰亭序》一文。"

"是这个题!"陆羽有些忐忑不安的心顿时平静下来。他喜欢右军书法,平日就常练习《兰亭序》,于是,他半侧了身子,既对着先生,也对着众弟子,缓缓吟诵:

永和九年,岁在癸丑,暮春之初,会于会稽山阴之兰亭,修禊事也。群贤毕至,少长咸集。此地有崇山峻岭,茂林修竹,又有清流激湍,映带左右,引以为流觞曲水,列坐其次。虽无丝竹管弦之盛,一觞一咏,亦足以畅叙幽情。是日也,天朗气清,惠风和畅。仰观宇宙之大,俯察品类之盛,所以游目骋怀,足以极视听之娱,信可乐也。夫人之相与,俯仰一世。或取诸怀抱,悟言一室之内;或因寄所托,放浪形骸之外。虽趣舍万殊,静躁不同,当其欣于所遇,暂得于己,快然自足,不知老之将至;及其所之既倦,情随事迁,感慨系之矣。向之所欣,俯仰之间,以为陈迹,犹不能不以之兴怀,况修短随化、终期于尽!古人云:"死生亦大矣,岂不痛哉!"每览昔人兴感之由,若合一契,未尝不临文嗟悼,不能喻之于怀。固知一死生为虚诞,齐彭殇为妄作。后之视今,亦由今之视昔。悲夫!故列叙时人,录其所述,虽世殊事异,所以兴怀,其致一也。后之览者,亦将有感于斯文。

背完,他又向先生行了一礼。邹夫子点头道:"好,一字不差!不过虽说你背诵完全,但以后还须深解个中含意。你且先坐回去吧。"陆羽行了礼坐回原处,邹夫子接着对众弟子说:

"陆鸿渐开了个好头,如大家都能如此,为师就满意了。"邹荣重斟了酒,在上流放了杯,这次那酒杯一路蜿蜒地下来,直接到了谢良弼面前。谢良弼小声说:"走呀,快走呀!"那杯子动了一下,似要走,谢良弼又小声催:"快走快走!"杯子走动了,突然调头走到他面前的渠边不动了,众弟子纷纷嚷起来:"谢十快抽题吧!"

"抽就抽!"谢良弼站起来,来到大桌边,学陆羽的样子向邹夫子行礼,也抽了签。邹夫子展读,题是作五言诗一首。谢良弼摇着头说:"怎么不是跟陆大一样,背一段文章呢,便宜都让陆大占了。"邹夫子喝道:"别耍嘴皮子,快作诗来!"谢良弼翻着眼睛望天,嘴里嘟囔着好一阵,才结结巴巴地说:"诗有了,请听:巍然火门山,负笈滋味长,他日春风里,金殿好题名!"邹夫子问众弟子:"诗做得可好?"

众学子有的说好,有的说不好。邹夫子摇摇头说:"诗不算好,不过一时即兴之作,也算差强人意,放你过关,不过你以后得在这方面努力,多看前人的诗,学好韵律,领会意境,方有长进。去吧!"谢良弼觉得有些丢丑,脸上不太挂得住,急急往回走。刚走几步,李复提醒他还没向师尊行礼就走了,谢良弼赶紧又折回桌边向邹夫子行了礼。

仪式重又进行,这次酒杯来到朱放面前了。朱放不等酒杯停就迫不及待地抓了酒杯,"吱"一声喝干了酒,忙赶到邹夫子处抽签,签上也是写着作诗一首。朱放说:"我将前些天回忆以前在剡溪行舟游玩作的诗背给大家吧。"没等大家反应过来,他就背道:"月在沃洲山上,人归剡县溪边。漠漠黄花覆水,时时白鹭惊船。"

"你们说可好?"朱放不待先生发话,就有些自得地问众学子。众学子依然有说好有说不好的,有的干脆请先生来评。邹夫子捋了长髯点头说:"嗯!此诗有诗味,结尾两句好,动静结合,意境出来了,不过你这是旧作,姑念诗好,算你过关,继续努力,不得骄傲,必有所成。"

气氛渐趋热烈,先前那些怕酒杯在自己面前停下的人也希望酒杯在自己面前停了。邹夫子考较的题五花八门,不仅有背文章,有作诗,还有猜谜语,拆白道字,对联……如李复抽的签就是一个字谜:上不是上,下不是下,天没它大,人有它大。聪明能干的李复略一思索,就将谜底答出来,是个"一"字。鲍防则是作诗,李萼也是抽到一猜人名签,谜面是"曹孟德一手遮天",李萼想了好久,才想出是魏无忌。竹林下,水渠边,不时响起一阵阵笑声,人人都觉得分外开心,连邹夫子也和他的弟子一起放声大笑,还主动端了酒杯连饮三大杯。邹荣则拿着酒杯,看着其他人笑,脸上充满羡慕的神情。

中途吃过时鲜瓜果,歇息一阵,又继续曲水流觞。这一次,陆羽也抽到作诗的签,他沉吟片刻,脱口而出:"不羡黄金罍,不羡白玉杯;不羡朝入省,不羡暮入台;千羡万羡西江水,曾向竟陵城下来。"所有人的眼睛全看着陆羽,都在心里咂摸着陆羽诗句中的别样意味,他们意识到了什么,却又说不清楚。邹夫子开口了,他神色凝重地说:"陆羽,你这首诗做得好,诗言志。听你诗中的意味,你似乎想走一条与众不同的道路,表明了你与别人不同的志向,这也是一种生命存在方式。不过这条路不是好走的,也许比仕进的生活更艰难,更充满了磨折险阻,更付出得要多,你可得有思想准备。当然,事在人为,尽人事以听天命吧!"陆羽躬身答道:"谢恩师教诲!"

邹夫子转头对众弟子说："其实,什么路又是好走的呢？尤其是对要成就一番大业的人来说,更是不易。因而亚圣有言:舜发于畎亩之中,傅说举于版筑之间,胶鬲举于鱼盐之中,管夷吾举于士,孙叔敖举于海,百里奚举于市。故天将降大任于斯人也,必先苦其心志,劳其筋骨,饿其体肤,空乏其身,行拂乱其所为,所以动心忍性,曾益其所不能。人恒过,然后能改。困于心,衡于虑,而后作。征于色,发于声,而后喻。入则无法家拂士,出则无敌国外患者,国恒亡。然后知生于忧患,而死于安乐也。太史公也说：古者富贵而名磨灭,不可胜记,唯倜傥风流之人称焉。盖文王拘而演周易,仲尼厄而作春秋,屈原放逐,乃赋离骚,左丘失明,厥有国语,孙子膑脚,兵法修列,不韦迁蜀,世传吕览,韩非囚秦,说难孤愤。诗三百篇,大底圣贤发愤之所为作也,此人皆意有所郁结,不得通其道,故述往事,思来者。此等名言,汝等皆须牢记,将来不管选择何样路途,都应发奋,以成就各人功业,也不枉度人生一世！"

众学子也都垂手齐声答道,"谨记师尊教诲！"

竟陵聚会

竟陵太守李齐物,最近萌动了邀约一帮文人雅士集会游玩的想法。于是在春夏之初汉江发桃花水的前夕,李齐物的请柬就纷纷发出了。时间定在农历三月初三上巳节,所请之人大都是竟陵的名流,也有邹夫子和陆羽。

那天一早,李齐物派来马车来接邹夫子、李复和陆羽三人,直接送到汉江边,上了早已等待着的李太守租下的大画舫。暮春时节,舒适宜人。此处汉江开阔,水流平缓,一轮红日映在水中,把江水也烧得红艳艳的,江风徐徐吹过,水波微微泛起,像在抖动,江中的红绸次第漾开,宛如一幅绚丽多彩的画卷。宽大华丽的画舫内,中央一张长桌,摆满了时鲜果品,笔墨纸砚,赌博的樗蒱、投壶、双陆,酒具茶具之类。两边凭栏安着锦凳,坐满了人,皆为竟陵的名流精英,足有十多人。他们穿着崭新的衣袍,头戴各式幞头,坐在画舫两边的座椅上,围着李齐物说着恭维的话。李齐物客气地摆手呵呵笑着说："小事一桩,何足道哉？"那些许久未曾谋面的文人雅士们,又是一番打躬作揖,举手施礼,互叙平安的客套。与那次祭祀河神的聚会相比,少了一帮富商官吏,多了一些贤达宿儒,自是言谈语止皆别有韵味。

李太守还在青楼请来了几个颇有姿色的歌女,打扮得花枝招展,夹杂在客人中娇滴滴地和客人调笑,画舫内一派欢声笑语。邹夫子三人沿码头搭着的跳板上得画舫,早有侍仆引到李太守面前,穿着圆领红袍的李太守呵呵笑着,一把拉了邹夫子,将他延之旁座,邹夫子和其他人少不得又一番客套。李齐物将李复介绍给大家说："这是犬子,将来由不得要诸位提携。"众人纷纷夸奖李复少年俊才,有其父必有其子,将来自有一番作为。李复向大家施礼后又把陆羽介绍给大家,"此子虽然出身寒微,但天赋极好,极其努力上进,目下与犬子一起就学于邹夫子门下。"邹夫子插话说："他和李公子都是品学兼优的学子,是我的得意门生。"陆羽忙给大家躬身施礼说："晚生这厢有礼了。"众人一阵夸赞,倒是有人提起,这不是当年西湖边的弃子吗,长成个大人了,真是光阴似箭啊！于是就讲起当年冬天大雁用翅膀覆护一个出生数月的弃儿这件轰动竟陵的奇事来,皆说有此奇遇,是天佑之人,来日必大有出息。

李太守没听众士子议论,他拉过陆羽说:"陆羽,今天我请竟陵的名流聚会,你茶煮得好,特邀你来,劳你的驾给大家煮茶,就劳烦你了。"陆羽忙说:"大人对陆羽恩同再造,陆羽感激不尽,为大人们尽力,是晚生该当的事,荣幸之至!"李齐物说:"那就好,其实我要你来,是有一个人要见你……这事一会再说,你先到后舱去,具体烧茶干活有两个仆役,你只需指点他们如何作为就行,你去吧。"陆羽就跟一个仆役到后舱煮茶去了。

日上三竿,请的人物大都来齐了,李齐物仍没吩咐开船,只是在船头朝岸上张望。正当他转头与邹夫子说话时,岸边突然奔来一人,三十多岁年纪,着一身白袍,衣衫凌乱不整。只见他几步踏上跳板,边往画舫里走边连声叫道:"太守大人,恕我来迟了,该打,该打!"回过头来的李太守,一见此人,脸上微微一笑,待他上了画舫,就吩咐艄公开船。船前的艄公一声长喝,篙杆一点,后面把舵的船夫应一声,画舫便慢慢顺流走动了。

那人进得画舫,一头向李齐物躬身长揖,再次说:"太守大人,恕我来迟——都怪智积那老和尚,让我昨晚多喝了几杯清酒,该打,该打!"李齐物说:"你害得大家等你好久,我不打你,一会罚酒,你和每人喝一杯赔罪酒。"那人就又举手向众名士长揖一圈说:"得罪得罪,一会罚酒!"李齐物向大家介绍说,这位先生我先不说他的名字,我背一首他做的《吊灵均词》诗,大家就知道他是谁了——

　　　　　　昧天道兮有无,听泪渚兮踌躇。
　　　　　　期灵均兮若存,问神理兮何如。
　　　　　　愿君精兮为月,出孤影兮示予。
　　　　　　天独何兮有君,君在万兮不群。
　　　　　　既冰心兮皎洁,上问天兮胡不闻?
　　　　　　…………

李齐物诗未背完,邹夫子早一步抢上来,拉着那人的手说:"哎呀,你就是大名鼎鼎的江南才子谢清昼,康乐公谢灵运的十世孙么?"那人一拱手说:"见笑了,在下正是谢清昼,请问先生尊姓大名?"

"鄙人邹堃,在火门山开馆教书。"谢清昼又一揖手,连说:"原来是高士邹夫子,久仰久仰,今日有幸得见尊面,荣幸之至!"邹夫子也是连连抱拳,口说:"哪里哪里,彼此彼此。"众名士听说此人是谢清昼,好些人也上前要和他套近乎。谢清昼却拂开别人,一头往里看,高声呼唤:"陆羽,陆羽,你在哪里?谢老哥想见你,昨晚听智积老和尚说了你许多事,我今天来就想见你这个怪人,陆羽安在?"李齐物忙说:"我让陆羽在后舱煮茶,一会你也可品尝他的渐儿茶。"谢清昼也不怕冷落了众人,转身就往后舱边走边说:"我就是来喝他的渐儿茶的。"

李齐物看着谢清昼的背影摇摇头,小声对邹夫子说:"咱不理他。"然后吩咐侍者上酒,歌女弹琴唱歌,让众仕子各取所乐。顿时,乐声大作,喝酒行令声、吟诗声、投壶吆喝声、歌女曼妙悦耳的琴声歌声、时不时的娇笑声,混杂在一起,在汉江水面流淌,向空中飘荡。有那不喜玩乐的人,则倚在栏边,眺望汉江两岸美丽的景色。平日难得放松的李太守和邹夫子,此时也放下架子,与大家一起忘形地玩乐起来,高兴时还与歌女喂酒调笑。

江风习习,篷顶和周身都用油漆描得花红柳绿的大画舫,微微簸动着,载着一船人,在宽阔的汉江里缓缓地行进,像一座巍峨的楼宇在水上移动,引得岸两边的农人不时停锄注目观看。陆羽正在后舱忙活,指挥两个男童将茶饼烤炙,碾成碎末,再过筛放入特制大釜中煮熬。水也是很讲究的,是李太守让人从很远的地方取来的山泉水。陆羽使出浑身解数,一丝不苟,要给太守大人拿脸争光。突然一个留着短须,方型脸稍胖的人闯进后舱来,不由分说指了陆羽说:"陆羽,你躲到这儿来,是知我要来,躲我吗?"陆羽惊愕地看着这个似乎在哪里见过的熟悉面孔,心里无端的有一种激动,但一时实在又想不起来。

见陆羽发愣,谢清昼吟道:"乞我百万金,封我异姓王。不如独悟时,大笑放清狂。"陆羽立时高兴地大叫:"原来江南才子清昼先生!"随即也背诵道:"天下生白榆,白榆直上连天根。高枝不知其万丈,世人仰望徒攀援。种向人间笑桃李,因问老仙求种法,老仙嗒嗒不我答。始知此道无所成,还如瞽夫学长生。"谢清昼上前拉着陆羽,哈哈大笑问道:"你也会背我的《寓兴》?"陆羽回道:"清昼先生诗名满天下,谁人不知呀!"谢清昼呵呵呵地大笑说:"我也知道你陆羽,还知道你在龙盖寺死活不肯剃度,我就想这个与众不同的犟牛是啥样子,所以我今天专门来看你!"

陆羽心里一动,他咋知道我在龙盖寺的事?再听谢清昼讲起,才知道原委。原来谢清昼游历到竟陵,新近弃道向佛的他,在拜望了李齐物太守后接受了李太守汉江雅游的邀请后,昨天又去拜访了龙盖寺。智积禅师和他谈得投机,就和他讲了陆羽的许多事,最后还想让谢清昼在龙盖寺出家,被谢清昼一口回绝。他对智积说他不会出家,只想做个云游居士。法无定法,佛无定相,只要心中有佛,便可见性成佛。成佛之路宽广,又何必剃度呢,他只愿意做个山门外的佛子。智积很失望,不过还是留他喝了许多酒,以至让他今天来迟了。

听到说起师父,陆羽心中愧疚,也为师父请谢清昼剃度遭拒而生怜惜之情。很奇怪,他和谢清昼一见如故,就那么站着畅谈起来,两个童仆边做事边不时奇怪地看他们。这谢清昼也是个嗜茶之客,他毫不客气地向陆羽说:"我的茶艺在江南是有名的,一会我倒要见识见识你的渐儿茶,有没有我煮的茶好喝。"说话间,李复也到后舱来了。作为小辈,他跟那些老朽是玩不起来的,在父亲和先生面前,他更得谨言慎行很觉无趣,就来找陆羽了。谢清昼知道李复,却没见过面,刚才李复已经知道他,他却不知李复。陆羽向二人互相介绍了,二人互相一番客套后熟悉了,然后三人就无拘无束地谈笑起来。一会功夫,茶煮好了,不待温凉,谢清昼先要了一碗品尝,喝过后他迎着陆羽探询的目光,抹着嘴说:"好,好!别有风味,高我一着,果然名不虚传。"陆羽的心放下来,忙让两个童仆将茶粥舀出去让众仕子喝,李复也在这里先喝了一大碗茶。

童仆端茶出去,进来时传李齐物的话说:"茶烧好了,要他们都出去喝酒听歌。"三人一出去,谢清昼立即被众人包围住,要他把罚酒喝了。谢清昼也不推,一连喝了几大盅,然后又敬太守,与邹夫子喝,与其他人喝,一会儿就满脸泛红。陆羽和李复也端酒敬太守,敬先生,敬别人，两人还互敬，没多久也弄得和谢清昼一样醉眼蒙眬了。谢清昼喝了酒，身上那种放浪形骸的特性又显露出来了，他挥着手对几个浓妆艳抹的歌女说："别老唱那些陈词滥调了，换一支新曲唱唱如何？"其中一个叫金莺儿的歌女有些为难地说："大人，小女子新学的词就这些了。"

"胡说！"谢清昼不依不饶，"你们学的唱词还能穷尽吗，快唱，不然饮酒三大杯。"看歌女的为难样，一旁的李太守有些怜香惜玉说："清昼先生，就别为难这些娇娃了，唱旧的也行吧。"

"不行，非新的不可！"谢清昼依然坚持。弹琴的歌女叫汪真真的，解救金莺儿说："大人，让我单独为你唱一支新曲吧，不过只有这一首了。"谢清昼这才欣然说好。

汪真真重新调了调琴弦，便叮叮咚咚地弹起来。她双手在琴键上拨、按、挑、抹、揉、弹，琴声悦耳动人，引得旁边投壶饮酒、抹牌掷骰、谈天说地的人全注目过来。随即，汪真真轻启朱唇，柔声软语地唱起来：

  人道海水深，不抵相思半。海水尚有涯，相思渺无畔。
  携琴上高楼，楼虚月华满。弹着相思曲，弦肠一时断。

汪真真连唱了两遍，她的声音不大，但却字字入耳，字字入心，在场的人都听得痴了。曲终好久，才听得谢清昼叫一声好，说我浮一大白！众仕子也都拍手叫好，然后又各行其乐了。李齐物怜歌女们弹唱已久，要她们为客人敬酒，画舫里再起欢笑声声。

又听到《相思怨》，陆羽的心猛地被击中了，他发着呆。李复见了，知道他的心事，捣他一下说："怎么，鸿渐兄，又想她了？"陆羽醒悟过来，脸红着辩解道："没，没……我想谁了？"

"季兰姐姐呗！"

"瞎说。"

"嘿嘿！"李复笑一下，在陆羽额疤上一点："我还不知你吗！还是那句话，鸿渐兄，如果有缘分，你们终究会走在一起的；如果没缘分，走在一起又如何？"

"是的，初阳弟，谢谢你再次提醒。来，我们喝一杯！"陆羽举起酒杯。"喝！"李复端起了酒杯。趁互相敬酒的空子，陆羽来到汪真真身边，小声问："姑娘，你刚才唱的曲子，是在哪里学的，这是谁写的词？"汪真真丢给他一个媚眼，然后说："公子，这曲子是我向一个要好的姐妹学的，写词的人，名字不清楚，只听说是湖州一个女道士所作，我知道的就这些，其他就什么都不知了。怎么，莫非让公子动了情了？"汪真真眉眼生动地娇笑起来。

"哪里，哪里！"陆羽连忙走开。画舫里此时因歌女们的敬酒，谢清昼的大嗓门和笑声特别响亮。忽然，李齐物太守站起来，摆手要大家不要说话。众仕子不明白发生了什么，吃惊地看着李齐物。太守朝船头指了指，小声说："你们听！"原来是船头的艄公，受了画舫里欢乐气氛的感染，情不自禁也唱起歌来。那是一个穿褐布短衫四十多岁的汉子，他的嗓音高亢激越，浑厚嘹亮。众人屏气凝神静听，听清他唱的是：

  今夕何夕兮，搴洲中流；今日何日兮，得与王子同舟……

艄公一遍又一遍地唱着,似乎被自己的歌声所牵引。李齐物听得很专注入神,眉宇间挂着一丝激动。饱学的邹夫子说:"这是一支古歌啊,春秋时候,江汉地区的楚国重臣令尹子皙,来到越人的地方,泛舟于清波之上,百官缙绅,冠盖如云。一位船夫对着子皙拥楫而歌,子皙被这真诚的歌声打动,按楚人的礼节,双手扶了扶船夫的双肩,然后,郑重地将把一幅美丽的绸缎披在他身上。那船夫唱的,就是这支歌子。"李齐物喃喃地道:"是的,这是令尹子皙带回来的古歌!想不到今天听到这么好听的歌!"

邹夫子说:"上千年了,想不到在这里还能听到!"

李齐物说,"真正动听的歌子是在民间的,让我们去给他敬酒!"

于是,李齐物打头,众人相跟着,一群衣饰光鲜的人物,高擎酒杯,走向船头,走向那个穿青粗布短衫的船夫……

齐物之托

诗人崔国辅贬来竟陵当司马没多久,就传来消息:李林甫死了!一路行来的崔国辅途经襄阳,新任襄阳太守的李恺是他的好友,在码头上迎着他,留他盘桓了几天,还租下画舫,请了歌女陪着到汉江游玩,百般为他消愁。崔国辅一时高兴,还即兴为歌女做了两首《襄阳曲》演唱。想不到的是,到了竟陵,李齐物太守把他当上宾对待,拿着司马俸禄,却不要他做什么事情,他开始有些困惑,后来知道李齐物也是遭贬之人,就和李齐物惺惺相惜。经历被贬痛苦的李齐物知道崔国辅此时的心情,更爱惜他的诗才,所以,经常陪他散心,说宽慰话,让他从郁闷中解脱出来,日子一长,两人十分相知相得。李齐物到火门山去看儿子,也拜望邹夫子,皆邀了崔国辅一起去。崔国辅见了李齐物儿子李复和陆羽,竟也十分喜欢这两个年轻人,李齐物顺势让他指导两人做诗。崔国辅也不客气,倚老卖老地教起两个年轻人做诗的诀窍,让李复和陆羽获益不少。

崔国辅是开元十四年(726)的进士,与储光羲、綦毋潜同榜,先任山阴尉,后应县令举,授许昌令。天宝初入朝为左补阙,后迁礼部员外郎,还兼集贤直学士,是经常被天子召去侍宴应制作诗的人,其学问造诣比邹夫子又是不同。他曾与孟浩然、李白交谊甚厚,对杜甫更有知遇之恩。李齐物更向崔国辅介绍了陆羽,说他擅茶。崔国辅也是个好茶之人,和陆羽说起茶来没完没了,二人越谈越投机,有一种相见恨晚的感觉,直到邹夫子派人来请两人入席才罢。邹夫子又让人来叫李复去陪父亲喝酒,不过没请陆羽,让崔国辅心里对邹夫子生出一丝不快,不过他也没说出来。但以后李复回太守府,他都让李复带上陆羽一起回去,为他们传授在邹夫子处学不到文学知识。李复和陆羽幸得名师指点,学业精进,比别人又多一番气象。

崔国辅喝了陆羽煮的渐儿茶,竟和陆羽长时间地探讨茶味和水和火候的关系,有时还把李齐物晾在一旁。李齐物就在心里暗想:这一老一小莫是有缘?李林甫的死讯传到竟陵,李齐物高兴得流下了眼泪,崔国辅却反应平静,只说了句:"该死了,只是……"只是什么,他没有往下说。他可能刚从朝廷中出来,太知道现在朝廷的情况了。

李林甫是被吓死的！在夜晚府衙后院的凉亭内，李齐物和崔国辅乘着月光纳凉，品着茶话时事，崔国辅这样对李齐物说："李林甫坏事做得多，连他那做将作监的儿子李岫也为他担心，一次儿子陪父亲游后园，儿子指着正在垒假山的役夫对父亲说：'大人久处钧轴，怨仇满天下，一朝祸至，欲为此得乎！'李林甫苦着脸无奈地说：'已经走到这一步，有什么办法呢！'不过他处处加紧防范，以前的宰相，随从不过几个人，碰到老百姓也不让回避。李林甫则出门就带步骑数百人，沿途要把老百姓驱赶到几百步之外，连公卿也须躲避。在家里要层层紧闭大门，门后还要用大石头顶住门扉，夹墙里修有躲藏的暗室，就是如此，李林甫还是觉得不安全，一晚上要换住好几个地方，弄得连家人也不知道他住在哪里。"

李齐物感叹道："人至此，虽富贵如何？"崔国辅长叹一声说："李林甫虽死，杨国忠为相，恐怕是去了虎，来了狼。此人先前与李林甫明争暗斗，仗着贵妃娘娘得宠，李林甫让着他三分，如今李林甫死了，杨国忠从侍御史到宰相，兼了四十余个职务，作威作福，更加肆无忌惮了！圣上已陷温柔乡，不理朝政大事，今后就只有杨家兄妹的风光无限了！"已经预感到自己的命运将要发生转变的李齐物，听着听着，一丝隐忧不易察觉地爬到脸上。许久，他说："郎公（依崔国辅遭贬前官职员外郎称），如果我离开竟陵，我想托付你一件事。"

"请说。"崔国辅神色凝重起来说："如果太守奉调，我当不遗余力做好。"

"也不是多大的事，就是陆羽之事，这孩子自小就是个弃儿，无家无亲，可人有志气，好学聪明，将来会有出息的，只是现在……我想如果我要离开，就请你照看他。"崔国辅哈哈大笑说："是这事呀，此事你不说我也会做的，我和这小郎很投缘，可说是忘年交。呵呵，不必担心……"果不其然，没多少日子，朝廷的诏书就来了，擢升李齐物为京兆尹，即日上任，由崔国辅继任竟陵太守。李齐物谢过龙恩，一阵摆宴庆贺，辞别故旧好友。李复和陆羽也从火门山接回来跟着忙碌，两人相处几年，分别在即，此时更是难分难舍，日夜形影不离。但好时光易逝，怕分离，分离的时候很快就来了，十天后的早晨，李齐物和家眷登程赴京，竟陵城几千人前来送行。

晨光曦微中，崔国辅和李齐物手拉着手，边走边叙话。李复和陆羽则相跟在后洒着泪水，他们的身后是几辆带篷马车，然后是长长的人群，人群里哭着喊着："好太守啊，我们舍不得你走啊！"李齐物时不时朝身后的人群挥手，哽咽着说："王命在身，齐物不得不走，父老乡亲保重，请回吧，过去齐物有啥不对，请大家宽恕！"人群依然尾随。

从太守府衙穿过大街，经过西湖，来到城边，上了去京城的大道，李齐物死活不要大家再送了。他对崔国辅说："送君千里，终须一别，就此止步吧！来日方长，我们还会见面的！"崔国辅点头称是。他拦住了送行的乡亲，然后对李齐物抱拳说："李公，就此别过，一路顺风！"李齐物也抱拳作答说："郎公多多保重！"陆羽早抢上前来，拜别恩公，李齐物摸着他的头说："陆羽，我走后，崔太守会像我一样关照你的，你要努力，做出一番事业来！"陆羽连连答应，跪下叩头。李齐物拉起他来，他又和李复作别，两人皆是痛哭失声。李齐物又连连向相送的父老抱拳作礼说："齐物就此别过！"然后他和李复钻进马车篷去，马车夫立即甩起鞭子，拉车的马健步跑了起来。崔国辅和陆羽，还有送别的人群，目送着李齐物一家的马车消失在官道尽头,才怅然地往回走。

这似乎是一个送别的季节,送走了李齐物半年后,陆羽等人在火门山的学业也结束了,众学子各奔前程。离别的前一天下午,由众学子出钱和邹夫子一家,一起热热闹闹地吃了一次晚宴。这是狂欢放浪的一天、心怀感伤的一天、缠绵悱恻的一天。平日讲学的大堂,此时成了饭厅。开宴前,众学子让邹夫子上座,众学子跪拜行了谢师礼,献上礼物——那是在竟陵城里精心挑选择的一幅三尺大的桃花图。那天,酒喝了一坛又一坛,学子间平日有芥蒂的,此时也烟消云散了。大家你敬我、我敬你,把酒像水一样灌下肚去。那些专门赶来接公子哥儿回去的仆役,也个个受到感染,放开喝起酒来。微醺的陆羽,又专门到厨房为邹夫子和众学子煮了一回渐儿茶,再次博得大家的赞赏。只有李萼品着渐儿茶,盯着陆羽问:"陆子,你真的不图仕进了?你那么好的学问,真可惜了!"陆羽想了想说:"能否仕进,一切随缘吧。"邹夫子最先喝醉,他睁着发红的眼睛,欣慰地看着他的弟子们,只是,在看到和众学子一起喝酒狂叫的儿子邹荣时,他的脸上泛起一道不易让人觉察的忧郁之色。后来,他借口喝醉,早早地回房歇息去了。

天色暗下来了,仆人们点上羊油灯,在通明的灯火照耀下,学子们让仆人重新热了菜,继续喝酒。师尊一走,学子们更加放开,说话笑闹肆无忌惮。陆羽发挥他的特长,给大家表演了谐剧《二娃子进城》,笑得众学子东倒西歪,都说看不出啊,陆子还有这一手。其实陆羽一直不让别人知道他做过伶人,平日言行举止不露一点痕迹,此时也不管不顾了。后来有人将碗扣在桌上,用筷子敲击,唱起歌来,众学子跟着和唱。唱的是荆轲刺秦的歌:风萧萧兮易水寒,壮士一去兮不复返。就一遍又一遍地唱这两句歌,直到都歪倒在桌子旁边酣然沉睡……

第二天天色微明,学子们就被仆人叫醒,然后收拾上路。此时宿酒未醒,疲软至极,要说的话已在昨天说过了,因此彼此只是拱手一揖,互道珍重,就各分南北了。

陆羽回到竟陵城,就住在太守府衙。崔国辅像父亲一样对他关怀备至,并要他静心苦读,以备明年科考。陆羽每天为崔大人煮一次茶,二人闲时谈诗论茶,毫无拘束,不亦乐乎,情同父子又更胜父子。

金秋的一天,陆羽上街买茶,却突然听到一条让他痛不欲生的消息——婉娘跳汉江死了!原来施家戏班前段时间到荆州演戏,婉娘又被一个胡姓大富豪看上了,要让婉娘做妾,婉娘死活不从。但这个胡姓富豪比襄州的费将军更霸道,他派人把婉娘抢了去。婉娘是在半路逃跑的,胡姓富豪的人追她,婉娘跑到汉江边,前行无路,就一头跳到汉江去了,连尸首都无影无踪。胡姓富豪听说婉娘死了还气愤不已,亲自带人砸了施家戏班。现竟陵满街的人都在讲这回事,都在为婉娘惋惜。陆羽欲哭无泪。婉娘姐,我对不起你!他沉默了好几天。崔国辅太守还以为他生病了,问了他几次,都让陆羽遮掩过去了。

几天后,崔国辅又提起明年科考的事。陆羽说:"大人,晚生书是要读的,但已决意不去科考。"崔国辅吃惊地看着这个小伙子,连说:"为什么?为什么?李大人临别时还要我督促你的学业,对你寄予厚望哪!"陆羽迎着崔大人迫切的目光,平静地说:"大人,官场险恶,晚生无心涉足其中,我想走一条自己的路,此生以身许茶,一辈子致力茶事。饮茶已有千年历史,大唐茶业更为兴盛,却无经典问世。与茶相伯仲的酒、药材,都有人研究,唯茶还是空白,陆羽想来填这个空白,望大人成全!"

崔国辅听了陆羽的决定,先是吃了一惊,后来想想也就不奇怪了。这些日子的接触,他对陆羽有了更深的了解,特殊的人生经历和环境,让陆羽的思想亦儒亦道亦佛,又非儒非道非佛。片刻,崔国辅说:"陆羽,禅家说无味即至味,也许你的选择是对的,我尊重你的选择。你对茶事颇有心得,以你的才智和终生的努力,我想你会有成就的。你入此道,将成子之名。说一说,下一步你怎么打算?"

"我正要告知大人,承蒙大人问起,晚生就坦言相告。过些日子,就要采春茶了,我拟近日出行,去考校全国重要茶区。路线我大致也想好了,头一地北上到毛尖茶的产地义阳郡,然后西去到山南茶的产地金州,再南下到峡州,从那里到蜀州……"见陆羽考虑周全,崔国辅更知此事已无多说的必要。过了一会,他叹口气说:"陆羽呀,你要明白,你选择了一条艰苦难行的路,不过,世事如此,也许你这样的选择是对的,去吧陆羽,老夫支持你!你要去考校茶事,老夫送你一头白驴、一头乌犁牛,这是先前襄阳太守李恺送我的礼物,我转赠与你,你爬山涉水使用。还有黄门侍郎卢公送我的文槐书函,也一并转赠与你留作纪念!今后不管世道如何变化,你可都得要坚持完成自己的事业啊!"

陆羽心中大喜,这两样礼物,都是崔大人的珍爱之物呀!驴和牛他都见过,那驴一身灰白,脾性温顺,耐力很好;乌犁牛脖颈上的肉隆起,高约二尺许,犹如骆驼,来自西域,又叫峰牛,健行时可日行二百余里,这都是外出必备之物。陆羽纳头便拜说:"谢谢大人!陆羽命好,在世上皆遇好人。陆羽一定不负大人期望,即便是粉身碎骨也绝不辜负大人的期望!"崔国辅说:"好,陆羽,这正是老夫希望的!"

临行前,陆羽又做了两件事。一是到龙盖寺拜别智积师父。看到陆羽,智积百感交集,说了许多话。陆羽看到师父老多了,胡子全白了,脸上的皱纹更宽更深。陆羽还去看望了已经病倒在床的智宏。瘦成一只虾米的智宏,见到陆羽很不好意思,把脸侧到一边。陆羽说:"师叔,过去的事我们都别去想它了,你安心养病吧!"智宏的眼角滚出几滴泪珠。陆羽还看望了茶寮里的智远。智远还是那样,一副快乐的样子,见到陆羽,高兴得和他又打又闹的。陆羽在茶寮为智积煮了渐儿茶,智积喝着茶伤感地说:"真好喝。陆羽,你煮的茶更有韵味了,如果我能天天喝到这样的茶多好啊。"陆羽知道师父话里的意思,只是淡淡一笑。就是这一笑,智积知道昔日的西湖弃儿已经长大了,已经是个有主见去走自己道路的人了,智积又一次长叹了一口气。陆羽走的时候,智积送他到门口,然后是智远送他出的寺门。走了好远,陆羽禁不住回望了一眼龙盖寺,那松林掩映的高翘的碧檐黄瓦、那钟声鼓声、那袅袅的烟气,他心里涌起一股说不出的情感。第二件事是到汉江边,将买来的香烛纸钱在江边烧了,祭奠投江而逝的婉娘。江风吹起纸钱灰烬的时候,陆羽的眼角滚出了几滴悲伤的泪水。做完这两样事,陆羽心安了些,他可以放心地走了。

次日,天高气爽,风和日丽,是个出行的好日子。崔国辅太守带着几个牵牛牵驴拿行李的衙役，把陆羽送到汉江边。陆羽要先从水路北上，去义阳后到巴山、秦岭间的金州、梁州，再买舟东下，返回襄州，再到荆州、峡州、蜀州、雅州……汉江边的埠头停靠着一只将要起航的大船，陆羽在衙役的帮忙下，和他的驴、牛、行李一起上了船，水天一色，太阳在汉江水面跃动。陆羽转头向岸上望去，只见崔国辅太守伫立江边，正向他摇手，他的眼泪又涌了出来，然后对着崔大人，长揖一躬，也向他摇手。站在岸边的崔国辅，忽然诗兴涌来，他随口吟道：

     送别未能旋，相望连水口，舟行欲映洲，几度急摇手。

  在崔国辅的吟诵声中，大船已在船伙的呼哨声中启动了，然后加速破浪前行。船上与岸上的人却仍在挥手……

第四章 访 茶(上)

义阳斗茶，信阳竹九公授艺。深山遇险，失峰牛命悬一线。宣姑滩情撼青山，落魄金州，卖驴历险，柳暗花明。

崭露头角

江风浩荡，吹得桅杆上的风帆猎猎作响。两岸的风景变幻着，鲜丽而又新奇，时而是宽阔的滩涂，时而是泛绿的庄稼，时而又是高耸的青山……二十一岁的陆羽伫立船侧，心也如江水一般波动不已，这是他第一遭独自出行。他想起了那个跟他虽只一面，但却已情深谊厚的谢清昼来，这个闲云野鹤一样的人，如今又浪迹到哪里了呢？想得更多一些的还是季兰姐姐，陆羽在心里一次次地喊：陆羽就要干一件大事了，成功了我就来见你，姐姐你等着我啊！

大船在汉水里走一阵，就转入北河往北行进，再进入溳水。因为是逆水行舟，要借助风力，所以走走停停的。好在水面平缓，水流不急，只要有点风就能使船上行，因此倒还顺利。船上人很多，每到停靠的埠头都有人上下，那些人多是短衣褐衫挑担携筐的庄稼人和小生意人，像陆羽这样幞头长袍的读书人极少。船主是个五短身材的汉子，见陆羽是太守送上船的，因此格外照顾，吃饭喝水不时问起，对他的牛和驴也让人不时添草加料。陆羽也没亏他，船钱是上船时崔大人让人付了的，陆羽走时另给了他二两赏银，当然这银子也是崔大人给的。正值季春时节，蓝天白云，艳阳高照，草木葳蕤，气候宜人。有时夜晚下一场阵雨，但白天又晴好起来。陆羽来了诗兴，在船上作了一首小诗：

慷慨赴约行，豪气贯天地，茶心若流水，日夜无歇时！

五天后，船行到一个叫李家寨的地方就到头了。到义阳还有一段陆路，陆羽弃船登岸，他让峰牛驮着他的一应行李，然后骑在温驯的白灰驴上，向人问了路，沿官道颠颠地朝义阳行去。驮了东西的峰牛在前，陆羽骑了白灰驴在后，那白灰驴嫌慢条斯理的峰牛走得慢，好几次想越过峰牛前走，被陆羽喝住，才变老实了些。渐行渐远，走了半天，官道逐渐变窄，人烟逐渐稀少，路两边山峰依次变高，逶迤连绵了。好容易看到路边地里有个吆牛犁地的老农，他喝住了驴，前去问道。他向老农长揖施礼，恭敬地问："请问老丈，此处去义阳还有多远？"老农见问者是一个书生模样的人，连忙停犁回礼说："客官是说到义阳城吗，那已是不远了，顺官道再走五里路便是了。"陆羽想了想又问："老丈，晚生是到义阳来访茶的，听说义阳的毛尖茶名头大，我想到实地看一番，但毛尖茶产地是在哪些地方呢？"

老农一听说茶就笑了，一捋胡须说："呵呵，看你不像我们义阳人，却也知道我们义阳茶？老夫就是个喜茶人，每天要喝几大碗哩。不过你要看茶，在义阳城是看不到的，城里只有成茶出卖。要看茶，就得到五云两潭一寨去看，也就是车云山、连云山、集云山、天云山、云雾山、白龙潭、黑龙潭、何家寨，当然以车云山的茶最好了，那里的茶，煮出的汤水金黄爽口，提神醒脑。这时节正是采茶的日子，你去了就看到了。"老农手搭凉篷，看看天上的日头接着说："要到车云山，须先到义阳城；到义阳城往西走十来里山路就到了。不过今日如到车云山就很晚了，也看不到采茶。客官不如就在义阳城歇了，解过乏，明日起早上山，岂不是好？"

陆羽大喜，谢过老农，跳上驴背，继续沿官道前行。果然行了一个多时辰，就到了义阳城。从东城门进得城去，见义阳城虽然城小街道窄，却也干净整洁，青石板的路面两边，青瓦房舍紧密相连，只是人们衣着朴素，来来往往忙生活的人络绎不绝，挑担的小商小贩吆喝声此起彼伏，让初来乍到的陆羽颇感新鲜。那些人也对他的峰牛和白灰驴觉得好奇，纷纷投来了羡慕的目光。

陆羽也不以为意，他找到一家叫"义阳家"的客店歇下来。安顿好峰牛和白灰驴，他吩咐大胡子店主不用备饭，就踱出店到了街上。店主叫住陆羽并告诉他义阳北依宛洛，南带荆襄，有"中州屏障"之称，城虽小，却是历史有名，最好去看汉代议事台、桑城、新都古城，还有凤凰山、义阳三关南武胜关、平靖关、九里关等景点。陆羽急着要走，见大胡子店主还要往下说，忙打断他说："多谢店主指教，小生此行另有他事，待来日再细细探访。"

他跟在人群后面逛了一会街，感受着此地的风土人情。满街是小店铺，卖冬枣、银耳、药材、板栗、猕猴桃、蜂蜜这些土特产。忽然，他的眼睛一亮，看见前边有家饭店房上挑着一面写着茶字的黄旗。他三步并作两步赶了上去，见是一个不大的店，门口贴了一副对联。左联是：碗盛千峰翠色；右联是：杯纳万古流泉。陆羽念过对联笑笑，见此店面也还干净，就走了进去。离晚饭时候尚早，因此店里还没什么人。那戴着平顶帽的店老板——粗眉老头眼尖，一见有个戴幞头书生模样的人进来，早已迎上来，弯腰打躬，满面笑容地说："客官里边请，小店茶饭齐备，有新野臊子、新野板面、新甸锅盔、栗河乳鸽、龙潭黄酒，饭香菜美，尤其烹茶技艺名声远扬，我义阳毛尖茶外形美观，茶条紧细，色泽碧绿，圆直匀整，白毫显露，味甘香高，名声在外。请问先生来点什么？"陆羽听他说烹茶技艺名声远扬，不由得起了兴致，就说："吃饭还早，先给我煮一碗茶汤喝过再吃饭。"

"好嘞——煮一碗香茶！"老店主朝内高喝一声，一个肩搭毛巾的年轻伙计出来将陆羽坐的桌子抹了，又端一盘冬枣让陆羽慢慢享用。陆羽吃了几粒冬枣，不一会功夫，茶煮好了，伙计用托盘端了出来，老店主跟在后面，在伙计将冒着热气的碗往陆羽的桌上端时，老店主站在陆羽身旁有些自得地说:"客官,你尝尝味道如何?"陆羽将鼻子凑近碗边嗅了嗅,眉峰轻轻地皱了起来,接着用嘴吹了吹碗沿,啜了一口。老店主看着陆羽,迫不及待地问:"客官还满意不?这里边可是放了好多东西的。"

"卟"地一声,陆羽将含在嘴里的茶水朝地下吐去,大喊一声:"此沟渠间弃水耳!"那老店主一听陆羽如此说,勃然大怒,眼睛睁圆了紧瞪着陆羽说:"客官,你怎么敢这样说,毁我小店清誉?看你年轻轻的,又是个识文断字的读书人,本店不好跟你动粗,不过你今天得说个缘由来,否则你恐怕走不了路!"那伙计也跟着叉腰怒视着陆羽,一副要动手的样子。见这阵仗,陆羽哈哈一笑说:"莫非掌柜的真不知道此茶之劣由?"

那老店主更为动气,吼道:"凭什么说我这茶味劣?我们义阳毛尖天下闻名,我又加了葱、姜、枣、桔皮、茱萸之类作料,味美无比,你反倒说是沟渠间弃水,如此毁我茶饮美誉,得说个之乎者也,不然由不得你!"陆羽见老店主真的动火了,忙施一礼说:"掌柜的息怒,小生说话唐突,有所得罪……不过,茶汤的味道实是不敢恭维,这样,让小生自己煮一碗茶汤给你尝尝,茶钱算在我身上,如果你们认为没有你们煮的好,我加倍给你银钱,如此可好?"

听说可以加倍给钱,老店主才缓过脸色来说,"你会煮茶?我倒要看看。"陆羽一笑说:"晚生对茶略知一二。"

"那好,请!"老店主伸手往后边伙房一引。进了后院伙房,有两个伙计在那里忙碌,老店主让他们停下来,他从一个木柜中取出半块茶饼,将釜灶和一应作料指给陆羽,就让陆羽煮茶。陆羽先掰出茶饼看看,用鼻子嗅嗅,用舌头尝尝,对店主说:"掌柜的,你这毛尖茶叶好是好,可惜没有制作好,不该用猛火烘茶饼,皮焦里生,烘烤不透,残留水分多致使有了霉变,影响茶味,你还有没有更好的茶饼?"

"没有了,这是最好的茶饼了。"老店主一口咬定。"没有就将就用吧!"陆羽让一个伙计碾碎茶饼,让另一个伙计洗好铁釜,放在灶上,往里加水时,陆羽问:"这是什么水?"老店主说:"当然是井水了,井水煮茶最好。"陆羽笑着说:"掌柜此言差矣,煮茶山水为上,江水为次,井水再次,当然各种水还要细分的,不过今天也只有将就你这水了。"他拿起一个用老葫芦剖开做成的水瓢,在水缸中部舀了一瓢水倒入釜内,让伙计用小火烧水,店主又说起来:"小火费时,用大火很快开了!"陆羽说:"请勿多言,按我说的做吧。"

说话间,水已经微沸有声,陆羽的眼睛紧盯着水面,待水边缘如星涌连珠时,他下了茶末。煮一会,水面腾波鼓浪时,陆羽立即让停火,然后放了一点盐末,就让伙计盛入两个碗中。老店主哼一声说:"你连一样作料都没放,煮的时间也不到,这叫什么茗粥,还不难吃死了?"陆羽让伙计把茶汤端到大堂桌上,对老店主说:"陆羽技艺不精,见笑了,请掌柜的品尝!"老店主把脑袋摇得拨浪鼓一样说:"你这茶汤有什么好吃,想来不过跟马尿水差不多,我不跟你多说,快赔我银钱来吧!"陆羽端碗喝了一大口,咂咂舌说:"不算好,还能喝,请掌柜的喝后再说钱吧,如比你刚才的茶汤难喝,晚生一定兑现诺言。"

"嘿嘿!你这书生是以为我不懂?不说过的桥比你走的路多,我喝过多少茶,从没见你这样煮茶汤的,什么作料没有,还能好喝?好吧,我就尝一口你这马尿水。"老店主端起碗喝了一口,本想立刻放碗要钱的,但他把碗只移下了一点,就在胸部停住了,然后不相信似的又举碗喝了一口。奇怪,这茶汤一入口,一股清香之气直透肺腑,然后向四肢百骸扩散,浑身溢出一种说不出的舒服。他急忙举起碗,一口接一口地喝着,眨眼功夫就将一碗茶汤喝完了。他放了碗,向陆羽长揖一礼,口称:"仙人呀,你煮的茶汤怎么这样好喝!没见你放什么作料,终不成真用了什么法术不成?老朽我白活了这把年纪,真是有眼无珠,可是得罪高人了,请先生宽宥则个!"陆羽似没听见,端坐凳上,一口接一口地啜着茶汤,一手抚了肚子自语说:"你这肚子啊,好不争气,怎么这么快就饿了?"老店主"哎哟"一声,忙大声吩咐伙计摆席,连说:"茶仙驾到,老朽肉眼凡胎,多有得罪,这酒饭钱算我赔罪!"

片时,酒菜上了一桌,老店主亲自陪酒敬酒劝酒。陆羽多日没沾酒了,架不住老店主的一番好话,喝了许多酒,乘酒兴讲了许多煮茶方法,从焙茶的方法到煮茶水的选择、火候的掌握、茶性寒须清饮的道理……老店主对他佩服得五体投地,心里十分高兴,一边频频劝酒,一边将陆羽讲的牢记在心。后来,他见陆羽酒喝得差不多了,就问陆羽住在哪个旅店。一听说是义阳家,手便往大腿上一拍,大声说:"陆先生,那客店主就是我的亲弟弟,我让他把宿钱一并免了。来来来!陆先生,我再敬你一杯酒,放开喝……"

寻访毛尖

天才拂晓,陆羽就被叫醒了。宿酒未过,他的头脑还有些发胀,店主按他的吩咐煮了一碗茶汤给他喝了,人就精神起来。吃过了店主备下的果品点心,他牵出峰牛和白灰驴,然后辞别店主,穿过清冷的街道,出西城门往车云山而去。本来陆羽要给店主店钱的,店主死活不收。不但不收宿钱,还送了陆羽一个从西域传来的牛皮水袋和许多蒸馍之类干粮。有了这个水袋,陆羽在外就不用在口渴时找山泉了,这使陆羽很感动,他觉得他今生尽遇上好人了。却不知从这天起,那个开茶饭店的老店主按他传授的方法煮茶,特殊的茶味让他的店子茶名大振,满城的人都来他店里品茗,生意十分兴隆,财源滚滚而来,两兄弟联手很快就成了义阳的富豪。他们还带动了义阳的茶风,饮茶成了家家户户的时尚。

出城门在官道上走不多久,天就大亮了。到车云山路途并不太远,却很是难行。从官道往右拐出后,两边山峰渐高渐陡,山路沿沟盘旋而上,好在有白灰驴代步,使陆羽免去了攀爬之苦。太阳从远处的山边露脸了,天地一下明亮了许多,晨风拂面,空气清新,山中的树林里不时有清脆的鸟鸣声传出。此情此景,更使陆羽心情舒畅。他在驴背上一颠一颠的,一会儿想着崔国辅崔太守现在正做什么,一会儿又想李复,离开竟陵回京城是什么样子,一会儿又想那个和他性情相投的谢清昼,此时又云游何方。唉!这人在世上,怎么都要辛苦漂泊呢?他一路看山望水想心事,并不感到寂寞。

一个多时辰后,陆羽到了车云山,太阳已有一竹杆高了,在过了一道石门一般的山口后,眼前突然豁朗起来,两边山势平缓的坡上,薄雾轻笼,层层梯田顺山势盘绕,田里栽植着齐腰的茶树,一眼望不到边。这时太阳被一团乌云遮住了,清风吹过,绿色的涟漪直涌天边。乍见这幅美景,陆羽惊奇地张大了嘴巴,他还是第一次见到这么多的茶树。龙盖寺算植茶较多的了,也不过几十亩茶树。这里整个两边山坡都是茶树,满眼碧绿,颇为壮观。正自感叹,忽听远处云雾中飘出采茶男女的对歌声,陆羽细听,唱的是:

女:一出城南下马河哎——
男:长冲口子穿街过哟——
女:汤泉池里洗个脚哎——
男:仙桃坪里岔路多咧——
女:弯刀岭上吃冷饭哎——
男:蜜蜂岩下等情妹哟……

那女声清脆,男声粗犷,男女的歌声如一只多情的手,轻抚着陆羽那颗年轻的心,他听得如痴如醉,连峰牛和白灰驴也停住了脚步,白灰驴还激动地"昂昂"叫了几声,仿佛在应和那远处传来的歌声。陆羽一时诗兴涌来,便脱口而出:峰峦涌雾雾锁山,义阳寻春春无限,风送茶垅绿浪远,仙歌悠长动地来。然后,他睁大了眼睛,往浓雾深处望,但什么也看不到。这时歌声停了,只见得白雾贴在茶树上柔曼地滚动,好似混沌初开的洪荒年代一般,陆羽一时不知自己身在何处了。他吆着峰牛和白灰驴走了一段路,浓雾突然涌过来,把他和牛、驴紧紧包裹住了,眼前白茫茫一片,什么也看不见。雾粒子如幽灵一样,从陆羽的头顶上、耳朵边、胁下溜过去,有的则憩息在他的鬓角和眉毛上,化为透亮的小珠子,陆羽顿时生出超然尘世之感。好在来了一阵清风,吹散了浓雾,碧绿的茶树又出现在面前。陆羽干脆下了驴,走在前面,朝刚才歌声的方向走。忽然,歌声又起了,但却在另一个方向:

女:品茶(呀么)请到长园来,
男:新茶(那个)先在蜜蜂岩!
女:新茶飘香蜜蜂岩哎,
   八方宾客(那个)山上来。
男:哥如青松扎山间哎,
   妹如山花偎树开——
女:青凌凌的泉水甜蜜蜜哟,
   毛尖(那个)醉心怀——
男女:哎嗨哟喂,哎嗨喂哟喂,
   毛尖(那个)醉心怀!

这次,女的唱得婉转,男的唱得高亢。在施家戏班生活了很长时间的陆羽,听惯了婉娘等人伴着舞蹈的美妙歌声,乍一听山歌,很觉清新动人。他赶了峰牛和白灰驴,急急往歌声的方向爬去。但是他很快又进了浓雾中,不辨方向,尽管微风时吹,雾霭流动得很快,可依然影影绰绰地难见大山真面目,而且他忽然发现脚下的路变窄了。原来的山路不知去了哪里,自己和峰牛白灰驴走到了茶地里乱窜起来,越乱窜越找不到路,他急得朝云深不知处大喊了一声:"喂——你们在哪里?"他的喊声在山谷间激荡,但却没有人回应,相反四下显得更是寂静,他一连又喊了几声。正自惊疑,忽然从旁边的云雾里钻出几个人来,有的夺去他手上的牛绳,有的紧紧抱住了他,然后他的双手就被反剪了,他听到一个姑娘格格地笑着说:"松林哥,这下我们总算逮住一个偷茶贼了!"陆羽背后一个男子说:"嘿,这个贼胆好大,起好大的心,竟敢拉了牛和驴来驮茶!"陆羽急忙挣扎说:"我不是贼!你们错怪好人了!"

　　背后另一个男子在他头上敲了一下,吼道:"老实点,不是贼跑到这里干什么?"姑娘也说道:"没一个贼承认说他是贼!"陆羽辩解:"我真不是贼,我是来看茶……"话没说完,就听另一个姑娘哈哈大笑起来说:"你就为茶来的,还敢说不是贼!松林哥,根生哥,我们押他到竹九公那里,让竹九公处置他!桃叶妹,你赶牛,我牵驴,哈,你们看牛和驴都蛮不错的,尤其是牛,好壮啊,今天我们收获很大,竹九公可要夸我们了!"几个男女都笑起来,然后两个男子推搡着陆羽,在茶地里跌跌撞撞地走。雾霭渐散,陆羽终于看清两男两女的面容了。他们一副山里男女打扮,男子头上挽着的黑发上戴着方布,身上是直领短褐衣裳,面孔年轻英俊,透出几分山里人的剽悍。两个姑娘不胖不瘦,眉眼俏丽,长发披散,直领红衣,腰上拴着采茶围裙,陆羽想他们可能就是刚才唱山歌的男女了。

　　也不知走了多久,陆羽感觉来到一片坪地了,果然不出所料,就听那个桃叶妹老远就喊起来:"竹九公,竹九公,我们逮住一个偷茶贼了!"一个老者的声音远远地传过来:"好,把人带过来!"背后叫松林哥的男子就在陆羽背上一推说:"快走!"陆羽心下暗自叫苦,心想今日不知要受到何种责罚了。又走了一段路,好像是转过一个山嘴来到一个山湾,这里云雾消散,陆羽一下看见湾里有一排竹木搭成的草屋,屋前放了好些篮子、笼子、簸箕之类用具,有几十个人屋里屋外进出着忙碌,陆羽看出他们是在制茶。

　　"竹九公,人押来了!"桃叶快嘴快舌地叫唤。从忙碌的人群中走出一个银发长髯面容清癯的老者说:"啥样人,敢到我们车云山来偷茶?"两个男子就把陆羽推到老者面前说:"竹九公,就是这个人。你看,他起心不小,还带了牛和驴来驮,想一回就把我们车云山的茶叶偷光。"那些忙碌焙茶的人也围了过来,想看看偷茶贼是什么样儿。陆羽看着老者的眼睛说:"老丈,冤枉,我不是来偷茶的!"老者双手叉腰,也在看着清瘦的陆羽,他从头看到脚,又从脚看到头,低声沉问:"你不是来偷茶,那你是来干啥的?"陆羽说:"我是来看茶的!"围着的人都笑说,自家都招了,就是来偷茶的嘛!老者也呵呵一笑说:"看茶的——那就是偷茶嘛,我们这里说看茶就是偷茶!不过——"

　　陆羽懵了,原来这里说偷茶就叫看茶。好在他见过世面,不慌不忙地说:"我是外地人,我说的看茶的意思是……访茶,我要遍访大唐各地的茶事,著成一部茶书。"

　　"哦,看你是穿了一身儒生衣裳,不过谁知道是真是假?"老者问道。陆羽赶忙向老者施一礼说,"我带着竟陵崔国辅崔大人赠我的文槐书函为证,那是黄门侍郎卢公送他的。""在哪里儿,我们看看。"老者接着说。

　　"在峰牛背上的布袋里。你看,这峰牛和白灰驴也都是崔大人送我用作访察茶事用的。"

陆羽长舒了一口气。早有人从峰牛背上拿下布袋,从里面取出一个雕刻精致的木匣子。"是这个吗?"老者问。"是,里面放着笔墨纸砚文房四宝。"陆羽答道。

老者看过后,收起文槐书函,目光变柔和了,抱拳说道:"看来误会了,你真是个读书人,从远方来到这里就是客,我们茶人就用茶来待客了。"他吩咐人给陆羽煮茶解渴,又对围着的人说:"都去忙自己的活吧。"众人也就散了。那个叫桃叶的姑娘对三个同伴埋怨道:"哎!我们白忙活了,逮了一个书生来。"三个同伴哈哈笑着,又瞅陆羽一眼,就去采茶了。

老者从屋里给陆羽搬出个小凳让他坐,然后问道:"书生,你叫啥名?"陆羽连忙作答,"老丈,我姓陆名羽,字鸿渐。"

"呵呵,那我就叫你陆公子了,老夫种了一辈子茶,人称竹九公,人人都这么叫,你也这么叫吧!你说,你到我们这里,是要访什么?"竹九公问道。陆羽站起来,向竹九公深施一礼说:"竹九公,陆羽此来,是慕了义阳毛尖茶的名头,特来一访。竹九公,我知道您是行家里手,还想向您多多讨教!"

竹九公沉吟地说:"对陌生人,特别是那些奸商,我们毛尖茶的制法是全部保密的,只是对你……那另当别论了。老夫如果没有看走眼,看得出你不是那种人,是个有志气抱负的年轻人,访茶成书,那是造福茶事、造福后世的事,老夫没说的,只有支持了。"陆羽一下跳起来,深深一揖说:"谢老丈偏爱,陆羽感激不尽!"竹九公摆摆手,要陆羽坐下,说:"别客气,你走了半天,一定又饿又渴,先吃过茗粥才说。"

说话间,一个村姑端上热气腾腾的茗粥。竹九公说:"这里条件简陋,连个桌子也没有,这两块大石头,就是大家吃饭当桌子用的,碗烫手的话,你就把碗放上面。"陆羽道声谢,就端着吃。陆羽也真又渴又饿了,他在碗边吹气,边吹边吃。这里的茗粥和竟陵又不同,不但加了各种作料,还加了黍米,更加浓稠。

陆羽又问:"竹九公,这茗粥煮时如果只在茶汤里放点椒盐,作清饮怎么样?"竹九公正将腰间布带扎紧,手拿起一个大簸箩准备忙活,听问后一笑说:"陆公子你说的清饮,好是好,可那得要有闲心情慢慢品味。我们庄户人终日劳作,觉得这样吃才好,既止渴生津,提神醒脑,又饱肚充饥当半顿饭。"

"哦,是这样。"陆羽略一沉吟,想他的渐儿茶那种清饮法眼下只能在文人士大夫中推行了,而要在穷苦人中推行还得有待时日。正在此时,竹九公说:"陆公子你用着茶,我去焙茶房看看就来。"

太阳从云缝里露出一丝阳光,清风徐徐地吹过,陆羽喝着茗粥,这又是另一种吃茶法,虽然不及渐儿茶的味道,但此时喝起来,也感到说不出的舒畅。这种浓稠的茗粥果然有解饥止渴的双效,陆羽一大碗下肚,额疤处冒出几滴细汗,他干脆摘了幞头,露着挽成髻的头发。他看到棚屋里村姑又要煮茶,就进屋去看。只见村姑在饭锅里添上挑来的溪涧水,然后在灶膛里燃着松枝,用火钳夹了茶饼,借着灶口里吐出的火舌两面烘烤,烤得灰褐色的茶饼表面鼓出了气泡,嗞嗞地作响。待饼面呈现出赤红的颜色时,就将茶饼放在切菜的案板上用刀砍成小块,再放入石臼碓细,用粗箩筛过,在灶台上排开几个大碗,碗里放了茶末,锅里的水开了,村姑用葫芦瓢舀入开水以七分为限,待焐出茶汁后,再投入备好的作料,茗粥就做好了。

这是一种古老的吃茶法,陆羽正看时,竹九公从另一边棚屋里过来,在门口问:"陆公子,茗粥够不够,不够再煮一碗来!"陆羽连忙放了碗说:"够了,够了,真够了!肚子都喝胀了。"跟着出了棚屋。竹九公说:"那你歇一歇后再看茶吧。你看,我们制茶这采、蒸、捣、拍、焙、穿六道工序,你要从哪里访起?"陆羽道:"多谢竹九公厚爱!这样吧,我跟工匠们一起干活,每道工序干一天,伙饭钱我照给。"竹九公在一块石头上坐下来,笑道:"你给我们干活,有劳有食,伙饭钱就免了。"陆羽说:"那多谢竹九公了!竹九公你年高识广,我早年听师父说,这茶是神农氏发现的,不知是也不是?"

"当然是!"竹九公说,"尧舜以前,神农氏在鄂西大山中搭架采药,日尝百草,看哪些草是可以治病的药,有天他尝到了七十二种有毒的草,结果中毒倒在一棵树下,昏昏乎乎的,口也干渴难耐,他就嚼那树上的绿叶,结果头也不昏了,口也不渴了,肚子也不痛了。这样,神农发现了这种树叶的神奇作用,给那棵树起名叫茶树,至今,鄂西的那片大山还叫神农架。你四处访茶,可得去神农架走一走,那里有好茶,还有一种仙人掌茶。"

陆羽说:"我是要去的,这一趟就要去,要去喝仙人掌茶!竹九公,照你说来,这茶也是一味药了。"竹九公说:"是的。人受了风寒,或是淋了雨,只要喝几碗滚热的茶汤,出一身透汗,那病就去了八九分。若还要打夜工,喝碗茶,包你一夜没瞌睡,眼皮眨也不眨一下。还有,如果你酒喝醉了,喝碗茶,保你平安无事!"陆羽沉思说:"茶的好处可太多了。竹九公,我再问一下,义阳毛尖很有名,这茶名是不是也有来历?"竹九公笑微微地说:"是有个传说,不过说来话长了。"陆羽请求道:"趁这阵歇气,请您给我讲讲吧。"竹九公点了点头,略为凝神沉思,就开始讲了起来。

相传在很久以前,车云山上有个山民叫阿毛,他自幼父母双亡,一个人过着孤苦伶仃的生活。他白天种地砍柴,晚上回到自己的茅草屋。一天夜晚,阿毛做了一个梦,梦见天上的仙女要来车云山游玩,邀请阿毛与之相会。第二天,阿毛穿过蜿蜒的古道,去了那片竹林,并没见到有什么仙女,他很失望。这时听见树枝头上有一只画眉在婉转歌唱,他对画眉说:"你是在嘲笑我傻吗?"不想那画眉听了,竟唱道:

人间美景车云山,引来神女下尘凡。
若得朝云与暮雨,只羡青山不羡仙。

唱完,飞到地上,脱下羽衣,变成一个美貌的姑娘。阿毛又惊又喜,一问,才知姑娘是司管天宫茶园的茶仙子,芳名心尖。从此,心尖每天化作画眉下凡来与阿毛相会。心尖不顾身份的差异和天庭的戒律,与阿毛私订了终身。

这件事终于让王母娘娘知道了,心尖犯了天条,被贬下凡尘,变成一只真正的画眉鸟。她给痛苦万分的阿毛衔来一粒茶籽留作纪念。画眉鸟如泣如诉地鸣叫,无论阿毛怎样哀求,她再也变不回少女,最后流着泪飞走了。阿毛把茶籽种在山坡上,日日精心照料。每当他想念心尖时,就会对茶树苗独自流泪。有一次,阿毛的眼泪滴到茶树上,霎时茶树长大了,开花了,他发现每朵茶花里面都有一个茶仙子。茶仙子飘然飞出花蕊,所到之处,立刻就长出一棵棵茶树,眨眼间就会长大开花。原来画眉衔来的这粒茶籽不是凡品,而是茶仙子心尖离开天宫时在茶园中摘的一枚仙品,而且带了茶仙子的灵气,一见到阿毛的眼泪,就能在瞬间长大开花。不到半天工夫,茶树已经植满了山坡。阿毛把自己对心尖的思念都寄托在茶树上,一心一意栽培茶树。他栽培出来的茶叶,芽叶鲜嫩,色绿光润,白毫细密,香气幽远,风质清高,汤色碧绿,茶香浓郁。后人为了纪念阿毛与心尖,从他们的名字中各取一字,把这种茶就叫"毛尖"。这就是毛尖茶的来历。

陆羽的眼里流出了晶莹的泪滴……

苦学茶技

每天,陆羽和那些茶工一起吃住,一起制茶,学得投入,忘记了劳累。虽然他在龙盖寺时,也参与制茶的每道工序,已有不少经验,但竹九公的制茶方法又有许多不同,竹九公真是个经验老到的制茶高手。他穿一身短褐衣裳,和茶工一起汗流浃背地忙碌。十多间茶棚,基本是一间一道工序,茶工们按竹九公的吩附,各人紧张地做着自己的事。竹九公不停歇地在每间屋里转着,纠正茶工不合要求的做法。竹九公对陆羽说:"做茶是天、地、人三者合一,要出好茶,必须要合宜的气候,良好的地理条件,经验丰富的加工师父,缺一不可。天气要晴好,温湿合度才能采茶,而制成的茶是否上等,就全靠人的悟性了。"竹九公规定:露水一干就要采茶,茶叶在茶篓里不能挤压,叫采午青,背回茶棚立刻摊晾,用日光使茶萎凋,这叫晒青,然后是晾青,俗称走水。

陆羽先学做青,做青分晒青、晾青、摇青几步。晒青——将那些姑娘小伙采回来的称做午青的茶芽,放在屋前平地的篾席上摊晾,用日光萎凋,毛尖茶采得很嫩,基本是一枪一旗(一叶一芽),因此掌握萎凋程度很重要,只要嫩叶子发生卷曲,就要立刻将其收到房里,分放在桌面大的竹箔里,置于竹架上进行晾青。

学过晒青、晾青,然后学摇青,就是将茶叶放在吊着的筛子里摇,这是做茶最关键的一步,也是竹九公管得最勤的地方。开始,陆羽认为摇青很简单,他学着其他茶工,弓着身子一前一后地摇动筛子,茶叶在筛子里发出刷啦刷啦的声音,颇为悦耳动听。正摇得起劲,竹九公来了,急忙让他停下来,然后竹九公抓起筛子内的茶叶看看,又放在鼻前闻一闻,然后要陆羽旋转着筛子摇,旋转着摇比前后摇费劲多了,直把陆羽摇得气喘吁吁,汗湿衣衫。一会儿竹九公来看过后,又要陆羽左右摆动着摇。陆羽问为什么要用不同手法摇青?竹九公就给他讲了一番道理。

摇青要四摇四凉。竹九公还给陆羽背了几句口诀:一遍摇青摇均匀,二遍摇青摇水分,三遍摇青摇香醇,四遍摇青摇音韵。但是,同样是摇,有的人能摇出香味扑鼻的上好茶,有的人却只能摇出下等茶。摇青不是简单的前后摇动,而是前后左右还要旋转摇动,而决定怎样摇动的,是茶叶的质地如何,这就全靠经验和悟性了。竹九公是用望、闻、照、摸等方法来观察茶叶的质地,来决定采取什么摇青手法的。竹九公说:"摇青的目的是去除茶的杂味,剩下茶的天然香味。摇青讲究动静结合,不同的手法,摇出的香味就不同,而最好的茶必须是香味清醇才行。不过,四摇四凉的最后一遍,是千万不能用手摸茶叶的,摸了就要走味,待每片茶叶呈三红七绿之色时,摇青就结束了。"陆羽听完后对竹九公心悦诚服。

接着是蒸青,将茶叶放在底下生了火的蒸笼里面蒸,目的是让茶的香味定型。一间大屋里架着几个大蒸笼,锅下面柴火呼呼吼地燃烧,陆羽学着别的茶工,将摇青后的茶叶倒入滚烫的蒸笼内。竹九公告诉他,茶叶变成暗绿色后就要马上取出来,不然茶就变成另一种味了。陆羽觉得蒸青不难掌握,只是手和热烫的茶叶接触,麻辣辣的难受,弄不好手就要被烫伤,因此手必须翻动得快才行。然后是揉捻,将蒸过的茶叶倒在茶板上用手揉搓,使其卷曲成条。这道工序看似简单,却是最难学的,因为这要靠手和茶叶的奇妙感应来掌握尺度,轻了,茶叶不成条;重了,茶叶就破碎了。竹九公也没有难为他,说这不是三两天能掌握的,需要干许多时日才行,他只要知道做法就行了。

接下来是烘焙,将茶叶置于焙笼里烘烤大半天,焙笼下的炭火须不大不小。这是最关键的技术,别的茶工师父也做不好,都是竹九公亲自管火。一间房里,几个地炉生着木炭火,炭火上压了一层火灰。每天,光是这几个地炉的调火,竹九公就要弄半个时辰,然后才在地炉上坐上放了茶叶的焙笼。竹九公是靠手和鼻子来掌握火候的。他说:"茶为君,火为臣,掌握得好,茶味才醇厚。焙烘时,还要不时洒水补湿,因为只有湿度准确,茶叶的外形才能紧结。"陆羽在这道工序上学得也很用心,他观察竹九公在燃红的木炭上盖灰的技术,发现灰要盖得不厚不薄,既要让燃烧的木炭持久,又要使燃烧产生的热量不大不小,烘焙时还要不时调笼,使茶叶受热均匀。在这间屋里,成茶发出的兰花般香味,让陆羽留下了激动的泪水。最后一道工序是做饼,将烘焙后的茶叶包在茶巾或布袋里,放置在木板上,茶工用力抓、压、转、搓,最后压上石板,石板上又压石头,几天后,茶饼就成了。

到夜晚时,陆羽自己住在一个小棚里,在羊油灯下打开文槐书函,拿出文房四宝,取出松烟墨磨的浓墨,然后在黄笺纸上记下当日的收获——毛尖茶每道工序的过程和需要掌握的关键技术,他已经记了厚厚一叠纸了。记完茶事,他会拿出访茶以来随身带着的那本《诗经》,吟诵数首。他最珍惜这本《诗经》,和《诗经》同时买的《南都赋》在当学子的三年间被同学借阅,早翻破了,唯有《诗经》依然成色很好。这是他刻意保护的结果,因为这本书令他想到两个女子,一个是用此书教他的季兰,一个是陪他看此书的婉娘。这书他不知已看过多少遍,但就是百读不厌,他尤其喜欢里面的三首诗:《小星》、《黍离》和《蒹葭》,这几首诗能体现他不同的心情。在车云山,他每晚诵读的是《小星》;在路途上的时候,他会诵读《黍离》;而思念季兰了,他就诵读《蒹葭》。当然有时候,他也和竹九公及那些茶工师父谈茶。白日采茶的姑娘小伙都回附近的家了,棚屋只有竹九公和几个茶工师父、烧饭师父住,大家聚一起除谈茶外,还谈一些来自京城的趣闻逸事。

走完一遍工序,陆羽又跟在竹九公身后,看他怎样在检查时发现问题,怎样纠正别人错误而制出好茶。没过几天,竹九公就喜欢上这个聪明好学又能吃苦的年轻读书人了,觉得他将来注定是个有作为的人，因此一改一贯对人保守秘密的做法，把自己的制茶经验毫无保留地教给他。

由于毛尖茶芽叶很嫩，再加工序繁复，所以产量很少，每个茶饼要值几十两银子，但竹九公还是大方地拿一些让他品尝。陆羽用他渐儿茶的方法煮成茶茗后，只见茗叶儿在碗底片片复活，形如雀舌，又似鸟嘴，摇曳多姿，香气升腾，汤色圆润，气味清醇，刚喝时觉得有点微苦，继而满嗓子眼都是香味，跟着口舌生津，齿颊留香，喉底回甘，简直是一种润心的洗礼。陆羽对竹九公说："好茶就要这样，有千百种滋味，要有春风的平和，夏阳的炽烈，秋雨的清冽，冬霜的醇厚。"他的话再次让竹九公对这个年轻人刮目相看。不过，当陆羽对他讲茶须清饮，只有浓淡相宜，才能雅致清心的想法时，竹九公并不赞同，他还是觉得放上各种作料，煮成又浓又稠的茗粥好喝。陆羽当然不同他争论，只是一笑了之。

最难得的，是陆羽在这里第一次喝到野茶。那是陆羽将要结束车云山访茶离开的时候，竹九公说："陆公子，看你这些日子这么劳累，难得有你这种一心茶事肯于吃苦的读书人，来日必成大器，我大唐茶业兴盛有望，这也是老夫唯一的希冀。今天老夫要特别犒劳你，请你喝一种东西！"竹九公从他住的棚屋里抱出一个很小的坛罐，用竹勺极小心地舀出一些，让陆羽用他的方法煮喝。茶煮成时，陆羽在碗中细看那茶，虽说也是雨前毛尖，但杆子细，叶片大，品相并不出色，一闻，那香味比精毛尖更为浓郁，喝到嘴里更香，还有种麻麻的感觉。陆羽一气喝光，那浓香还久久滞留在口腔。陆羽向竹九公长揖说道："感谢竹九公的厚爱，这是我至今喝到的最好的茶味！"

竹九公哈哈大笑说："野的更比家的香吧？因为野茶太香，所以适合你主张的清饮，如果加了其他作料，就将香味冲淡了。"陆羽满心感激地说："能尝到此茶，真是口福，陆羽三生有幸！"

露宿深山

陆羽离开车云山的时候，已经是十多天以后了。他从车云山返回义阳，没再去打扰好心的旅店和饭茶铺店主，在义阳折向西直奔汉阴郡的金州，那里盛产山南贡茶。

访茶首站虽然有些波折，但总算顺利。走在路上，陆羽十分高兴，骑在驴背上感念不已。他想是不是老天念他是个弃儿，要为他作些补偿，因而他总是能遇上好人。竹九公豁达大度，深明大义，一知道他访茶是要著成茶书，倾力支持，并且在食宿上对他百般照顾。连峰牛和白灰驴也得到特殊关照，吃养得膘肥体壮。还有那些腰系茶篓的采茶姑娘小伙，经常给他唱一些情深深意浓浓的情歌，听得他如痴如醉，全忘了苦累。最让陆羽放心的是他现在出门带有充足的干粮和水了，离开时竹九公还送了他许多干蒸饼。不过他还是十分谨慎小心，每到有水的地方，他都要把它补满。

他在义阳买了一套平民黎庶的短褐衣衫穿上，脱去了那象征士子的幞头长袍，骑在驴背上感觉自在多了。那身士子衣裳打人眼不说，在访茶做活时也诸多不便。独自一人走在山道上，陆羽并不觉得孤单。养了十多天的峰牛和白灰驴，撒着欢儿的跑，陆羽常常要喝住它们放慢脚步。白灰驴不时昂昂地叫几声，颠颠地跑着，陆羽挽了长发的白色方巾就不住跳动，像两只翻飞的蝴蝶。陆羽心里一高兴，就在驴背上吟起诗来，吟着吟着，忽觉无趣，就拍着头自语说："罢了罢了，作甚么诗，来几截情歌解兴吧！"他小声哼唱起从采茶姑娘小伙处学来的情歌：

郎有心，姐有心，思量无处结同心。好像双拼板壁眼对子眼，蜡烛上无油空费心。郎有心，姐有心，屋少人多难近子个身。胸前头个镜子心里照，黄昏头团子夜头盛。郎有心，姐有心，罗怕人多屋又深，人多哪有千只眼，屋多哪有万重门。

唱罢，又想起在施家戏班学的荤曲子《五更天》，又唱起来：

俏冤家约定初更到，近黄昏，先备下酒与肴。唤丫环，等候他，休被人知晓。铺设了衾和枕，多将兰麝烧，薰得个香香也，与他今宵睡个饱。

二更天，盼不见人薄幸。夜儿深，人儿静，我且掩上门，待他来。弹指时我这里忙答应。怕的是寒衾枕，和衣在床上蹭，还愁失听了门儿也，常把梅香不唤醒。

鼓三更，还不见情人儿至。骂一声短命贼，你耽搁在哪里？想冤家此际，多应在别人家睡。顷泼了春方酒，银灯带恨吹。他万一来敲门也，梅香，不要将他理！

四更时，才合眼朦胧睡去，只听得咳嗽声响把门推，不知可是冤家至？忍不住开门看，果然是那失信贼，一肚子的生嗔也，不觉因嗔又变作喜。

匆匆的上床时，已是五更鸡唱。肩膀上咬一口，你实说留滞在何方？说不明，语不白，便天亮也休缠帐！梅香劝姐姐：莫负了有限的好风光。似这等闲是闲非，待闲了和他讲……

唱着唱着，他忽然想起此曲太荤，伸了伸舌头，四下望了望，看有没有人。果真就看到离官道不远处的地里，有个穿天蓝衣裳的妇人带着一个小儿，站在一棵桑树旁采叶。那小儿欢笑着，妇人每采上一把叶，小儿就接过放到筐里，喜眉喜眼地说："娘也，蚕宝宝有得吃了！"妇人说，"好好，你别把桑叶压萎了！"陆羽见他们并没注意他，放了心，见前面是个三岔道路，不知该往哪条道走，就放声喊道："大嫂，大嫂！"妇人只注意树上的绿叶，没听见，倒是小儿听到了，扯着他娘的衣衫说："娘！娘！有人叫你呢！"妇人住了手，说谁叫我？小儿就指给她看。妇人侧过脸看过来，就见了陆羽，陆羽也看她，是个很清秀的女人。

妇人问："客官你有事？"陆羽拱手一揖说："劳烦大嫂指一指道，这前边左右两条路，往枣阳该怎么走？"妇人告诉他："往枣阳走左边道，右边是去唐河的。"陆羽谢过了。这时小儿指着陆羽的峰牛说："娘，牛牛，好看！"妇人说："好看你就多看几眼，我可要采叶了，家里蚕宝宝等吃。"陆羽再次道谢后上路，吆着峰牛走上了左边的官道。一路上，他饿了吃干粮，渴了喝牛皮口袋的水，太阳毒了就在路边的大树下歇一阵，待人与畜性皆缓过气来又走。当天晚上，他歇在了枣阳。

又走了一天，他到了襄州，当晚也宿在白铜堤悦来客栈，客栈老板和店小二已经对他毫无印象了,陆羽也不便说破,只是要他们喂好他的峰牛和白灰驴。襄州属旧游之地,当夜,他换上了书生衣帽,在襄州繁华的街道上闲逛着,心里由不得勾起无尽的怀想与感叹。

时光过去了几年,那发生在这里的一幕幕往事依然犹如昨日,鲜活地在他的面前跃动。在这里,他和婉娘度过了许多当时并不觉得,至今想来却是无比美好的时光,又一起经历了惊心动魂的险恶遭遇。现今婉娘终于没有躲过红颜命薄的不幸,而他则非当日那个时时要讨人欢心的优伶可比了。还有那个懂茶的白老先生,他还健在吗?陆羽在心里祝福他长寿。这一次访茶,他一定要到他讲述的出好茶的蒙顶山去看看了。他又想起那个凶横霸道、作恶多端的费将军父子,他们早死了才好,多少人就能免遭祸害了!陆羽在心里诅咒。在大街上走一阵,后来他进了一个挑着几盏红灯笼的酒馆,要了半斤好酒和几样下酒菜,把自己灌得晕乎乎的才回了客栈。

次日天亮,陆羽起来,依然短褐衣裳打扮,吃过店家准备的早饭,又备了干粮和水,就牵出峰牛和白灰驴上路了。出西城门后,走一段平野就进入浅丘,不久沿途的山便高大起来,人烟渐渐稀少了。

早晨还有太阳的,到下午天变阴了,乌云翻滚,还刮起了小风。越走山越高,路变得更狭窄了,庄稼地没有了,桑树也没有了,山坡上只有野草荆棘,峰牛和白灰驴也走得没了精神,还时不时惊惧地望望四面的山峰,陆羽须时不时地驱赶它们快走。天快黑时,陆羽好不容易看见路边不远处有一户人家,那户人家只是在平地上搭起两个窝棚,棚两边一排排摆着一些木箱子,即使在远处,也能看见有许多蜜蜂在木箱上钻进钻出,来来往往,还有一男一女两个三十多岁的人正在棚边升火煮饭——这分明是一家常年在外的养蜂人。眼看天快黑下来,陆羽不敢再走了,跳下驴背,走过去对那男人施一礼说:"大哥,我是过路人,天色已晚,不知可否借宿一宿?"

那忙碌做饭的男女没提防有人来,吓了一跳。待看到陆羽年轻面善的样子,不像是坏人,才定下心来,互相看一眼,烧火的男人小心地对女人说:"你看——"女人把手里拿着正在锅里搅动的长木勺在锅边一磕,大眼瞪了男人说:"有啥看不看的,人家求上门了,还能不答应?只是——"女人转头对陆羽笑着说:"大兄弟,丑话说在前头,这深山野岭的,我们住的简陋破棚子,可是要委屈大兄弟了。"陆羽大喜过望,又深施一礼说:"谢过大哥大嫂,这里旷无人烟,见到大哥大嫂,已是幸运,还讲什么简陋不简陋?"

女人笑着说:"不嫌弃就好,我们养蜂的常年在外,难得见人,不瞒你说,你刚才来还把我们吓一跳。你也没吃饭吧?"陆羽如实说:"还没吃,不过我有干粮。"女人说:"没吃就一起吃,加瓢水的事。干粮怎好吃呀?"女人说着,就到旁边水桶里舀了一瓢加到锅里,又倒了些米进去,让男人把火烧大点,然后吩咐陆羽把牛和驴吆上坡。陆羽就去路上把峰牛和白灰驴牵过来,拴在草棚旁边一棵树上,拿下它们背上驮着的东西,让它们自由地吃草。男人看一眼他的牛与驴,连声赞道:"好壮的牛,好俊的驴!"陆羽随口应承着说:"我在外全靠这两个家伙。"

那夜,陆羽就在那个姓孙的养蜂人放杂物的棚子里过的夜,睡前他们两人还在夜色里坐在草棚前谈天。这个孙姓养蜂人虽是个山民,大概是多年在外跑地方放蜂的缘故,他知道的世故还颇多。他听说陆羽是到金州访茶时,就说金州做好茶出在宦姑滩,那里有个最好的做茶师父叫洪青山。他放蜂时在他家里住过,他们很投缘,还让陆羽明天走时帮他带一些蜂蜜给洪青山。他告诉陆羽金州的安康是西晋太康年间,为安置巴山去的流民而设置的,取"万年丰乐,安宁康泰"之意,始称安康,治西城。因为是流民后裔,那里民风彪悍,他嘱咐陆羽到那里时注意。从他嘴里,陆羽还知道西去的武当山,时有强盗出没。不过他们一般是打劫富人,对穷人不但不打劫,碰上了还有接济,陆羽也就不以为意。

因为明天都要起早,两人聊了一会儿也就各自睡了,男人的女人已经在另一个棚子里打着鼾声。陆羽第一次在这样的山里借宿,颇觉有些胆怯,怕有什么野兽跑来攻击。或许是行了一天路太疲累,陆羽倒在草棚里的干草上很快就睡着了。山里的夜显得特别阒寂,天地黑漆漆一片,唯有山风吹得遍坡荒草飒飒作响,峰牛卧在棚前的地上回嚼着,站着的白灰驴时不时将蹄子往地上敲打……

痛失峰牛

往西去,陆羽就进入了据说是真武帝君的出生地和飞升处的武当山,陆羽从《汉书》中知道此山从东汉末年起就是求仙学道者的栖隐之地。相传尹喜,马明生、阴长生,陶弘景、谢允、姚简均在此修炼。由于当今玄宗皇帝崇尚玄元皇帝,追仙求道慕长生,继太宗皇帝在武当山兴建了大批建筑后,又一次花钱新建和维修了武当山的道家宫殿,武当山名声正是响亮。陆羽此行路过,自然是要观瞻一番的。

在半路上,陆羽就碰上了不少背着背篓的香客,男女老少都有,许多还是五六十岁的老太婆,他们是去为玄天真武大帝烧香上供的,背篓里除上吃的干粮外,就是香烛纸钱之类。几天里,陆羽跟着他们,和他的峰牛、白灰驴一起,爬山涉水,领略了武当奇异的胜景风光。

武当山真是好山,山高谷深、溪涧纵横、峰峦清秀、风景幽奇。它以天机生化的旨趣和透脱通达的胸怀,将山的雄奇与妩媚,水的流荡与静谧,雾的升腾与凄婉,人生意态的高远与宽阔,在江汉平原的边缘凝聚成一种奇特的景观:那遍布峰峦幽壑的宫观、道院、亭台、楼阁,历经久远的岁月而沐风雨不蚀,迎雷电未损,堪称奇绝。尤其是那如箭镞般林立的七十二峰、绝壁深悬的三十六岩、激湍飞流的二十四涧、云腾雾蒸的十一洞、玄妙奇特的十石九台等。当登上犹如一柱擎天的天柱主峰,置身云端,所有尘世烦忧尽消于足下。环顾四周,七十二峰凌耸九霄,且都俯身颔首,朝向主峰,宛如众星捧月,俨然"万山来朝"。站在天柱峰上放眼看去,只见山高谷深,溪涧纵横,飞云荡雾,磅礴处势若飞龙走天际,灵秀处美似玉女下凡来。置身其境,有一种似要飞升之感。

看过武当山,陆羽很快又独自上路了。走出了武当山,仍然是连绵不断的崇山峻岭,道路狭窄,比武当山还难行。不过陆羽知道,艰辛是艰辛,可他离金州是越来越近了。虽然山高,却不缺水,走不远就会有山溪,让他把牛皮水袋灌满,至于干粮,他带的炊饼是很充足的。峰牛和白灰驴也不愁吃,沿路青草都很茂盛,他在大树下荫凉歇息时,它们就在旁边啃草。

晚上找不到人家借宿时,他就找一个避风的地方,背靠着卧地的峰牛肚皮,用出门时带的一块大披风蒙在头上、身上。怀里抱着文槐书函,那里面装的除文房四宝外,还有他视为生命的访茶笔记。黑暗里,在风吹林涛的声响和远远的不知什么野兽的叫声中,他心里生出一种对不测侵袭的惧怕,峰牛和白灰驴似乎也和他一样,牛驴紧紧靠在一起。陆羽给自己壮胆心里不住地问着:陆子,你是个二十来岁的大男人了,怕什么?

在山中一人住了两夜,倒也平安无事,就这样晓行夜宿,紧赶慢赶,离金州越来越近了。这天上午碰到一个背了背篓、手执小锄的采药老人,他告诉陆羽:"翻过前面这座高耸险峻的马鞍山,就是平丘了,再走半天就可到达山南道的金州了。"那采药人停顿了一下说:"你最好和人结伴而行。"陆羽问他为什么,采药人迟疑一阵说:"山太路险,尤其是你还吆着牛和驴,怕遭变故。"山高路险怕什么?经过两天单独夜宿历练的陆羽心气正高,采药人一走他就上路了,慢慢朝马鞍山顶爬去。山路果然如采药人说的很难行,陆羽只能跳下驴背步行,有的路段狭窄得连人走都难,白灰驴灵活还能过,峰牛就不行了,陆羽只有将峰牛从旁边的荆棘丛中拉过,陆羽的手脸和峰牛的背部都被荆棘划了许多道血痕,总算爬了上去。

午后,陆羽爬上了山顶,汗水已是打湿了衣裳,牛与驴同样气喘吁吁。山顶同样是一片高大的松林,只是比山坡的要稀疏一些,但更粗壮高大。阳光从枝叶间透下来,在地上画出斑斓的黄花。陆羽再走不动了,找了一棵最大的松树,将峰牛背上的东西搬下来,拿出牛皮水袋,猛灌了一气,还让峰牛和白灰驴也喝了一些,然后就让它们啃草,自己则坐靠着大树吃炊饼歇气,享受着从树林中吹来的丝丝凉风。那峰牛和白灰驴喘过气,啃着草,摇头晃耳,还欢快地长叫了几声。

刚歇一阵,陆羽突然听到了一种异常的响动,他急忙从放在身边的口袋里掏出一包东西,站起来,飞快地丢到旁边一个荆棘繁茂的草丛里,返身来到大树下。没等他坐下去,就见前边林子里一下涌出十多个人,横眉立目,敞胸挽袖,手执刀斧,乱纷纷吼道:"何方来的汉子,快留下买路钱来!"说话间,一把钢刀已经架在他的脖子上了,还有一些人则拉住了他的峰牛和白灰驴,牛和驴惊惧地往后退,但退无可退——笼头被死死拉住了。

遇上强盗了!陆羽开始有些惊恐,连手脚都有些发抖,他极力让自己镇定下来,然后抱拳长揖一圈说:"大王饶恕,小的是往金州访察茶事路过这里的……"人群中有个右脸上一条长刀疤的人,一副恶相,似乎是头领。他手提了一把长刀,阴沉的目光盯在陆羽脸上,树枝的阴影正好罩在他脸上,显得更加凶恶。他不等陆羽说完,就大喝一声道:"老子们不是大王,是强盗,专抢你们这些富商大贾有钱人!快把钱财拿出来,免得老子们动手!"

陆羽拿起口袋,从里面拿出一包开元通宝的铜钱说:"大王开恩,我只是一介书生,真不是富商大贾,更不是有钱人,我这盘缠钱还是别人送的!"刀疤脸使一个眼色说:"搜!"就有几个人前来,其中有个人翻开大口袋,把文槐书函打开,看见是书和笔墨纸砚,失望地扔在地上,把炊饼干粮也扔了一地,陆羽心痛地赶忙拣起来收好。又有人在陆羽身上搜,仍然没发现钱财。才失望地喊道:"大哥,没值钱东西!"刀疤脸一步上前,刀尖顶在陆羽心窝,怒吼道:"你把财宝藏哪里了,快拿出来,不然就给你个透心凉!"陆羽苦着脸说:"我真没别的钱了!"

这时有个强盗说:"大哥,这头牛好大,弟兄们好久没见油腥了,这牛够大家吃几顿的!"另一个强盗也附和着说:"驴也不错,也能吃两顿的。"陆羽哀求道:"你们不能杀我的牛和驴,这是别人送我访茶用的,我路上全靠它们啊!"刀疤脸冷笑一声:"连你也得杀了,还管啥牛驴?来人,把这小子处理了!"立刻窜上两人扭住陆羽问道:"大哥,怎么处置?是吃长条面(棒击)还是吃板刀面(刀砍)?"刀疤脸没好气地说:"随你们,赶紧拉过去!"陆羽一听,脑袋轰然一响,此生完了!但他不死心,仍挣扎着说:"你们不能乱杀人,我还有事要做。你们不要滥杀无辜坏了名头!"那两个强盗哪听他的,拖着他走向一边。

"慢!"忽然一直站在刀疤脸身边、脸盘长得颇白净的强盗说话了,拖陆羽的两人立刻停了脚步。那人背着手来到陆羽面前,冷冷地说:"看来你是个读过书的人了,是吗?"陆羽看了他一眼,见他三十来岁,衣裳虽然和其他人一样随便,但面目清秀,举止文雅,连忙回答说:"我是读过几年书。"

"哦,难怪?你的行囊里有《诗经》,说话也有些意味。你说,我们怎么就坏了名头?"那白净的强盗微笑着问道。陆羽忙说:"我在义阳那边就听说你们了,不过听说你们只抢富商大贾,劫富济贫,名声很好,所以我就不当回事地来了,不想你们不是那么回事,连我这种无辜的人也要杀!"刀疤脸在一旁说:"老二,给他费什么神,一刀解决算了!"白脸强盗对他摆摆手说:"大哥你别急,稍安勿躁,容我再问他几句。"他又对陆羽说:"你算什么无辜,你有这么大一头牛,还有一头驴,不是富人是什么?"陆羽解释道:"这牛和驴都不是我的,因为我要干一件艰难的事,为支持我干成这件事,有人就送了我牛和驴。"

"哦,那你要干什么事呢?"白脸强盗来了兴趣。陆羽昂首说:"我要走遍全国产茶地访茶事,著一部茶书,将茶饮由富贵人家独享推及到黎庶百姓中去。"白脸强盗眼里闪过一束亮光说:"哦,看不出你还是个想有作为的人,你读了书为什么不去科举作官呢?"陆羽长叹一口气说:"世道败坏,科举是要有孔方兄去铺路的,我是个弃儿,谋生尚且不易,蒙恩人关顾能读了书,幸运万分了,哪有重金去走路子,因此只能做点于人有益的事了。"

白脸强盗仰天长叹一声,小声喃喃道:"看来人间书生不幸的不只我一个啊,苍天对我却何其薄呢?"他忽然转身对刀疤脸一抱拳说:"大哥,此人不能杀,他是个穷读书人,看我的面,放他一命吧!"刀疤脸说:"二弟你客气什么,我一贯是对你言听计从的嘛,你说咋办就咋办吧,不过弟兄们辛苦一趟,多少要有点想头。"白脸强盗让那两个强盗放开陆羽,然后说道:"看你是个与众不同的人,今天放你一马,你快走吧,这头牛留下,其他的东西你带走!"听说放他走,陆羽心里惊喜,不过听到峰牛不保,他又急了忙说:"这牛是我的依靠呀,我一路全靠它,你们不能……"白脸强盗再次冷冷地说:"年轻人,识相点,你别不知足!"然后对刀疤脸说:"大哥,我们走!"

"走!"刀疤脸大吼一声,那两个刚才拖陆羽的强盗,这里就拖了峰牛朝森林里走。峰牛好像知道了它的命运,挣扎着不住地哀叫,还回头朝陆羽看,但禁不住那些强盗拉的拉,打的打,生拉活扯地被拖走了,松林里不时传出它的惨叫。陆羽心如刀绞,浑身又发起抖来,嘴说不出话,脚也迈不动步。

片刻,这群强盗就消失在密林里,无影无踪了。陆羽一下子瘫倒在地上……

情撼青山

　　陆羽到达金州府治西城(安康)的时候,已经是日头西斜了,一人一驴都很疲惫。他也无心观看城池楼阁和风土人情,找了一个客店住了进去。安顿了白灰驴,他一头倒在铺上睡了过去。恶梦不断地侵扰着他,梦里都是峰牛:一会儿是峰牛驮着他的行李在爬山;一会儿是峰牛将嘴抵在他的背上亲昵;一会儿又见到强盗们拿着刀,一刀杀进峰牛的脖子,峰牛惨叫一声,死前朝他深情地望了一眼,然后便被强盗们大卸八块,丢在架了火的大锅里煮熟了,强盗们你争我抢哈哈笑着吃着峰牛的肉。有个强盗竟拿了一砣肉让陆羽吃,陆羽不吃,那强盗将肉硬塞进陆羽嘴巴里,陆羽哇地一声,翻江倒海地吐了起来……他被吓醒了,全身直冒冷汗。

　　陆羽在西城停留了两天人才缓过劲来。现在,除失去峰牛外,其他的都在,丢在树丛中的银两也捡了回来,而这一切,都得力于那个白脸强盗,他也算是一个好人,这么好的人为什么要当强盗呢?碰上这个白脸强盗,是他陆羽的运气好,不然命都没了,还访什么茶呢?既然人在,就赶快访茶要紧。于是他把失去峰牛的痛苦极力丢开,在金州城里转了转。金州城不大,虽然市面和人物都较义阳、襄州差了许多,但茶庄仍是颇多。他逢茶庄必进,拿了茶饼观、闻、嗅一番,他觉得多数茶饼质地平平,只有几家茶庄的茶饼却做得相当好,价格也是不菲。据店家说这还不是最好的,最好的是宦姑滩那个叫洪青山做的,只给皇家饮用,在市面上是看不到的。

　　陆羽心里有底了,买了干粮,补充了水后,骑在驴背上朝宦姑滩行去。沿途仍然是大山,但山势已是舒缓,能看到石缝中长出的野生茶树,各依地势,一丛丛,一片片,一枪二旗,嫩绿鹅黄,馨香馥郁。到了宦姑滩,地势更是显得开阔起来,这宦姑滩说是"滩",其实是沟心中一个有着一条长街的小镇,镇两边是平缓的坡地,坡地上辟着一畦畦的茶园,绿压压的直逼天际。汉南春早,此时春茶早过,夏茶又将开始了。陆羽在镇街口向人打听洪青山的住处,一提那专给官府焙制茶饼的制茶大把式洪青山,就有人指给了陆羽洪青山的住处,"穿过街后,看见一家屋瓦破烂的单独户,那就是洪青山家了。不过,洪青山最近刚遇上一点事,不想见人……"那人欲语又止,陆羽再问,他也不说了。陆羽没在意,想着人生谁不遇上一点事,洪青山遇了什么事,去看看也就知道了。他牵着白灰驴穿过小街,街边有人奇怪地看着这个外来人,尤其是一些小孩子,啊啊地朝他叫。他懒得理,径自穿街而过。走完街道,果然就看见前面不远的地方,孤立着一间旧房,房前的小院站着不少的人,且人声嘈杂,陆羽想这就是洪青山的住处了,便催赶着白灰驴急步走了过去。

　　到了土院边,陆羽一眼看到院当中两只高凳上放一个门板,门板上躺着一个女人的尸体,有一些女人和孩子围着在哭。旁边不远,有块大石头上坐着一个四五十岁的汉子,脸膛如刀砍斧削一般冷严,头发和衣裳皆很凌乱,嘴角紧闭,尤其是那两只无神的眼睛,空洞茫然地望着远处的青山。他的一侧,有个身穿皂衣戴皂帽的胖子,一看便知是官府衙门里的胥吏,正指着汉子跳着脚喝斥:"洪青山,你别给鼻子就上脸,不知好歹!春茶前你向我们县令大人借银子给你婆娘治病,我们县令大人看你是个治茶大把式,才发善心借银子给你,说好春茶完了就还银子,现在春茶完了好些天了,你却不还银子,找你还钱,你还敢说没钱,说你为婆娘医病钱花完了,现在连给婆娘买棺材的钱都没有。你婆娘死了有没有棺材关县令大人屁事!县令大人借给你银子,是要你好好制茶,可你连给朝廷上贡的茶项都没完成,害得县令大人差点撤职查办,现在又没银子还债,你说你咋办吧?"那汉子依然冷着脸,无神的眼睛无目的地看着远处,不说话。

  胖胥吏吼起来:"洪青山,老子代表县令大人在跟你说话,你还不理,你不过就是个制茶大把式,有什么了不得的,是你欠县令大人的钱还是县令大人欠你的钱?"汉子终于从嘴里挤出来几个字:"我没钱,求老爷宽限!"

  "宽限、宽限!都已经宽限几天了,何时是个头?"胖胥吏不干了。这时一些围观的人纷纷说:"人家洪把式遭了这么大的难,人去财空,还要安埋女人,你们官老爷也不能逼人太甚吧,该给他一条活路吧,你们还要靠他制贡茶,制不出贡茶,县令大人恐怕不是撤职查办了,是要杀头的!"

  可能是最后这句话起了作用,那胥吏愣了一下,口气软了些,不过仍然气势汹汹地说:"那就再给你三天宽限,这是最后一次宽限,三天一到,拿不出钱,就别怪县令大人无情了。丑话先说在前头,那就要把你这房子拆平抵债了。我们走!"胥吏朝身后的两个衙役一努嘴,自己转身朝人圈外走去,那两个衙役急忙跟在后面。他们一走,人群又乱纷纷骂起这些仗势欺人的恶狗来,那洪青山依然抿着嘴,铁青着脸,一句话也不说,好像事情不是发生在自己身上,跟自己无关似的。陆羽走上前去,向洪青山一抱拳说:"洪把式,晚生陆羽拜见了!"

  突然发现有一个不知哪里来的年轻生人,大家都奇怪地把目光落在陆羽身上。洪青山则仍石头人似的毫无表情,只是眼睛朝陆羽翻了翻。陆羽从驴背上的口袋里取出那罐蜂蜜说:"这是襄州的养蜂人孙六让我带给你的蜂蜜。"洪青山接过蜂蜜,脸上这才出现一抹柔和之色,他长叹一口气说:"难得孙六还惦记着我!"他让旁边一个帮忙的女人熬点茶水,让大家拌着蜂蜜喝。又对陆羽说:"客人,你给我带来蜂蜜,按理我该留饭的,可是我刚遭受了不幸之事,现在家徒四壁,不能待客,只有请便了!"

  陆羽再一揖说:"晚生不能走,晚生是专门来拜访洪把式您的!"洪青山一愣,问道:"我们素昧平生,不知客人前来有何事?"陆羽直说道:"晚生是从竟陵郡来的,因为自小痴迷茶技,想访遍天下名茶著成一部茶书。晚辈知道洪师傅制贡茶金州茶芽久负盛名,特来求教!"洪青山一听,脸就挂了一层霜,冷冷地说:"客官对不住了,制金州茶芽是洪家祖传绝技,对外人一概保密!感谢你不辞辛劳给我带蜂蜜,洪青山这厢有礼了,学茶的事是万万不能的!"说着当真对陆羽作了一揖,陆羽连忙还礼,口说:"顺手之劳,不足挂齿,只是这学茶之事还望……"话没说完,已见洪青山转过身去不理他了,只好收住话头,愣了一会,怏怏地拉着驴朝镇街走去。洪青山转身看着他的背影消失在街口,才摇了摇头,自语说:"小子,休怪我无情,这是祖训,我也是无奈!"

这时一个本家老头来到洪青山面前说:"青山,好歹那些恶狗走了,可弟妹的遗体还停在这里,该想法让她入土为安呀——不管怎么说,也得搞一副薄材吧?"洪青山一下又垂了头说:"老哥呀,我为她可说是耗尽了,除了还剩个空壳房子外,啥也没有了,还欠一屁股的债。能借钱的人我都借过了,我也不好意思再向人开口了,人家也不愿借给我了,该想的办法也想了,连她的娘家人也不管了,你叫我咋办?实在没法,就只有挖个坑埋了了事。"

"那怎么行呢?好歹也要弄副薄材的,软埋不出三天,野狗就把尸骨拖出来扔遍地了。"老头捋着胡须不满地说。洪青山不说话了,他重新坐到了那块大石头上,人呆呆的,仿佛也变成了石头。那个烧水的女人这时烧好了茶,让大家喝蜂蜜茶水,先前哭嚎的女人们嗓子都嘶哑了,喉干舌燥,这时都去喝拌蜂蜜茶水解渴,大家都说这蜂蜜茶水硬是好喝,甜甜的,带股花香味和药味,说得连本家老头也去喝蜂蜜茶水了,只有石头样的洪青山与躺在门板上的婆娘没喝。一个热心老妇人给洪青山舀了一碗蜂蜜茶水说:"洪师傅,你也喝点吧,你今天还水米没沾牙。"洪青山摇了摇头,挥挥手,让女人把水端开。

本家老头说:"青山,你别把自己弄倒了,你那独苗儿还小,还要靠你抚养,现在他没妈了,就是靠你了。全娃子呢?"

"我把他弄到他姨娘家去了。"

"哦,那好,免得他在这里伤心。他还小,才十来岁吧?"

"十二岁了。"

"还是小,你一年到头要忙制茶,也没人管他,来日有合适的女人,你再寻一个,不然你这日子没法过了。"

洪青山苦笑着说:"我再不寻女人了,我自家都养不活,别去害人了。"本家老头安慰道:"你别妄贬自家,你是制茶大把式,连官家都要让你三分,倒霉是暂时的,有朝一日红运当头,有个大发的一天也说不定。不是说倒霉时烧洗脸水也要起锅巴,运气来了门槛儿也挡不住。"洪青山有气无力地说:"我是薄命人,不说那些没根儿的事了。"这时,几个去山脚挖坟坑的汉子提着锄头回来了说:"洪师父,坟坑挖好了。"洪青山站起来,看看天,见日头快要落山,就说:"将就天还来得及,你们先喝点水,喝过还麻烦你们,我们把她抬去埋了!"本家老头阻住他说:"青山,真要软埋?"洪青山擦了擦眼睛说:"老哥,只好软埋了。"

本家老头叹了口气说:"如果软埋,你这辈子在村人面前都说不起话了。一个大男人,让跟自己十多年的女人,死了连薄棺材都得不到一口!"洪青山低下了头说:"我为她治病已经弄得倾家荡产了,对得起她了。"他朝那几个挖坑回来正喝蜂蜜水的汉子说:"你们喝好水就来抬人。"说完就自己走在门板旁,为女人整理一下衣裳,抽泣着说:"桂香啊,委屈你了。"才说得一句,七尺高的汉子,忽然就泪流满面了。

那几个汉子赶忙放了水碗,过来抬起了门板的四角,那些女人们,也围住门板哭起来,有的哭着说:"桂香啊,你这辈子划不着啊……"正忙乱着要起程,忽然有人喊道:"别忙别忙,装了寿材才抬!"这是一个陌生的声音,众人抬眼一看,就见刚才来过的年轻人汗流满面地走进院子。洪青山说:"客官,你怎么还没走?"陆羽撩起衣袖擦着汗水,朝院子外喊了一声:"快抬进来!"两个男人用一根长杠子抬着一口薄木棺材走了进来,放在了院中,陆羽的白灰驴也跟在后面进了院子。

洪青山呆住了,其他人也愣住了。陆羽朝洪青山深长一揖说:"洪师父,陆羽初来乍到就碰上你遭遇不幸,这口薄木棺材就算是我给婶子的送终物——另外,师傅现在正有难处,我这里还有十两纹银,这是竟陵崔太守给我的盘缠,一并给师傅先解燃眉之急,请一并笑纳!"说着,陆羽从袖子里摸出备好的银子,捧到洪青山面前。

突然而来的变故让洪青山惊异莫名,这样的好事怎么能轮到我洪青山身上?一时间,洪青山有做梦的感觉,痴呆呆地睁大眼睛看着陆羽,根本不相信这是真的。本家老头看到他的样子,就捅他一下说:"青山,你说话呀!"洪青山像从梦中苏醒过来一般,急忙摆手说:"客官……不,不,你说你叫陆羽,那是陆公子,你为我带来孙六的蜂蜜,我已经感激不尽了,你现在又要对我施以援手,我们素昧平生,无缘无故,你怎么要这么帮助洪某?"

陆羽诚恳地说:"洪师傅,虽然我们素昧平生,但人都有个七灾八难的,陆羽也是个苦出身,就是受了许多好心人的帮扶才有今天。今天我看见了洪师傅的难处,我有帮衬的能力却坐视不救的话,那么我一辈子良心都会不安的,更对不起那些给了我莫大帮助的人。所以,从我这头来说,帮助洪师傅就是帮助我自己!"

一席话,把洪青山说得感动莫名。"你这读书人才能说得出这样的话啊,读过书才能讲得出这么深的道理!如此,你就是我的大恩人了,洪青山三生有幸,在这样的时候,老天派你来救我,大恩人,洪青山永远记得你的大恩大德,请先受我三拜!"洪青山说着话,已经又是泪流满面了。他前跨一步,推金山倒玉柱,向陆羽拜了下去,陆羽赶忙扶住了他,一迭声说:"洪师傅,快起来,使不得,使不得……"

青山妙法

为解洪青山之难,陆羽几乎倾其所有,当然也换得洪青山让陆羽留下来看他制茶。他让陆羽只看不动手、不参与,这样他就算没有违背祖训了。陆羽为洪青山的故作聪明暗自发笑,一口答应下来。

离采摘夏茶还有一些日子,陆羽住进了洪青山家。洪青山是一个话语较少的人,不像车云山的竹九公健谈,他很多时候一个人枯坐在院里那块大石头上,一言不发,望着远处山坡上的茶园出神,一坐就是半天。当然,陆羽是不会放过和他接触的机会的,只要看到他没事坐在石头上,陆羽就过去和他坐在一起拉闲话,这样,也就知道了他的一些经历。

洪青山也是个独苗,打小跟着父亲学制茶,他家经管着官府的贡茶园好多年了,因为他的吃苦和好学,使金州茶芽的名头越来越响,朝廷每年的需要量不断增多。父母在一场暴雨中双双被突发的山洪冲走,这就让他忙于茶事而耽误了婚事,直到四十多岁时才与一个寡妇结婚。寡妇为他生下个儿子,不久就生病,终于不治死了。于是有人说洪青山命硬,克父母克女人，就使本来少言少语的洪青山更加沉默寡言了。

埋葬了女人以后，他的心情好了一些，眉头舒展开了，不再挽成疙瘩吊在额上。陆羽用剩余的一点钱买了些米和肉，洪青山的邻居又送来些瓜菜，洪青山自己动手做饭，看不出，这个刚硬的男人居然很会做饭，炒出的菜很合陆羽的口味，他说这是他照顾病中的妻子学会的。

的确，他为给女人治病已经把家耗光了，这个家现在除了一个房顶外，可说是实实在在的家徒四壁。除了一床一桌，实在找不出像样的东西，陆羽也实在料不到一个制茶大把式会如此穷困。不过，为了答谢陆羽，洪青山找出了放在墙缝中的半饼金州茶芽，亲手熬煮了一碗茗粥，让陆羽领略了金州茶芽的妙处——这金州茶芽外形如梭似毫，芽叶嫩壮匀整，白毫显露，色泽嫩绿；细品有一种特有的清香，沁人心脾，醇和回甜，比那义阳毛尖又别有一种鲜爽滋味，陆羽认真记下了自己的感受。陆羽也用他的金州茶芽煮了两碗渐儿茶，一人一碗，说来比较一下两种吃法的味道。洪青山端着碗看，只见茶芽在碗中徐徐展开，叶片齐齐向上立于碗心，就如同长在枝丫上一般，色泽翠绿，汤色清澈，醇香宜人。他笑着说："你这种吃法也不错。"

陆羽笑笑，端碗抿了一口，又抿一口，初品觉得味较淡，淡过之后又有些小苦；再品苦中含香，味极浓郁，放在舌上有点舍不得下咽；入肚之后，一股沁人的凉意油然而生。再品一次，茶味更是越来越香，丝丝缕缕绕鼻缠肺，让人越发回味无穷。陆羽不由得赞了句："好茶！"洪青山喝了后抿着嘴说："嗯——这味道似乎比茗粥还好，今后我也这样喝。看不出，陆公子这么年轻，对茶有这么深的研究，今后我大唐的茶事靠你了！"在这一点上，他不像竹九公，竹九公是拒绝渐儿茶的。

在这几天里，陆羽转遍了宦姑滩。也许是因为他在难中帮助了洪青山的缘故。这里的人对他都相当热情，很多人家还留他吃饭。因为产茶，形成了独特的民俗，地是茶乡地，人为茶乡人，这里的人家嗜茶如命，开门七件事茶为先。他们以茶为友，人茶一体，早上喝、中午喝、晚上喝。渴了要喝，说是止渴；累了要喝，说是消乏；油腻了要喝，说是去腻；醉酒了要喝，说是解酒；熬夜时要喝，说是提神醒脑；烦愁时要喝，说是破孤闷；高兴时要喝，说是助喜庆；不渴不累不瞌睡照样要喝，说是品滋味，那滋味古人以"通仙灵"道之。喝茶，不分男女老幼、贫富贵贱，有钱的喝细茶，没钱的喝粗茶，就是那极贫家庭，也备有"大脚片"，尽管又苦又涩，来客还要煮一碗。有的人家干脆喝"罐罐茶"，用陶瓷罐加水放上茶末和作料，茶罐随时煨在火塘边，随时都是热烫的。因为茶末放得多，喝了后又加水熬煮，开初时离火较远，待茶味愈喝愈淡，茶罐便离火愈近，煮得越浓。在一户好客的人家，陆羽还尝到了一道独特的菜肴——用茶叶炒腊肉，肥而不腻，清香可口，让他一生回味。

开始采夏茶了，宦姑滩的大多数人都开始在自己的茶园里忙碌。洪青山也带着负责贡茶园的几户人家进了贡茶园。陆羽是紧跟在洪青山身后的，一种莫名的兴奋笼罩着他的全身。贡茶园在一个圆形的山顶上，被一道矮墙圈着的，里面的茶树正当年，树高齐腰，均匀地一般大小，茶叶翠绿如莹。贡茶园的中心处，也建有一溜简易茶棚供制茶用。

陆羽站在山顶朝山坡上望去，只见满坡都是腰挂茶篓的采茶人，他们的双手贴着茶树上下翻飞。采茶人中有很多姑娘小伙，隔着好远互相对歌：

么妹儿生得嫩花花，活像一棵清明茶。人人见了人人爱，伸手就想摘一把。

前年同哥喝杯茶，香到去年八月八。不信你到妹家看，窗前开着茉莉花……

山歌嘹亮，婉转动人，惹得一些白脸雀也从远处的山头飞来，叽叽喳喳地欢叫，像是在一比歌喉，满山的茶树在叫声中似乎更加青翠欲滴了。

陆羽无暇多听，跟在洪青山身后，看洪青山如何指挥别人制茶。官府也派了一个衙役来此监制，不过那衙役没兴趣看制茶的过程，每天只是躲在荫凉地喝酒睡觉。自从洪青山偿还了官府的借银，官府对洪青山也客气起来，毕竟还要靠他制出贡茶交差。洪青山为减少麻烦，也不想要衙役在他面前碍事，让人打了酒给他喝，反顺了那衙役的心意。

夏茶和春茶一样，只采一枪二旗。金州茶芽外形紧秀显毫，肥嫩壮实，色泽翠绿，比义阳茶又有不同。但夏茶嫩芽少，能制贡茶的较少，这点上洪青山决不马虎，能制就制，不能制贡茶的就制大路茶。他带着陆羽将采、蒸、捣、拍、焙、穿六道工序走了个遍，虽然没让陆羽动手亲做，但陆羽已经有了义阳毛尖的制作经验，很快就掌握了金州露芽的制作方法。金州露芽和义阳毛尖的制法大多相同，也有许多不同。义阳毛尖多使日光晒干，金州露芽则主要是阴干；义阳毛尖有摇茶的工序，金州露芽则没有此工序，芽叶阴干后即进行蒸烘处理。每当走过一道工序，洪青山就拿眼睛看着陆羽，陆羽明白他的意思，懂了后陆羽就点点头，如果还没懂陆羽就摇摇头，洪青山就再做一遍。到了晚上，陆羽就在羊油灯下打开文槐书函，磨墨运笔，把白天看到的详细记在纸上。虽然陆羽和洪青山同住一屋，但洪青山对他的事漠不关心，就像没看到的样子，早早地睡了，第二天又早早起来，只是在吃饭时才叫起他来。

看得出，洪青山和这几家人做贡茶都是轻车熟路了。他们各司其职，配合默契，洪青山更是经验老到，一看叶色就知道该如果处理。他的吩咐指令很短，常常是只有一两个字，"收！""装！""起锅！"……其他人按照他的指令忙活，井然有序，这是他们多年养成的习惯了。

贡茶很快就制完了，跟着是制大路茶。大路茶在工序上就没有那么细了，陆羽也就失去了仔细观察的耐心，有时就去和那个衙役闲话。感到寂寞无聊的衙役，也很高兴有个人跟他说话，于是他们天南地北地乱聊。听他说起金州新来了个知府大人叫杜中丞，陆羽忽然想起崔太守有一次提起过这个名字，说他们还有一段交情，不过陆羽没有和衙役说起此事。

趁洪青山忙制大路茶的功夫，陆羽抽空骑着白灰驴到几里外的汉江去验水。他在江心取了一瓦罐，晚上，他就用汉江江心水煮新茶和洪青山共喝，洪青山咂着嘴问："陆公子，没见你用甚么作料啊，怎么煮的茶这么好吃？"陆羽不由得哈哈大笑说："就是因为没放作料才好吃啊！"

洪青山的大路茶还没有制完，陆羽的心就躁动起来了，他已经掌握了金州露芽贡茶的制法，他该走了。他沿着预定的路线，南下去峡州，去蜀州看襄州那个白姓老人跟他讲过的蒙山贡茶，访察那里的茶事。于是，在一个月圆之夜，他就去向洪青山辞行。

卖驴历险

告别了洪青山，陆羽又在清晨牵着他的白灰驴上路了。他要先到金州，在那里南下到剑南道，剑南道的雅州有著名的贡茶蒙顶黄芽和石花，那里也是陆羽心仪已久的地方。访完雅州的茶再到峡州，峡州也有名茶碧涧、明月。看完峡州回竟陵休整一些时日再出行，整个行程正好是走了一个圈子。虽然他知道金州离京城长安只有几百里路，他也曾经萌动过到京城一行的念头，二十多岁，他还没有去过长安呢，去了说不定还能见到恩人李齐物和好友李复。但他很快就否定了那个念头，现在他还一事无成，他得干出一些事后才有脸到那里。

从宦姑滩临走的时候，洪青山眼泪汪汪的，一再感谢陆羽的再造之恩，并且担心地问道："你把盘缠给我了，你以后怎么办？眼下我又不能给你凑出钱来。"陆羽笑道："我自有办法，至于什么办法，你就别问了。"洪青山要下拜，被陆羽拦住了。他送了一些上好的大路茶给陆羽，让陆羽路上煮喝解渴。他遗憾不能送一些贡茶，因为每天制的贡茶当天就全被官府的人拿走了，春茶没完成差事，官府对夏茶管卡得最紧。陆羽谢过洪青山的一片心意，洪青山又把陆羽直送到宦姑滩镇街，才依依不舍地和陆羽告别。

一人一驴，顶着炎炎烈日，陆羽一路思虑着今后的盘缠问题。他身上只有十几个开元通宝了，只能够一天的吃住，以后的生活怎么办？直到半下午时到了金州，他也没有想出个好主意来。他在来时住过的那家客店歇下来，想该在金州筹划一点钱才行，因为南下峡州，就人烟稀少了。他向店主问明离得最近的茶庄，就拿了洪青山送他的那饼大路茶，去茶庄好说歹说，人家看在是洪青山制作的茶的份上，给了他五十文开元通宝。陆羽问能不能再多给点？茶庄的人告诉他要是贡茶就好了，一个贡茶饼可给二两银子，可大路茶就不值钱了，夏茶就更要差些，给五十文已经是高的了。陆羽无奈，只得认了。

下午，他转了一阵金州城，看了金堂寺、万春寺、城隍庙，吃过酒饭，天就黑下来了。他凑在羊油灯下看了一阵《诗经》，却怎么也看不下去，心里总是想着盘缠的事。他干脆灭了灯，躺在床上想办法。他知道以后的路很难走，他必须在金州备好干粮和水才能上路，而现在这点钱，是买不了多少干粮的。想了一晚上，也没想出什么办法，身上的钱却又花掉一半了，陆羽着急了。第二天他哪也没去，就在店里挖空心思地想筹钱的法子，苦着脸，眉峰深锁，愁肠百结，却仍然毫无办法。他想当了那身褐布儒生衣服，但他知道那点钱是无济于事的，如果是丝绸的料子就值点钱了，可惜不是。一文钱难倒英雄好汉！陆羽这下深切地体会到古人说的这句话了。

就在他万般愁苦的时候，他突然听到了驴叫声，那是他那头白灰驴在叫，陆羽心里忽然一动：看来只有卖掉白灰驴了！这个念头一出，陆羽就在心里骂自己：白灰驴怎么能卖呢。那是崔大人的心爱之物啊，他送给你是为了让你行路轻松一些，你已经失掉了他的峰牛了，怎么还能卖他的驴呢？可是，不卖驴又有什么办法呢，崔大人送驴是为了让你完成访茶大事，现在走投无路的时候，卖驴就是为了继续完成访茶大事啊，是万般无奈的，崔大人知道，也会体谅的。这么一想,陆羽心头也就释然了。但想到要卖掉与他朝夕相处这么长时间的白灰驴,尤其是在已经失掉峰牛的时候,他又是万般的舍不得。

下午的时候,他向店主打听金州驴马市的所在,说他想把白灰驴卖了。店主老头惊异地看着他,知道这个额上有疤的年轻人身上没钱了,自己的店钱还没收到。他极热心地为陆羽指明去驴马市的路,陆羽又让他拿点好料喂驴,他要让白灰驴离开他的时候吃饱一些,店主也爽快地答应照办了。但店主告诉他,驴马市都是早晨交易,今天早散场了,得等明天早点去。陆羽听了,觉得能让白灰驴迟些离开自己,心头好受了一点。

黄昏,陆羽来到客店后院的马棚里,一遍又一遍地抚摸着白灰驴的背,心里充满着痛苦。白灰驴从来没受到过主人这么亲密的爱抚,高兴得咴咴直叫。陆羽一次又一次地给它添料,白灰驴更高兴得直拿嘴碰陆羽的手。想到明天就要和它分别了,陆羽不由黯然泪下,白灰驴全然不知,仍一个劲地和陆羽亲密。陆羽喃喃地说:"白灰驴啊,真是太对不起你了!"白灰驴咴咴地叫几声,好像问你说什么,又好像是说不要紧,又好像什么意思都在里面了。陆羽在黑暗里陪了白灰驴半夜,直到鸡叫头遍,才不舍地回房睡了。次早他被店主早早唤醒,给白灰驴添了料,也没吃饭,就拉着白灰驴,手拿了一根稻草,踩着曙色,往驴马市走。那白灰驴以为又上路了,一路精神地咴咴直叫。

到了城边的驴马市,天刚好大亮,只见那里一片平地里已有许多驴马,不少驴马贩子穿梭其间,不断有讨价还价的声音传过来。陆羽刚进场,就有一个尖嘴猴腮的汉子凑上来问:"卖驴吗?"在得到陆羽的肯定后,汉子又问:"要价多少?"陆羽曾经听过崔太守说过,此驴价值二十两白银,今日落难,要急于出手,他就说了个数:"白银十五两"。

那汉子就前后观看白灰驴,又掰开白灰驴的嘴巴看牙口。那白灰驴到了这里,忽然感到不对劲,这不是赶路,而是要将它转卖别人,就不住从陆羽手里扯绳子,更不配合那汉子,昂起头不让汉子看。汉子费了半天神,才看到了牙口,他搓着手说:"是条好驴,也是条犟驴!不过你这价贵了,我给你这个数。"他撮起指头朝陆羽晃了晃。陆羽不明白,问道:"那是多少?"汉子发觉陆羽是个生手,转了下小眼睛说:"五两,咋样?"

"不卖!"陆羽拉着驴走开,那汉子连忙拦住他说:"兄弟别心慌嘛,生意要谈嘛,给你增加一两,六两如何?"

"不卖!"陆羽斩钉截铁地说。

"哎!哎!别走别走,我再增加二两,八两,我可是出血本了!兄弟你卖得了,过了这个村可没这个店了!兄弟你别走嘛——"

"何老三,你买谁的驴?"有人高声莽气地说。尖嘴猴腮汉子一回头,立即神色大变。他的面前站了一个高大威猛的壮汉,头发散披着,穿一身立领皂色衣裳,满脸横肉,上唇有个豆大的黑痣。他嘿嘿地笑着,那笑让看见的人凉气从脚跟直往心里冒。

"是唐爷啊,您早!"尖嘴猴腮汉子连忙点头躬腰地招呼。黑痣汉子说:"你才早,你都在买驴了。"尖嘴猴腮汉子连忙说:"我不买了。"然后赶紧溜了。黑痣汉子就对陆羽说:"兄弟,你是有什么难处要卖驴了吧?"陆羽说:"是,不然我是不会卖的。"

黑痣汉子又问："他给你多少银子？"陆羽说："八两。"黑痣汉子嘿嘿一笑说："这么一条破驴他敢给八两，依我说，二两就差不多了，二两卖给我！"陆羽涨红了脸怒道："我这怎么是破驴？"黑痣汉子没好气地说："你这驴白不白，灰不灰，黑不黑，没个正色，不是破驴是什么？给你二两银，还是给多了！"陆羽哼一声："二两银卖给你，你想得美，做梦吧！"

黑痣汉子的身后不知何时跟了几个人，这时纷纷斥责陆羽道："你吃了豹子胆了，敢跟我们唐爷顶嘴！我们唐爷金口玉牙，说你那是破驴你那就是破驴，说只值二两银子就只能值二两银子！"陆羽一下明白今天碰上市霸了，他连忙拉紧了驴绳说："我不卖，我不卖！"

黑痣汉子的喽罗们，跟着上来就抢驴绳，乱嚷着说："你敢不卖，我们唐爷买你的驴是看得上你，你应该把驴送给唐爷，孝敬唐爷才是！"黑痣汉子嘿嘿嘿淫笑不已，阴鸷的目光盯着陆羽。有个喽罗上来推陆羽，陆羽一掌将他打开，却被另一个喽罗乱中夺去驴绳，陆羽急得大叫："还我驴子！"黑痣汉子和喽罗哈哈地笑着，眼见白灰驴就要被他们拉走，哭的心都有了。

却不料此时变故陡生，那白灰驴突然将后腿一抛，双蹄踢在拿着驴绳的喽罗身上，拿绳喽罗惨叫一声，双手按住腰部，哎哟哎哟地叫起来。白灰驴将头一甩，驴绳就从他手里拉出来了，然后白灰驴撒开四蹄就往回跑了。陆羽一怔，心里一喜，喊一声："我的驴子！"急忙朝驴子追了上去。那几个喽罗还要追，黑痣汉子止住他们说："追不上了，我看这小子是急钱用才卖驴的，他还会来卖，下次见着他卖驴就别跟他啰嗦，先抢了再说！走，我们到那边去。"喽罗们跟着他走了。

陆羽追了一阵，白灰驴放慢了脚步，他才追上了。他抱着白灰驴的头说："白灰驴啊，今天幸亏有你了，我……再不卖你了！"白灰驴像听懂了他的话似的，温驯地让他牵了往回走。

不卖白灰驴，盘缠怎么来呢，陆羽牵着驴神思恍惚地走着，旁边来来往往的人他都视若无睹。忽然间有人扯住他喝道："你这个刁民好大胆，竟敢拦知府大人的路！"陆羽醒过神，才知道自己已走在城里大街上，抬眼看，只见街上的行人全避让在街两边，前边一顶四抬绿呢大轿正急急而来，轿两边跟着一溜手持棍棒的衙役，轿前两个衙役一路长声吆喝："州府杜大人到，沿路行人回避、肃静！"街中心就自己一人一驴，是个好心老头赶忙过来拉他的。

陆羽急忙跟着老头避让到街边，对老头道过谢，看见绿呢大轿已经过来，心想当个知府就这么威风啊，他见过的李齐物和崔国辅大人都不是这样张扬的人啊，也难怪千千万万的读书人要努力仕进了。心里正胡想着，不料那绿呢大轿在他前面的街心停下了，一个衙役匆匆走过来，而且直接走到陆羽跟前说："这位兄弟，知府大人要问你话！"

满街人的目光皆望着陆羽，望得陆羽心下打鼓，心说今天怎么了，莫不是黑痣汉子和知府大人连通，要抓自己进狱，可也没有这么快。好在他和李齐物、崔国辅等官府人物接触过，虽说心有些忐忑，人还稳得起。他跟着衙役来到绿呢大轿前，衙役对着轿帘说："大人，人叫来了。"

轿帘掀开，伸出一颗戴着乌纱官帽的头，国字脸，长胡髯，双目盯着陆羽说："你是什么人，你这头驴是怎么来的？"果然是驴的事，陆羽的心止不住又狂跳起来，他稳住神说："回大人,我是从竟陵来的访茶人,这头驴是崔国辅崔大人送给小人路上借力的。"

"那你和崔大人是什么关系?"知府威严地问道。

"回大人话,他是小人的恩师。"陆羽赶紧跪下来说。

"哦——"那知府大人脸上露出一丝笑容说,"果然是崔大人的驴,本府一眼就看见了,果然没有看错,你既然是他的门生,那就请随我一同到府上叙话吧,就让我尽一点地主之谊。"

原来刚才陆羽一人一驴在街当心走的时候,杜中丞一眼看到那条与众不同的驴,认出那是崔国辅的心爱之物,于是就停轿查问。

此时,陆羽才恍然知觉,他是遇上和崔国辅交好的金州知府杜中丞杜大人了。他跟在轿后面走的时候,不由得抚摸着同样兴奋的白灰驴,心里说:白灰驴啊,今天真是多亏你了!

陆羽就那样云里雾里地来到金州知府杜中丞的府衙。在府衙里歇息了两天后,陆羽拜别了杜中丞,踏上了去剑南道访茶之路。

第五章 访 茶(下)

剑南道上历险,大茶树下失驴。临邛赌茶,蒙顶逃婚,误入盗窝,中盅临死,奇遇醉酒的千年蛇王脱困逃生。

剑南道上

大唐天宝十三载(754)的季夏,陆羽从金州往南走了几天,就进入剑南道东部的大巴山地区了。与金州相比,这里的风土人情又是另一番景象。只见人家房屋多在山坡和河沟地带,土墙灰瓦,人物服饰古朴,言语粗野。这里的人爱唱山歌,到处山歌悠悠,在大山间回荡。在一处山坡上,有一户人家正在建房,一个汉子拿着两头大中间细的木墙棰,边捶打墙板夹着的土边长声吆吆地唱着山歌。陆羽驻足倾听良久,连白灰驴也似乎听入了神,它站在陆羽身后,张着耳朵一动不动。有的词虽然陆羽听不清,但那悠长婉转的曲调很让他痴迷。他实在地感到了这一方山水养育的人与金州人的不同,更与竟陵的人和风俗有天壤之别了,也更加深了他内心对这块神奇土地的好奇。

群山巍峨,山峰峻峭直凌霄汉,密挤挤无边无际逶迤连绵,遍山的古树遮天蔽日。越走山越高,沟越深,大山连绵不绝,人烟也更加稀少,陆羽和他的白灰驴就这样一人一驴走在崇山峻岭里,在深山狭谷的羊肠小道上,时而上行,时而下行,时而穿涧,时而过河。他已经好几天没见人家了,偶尔能看见一两个猎人或挖草药的人,陆羽就欣喜莫名,向他们打听哪里有茶树,哪里有制茶的人。多数时候,他都得不到满意的回答。只有一次,一个带着个年轻徒弟的采药老头告诉他再翻过几座山,在最高的一座山上,有一片野生茶树,其中有一棵大茶树,两个人牵手都抱不过来,可以说是茶树王了。陆羽听了,非常高兴,决心非看到这棵茶树王不可。他详细向老头询问茶树王所在山的具体位置和走法。采药老人细细告诉了他,但对他只身一人前去表示怀疑,说那座山常有凶兽消息,一个人还是别去为好,陆羽谢过了他,执拗地向那座山走去。他不管不顾了,觉得来到这里,和一株野茶树王失之交臂才是人生最大的憾事。

他不惧怕的另一个原因是他觉得自己是个福人,总是在山穷水尽时有人救助。李齐物、崔国辅就不说了,就说这次离开宦姑滩在金州吧,穷困潦倒去卖驴,险遭黑手时,鬼使神差让崔国辅的朋友杜中丞看到了白灰驴,把他请到府衙叙谈,饱食酒饭不说,听了他的窘况,二话不说就送了他十五两上好纹银。走时又给他备下了许多干粮,还送他一把短刀作路上防身之用,所以他觉得他有神灵或者佛祖保佑,是不会出什么问题的。于是,他兴致勃勃地往前走,一路听着猿啼雉叫,还做了几首描绘大山景致的诗。那经过金州驴市后的白灰驴,也变得比以前善解人意了,时不时向陆羽撒娇,十分亲密。

　　陆羽在大山中走得心惊胆战,虽然他已经有了许多野外生活的经验。在夜晚的时候,他会找一个安全的洞穴来隐蔽驴和自己,也不怕远处野兽的长嚎了。另外,他身上还带着火石火镰,如果冷和害怕,他就生一堆火来壮胆。

　　不过在走入第二座山的时候,他迷路了,在半山腰充满荆棘和野草的丛林里走了半天,越走越觉得不对劲,只得牵着白灰驴下山。重新找到大道,顺着大道走一阵才上山,好不容易走到了有大茶树的那座山。山很高,林木更是茂密,上山没有道路,他只能乱窜乱行,白灰驴跟着他受苦,很不情愿地迈着步子,甚至站着不动,它实在想不通主人放着大路不走,却要到这陡峭崎岖难行万分的山上来。有时它干脆贪吃地啃草,也不理陆羽的吆喝,直到陆羽举起枝条作势要打的样子,它才无可奈何地咴咴叫几声,迈动了步子。

　　晚上,陆羽和驴在一个小山凹里过夜。吃过干粮和水,疲惫万分的陆羽就和衣靠在崖壁上睡着了。半夜时,他被旁边的白灰驴弄醒了,他发现白灰驴烦躁不安,身子还有些发抖,他感到奇怪,张了耳朵朝暗夜的树林里听,只听风呜呜的,吹得树叶哗哗大响,其他就听不出什么了。夜露上来了,有些冷。陆羽想驴是冷了,就摸黑在附近搂了些柴火,从口袋里拿出火石和火绒,敲着了,引燃了,火熊熊地燃烧起来,驱走了黑暗,照红了夜空。白灰驴安静了,陆羽想白灰驴应是冷了,他又搂了些柴火来加上去,就在火的暖意中又睡了过去。

　　次早,他在清晨的寒风和鸟鸣啁啾中醒过来,看见白灰驴也卧在地上打盹,就起来吃了些干粮,想着趁凉快上山,就将白灰驴吆起来上路。上山根本没有路,白灰驴体躯比人大,钻荆棘过树缝实在困难,才走了一小段,陆羽就被搞得满头大汗,寻思这样下去如何是好,岂不太误时了?想了想,他干脆返回崖凹处,将白灰驴拴在一棵树上,让它在这里啃草,自己上山。那白灰驴也感激主人的恩典,当陆羽拍了拍它的背时,它对主人投过感谢的目光,兀自啃起草来。

　　陆羽背上干粮包水袋和文槐书函,又看了白灰驴一眼说:你就在这吃草,等我回来!那白灰驴像懂他的话似的,蹄子在地上刨了两下,好像是说:我知道,你走吧。

大茶树下

　　这座山真大,真高,真险。陆羽越往上走,林木越密,日光越暗,几乎不见天日,陆羽就像一滴水,融入了大海,了无踪影。他听猎人说大茶树是在山顶的位置,也就不管不顾,只是往上走,始终一个劲地朝上,遇到悬崖陡壁无法走时,他就绕过去。他的衣服多处被树枝挂破,连脸上也划出血痕。爬累了,就靠在树干坐了,歇一阵气,吃一块炊饼,喝两口水,又继续向上爬。

初时觉得林中很幽静,但不一会儿就感到了森林的热闹。有鸟在林中歌唱,叫声一声长一声短,有动物不时被他惊起逃走,有时是一只野鸡,有时是一只松鼠,有时是一群猴子。它们或从草丛中飞起,或在树枝间消失。只有猴子不慌不忙,朝他看几眼,叫几声,有的甚至朝他扮鬼脸,他朝它们吼叫,它们才攀着树枝跑走了。猴子早不见了,陆羽还望着树梢发愣。他想他要有猴子的本事就好了,那一会儿就能爬上山顶,寻找大茶树也不会太费事。像他这样寻找大茶树,山高林密,无异于大海捞针。

但是,找到那棵大茶树,对他来说,意义非同寻常,不管再难,他都要找,他别无选择!他又一头钻进林海,像鱼一般在里面游动。要在茫茫林海中寻找一棵茶树,又谈何容易?陆羽在阴暗的森林中乱窜,从上午找到下午,也没有看到这棵大茶树。

日暮时分,一阵瓢泼大雨从天而降,雨珠打在树叶上的声音响彻远远,漫山遍野一片声响。开始,雨点全让深厚的树叶挡住了,陆羽还暗自庆幸衣裳未打湿,可是后来,积聚在枝叶上的雨水落下来了,无论陆羽躲在哪里,哪里都有雨水打在身上。不一会功夫,陆羽就成了落汤鸡。好在文槐书函有木匣装着,雨水进不去,不然,他的全部心血就全完了,他在心里又一次感激起崔国辅崔大人来。

此时,他感到冷起来了,最要命的是天快要黑了,树林里日光更加暗淡,他就在森林里急走起来,想再往山顶爬一些。但是淋了雨后的树林里很难走,腐败的枯叶和烂泥一起湿滑无比,他常常跌跤,弄得满脸满身都是泥。后来,在天将黑时,他找到一个树洞,一头钻了进去,摸索着脱下衣裳拧干了水,又穿在身上,然后抱紧了文槐书函和干粮袋水袋。

天全黑了,大森林里变得黑咕隆咚。尽管陆羽有多次在森林里过夜的经历,这一次也感到有些害怕。以前都是有牛和驴在一起,这次却是孤身一人。天上的雨停了,林中的雨却是没停,滴滴答答的声音,每一下都敲打在陆羽心上。他忽然觉得有些饿了,就在干粮袋里摸出炊饼来吃。炊饼也浸了雨水变软了,没有了饼的香味。不过此时有饼吃就幸福了,哪管其他。陆羽摇了摇牛皮水袋,还有半袋子,他的心里安定了一些。但是他很快又担心起来——他想到了白灰驴,它现在怎么样了,虽说他给它留的绳子颇长,但即使能躲在树下,全身也要像他一样打湿的,也许,白灰驴不怕把毛打湿,只是可能在心里担心着主人为什么没有回来。

就这样靠着树洞东想西想,陆羽不知不觉睡了过去,也不知什么时候,陆羽被一种声音惊醒过来。睁开眼睛时,只见天地漆黑混沌一片,眼前是无边无际的缁色,乍一醒,还真不知道自己身处何时何地,好一刻,才彻底清醒过来,先感到身上阵阵发冷,身上的衣裳还没干。清风在林间游荡,把阵阵寒气带到陆羽身上,冷风也带来一种扯碎了的声音,断断续续而又不绝如缕。渐渐地,陆羽听出来了,那声音是一种大型野兽的嗥叫,听着让人毛骨悚然,陆羽的身上立刻起了鸡皮疙瘩。

更可怕的是那种声音似乎越来越近了,甚至好像就在前面不远的地方,陆羽汗毛根根立起。他摸索着将装了吃用杂物的布袋背在身上,钻出树洞,他抱着旁边一棵大树往上爬,不成想下过雨后,树干发滑,他爬了一截又滑下来,他赶紧又往上爬,这次终于爬了上去,到了大树中部一个分发三杈的地方,坐稳了,身上更加冷了,上下牙叩得直响。

一会雨过天晴,天上露出的的星星眨起神秘的眼睛。陆羽缓过气来,静下心听那可怕的声音,却又听不到了。陆羽想到白灰驴,就为它担起心来。陆羽的睡意又上来了,他不敢下树,就倚在树杈上眯上了眼睛,树杈很粗,很稳固。不过他很快又睁开了眼睛,他好像听到了他的白灰驴叫了几声,是不是白灰驴遇到危险了?仔细听了听,又似乎没有声音了,难道是错觉?

就这样反复了几次,他终于抵挡不住困倦的袭击睡了过去,然后在黎明的鸟叫声中醒过来。天色明亮,雨后的森林空气清新,呼吸起来格外宜人。他身上的衣服也已经干了,身子也很清爽。陆羽溜下树来,吃了些炊饼和喝了些水就上路了。袋子里炊饼还有很多,水却剩不多了,他得在有溪水的地方补充满皮袋。走了许多森林,陆羽现在也有一些知识了,他知道茶树能长得高大,一定是在阳坡,今天太阳也帮忙,金晃晃的照得林间也很明亮。陆羽就在有阳光的地方搜寻,终于在半下午的时候找到了那棵大茶树——不,是一片野茶树!在一处濒临深涧的石坡上,高高低低地散布着许多野茶树,而那棵粗大的野茶树就如鹤立鸡群般矗立在众多的野茶树中间。

离好远,陆羽就认出那棵大茶树了,他从众多的树木中一眼辨别出茶树阔厚深绿的椭圆形叶子。他的心猛烈地狂跳起来,不顾坡陡石绊,跌跌撞撞地跑上去,气喘吁吁,一直跑到大茶树前,疯狂地一把抱住大茶树,全身发抖,口里喃喃地说:"可找到你了!可找到你了!"

大茶树真的很大,根部陆羽连一半也没搂抱到,两个人还不知能否抱过来?陆羽抬起头,看着大茶树高高的树冠,欣喜使他满脸涨红,额上那块疤痕也变大了,嘴里孩子般啊啊地叫。好一会,他的情绪才平静下来,抑制住激动,又将大茶树周围的小茶树、中茶树看了一遍,这些或半大或颇小的野茶树足有二三十棵,枝叶茂盛。陆羽看得兴起,摘了几片茶树叶在嘴里嚼起来,那特有的清香和涩味顿时在嘴里散开,他干脆将其吞了下去。还不过瘾,又再摘了一些填进嘴里,吃下许多野茶叶,差不多将肚子吃饱了,他才喝了几口水净了口。

他又抱了那棵野大茶树看,上下左右,仔仔细细地看。大茶树有二三丈高,底部主干的树皮虽然已经苍老开裂,但仍显得虬劲有力,稳稳地支撑着整棵树,上部枝牵枝叶连叶,数不清的枝条上,绿叶在闪耀着阳光,更离奇的是,有些茶叶上还开着一些白色的花朵,灿烂夺目;有的枝上摇曳着饱满的茶籽。陆羽长叹一声,心里想这茶树少说有几百年了吧,它周围的那些茶树该是它的儿子孙子了。能看到这么大一棵老野茶树,不虚此行了!

也许是吃了野茶叶吧,他身上生出许多劲头来。他放了身上的布袋,慢慢地爬上大茶树,选了几枝有花有实的茶枝,用带的短刀连枝带叶地削了几枝下来。下了树,将削下的枝叶看了半响,仔细地观察叶、花、实的形态,他发现这株野茶的叶很厚实,叶片也比其他茶树大。他将这几枝茶叶装进布袋,同时也将这棵大茶树的形象牢牢地装进了心里。

耽搁好久,时候不早了,陆羽才背起布袋,恋恋不舍地往回走,往山下走不费事,再加他心里充满欢喜,满脑子全是那株大茶树,所以不知不觉就下了山,只是在找白灰驴——他前晚住的崖凹时费了点时间,他本能地觉得那个崖凹就在附近了,那时他希望白灰驴能大叫几声,给他指引路径,可是却没有白灰驴的声音。他突然有一种不祥的预感,努力回忆着那个崖凹的地形和旁边的树,急步在林中奔窜。心里又有种声音在说,白灰驴是福驴,它不会有事的,但是这种声音却说服不了他,他走得更急了。

不过也没用多少时间,他就找到了那个崖凹,但是,他没有看到白灰驴,白灰驴没有了。拴驴的绳子却还有一截在树上,莫非白灰驴挣断绳子跑了?陆羽嗷嗷地叫着,召唤着白灰驴。他的声音在林间回荡着,却没有白灰驴的响应。陆羽就在附近的林中寻找,终于,他在一棵大松树下,他看到了一堆白骨,旁边还有白灰驴的另一截绳头!陆羽大叫一声扑在白骨上,声嘶力竭地呐喊:"我的白灰驴啊——"山里响起阵阵回音。

大山的皱褶处,陆羽背着布袋,手拿着牛皮水袋,一个人踽踽独行着。在失去了峰牛后,又一次失去了心爱的白灰驴,陆羽痛彻心扉。这两个宝物可都是恩师崔国辅大人送的啊,回去怎么向崔大人交代啊?在白灰驴的一堆白骨前,望着那些骨头上还残留着丝丝缕缕红肉的白骨,陆羽悲从中来,伤心地哭了。

临邛赌茶

两天的磨难,年轻的陆羽瘦了一圈儿,他的嘴边冒出了胡须,颧骨突出,额上的疤显得大了,头发凌乱,衣衫不整。他要直奔雅州蒙顶山,去那里见识大唐著名的贡茶黄芽、石花,还有那个皇茶园,这是他心仪神往已久的事了。那个襄州识茶懂茶的白姓老者的讲述,这么多年来一直萦绕在他的耳畔。走在路上,陆羽还是想着白灰驴,他像回忆一个亲人那样想着白灰驴的点点滴滴好处。这一路行来,白灰驴出了多少力,先是做他的乘骑,峰牛没了后又为他驮载东西,虽然有点调皮,总的仍算温顺。想着白灰驴的好处,陆羽不觉又泪流满面。

就这样晓行夜宿,一路也还顺利,过完巴山山脉,然后是丘陵地带,不久又进入平原了。平原呈现另一种风景,沃野千里,稻秧碧绿,田边地角则长着高高的桑树,在满眼翠绿中,夹着竹林环绕的青房瓦舍,鸡鸣狗叫,足以让陆羽眼前一亮,精神一振。走在这样的地方,他就不会为干粮和水心焦了。此情此景让他倏然想起了家乡,想起了汉江平原,想起了那里那些对他恩重如山的人……

没过几天,陆羽就进入蜀郡的治所成都府了。蜀郡原叫益州,天宝元年改为现名,依旧设大都督府,督剑南三十八郡。那是下午,当他一路风尘,从北门进入城区后,他一下被这个城市的繁华惊住了。他在大街上慢慢走过,但见城郭街道井然,到处是花草树木,街道两边都是高大的芙蓉树,芙蓉树绿色的阔叶把阳光全遮了,只有斑斑点点的金黄在石板上变幻。因为有树,所以虽是七月天,走在下面也很凉快。在树的后面,各种商铺一家挨着一家,过往行人衣饰鲜亮整洁,谈吐不俗。此时蜀州属于剑南道,节度使府也在成都,节度使由杨国忠遥领,由留后(唐代节度使、观察使缺位时设置的代理职称)李宓统揽道府事务。

陆羽向人打听着路,在城中心的少城附近找了一家客栈住下来。他先要了一桌丰盛的酒饭,美美地吃了一顿,再让伙计提来热水,痛快地洗了一个澡,就倒床上睡了。他已经不知多少日子没在床上睡过觉了,这一睡竟睡到第二天下午。醒来后他换上士子冠服,吃完饭,把换下的褐衣让伙计送到浆洗铺去洗补,看看太阳西落,天凉快下来,就起身到街上闲逛。

此城民风醇朴,人人说话轻柔动听,他这个山南道人听着也不费劲,因为到这里游历的外地人很多,人们对他这个口音异常的外地人也不奇怪,陆羽学着他们说话,尽量把语句说得慢一些,交流也就不成问题了。他在一个墙边看到贴着不大一块红纸,上面写着:天红地绿,小儿夜哭,请君念过,从此不哭!他读了后不知是怎么回事,恰有人也来看念,就向那人问起,才知是蜀地风俗,有刚出生的小儿喜夜哭时,家人就写这么一个红贴,四处张贴,让人看念,据说这样小儿就不夜哭了。陆羽听了不禁哑然失笑,真是一方一俗,他连念了几次贴上的句子。

陆羽在大街上转了不久,深感襄州白老大人果然说得不错。蜀人确是好茶好饮,只见街头巷陌到处都有茶肆,而他们喝茶的方法也是别具风格,木桌竹椅盖碗盏,人人喝得随意,喝得自在。他们喝的茶很清,也不加作料,将捣碎的茶末在大茶灶上煮一下,装在大茶壶里,矮瘦的掺茶老头就提着四处跟茶客倒,这与自己倡导的清淡雅致居然完全吻合。

陆羽见了茶,喉咙里就痒痒。他在一棵大黄桷树下的茶肆坐了,竹椅子发出嘎嘎的声响,掺茶老头一见他坐下,马上一手提了茶壶,一手夹着一摞碗盏过来,问客官你喝茶?陆羽说是,问了茶钱,并不贵,不过几文开元通宝钱,就可以喝饱。陆羽拿出几文钱放在木桌上,那老头把钱收了,哗一声将碗盏散在桌上,将一个拳头大的小碗放在一个铁片制的凹船里,提茶壶的手一扬,茶汤就如黄龙一般从壶嘴里窜出,让陆羽又长了见识。

陆羽学着别人,用碗盖拨着茶汤上的泡沫慢慢品味,一边听旁边的人闲扯"龙门阵"(川话聊天之意)。茶是好茶,入口生津,齿颊生香,确是别有风味。他问掺茶老头茶叶产地,果然回说茶叶来自雅州蒙顶山,说此茶只是下品,如果喝上品茶,那一辈子也忘不了。陆羽就问去雅州蒙顶山的路,掺茶老头说:"不远,出南门往西,有三百来里路,还是官道,路好走,不过——"掺茶老头习惯地看一眼四周,接着说:"客官你如要去,先时倒没啥子,只怕现在那里有些不太平,你听客人们都在讲此事呢,你听一会就晓得了!"说过,矮瘦的掺茶老头又去给别的茶客掺茶去了。

陆羽就边喝茶边细听旁人谈论,渐渐就听出了些眉目。原来是刚发生的事,说是遥领剑南道节度使的宰相杨国忠想立战功,让留后李宓将兵七万去打南诏国,那南诏蛮酋阁罗凤很有计谋,闭城固守,不与唐兵交锋。不久李宓粮尽,士卒又因瘴疠,饥饿加病,死去十之七八。李宓无奈只得撤退,那阁罗凤乘势追击,结果李宓被活捉,全军覆没。消息报到杨国忠那里,杨国忠暗地里继续发兵征讨,前后死二十万人,仍然不胜,没有人敢说此事。杨国忠却向玄宗皇帝报告取得了胜利,让玄宗皇帝高兴了好几天,还对高力士说:"朕今老矣,朝事付之宰相,边事付之诸将,夫复何忧!"知道内情又不敢完全说破的高力士说:"臣闻云南数丧师,又边将拥兵太盛,陛下将何以制之!臣恐一旦祸发,不可复救,何得谓无忧也!"玄宗皇帝无奈地说:"卿勿言,朕徐思之。"

雅州是蜀州的屏障,也是关口,再过去就是蛮夷之地,与南诏相距不远。失去雅州,成都就无险可据了,虽然南诏兵杀了过来,好在雅州清溪关天险现今还在大唐守军手里,到蒙顶山应该还是无虞的。茶客们讲得生动形象,陆羽听得惊心动魂,然后便心情沉重。国事不堪,黎庶皆知,作为小民,他毫无办法,他唯有完成茶事考察,著成茶书,聊以自慰了。因此,不管雅州那里形势如何,他也决意要去那里。那晚有月亮,将圆未圆的明月,明晃晃的,温柔地照着这一方乐土,在月光下喝茶更有一番诗意,直到夜深,陆羽才回了客栈。

次日一早,陆羽就起床去城南处观瞻拜谒了诸葛亮的武侯祠,还有刘备墓。两天里,陆羽遍察锦官城的历史古迹,街巷商铺,他看见了精美夺目的蜀锦绢帛,数不清的酒楼茶肆,看见了数不清的商人云集这里,进行茶叶药材交易,还有走街串巷叫卖的特产小吃,更有城里人悠闲自得的生活;街头扯摊卖艺的热闹,更勾出他对梨园生活的回忆……他在心里一次次地赞叹:真是个好地方!在四面大山阻隔的地方,竟然有这样的世外桃源。

不过梁园虽好,不是久恋之处。陆羽时刻想的是到蒙顶山去看茶,要凭双脚走到那里,至少需要三天时日。在两天游历中,陆羽知道锦官城设有租马行,只要有押金,就可租马使用,而租金并不贵。陆羽在一家租马行选择了马,讲好每日的价钱,拿十两银子作押金,待陆羽回来还马时结账。陆羽还担心耽误的日子有些长,店主说:"不管日子多长,只是要把马养好就行。"心想越长你给的钱就越多才好。陆羽这才放心上路。

第二天早起,陆羽仍然换上褐衣,吃过饭,备好干粮和水,结了店钱,陆羽就到租马行。他挑了一匹枣红马,斜背了布袋,迎着满天朝霞,穿街过巷,出南门往西,沿着官道,蹄声得得地向蒙顶山进发。路两旁是成都平原的平阳大坝,一望无际的水稻作物染人眼目,有绿色的蜻蜓和不知名的鸟雀在田畴上飞动,鸟雀的叫声倏然而来又倏然而去。陆羽很兴奋,他催动坐骑,枣红马跑起来,风声呼呼地从他的两耳掠过,舔干了他额头冒出的细汗,头顶挽住头发的方巾也飘荡起来,官道上便腾起一溜黄土尘。

官道上有不少来往的人,有的骑马,有的背篓提篮步行,还有一些人,推着一种陆羽没见过的,本地人叫"鸡公车"的独轮手推车。车上装着小山样的柴禾,推车的人弓着腰,甩动屁股前行,车轮发出吱吱呀呀的声响,让陆羽开了眼界。不时还可以看到一溜马帮,马背上驮着茶包,马脖子上挂着响铃,一路铃声响亮地走过去。还有背背子的脚夫,几个人一路,每人身后背着一个背架,上面是小山样的包子。他们弯着腰,手里提着一个木质丁字拐,歇气的时候,就把丁字拐支在身后,将背架靠在上面,然后从嘴里"嘘——"地放出一口长气,再拿吊在胸前的一个篾圈刮额上小溪样的汗水,阳光下那汗珠小雨般闪着光掉到地上。

中途,他在一个驿站吃了饭,喂过马,歇息了一阵,躲过中午的毒太阳又才上路。黄昏的时候,就到了临邛。陆羽在镇上歇下来,在客栈里安顿好马,陆羽就到街上去了。这镇子虽然小,但太阳一落,卖各种东西的人就出来了,人流熙攘颇为热闹。陆羽问起司马相如与妻子卓文君当年当垆卖酒的地方,路人纷纷给他指路,告诉他现在那个酒店还在,生意好得很。

陆羽来到街当腰,果然看见那个挂了"文君酒家"匾额的红楼。两边门枋上用红纸写着一副对联:相如求凤故里,文君当垆酒肆。陆羽很高兴,一步跨进去,见有一对年轻男女,一副司马相如和卓文君的打扮,店里吃饭客人很多。陆羽见靠墙角还有个座,就走过去坐了。那个盛装男子——其实是伙计走上前来问他要些什么,陆羽大手一挥说:"来一壶好酒,一斤牛肉,一盘干果,一碗汤面——慢,先给我上一碗茶汤。"他已经对蜀地的饮食很知晓了,所以开口就按自己的需要说出。

"就来嘞!"盛装男子朝后堂招呼一声,然后抹着桌子说:"客官,听你口音不是我蜀郡人吧?"陆羽说:"正是,我乃山南东道竟陵人。"盛装伙计又问:"那你远天远地来我蜀郡何干,是跑生意的吧?"陆羽说:"不,我是来此访茶的。"这时从后堂踱出一个五十开外的老者,一身立领蓝袍,粉白面皮,漆黑长须,听见了陆羽的话,把陆羽上上下下打量了一阵,眯着双眼问道:"客官是访茶的,看来是懂茶了?"

陆羽随口应道:"不敢,略知一二而已。"老者又看陆羽一阵说:"天下的好茶很多,连老夫我穷其一生也不敢说懂,年轻人别打诳语。"陆羽看到连盛装伙计也对这老者毕恭毕敬,猜他可能就是这"文君酒家"的掌柜。他本来无意中说自己略懂一二,见这老者有些瞧不起他的样子,也是年轻气盛,便一笑说:"老丈,小生我可没打诳语。陆羽对茶虽说不上精,却也说的是实话。"

老者哈哈大笑,连说:"好!好!老夫今天碰上高人了。这样,客官,我这里天下名茶也有几种,包括雅州天下闻名的贡茶蒙顶黄芽、石花!老夫今天就考考你,煮几碗茶让你品味,然后说出它们的茶名,全说对了,老夫今晚不收你的酒饭钱,说得不对,就收你双倍的酒饭钱,你看可好?"陆羽背袋里有银子,想收双倍钱也要不了多少,立刻说:"那就依老丈的!请给我先上汤面,把肚子填一填,酒肉待我品过茶再上。"

老者进后堂去了,盛装伙计把陆羽要的汤面端上来,陆羽也真饿了,呼呼地一会就把汤面吃完。此时那些食客,听说陆羽要和店主赌茶,全都来了兴趣,纷纷把陆羽围了起来,有的坐,有的站,叽叽喳喳说着话。大唐社会,虽说从皇宫到民间都有斗茶之事,可在临邛这地方,毕竟还是稀罕,所以人越来越多起来。天本来没黑,盛装伙计已点了几盏羊油灯,把酒店照得如同白昼。一看这阵势,陆羽不由得有些心虚起来,心里有些打鼓,想别在这里丢丑,但事已到此,已没有回旋的余地了。于是心一横,丢丑就丢丑吧,大小不过是么一回事,丢丑也能增长见识。这么一想,心就稳下来,气定神闲地等候着老者出来。

不一会,老者出来了,身后跟了两个端托盘的伙计。老者一指陆羽面前的桌子,两个伙计就把托盘上冒了热气的茶碗端到桌上,一共五碗。老者也在陆羽旁边坐下来说:"年轻人,要不要凉一凉再品尝?"陆羽说:"好!"

一见端出了茶,围着的人便涌动起来,飘忽的羊油灯光照着一张张兴奋的脸,有人叫道:"还等什么,是怕了吧?"有人说:"年轻人,不知天高地厚,趁早服输,免得丢人现眼。卓公卓掌柜从小就喝茶,哪里的茶他没喝过?"

陆羽微微一笑说:"别急!蜀人不是说心急吃不了热豆腐吗?容我一试。再说,后生败在老丈手下,也不算丢丑。"他这一说,人群反无语了,倒是老者目光灼灼地看着陆羽。陆羽摸了摸碗,觉得可以喝了,他将碗依次排好次序,围观的人看他要喝了,全住了声,几十双眼睛一齐盯着他。

陆羽先仔细地看了每个碗的汤色,端起了第一碗,放在鼻尖深吸一口气闻着,然后他呷了一点茶汤在舌尖,抿了抿。老者急不可待地问:"这碗是啥子茶?"陆羽放下碗说,"这碗是常州的阳羡茶,不会错的!"

老者顿时大惊失色,继而红了脸说:"是倒是,你该不是蒙的吧?算你蒙对了,接下来呢?"陆羽接着说:"蜀地的煮茶法确是不错,不放作料,保持茶的本真味道,正与我的茶法相同,好,好!老丈煮茶火候掌握得好,只是茶叶放早了些,汤显得老了点。另外,这煮茶的水,是用的井水吧?"老者听陆羽夸他,心中欢喜,又听陆羽说他茶叶放早了,又有些不悦,再听陆羽说起煮的水,有些吃惊地说:"正是用的文君井之水,井水煮茶好喝呀!"

"老丈只知其一,不知其二,井水系死水,煮茶虽然可增加醇厚,却要改变茶本身的纯香,所以煮茶须用活水,山水上,江水中,井水下。"陆羽朗声道。老者老脸一红,低声说:"看来客官真是对茶有所考究,不过,我这五碗茶,你只说了一碗!"

陆羽立即端起第二碗茶,尝到一口便说:"此乃金州紫阳毛尖耳!"没等众人反应过来,他就迅速端了第三碗茶,喝了一口说:"义阳毛尖也!"喝完第四碗茶说:"青州的梨花白也……这些茶也算煮得颇好,当然也存在和第一碗茶一样的缺陷。"

陆羽说一样,老者的表情就惊一下,但他坦言陆羽都说对了,围观的人喝起彩来。陆羽却对第五碗茶反复品味,看似难下结论,老者又生出希望,催促陆羽说:"这碗是啥?"陆羽眉峰一皱说:"这碗茶是我没喝过的茶,看这汤色金黄,其味比其他茶更为醇香,如果我猜得不错的话,这应该是雅州蒙顶黄芽了!说错了,我认罚,出两倍饭钱!"老者一愣,对陆羽抱拳道:"恭喜客官,你全说对了,果然后生可畏,老夫佩服之至,客官果然是茶中高人,我说话算话,你今晚的饭钱全免了!"

围观的人群欢呼起来,有人拍起了手,向陆羽竖大拇指。陆羽向老者还礼说:"难得老丈有这么多好茶,小生浅薄失礼,还望老丈海涵!"老者哈哈一笑说:"不必客气,不必客气!"又大喊:"上酒上菜,老夫今天陪客官喝几杯!"然后对围观的人挥挥手说:"快走吧,你们在这里看啥子?"

围观的人欢笑着一哄而散,然后去满城传扬一个外乡人的绝妙茶技让文君酒家卓大掌柜也佩服万分的事。

那晚,陆羽喝了酒,回到客栈,他乘醉仿司马相如的《凤求凰》写了一诗:

> 茶兮茶兮在四方,踏遍青山兮访茗香。
> 时未遇兮蒙山顶,心驰神往兮入我肠。
> 任艰险兮全不辞,志成茶书兮流其芳。
> 季兰姐兮在何乡,安得仙人兮传消息……

巧遇吴茶

一踏上蒙山的羊肠小道,碧翠的山色便兜头扑来,神志先为之一爽。禹贡蒙山果不负盛名,三十八蒙峰,峰峰耸秀拥翠,在古树森然的掩映中,鸟声悠远深长。

陆羽昨晚赶到蒙顶山脚下的蒙阳镇,在客栈里住下,早早地就睡了。早晨吃过早饭,他寄存了枣红马,备足干粮和水,向客店掌柜问明了路,就背了包裹开始上山。到蒙顶山的小道并不冷清,不时可看到行人,更多的是陆羽在官道上已见过的背高高茶包的脚夫。他们人人有一张古铜色的脸,脚下蹬着草鞋,褐衣露胸,打着丁字拐,因为是下山,身子显得颤颤巍巍的。每看到他们,陆羽连忙提前避让,让他们走得顺畅安然一点。山道很陡,好在古木参天,阳光照射不下来,走着颇凉快,陆羽还没到半山,就出了一身大汗。他在路边一棵倒地的大树干上坐了,歇了一阵再走。

到了一个叫天盖寺的地方,路有些平缓了,路边有一个沟,长满了陆羽叫不出名的植物。只认得一种枝上结满红艳艳的小果,学名叫火棘,老家俗名叫救兵粮。他摘一些来吃了,酸甜酸甜的很可口,他又折下一枝拿在手上,边走边吃。这时,一阵响铃般的山歌声传到耳里:

> 妹在房中绣手袋,屋上吊下蜘蛛来。
> 茶哥派它来牵线,根根情丝吐出来。
> 魂魄来了人未到,浑身想郎散了架。
> 咬着茶叶悄声骂,人要死了有魂在。
> 真魂来我床底下,想死了跟他魂说话。

这是一个女子的歌声,歌词很大胆,歌声很清脆悦耳,打动人心。陆羽循声看找,走没多远,就看见前面不远的地方,路边的山崖上,有一树更繁茂更火红的火棘,一个身穿绿衣的女子攀着崖壁上正在采摘,边摘边唱山歌。陆羽听得痴了,不知不觉间急步走了上去。女子摘着火棘又唱起来:

> 舍也舍不得哦,离也离不得哦,小阿哥莫心焦,阿妹就来哦……

"哎哟!"只听一声叫喊,那女子忽然从崖壁上滑了下来,原来她听到了有人近前的脚步声,心一慌,抓住石棱的手就松了,人一下掉了下来。说时迟,那时快,同样吃惊的陆羽,疾步上前,刚好将她扶住,没有继续朝下滚翻。

女子站稳了,转头见是一个陌生男子,脸一下红了。这是一个十七八岁的美丽女子,端庄的瓜子脸,乌黑的头发用一条绢带挽在脑后,额上长长的刘海遮住了弯细的眉毛,下面一双又黑又大的豆荚眼水盈盈的,闪着聪慧的波光,一身绿色的衣裙衬托出她窈窕的躯体。她拍打了身上的土,忽然想起说:"我的水沙子!"就到崖坡去拣火棘。陆羽才明白这里的人叫火棘为水沙子。他忙说:"姑娘,摔着没有?我去给你拣!"

女子嘟了嘴哼一声，任陆羽去拣。陆羽将几枝火棘拣来送到女子手里，女子不但不谢，反而瞪他一眼，责怪说："都怪你，悄无声息地就来到我跟前，吓我一跳不说，还摔下来，水沙子也没摘到几枝！"陆羽连忙笑着说："那我再去给你摘！"说着连背上的包袱也没放，就攀上崖壁，他身材高大，手伸得长，连枝带果摘了许多下来，红艳艳如火一般，送到女子面前说："姑娘，给，够不够？不够再摘！"

女子转嗔为喜，扑哧一笑说："这还差不多，够了，哪吃得了好多！"她忽地看着陆羽问："咦，你这人，说话不是我们这里的口音，你从哪里来的？"陆羽老实地回答："我从山南东道的竟陵来。"女子睁大眼睛，惊奇地说："那么远跑到这里来干啥？"

"我是了愿来了，早就听说雅州蒙顶山出好茶，我是来看茶的。"陆羽认真地告诉她。"看葭（茶）的？好啊，我们这里葭（茶）多得很。"女子应声答道。

这里的人把茶音发读成"葭"，这微小的区别，陆羽听出来了，好在他一下就听懂了。便又说："听说还有贡茶园，我就好想来看，现在终于来了。这山真高，山上的树也长得多好呀！"陆羽由衷地赞道。

"哦，你是要看皇茶园，那……巧了，就跟我走吧！"女子说。

"跟你走？"陆羽一阵疑问。

"嗯，我也到那里。"女子弯腰在路边提起一个土瓦罐，就往前走。陆羽问："那是啥？"

"酱油！家里酱油吃完了，爹让我到镇上打一罐回去。"陆羽看她一手抱着水沙子，一手提瓦罐，就说，"我来提罐子吧。"女子居然不客气，就让他提了罐子，她则拿着水沙子，边走边摘了吃，对陆羽爱理不理的。

"姑娘你贵姓？"陆羽问。

"姓吴。"女子头也没回地说道。

"吴姑娘，这里离皇茶园还有多远？"

"远得很。"

"要走多久？"

"走着就晓得了。"

"皇茶园大吧？"

"去看了就晓得了。"

"你家就住在皇茶园那里？"

"哎——我说你这人，话怎么那么多？不说话能把你当哑巴卖了？这些也值得问？真是个呆子！"她拿眼白陆羽一眼。陆羽不说话了，心里却说：这女子，怎么吃了火药一样。

就这样无言地走了一阵，女子在前面，陆羽在后面，有些无趣，就听山林深处不知什么鸟儿清脆的叫声。

女子不吃水沙子了，可能觉得这么不说话也不好，就在一个拐弯处，有几块干净石头的地方，一屁股坐在一块石头上说："走累了，歇口气再走。"陆羽也在旁边另一块石头上坐下来，把眼望着沟对面碧翠的树林。女子把眼望着他一会，突然哈哈大笑起来，笑得流出了泪，腰也弯了下来,陆羽都张惶不安了,不知道她为什么这么笑。

女子好容易住了笑,指了陆羽说:"你真是个乖娃娃哩,让你不说话你就不说话了!"哈哈哈——她又笑起来。陆羽也跟着傻傻地笑。女子说:"哎!你问了我的姓,我还没问你哪,你姓啥子?"

"我姓陆。"陆羽答道。

"哦,还有这姓?我怎么没听到过,姓六,那就有姓五姓七的了?"女子惊讶地问。

陆羽说:"你姓吴,那就有姓'有'的了?"女子嘻嘻地笑说:"那谁晓得?"

"我这姓陆的,偏就有姓五姓七的,不过,我这姓五姓七的哥弟字是这么写的。"陆羽顺手在地上拣了一根树枝,在地上边划给女子看边说:"五字前边要加一个人傍,七字呢,是漆黑一团的漆,字不一样,读音一样。"女子惊奇地说:"哦,你还是个读书人,你别写了,我可不识字,它认识我我不认识它!"

他们歇一会又上路了,从这时起,女子像变了一个人,像个麻雀,叽叽喳喳说个没完,让陆羽想插话也没办法,只得老老实实地听。她说她叫吴茶,是春天采茶时生的,有个哥哥叫吴春,也是在春天出生的。她说他们家祖祖辈辈都是经管皇茶园的"贡户",每年在官府的监督下负责为皇家生产贡茶"龙团",只要有什么差错,就可能被杀头。不过这么多代下来,他们家还没出过被官家杀头的人。现在,她的母亲已经病逝,父亲身体不好,皇茶园已经让哥哥管理了。如果要访茶,那就正好到她家去。

听了这些,陆羽心里高兴起来,他要看皇茶园,想不到就碰到了与管皇茶园有关的人,真是天助我也!吴茶不知道陆羽心里的想法,讲过这些后,就歪过头看着陆羽,两眼闪着狡黠的光,问陆羽:"哎!呆子,你读过书,知道吴理真吗?"

吴理真?陆羽低头沉思,真还不知道这个名字,就摇摇头。

吴茶就格格格地笑了说:"真是个呆子,连吴理真也不知道!告诉你,吴理真是我先祖的先祖,就是他在蒙顶山上清峰栽了七棵野茶,把野茶驯化成家茶。八百多年了,那七棵茶树还是青枝绿叶,年年是皇家贡品茶。哈!看你样子,不知道吧?真是十足的呆子!"

陆羽呆住了,他掐指一算,八百多年前,那是西汉时候啊,如此久远,那时栽的茶树现在依然鲜活,而且是上品贡茶,真是奇迹啊!他真正成呆子了。好久他才问了句:"是真的?"

吴茶假装生气地说:"是蒸的不是煮的!耳听为虚,眼看为实,你去看了就知道了!"陆羽惊喜地说:"我当然要看,还想喝一回那茶汤!"

"哼,想得美,那是给皇家的贵人喝的,你配喝吗?"吴茶嘟着小嘴说。陆羽问:"怎么不配,是人都配,都是一张嘴巴,一样知道啥茶啥味,或许我还比他们能品茶!"

"呆子,看你能的,该不是吹牛吧?"吴茶捏了陆羽的鼻子。陆羽说:"就看我有没有口福了,有口福的话,你就看吧!"说着话,不知不觉就到了半山腰,只见一团团白雾涌起来,遮天遮地遮了树林,也遮蔽了明媚的太阳,犹如时隐时现的仙境,人在林中行,仿佛是在腾云驾雾。

陆羽便问:"怎么这雾说来就来?"吴茶笑着说:"这就是我们蒙山雾呀,我们的蒙顶茶全靠这雾来滋养。我们这蒙顶山,一年有半年都罩在雾里,那茶就另有滋味。""哦——"陆羽陷入沉思,想着其间的道理。忽然,吴茶说了声:"快走,大雨来了!前头有个崖凹,我们去那里躲一躲。"陆羽并没有感觉到要下雨,疑惑地问道:"哪有雨?"吴茶侧着耳朵说:"你听,撵山雨来了!"

陆羽侧耳一听,听到一种声音,哗啦啦的,这声音从远处而来,越近声音越大,心知这就是雨声了,急忙跟在吴茶后面往前急奔。他提着瓦罐,不敢跑快了,没跑多远,哗的一声,豆大的雨点就砸过来了,雨点打在树叶上,遍山一片繁密的声响。好在浓密的树叶一时挡住了多数雨滴,他们利用这短暂的时间跑到了路边的崖凹,吴茶先进去,将背贴着崖壁,陆羽也学她的样,挨着她靠崖壁站着,把瓦罐放在脚前。

天阴黑了,雨珠很快从树叶上滴落下来,到处滴滴答答地响,很快又如万千小溪一般倾泻,树林里的雨显得比树林外还大。陆羽还是头一次与一个陌生的女子靠得这么近,由于刚才快跑,他们都喘着粗气,吴茶并不知觉,仰了脸看天,陆羽的眼光就不经意地看到吴茶那高凸起伏的胸部,闻到了那女子特有的芳香气息。他有些心猿意马了,连忙稳住心神,没话找话地说:"这雨怎么说来就来,要下好久,别走不了路?"吴茶看着远处烟雨朦胧的地方说:"我们蒙顶山的雨就是这样,说来就来,说去就去的。"

陆羽没明白,仍在问:"这雨得下多久,别走不成路了。"吴茶侧头横陆羽一眼说:"心焦啥子,一会就会过去的。"陆羽撇了嘴说:"我不信,这么大的雨,一时半会怎么停得下来?"吴茶把头侧开说:"哼,不信算了,那一会你就留在这吧!"陆羽没说话,吴茶把水沙子伸到他面前说:"你饿没有?饿了吃水沙子。"陆羽看一眼那红红的小果子,就摘了几颗丢进嘴里,吴茶突然又把水沙子移开说:"你别吃了,我要拿回去让我哥吃。"陆羽"呸"地吐出水沙子的籽说:"要我吃我也不吃了,酸得倒牙。"吴茶瞪他一眼,鼻子重重哼一声,骂了句:"德性,想吃也吃不成了!"

就说话的这一会,雨就小了,随即一下就停了,陆羽惊奇得张大了嘴巴,想这雨来得突然,走得也太快了吧。吴茶早已一步跨了出去,走在路上,转头对还在发呆的陆羽说:"走呀,陆呆子,莫非你真要在这里过夜么?"

雨完全住了,太阳突然又在天上露出了脸,艳红的光线铺在树梢上,耀人眼目。一阵风吹过,卷起的浓浓白雾在树林上面奔跑。

吴茶求亲

这蒙顶山又称蒙山,是远古大禹治水成功在此祭天的地方。《尚书·禹贡》曾载:"蔡(峨眉山)蒙(山)旅(治理)平,和(大渡河)夷(水)底(取得)绩",乃邛崃山脉的余脉,横亘数十里,山势高峻,峰峦叠嶂,苍翠郁秀,云雾缭绕,缥缈有如仙境。

山半腰天盖寺上面地坪这一排土墙灰瓦的房子,看得出修建时是很费了功夫的。因为山上虽然取石垒基方便,但土很少,取这么一长溜房子的土打成墙,不知费了多少事。灰瓦也是从山下背上来的,看那瓦沟里茂密的瓦草,就知这排房子已经矗立在这里不知多少年了。房屋四周的菜畦里,青菜绿油油,南瓜花金黄黄,茄子乌紫紫,豆角满棚架,葱子嫩丝瓜老,里面蝶舞蜂飞,在这深山里看到,别有一种亲切感。

吴茶一家就是在这排傍路的房子里接待陆羽的,房里木柜木桌木凳,几乎所有的用具都是木质。吴茶的哥哥叫吴春,是一个二十五六岁的精壮汉子,他对陆羽的到来很高兴,立即吩咐他女人烧茶做饭待客。他有棱有角的脸带着憨厚的笑容,唇腮都长着黑黑的胡茬,长发挽成髻用方布扎在头顶,上身是短褂子,一条灯笼裤,腰间扎一条布带,露出的胳膊充满了疙瘩肉。吴茶的嫂子是一个普通的乡下女人,一身旧衣,宽皮大脸带着朴实的微笑。吴茶的爹躺在里屋木床上,人不过五十来岁,满脸黑白间杂的胡须,使他看着比年龄老得多。他患了一种陆羽没听说过的病——风湿,全身骨头发痛,关节处红肿,吃了许多药也没见效,所以他把贡茶户的主事让给了儿子,自己躺在床上,在儿子有问题时就给他点拨一下。许是终年住在山上,难得有客来吧,而且是从远方来的客,陆羽的到来竟让他们全家兴高采烈。

茶上来了,陆羽惊奇地发现,这里吃的是一种散茶,而不是茶饼。他看见吴春女人先拿出几个土碗放在桌上,又抱出一个装茶叶的土罐,将散茶叶放在碗里,跟着吴春提出一把很大的铜茶壶,里面是刚烧开的水。最让陆羽惊奇的,是那铜壶的嘴子,足有三尺长,只见吴春站老远,提铜壶的手一扬,滚烫的开水就从壶嘴里像白蛇一样奔出,扑地一声,准确地到了碗里。陆羽正担心怕水满碗后溢出烫着人,只见吴春手又一抬,水蛇顿时消失,开水刚好满碗,且桌上地上不洒一滴,陆羽不由赞叹道:"大哥好手艺!"吴春摇头说:"我们这里很多人都会,连吴茶也会这一手。"

陆羽又问这里为什么吃散茶,而不是饼茶。吴春解释说他们劳动人,啥事讲个快捷,茶饼先要捣碎,还要过筛,费事得很,所以他们为图方便,就用开水冲散茶,这样很省事。因为他们是出力流汗人,也就不讲究什么滋味好孬,只要能解渴生津就行。他们蒙顶山出的茶有好多种,贡茶当然是严格按官家的规矩制,拿到城里卖的也是制成茶饼,而他们自己吃的就全是散茶了,也叫它"谷芽"茶。

陆羽很高兴,看到碗里的茶叶在开水的冲泡下沉到碗底了,他端碗细看,只见碧绿的叶片在碗底整整齐齐地竖排着,汤色黄绿明亮,真让人爱煞!陆羽凭他的经验赞道:"好茶!"然后端起来小心抿了一口,只觉香透齿颊,直入心底,不由得再次赞道:"真是好茶!"他是由衷地说这话的,而不是客套,觉得这种用开水冲泡的茶别有味道,蜀人清饮,和他的主张不谋而合。成都府的清饮还要加一点盐末之类,这里什么东西都不加,喝起来似觉更为本真。看到他喜欢的样子,吴春一家人都笑了。吴茶说:"你喜欢喝,就让你天天喝!我们这里没啥子好东西,就出产茶和山货,让你吃个够!"陆羽笑道:"好!好!这是我最喜欢的。"他没有什么礼物送给这家人,就在用土碗喝着蒙顶茶茗的时候,拿出自己在成都府买的干粮让大家吃,吴茶一家也都不客气地吃起没去过的大地方的饼食。

吴春告诉陆羽他们虽说是住山里,却也有一好,就是六月很凉快。这种天,山下的人一天到黑离不得扇子,他们这儿则衣裳穿少了还不行。另外,庄户人讲究个柴方水便,他这里也全占齐了,吃水有蒙泉井,那水喝着回甜沁凉。至于柴禾,就更别说了,拿把弯刀上山,林子里的死树干枝多的是,顿饭功夫就背一大捆干柴回来。吃的呢,虽不能种稻,可用茶去蒙阳镇换米,圈里有猪,院里有鸡,房后有菜,山上还有野味,没有兵火的侵扰,日子还是很好过的。陆羽点头说:"是呀!这里是好地方,我上山来就觉着凉快。"

从上山以来,陆羽走热了,一到这里就凉快起来。从山林中一车阵吹过来的风,让人爽快无比。当灶锅里溢出老腊肉的香味时,吴茶突然把哥哥叫出屋去,兄妹俩咕咕咙咙地说话。只听吴春惊讶地大声就了句:"你这疯子,真是疯子,刚结识的人你就说这事,也不怕人笑话!再说,人家大牛那头咋办?"

"我不管!"吴茶顶了一句,声音又小了下去,兄妹俩又说一阵,就见吴春满脸怒气地进来,一见陆羽,忙换出笑脸说:"喝茶,喝茶,这谷芽茶好喝吧?饭一会就好。"陆羽不好意思地说:"谷芽茶都这么好喝,那贡茶就更好喝了?"吴春用力地点了点头,然后告诉他蒙顶贡茶是最好的茶,也被称做仙茶,他们平民百姓是很难喝到的。那种茶香气清高持久,滋味醇厚鲜爽,但他们是喝不到的。接着,吴春就讲每次贡茶园开园采茶,官府都要派人来监采、监制,制完全部拿走;大路茶是供送到城里卖销的,一般茶农只能喝这种谷芽散茶了。

说话间,吴春女人已把饭做好了,就在堂屋里摆上木桌,老腊肉炒竹笋,老腊肉炒木耳,清炒豆角,土豆煮南瓜,菜虽简单但很受吃。吴茶先连饭带菜盛了一碗端给里屋的父亲,吴春抱出一个酒坛,用自酿的米酒招待陆羽。吴春女人和吴茶也一起喝,吴春说山上湿气大,常喝酒可去湿,免得像父亲一样得风湿病。还叮嘱陆羽不但要喝酒,还要吃辣椒,又指着门口吊着的一长串红辣椒。陆羽吓一跳,心里想着吃那东西人受得了吗?

陆羽和他们一家围桌而坐,互相说过一些客套话后,就吃喝开了。酒过几巡,互相敬过,每人的脸就泛起了红色。这时吴茶就向哥哥挤眼睛,然后端了饭碗出去了,吴春又和陆羽喝了一杯说:"陆公子,听我妹妹说你是远天远地来考校茶事的,还要写啥子茶书。"

陆羽说:"正是,还望大哥帮助!"吴春听了却是沉吟不语,只默默地喝了一杯酒。陆羽意识到什么,端到嘴边的酒杯停住了,急忙问:"大哥,有难处吗?"吴春方正的脸凝然无表情,倒是他的女人忍不住说:"有啥你就说呀,闷起做啥?"

吴春又喝了一杯酒,终于说:"兄弟,你大老远地来,吃了那么多苦,我也不好拂你的意。你是要做大事的,可我们也有规矩,采茶制茶都不让外人看的,尤其是那黄芽、石花的制作过程,更是不能外传,这有官府的人监管着。"

陆羽连忙说:"请大哥帮忙!"吴春突然看着陆羽说:"办法倒有一个,不过就要委屈兄弟了。"

"不要紧,只要能访茶,什么委屈都能受!"陆羽站了起来说。

"是吗?"吴春的眼里放出光来说,"那你就留在这里别走了,我们成一家人,做我的妹夫吧!我妹子看上你了,说你是个读书人,以后要成气候的。其实成不成气候对我们倒无所谓,主要是你读过书,识文断字,有了你我们一家就不会受骗上当了。你不晓得,我们家吃不识字的亏太多了!"陆羽顿时呆了,什么样的事他都能委屈,而这事却是万万不行。且不说访过这里的茶后,他还要去几个地方访茶,更重要的是他心里有季兰姐姐啊!

　　见陆羽不说话,吴春说:"本来附近有个也是种茶的小伙子叫王大牛的,很喜欢我妹妹,追我妹妹追得很凶,我妹妹都动心了,可是她碰到了你,就变了主意,这也是你们的缘分了。"接着又说:"秋茶过几天就要开园,只要你答应这事,我们成了一家人,就任何人也不能拦你参加皇茶园采茶制茶了,我还带你去山上看野茶树王。当然,如果你不答应,你马上就走吧!"吴春看着木了一般的陆羽,轻声问道:"陆公子,你意下如何?"陆羽一时怔在那里,手里还端着酒杯。

　　吴春失望地说:"看来我们成不了一家人了。陆公子,请吃过饭就请回吧!"突然陆羽将手中那杯酒一口干了,然后说:"我答应!"吴春大喜,朝外喊道:"小妹,快进来,陆公子答应了。"一直在门外心情忐忑的吴茶走了进来,脸红红的,却是压不住的兴奋。她在酒坛边拿起舀子,为陆羽的酒杯加满酒,然后忽闪着眼波看陆羽。吴春催促她说:"小妹你和陆公子喝一杯!"吴茶就听从地端起酒杯说:"我敬陆哥一杯。陆哥,你是读书人,以后我有啥子不对的地方,请你担待一点!"陆羽含混地答应着,和吴茶一起喝了酒。

　　吴春女人也高兴,又到厨房去加了些菜来。吴春也一边敬陆羽的酒一边说:"陆公子,不,以后我得改口喊妹夫了,听说你对茶事很懂,以后就和我们一起,把我们蒙山茶搞出大名堂来。你和小妹的事,现在就开始做准备,新房呀新衣啦都好办,到时再杀一头猪,菜是地里现成的,把附近的茶人请来吃席,你们就把房圆了,父亲和我这当长哥的也就完了一件大事!妹夫,我们是山里人,说话不拐弯,直来直去哈,有啥子差了的你就莫怪!"陆羽嗯嗯地点着头,吴茶低了头笑着,却拿眼睛偷看陆羽。

　　吴春十分高兴,大吼一声:"再倒酒,今天我们自家人醉一台!小妹,你一会给陆弟安排床铺,陆弟就住挨着我们的那间房吧。明天,我把开茶园的事安排好,把采茶的人招呼过,后天,我就带陆弟看皇茶园,然后去看那棵野茶树王……"

　　天摸黑时,吴茶早早为陆羽端来洗脸洗脚的热水,陆羽惊奇地看到洗脸盆和洗脚盆都是松木板制作的,外面用篾条箍着,洗脸盆小,洗脚盆很大,吴茶将热水放在洗脚盆里。陆羽看她端着盆子很吃力的样子,很过意不去地说:"你招呼一声,我自个来端。"吴茶从肩上取了毛巾递给他,瞪他一眼说:"客气哪样?"她让陆羽洗过脸就将水倒入大盆洗脚,又说如果要洗澡,就将大盆拿着到井边上打水洗,还不好意思地说她们都是那样的。

　　那晚,有些疲累的陆羽睡得早,山里的夜很凉快,陆羽睡得很香。次晨,陆羽在鸟叫声中醒来,担心吴茶又给他端水来,就起早到井边去洗冷水脸,把头发梳理了用方巾扎好,回来到厨房挑了水桶,去井里挑了一担水回来,刚好看见吴茶起来在门口梳头,看到陆羽挑水,充满爱意地看着他,还调笑陆羽是个勤快人。吃过饭吴春带陆羽去看皇茶园。常年云遮雾罩的蒙顶山,山顶耸立着五座苍翠的山峰,中间最高的叫上清峰,左边两座叫菱角峰和灵泉峰,右边的两座叫甘露峰和毗罗峰,贡茶园就位于五峰中间的上清峰凹地上。由于是顶上之峰,所以并不显得有多峻峭和挺拔。

　　陆羽是怀着激动难耐的心情走进皇茶园的。当他跟着吴春钻出一片树林的时候,眼前豁然出现一片很大的茶畦,两尺高的茶树葱葱郁郁,排成一行行直达山的远处,顶部新叶翠嫩欲滴。吴春告诉他过两天就要开采了,陆羽问:"这就是贡茶园?"吴春笑了说:"这不是贡茶园,这都是一般的茶园,不过制出来的茶也是不差,贡茶园还得走一段。"

又走一阵,到了上清峰,云雾笼罩中有片凹地,都是茶畦,这里的茶树长得与下面的茶树又是不同,显得特别青翠油绿。吴春说这就是贡茶园了,又指着茶畦上部用石栏围住的地方告诉陆羽那是仙茶园,是他们八百年前的先祖吴理真种的七株茶树。那七株茶树产的茶叶,是专采专制,特供皇帝祭祀和饮用的茶,每一片都得交到皇宫,因此叫"正贡"茶。这一大片所采之茶叫"陪贡"茶,是供王公贵族饮用的。仙茶园旁边,有一眼石井,清凌凌的井水离井口不到一尺,那就是蒙泉井。

陆羽急不可待地随着吴春进了石栏圈内,一眼就看到了贵不可言的七株茶树。只见每株茶树有三尺来高,树围修剪成圆形,足有圆桌子那么大,像阶梯一样在三层台地上,高低错落地散布着。再细看,他发现这七株茶树的叶子比石栏外的茶树叶子要大,要肥厚一些。吴春说:你别看这七株茶树看起来不起眼,可是产的茶那味道是其他茶叶没法比的。他说他活到现在也只喝过一次,那是采制完茶后,监管茶事的府丁不小心将茶饼碰撞掉了一小块没知觉,吴春偷偷地收藏了,后来将那块茶煮熬了,一家人一人喝了一点,茶汤一入口,香透齿颊,一入肚,那香就直入四肢百骸,全身舒服透了……那滋味,他一辈子也忘不了!

陆羽听得神往,他多想也亲尝一次"仙茶",吴春好像知道他的心思似的说:"过几天采制这茶时,看能不能有机会让你也尝尝。"吴春忽然又眉目含笑说:"说起我们先祖种植这七株茶,还有一段故事哪!"

"哦,还有故事?"陆羽来了兴趣,催促吴春赶快告诉他。

吴春讲起了他们的先祖。吴理真是蒙顶山山麓的一个农家汉子,是个孝子,家境很贫寒,全靠上山拣柴卖了供养有病的母亲。吴理真上蒙顶山打柴的时候总会在五峰中间歇气,那儿有一口清泉井,井水清凉甘冽,他每次都在这里喝水解乏。有一天,吴理真在此喝水时,忽见井水上漂着几片稀奇的树叶,他捞在手里正诧异时,忽然祥云滚动,仙气习习,一个美丽的姑娘一下站在吴理真面前,和他搭话。当得知吴理真母亲卧病在床时,就拿出几片与飘浮在井水上一模一样的叶子赠予他,让他拿回去煎汤让老母喝下,母亲的病就会好。吴理真回去后依法而行,果然就治好了母亲的病。吴理真万分感谢姑娘,再上山时,又碰上了姑娘,他在姑娘的指引下挖来七株被称做"万年青"的树苗,种在五峰之间,这就是后来的茶树。再后来,那姑娘就与吴理真成了夫妻,现在的甘露石室就是他们结庐之处,蒙泉井也是他们当初汲水之处。吴理真将茶树种成,熬成茶汤,四处施舍,普济世人,不少人因此病去身健,遂成功德。可是没几年,姑娘却要走了,原来她是羌江河神之女,偷跑出来,见吴理真勤劳朴实,便许身于他。她的父亲知道后,便逼她回去。夫妻二人伤心欲绝,临别之时,姑娘将脖颈上的纱巾撒向山中,纱巾化作云雾,覆盖蒙顶山,沃育仙茗,从此蒙顶山的云雾就与茶树相生相伴,成就茶品。河神之女从蒙泉井回到仙界,吴理真也化作一尊石像。他种下的七株茶,也成了仙茶,人称"圣杨花",又叫"吉祥蕊"。后来,姑娘被后人尊作"玉叶仙子",吴理真被封为

"甘露大师",他们的故事也一代一代流传下来。陆羽眼里饱含着热泪,他被深深地打动了。

寻找野茶王那天,雾更浓,满山的树都浸在一种奶白色里,连脚下的小路也看不清,吴春告诉陆羽蒙顶山的天气多数时候都是这样,这也就是蒙顶茶胜过别的茶的原因。蒙顶山雨水也比其他地方多,但多是过山雨,说来就来,说走就走,雨过就是天晴。也不知爬了多久,陆羽出了一身汗了,终于听到吴春说:"到了,就是那儿!"顺着吴春手指的方向,陆羽看到上面不远的坡上,真有四株高大的野茶树挤在一起,枝连枝、叶覆叶的,陆羽急步跑上去观看。这四棵野茶树根部都有一人合抱那么粗,主干有一人高,然后分五六个支干,支干再分支干,到顶足有两丈来高,叶片墨绿肥厚。陆羽在心里面把这几株野茶树和巴山见到的那几株野茶树相比较,觉得好像都差不多高大。

见陆羽没显出有多惊异来,吴春接着说:"听说我的先祖吴理真栽种的七株茶树就是和这几棵茶树长一起的,先祖本来要一齐将这几株也挖去栽种,可是那天他忽然有急事,再来挖时大雾弥天,再怎么也找不到了这几株野茶了。后来他又见到这几株茶树,又来挖时仍然找不到,先祖知道他只能栽种那七棵野茶了,就不再来寻找,只是安心培护管理那七株野茶,从此蒙顶山就以茶而名满天下了。"陆羽摘了几片野茶叶子,在茶树下观察了很久。回去后他激动、兴奋地找出文槐书函,将七株仙茶和几株野茶的的情形一一记了上去。

蒙顶逃婚

吴茶开始和陆羽在一起还有些拘束,自从陆羽答应留在蒙山娶吴茶后,没过两天她就像和陆羽上山那天一样,话多得没个完,还体贴地要陆羽换下衣服给他洗了。陆羽没有多的衣服,换下褐衣就只能穿那套儒服了。当他穿了那身儒服后,吴茶惊奇地看着他,说他变了一个人,然后就嘻嘻地笑。看着这个率真的姑娘,陆羽很不是滋味儿。吴茶是个漂亮的好姑娘,他喜欢她,但他愿意永远做她的哥哥,而不是她的夫君,因为他心里装着他的季兰姐姐。

但是,不答应他就不能考校神往许久的蒙顶山茶,历尽九死一生而来,却空手而回,这是万万不行的。他将来要写的茶书,怎么能没有剑南道唯一享誉大唐的蒙顶贡茶呢?那只有先答应下来,慢慢地想办法吧,他想总会有办法的。这些天里,陆羽也教吴春吴茶外地煮茗粥的吃法,讲水温和茶的关系,讲他的"蟹眼"和"鱼眼":水需有三沸,其沸如鱼目微有声,为一沸;缘边如涌泉连珠,为二沸;腾波鼓浪为三沸。过了三沸继续煮,水太"老"就不宜饮用。他对各地茶和水的学问让吴家人大为佩服,尤其是吴茶,直为找了这么个夫君高兴。

陆羽察看蒙泉井水,发现水质很好,由此知道山上的井水不同于平原地区的井水,山上的井水和山水差别不大,用于煮茶是上好的水质。然后他又对蒙顶茶和水作了一番考究,他发现蒙顶茶芽叶嫩度高,用开水直接冲泡茶叶,会把茶叶过早烫熟,失去很多香味。在吴茶的帮助下,经过多次茶试,他总结出在用铜壶烧开水后,要让水凉一会再行冲茶。这"一会"的时间不好掌握,他就在水开后把铜壶提到地上,不紧不慢数一百下再去冲茶,这样冲泡的茶喝起来味道更为鲜美，可说是色香味俱全。吴春一家更为高兴，他们以后冲泡茶就用陆羽的方法了。这个方法经他们不断传开，附近茶农也都用这个方法来冲泡茶。

没几天皇茶园就开园了。开园那天，附近的茶农都来了，男男女女有百多人都穿了鲜丽的衣裳齐集在皇茶园。作为主事的吴春，很早就起来做准备，吃完饭，他换上新衣，准备仪式所用物品，陆羽很有兴趣地地跟着他观看。吴春说："秋茶的茶质不如春茶，所以开园仪式也就简单，由他这个皇茶园主事领着进行就行了。如果是春茶，那规模就大了，须由蒙顶山所在的名山县令亲自主持，时间选择在清明节前后的良辰吉日。参加仪式的人要沐浴焚香，朝服祷告。开园采茶者为旁边智炬寺的十二僧人，象征一年十二个月，采贡茶三百六十叶，象征一年三百六十天。接下来在官府的监督下，众人开始采茶。到时候，安排哪些人采茶、哪些人制茶，用什么锅，燃多大的火，如何揉、焙、拣，都得他亲自把关。制好的正贡茶叫黄芽，副贡茶叫石花，分别装入特制的银盒。那正贡茶装两银盒，银盒方形，高四寸二分，宽四寸。陪茶装四个菱角形银瓶，然后分别装入木箱，用黄绢封裹，再糊上白泥，盖上红印。临发京师时，县令要预测吉日，穿上官服朝长安的方向磕头，然后派官员带兵押送成都府布政使司投贡房，再昼夜兼程送往长安，供皇上享用，沿途所过的州县，都要派兵护送出境……"

陆羽听得直咋舌，这贡茶真是耗费巨大啊！他和吴茶帮吴春把仪式用的案桌、香烛纸钱和鞭炮之类背到贡茶园的石栏前，摆放好，还没歇过气，众人就来了，官府派来的两个健壮衙役也来了。此时，朝日东升，彩霞满天，层林披金，吴春带领茶农举行简单的开园仪式。他们为七棵仙茶披红挂彩，在香案上摆了腊肉、活鸡、干果之类供品。在点燃香蜡纸钱后，吴春和众人持香排成方阵，列于供案前，行上香礼，敬天敬地敬苍生。吴春神情肃穆、口里念道："惟神，默运化机，地钟和气，物产灵芽，先春特异，石乳流香，龙团佳味，贡于天下，万年无替！资尔神功，用申当祭。"其他人仰面齐喊："茶发芽，我蒙顶黄芽名扬天下！"然后，众人分别将手中的香插入香案前的地上。敬完天地神祇，立刻鞭炮齐鸣，硝烟和云雾缠绵在一起。

接下来是表演蒙顶茶技，这又让陆羽大开眼界。只见包括吴春、吴茶在内的八个男女，人人手执一把三尺左右的长嘴铜壶，围着香案上摆的茶碗，提壶把盏，翻转腾挪，滴水不漏地把水注入茶碗之中。八人随着吴春口里发出的口令变化着动作，蛟龙出海、白龙过江、乌龙摆尾、飞龙在天……只见八人时而侧身，执壶的右手高举，如托泰山，铜壶长嘴从身后伸出，让水斜冲茶碗；时而背向香案，仰头欠腰如弓形，让铜壶长嘴从脸上伸过，水从长嘴奔向茶碗；时而左手长托茶碗，右手在脑后反擎铜壶，长嘴从后脖子长伸，让水奔进茶碗，碗满水止，滴水不漏……一招一式，都让人心动神驰，眼花缭乱，令人称奇，人群爆发出一阵阵的叫好声。后来陆羽听吴茶说，这是他哥哥创立的"龙行十八式"。

"真是绝技！"陆羽忍不住赞叹，大呼过瘾。他的眼睛更多盯在吴春吴茶身上，尤其是吴茶，看不出她一个娇弱女子，竟然有这么阳刚豪放的一面，柔韧的腰身，更是妩媚动人，让陆羽顿时怦然心动。吴茶脉脉含情的目光也时不时地落在他身上。简单的仪式结束后，众人按吴春的分派，有的人园采茶，有的到吴春一家住的房子里制茶。两个衙役看到了陆羽，就问吴春这人是怎么回事,吴春说陆羽是他妹夫,他们还不信,又问吴茶。吴茶白他们一眼,生气地说:"他就是我男人,你要怎么样!"衙役们这才尴尬地走开。

  陆羽跟着吴春兄妹及分派好的人到住的地方制茶,接下来的很多天里,他随着吴春看了制贡茶的各道工序。这蒙顶山从采摘起就十分严格,正贡茶只采一嫩芽尖,副贡茶采一芽一叶(一枪一旗)初展鲜叶,余下的采制大路茶。蒙顶贡茶的制作更是严格,先将嫩叶晾在室内篾箔内摊青,挑去虫口及品相差的芽叶,待失水到一定时候就用纸包着,放到猛火烧烫的釜内杀青,到半蔫的时候出釜揉捻。嫩芽失水到什么时候杀青,杀青到什么时候出釜揉捻,那都是由吴春来掌握了。接下来是一蒸三揉,揉分粗揉、揉捻、中揉、精揉,再后是解块做形,用抖、撒、抓、压、带等十多种手法交替炒制,压扁成形,再行精细烘焙。贡茶做饼前,要先将经过烘焙的茶芽中,叶背焦黄的稍粗者,呈黯黑之色的稍嫩者全部剔除,再行摊晾后又入釜炒制揉捻压制成饼。饼成六瓣形,尖径二寸二分,中间压有二龙戏珠。至此,贡茶才算制成,只见茶饼外形紧秀多毫,翠绿油润,香醇馥郁。而大路茶则采用蒸汽杀青,用甑子蒸后烘干,再炒揉做形,做成茶饼,再经烘焙烤干而成,最后剩下的就制成散茶,那就是蒙顶山人喝的了。

  陆羽闻到贡茶的香味,嘴里不觉流出了口水,他几次想偷几棵回屋品尝下,但贡茶衙役看得特别紧,并且成茶有多少棵都是有数的。最后,还是吴春帮他偷了十多棵因品相差挑出来的成茶,那晚陆羽煎饮了后,他才第一次领略到什么是香透四肢百骸了,那种滋味让他一辈子也忘不了。晚上,他燃起松明子灯,在吴茶的相伴下,打开文槐书函,取出纸笔,记下蒙顶贡茶的制作过程,以及他自己的观察体会。写得兴起时,他还写下一首诗:

    闻道蒙茗品味佳,关山万里访仙茶。
    云雾凝出碧玉叶,烟霞笼开石髓花。
    名山名水有名贡,长教京阙问新芽。
    采制当忆吴理真,人间种茶第一家。

  吴茶没有参与采茶制茶,她每天和嫂子一起给大家做饭。白天到处跑的陆羽,只有晚上才能和她在一起。她不识字,总是主动地帮着磨墨,然后用敬佩的目光,充满爱意地看陆羽用毛笔在纸上笔走龙蛇。看到陆羽累了,就为他添茶水,拿山上产的核桃、板栗这些干果给他吃。这让陆羽很感动却又涌出愧疚,因为他无法娶她。其实,如果不是心里已装着季兰姐姐,如果不是还要完成他视为高于一切的茶事,无论从哪一方面讲,吴茶都是一个很好的女子,男人讨了她都是有福的。陆羽偷偷地将随身大部银两用一个小袋包着,放到离房子很远的一个树洞里,把小部分和文房四宝一起放在文槐书函里。一天晚上,他当着吴茶的面取出银两,拿了一块给吴茶,让她置办一些衣饰,喜得吴茶忍不住亲了他一口。第二天,陆羽发现吴春看他的目光比过去更柔和了。

  每晚夜深,吴茶都是依依不舍地离开。哥嫂在隔壁住着,她不敢有任何造次,虽说她和陆羽已明确了关系,但在没正式结婚前,女人有越轨行为也是不被家人所允许的。如果她走得迟些,吴春就会在隔壁大声地叫她回去睡,吴茶虽不愿意,却也无奈。接下来几天,陆羽感到了一种奇怪现象,他感觉不管他走到哪里,都有一双冰冷目光在注视他。那天上午,他跟在吴春的身后经过烘焙房,路过一个管揉捻茶叶的年轻汉子身边时,忽然脚下被什么东西绊了,一下摔倒在地下,逗得他人哈哈大笑。吴春问:"怎么走平路还摔跟斗?"陆羽爬起来看看身后,很奇怪,地上没什么东西呀?正惊愕,吴春回头看一眼就明白了,他朝那个汉子喝道:"王大牛,你干啥子?"那个汉子转过头,若无其事地说:"吴头,我没干啥子呀,他走路不稳,怎么怪我?"陆羽见那年轻汉子长得五官端正,眉目清秀,脸色却很冷,他突然想起来,这人正是那天开园仪式上表演"龙行十八式"给他留下深刻印象的人。吴春说:"我知道你,你少作怪!这次就算了,下次再出这种事,我不饶你!"

　　繁忙苦累的秋茶采制完工,贡茶上路,大宴一天。众人散去后,陆羽的心却越来越沉重了。一方面,陆羽认为不远千里地来蒙顶山考校茶事,完全不虚此行,他的收获比哪一处都多;另一方面,他为怎样脱身而焦虑不安起来。制完茶,吴家就要张罗他和吴茶成婚的事了。吴家怕出事提前让陆羽把儒服和银两拿出来,说是为他浆洗儒服,以便成婚时穿,银两更是结婚花销用。几天后,又看出他对文槐书函视为珍宝,也找借口让他拿出来让吴茶保管,并且对他也看得紧了。陆羽本想趁吴家人不备逃走,他对钱和衣裳无所谓,但文槐书函是他全部的心血呀,没有文槐书函,他就走不了,他焦急万分,但又不能在吴家人面前显露出来。

　　正在吴家人为他和吴茶成婚而开始忙碌时,在一个阴暗的晚上,陆羽出门小解,刚到茅厕门口,突然从里面闪出一个蒙面汉子,手持一把尖刀,一下抵在陆羽胸口,吓得陆羽魂飞魄散。他颤声问:"你——"刚说得一字,那人一把捂了他的嘴,沉声说:"别出声,那边去说话!"陆羽想他新到此地,与人无冤无仇,怕什么,也就顺从地跟着那人走。到了一处树林里,那人一把扯下蒙在脸上的黑巾,怒喝道:"说,你这哪里跑来的杂种,到这里来抢我的女人?"陆羽一听那人的声音,就知道是谁了,他反问道:"你就是王大牛?"黑暗里,王大牛把刀一晃说:"是又怎样?你赶快哪里来的回哪里去,再不走,老子杀了你,别以为老子下不了手!"陆羽轻声笑着说:"王哥,我是想回去,却走不脱呀!"

　　"放屁!"王大牛冷哼说,"你来就把吴茶勾引得昏头昏脑,魂都没了,你们都要圆房了还假巴意思,真不是好货!"

　　"王哥你听我说,我正想找你帮助我呢,也只有你能帮我!"虽然陆羽看不清他脸,但他显然一愣,说:"我帮你,我能帮你啥子?"陆羽小声地说:"王哥,你看这样好不……"

　　陆羽和吴茶成婚的事已准备得差不多了,吴春也得空去几家亲戚处告知,请他们来喝喜酒。趁哥哥没在家,喜滋滋的吴茶天没黑就到陆羽房里来,和他说笑,动作也大胆起来。陆羽灵机一动,说我们到外边转转吧。吴茶听到嫂子在旁边的屋里咳嗽,赶紧说:"好!好!好!快走!"这晚天上一弯新月,把四山照得白晃晃的,他们沿着山道,踩着自己的身影,边走边看月光下的茶畦,看远处黑黢黢的树林。有夜鸟在叫,一声儿长,一声儿短,还有什么野物,在林深处发出瘆人的长嚎。吴茶忽然说:"陆哥,我有点害怕。"陆羽说:"怕什么,有我呢。"吴茶说:"那你拉着我的手。"陆羽说:"好。"但还没等他伸出手去,吴茶已经拉住他的手了,拉得很紧。

忽然间有一种热辣辣的东西,通过对方的手传递到两人的深心,两人先产生了一丝慌乱,继而激动,跟着是感到幸福。吴茶声音颤抖地说:"陆哥,你以后要对我好哟!"陆羽说:"我当然对你好!"

"永久对我好!"

"永久对你好!"吴茶感动得娇躯微微发颤。

陆羽忽然说:"茶妹!"

"嗯?"

"今后我有什么做得不好的地方,你也要原谅我!"

吴茶想也没想就说:"好,我做得不好的地方,你也原谅我!"走到皇茶园,陆羽再次看了一遍那月光下的七株仙茶,然后说:"茶妹,天有些凉了,我们回去吧。"吴茶迟疑地说:"再转转吧,反正我哥没在家。"

"不,我觉得肚子有些痛,哎哟,现在更痛了!"

吴茶慌了说:"肯定是吸了凉气,那赶快回去我给你熬藿香水喝,我小时也是吸了凉气肚子痛,我妈就给我喝藿香水。"

"好的……"陆羽抱着肚子,咧着嘴颇痛苦的样子。回去后,陆羽就躺在床上,吴茶到菜地边去采来藿香,到灶间生火熬了水,端来喂陆羽喝下。吴茶嫂子听说陆羽病了,也来看望一次,因有吴茶侍候,见陆羽肚子痛也不是啥大病,就去侍奉老爹去了。

吴茶忙了一阵,夜深了。陆羽头上出了汗,说好多了,让吴茶回去睡,吴茶有些不愿意。陆羽说:"看你累了一天,也该歇歇了,别把身子累坏了爬不起来,过两天我们成亲怎么办?再说我肚子不痛了,也要睡一会。"这一说,吴茶才回自己的房间去睡了。也不知过了多久,陆羽的房门突然被人轻轻敲了两下,早已等急了的陆羽立刻开门闪身出来,跟在一个黑影的后面,一直来到上山的大路上。那个黑影从旁边的草丛里拿出一包东西对陆羽说:"这是你的宝贝,你快走吧!"陆羽轻声说:"王哥,谢谢你了,你转告吴茶,说我陆羽是个浪迹天涯的人,给她带不来幸福,不适合她,辜负她的一片心了,请她原谅。我祝福你和吴茶早日好合,白头偕老!吴茶是个好姑娘,你要一辈子善待她!"

原来在他和吴茶转山时,王大牛按和陆羽的约定,趁机到吴茶的屋里将陆羽的文槐书函偷了出来。王大牛瓮声说:"我晓得,你快走吧,一路走好!"陆羽又从身上摸出一块银锭,递给王大牛说:"王哥,这点钱,是我给你和吴茶成亲的贺礼,再次祝你们幸福美满!"王大牛爽快地接了银两说:"谢了!你快走吧,我得回去了,明天我到吴茶家,给他们说明一切,向他们赔礼道歉,再请求和他们做一家人。'不说了,我们就此别过!"说完,他对陆羽扬扬手,就转身向山林中走去,夜色立刻吞没了他的身影。

陆羽连忙借朦胧的月光,到他藏银子的大树处,从树洞里掏出那包银两,和文槐书函一起,背在身上,又朝身后黑森森的蒙顶山留恋地看一眼,急急慌慌跌跌撞撞地往山下走去……这一去,他就再没来过。

误入蛊窝

  陆羽连夜奔走,一路急急如漏网之鱼,惶惶如丧家之兽,终于在清晨时分赶到了蒙阳镇,来到他寄存枣红马的客店。那店老板还在梦中就被陆羽叫醒起来,一见是他,就叫道:"客官,你怎么耽误这么久,我还以为你跑了呢?"陆羽说:"我早给你讲过,我要耽搁好长时间的,你怕什么,我按天付你钱就是!"当下就按原先的约定算了账,付过银子,去后院牵出枣红马来,见枣红马这些天养得膘肥体壮,心里高兴。那枣红马见了他,连连直打响鼻。陆羽骑上去就要走,店主问:"客官,你不吃些儿东西?"陆羽抬头看天才蒙蒙亮,就说:"不吃了,路上去吃,我还忙赶回去还马,不过口倒是渴了,想喝点水。"提到水,他忽然想起他的牛皮水袋忘带走了,想也好就留给吴茶作个纪念吧。他让店主给他弄点水来,店主用葫芦瓜瓢给他舀来半瓢水,他一口就喝干了,然后对店主扬扬手,催开枣红马直往成都府跑去。

  天放亮时,陆羽惊奇地看到,官道两边的一望无际的水稻田,来时谷穗还正灌浆,现在竟然已经成熟,沉甸甸的穗头低垂着,金黄一片。陆羽恍然知觉,他在蒙山已过一个多月了。看着满地的稻谷在微风中翻波涌浪,十分壮观,他诗兴涌来,想做几句诗,但片刻他改变主意了,因为他一下想到了吴茶。他想她此时怎样了,她一定已经得知他走了,定然痛不欲生,一定大骂他是忘恩负义的东西,或许,她可能一病在床,不吃不喝,要死要活的,吴春也在为她难受。那个王大牛去吴家了吗?他能把吴茶说动心吗?吴茶会回心转意嫁给王大牛吗?这些,他不得而知了,他的心情越来越沉重,他想不到无意间又伤害了一个美好而又多情的姑娘!从心底里,他是眷恋那座山,那个好姑娘的,但他又不能不走!他只能在心的深处,永远记住蒙顶山,记住吴茶!

  陆羽用了两天时间顺利地回到成都府,因为沿途人烟稠密,吃饭喝水全不成问题。一路上,他都在想吴茶。在成都府还过马,结清了账,本来他还想去附近有名的青城山走一趟,但是因为想着吴茶,他变得没心情了。于是,在歇了一宿后,他买了一套褐衣和干粮,和文槐书函一起背在身上,往朝南的方向上路了。这是早在竟陵就谋划好了的路,从这里南下走几百里到峡州,去那里访峡州明月茶,再往东去房州(鄂西)访仙人掌茶,然后就回竟陵整理书稿了。整个路程正好像一个圆圈。

  陆羽一路晓行夜宿,出成都府南下依然是平阳大坝,官道很宽也很好走,比起成都府周围,许是气温要高一些。这里和竟陵一样,一年种两季庄稼。水稻已经收割,田里立着一个个稻草捆,就像站着一个个小人。田野变得空旷了,田里地里都有许多戴着草帽的农人在忙碌,一些勤快的农人吆牛耕犁为播种小麦做准备。天上有鸟叫声,地上是吆喝牛声和人的说笑声,构成了一幅繁忙的农耕图。陆羽一路看去,竟有些陶醉了,想每个人来到世间,都有自己该忙的事,他也得快点赶去峡州才行。

  几天后,吴茶的事在他的心里才渐渐变淡了。前方地势渐渐突起成丘陵,波浪一般涌向天边,不过道路仍然好走。再走下去,山变得越来越高大了,人烟也逐渐稀少起来。这天下午,陆羽走得热渴,路上又没有水,干粮也没法吃,正焦急时,忽见前面山弯处,出现一户人家。茂林修竹簇拥着一栋青房瓦舍,还隐约有狗叫声传过来,看模样应是一户富裕人家。陆羽大喜过望,急步赶上前去,那院门就紧靠路边,陆羽去叩门。院子里的狗狂吠起来,就听吱呀一声屋门响过,有人来到院里喝住狗,跟着院门哐啷一声也打开了,一个戴着凉帽的胖老头露出脸来,看到陆羽,先是一惊,继而眼睛一亮。陆羽急忙拱手作礼说:"老丈,我是赶路的行人,走得又渴又累,想求一点水。"胖老头捻着山羊胡须,一脸是笑说:"请进!"陆羽感激地说:"谢过老丈了!"

陆羽进了院子,拴在院角的狗又凶凶地叫起来,把脖子上的铁链拖得哗哗的。老头喝住狗,把陆羽往屋里让。陆羽看胖老头衣着光鲜,房子也修得高大,堂屋大门的门枋足有两寸厚一尺高。进了堂屋,胖老头让陆羽在一把木椅上坐了,然后对陆羽说:"老夫拙姓田,名伯成,你就叫我田伯吧,客官贵姓呀?"陆羽忙说:"田伯,我姓陆名羽,字鸿渐,给田伯添烦了。"

田伯成说:"原来是陆公子,别说那些添烦的话。我见你说话举止文雅,想必陆公子一定是读书人吧?"陆羽说:"惭愧,陆羽只读过几年书,无缘科举,成了浪迹天涯之人。"田伯成笑道:"陆公子自谦了,老夫眼力果然不差。"又对着里屋大声说:"夫人,赶快出来见客!"应声便见侧边的门帘一挑,一个四十来岁的女仆扶着一个凸额凹眼,尖嘴尖腮的老太婆走了出来,见了陆羽便挤出一丝笑。胖老头介绍说:"这是老夫的内人杨氏。"陆羽连忙站起来参见行礼说:"夫人,打扰了!"老太婆皮笑肉不笑地点点头。

胖老头问:"还有茶汤没有?"老太婆说:"茶汤不是让你喝完了吗?"

"那——"田伯成迟疑一下说,"让邱妈去烧吧。"那个女仆转身要走,陆羽忙说:"我喝点冷水就行了,喝冷水凉快。"田伯成就朝女仆一挥手说:"去舀点水来。"又对杨氏挤挤眼,杨氏就随女仆一起进去了。田伯成过意不去地对陆羽说:"陆公子,委屈你喝冷水了。"陆羽说:"冷水正好解渴。"

女仆用葫芦瓢舀了水出来,陆羽接过来就喝,他真渴了,半瓢水一气喝完。杨氏在侧门口扶着门框,见陆羽喝光了水,就抿着嘴朝胖老头笑,田伯成也对她报以微笑。喝完水,陆羽长出一口气说:"谢谢田伯,小生就此别过!"说着向田伯成长揖一礼就朝门口走。田伯成连忙叫住他说:"陆公子请留步,请问你是要到哪方去?"陆羽说:"我朝峡州方向走。"

田伯成说:"陆公子你看这样可好,你前去的地方几十里没有人烟,还得过一座高山,那山上虎狼成群,眼看天不早了,你干脆就在我这里歇脚,住一晚上,明晨再走好不好?"陆羽听说前去几十里没有人烟,看看天,也的确不早了,便迟疑起来。田伯成又说:"你在我这里歇,明天起早,下午就能走到有人家的地方,你就不至于忍饥挨饿了,这样多好!"杨氏也说:"你就留下住一晚,明早再走。"陆羽想想也好,就再对田伯成长揖一礼说:"那就叨扰了。"田伯成一挥手说:"别客气,谁都有个出门遇难的时候,快把包裹放下来,我就叫下人做饭。"

陆羽放了包裹,和田伯成一左一右坐在堂屋两把靠椅上闲话。田伯成细细地问了陆羽的情况,听说他是孤儿,无父无母,就不住点头说好。陆羽有些奇怪,无父无母有什么好?田伯成忽也意识到自己的失态,连忙说:"陆公子断文识字,一心茶道,实是人中之杰。老夫唯有一女，年方二九，自小视如掌上明珠，也请先生教了她不少诗书，琴棋书画也会了一些，我把她叫出来与公子相识。"当下就大声朝里屋喊："玉仙，你出来见见陆公子！"

"哎！"里边屋里有个女声脆脆地应了，立即一个小婢女挑起门帘，一个盛装女子在婢女的挽扶下盈盈地走了出来。她低着头，身穿鲜艳的长裙绸衣，头戴翡翠珠宝，袅袅婷婷地对陆羽半屈身道了个万福，然后抬起头来，朝陆羽嫣然一笑。

出于礼节，陆羽连忙站起答礼，说陆羽见过小姐。但是，就在女子抬头对他笑的那一瞬间，他突然像被什么东西击中了一般，有些把持不住了。这个叫玉仙的女子长得特别美，美得像天仙一样，桃形脸，柳眉凤眼，细柳腰，可说是增一分就多余，减一分就不足。最特别的是她的神态，她的笑里，不，是她的眼睛里有一种十分迷人的东西，一种特别的魔力，这东西直往心里钻，一直钻到他的骨髓深处。一时，陆羽竟痴住了，玉仙小姐早已回屋，田伯成跟他搭话，他才醒悟过来。

晚饭很丰盛，女眷们都在里屋吃，堂屋只是田伯成和陆羽。田伯成拿出酒来和陆羽推杯换盏地喝着，听得出里屋叽叽咕咕说笑声不断传出来，好像是在开玉仙小姐的玩笑，但却没有听到玉仙小姐的声音。那夜，陆羽睡在客房里，感到浑身十分地躁热，按理，走了一天路，很是疲惫，再加喝了酒，应该很快就睡着的，但总觉得心里扎了什么东西难受，那玉仙小姐迷人的笑总在他面前晃动，挠得他心神不宁，直到下半夜才迷糊睡去。

次早鸡叫三遍天亮，他就醒过来，仍感到身体有些不适，但他还是爬起来，收拾好东西，去向田伯成告辞。刚起床的田伯成并不挽留，只是陆羽拿出银两要给房钱饭钱时，他坚决不收，说趁凉快早点上路也好。陆羽万分感谢地走出门时，他说了一句："如果你在路上发了甚么病，你要赶紧返回来！"

陆羽在路上边走边想，田伯成为什么说这句话呢，难道这里面有什么蹊跷不成？他又想起玉仙小姐那迷人的笑，就觉得这家人似乎有什么不对劲，但又想不出什么来。他在山间影影绰绰的土路上疾走，清晨的风吹着还有些冷。陆羽想走快一点，走热了就不冷了，可他并没有走多远的路，陆羽的肚子陡然痛起来，那种痛不是他以前经历过的痛，而是有什么东西在噬咬五脏六腑、扯动四肢百骸的痛，陆羽霎时浑身汗水直淌，忍不住大声呻唤起来，坐倒在路边一块石头上站不起来了。

痛过一阵，似乎要好些了，天大亮了，陆羽站起来想走，却立刻又痛起来了，并且比刚才那阵更厉害，陆羽恨不得死去才好。在剧痛中，他又想起田伯成的话，就想：肯定是这家人做了什么手脚，不然，平日无病无痛的他，怎么会突然有了大病？趁疼痛减轻了些，他就往回走，要去问田伯成，他们做了什么手脚，我与他们无冤无仇，为什么要这样害我？奇怪的是，他往回走时，肚子就不痛了。

死里逃生

田伯成一家似乎对陆羽的返回并不奇怪，那田伯成坐在堂屋的高背椅上，端着一碗茶汤,捋着山羊胡,有滋有味地品咂着,专等着陆羽的返回。当陆羽捂着肚子出现在院门口时,田伯成视若无睹,依然不动声色地坐着。陆羽径直来到田伯成面前,指着他说:"田伯,我果然病了,肚子痛死人,你们为什么早就知道,是不是使了什么鬼?"

田伯成指着另一把高背椅说:"你先坐下,听我给你说,年轻人,不要冲动嘛。我告诉你,你被我们放了蚂蟥蛊了,如果你不回来服解药,不出一月,你的五脏六腑就要被蚂蟥吃空,然后吃成一个光骨头架子……"陆羽正要往椅子上坐,一听这话,如遭雷击,一下僵在那里。放蛊的事,他在竟陵时听人说过,知道是非常可怕的事,谁遇到这种事,谁的一生就毁了。不过那是只有偏僻荒远的地方才有此事,他也就作为稀奇故事来听。而现在,这可怕的事却落到他身上了。半晌,他才怒对田伯成说:"我与你们一家素昧平生,无冤无仇,你们为什么要这样害我?"话没说完,禁不住流下两串热泪。

田伯成微笑着说:"这就是缘分!年轻人。我的女儿玉仙,你看见的,知书达礼,长得花容月貌,已到了婚嫁的年龄,可她要找一个文采不凡、相貌出众的郎官。我们家虽然富有,想和我家结亲的人不少,可要有读过书的男子就难了,可说是方圆几百里找不出来,我女儿也不愿将就,现在你来了,正符合我女儿的条件,老家又无父母牵挂,女儿对你也很满意,这不是缘分是什么?不过我们知道要留住你是很难的,只得用此下策来挽留你了。按理说,我们这地方虽然世代传有养蛊的习俗,但一般是不用蛊害人的,但这次,为了我女儿的幸福,我们也不能不用了!"田伯成边讲边拿眼睛看陆羽。陆羽呆在那里,做声不得,好久才喃喃地说:"我如果不答应呢?"

"不答应我们就不给你解药!"田伯成说得很干脆。

"不给解药又怎样呢?"

"不给解药,在你肚子里的小蚂蟥就会长大,成为大蚂蟥,然后变成两条、三条、四条、五条……逐渐成为千千万万,吃你的五脏六腑,让你死去活来,最后蚂蟥把你的肉全部吃光,剩一副骨头架!"陆羽傻了般站着,两眼空洞无光地望着大门外的青山。

田伯成呷口茶汤说:"年轻人,你就答应做我的女婿吧。莫非我女儿差了,配不上你?我们家穷了,少吃少穿?告诉你,我女儿何等样人,你能和我女儿结亲,那是你的福分。你答应了,我们今天就给你们办喜事,家里什么都是准备齐全的,怎么样?"陆羽没有回答。

"当然,不答应,你可以立刻走!"田伯成淡淡地说。半晌,陆羽才说:"我答应……"话没说完,眼泪又流下来了。田伯成的胖脸笑了说:"这才对啊,识时务者为俊杰!夫人,你快出来……"

当天,田家为女儿玉仙和陆羽办了婚宴,附近的很多山民都携礼物来吃喜酒,披红挂绿的陆羽,强装笑容到每桌敬酒,他发现那些山民看他的眼神总是怪怪的。喜宴前,田伯成给陆羽服了第一枚解药,那是一颗像红豆一样的颜色和大小的丸子,田伯成说:"这解药只能管一天,以后每天都要服。"

入夜,他和玉仙双双被送入洞房,侍女们为他们铺好床,备好茶汤后就离开了。在新房左右两根铁架上几只燃烧的红烛光映照下,玉仙显得更加美丽,如荷花带露,桃花映霞。她卸去了满头的珠翠首饰，用一块白丝巾笼了头发，用瓷杯倒了半盏茶，对饮酒过量而伏在几案上的陆羽说："陆郎，请喝点茶汤醒酒。"陆羽没有回答，似乎是醉得厉害了，不醒人事。其实陆羽是佯醉，以此想疏远玉仙小姐。玉仙小姐笑了一下，一手抬起陆羽的头，一手将茶汤给他送到嘴边，陆羽不觉就将茶汤喝了下去。那茶汤在他心里掀起一种说不出的波浪般的反应，又似乎是一块冰，让他打了两个寒噤。这下他不能再装醉了，就睁开眼睛看着玉仙说："谢谢小姐！"玉仙看着他一笑说："你是我的夫君，谢什么？陆郎，我知道你心里在想什么，你怎么对我不动心？是我长得不美吗？是我不娇媚吗？你看着我！"

陆羽仰头看玉仙，就在他们双眼对视的时候，陆羽的心里又一震，玉仙眼里的那种魔力顿时使他失去理智，他胸腹间不由心驰神荡，热血一下汹涌澎湃起来。陆羽说："你很美，美得惊人，也很诱人！"玉仙一笑，轻轻地说："陆郎，那我们上床吧！让我给你宽衣。"说着伸出白嫩的纤手，为陆羽解衣扣。她吐气如兰，带着香味的气让陆羽迷醉。陆羽呆傻地由着她，整个人像根木头，当她把陆羽脱完时，一口吹灭了烛火，在黑暗中牵了他的手说："陆郎跟我来！"陆羽便和她拥向床去……

接下来的日子，陆羽都过得昏昏浊浊、迷迷糊糊的，以前的事情都被他忘记了，包括他矢志不渝、苦苦追求的茶事。他每天也不做什么事，除了吃一颗解药就是吃饭，再就是晚上与玉仙小姐行云布雨。他过得似乎很幸福，又似乎没有幸福可言，倒是田伯成两口子喜笑颜开，快乐无极的样子。有一点却是让陆羽不解，就是玉仙睡觉时总是用一块白丝巾笼着头发，陆羽问她，她说是为了保护头发，昏昏沉沉的陆羽也就没多问。

转眼几个月过去了，冬去春来，大地回暖，百花盛开，万物在不知不觉中发生着变化。而陆羽感到变化最大的，是他的身体。先是田家没有给他吃那红豆般的解药了，而是给他吃了一副草药，对他说他身上的蛊已经去除了。果然他的肚子没有再痛，意识也像回到了他的身上，他记起了以前的事情，更想起了他未竟的大业——茶事，于是他的心底又涌起逃离这儿的念头。

岂知更大的打击接踵而至，他的身体又出现新的变故，脖子上长了几颗红斑，他和田家人一说，原来对他笑脸相迎的田家人突然对他变脸，和他同床共枕几个月的玉仙小姐更是把他赶出了新房，让他到正房后边的一间柴房里去住。田伯成明确告诉他："他现在已经成了麻风病人了！"并且不准他到他们住的家里去，每天的吃食都由仆人送到柴房来，从窗子里递给他。

住到柴房没几天，他身上的红斑就越来越多，并且瘙痒难耐，他忍不住乱抓乱搔，皮肤抓破了流出黄水，而后他的眉毛头发开始脱落——这真是田家人说的麻风病？这种病陆羽原来也听说过，是相当可怕的病，得了这种病就是死路一条，而且死后还要挖个坑，先放了干石灰，再把尸体丢进去，然后泼水，让干石灰发水后产生的高热，把整个尸体及尸体上的病毒一齐消灭。知道自己得上这种病，陆羽彻底绝望了。但是，他不解为什么他好端端的一个人会得这种病？

直到有一天，他向给他送饭的那个中年女仆问起，中年女仆很同情他的遭遇，前后左右看看无人,才把事情的原委告诉了他,陆羽这才大梦初醒。原来从他踏入田伯成家起,他就跳进陷阱里了。这里的漂亮女子,十有八九都潜伏着麻风病,而且越是漂亮的女子,就越潜伏有这种病。当她们长大成人后,就要用各种手段,找一个远方来的不知底细的人,通过男女交合,传染给他人后,她本人就没事了。然后等那个人死了后,女子再嫁与另外的人。如果不能传给别人,那个女子的恶疾就要发作而死。玉仙就是一个有这种恶疾的女子,她的病已经开始显露,头上已出现红斑,头发开始脱落(陆羽一下想起她用白丝巾笼着头发睡觉)。田伯成老两口早就要找一个男人来,却总是找不到,急得如坐针毡,正好陆羽来了,他们就采取放蛊来逼迫陆羽就范。放蛊的事,这里的人家大多都会,蛊也五花八门,蛇蛊、金蚕蛊、篾片蛊、石头蛊、泥鳅蛊、虫蛊、疳蛊、肿蛊、癫蛊、阴蛇蛊、生蛇蛊,很多很多。田家学的是蚂蟥蛊,其实他们的手艺并没到家,比较容易解。不过他们就用这办法,让陆羽一步步就范。陆羽来那天,蛊毒就是通过喝水进入陆羽体内的。现在,玉仙小姐把恶疾传给陆羽,她自己就好了。他们一家,就等陆羽早日死后,玉仙小姐好另嫁他人。

女仆讲过这些内情,还嘱咐陆羽不要给别人说她讲过。陆羽答应后,悲怆地问她:"我该怎么办?"女仆说她也不知道,得了这种病,就是扁鹊、华佗再世,也是无能为力的,跟着感叹说:"这就是命,认命吧!"

离死不远了,陆羽反而变得平静了些,他回忆二十多年的生命历程,如果不是遇到那么多好人,他也许早死了。现在死了,最大的憾事就是茶事还没考校完,茶书还没写出来,苍天太无情了啊!他想起智积师父、智远师兄、季兰姐姐、婉娘、李齐物、崔国辅、邹夫子,还有李复,甚至还有施家班独眼班主和他的娘子……陆羽流着泪,在心里长叹一声说:陆羽辜负你们的期望了。

像囚犯一样被关在暗黑的柴房里的陆羽,头发眉毛开始干涩脱落,身上全都溃烂了,体无完肤。他身上的恶臭四处飘荡,田家干脆把柴门也锁了,柴屋变得黑洞洞的,全靠那个一人高的木盆大的方形窗子照进来一团白光,才使柴屋不致白日如同黑夜。田家给他送的饭食也越来越简陋粗糙,传递着希望他早死的信息。

那天下午,陆羽吃过给他送来的饭,靠在稻草上搔痒。屋外下起了大雨,雨点打得四处一片声响。突然唰啦一声,从屋梁上发出一声异响,陆羽抬眼往上瞧去,顿时吓得魂飞魄散。只见屋梁的那一头,吊着一条七八尺长,像孩子胳膊一样粗的大黑蛇。它的尾巴卷在梁上,头部垂下来,又红又长的蛇信子不住吞吞吐吐,似在寻找什么。陆羽开头害怕,继而想反正是要死之人,就让蛇吃了吧。他静静地看着蛇的动作,只见蛇用头拨开一个柴捆,就见下面有一个大土缸,还盖着木盖子。蛇又用头把木盖子掀掉了,头就伸到缸里专心喝着什么。过了一会,那蛇喝得肚滚腹圆,想要往上缩回去,却怎么也缩不回去了,身子僵硬得像木棒,挣扎半天,咚的一声整个掉进了缸里。在里面哗哗地搅动翻腾好久,最后没动静了。

陆羽动了好奇心,就慢慢走过去看,却闻到了一股浓浓的酒味,到了缸边一看,原来这是田家人不知何时放在这里的酒,那黑蛇已经死在了缸底。陆羽忽然想,与其这样活着还不如早点死了好,也让玉仙小姐好早点嫁人。这蛇毒或许可以代替毒酒,我何不喝酒死掉算了。

酒能醉人，喝醉了在不知不觉中死去，也少好多痛苦。他捧起缸里的酒喝起来，一直喝得肚子饱胀，头脑昏晕才趔趔趄趄地回到稻草上倒下，迷迷糊糊地睡了过去。

也不知过了多久，陆羽酒醒过来，发现自己没有死，不但没有死，心里反而清醒了，身子也舒服了许多，奇痒也没那么厉害。陆羽心有所动，他又来到酒缸边，又喝了许多酒，又用酒洗了身。很奇怪，用酒洗过身后，奇痒就止住了，陆羽感到无比舒适。第二天，陆羽身上的溃烂处全结了痂，也不再奇痒了，陆羽欣喜若狂。

那天，他一脸痛苦地对送饭的女仆说："他马上就要死了，让仆人把他的包裹拿给他，那里面有纸笔，他要写一封遗书。"女仆很快把包裹拿来了，对他说：老爷念他对田家的帮助，让他一路走好，他们会把遗书送出去的。女仆走后，陆羽检查了包裹，文槐书函依然在，他的心血，记下茶事的字纸完好无损，并且，他压在纸下面的几块银两也还在。看来田伯成只把他放在包裹里的银两搜走了，却没发现放在文槐书函里的银两。田伯成不识字，他可能打开文槐书函时，看只是些笔墨纸砚就丢开了。陆羽赶紧又将文槐书函放好，压在稻草下，然后又去喝酒、洗身。

信心和激情又回到了陆羽身上，他的周身又鼓荡起万丈豪情。他知道他已经在这里耽误了太多的时间，他要赶快去完成自己访茶和著书的大业，一想到还有很多很多的事等着他去干，他的心就飞起来了。女仆送来饭时，还关心地问他遗书写好没有，陆羽回说还没写，正在想，写好他会放在睡的稻草旁边，女仆也就不问了。

转眼十来天过去，陆羽的恶疾好像消失了。他遍身的脓血已结痂脱落，新的皮肤润泽如玉，鬈曲干燥的头发，也变得黑油油的，掉落的头发眉毛，也长出来了，干裂积垢的手足，变得红润如初。在黑黑的柴房里，陆羽思虑着脱逃的办法，最后，他看了看窗子，又将目光停留在柴捆上……

那晚，如水的月光把满世界照得一片银白。半夜时分，山里都静寂了，陆羽背上他的包裹，搬了两个柴捆堆在窗子下，然后爬上柴捆，钻出窗子，不一会儿就神不知鬼不觉地消失在大山深处。

第二天，当女仆来送饭时，叫了好多声也没人答应，是不是人已经死了？她凑到窗子上看，却又没看到里面有陆羽的尸体，她连忙回去告诉东家。田伯成和杨氏来了，打开了柴房门，发现稻草上什么也没有，看柴屋也没有人，然后就看见了窗子下那两捆柴，之后又看到了泡着黑蛇的那缸酒，还看到了那条蛇头顶上长着一对触角，田伯成吃惊地说："这不是传说在山里住了一千多年的蛇王乌凤蛇吗……"

第六章 情 殇

安史乱起,投奔皎然,无意中相遇已改名李冶的李季兰。湖州精心培育名茶顾渚紫笋,乔迁之喜却悄然离去。

安史之乱

天宝十四年(755)深秋的一个下午,陆羽风尘仆仆地回到了竟陵,从出行算起已是一年半了,这差不多与世隔绝的生活让他对竟陵感到陌生了。竟陵已经物是人非,崔国辅太守在他访茶出行不久就奉调进京。新来的太守是个花钱捐贡的官,一副五大三粗的样子,没有多少文化,他唯一专心致志要做的事就是捞钱,要把自己买官花去的银子在任上变本加厉地捞回来。他一上任,就把前任留下的人大部分都开除了,换上了向自己纳了钱买缺的人。陆羽到府衙去,看到几乎全是不认识的人,那个太守只看了陆羽一眼就把他轰走了。

只有府衙一个守门的老头认识陆羽,从他嘴里知道了崔国辅的事后,陆羽在心里流泪,想不到出行一年多就与恩人成为永诀,本来他还想为峰牛和白灰驴的事向恩师谢罪。老头还交给他几个月前来的一封信,陆羽有些奇怪,拆开看了才知道是李复写来的。问陆羽现在的情况,还说他已经通过了省试,在家里等着有合适的职位放官,并说父亲李齐物身体大不如前,常常想起陆羽。不过陆羽从信里看出李复对国事似乎有什么隐忧,但他没明说。这封信让陆羽激动了好一阵,他为李复高兴,他把衣袋里的开元通宝钱全给了老头,表示感谢,然后将信小心地放入了文槐书函。

失去了落脚地方的陆羽,想起了龙盖寺。龙盖寺还是那样香火旺盛,智宏已经圆寂了,智远做了维那,精气神很足的样子。智积师父已经明显老了,脸更加清癯,雪白的长眉下两只眼睛少了许多神采,不过心境似乎变得更恬然了。看到陆羽,他们都很高兴。陆羽向智积师父献上他带回的峡州石涧明月和鄂西仙人掌茶。智积将茶放在鼻孔下嗅了嗅,神情凝重地说:"天地灵物啊!茶味如禅,陆羽,你再给我煮一碗渐儿茶吧,我不知还能吃得到你的渐儿茶几次。"陆羽动情地说:"师父,我这几天就天天给你煮渐儿茶喝,我还用在外面学的煮茶法煮茶,让你们尝尝别种茶味。"智积和智远就问起他此行访茶的情况,陆羽没有多讲,只是说吃了些苦,也考校了重要地方的茶事,下一步,他就计划动手写一部茶书。智积看着陆羽的目光满是嘉许,说道:"疵儿,那就快干吧,趁年轻,抓紧做事,人生苦短啊!"

那天,智远用斋饭为陆羽接风,陆羽发觉,智远成熟多了,他现在的一言一行真是无可挑剔,只不过他已不是那个率性可爱的智远了。陆羽在龙盖寺住了几天,便觉得这里不是写书的地方,人来人往不绝,他实在静不下心来写茶书。于是他和智远说要到外面另寻去处。智远给他推荐了个去处,城外三十里处的东岗,远离尘嚣,环境清幽,紧邻官道,交通便利。陆羽去看后觉得甚好,于是就用剩下的银钱,请了几个附近的农夫在那里搭了三间草房,辞别了智积师父和智远,到那里居住下来,还给自己取了个颇为雅致的号:东岗子。陆羽想终于可以一心一意写茶书了,当他把考校记事翻出来清点的时候,忽然觉得凭考校几处的情况就要写成全国的茶记,还远远不够。就想着先写个纲目出来再说,纲目还没草成就听到晴天一声霹雳:安禄山在范阳起兵谋反,天下大乱了!

消息震动了大唐上下,玄宗皇帝和一干臣子慌忙调兵遣将应对,大唐王朝笼罩在一片惊惶不安之中。陆羽开始并没太在意,想大唐那么多兵马,还收拾不了个安禄山不成?可后来的消息越来越不妙。东都洛阳失守,玄宗皇帝盛怒之下杀了负责防守洛阳的安西节度使封常清和右金吾大将军高仙芝,派哥舒翰镇守潼关。接着,潼关也失守了……

这个冬天冷得邪乎,可黎民百姓的心更冷。眼看就是年关,可没有一个人去想过年的事,年就在不知不觉中过去了。就在过年后没几天,安禄山就在洛阳登基做了皇帝。没几个月,他的军队就打到了京城长安。随着刮风般的消息传来,汉江边的官道上,无数难民络绎不绝地涌来了,男女老少,拖家带口,一路哭哭啼啼,悲声震天。难民们先顺着官道走,后来因为人多,只要有路的地方他们都走,陆羽的草庐旁也来了许多难民。这些难民向陆羽和附近的农人讲述身兼范阳、平卢、河东三节度使的安禄山看到大唐内部空虚腐败,纠合了同罗、奚、契丹、室韦、突厥几个民族计十五万人,以奉密诏讨伐杨国忠为借口,向长安杀来。承平日久的大唐朝,已是兵不知战,所过二十四州县望风披靡。一开始,玄宗天子还派兵抵抗,见大势不好,他就带着一帮臣子仓皇往剑南蜀地跑了。难民们绘声绘色地讲着安禄山军队的残暴,说他的军队过后,再富庶的地方都要变成一片焦土,鸡犬不留,千里无人烟。他们见人就杀,见房就烧,抓到青壮的男子就编入部伍,稍不愿意,一刀就砍了。陆羽和农人们听得毛骨悚然,他心里也惶急起来,知道他已经没办法做隐士写茶书了。

下午,他背了着文槐书函,关上柴门,急急地到了龙盖寺找到智积师父和智远,商量共同逃难的事。到了龙盖寺,就看见寺里寺外歇着许多逃难的人,寺院支起锅灶,煮了稀粥,供难民糊口。原来佛门也不清静了!进了禅房,就见智远正坐在智积师父房里,似乎在说什么事。陆羽对师父行过礼,就把难民对他讲的告诉了两人,智积禅师双手合十,长叹一声说:"在劫难逃啊,黎民受苦了!阿弥陀佛!"智远问道:"师父,我们是不是……也躲一躲?"智积横了他一眼,面带冷色说:"出家之人,许身佛祖,生生死死,与佛祖同在!"智远脸一红说:"师父,可这么多人在这儿,虽说是吃稀粥,寺里的粮也支持不了多久啊,这样下去终不是办法。"

智积说:"我佛慈悲,普度众生,众生度我!"

智远已经知道师父的心意了,就对陆羽说:"陆羽,我知道你来是要我们逃难的,我和师父是不会离开龙盖寺半步了,你是俗人,不要和我们耗在一起,你去躲一躲吧。"陆羽说:"你们不走,我也不走,我和你们在一起!"智积禅师长眉一扬说:"季疵,此言差矣!我们是方外之人,与世无争,就是安胡儿来也奈何不了我们。你是身有重负的人,一定要把茶经写出来,也不枉然来世间一遭。我看你虽说访了几个地方的茶,但要写出大唐的茶事,是远远不够的,你还得多走几个产茶的地方,才把茶事写得好。去吧,乱世苦人,乱世也是能成就人的!"

听完师父的话,陆羽的心里涌起一阵暖流。他含泪拜别了师父和智远,临走前智远又给了他一些开元通宝散钱。傍晚,他回到东岗时,发现自己的茅屋不见了,只剩了四堵矮墙在那里,旁边有几堆茅草烧过的黑灰。原来是下午新来的一群难民,见这两间草屋没人,以为也逃难去了,就破门而入,看到里面有吃的,还有不少茶饼,锅碗也现成,只是没有柴禾,便拆了房顶上的干茅草生火做饭,把陆羽房里能吃的东西全吃了,锅碗瓢盆全拿走了,房顶的草也烧完了。

陆羽欲哭无泪,幸好身上还有智远给的一些铜钱,文槐书函也还在身上,不然他真是一无所有了。他百感交集,在灰堆中找出一截未燃尽的木棍,用变成黑炭的那一头,去那用石灰粉过的一段墙上写下:

> 欲悲天失纲,胡尘蔽上苍;
> 欲悲地失常,烽烟纵虎狼;
> 欲悲民失所,被驱若牛羊;
> 悲盈五湖山失色,梦魂和泪绕西江!

汉江一如既往地浩浩荡荡。夏天到了,往年江边的官道两边,农田早是青绿一片,碧波涌动,而今却是田园荒芜,长满了青草。官道上一拨又一拨的逃难人群,也如不尽的江水,滚滚而来,难民们扶老携幼,风尘仆仆,顺汉江往东朝鄂州方向流去。陆羽就被这支队伍裹挟着,和难民一起,沿途过着乞讨般的生活,向路边的农家讨点剩饭剩菜充饥。路边的很多人家,在给了他们的吃食后,也收拾东西加入了逃难的队伍,队伍越来越庞大。也不知走了多少天,好不容易到了鄂州,都说过了江就安全了。大伙儿都挤着上船,船小人多,翻了一船人,死了十多个。

瘦削单薄的陆羽,哪敢和别人去挤船,他只得徘徊在岸边,望着汉水与长江的交汇处发呆。天黑下来,他在渡口旁一个破屋里,和许多难民挤在一起过夜。长夜漫漫,听着旁边孩子哭女人叫,他心里不由悲从中来,便微闭着眼。好不容易捱到天亮,陆羽又来到渡口,仍然找不到船。不觉日头当顶,肚子饿得咕咕直叫,他正想到哪里去寻点吃食,忽然听身后有人说:"这不是陆鸿渐吗?你怎么在这里?"陆羽转身一看,不由得喜出望外,叫道:"逸人兄,别来无恙!你怎么也在这里?"朱放别号逸人,只见他头戴白粗布方巾,穿一身麻布短褐,脚登笋壳鞋,一副山人打扮。

四手相握,朱放抖动嘴边的短须,朗朗笑道:"我先问你,你回答我,怎么把自己搞得蓬头垢面的?"陆羽只得长叹口气,把自己这两年访茶的事大略讲过。当然隐去了那些苦楚,又将回竟陵后的事和到这里的经过讲了,然后才问起朱放何故也在这里。两人虽然在火门山同学时有一些龃龉,但经过这几年的人世变换,都知道那不过是少年时意气用事,回忆起来,竟感到那是一种别样亲密。

"我吧,就比你幸运多了!"朱放讲他回家后,继续准备科考,但一考不中就让他失了信心。正逢家乡水旱相继,民不聊生,就来到江南,巧遇谢清昼和皇甫冉、皇甫曾昆仲。在他们的帮助下,在剡溪边结庐而居,寄情山水,身在世外,倒也自在。这次他到鄂州来访问刘长卿,才知道安禄山反叛之事。一听到谢清昼,陆羽急忙问:"那个疯疯癫癫的谢清昼,如今在何处?"

"他呀,似乎四处云游倦了,前不久已经长住湖州杼山妙喜寺。不过他可不吃斋念佛,而是钻研佛书和吟联作诗,和湖州白苹诗会的女诗人李冶等一帮文朋诗友,互相唱和应酬,过着半僧半儒的逍遥自在生活!哦——他还让我看见你时告诉你,让你去湖州找他,他忘不了你这个拗脾气的朋友呢!"朱放告诉他。

骤然听到了谢清昼的消息,陆羽很高兴,又听到李冶这个名字,他的心更是无端涌起一种激动。陆羽记住了湖州杼山妙喜寺,又问起皇甫昆仲之事,他读过他们的诗,却没见过人。朱放介绍说:"这皇甫昆仲都是了不得的人,皇甫冉十岁属文,被张九龄称为清才,十分器重。皇甫曾出于王维之门,也是才华出众,将堂哥和自己比作张氏景阳、孟阳云。兄弟两人都在天宝年间进士及第,不过在做了一阵官后,看淡官场,弃官不做,现在寓居阳羡山中,耕山钓湖,十分快活。"陆羽又问:"你几时和文房(刘长卿,字文房)先生认识上了,他也在这里?"

"我是到汉阳拜访我一个远房亲戚李中丞时,不想在李中丞家和文房先生碰上了,还有灵澈上人,原来他们本是熟朋友,早有来往的。那文房先生是开元二十一年(733)的进士,年近半百,因为恃才傲物,数忤权贵,仕途一直不得意。我那亲戚李中丞是个归隐将军,老来凄凉,再加一个方外客灵澈上人,他们说起来就投机了。这不,我都走了,文房先生和灵澈上人还在那里呢!刚才,他们还在东湖酒楼为我饯了行,你看,文房先生还题了诗送我。"朱放说着就从怀里掏出一卷纸打开,一幅龙飞凤舞的行草映入陆羽眼帘:山色湖光并在东,扁舟归去有樵风。莫道野人无外事,开田凿井白云中。陆羽看完不住赞道:"文房先生号称五言长城,七言也写得相当好!"

"那是,文房先生虽说仕途不顺,诗名却是响亮的,在士子中有很高的名头——哦,陆羽,这么好了,你虽然不求仕进,但志向远大,可现在颠沛流离,囊中羞涩,要完成茶书大业并非易事。反正上不了船过不了江,安胡儿也一时三刻打不来,不如我杀个回马枪,带你到汉阳去见他们三人,他们都是惜才爱才之人,说不定能给你一些馈赠,助你完成茶事大业,你看可好?"朱放收好书法,珍惜地装入怀里说。

"文房先生愿见我这个无名之辈吗?"陆羽担心地问道。

"文房先生蔑视达官权贵,疾恶如仇,可他却对平民庶众好得很。再说,你陆羽也是个出名的性情褊躁的家伙,常常不讲礼节,意有所适就不言而去。说不定,你和文房先生很投缘呢。"朱放拍着胸口说。陆羽不好意思地笑了,就同意去汉阳见刘长卿,又说道:"我要先找点东西填肚子,我今天还没吃过饭呢!"朱放一听,骂自己说:"光顾了说话,我身上还有点钱,快在这附近买点炊饼充饥吧!"

吃过炊饼,又喝了水,陆羽的精神头又来了,他跟着朱放到了汉阳李中丞的府第。李中丞是个解甲归田的将军,府第不算大,陈设也简陋。朱放和陆羽进门的时候,李中丞和刘长卿、灵澈上人在堂屋品茗畅谈,正是谈兴极浓的时候,而且好像是在谈论什么诗的事,看见朱放,都吃了一惊,问:"朱八你怎么返回来了,遇上了什么事?"朱放拱手环揖一圈说:"各位前辈,我朱八给你们带了一个人来,我就是碰上他才返回来的。"然后他一个个给陆羽介绍,指着当中那个一身紫衣、须发皆白、面容严峻的老头说:"这是李将军李老大人!"陆羽赶忙长揖作礼,口称:"晚辈见过李大人!"朱放又指着左首那个一身士子打扮,白面长髯的壮年人说:"这就是名声若日月的五言长城刘文房刘大人!"陆羽仍是长揖作礼说:"晚辈见过刘大人,久闻刘大人大名,今日得幸一见,足慰平生!"刘长卿把手一挥说:"朱八你瞎介绍,我算什么大人,白丁一个!"

朱放说:"刘大人眼下只是龙困浅滩,早迟总会腾达的!"刘长卿要说什么,朱放已指着右首一身土灰色僧衣、头顶烧满戒疤、脸庞清癯的僧人介绍说:"这是灵澈上人!"陆羽躬身说:"晚辈见过上人!"灵澈上人看着陆羽,微微点点头。朱放这才介绍陆羽说:"这是我在火门山的同窗陆羽陆鸿渐,他淡泊仕途,醉心茶学,会煮一手好茶,火门山邹夫子都喜欢喝他煮的渐儿茶……哦,忘了介绍,他小时候在竟陵龙盖寺长大,智积禅师是他的师父。"这一说,灵澈上人就说:"智积那老和尚我认识,我们还是好友,那是个有道高僧,只不知近来身体如何?"陆羽回答说:"我出门时拜别过他老人家,他身体尚可,只是不愿离开龙盖寺一步,还不知这两天怎么样了,也不知安禄山的兵打过来没有?"

李中丞说:"放心吧,安胡儿一时半会打不过来的,自从山东平原太守颜真卿首举义旗,招募兵马抵抗安禄山后,各地纷纷响应,虽说不能和安禄山抗衡,不过也延缓了他南侵的速度……"灵澈上人感叹:"颜真卿真是个文武全才、一腔忠义之人啊,不愧是颜之推的后人!他家一门忠烈,弟弟颜杲卿也是如此。安胡儿反时,二十四郡望风披靡,玄宗天子感叹:'二十四郡,曾无一人义士邪!'后听到作为文臣的颜氏兄弟俩高举义旗抵抗安贼,欢喜地说:'朕不识颜真卿作何状,乃能如是!'我大唐的官员,都能像颜氏昆仲就好了!"刘长卿说:"咱们先别说这些,你们两个先坐一阵,把我们的事说完才说你们的事!"他指指朱放和陆羽,两个年轻人坐在仆人搬来的矮凳上,听三个年长者谈论。

灵澈上人说:"文房老弟,我还是觉得,你送老衲的第一首诗很不错,让我感动好久。'苍苍竹林寺,杳杳钟声晚。荷笠带斜阳,青山独归远。'这最后一句'青山独归远'让我品味良久。可是你最近送我的那首诗,我觉得,就有一种揶揄讽刺之意了,你听:'孤云将野鹤,岂向人间住,莫买沃洲山,时人已知处。'是不是说老衲入山不深?"刘长卿抚髯哈哈大笑说:"上人,我是有点这意思,这是对你这段时间四处周游出头露面的一点暗示,仅此而已,别无他意,上人不必生气!"灵澈上人仍有些生气地说:"那老衲以后倒要注意了!"

李中丞连忙说:"文房你这人,跟我一样,就是太狷介,凡事直来直去,不知委婉。不过人倒是一片好心,上人也不必太在意,都是知心知底之人。"灵澈上人笑笑说:"我哪跟他在意,不过话得要说明,老衲以后不会四处招摇了。"刘长卿又是一阵大笑。李中丞笑说:"这就好,文房老弟是有一说一、有二说二之人,你送我的那首诗,真写尽了我的窘况:'流落征南将,曾驱十万师。罢官无旧业,老去恋明时。独立三边静,轻生一剑知,茫茫江汉上,日暮欲何之。'我每每读之,都要潸然泪下。好了,在我这里,别说这些了,人家两个年轻人要笑我们的,我们还是听听他们有什么事吧。"这一说,刘长卿和灵澈上人就把目光投向朱放和陆羽。

朱放把陆羽的情况又说了一遍,把陆羽不好意思说的话也说出来了——希望得到一点资助,完成访茶和著书大事。刘长卿听了,干脆地说:"资助没问题,不过你先给我们煮碗茗粥喝,看你是不是浪得虚名!"这个提议立即得到李中丞和灵澈上人的赞成。陆羽不敢怠慢,赶紧和仆人一起到李中丞的厨房,精心煮了几碗渐儿茶出来,刘长卿三人喝过,不由得大声叫好,于是慷慨解囊,刘长卿和李中丞各助陆羽五两纹银做盘缠,让陆羽感谢不尽。他和朱放别过三位大人,来到长江边的渡口,朱放先找到船回剡溪去了,两人依依不舍地相别,互道祝福珍重。

朱放走后,陆羽在渡口边的一块石头上坐到日暮,他的心里矛盾得很厉害,他真想立即过江,到湖州去找好友谢清昼和看看李冶。

江风呼呼地吹着,江岸冷清下来,难民们有的过了江,有的去找夜间的宿处了,只有他一个人,还在那里坐着。他思量了好久好久,最后站了起来,朝鄂州城外走去——他终于没有过江逃难,而是决定去东边继续他的茶事访察,待访察完毕后再去湖州。

重会皎然

湖州东连大运河及黄浦江水乡平原,南邻杭州,西依天目山,北濒太湖,平原河畔湖荡密布,东、西苕溪环城纵横交错,俗称"五山一水四分田",盛产鱼米茶笔,笔之佳者,以"尖齐圆健"四字闻名于世。湖州名因湖成,业因湖兴,人因湖慧,太湖水给予的天地造化,孕育了一个山水清丽、农商并重、崇文重教、民丰物阜的鱼米之乡。

陆羽来到这里的时候,已经是至德二年(757)的春天了。在兵荒马乱的岁月里,他背着文槐书函,走了许多地方考校茶事。他先北上到鄂州穆陵关,再顺江东下到黄州访考了黄岗茶,又到蕲州,访考了蕲州茶,品尝了著名的兰溪水,并与商州武关西边的洛河水、秭归玉虚洞下香溪水、金州汉江中零水逐一比较,写入茶记。然后,他买舟去江州(今九江市),从那里上庐山,在陶渊明曾经隐居的康王谷,汲谷廉泉之水煮庐山茶;再到洪州(今南昌)访考西山白露茶,后经彭泽到升州、扬州、润州、常州,遍尝了各地的名茶,更品尝到了众多名水,为他著作茶书增加了大量资料。

最让他高兴的是从鄂州北上时,在荆襄间的官道上正好碰到弃平原城南下的颜真卿。

此时颜真卿的弟弟颜杲卿已战死,颜真卿先后被朝廷迁为户部侍郎充本郡防御使,守平原。他联络清河、博平二郡,以三郡之兵在堂邑西南大破安禄山的部将袁知泰部,军声大振。安禄山的平卢游击使刘客奴想以渔阳归朝廷又有些犹豫,真卿就以独子颜颇为质取信刘客奴,朝廷再加颜真卿为河北招讨采访使。潼关失守,玄宗皇帝逃往蜀地,走到马嵬坡时,禁军兵士哗变,杀了祸国殃民的杨国忠,逼玄宗皇帝缢死杨贵妃。可很大一部分士兵仍然不肯跟玄宗到蜀地去,玄宗皇帝派太子李亨留后做说服工作,结果太子在这些士兵的拥戴下北上到灵武。长安陷落,他就在灵武登基做了皇帝,是为肃宗,改年号为至德。肃宗诏授真卿为工部尚书兼御史大夫,仍以河北招讨使守平原。安禄山大军进攻平原,颜真卿自知寡不敌众,率部南下积聚力量作抵抗,他们驻在官道边休整的时候让陆羽碰上了。久闻颜真卿的大名,陆羽冒昧拜访了他。这是他和颜真卿的第一次见面,四十八岁的颜真卿不怒自威,对这个在乱世中执著茶事的青年人也十分赏识,对他说了许多勉励的话,军旅倥偬,会面时间很短,他们就分手告别。

陆羽在走过众多茶区后,已经是冬天了,盘缠用尽,他返回鄂州,恰逢刘长卿受诏拜为监察御史,不日就要到京师上任。行前,他邀李中丞和鄂州府几个故旧登蛇山黄鹤楼赏景,陆羽正好赶上。那天,穿着淡青色云花袍、头戴方巾的刘长卿喝了许多酒,说了许多话,面对着浩浩荡荡荡奔流的长江,更是诗兴大发,写了好几首诗分送众人。连弹琴的杜别驾也得了一首,写的是:文姬留此曲,千载一知音。不解故人语,空留楚客心。声随边草动,意入陇云深。何事长江上,萧萧出塞吟。

在这些长髯飘飘的长辈面前,陆羽自是不敢造次,他精心为他们烹煮渐儿茶,赢得众人一致叫好。刘长卿更是大笔一挥,给陆羽写了一首赠诗:延陵衰草遍,有路问茅山。鸡犬驱将去,烟霞拟不还。新家彭泽县,旧国穆陵关。处处逃名姓,无名亦是闲。

陆羽捧着墨宝,很激动。早晨的时候,刘长卿问起陆羽的下步打算,陆羽说他先经茅山去阳羡拜会皇甫冉、皇甫曾兄弟后,去湖州找谢清昼,在那里写著茶书,刘长卿大声说"好,好",想不到他就将这些写进了诗里。

在品茗闲谈的时候,陆羽才听刘长卿说起他很敬佩的李白。在安禄山反叛时,李白正在庐山漫游,得知消息,他觉得该建功立业干一番事业了。恰好玄宗帝在逃蜀途中诏封的江淮兵马都督、扬州节度大使永王李璘东巡,邀李白出山,李白就去做了永王的幕府僚佐,为永王起草文书。后来肃宗在灵武即位,永王不服,起兵造反,李白不愿卷进皇家是非漩涡,就跑到彭泽去了。永王很快兵败受到惩处,李白也受到追究被抓进监狱。好在郭子仪元帅力保李白,肃宗没有杀他,将他流放夜郎。另一个大诗人杜甫杜子美,安禄山起兵叛乱时,他正在鄜州的家里,闻变赶忙到灵武去投奔肃宗,不料中途被叛军抓住押到长安,受了许多罪。期间,他还写了许多诗,如《春望》、《哀江头》、《无家别》、《垂老别》让人悲愤不已。好在他终于潜逃到了凤翔,做了个小官左拾遗。可他却上书为蒙冤解职的房琯辩护,惹得肃宗大怒,解了他的职,还要追究他的罪,他只得偷跑到剑南道蜀州去避祸乱了。

横被劫洗的国家,黎庶的苦难以及诗人的遭遇,让座中人一片感叹唏嘘。陆羽是性情中人，不觉间，他的眼泪早已经模糊了双眼。想到颠沛流离的旷世奇才李白、杜甫及许多大文人学士，他觉得他还是幸运的，尽管也遭受了一些苦，甚至还有在蜀南大山田家险些死去的经历，但现在看来，那算什么，他有什么理由不把自己的茶事进行下去呢？

有人长叹一声，庆幸地说："还好安禄山没能打到江南来，否则我等也是家破人亡了！"刘长卿站起来说："诸君，值此国难当头，我等文人学子焉得苟且偷生，当挺身而出，报效国家，力挽狂澜于即倒。即使做个千秋鬼雄，也不枉为人一场！"陆羽大叫一声好，敬慕地看着刘长卿，觉得此时才真正了解了这个前辈。

李中丞拉一把刘长卿说："文房先生，你我交好多年，现在你就要到京城做官了，可是我想说一句话，也不知你爱听不爱听？"刘长卿哈哈笑道："李大人，我俩多年朋友了，你怎么跟我说话也不干脆了？你也是性情中人，有什么话直说就是，也才对我的脾气。"李中丞说："那我就说了，文房先生，我有点为你担心，依我多年官场历练的经验，先生的率性直为，在官场里，恐怕会有浮沉起伏啊，如果想仕途平顺，是不是凡事多藏锋芒的好？"

刘长卿哈哈大笑说："谢中丞大人的好意，只是长卿今生做不到了。人生天地间，几十年如白驹过隙，还是由着天性自由而生吧！长卿此生在意的，倒是做人的节义大事，是多作好诗，多交好朋友。至于功名富贵，在长卿眼里，不过是烟雾浮云而已，所以也就不在意了。"李中丞呷口茶汤说："好！你能这样做最好，我是怕你今后遭遇坎坷想不开苦了自己，你有这等心怀我就放心了。"说者无心，听者有意。刘长卿的这番话，陆羽深记心里，对刘长卿又添几多敬意。

次日，刘长卿赴京师，陆羽带着刘长卿赠给他的资费，买了一把油纸雨伞，放进装有文槐书函的布袋，背着上路。他取道茅山，在阳羡鱼竿村拜访了隐居于此的皇甫冉、皇甫曾兄弟，并在他们那里住了三天。他们一见如故，一起品茶论诗，皇甫兄弟写作勤奋，尤其是皇甫冉，才思更为敏捷，他们一起登山望景，皇甫冉即兴所作的《登山歌》，很让陆羽赞赏。临别，他们互赠别诗，皇甫冉送陆羽诗云：行随新树深，梦隔重江远。迢递风日间，苍茫洲渚晚。皇甫曾也赠陆羽一首诗：千峰待逋客，香茗复丛生。采摘知深处，烟霞羡独行。幽期山寺远，野饭石泉清。寂寂燃灯夜，相思一磬声。

告别了皇甫兄弟，他踏上湖州的土地，一想到就要见到分别几年的谢清昼，心就不由得激动起来。谢清昼模样变没变呢？他那样的人，模样要变也变不到哪里去的。一想起谢清昼风风火火的样子，他就想笑。杼山妙喜寺是什么样子？那可能是一处山水极佳的大寺，不然，像他那种云游四方的人，怎么会老老实实地就在那里定居下来？

初春气候宜人，当陆羽风尘仆仆地走进湖州城的时候，已经是下午时分。他在一家饭铺吃饭歇气，眼睛不住地在大街上瞅，只见街上来往行人衣着光鲜，神定气闲，丝毫看不出安胡儿反叛对他们的影响。待歇过气结账时，更使他暗吃一惊，那么好的饭菜，再加茶酒，价格却是相当低廉。陆羽向饭铺掌柜问明去杼山妙喜寺的去路，知道离城不过十多里地，一会就到了，就背了文槐书函，轻松悠闲地往杼山走去。

这里水网四布，人们出行多坐船，不过到杼山倒是只能走一条小路。出得城门，是一条宽阔清凌的溪流,那是绕城而流的苕溪。过了溪,是一条三尺宽的土路,路两边长着一排排绿叶婆娑的杨柳树,再远是一畦畦碧绿的小麦、油菜,水网四布,间着一片片养鱼的水塘。夕阳西下,晚霞把塘水染得红艳艳的,十分美丽。

他沿着那条路走,没走多远,就看见路边有几个小儿在嬉闹,但奇怪的是,他们把笑声压抑得低低的,一个孩子笑大声了点,其他孩子还小声地警告他,那孩子也就赶忙压住了笑。忽而,那些孩子散开来,陆羽就看见路边的土坡上躺着一个人,穿土黄色僧衣,虽然头上发剃了,却没戒疤,脚下是一双褐色麻布圆口鞋。初时,陆羽认为是个病人,可细一看,发现那人不时翻动身体,嘴里发出沉重的鼾声,就知道是个醉酒之人。那些孩子人人手里拿一支狗尾巴草,他们用草上的毛去拨弄那人的鼻孔,让他发痒打喷嚏,他们就发笑。有时,那人用手揉鼻子,孩子们以为他要醒了,急忙四散逃开,那人却又没醒,他们就又围上去用狗尾巴草去拨弄他的鼻孔。陆羽远远地看着那些孩子逗弄那人,觉得好笑,就站下来看。终于,那人被孩子拨弄得"啊嚏"一声打个大喷嚏,一下跳起来,吓得那些孩子四散逃跑了。

那人跳着脚骂:"下流胚子们,不得好活!"就在那人站起来的一瞬间,陆羽的眼睛就睁大了——天呀,他不就是谢清昼吗?虽然几年不见,三十多岁的谢清昼胡须更加长了,那张方脸显得清瘦许多,但眉宇间那种狂傲的神态依然故我,陆羽一眼就看了出来。陆羽也不作声,只是大步前去。那谢清昼正拍打着身上的灰土,步履蹒跚地要往杼山走,突然肩膀上被人一击,又吓他一跳,以为又被人捉弄,但随即的一声呼喊,他的酒全醒了。

"清昼先生!"谢清昼一回头,眼睛瞪圆了——"陆羽!"

"清昼先生!"

"哈哈哈,你这家伙,什么风把你吹来了?"

"什么风,你的'大笑放清狂'风!"谢清昼哈哈大笑,陆羽又看见了他当年的风采。

"陆羽,来了就好,我俩最对脾味,这回,我俩大喝三天酒,大饮三天茶,大做三天诗,我要看看,你的茶艺长进没有!"陆羽笑道:"好,清昼先生,随你!"谢清昼的脸忽然严肃起来了,说:"陆羽,我已经不叫谢清昼了,我叫皎然。我是妙喜寺的住持了,谢清昼的名字已经与我无关了!"

"哦——皎然?"这佛家名字也挺不错的,陆羽细细品味。

"谢清昼——不,叫皎然了。"谢清昼又笑说:"不过我不是一个合格的住持,佛家五戒,我可是一样不戒,要我戒,我就不干这住持了。所以,陆羽,你在我这儿,也要率性而为,不要惧这惧那的。走,我们还回城里喝酒。"陆羽拦住他说:"我已经喝过酒了,你也喝得过量,咱们明天喝吧。"皎然也就没坚持,他想起刚才睡倒在路边被小孩子捉弄的事了,不好意思地说:"陆羽,刚才你都看到了?这些小兔崽子们,敢捉弄皎然,看我逮住非收拾他们不可!"

陆羽哈哈笑道:"看到了,这才是清昼先生——不,皎然先生啊!不过,你在哪里把自个喝成这样的?"皎然摆摆手说:"还不是怪这湖州太守卢幼平卢四,他也迷上了佛家,还受了菩萨戒,今日去开元寺听妙奘上人讲经,回来作得一首好诗,高兴得不得了,派人来把我请去看,又喝酒。"皎然边说边走,步子趔趔趄趄的不稳,陆羽就扶了他,一路说笑着,慢慢朝杼山妙喜寺走去。

白苹诗会

  同陆羽见过的那些大山相比，杼山其实算不上山，据说是夏王朝中兴之主少康的儿子杼南巡之地。山脚有个村落叫夏王村，山西北有山叫夏驾山，山南不远的苕溪边也有座西塞山，只是平地突起的一个山包而已，倒是林木葱郁，古树森森，妙喜寺就掩映在绿荫中。妙喜寺是禅宗丛林，寺不大，一间大殿两间偏殿，大殿供的是弥勒佛，那抚肚大笑的造型。寺里各种僧人十多人，戒律也比较松弛，僧俗之间差别不大，皎然就是看中了这一点才答应在这里当住持的。他经常在寺里接待文朋诗友和社会名流，他们结诗社，开诗会，快乐逍遥，即便是安禄山的叛乱对他们也是影响甚微。

  陆羽的到来让皎然十分高兴，他让小沙弥在耳房给陆羽收拾出一间干净的房间安顿下来。晚上，吃过斋饭，皎然的酒完全醒过来了，他带着陆羽从寺后的小路上到山顶观月，说是昨晚的月亮很好，他一直观到深夜才回寺里。可惜天公不作美，浓云密布，连星星都没一颗，月亮是出不来了，气得皎然直捣脚骂娘。陆羽看着皎然，笑着说："哈哈，进了佛门还沉不住气？"皎然也大笑说："江山易改，本性难移！"随即吟诵了一首诗：夜夜忆故人，长教山月待。今宵故人至，山月知何在。

  "好诗！"陆羽赞道，"清昼——皎然，你的五言律诗写得更好了！"皎然说："这得益于我们经常开诗会——哦，忘了告诉你，湖州的文士很多，我们结有一个白苹诗社，定期聚会，一起切磋新作的得失，互相提高。你来了，当然也要参加我们的诗会，过些天就到诗会聚集的日子了，到时我给你引见，你会认识很多有才华的人。你其实也颇有文才，只是心没全在此，而在茶上面了。我们快回去，我请你喝我们妙喜寺的顾渚山茶，你品评一下味道如何？"原来妙喜寺也同龙盖寺一样有茶山，而且比龙盖寺的茶山大很多，有好几百亩，妙喜寺虽然香火并不鼎盛，靠茶山养十多个僧人是绰绰有余。

  两人一前一后，借着微光，摸黑下山回到寺里。路上陆羽好几次想问那个叫李冶的女诗人的情况，但几次都是话到嘴边又咽了回去。怎么一来就问人家一个女诗人呢？皎然听了不知会怎样笑话他，反正以后参加他们的诗会，自然会认识，何必急在一时呢。想及于此，陆羽就打消了这个念头。回到寺里，两人直接去皎然住的偏殿。因为有客人，沙弥特意点了几支大蜡烛，在明亮的灯光下，陆羽看到很大的一间屋，除去了打坐的蒲团外，更多的是煮茶的用具，碾、炉、釜、罗、竹夹、瓢、碗等一应俱全。

  皎然拿出一块茶饼，小沙弥小心地切碎放入碾内，一阵碾磨，成为碎末，用细箩筛过。皎然在釜内掺了水，坐在炉上，沙弥升了火，顷刻水沸，皎然亲自掌握火候。他不让陆羽插嘴，说让陆羽品尝到按他的方法煮出的茶味如何。皎然也是主张清饮的，除放一点椒盐外，并不加别的作料。一会儿茶粥煮成，皎然盛一碗给陆羽，在陆羽伸手接碗的瞬间，他看到陆羽唇上变黑的细毛，愣了一下。陆羽没看皎然，他高兴地接过冒着腾腾热气的茶碗呲呲地吹气，小心地啜了一口说:"茶味清郁,想必是贵寺的雨前佳茗吧?"皎然笑道:"不愧是陆羽,正是雨前明茶! 不知我烹制的茶是否合你口味?"

陆羽说:"很不错,一尝到就知道你是个行家,来日我为先生煮茶助兴!"皎然高兴地说:"好! 贫僧有口福了。你访茶走的地方多,品茶也多,你看我这茶质,能达到上品吗?"陆羽沉吟一下说:"皎然先生,恕我直言,此茶虽好,不过与别的名茶相较,只能算是中上品位。"皎然拍手笑道:"陆鸿渐果然是个直率之人,我喜欢!"又说:"陆羽呀,你到我这里,是打算长住还是短住?"

"我是要长住,想在这里完成我的茶书——我已经访过许多茶地,该是融会贯通著成茶书的时候了。"陆羽答道。皎然再次拍手说:"好,这才是陆羽! 我俩臭味相投,这里就是你的家了,随你住到何时,只是小寺粗茶淡饭,难有荤腥,就得委屈你的肚子了。"陆羽笑道:"我是不客气的,你应该知道,我就是在寺院里长大的。"皎然摆摆手说:"不过也别让咱们的肚子太委屈,我这里是没有戒条的,清肠寡肚了,咱们就去找卢幼平太守那敲他一顿,安慰安慰肚子。还有我们每月一次的白苹诗会,也是要大醉一场的,有酒肉垫底,我们的诗情才能源源不竭。"说完,他和陆羽一起哈哈大笑。

笑罢,皎然严肃了脸说:"老弟,你既然来了,我就有一事相托,此事还非你莫属。"陆羽忙说:"皎然先生,有话直说。"皎然说:"我知道小寺茶山茶品不高,却又苦于找不到原由。我想待开过诗会,就请你就去顾渚茶山为我看看,想方设法把茶品提上去。"陆羽拱手道:"我一定尽力!"皎然忽又感叹道:"陆羽呀,我看到你也开始长胡子了。我呢,你看,眼边的皱纹都好多了,人生真是如白驹过隙啊。我们都得抓紧做点事,否则空来人世走一遭了,我会全力支持你写茶书。放心吧! 胡儿打不来的。正月里,胡儿内讧,安庆绪把安禄山杀了,自立为帝,命部将史思明回守范阳,留蔡希德围太原。我看呀! 胡儿从此要走下坡路了。当然,大唐朝经这番折腾,已是元气大伤。我们还是趁在乱世中的这方乐土,做好我们的事吧。"

安禄山被儿子所杀的事,陆羽在来湖州的路上听说了,虽说安庆绪和老子一样疯狂,但安禄山死了毕竟是快意的事。陆羽动情地说:"先生所言极是,陆羽也是这样想的。我到这里就是想找个安静的地方和你这个识茶懂茶朋友,帮助我完成茶书,陆羽就死而无憾了!"

"好!"皎然击膝赞道:"我知道老弟看淡仕途,志向远大,绝非平常之人。这两天你好好歇一歇,解解旅途劳顿,也好谋划茶书布局。还有,我痴长你十多岁,你就别一口一个先生叫我,我都叫你陆羽老弟呀,如不嫌弃就叫我皎然兄吧!"

"皎然……兄,这行吗?"陆羽问到。皎然大笑道:"怎么不行,你都这样叫了嘛!"陆羽一愣,和皎然一起大笑起来。月中十五到了,也就是皎然他们诗社聚会的日子。早晨,皎然对陆羽说:"不慌,我们到湖州近,其他人都有些远,赶得上的。"原来诗会是在湖州太守卢幼平的府衙里举行。参加白苹诗会的人有乌程的、长兴的,还有其他地方的,他们约好上午在那里聚齐,然后品茶咏诗填词,尽兴欢乐,一应开销全由太守承担。太守卢幼平也是诗人,还受了佛家菩萨心戒。

太阳出来,他们才上路。大道两边的油菜绿油油的,鱼塘的水放着金光,令人心旷神怡。

但陆羽总显得心神不定，连皎然跟他说话也没听见。十多里路，走了一个多时辰就到了。湖州的太守府衙比竟陵的雄伟多了，房宇高大，门口两只石狮子张牙舞爪。刚进了太守府衙，就见宽敞的厅堂里高朋满座，都是一身士子长袍，头上的方巾像排列着的口袋头。一见皎然来迟，人声忽然高起来，座中许多人喊道："皎然兄，离得最近的反来得最迟，我们坐船的都到了，你走路的倒迟来，你看怎么处罚？"另有人喊："当然是罚酒，一会自己主动浮三大白！"还有人喊道："还要当场作诗一首！"皎然给大家合十作礼，笑着说："我认罚，认罚还不行吗？不过，我今天先要给大家介绍一个重要的朋友！"

话刚说完，大家的目光一下子转移到陆羽身上，座中也哄闹起来。有人说："这不是陆羽陆鸿渐吗？他也到这儿来了。"有个人就跳过来在陆羽肩上拍一掌，喊道："陆羽，别来无恙？"陆羽扭头一看，拱手作礼，大喜说："朱放！逸人兄，你住剡溪那么远也来了？别来无恙！"朱放说："我早是白苹诗社的成员，是这里的老常客，我是昨晚就到了。喝了半宿酒，不知你也来到这里，鄂州一别，又快一年，一会我们对饮三杯！"

"好，对饮三杯！"陆羽豪气地说。就在他们寒暄的时候，刚才坐在朱放旁边，着一身黑衣高髻的年轻女道姑，看到陆羽，突然脸色大变，全身发抖。然后，她煞白着脸，颤微微地站起来，跟跟跄跄地走出了厅堂。此时皎然发话了："朱放你坐回座位，待我将陆羽一一引见给大家。"

"好的，好的。"朱放连忙向陆羽点点头，回自己的座位去了。他看看旁边的空位子，奇怪地问："李冶又走哪里去了？"

皎然先向主人卢幼平引见陆羽。卢幼平是个瘦瘦的中年人，他脱去了显示身份的红袍，也着一身灰长袍，头戴丝质方巾，温文儒雅，端庄地坐在厅堂当中一把靠背椅上，拈着长须微笑着看大家。皎然向他介绍过陆羽，陆羽拱手作礼说："见过卢大人！"卢幼平忙站起来拉着陆羽的手说："不必客气，幸会幸会！早听皎然先生谈起过你了，改日领教阁下茶艺。"陆羽忙躬腰作揖说："领教不敢当，一定献丑！"接下来依次介绍卢藻、潘述、李恂、崔逵、罗隐之、朱放……多是年轻文士，气宇轩昂，文质彬彬。大家互致礼节，说着客气话。这样一路顺圈介绍过去，皎然忽然说："李冶，李冶呢，她没来？"朱放说："来了的，刚才我俩还说话呢，转眼不见了，是去侧室了吧。"

"人刚来不久，怎会在侧室？"皎然断然说，"陆羽，我们去外面找找。她可是我们白苹诗社重要人物，才华出众，诗作得特好，颇有些名气，只是人脾气怪，喜怒无常，成了惹不得的姑奶奶，不过对我她还是尊重的，毕竟佛道一家嘛。"皎然大笑起来。陆羽跟在皎然身后往外走，不知为什么，他的心跳得厉害。李冶的名字，他不止一次听说过，尤其是那首《相思怨》，那一种刻骨铭心的情感……现在，就要见到这个出名的女诗人了，但她是一个道姑，他的心中又隐隐生出一些失望。

出了厅堂，就是府衙的大院，院子边上有一大片竹林，挨着竹林有一棵高大的银杏树。一个高髻黑衣道姑正站在树前，眼望着满树碧翠的圆形新叶，口里喃喃地念着一首诗：人道海水深，不抵想思半。海水尚有涯，相思渺无畔。携琴上高楼，楼虚月华满。弹着相思曲，弦肠一时断……她的声音很小,皎然和跟在后面的陆羽都听不清,只以为她在作什么诗句。陆羽的心里正忐忑,皎然已经大喊:"好个李冶,你躲到这里呀,又吟了什么好诗呀?快快来,我给你介绍一个才艺出众的朋友!"那女道姑挥手在眼睛上揩了一下,然后转过头来。就在她转身的一瞬间,陆羽惊住了,这不就是他日思夜想的季兰姐姐吗?

"季兰姐姐!"陆羽大叫一声,风一般越过皎然,冲上去拉住女道姑的衣袖,一时泪流满面。女道姑一扯衣袖,脸侧向一边,冷冷地说:"谁是你的季兰姐姐?你是什么人?我不认识你!"陆羽如遭雷击,他看着女道姑,分明是季兰姐姐,虽然她穿一身道袍,头发高高地挽在头顶,人长高挑了,但那张美丽的脸,那弯弯的眉毛和黑潭般的眼睛,不是季兰姐姐是谁?他再次说:"季兰姐姐,我是陆羽啊,是季疵啊,是你的季疵弟弟啊,疵儿啊,你怎么把我忘了?我可是天天想你念你的啊,把你想死啦!"说着他的眼泪又下来了。

女道姑仍然冷冷地说:"你认错人了,我叫李冶,不是你的季兰姐姐!我也从来不知道季疵。请你放尊重些,别拉着我的衣袖!"说着扯开衣袖,转身朝厅堂走去,迎面从皎然身边走过。皎然目瞪口呆地站在一边,半响才说:"你别走哇,我给你介绍一个文友呀?"女道姑扔下一句话:"谁要你介绍!"

"这个怪人!"皎然摇摇头,又看到陆羽发呆的样子,奇怪地说:"陆羽,怎么我还没给你介绍你就跑上去说什么姐呀弟的,看你也是个老实人,怎么见了女人就控制不住自己?这下好了,把人也得罪了。这个姑奶奶,平日脾气就怪,稍不对头就发火,又不知要多少天才理人了。算了,我们回厅堂,眼看要开饭了,吃了饭太守邀大家到苕溪乘船作诗。"

陆羽仍是一副魔怔样,对他的话好像没听见。皎然就大吼一声说:"呔!你也拿大起来了吗?回客堂去了,发什么呆,见了女人就丢了魂,真是个情种呢!"他连推带搡地拉起陆羽回了客堂。陆羽神情一直恍惚,开饭时,他的眼睛总是落在李冶身上,觉得她实在是季兰姐姐,但她怎么就不承认呢?难道真的是认错人了?是李冶和季兰姐姐长得太像吗?不然,她怎么会不认呢。他心中充满疑惑。

卢太守很慷慨,午宴准备得很丰盛,菜以鱼为主,鲤鱼、鲫鱼、草鱼,品种应有尽有。厨师拿出了看家本领,清蒸、水煮、红烧,烹饪手法多样,尤其是那道清蒸鳜鱼,更让人赞不绝口。酒是有名的程氏酒,香美醇厚。众文士抓住这难得的聚会,互相敬酒狂饮,连进了空门的皎然和受了菩萨戒的卢太守也不例外,一时客堂里推杯换盏,热闹异常。陆羽架不住大家对他的欢迎,也喝了不少酒,头昏昏沉沉的,好不容易定睛一看,却发现李冶不见了,后来听人说李冶身体不适,提前告别回乌程县的开元观了,陆羽心里很是不快。

饭后,一行人来到苕溪边,乘上卢太守早预备好的小船,几个人一船,顺着苕溪漂流,一路饱览山水风光。苕溪是由两条发源于天目山系北部广苕山的水流东苕溪、西苕溪在湖州合并而成,再一路往北奔向太湖。清清的苕溪水,映着蓝天白云和两岸一人多高青青的苕草,时时微风拂过,荡起阵阵涟漪,美景如诗如画,引得众士子诗兴大发,就在船上作起联句诗来。陆羽和皎然、卢幼平太守、潘述、卢藻坐一条船,分坐在小船的两边。潘述和卢藻都是比陆羽大不了多少的年轻人,听到别的船上做起联句诗,就按捺不住了,瘦高的卢藻说:"皎然先生,我们也做联句诗吧!不然,错过时光,一天过去,大家又得分别了——岂不可惜?"潘述接着说:"是啊!良辰易逝,大家才聚半天,转瞬即过,莫错过宝贵时光,在分别时感到遗憾。"

卢太守也说:"皎然先生,我们就来联句。你起头吧!"皎然笑说:"要起头也得你先起,你是主人啊,贫僧可不敢喧宾夺主!"卢太守推不过,拈须望天,又望望宽阔的苕溪水,略微沉思一下,吟出一句:"相将惜别且迟迟,未到新丰欲醉时。"

接下来是挨着卢太守坐的陆羽,他有些神思恍惚,没有及时接上,皎然提醒他说:"陆羽,该你啦!"陆羽一惊,才反应过来,但他才思敏捷,只是片刻的停顿,他就想出两句:"去郡独携程氏酒,入朝可忘习家池。"

潘述接道:"仍怜故吏依依恋,自有清光处处随。"

皎然随口而出:"晚景南徐何处宿,秋风北固不堪辞。"

卢藻也不甘示弱,跟着吟道:"吴中诗酒饶佳兴,秦地关山引梦思。"

卢幼平太守已是成竹在胸,立刻接上:"对酒已伤嘶马去,衔恩只待扫门期。"

陆羽又走神了,竟忘了接上,气得皎然在肩上击他一掌说:"好个陆羽,真扫兴,你今天是怎么了?"

陆羽两眼无神地望着水面……

心灵独白

回到开元观的李冶心情久久不能平静。

季疵弟弟啊,你看得没错,我的确是你的季兰姐姐。虽然我早就改名为李冶了,从进入乌程县开元观那一天起,我就是李冶了,过去的李季兰已经不在了。

季疵弟弟啊,不要怪姐姐无情,不认你了,其实姐姐又何尝不想你呢?我知道这些年你一直把我装在你的心里,你爱我胜过爱自己,我也多想和你抱在一起,如果你愿意(我知道你愿意的),我们还可以做夫妻永生永世在一起!

可是,这一切已经不可能了。弟弟,你来得太迟太迟了。自从遭遇了那一场巨大的变故,姐姐的心就死了。开元道观妙常道长收留了我,将我的名字改为李冶的那一天起,姐姐就决定走另一条人生之路了。今天姐姐不理你不认你,是为你好啊,是让你不致有杀身之祸,你现在不理解,将来就理解了。季疵弟弟,你就骂我吧,恨我吧!

季疵弟弟,自从和你分别,我也是无时无刻不在想你啊,那首《相思怨》的诗,就是为你而写的。不知有多少次,我梦见自己在竟陵,在龙盖寺和你一起欢笑,每次醒来,姐姐的眼泪便打湿了枕头。我还常常痴想着你在竟陵是怎样生活的,想你已经长成大人了,说话也不结巴了。我还酸酸地想,说不定你忘了姐姐,已经和一个美丽女子成了婚。

今天终于看到你了,你长高大了,模样也变了些,你额上的那块疤依然那么醒目。你和老僧皎然一进门,我就认出你了。那一刹,我如五雷轰顶,我的心在急剧地跳动,全身颤抖。

我巴不得冲过去拉着你,喊你一声:"季疵弟弟!"然后我们一起远走高飞。但是我爱你,我不能害了你啊!

我极力控制住自己,趁朱放上去和你叙旧,连忙闪身出来,到院角竹林旁的银杏树前清理思绪,抑制住如山呼海啸、翻江倒海般的心潮。我平静下来后,还是决定不和你相认。其实,姐姐的泪水在止不住地奔流啊!你和皎然出来找我了,当你叫喊"季兰姐姐"的那一刻,我的心碎了,我差点也要喊你一声"季疵弟弟"了。可是我不能,我不得不冷漠起面孔,将你拒于千里之外。看到你流着眼泪痛苦的样子,我的心也在滴血啊。但是,我不能不把假戏做下去,否则,我真要害了你了。我知道我们姐弟一旦相认,你就要问起我的父母是否安康,可我怎么对你说呀,一提起我的心就变得血淋淋的!

季疵弟弟啊,我实在不愿想起十年前那一幕。父亲李儒公不过与左相李适之有几面之缘,又都姓李,就给他带来了血光之灾。李适之是唐太宗李世民大儿子李承乾之孙,他任御史大夫时多次上书玄宗为爷爷辩污,又以才干升为刑部尚书,再迁为左相,却遭到右相李林甫的忌恨。李林甫天天向玄宗说李适之的坏话,结果玄宗罢免了李适之。李林甫还不罢休,一再陷害,李适之一贬再贬,最终没等专程杀他的酷吏到来就在宜春喝毒药自杀了。与李适之有关系的人也都没逃过李林甫的魔掌,父亲被无端抓进大牢。那个酷吏只问了父亲是不是和李适之交情很好这句话,父亲是个铮铮汉子,据实说和李适之有几面之缘,并无深交。酷吏说有这句话就够了,当即下令将父亲乱棍打死。父亲就这样蒙受奇冤而死,母亲十天后也因气恨交加而去,死前拉着我的手说:"死不瞑目!死不瞑目啊!"

短短十几天里,我一下失去了双亲,成了孤儿。我一个弱女子,真是叫天天不应,叫地地不灵啊!没有人敢同情我,甚至连安慰的话也没人敢说一句,否则同样会遭杀身之祸。我伏在母亲的尸身上哭了三天三夜,哭哑了嗓子,差点断了气。后来开元道观的妙常道长发了慈悲心,花钱为我安葬了父母,又把我收进了道观。从此,我就成了一个女道姑。可父母的深仇大恨不能就这样算了!父母冤死虽是李林甫一手干的,但祸根是在皇帝老儿那里,没有他的旨意,李林甫敢那么无法无天吗?李林甫每次都是奉旨行事,天下最坏的,就是那些位极九五的至尊帝王。

时间冲淡了我心中的悲痛,那恨却已深埋在我的心里。妙常道长为使我从伤苦中解脱出来,让我看一些道家之书,还教我弹琴,要我做到"少思、少念、少欲、少事、少语、少笑、少愁、少乐、少喜、少怒、少好、少恶"这十二"少",还给我画了许多符箓烧了。但是我知道,这些是解除不了我的仇恨和痛苦的。

你知道的,我喜欢读古今诗词歌赋,后来也试着写诗填词,居然还有了名气。在我读到大诗人杜甫的《观公孙大娘弟子舞剑器行》一诗后,我激动不已,一遍又一遍地吟诵着那铿锵的诗句:

昔有佳人公孙氏,一舞剑气动四方。观者如山色沮丧,天地为之久低昂。爧如羿射九日落,矫如群帝骖龙翔。来如雷霆收震怒,罢如江海凝清光。绛唇珠袖两寂寞,晚有弟子传芬芳,临颍美人在白帝,妙舞此曲神扬扬。与余问答既有以,感时抚事增惋伤。先帝侍女八千人,公孙剑器初第一。五十年间似反掌,风尘澒动昏王室。梨园子弟散如烟,女乐余姿映寒日。金粟堆南木已拱,瞿塘石城草萧瑟。玳筵急管曲复终,乐极哀来月东出。老夫不知其所在,足茧荒山转愁疾。

他写得真好,文句如江河奔流一气呵成,公孙大娘弟子舞剑的英姿传神而动人。当我兴奋地吟诵诗作的时候,一个念头不可遏制地从心里冒了出来。

从此,我在看书写诗之余,就看一些侠女故事。此时,坊间流传的侠女荆十三娘的故事让我神往,杜甫诗中的李十二娘的英姿更时时在我心里闪现。后来我对妙常道长说:"我的身体很孱弱,想练练剑术强健身体。"我以为妙常道长不答应的,谁知她爽快地答应了,还给我找来一把剑和一本武当剑法秘籍,然后从基本功教我。我才知道,原来妙常道长也是一个剑术精到的人,只是平日不显山露水罢了。

我学得很认真,倾注了我全部的精力,虽然每天累得全身像要散架,但胸中有一股气支撑我咬牙坚持下来。一天天地,我的身体好多了,原来三天两头生病吃药的,后来竟忘了药味。

从此以后,我白天便把自己关在屋里读诗、写诗、弹琴,晚上练剑,杜绝了和文朋诗友的来往,害怕听到关于你的任何消息。偶然一次在用斋饭时妙常道长无意说起湖州杼山妙喜寺皎然和尚有个朋友叫陆羽,精于茶事,皎然请他到妙喜寺的顾渚山茶园去了,要他想办法把茶叶的味道改进提高。我还没听完,就脸色苍白地站起来往屋外走,妙常道长还以为我身体又有不适了……

妙常道长只指导了我一个月,就让我自己照着秘籍练。她的年龄很大了,道观里很多事也够她忙的。自从玄宗皇帝迷上了玄元大帝,道观的日子就好过起来,田产很多,即使在这兵荒马乱的年头,道观一样吃用不愁。

那天见到你,我拒认了你,我的精神差点崩溃了,我没有吃饭就找个托词走了,我害怕在那里继续处下去会忍不住要和你相认。我借故出了太守府衙,到大街上雇了一辆马车直奔乌程县城边的开元道观。我急急地直奔自己住的后院小屋,躺在床榻上,咬着被角痛哭了,足足一个下午。直到傍晚,师父妙常道长见我未去吃斋饭,派人来叫我,我才强忍悲痛强装欢笑随人前去用饭。

夜里,我抽出挂在墙上的剑,来到院子,一气舞起来,万籁俱寂,漆黑的暗夜里,剑光闪动,剑气如虹。我像一条不知疲倦的河流,只是奔流、奔流,让自己的一腔苦痛跟着长剑疾走……也不知舞了多少时候,直到我累得身上没有一丝一毫力气,像一堆烂泥瘫倒在地上,我的心里才好过了一些。

我失眠了,躺在床榻上望着屋顶,苦苦地想,但好像又什么也没想,头脑里胸臆间都是一团乱麻缠绕。

季疵弟弟,仇恨入心是要发芽的,而我的仇恨,已经长成大树了啊!季疵弟弟,为了你好,我得斩断世情俗怨,今生是不能认你的了。

季疵弟弟呀,实在是委屈你了啊!

顾渚紫笋

　　陆羽本想安心写茶书,但见到李冶后就一直心神不定。他坚信李冶就是季兰姐姐,季兰姐姐不认他,让他百思不得其解。后来想想季兰姐姐是不是有什么难处才不认他的呢,不然她为什么改名李冶呢?还有那给了他童年一丝温暖的李儒公夫妇,他们还安好吗,他们现在在哪里呢?他心里一堆疑问。他问过皎然,也问过朱放,他们都说自认识李冶起,她就是开元道观的女道姑了,从没听到她提起过父母。遇有人问起她时,她也说自懂事起就不知道父母,是妙常道长养育她长大的。陆羽有些失望,又有些同情与他有相似出身的李冶。

　　他的心里,总是想着李冶,不,他始终认为她就是季兰姐姐。继而又想到龙盖寺的智积师父,他的身体还硬朗吧?还有他的朋友们,李复该放官了吧,眼下朝廷正是用人之际,他一定被派上用场了,兵荒马乱的年头,他正好大展身手。而其他像朱放这类朋友,他们都选择做了江湖隐士,只是陆羽怀疑,他们能隐的长久吗?至于自己,这一辈子,就献给茶事吧!

　　从湖州往北行去,先坐一阵船,再走一阵山路,也就是大半天的脚程,就到了长城县的顾渚山。顾渚山南、北、西三面环山,绵延着大大小小三百来个山峰,郁郁葱葱一片青翠。再往北就是浩瀚万顷的太湖,放眼无边无际,绿水映蓝天,群鸟翻飞其间,风光无限秀美。顾渚山中部的西坞界、竹坞界、方坞界、高坞界等地方,山势平缓,早晚云雾弥漫,土质以黄红壤与石沙土为主,很适宜植茶,妙喜寺的茶园就坐落其间。现下茶园收获在即,起眼看,两尺多高的茶树成条形垅状顺坡势蜿蜒,绿浪一直流泻到远方。

　　见他心里不舒畅,皎然这才拉他来顾渚山茶园。皎然让陆羽将著茶书的事先放一放,到妙喜寺的茶园来管事。第二天,皎然就回妙喜寺处理寺务了,走前他交给陆羽一个难题——想方设法让妙喜寺茶园的茶质更上一品。一接触茶,陆羽就把一切抛开了,没几天就走遍了几座山,看了所有的茶畦。应该说,顾渚山的茶还是不错的,但皎然让他将顾渚茶再提升一品,要与雅州蒙顶石花、义阳毛尖那些名声若日月的茶比肩,一时又谈何容易?

　　茶园管事是个姓沈的四十多岁壮汉,是附近水口村的人,忄生子随和,已经为妙喜寺管理了好多年茶园了。他对陆羽不厌其烦地介绍了整个茶园的情况,是有问必答,对陆羽的吃、住也照顾得万全周到。他知道陆羽是皎然的好朋友,也是个懂茶的行家,生怕陆羽在皎然的面前说他的坏话,让他失去这份美差。

　　陆羽一身短褐衣衫,在茶园管事的陪同下,几天里就走遍了顾渚山茶园的山峁沟壑。性情风风火火的山僧皎然,说现在北边的战事也和缓了,唐军已经收复了京城长安。安庆绪自洛阳败退邺城(今河南安阳),看到溃败的契丹、同罗等族组成的几万骑兵归了范阳的史思明,就想除掉史思明,不料史思明提前知道了消息,就带着所辖十三郡八万兵马降了大唐。德宗封他为归义王,任范阳节度使,唐军开始占据了上风,湖州这里更是平安无事了。

这天,陆羽对沈管事说:"沈师傅,这里为什么叫顾渚山?"沈管事倒也知古,他告诉陆羽,相传一千多年前春秋时吴国君王阖闾的王弟夫概曾来这里,"顾其渚次,原隰平衍,可谓都邑之所"而得名。陆羽详细地询问了顾渚山茶园的采摘时间、生产流程和产量。可是,问题的症结在哪里呢?陆羽苦苦思索着。他急得一个人在茶园里乱转,不时伸手抚一抚将要采摘的嫩叶。时而摘几片叶放在嘴里嚼一嚼,尝尝鲜茶味;时而抓一些土在手掌上仔细观察看,但仍找不出原由。

转眼已是清明,开始采茶了。附近水口村的人都是茶园的雇工,男女老少都被召来采茶制茶。一时茶园热闹起来,欢歌笑语不绝,虎头岩旁制茶场那一溜草房更是人来人往,紧张有序地忙碌着。沈管事是个经验丰富的制茶好手,把产茶工序管理得井井有条。顾渚茶制作和别处大同小异,也是采一芽一叶或一芽二叶初展,经摊青、杀青、理条、摊凉、初烘、复烘、揉压等流程制成茶饼。煮出的茶汤清澈晶亮,色泽绿翠,银毫明显,味道甘鲜醇厚,也算茶中上品。

陆羽在制茶场跟了几天,看不出什么毛病,想到皎然交代的事,眼看嫩茶叶已是采一天少一些,要不多久就采完了,他心里更加焦急,又跑到还没采的茶园转看起来。这样转了好几天,仍没有什么收获。这天太阳很大,陆羽转了一阵身上发热,口也渴起来,四处看了看,见不远处有道半人高的崖坎,坎上面有棵大桑树,阔叶茂密,颇能遮荫,于是就走到树下,背靠石坎歇气。树下有凉风阵阵轻拂,直透心怀,顿感舒畅惬意。

歇够气了,他站起来,想回制茶场看看,刚走两步,裤角不知被什么荆刺类东西挂了一下,他生气地往下看,突然眼前一亮。原来崖坎边这几棵茶树虽然树形高低相同,但叶片比其他茶树大,最打眼的是叶片的颜色,呈绿中带紫,而不是翠绿色,且叶芽相抱,紧裹如笋,跟其他茶树明显不同。陆羽一下激动起来,他绕着这几棵茶树仔细端详、查看,最后干脆摘了几片叶子在嘴里嚼起来,他一下就从那叶汁的浓郁清香中意识到这是几株不同凡品的茶树。陆羽顿时兴奋莫名,他立刻到虎头岩的制茶场找到沈管事,要他派人用竹片编成篱笆,将这几株茶树专门围起来。

沈管事听陆羽说这几株茶树了不得,就急忙随陆羽去崖坎边看了。只见几株品相并不太好看的茶树,绿不绿、黑不黑的模样,有些不以为然,但看到陆羽一副郑重其事的样子又不好违拗,也就照办了。陆羽又找来一个茶篓,亲自动手,精心采摘了半篓一枪两旗的嫩叶,让沈管事专门单做两个茶饼,同时还特别嘱咐沈管事那几株茶不能再采叶了,留着直接产茶籽。

接下来的日子,陆羽一心全在那几棵茶树上了,一天跑山崖边看几次。观察茶树的土质,细辨与别的地块土质的不同,发现这几株茶树的土质并不肥沃,土里含有一种如灰渣的细砂。不知不觉一个月过去了,顾渚山的茶采完了,请来采茶、制茶的人也回了水口村,制成的茶饼大半送到湖州茶行卖,只有少量送到妙喜寺。茶园这里又只剩下沈管事等几个人,顾渚山又清静了下来。

陆羽没有回妙喜寺,他离不开那几株茶树了。他还发现了虎头岩制茶场处被人称为金沙泉的一眼井,水味甘冽清甜,水质特佳。待那几株茶树制成的茶饼压实了,在一个凉爽的下午,陆羽生了风炉,拿出沈管事的煮茶用具,掰了半饼茶,汲金沙泉精心煮出两碗茗汤,邀沈管事共同品尝。两人喝下第一口茶汤后,几乎同时放下碗相视一笑。沈管事首先叫起来:"陆先生,你这茶……绝啦!"陆羽又喝了一口茶汤,咂咂嘴,不顾茶汤仍还烫嘴,忽地一口气将碗里茶汤喝尽,抹抹嘴,激动得结结巴巴地说:"是……是……是的,绝……绝啦,绝……绝啦!"由于过度兴奋,他好多年没犯的口吃又犯了。

沈管事两眼放着亮光说:"陆先生,你真厉害啊!我们在这里好多年,就不知道这几株茶的好处,这下好了,你可以向皎然先生交差了!"陆羽摇摇头说:"光这几株成不了气候,我们要让那几株茶树结籽,要把顾渚山都种成这种茶,还要把这山上的土全加一层沙,得要好几年时间呢,先不忙给他说吧。"沈管事敬佩地称赞道:"陆先生,你真是一个聪明人!"不过第二天,陆羽在沈管事的劝说下,还是拿了另一个茶饼回妙喜寺让皎然品尝。

北方的战事又紧张了。大唐对归顺的史思明不放心,谋划除掉他,不料信息走漏让史思明知道了。史思明一怒之下再次反叛,与安庆绪遥相呼应,唐军主帅郭子仪十分被动。不过湖州依然太平无事,歌舞升平,街巷市肆依旧人来人往,酒店茶楼仍是热闹非凡。

妙喜寺虽然香火不旺,但不时也有一些人来烧香还愿。陆羽找了个空儿清理文槐书函,发现记下的手稿已经厚厚一大摞了,他浏览了一遍,一时不知怎么下笔,想清静地整理一下思绪,可妙喜寺不时响起的钟磬声扰得陆羽心烦意乱,皎然也时不时地来和他谈茶谈诗,他的茶书迟迟难以落笔。

他那闷闷不乐的样子终于引起了皎然的注意。一天下午,闷热天气终于凉快下来,忙完寺务的皎然又来到陆羽的住屋,一进门就兴冲冲地大叫道:"陆羽,我又得一好诗:'野外有一人,独立无四邻。彼见是我身,我见是彼身。'你觉得怎么样?"陆羽随口说:"不错。"皎然听出陆羽的声音有些不对,仔细一看,陆羽坐在一张书案前,对着厚厚一叠手稿愁眉不展。

午后的阳光从窗棂射进来,照在陆羽的半边脸上,他的脸半明半暗的。皎然本想和他谈谈顾渚山茶园的事——不久前陆羽带回的茶同样让他兴奋莫名。他渴望那几株独特的茶树尽快长出茶籽,能在一两年就将顾渚山的茶树全换了,他要和陆羽商讨一种更快的办法,却见陆羽眉峰深锁,就轻声问道:"你是要写茶书了?看你那样子,啥事难住你了?"不想陆羽怒气冲冲地说:"皎然兄,我不在这里住了!"皎然大吃一惊说:"咋了,这里睡的地方不好?吃不饱饭饿着肚子了?"陆羽说:"不,这些都不是,在这里你关照得很好,只是……"

"只是什么,是我对你有差池?"皎然也生气了。陆羽忙说:"皎然兄说哪里去了,你对我比亲兄弟还好,陆羽感激不尽!"

"那是为啥?"

"只是,我想写茶书……"

"写茶书你就写呗!"

"我……皎然兄,我就实说吧!这里的人多嘈杂,我心静不下来。"

皎然一愣,继而手拍后脑勺,哈哈大笑,连说:"怪我怪我,我这个粗人,怎么就没想到写茶记是要在安静的地方才能写的,不像我写诗凭那股劲一气就写下去了的……可是,妙喜寺就这么大,哪儿能有安静的地方?"

"皎然兄!"陆羽迟迟疑疑地说,"要不,我另搬个地方吧?"

"另搬地方?能有什么地方好搬?要不到卢太守的府衙去,我跟他说一说,他会很高兴的。"

"不!不!不!"陆羽连连摇手说:"府衙我是不去的,住那地方一点不自在!这样,皎然兄,我想了很久,老在你这里住也不是长久之计,我干脆另外在附近找地方建处房子住,一来解了你我难处,二来也可常在一起说茶论诗,你看可好?"听了陆羽的话,皎然凑到陆羽跟前,盯着他看了一阵,右手握拳往左手心一砸说:"这倒是个不错的想法,不过,你选择在哪个地方建屋呢?"

陆羽说:"我到妙喜寺来的时候,就看上了苕溪边的一处地方,风景很好,离妙喜寺也不过一二里地,我们互相走动也方便。"皎然连叫了几个好。然后说:"陆羽,原来你早就有心了呀,不过老弟,以后你就要自个做饭煮茶了,你嫌不嫌烦?"陆羽说:"烹制茶饭,陆羽乐而为之,这是享受口福呀!"皎然说:"那就好!还有,今后你别说是我皎然把你赶走的哟!"他说过后便哈哈大笑起来。陆羽也笑说:"皎然兄,你知道陆羽的,我怎会那么说?"

事情就这么定下来了,皎然真是个热心的朋友,他和陆羽一起去选定了不远处苕溪边的一处地方造房。这里是块荒地,背靠一个小山包,四边竹木环绕,前面不远处就是清凌凌流淌的宽阔苕溪,附近还有好多户农家,确是个好住处。

接下来的事都是皎然打理,他和当地人熟,出面找了几个精壮农民,先平整了地块,再用木板夹土筑成土墙,买来木杆和山草盖了房顶。不到十天,一座四立三间的草房就盖成了。当中一间是客堂,左边一间做了睡处兼书房,右边一间则是煮饭烹茶的厨房,侧边还有一间小小的出恭的茅房,所有花费都是皎然出的。陆羽一开始心里还忐忑不安,皎然解释说陆羽为他在顾渚山辛苦了几个月,应当给工钱。好在几间草房也花不了多少钱,陆羽也就泰然了。

草房盖成,皎然先让它空着干燥一阵,然后专门去了一趟湖州,和卢幼平太守商量,要在陆羽搬家那天,白苹诗社全体到他新居聚会。卢太守爽快地答应了,立即派人四处知会各社友,附带着让每个社友来时为陆羽带一件用具。

搬家的日子定在七月十五中元节,皎然让陆羽搬过家闲几天就去顾渚山为他照看一些日子的茶园。中元节过后就要采秋茶了,那几棵特别茶树产的籽出苗如何,何时移栽,这些都需要陆羽去定夺。皎然开玩笑地对陆羽说:"你以为草房能白住吗?陆羽,别以为你皎然兄只会作诗,我还不会做亏本生意的。"陆羽笑着打皎然一记说:"好你个精明的皎然和尚,陆某此生是入了你的彀了!"两人一阵哈哈大笑……

乔迁之喜

中元节说到就到,晚上还下了雨。皎然和陆羽不免开始担心明天的天气,好在天明时候雨就住了，还放出晴色来。一早吃过斋饭，皎然在附近农家雇了一套牛车，叫上几个僧人，拉着陆羽的床和炊饭用的锅盆碗盏，以及米面蔬菜，还有个当水缸的大瓮来到新屋，两个僧人一个挑了一担井水，一个挑了一担柴禾跟在后面。

新屋的前面已平出一个很大的道场，四边用篱笆扎围着，虽是草房，还是显出一种新的气象，新土的气息还弥漫在空气中。他们很快就将各种用具安排妥帖，收拾停当，太阳已升起一竿高了，皎然留下两个做饭的僧人，其他僧人就回去了。陆羽和皎然指挥两个僧人张罗生火煮茶，等待其他人到来。不一会儿，就听屋外人声鼎沸，有一行人骑马在草屋前停下来，有人喊道："肯定就在这里了，我先下去看看！"

听得人声，皎然和陆羽连忙走到大门口迎客，就见瘦瘦的卢藻从一匹枣红马上跳下来。一眼看到皎然、陆羽，立即高声大叫起来："正是此处，大家快快下马！"边喊边向两人跑过来，双手抱拳说："皎然兄、鸿渐弟，恭祝乔迁之喜！"皎然呵呵笑道："说错了，打嘴！是鸿渐老弟乔迁，不是我皎然乔迁！"卢藻不好意思地说："看我说错了，真该掌嘴！"他真的用手做模做样地打起自己的嘴来，嘴上还说："看你这家伙不听话，总犯错，该打！"皎然说："算了别打了，一会加重处罚，罚他连喝三杯酒才行！"卢藻说："那真便宜死它了！"三人都乐了。陆羽抱拳向卢藻答礼说："陆羽何德何能，结一间草庐，就有劳大家远道来贺，真是折杀陆羽了！"卢藻一本正经地说："一日不见，如隔三秋兮！我们诗社朋友一月多没见，正得寻个理由聚一起喝酒吟诗，你这乔迁来得正好！"

说话间，众人都下了马，将马缰绳丢给太守带来的仆人。大家穿着士子衣裳，峨冠博带，一下涌进了草房前的道场，一片欢声笑语，陆羽十分高兴。除卢藻外，剡溪的朱放朱逸人来了，潘述来了，李恂来了，崔逯来了，罗隐之来了，最意外的，也是最高兴的是远在阳羡鱼竿村的皇甫曾、皇甫冉兄弟也来了。一年多没见，他们兄弟气色似乎更好了，陆羽和他们相互执手问候。

太守卢幼平是从太湖边修筑荻塘的工地上回来的，一身官服上还带着泥点子。他甫一下马，就指挥带来的两个仆人将马背上驮的东西搬下来，除了酒肉鱼还有时令蔬菜，酒是程氏老酒，鱼是新从太湖里打上来的鲜鱼。看着太守带来的礼物，陆羽赶紧见过卢太守说："真是折杀陆羽了！太守驾到，蓬荜生辉啊！"卢幼平一摆手说："快别说客气话了，我们可是等不及，口渴要喝茶汤了！"边说边就往屋里挤。

陆羽将客人延入客堂，两个僧人早将桌椅摆好，顾渚山产的新茶汤茗也已经烧煮好。众客人上坐后，茶汤便一碗碗地端了上来，大家一路走热了，纷纷端了茶汤猛喝。接着是一片叫好声，纷纷说："年年喝新茶，从没喝过这么好的茶味，烧茶的两个僧人手艺非同寻常啊！"崔逯举着碗说："强将手下无弱兵，都是皎然教得好！"皎然笑眯眯地说："这你们就抬举贫僧了！你们知道今天的茶是谁掌握火候烧煮茶汤的吗？就是房主陆羽，论茶的学问我们可没人敢跟他比，他马上要写一部旷世茶书了！"

"难怪茶汤这么好喝，原是陆羽指导的。"坐在中间的卢太守将喝光茶汤的空碗往矮桌上一放，高喊："再来一碗！"然后转头看着陆羽说："陆羽，你这个茶家可是实至名归哟！"正在旁边陪皇甫兄弟说话的陆羽连忙说:"太守大人谬奖,煮茶小技,不值一提。只要大家爱喝,陆羽愿意随时为各位效劳!"卢幼平捋了短须笑道:"你们听见没有?我们以后有口福了!"众人都笑起来。

陆羽走到皎然身边,小声问:"人都到齐了吗?"皎然环扫一眼说:"齐了,就这些人,今天还多了皇甫昆仲哩!"陆羽说:"真齐了?……那个李冶不来?"皎然看着陆羽笑说:"哟,你很关心那个女道士?听朱逸人说,她生病了,来不了了。你是不是对她生情了?我告诉你,她可是个铁石心肠,多少人对她起意,都打动不了她的。"陆羽给皎然一掌说:"看你说哪去了!"然后连忙走开,心里觉得少了些什么。

才一会功夫,大家就歇过气来。皎然站起来说:"众社友,我们今天虽说是来恭贺陆山人乔迁之喜,也可以暂借此地欢聚一堂,咱们按老规矩吟诗作词。现在离吃饭还早,妙喜寺的船已停靠在苕溪边,等着大家上船,大家来观苕溪风景,吟心中块垒。如等午后再去赏玩,就暑热难当了,你们看可好?"喝足茶汤的文士们一片叫好声,皎然就安排两个僧人和卢太守带的仆人在家做饭,然后带着大家就往苕溪走。

上午的阳光粉黄粉黄的,照得官道两边的稻田更加金黄,鱼塘更加明晃晃的。这群头戴幞头,身穿袍服的士子走在路上,格外打眼,引得远远近近顶着日头做活的农人都停锄朝他们注目张望。行至苕溪渡口,妙喜寺的两只带篷的船正在等着,大家踏着石阶分上了两船,船便在僧人的撑持下缓缓前行,从水面上掠过的风让人十分惬意。陆羽这一船人有太守卢幼平、皎然、卢藻、潘述、李恂。刚在小木凳上坐定,卢太守就问皎然:"近些日子可有佳作?"皎然说:"昨夜我和陆羽品茶,偶得一诗,且听:九日山僧院,东篱菊也黄。俗人多泛酒,谁解助茶香。"卢藻首先拍手叫好说:"妙啊,有酒有茶,太有口福了!"众人都笑了,卢太守捋着短须笑得最快活。

众士子起身在船两侧看两岸如画的风光,宽宽的苕溪波光粼粼,上面倒映着蓝天白云,两岸生长着一人多高的苕草。苕草开花了,白色的花飘散在水上犹如飞雪,令人赏心悦目。卢太守指着苕草给大家解释说:"这条溪叫苕溪,就是因为溪的两岸全生长着这种丛生的苕草,所以叫苕溪。这苕草形似芦苇,不知道的人,总把苕草错认成芦苇。"众士子纷纷赞叹着苕溪的美和这充满诗意的名字。

远处的苕溪上,有渔夫在撒网捕鱼,渔歌声阵阵传来。李恂说:"听说沿苕溪行不多远就是西塞山,隐士张志和就住在那里,不知是也不是?"潘述接口说:"是倒是在那儿,可张志和是神龙见首不见尾,平日是根本见不到他这个人的。"皎然说:"待闲暇了咱们去会一会他,不怕他不出面!"这个提议得到大家的赞同。

看够了风景,听得前边那只船的人已开始联句寻乐,卢太守说我们也来作诗联句耍子。大家都说好,于是皎然让卢太守开句。卢太守说:"今天我是不开句的,让年轻人来开句,我接第二个。"推辞下来,最后由卢藻起头。

卢藻想了想开句道:"共载清秋客船,同瞻皂盖朝天。"卢幼平接道:"悔使比来相得,如今欲别潸然。"皎然轻车熟路,快速吟道:"渐惊徒驭分散,愁望云山接连。"该陆羽了,他脱口而出:"魏阙驰心日日,吴城挥手年年。"卢幼平赞道:"陆羽跟得妙,对仗工整,又用了叠字日日与连连,使联句富于变化。"正讲时,潘述已接道:"送远已伤飞雁,裁诗更切嘶蝉。"李恂跟着道:"空怀鄂杜心醉,永望门栏胆捐。"他用了陕西户县杜陵的典,那里有汉宣帝的陵墓。潘述收尾道:"别思无穷无限,还如秋水秋烟。"联句结束,照例要品评一番,皆说陆羽接得最妙。于是诸子相继向陆羽敬酒,陆羽再回敬,几巡酒过,个个脸带酡色。

船已停靠南岸,两船的人弃舟上岸,去攀杼山北麓。山不太高,却因四野平旷而显突兀,是个很清幽的所在。皎然有诗赞曰:俯砌披水容,逼天扫翠峰!沿途苍松翠竹,芳草凄凄,溪水潺潺。鸟声阵阵,野花浓香扑鼻。到了山顶,凉风阵阵拂过,众士子头上幞头带子往后飘飞,身上袍服迎风飘荡,很是惬意。

下山坐船经原路返回,船上开始的新一轮联句还没结束就靠岸了。大家回到陆羽草屋,饭菜已好,桌凳在客堂里摆开,酒菜也已摆好,众人喝过凉茶,便围着桌子坐了,开始吃喝。卢幼平端起一碗酒说:"我们白苹诗社今天借陆山人乔迁之机聚会,酒筵后大家接着吟诗作文,愿你们人人灵感泉涌,好诗迭出。现在,我们先贺茶仙陆羽乔迁之喜,敬陆羽一杯酒,陆羽,端起酒来——"

卢太守边说边端着酒碗四处看,却不见了陆羽,以为陆羽在屋里,便大声喊:"陆羽!陆羽!"没人应声,皎然急得跑到厨屋里喊:"陆羽!你个家伙跑哪藏起来了?快来,太守敬你酒哪!"还是没有人应声,皎然奇怪地问:"一起下的船,他到哪去了呢?"

这时,卢太守带来的那个仆人说:"我刚才出去抱柴禾时,看见他一个人往湖州的方向走去了,我还以为你们让他去做什么事呢!"众士子脸上一片狐疑。皎然火冒三丈地用手猛击双膝说:"唉,这个性情褊躁古怪的家伙,众人老远来为他朝贺乔迁,他当主人的竟然不知跑哪去了!该打该打!"接着他又对卢太守说:"他不在,我们玩自己的!"皇甫昆仲也生气地说:"我俩大老远来,他不陪我们喝酒,倒是自己溜了,太不够朋友了。"卢太守心里也是生气,不过没挂在脸上,反而平静地说:"陆鸿渐人不在,就不敬他酒了,大家开怀畅饮就是!"

酒筵依然继续热闹地进行下去。皎然喝着酒,心里却疑惑地想,陆羽这怪人到底去哪儿了?

李冶情变

陆羽从苕溪回来后,趁众士子正高兴不注意他时,悄悄溜走了。

当听到皎然说起李冶——他的季兰姐姐生病的时候,他就一刻也坐不住了,只是不好意思当众走掉,他才坚持游了苕溪,回来趁大伙不注意,他就跑了。他没有借用朋友们的马,他怕让他们知道他就走不成了。他急急地在去湖州的小道上走着,他要到湖州,然后转到去乌程。走热了,他把幞头摘下来,塞在宽袍大袖里,束成髻的长发下细密的汗珠冒出来。走了一阵,一团厚云遮蔽了烈日,阴暗了许多,暑热便也消退了不少。

总算来到了湖州,陆羽到城边一家店租马。不巧的是,店里的马都已租完了,只剩了一头瘦驴。店主说别看这头驴瘦,驮了人照样跑得很快。没办法,骑驴总比走路轻松和快捷。付了定金,他跨上驴背,顺官道朝乌程驰去。这瘦驴果然脚程不错,上了官道它就快跑起来,陆羽坐在它的屁股前部,一颠一颠的,瘦驴突起的骨头戳得他的屁股生痛。

到乌程二三十里路,一个多时辰就到了。陆羽还是第一次到乌程来,发现乌程城郭比湖州小一些,但繁华富庶的程度不亚于湖州,甚至比湖州还要热闹几分。他向人问清了开元观的所在,就牵了瘦驴往那里走。太阳又露出脸来了,辣辣的照在身上,陆羽此时已是腹内饥饿,口中干渴,他心里唯一想着的就是赶快见到他的季兰姐姐。

开元观是玄宗皇帝在开元年间下令建造的道观,全国每个县都要建造一座,供奉玄元大帝(老子),因此那些年建造的道观都叫开元观。乌程的开元观没建在山上,而是在城边不远一片绿树遮蔽的平地上,旁边还有一个很大的湖,风景很是秀丽。

陆羽没费多少事就找到了开元观,这是一座和妙喜寺一样规模不大的道观,屋脊巍峨,飞檐翘角,黑瓦红墙,四周簇拥着高大的松柏树,呈一派肃穆气象。到了道观门口,陆羽戴了幞头,牵着驴就往里进,门边一个小道士拦住他,看着他的驴说:"施主你是来上香的,还是做什么的?"陆羽说:"我是来看病人的,听说我的季兰……哦,李冶姐姐病了,我来看看她。"小道士说:"那你把驴安置了,驴是不能进道观的。"

"驴拴在哪里呢?"陆羽问道。小道士指给他说:"从左边绕到道观侧边,专门搭有几间草棚,是专门供香客的驴马歇脚的,还有草料。"陆羽找到那几间草棚,拴了驴,放了草料,见旁边有个木桶,里面有半桶水,大概是哪个香客打来饮马的。陆羽口里早都冒起烟来,也不管水干不干净,趴在地上将桶口搬斜了喝了个饱,剩下的又留给了驴,便又急急来到道观门口往里走。

小道士又拦住他说:"施主你要见我道观里的人,是要先通报的,你叫什么名字?待我先去给李道姑禀报,她同意,你才能进去。"陆羽只得说了姓名,然后耐了性子等待。小道士进去了好一会儿才出来说:"你和我们李道姑都是白苹诗社的,看不出你也会作诗!你去吧,李道姑先不愿见你的,让我打发你走,我都出来了,不知为什么她又变了,把我叫回去说让你进去见面,说你也是白苹诗社的,不见不太好。你进去吧!"小道士又为他指了路径。

进了道观大门,就是青砖铺就的院子,院子当中放着一个很大的铜鼎,装满了香灰,香灰上又插满了香。院子东边安着一口大钟,西边安着一只大鼓。院北边石台阶上去就是大殿,里面供着硕大的骑着青牛的老子。陆羽顺着大鼓旁边一条回廊穿出,走到后院时,他的心猛烈地跳荡起来。他不知道李冶将如何对待他,是仍然不承认是李季兰?或者说几句话就将他赶走吗?他又应该怎样办呢?

他低着头,心里头七上八下。猛一抬头,他立时呆住了——一身黑衣的李冶斜倚门枋,头发蓬乱着,睁着一对清澈如水的大眼睛看着他,两眼却无神。"季兰姐姐——"陆羽颤抖着声音喊道。李冶的身子微微地颤动了一下,脸色忽地沉下来,声音冰冷地说:"你叫我什么?跟你说过多次了,我是李冶,一个道姑!"陆羽僵在了那里。李冶看陆羽那样,于心不忍,轻声说:"进来坐吧!"她转身进了屋,陆羽连忙跟在后面。

这是一进两间的屋子,里边一间是李冶的内室兼书房,外边一间是客堂,放一张矮桌,几只杌子(小凳)。门两边的吊式大窗,各用一根木棍支着,客堂十分亮堂。李冶朝桌边的杌子指了一下,自己坐到了另一边杌子上,露出了黑袍下面的变体宝相花纹锦鞋,她依然冰冷着脸说:"没空煮茶,你坐一坐就回去吧! 今天诗社的人都去你那里了,你人却跑了,把人家晾在那里怎么办?"

"我……我听说你病了,心里一急就跑来了,顾不上别的!"陆羽嗫嚅地说。李冶的身子又是微微一抖。陆羽看着李冶,急切地说:"季……姐姐,你的病要不要紧? 吃药没有? 你的脸好苍白。"看到陆羽焦急的样子,李冶的心里一阵悸动,语气温和了许多:"也不是什么要紧病,不过就是伤风之类的毛病罢了,已经吃过药,要不了两天就会好的,劳烦你这么远跑来看我。"

李冶此时心里如翻江倒海一般,她在心里责骂:傻陆羽,我这病就是为你得的,你知道吗? 上次陆羽的出现,给李冶那平静的生活投进了一块大石头,掀起了排天巨浪。没有和陆羽相认,她心里同样痛苦万分,吃不好饭,睡不好觉,生病是自然的事。

听说李冶无大碍,陆羽略感宽慰地搓着两手说:"那就好,那就好!"又不好意思地说:"看我这人,一急啥都忘记了,也没给姐姐带点东西来。"他在身上摸索着,忽然面露喜色说:"有了,这里还有半饼顾渚山新发现的几株紫叶茶,味道馥郁醇厚,我装在身上一直没舍得吃,就给姐姐尝一尝吧!"陆羽从身上掏出一块用几层厚黄纸包着的拳头大小的茶饼,双手捧给李冶,又不好意思地说:"只有这一点点,让姐姐见笑。我正在大量培植中,要不了两年,顾渚山就全产这种紫叶茶了,那时我让姐姐吃不完!"

李冶接过那一小包茶叶,顺手放在桌子上说:"姐姐谢过了!"她心里又一次被打动了,不是为那半饼茶叶,而是为陆羽的那一片深情! 在心里说:季疵,你这痴情的呆子啊! 李冶本来是想说几句话就将陆羽赶走的,但是现在她已经说不出口了,反而不由自主地说:"陆羽你难得来,今天天好,我们去湖上划船说话吧。"陆羽欣然接受邀请。李冶进里屋重新梳了头,然后两人出了道观后门。只见一个一碧如洗的大湖呈现在眼前,有很多水鸟嘎嘎地叫着在湖面嬉戏。

走过一段路就到渡口,那里停着一只带篷的船。渡口处有间小屋,一个小道童在那里看管。李冶给小道童说过,小道童就去解了缆绳把船给了他们,李冶又让小道童为他们烧一罐茶放着。李冶在道观里除了妙常道长,没人管她,但别人又得听她招呼。

两人上了船,拿了桨一划,船便悠悠地荡开,朝湖中缓缓地驶去。进了湖中,微风阵阵地拂过,吹着人很感凉爽,可李冶却忽然看到陆羽的脸发白,头上冒出很多汗珠。李冶惊问:"陆羽,你是不是中暑了?"陆羽抹了抹头上的虚汗,有气无力地说:"好像是饿了,我没吃饭就来了!"李冶跺脚骂道:"你这个傻瓜傻瓜大傻瓜! 快把船划回去拿吃食来!"

他们把船划回渡口,正好小道童已把茶煮好。李冶从釜里先倒了一碗给陆羽喝,然后对小道童耳语了一通,小道童就急忙回道观去了。一会他挑着两只大筐回来,原来一只筐里是一坛陶家酒和碗筷,一只筐里全是吃食和干鲜果品。陆羽喝下一碗茗粥,人已缓和过来,李冶对他说:"快帮着将东西搬上船!"

　　陆羽和小道童将东西搬上船后,小道童挑着空筐回道观去了,陆羽和李冶上了船,悠悠荡荡地将船行到远处湖心,然后放了桨,任船在湖上自由飘动。两人进了竹篾编的遮篷下,相对在船舷坐了,篷内很宽敞,里面的船板上铺着苇席,放有被盖,看来船主人常在船上住宿。船中间安有个小桌,是吃饭的地方,他们就将吃食全放在上面,李冶说:"陆羽,难得你跑那么远来看我,但我这里可没有荤腥待你,只有这些豆腐花生清淡点的,不过酒倒是好酒——陶家酒。来,我先敬你一斛!"

　　陆羽也不客气,举碗一饮而尽。李冶让他先吃点东西垫底,他也就听话地吃起来,李冶在一边默默地看他吃,往事不断在心里涌动。多少年了,她终于能和陆羽这么近地互相打量,却不能像先前那样亲密无间了。她看到陆羽额上那块明显的疤痕,忍不住想摸一摸,又看到陆羽的唇上绒绒的胡髭。陆羽长大了,长成了一个大小伙子,他应该找一个好姑娘成家立业,而不是她……不经意间,她看见陆羽也在看她,目光火辣辣的,她有些慌乱了,忙说:"陆羽,你喝酒呀!"陆羽顺从地喝起酒来,也不管李冶敬不敬他,他自己倒了就喝,一杯接一杯地往肚里倒,李冶有些惊异地看着他说:"陆羽,你慢点喝嘛,又没人跟你抢。"陆羽不语,又喝了两杯,才举杯说:"姐姐,我敬你!"他一连敬了李冶三杯酒,李冶只得喝了。几杯酒下去,李冶的脸也红起来,她那一双大眼一改往日的冷淡,此时也显得温柔起来,陆羽更是晕乎乎的。

　　"陆羽你慢点慢点,酒你喝不完的。"李冶又说。陆羽便停了杯,目光又火辣辣地看着李冶,看得李冶有些慌乱,她扭头说:"陆羽你喝酒吧——啊,少喝点酒吧。"陆羽突然双泪横流,大喊一声:"季兰姐姐!"李冶的粉脸顿时变色,她慌乱地说:"陆羽,我不是跟你说过,我……我是李冶。不是你那个……那个……"

　　"不,你就是!你就是季兰姐姐!"陆羽泪流满面,嘶声大叫,"季兰姐姐,你别骗我了,你就是我的季兰姐姐!你不知道,自你走后,我是多么思念你呀,天天晚上做梦都和你在一起,想你给我吃香葫豆。我想姐姐想得好苦!我知道季兰姐姐你也想着我,你写的那首《相思怨》诗,我一听就知道是为我写的。季兰姐姐!季兰姐姐!你答应我呀!"

　　李冶惊呆了,她的脸白如梨花,眼睛茫无所视,耳朵里只有陆羽一声声的"季兰姐姐!"她的内心汹涌澎湃,多少日子抑制住的情感、思念,在一瞬间爆发。她再也控制不住自己了,忽然站起来,泪飞如雨,喊了一声:"季疵弟弟!"

　　犹如石破天惊,犹如五雷轰鸣,陆羽站了起来,踉跄地扑向李冶,李冶也迎着他,他们抱在了一起,抱得紧紧的,他们相抱着倒在了里舱的苇席上。李冶急切地、断断续续地说:"季疵弟弟,我想你也想得好苦,你不知道我是怎样地想你,我为你守身如玉至今,你怎么才来,你来得太迟了。"陆羽的周身如燃着火一般,恨不得立刻和他的季兰姐姐熔化在一起,嘴里模糊不清地叫着谁也听不懂的什么……他突然像被火烫了一般浑身痉挛了一下,然后跳开拉住李冶脱衣的手,颤抖着声音说:"季兰姐姐,快别……别……季兰姐姐,我是你的季疵弟弟呀!"

经历了中蛊毒死里逃生这件事后,陆羽觉得他再不配去爱任何女子了,更何况是在自己心中圣洁的季兰姐姐呢。而且他们是姐弟,姐弟怎么能有那种事呢?李冶也被陆羽一声惊醒了,脸颊更红了,急忙掩住衣裳,再次叫了一声:"季疵弟弟!"就和陆羽哭成一团。

西斜的太阳照得湖面波光粼粼,木船轻轻在湖面晃荡着,涟漪一圈圈地散开。几只白色的水鸟绕着船篷嘎嘎地欢叫着盘旋翻飞,一会儿冲上高空,一会儿扑向湖面。四周静穆,气爽风柔,一派明丽景象。

晚上,回到开元道观的李冶情不由己,援笔写下《湖上卧病喜陆鸿渐至》一诗,然后又痛哭了一场。李冶暗自庆幸,多亏陆羽的及时把控,否则发展下去,他们将会不可收拾,那将会毁掉自己苦心积虑的计划,更会给陆羽带来巨大的灾难。在两人平静以后,陆羽问起她的父母李儒公和李伯母的时候,她平静地说他们都病故了。陆羽又问他们的坟茔埋在何处,他要去祭奠,李冶撒谎说原来埋在一处山脚,后来发生山崩,把坟茔都埋不见了。陆羽又叹息,又问李冶怎么把名字改成李冶了,李冶说那是师父改的。然后,李冶突然板了脸对陆羽说:"季疵,我们虽是姐弟,但今后,你是你,我是我,你忙你的茶事,我忙我的清修,我是入了空门的人,我们不可能常在一起。你可以喊我李冶,也可以喊姐姐,但决不能喊季兰姐姐,李季兰已经不在人世了!你记住没有?"

陆羽为李冶的这番话感到惊愕,他不明白李冶怎么这么说,既然是姐弟,怎么不能常在一起?他的季兰姐姐到底怎么了?没容得他回答,李冶转身出了船篷。

"季兰姐姐!"陆羽失声叫道。李冶忽地转过身,横眉怒目地说:"怎么又喊?刚给你说的话就忘了?你再那样喊我要抽你的嘴巴。你现在就滚回去!"李冶抓起船桨划起船来。陆羽出来帮李冶划船,李冶始终冷着脸,看也不看他一下,陆羽一说话,她就对他一阵喝骂,弄得陆羽再不敢开口了,最后陆羽被灰溜溜地撑了回去。

回来以后,陆羽去了顾渚山忙茶事,抽空又去了两次开元观。但这两次都吃了闭门羹,李冶根本不见他,还说不认得他。最让陆羽伤心的,还是在每次的白苹诗会上,李冶和朱放有说有笑,对他却是理也不理,仿佛没有他这个人存在一样。更让他彻底绝望的是李冶写了思念朱放的诗,故意让人在他面前念《寄朱放》:望远试登山,山高湖又阔。相思无晓夕,相望经年月。郁郁山木荣,绵绵野花发。别后无限情,相逢一时说。曾经对李冶百般讨好也没得到一个笑脸的朱放,对李冶的态度转变自是惊喜,一副风光无限的样子。看到朱放的得意相,陆羽真是气不打一处来,他气呼呼地离开了诗会,一个人跑了。

一来二去,陆羽也灰了心,觉得季兰姐姐也变得和那个田玉仙一样无情,于是就去顾渚山专心忙茶事,做写书的准备,后来连诗会他也不参加了。皎然觉得这个陆羽小弟不可理喻,不近人情,但需要他帮助管理茶园,也只能由了他。

大唐形势又发生了许多变化。肃宗皇帝已把年号改成乾元,但战场的形势并没有好转。安庆绪在史思明的帮助下,击败了唐军的乌合之众,郭子仪遭到宦官鱼朝恩的谗毁,被肃宗召回长安削职解除了兵权。野心勃勃的史思明干脆杀了安庆绪,吞并了他的部队,自己做起了大燕皇帝,挥军南下攻唐。好在大唐军队在郭子仪解职后,有郭子仪荐举的大将李光弼指挥,在史思明大军围城的时候,出其不意打了个胜仗,稳定了局势。

有了这一仗,江南又变得平安了,陆羽仍在顾渚山一心一意地忙起了茶事。白天,他奔波在茶园,夜晚,他在羊油灯下打开文槐书函,清理这些年记下的大量访茶笔记,寻思着如何谋篇布局……只有在紧张繁忙的劳作中,他的心灵里才能暂时忘却那刻骨铭心的痛苦。

他感谢茶,只有茶,才能使他暂时忘却一切!

第七章 茶 经

皎然指点迷津,《茶经》初稿完成。出游扬州展鉴水神功,不惧辛苦急修贡茶,功成名就拒诏离京。

坐论茶道

陆羽从顾渚山回到杼山茅屋住处的时候,已经是薄暮时分了,他惊奇地发现,四边离他茅屋不远的地方,又新建了几家茅屋,从里面还传出狗吠和人小声的说话声,这是从湖州附近移来的农人。又渴又累的陆羽,匆匆地打开了茅屋门,里面黑黑的,散发着一股霉味,灰尘覆盖了用具。他也顾不得收拾,拿起水瓢到水缸舀水喝,喝了一口,呸一声又吐出来,那水已经发臭了。他只得拖着疲惫的身子,提了桶到水井去打水,走在半路,他听到有小孩在嚷嚷,"那个茶痴回来啰!"

提了水回来,天已完全黑下来,陆羽打火镰点着了羊油灯,洗好煮茶的釜及用具,用柴点燃了风炉,坐上釜,添上水,拿出从顾渚山带回的茶饼。本想像往常一样碾碎,却因疲惫,待水一沸时掰碎了煮下去,也没放什么作料,按常例煮好,迫不及待趁热喝起来,却想不到这茶更别有一种清香,特别的好喝,他喝完后还咂着嘴回味了好久。

收拾过茶具,他就倒床睡下。这些日子太累了,除了要督管秋茶的采摘制作,他还要移栽新近培育出的紫色茶苗,足足忙了两个多月。妙喜寺的茶园差不多全栽上了紫色茶苗,为了不影响茶的产量,陆羽想了个办法,先不挖去老茶树,只将紫色茶苗栽在老茶树旁边,待茶苗长成后再挖去老茶树。但这样做必须肥水要跟得上,否则紫色茶苗还没长大就会夭折。

第二天,太阳升起一竿高,陆羽被一阵拍门声惊醒。他赶忙披衣起来开了门,却见门口站着皎然。他一身土黄僧衣,新剃的头,长髯飘动,眯细了眼大声叫道:"陆羽贤弟,这两个月劳累你了,打扰了你的好梦,真对不住!"陆羽打了个哈欠。皎然大笑着跨进屋,跟着一挥手。原来他身后还有个挑了食担的小沙弥,挑担一头是一坛程氏酒,一头是吃食。皎然帮着小沙弥把东西从担子里搬到桌上,对陆羽说:"知道你回来了,屋里啥吃食也没有,先赶着弄点吃的过来。"陆羽奇怪地说:"你怎么知道我回来了?"皎然又是哈哈一笑说:"我有千里眼!"原来皎然早就关照旁边新来的几户农家,陆羽一回来就告诉他,谁告诉给谁一枚开元通宝的铜钱,所以今天一早就有孩子去给皎然报了信。

小沙弥挑着空担回去了,皎然对陆羽说:"你赶快梳洗了吃饭。"片刻后,陆羽来到桌边,他的眼睛一下亮了,桌子上不但摆了时令蔬菜,还有烧鸡、猪肘、鲜鱼这些荤菜。他不禁疑惑地问:"皎然兄,怎么你妙喜寺也做这些菜?"皎然正拍开程氏酒的泥封,故作神秘地说:"妙喜寺不做这些菜,难道别的地方也不做?我皎然也有好长时间没沾荤腥了,今天我也要大快朵颐——别那么看我,要知道我本是有名无实的僧人,出名的酒肉和尚!"他说着就撕下一个烧鸡腿啃起来,连说:"好香好香!"又瞪陆羽一眼,"你不饿吗?快坐下吃!"陆羽早就饿了,他连忙撕下另一只烧鸡腿,狼吞虎咽地啃起来。皎然忙说:"别急别急,今天保管你吃个够,来来,喝酒!"他在两个空碗里倒上酒,浓郁的酒香在屋里飘散开来。

明媚的阳光从门口射进来,映得满屋生辉。程氏酒真是好酒,两人连干了三碗,除了荤腥菜剩个鸡头外,其他都吃光了。肚子也饱了,两人这才舒口气,边喝酒边说话。陆羽向皎然报告说:"妙喜寺在顾渚山的茶园已经全部换栽了紫叶茶,施肥也已全部施过。他已经给沈管事说过,只要肥水跟上,新栽苗明年秋天就可以采少量茶叶了,旁边的老树就可以逐年挖去,再有两年的时间,妙喜寺的茶园就全是紫叶茶了。"

皎然连声说好,然后谢过陆羽。他忽然想起要给紫叶茶取个名字,于是趁着酒兴问陆羽。陆羽略一沉吟说:"此茶颜色带紫,叶卷如笋,在顾渚山发现的,就叫它顾渚紫笋吧!"皎然大声叫好,然后说:"陆羽小弟,你这个名字起得好,我明天就叫人通知沈管事用这个茶名,我估摸着要不了多久,这个茶名就将名扬天下!来,为此茶得名浮一大白吧!"说着先端了碗一饮而尽,陆羽跟着也干了。

皎然说想吃陆羽的渐儿茶了。他帮着陆羽从屋里搬出茶具,风炉、炭挝、碾、水方、罗、则、瓢、竹夹、揭、涤方、巾、纸囊等,陆羽则赶忙生上风炉,在釜里烧了水,又拿出刚带回的那几棵老紫笋茶树的新叶茶饼,碾细了,釜里的水也响起来,陆羽揭开盖,眼睛看着釜内的水,严格按照他的老法子煮茶,没多久,茶汤就好了,陆羽正要拿碗盛上,皎然拦住他说:"且慢,你为我煮茶,我也带来一样东西让你见识见识。"皎然从他带来的提篮内拿出一包雪白的剡溪纸裹着的东西,他把纸一层层打开,登时,陆羽的眼睛睁得很大了,原来是越窑青瓷碗。

皎然喜滋滋地说:"陆羽贤弟,这些日子你在顾渚山忙,我抽空去了一趟苏杭,在钱塘灵隐寺和道标上人吃茶谈茶,道标上人一高兴,就送了我这两个绍兴越窑瓷碗,这可是珍品,道标上人也是刚得到不久的。他送了我以后又有点舍不得的样子,我怕他反悔,赶忙告辞,拿着碗溜之大吉!哈哈哈!"

陆羽接过那两只碗细细观赏,但见这两只碗碗口呈六瓣莲花状,犹如婀娜多姿的盛开花朵。胎釉凝结浑然一体,通体施青灰色釉,釉色均匀清亮,晶莹明彻,远看如翠如玉,更像一团轻薄的绿云。陆羽不由暗赞。皎然说:"这碗我送你,今天就用它吃茶了。今后我来才可以用这碗吃茶,别人来可不许拿出来!"陆羽点头答应,又赶紧将碗用温水洗过,盛上茶汤。

两人迫不及待地喝了一口,那清香醇厚的味道使两人同时叫道:"好茶!"

一碗茶很快下肚,陆羽又盛上第二碗茶,这下就细细慢品了,话题则仍是在茶上。皎然炯炯的目光看着陆羽说:"陆羽贤弟,这次我过无锡,专门去品尝惠山泉,那泉水品特佳。嘿嘿,在泉水旁边的惠山寺墙上,还题着一首诗,你猜,是谁写的?一个你我都认识的人!"陆羽搔搔头皮,憨厚地说:"这咋能猜出,我们认识的人太多了!"皎然一笑道:"想你也猜不出——是皇甫冉写的。"想不到他也去那里了,还写了长诗,有他诗在,我就不敢写了。我把那诗背下来了,念给你听:

　　寺有泉兮泉在山,铿金鸣玉兮长潺潺。
　　作潭镜兮澄寺内,泛岩花兮到人间。
　　土膏脉动知春早,隩阴深长苔草。
　　处处萦回石磴喧,朝朝盥漱山僧老。
　　僧自老,松自新,流活活,无冬春。
　　任疏凿兮与汲引,若有意兮山中人。
　　偏依佛界通仙境,明灭玲珑媚林岭。
　　宛如太室临九潭,讵减天台望三井。
　　我来结绶未经秋,已厌微官忆旧游。
　　且复迟回犹未去,此心只为灵泉留。

皎然一念完,陆羽就不禁喝道:"好个'此心只为灵泉留',真好诗也!皇甫兄才华横溢,我不及矣!"皎然说:"术业有专攻,论茶事他就不如你了!"此时一阵鸟叫声从屋外传来,皎然探头朝外看,惊叫一声说:"这么好的天,莫辜负了阳光明媚,我们干脆到院子里坐,岂不美哉!"陆羽欣然同意。两人动手,将桌子和机子及茶具全搬到院里,金黄的阳光立即笼罩了他们,皎然新剃的头皮闪着光,陆羽也干脆摘了幞头,让拢在头顶的黑发露出来透风。

天气晴好,远山近水一派静寂,只有从屋后的竹林传过一阵阵的鸟叫,邻家的狗也时不时叫上几声,更显秋末的宜人。陆羽在青碗里再舀上茶汤,两人重新坐定,皎然笑着说:"我今天就赖在你这里了,下午小沙弥会送饭来的,咱俩好久没在一起,今天来个尽兴长谈。"陆羽说:"与好友品茗畅谈,此乃人生一大乐事啊,余心切望哪!皎然兄,那今天我可是坐享其成了!"

"哪里哪里,我才是坐享其成。你为我妙喜寺茶园白白干了几个月,我于心有歉呀。"皎然看着陆羽那张有些黑瘦的脸说:"陆羽小弟,我这趟出门访了一些名山道观寺院,我发觉道家、佛家人都很懂茶,并不亚于我们。为啥无论什么人都好茶,这里面蕴含着什么道理?"陆羽心里一动说:"愿闻其详!"

皎然呷口茶汤含在嘴里,回味一番咽下去说:"自从乾元元年(758)肃宗天子在长安颁诏禁酒后,天下饮茶的人更多了。茶是雅物,亦是俗物,别说贵族士大夫爱茶,连平民黎庶饮茶的也多起来,道观、寺院更是饮茶成风。儒、释、道三家都对茶情有独钟,这里面恐怕和茶的特性，也就是茶的精神和儒、释、道家的宗旨相通有关。"陆羽一下蹦起来，大声道："皎然兄，你说得太好了，说，快说下去，这也是我正在思考的事！"

皎然拈须微笑说："坐着，坐着，听我说。茶之品性，我认为不外乎和、清、净、真四字。这和儒、释、道家皆相通。儒家讲究修身、齐家、治国、平天下，寻清静雅致之境，求和谐安乐之道；佛门讲究清心寡欲，静虑养性，禅子更说茶是简单的禅，生活的禅，茶意禅味，禅茶一味；道家讲"天人合一"，道法自然，天赐茶心与道家，道人能在茶釜水沸声中听到自然的呼吸，心就与自然融为一体，寄情山水，于是山有情，月有情，风有情，云有情，一切红尘烦恼都在这之中烟消云散。就这样，茶道如月，人心如江，众生在润心的洗礼中对茶道生出不同的美妙感受。"

这一番话让正在苦思茶书框架结构的陆羽茅塞顿开，他站起来说："皎然兄，你说的真是让我耳目一新，与君一席话，胜读十年书。以茶散郁气，以茶养生气，以茶除病气，加上你刚才所言大要，一言以蔽之，茶最宜精行俭德之人！"皎然也大笑说："英雄所见略同！前些日子在去钱塘途中，我见到老友崔石崔使君，那老兄是个嗜酒如命的家伙，结果喝出病来，我劝他学习道人，以茶养身，以茶悟道。"陆羽神色凝重地反复念着那两个字："茶道！茶道！"然后有些激动地说："皎然兄，你这茶道一说可是前所未有，只是陆羽年少学浅，不敢言道，不过此道我当终身恭行实践！"

"真乃我弟也！"皎然赞道。谈兴越来越浓，茶汤也煮了一次又一次，两人从来没有这么畅快地说过这么多话，不觉红日西沉，妙喜寺的小沙弥又挑来了饭菜，带了一坛酒，还带了一个灯笼来。酒足饭饱时，天已黑了，一轮明月从东天升起，微风吹来，屋后的竹林哗哗地响。邻居家鸡鸭的叫声清晰地传过来，狗也跟着狂吠。乘着酒兴他们又说起了北方的战事和惨景，两人感叹不已。后来谈起了陆羽将著的茶书，陆羽有些激动地向皎然说了他的另一个打算。他说喝茶有这么多好处，虽然当下茶饮盛行，但细看喝茶的人还多是贵族士大夫们，穷苦百姓喝得上茶的人很少。他要把种饮茶的技能传到民间。皎然听完拍手道："壮哉，陆羽贤弟！此志向可说是功德无量啊！"陆羽不好意思地说："我只是这么想，做不做得成还很难说。"皎然道："凡事只要去做，就能做得成，陆羽，努力前行吧！"

皎然忽然目光灼灼地盯着满身铺着月光的陆羽说："陆羽小弟，我问你一件事，你和李冶有什么纠葛吗？"那一瞬间，陆羽有些慌乱，他躲开皎然灼热的目光说："没什么呀，我和她与你和她一样，都是文朋诗友。"皎然说："别骗我，我发觉你俩有什么不对。那次搬家，诗社朋友都来朝贺，你却丢下大家跑到她那里去了，你说你是不是看上她了？"

"没……没有。"陆羽又口吃起来。皎然说："我不管你有没有，不过我要告诉你，这个女子惹不得。不错，她长得漂亮，文才更是出众，但她是一朵带刺的玫瑰，不是做女人的料。她最近更是放肆，在诗会上和男人开些不雅的玩笑，连老僧我也不放过。我对她说：虽然'天女来相试'，但我'禅心竟不起！'找女人要找温柔贤淑的女子，而李冶不是这种人。作为男儿，君子好逑，人之常情。陆羽小弟你不像我是遁入空门的人，你年岁也不小了，该找个好人家的规矩女子成亲，成家立业了。"陆羽心里暗暗叫苦，嘴里却是做声不得，他知道李冶的佯狂其实是为他,是做给他看的,良久,他叹口气说:"现今兵荒马乱,我已决定此生献身茶事,茶书未成,何以家为?"

皎然听了也叹口气说:"说得也是,现今国家混乱,民不聊生,自顾尚不暇,何以养家?待劫乱过后再说吧,我给你留意下。"又说了好久的话,夜深了,皎然才告辞回妙喜寺。小沙弥点着了灯笼,在前头给皎然照路。皎然走几步又返回,嘱咐陆羽把青碗放好,待他来时还用它喝茶。陆羽连连称是。

著书授艺

岂止是皎然睡不着,陆羽更是夜不能寐。皎然走后,酒劲让他身上感到燥热,他走到篱笆边,望着远处。大地沉睡了,万籁俱寂,天地在月光下一片银白,远处的苕溪泛着碎银的光。他的心里头犹如波涌浪汹涌不息。随着思绪的洪流澎湃,龙盖寺的生活,伶人的苦乐,火门山的求学,访茶的艰辛和磨难,甚至他深藏心底秘不示人的田家那段生活,一幕幕在他脑海里回旋往复。"陆羽,是时候做你自己的事情了!"他仿佛听到有个声音在呼唤。

他发疯般奔回茅屋,点燃羊油灯,把灯头挑得如同火把,将茅屋照得如同白昼。他洗了手,找出文槐书函,放在桌上,再一次翻看起访茶写下的记录。他取过新制的端砚,拿出香墨,在砚里倒上水,急速地磨起来,片刻墨浓,他提起名扬天下的湖笔,凑着灯光,在那卷雪白的越纸上舞动起来,笔走龙蛇,在心中酝酿许久的文字就像蝌蚪一样蹦跳着跃然纸上:

茶者,南方之嘉木也,一尺二尺,乃至数十尺。其巴山峡川有两人合抱者,伐而掇之,其树如瓜芦,叶如栀子,花如白蔷薇,实如栟榈,蒂如丁香,根如胡桃。其字或从草,或从木,或草木并。其名一曰茶,二曰槚,三曰蔎,四曰茗,五曰荈。其地:上者生烂石,中者生栎壤,下者生黄土。凡艺而不实,植而罕茂,法如种瓜,三岁可采。野者上,园者次;阳崖阴林,紫者上,绿者次;笋者上,牙者次;叶卷上,叶舒次。阴山坡谷者,不堪采掇,性凝滞,结瘕疾。茶之为用,味至寒,为饮最宜精行俭德之人……

在羊油灯跳动的光影里,一股豪气充塞在陆羽的胸臆,像一股火山熔岩在他的胸中奔突,他全身都仿佛燃烧起来。他的头发散开了,披在肩头飘动。他的脸涨红着,额角的疤异常明亮,紧咬牙关,脖子上的青筋凸起。他的目光如炬,精光四射,紧盯着白纸,随着笔尖游移,游移,就这样一气写下去,直到天亮。远远近近的雄鸡叫起来,狗也跟着狂吠几声,邻家有早起挑水的人,打开了柴扉,到水井挑水,陆羽对这一切浑无知觉。他的魂魄已升到了九天之外,热血在血管里奔腾、呼啸,他聚精会神,只有一个愿望,那就是写出茶经。他发疯一般写着,要把在龙盖寺煮茶以来积二十多年的全部种茶、采茶、制茶、煮茶经验诉之笔端,让天下人都知道茶的好处。

凡炙茶,慎勿于风烬间炙,熛焰如钻,使炎凉不均。持以逼火,屡其翻正,候炮出培塿状,虾蟆背,然后去火五寸,卷而舒则本其始,又炙之。若火干者,以气熟止;日干者,以柔止。其始若茶之至嫩者,茶罢热捣叶烂而牙笋存焉。假以力者,持千钧杵亦不之烂,如漆科珠,壮士接之不能驻其指,及就则似无穰骨也。炙之,则其节若倪,倪如婴儿之臂耳。既而承热用纸囊贮之,精华之气无所散越。候寒末之其火用炭,次用劲薪。其炭曾经燔炙,为膻腻所及,及膏木败器不用之……

他的思绪如江河奔流,笔如游龙腾跃不息。一篇篇写满蝇头小楷字的纸放了一地。他完全忘记了时间和空间,甚至忘记了自我,直到一盏羊油熬完,桌头的高脚灯啪地一声熄灭了,吓了他一跳,他才陡然惊觉天早大亮,阳光从门缝隙里透进来,像一片黄色的薄板。他去把屋门打开,阳光像水一样漫进来,把堂屋照得透亮,他接着又全神贯注地写了下去:

翼而飞,毛而走,呿而言,此三者俱生于天地间。饮啄以活,饮之时,义远矣哉。至若救渴,饮之以浆;蠲忧忿,饮之以酒;荡昏寐,饮之以茶。茶之为饮,发乎神农氏,闻于鲁周公,齐有晏婴,汉有扬雄、司马相如,吴有韦曜,晋有刘琨、张载远、祖纳、谢安、左思之徒,皆饮焉。滂时浸俗,盛于国朝,两都并荆俞间,以为比屋之饮。饮有粗茶、散茶、末茶、饼茶者,乃斫,乃熬,乃炀,乃舂,贮于瓶缶之中,以汤沃焉……

也不知写了多久,写完最后一个字,他才感到精疲力竭,腰酸背痛,浑身就要散架一样,整个人像燃烧尽了的灰烬。他连站立的力气也没有了,一屁股坐在了地下,同时觉到了肚内饥肠辘辘,口也干渴。他朝门外看一眼,天又快到黄昏了。原来从昨晚到现在,他是差不多一刻不停地站着写了一天和半个夜晚,其间没吃一口饭,没喝一口水。不过,看到满地的纸片,他的脸上又露出欣慰的笑容。他坐在地上歇息一阵,挣扎着起来,揭开釜盖看了看,里面空空如也,倒是程氏酒还有半坛,他忙舀两碗喝了才觉好受些。又发现昨天斋饭和菜还剩了不少,他一气将那些冷饭菜一并吃了,然后将墨迹已干的纸收起,用镇纸压了,掩了门,扑倒在床上,昏沉沉地睡了。

短短的时间里,他已经和几户邻居处得相当好了,他常常接济邻里一些钱物,送他们一些茶饼。邻里则在他外出时帮他照看草堂。陆羽在家时,他们也常来,给陆羽送来一些菜蔬,再把他换下的衣服拿去让女人洗。尤其是朱三老人,家里有什么好吃的也要给陆羽拿一点来,让陆羽感动得说不出话来。转眼已过了半年,天放亮,陆羽就把他的草堂托付给邻居朱三老人照应,然后动身到顾渚山去。他一身短褐衣衫,背着一个竹编背篓,手执一柄短锄,沿苕溪边的路行进,修长的身子在薄雾中时隐时现。到顾渚山几个月后,在一个黄昏时分,皎然神情悲伤地告诉陆羽李白去世了,陆羽亦扼腕叹息。

接连而来国难,朝廷下诏禁止一切集会宴乐一月。白苹诗会也没举行,不过对陆羽倒是无所谓,他正好天天在顾渚山茶园忙碌,培植出好几亩紫笋茶苗。《茶经》写成了几个月,他没得到多少褒扬,相反,倒听到了朋友们不少的意见。他首先拿给皎然看,皎然看完第一遍后欣喜若狂,和陆羽大醉了一场。不久后,皎然又看了第二遍觉得不是很满意,便上门找陆羽。陆羽笑道:"鸿渐自知浅薄,正是有求于大家不吝赐教,给予指点!"

皎然便将《茶经》给白苹诗会的众诗友看,大伙赞美之后,也认为存在着不足。有的说谋篇布局还有问题,不该一锅煮,应将具体内容分门别类来写;有的说最好将饮茶器具也写上,有的说还应将大唐朝各地的名茶出处也写上……最刻薄的要算李冶了,她看完后只是撇撇嘴说:"楚人《茶经》,浪得虚名,浪得虚名也!"让陆羽很是下不了台。皎然看在眼里,笑道:"满则溢,知否?"陆羽心里顿生一股清凉,他深深地点了点头。也就是从那天起,陆羽将《茶经》初稿压入箱底,他下决心要补充完善后再拿出来。

开春的时候,陆羽和皎然云游了一趟钱塘、章陵。他们一路访察了许多茶山茶地,拜访了许多佛道胜境,结识许多有道高僧和道长,也让陆羽增长了许多茶艺知识。接下来他们又去了姑苏,在游览武丘寺时皎然小有不适便驻足不走了,兴致勃勃的陆羽决定去无锡品尝惠山泉水。临走那天,皎然和新结识的李司直几人一同为他送行,当陆羽乘坐的帆船消失在大江尽头时,皎然的诗句远远飘出来:

    陵寝成香阜,禅枝出白杨。剑池留故事,月树即他方。
    应世缘须别,栖心趣不忘。还将陆居士,晨发泛归航。

回来后,陆羽又将《茶经》修写了一遍。这次,他没有急着拿给朋友们看,又将稿放入箱底。他觉得要让一个人满意了才可以拿出来。

季兰姐姐,你放心,我会将《茶经》写得让你满意的!

昨夜下过雨,崎岖的山路又湿又滑,路边的草上挂满了露水,陆羽的麻鞋打湿了,还沾满了泥。好在太阳一会儿就出来,烘干了露水,路也好走了。走了一个时辰,陆羽到妙喜寺茶园见到沈管事,说了一阵话,交代了一些事,就到茶苗圃挖了一些茶苗放入背篓。沈管事不明所以,问陆羽将茶苗背到哪里去,陆羽笑而不答,只让沈管事给他找几个冷炊饼来。沈管事就到灶间给他拿来几个炊饼,用一块旧粗布包了,一并放入他的背篓。陆羽背了背篓,也不和沈管事多说,自顾沿着另一边山道走了,沈管事看他消失在路尽头,才摇摇头回了住屋。

顾渚山很大,方圆好几十里,有山峰三百余座,峰峰拥秀耸翠。妙喜寺茶园在虎头岩旁,其他地方原多是杂树野荆。因为躲避战乱,这几年许多人在这里聚族而居,开辟山地种起粮蔬,过起世外桃源的日子。陆羽慢慢地在蜿蜒的山道上穿行,这些小道是山民们打猎、砍柴踏踩成的。走了好久,他终于在上一座小山峰后,看见了下面的一块坡地上几间茅屋,茅屋四边种着一些庄稼和蔬菜。越往下去看得越清晰,庄稼是一些半人高的玉米,干焦焦的无精打采;蔬菜是青菜、辣椒、茄子之类,也是泛着发黄的叶片,有气无力的。陆羽继续往下走过一道高坎时,看到坎上坐着一个五十来岁的汉子,浓须满面,长发挽在头顶,一身破旧的短褐衣衫,打着赤脚。他目光呆滞地看着下面的庄稼出神,连陆羽经过他也没注意。

"大叔,歇着哪?"陆羽双手抱拳作揖。那人被吓一跳,转脸见了陆羽,连忙回礼说:"唉!不歇着又能干啥呢。你是?"

"我叫陆羽,住在妙喜寺旁的苕溪边,有事从这里路过。大叔,看你愁眉不展的,有啥焦心事吗?"汉子苦笑着说:"农人焦心的事多了,你看这黄皮寡瘦的庄稼,浇了多少水,还是这样,养活一家老小都成问题,还拿啥去交官府的捐税呀?愁人呐!"

"是啊!"陆羽也叹了口气。他坐到汉子旁边的石块上说:"大叔,看你这地开垦的时间不长,你是新搬到这来不久的吧?"

"可不是!"汉子见陆羽和气,就把他的根底一齐向他讲了。原来他姓金,叫金三村,因躲避安禄山祸乱来到湖州。他的爹娘和两个哥哥都被安禄山的兵杀死了,他们一家逃出来,半路上两个儿子又让唐军抓了丁,可能也死在战场上了,一个媳妇也跟人跑了。现在,就剩他和老伴、一个媳妇一个孙子一起生活。他和同来的一些人进入顾渚山,开荒种地,维持生存,那几家邻居跟他的情况也差不多。老天没眼,让百姓活不下去了!汉子无奈地叹息道。

陆羽的心情也沉重起来,那种逃难的惨景他是经历过的。他默默地和金三村一起坐着,良久才问:"大叔,你们喝茶吗?"金三村急摇手说:"那是金贵的东西,我们庶民百姓哪喝得起,一块孬茶饼就要五两银哪!"陆羽看着他说:"种了茶就喝得起茶了。大叔,我看你你这片地是沙地,不保肥水,不适宜庄稼生长,如果种植茶树倒是很适宜,而且茶叶的收益就比庄稼好。"金三村一下把头转向他,粗眉下的大眼跳荡着火花,张着嘴巴,露出黄黄的板牙说:"种茶树,行吗? 我们祖祖辈辈都没种过茶的。"

"行呀!"陆羽说,"如今朝廷主张茶饮,越来越多的人知晓了茶的好处,茶的销路很好,种好了收益颇丰,远远大于庄稼。"

"可是,种茶还得会做茶,我们可是一窍不通,弄不好鸡飞蛋打。"金三村垂了下脑袋。陆羽连忙说:"我会种茶,更会做茶,我帮你们。"金三村歪着脑袋看陆羽,陆羽想着他一定认为自己在吹牛,忙又说:"不相信?妙喜寺的茶园就是我负责的。"

"哦!"汉子半信半疑,仍是把头摇得像拨浪鼓说:"弄砸了,你抬脚跑了,我们全家可是要上吊的!"陆羽笑道:"我怎么跑得了? 我跑了你找妙喜寺,就用他们的茶赔你!"金三村这才动了心说:"那样倒可一试,只是……这茶苗也要不少钱吧?"陆羽指着背篓:"今年我们妙喜寺茶园植了许多好茶苗,我背了不少来,这次茶苗全送你。"汉子以为是听错了,忙说:"世上哪有这好事?不要钱,那要什么?"

"什么都不要,你们栽就行了!"陆羽笑道。"啊? 你这年轻人,又赔功夫又赔钱的,图的什么?"金三村疑惑了。"我只想让庶民百姓都能喝上茶!"陆羽告诉他。金三村跳起来说:"碰上好人了。走,快到屋里说话!"陆羽笑着跟着金三村往他的茅草屋走。在路上,陆羽说:"这茶树有个怪癖,喜欢结伙生长。大叔,你让邻居们也都种茶吧!"金三村说:"他们也都跟我一样,对茶事狗屁不通,还不知能不能说动他们呢!"

在金三村家,陆羽受到热情款待。金三村的老伴和儿媳妇为他忙饭,只是他的孙子怕生,盯着陆羽怯生生地看,陆羽百般逗他,他却一溜烟跑了。周围十来户人,金三村走了一遍,却只说动了一半人家同意种茶,有一半人家死活不肯,说没做过的事可不敢做,茶做不好误了粮食那可要命,他们不敢拿全家人的性命开玩笑。"实在说不通只得算了,让他们看一看吧,以后他们都会种茶的。"陆羽充满自信地对金三村说。

那晚,陆羽住在了金三村家,接着他又在那里住了好几天,帮着金三村将一块菜地收获了,换栽上茶苗。他带着那几户人家,来到妙喜寺茶园,将苗圃里的茶苗起了背去,又帮助他们全部栽上了,还反复告知了管理方法,直到这些农人全懂了,这样足足忙了半个月,才离开那里回到苕溪。临走时他对金三村说:"你们以后要做的事是让茶苗成活,下一步怎么做,他过些日子还要再来。"那些农人看到陆羽那么耐心地教他们植茶技术,天天跟他们一起劳作,晴天一身汗,雨天一身泥的,感激万分。

妙喜寺茶园的沈管事听说那些茶苗陆羽没要一文钱就送给农人,有些不愿意,不过他知道陆羽与皎然的关系,也就没说什么。

烟波钓徒

陆羽刚回到苕溪,皎然就找上门来了,当然又是邻居孩子们报的信。这次皎然不是一个人来,而是带着几个他熟悉的朋友——朱放、皇甫曾和皇甫冉,仍忘不了让小沙弥挑来一担酒、饭、菜等吃喝东西。陆羽对朱放和李冶的事还怀着成见,他酸酸地问朱放:"你是从李冶那里来?"不想朱放懊恼地说:"那女人,把我当傻子耍,脾气又怪,一会儿温柔多情,转眼冷若冰霜。真是女人心,海水深,不可捉摸,我早不去她那里了。"

皎然哈哈笑说:"我早说过,这个女子惹不得,你们偏要惹,遭殃了吧?"他这一说,几个人都笑了。陆羽心中的那口气一下全消了,他连忙找凳子让客人坐。皎然说:"还是在道场里摆吧,又宽敞又明亮。"众人说好,帮着把桌凳抬到道场里,酒菜摆了一桌,陆羽又生上火炉煮他的渐儿茶。待把茶饼碎开碾细,水也沸了,下好茶末,几人就坐上桌边吃喝边聊,谈些时局之类话题。皇甫昆仲知道得多些,说代宗皇帝借回纥兵收复了洛阳,史朝义已经奔到莫州去了。听说收复了洛阳,几个人都很高兴,朱放高兴地提议浮一大白,喝完后陆羽又再浮一大白。

茶茗也煮好了,每人热热的一大碗,又喝酒又喝茶,酒酣耳热时,老朋友们互相敬酒,呼喝喊叫,引得邻居几个小孩子围上来看热闹。几人就用筷子夹了肉菜,叫孩子们张开嘴喂他们吃,孩子们吃过就高兴地跑了。邻居朱三老人给他们拿来了一些干花生下酒,陆羽给老人喝了一碗酒才放他走。老人走后,皎然、朱放和皇甫昆仲都夸陆羽人缘好。陆羽也说:"真亏了这些好邻里的照应,帮了我不少忙!"

酒喝得差不多时,朱放提议联句作诗,皇甫昆仲也说好,皎然却说:"天不早了,陆羽忙累多日,才从山下来,就让他早点歇息。改日吧!"又把头转向陆羽说:"我们今天来,是要告诉你两个事:一是我前些天到西塞村,终于把那个烟波钓徒张志和逮住了,他答应我们去拜会他。昨天刚好朱放和皇甫昆仲来了,正好你又回来,我们明天就坐船到西塞村寻张志和。二是卢幼平太守已经奉命上调京师任职,他对你很赏识,要你写一分自传他拿去禀报皇上,或可能让你吃上皇粮俸禄,免得你为生计艰难奔波,也能一心一意从事茶事。你尽快写出来吧!"朱放和皇甫昆仲一听,也为陆羽高兴,说凭陆羽的文才和对茶事的造诣,早该能吃上皇粮。陆羽也有些激动,连忙向皎然敬酒,也敬了朱放和皇甫昆仲。

天已黄昏,饭后皎然让小沙弥给陆羽留下许多吃食,然后带朱放和皇甫昆仲去妙喜寺住宿,说好明天一早陆羽到妙喜寺去会合。朋友们走后,陆羽还很兴奋,想到明天就可见到张志和,还有卢太守去京师向朝廷引荐自己,说不定真能得到一官半职,吃皇粮俸禄,那是何等的幸事。他乘着酒兴,进屋闭了门,点燃羊油灯,擎到书案前,边磨墨边想,待墨浓时,他提起新置的湖州竹管羊毫,在雪白的越纸上纵情挥舞:

陆子名羽,字鸿渐,不知何许人。或云字羽名鸿渐,未知孰是。有仲宣、孟阳之貌陋,相如、子云之口吃,而为人才辩,为性褊躁,多自用意。朋友规谏,豁然不惑。凡与人燕处,意有所适,不言而去。人或疑之,谓生多嗔。及与人为信,虽冰雪千里,虎狼当道,不愆也。

上元初,结庐于苕溪之湄,闭关对书,不杂非类,名僧高士,谈宴永日。常扁舟往山寺,随身惟纱巾、藤鞋、短褐、犊鼻。往往独行野中,诵佛经,吟古诗,杖击林木,手弄流水,夷犹徘徊,自曙达暮,至日黑兴尽,号泣而归。故楚人相谓,陆子盖今之接舆也。

始三岁,惸露,育于大师积公之禅院。九岁学属文,积公示以佛书出世之业。予答曰:"终鲜兄弟,无复后嗣,染衣削发,号为释氏,使儒者闻之,得称为孝乎?羽将校孔氏之文可乎?"公曰:"善哉!子为孝,殊不知西方之道,其名大矣。"公执释典不屈,子执儒典不屈。公因矫怜抚爱,历试贱务,扫寺地,洁僧厕,践泥污墙,负瓦施屋,牧牛一百二十蹄……

次日一早,他就在屋后竹林里的鸟叫声中匆忙起来,边梳洗边生火热饭,收拾好后,穿戴了幞头长袍,带上自传往妙喜寺走。早起的农人已经在地里干活了,陆羽沿途一路互相打着招呼。不一会就到了妙喜寺,皎然、朱放和皇甫昆仲也早起来吃过饭等着了,一见陆羽来了就问好。陆羽将自传给皎然看过,皎然连声说好,跟着几人就起身到苕溪渡口,妙喜寺的船早等到在那儿。待众人上船,艄公扯起风帆,船顺着苕溪一路行去。

沿途看着两岸山青水秀的风景,皇甫曾有些不放心地问:"皎然兄,那个怪人,不会躲着让我们空跑一趟吧?"其实这也是几人心中的疑问,皎然有些信心不足地说:"我想不会吧,这家伙虽然狂,但还是讲信用的。"朱放说:"世人都说我们清高,这家伙比我们狂傲到哪去了!"陆羽笑道:"见不到他也没关系,权当我们出来游玩一趟。"众人都笑了,异口同声说:"也是也是,权当游玩一趟,也算到过西塞村了!"两个时辰以后,船到了西塞村,艄公在岸边稳住船,让几人先上岸,然后找一棵树拴了船,跟在后面往村里走。皎然先前来过,他带着大伙一直往村边走。

春日载阳,有鸣仓庚。一排排杨柳树在微风中翻转着小绿叶,一些鸡在房前的草堆上扒拉着什么。这是一个小村子,十多户高高矮矮的草屋稀稀拉拉地散居在苕溪边。看到来了几个穿长袍戴幞头的士子,许多村人就倚在屋门口或墙壁看,孩子们则不管不顾,大声地嚷嚷:"肯定是来找张疯子的!"听到把张志和称为张疯子,几人不禁对看一眼,说不出是啥感受。皇甫冉问了句:"他们怎么说张志和是疯子?"没有人回答他。

来到村头两间草屋前,皎然说:"到了。"然后就放开嗓门喊:"烟波钓叟,快出来,我等来了!快点,我等来了也!"喊了两声,里面就有了动静,跟着院门吱呀一声开了一道小缝,从缝里伸出一颗小脑袋,此人秃顶短褐,粗布有些褴褛,两眼眨巴着,嘴角有两撮稀稀的胡须。他一见皎然,就眯了小眼,嘴边咧出一点笑,说道:"是皎然师父来了,快里边请!"便将院门大开,伸手延请众人进屋。

皎然问道:"令弟在家否?"张松龄说:"舍弟不在,他到苕溪里钓鱼去了!"众人这才明白这不是张志和,而是张志和的哥哥张松龄。众人都有些失望,其实大家都知道张志和是个闲云野鹤般的人,天天在苕溪里垂钓,总是躲着人,变换着地方。因此,只要他出门,就只有天知道他在哪里。

朱放首先沉不住气,嘟囔着说:"他又走了,这不是害我们白跑一趟吗?"皎然止住朱放,笑着对张松龄说:"我前些天来,令弟说这几天不去垂钓,要在家里等我们,不知今天怎么又去垂钓了,他走得远吗?"张松龄呵呵一笑说:"请几位贵客稍安勿躁,舍弟今天是知道你们要来,所以打早就去苕溪钓鱼去了,他要用苕溪里的鳜鱼招待你们,他会很快回来的!"众人全转怒为喜。

他们来到堂屋,陆羽发现这张志和似乎比他还要贫寒。两间屋空荡荡的,里屋除一架床铺外别无他物,外间有个破木板钉成的书案,放着文房四宝,门口边的墙角处放着三块石头支成的一口锅,旁边石板上放着一碗一筷,墙上挂着一件用棕皮和蓑草编成的蓑衣,这就是全部家当了。

看着这景况,大家都不相信,这是一个二十六岁就在肃宗朝举明经擢第,做过待诏翰林授左金吾卫录事参军,皇上赐名"志和",以文字侍候于君王左右的才子之家?看到大家惊疑的神色,张松龄说:"子同(张志和字子同)这人,在长安做官做得好好的,父亲猝死他回来奔丧,伏在父亲的灵前恸哭一场,忽然就再不去做官了。他说人生苦短,白日苦暗,昼短复夜长,何不秉烛游?他穿着比农人还破的衣衫,吃野果子和粗粮,夏秋时更以荷衣当衣,日日驾一叶扁舟在苕溪里出没,害得我这当兄长的也跟着遭人指点。看看,你们贵客来了也没个坐处,让我去搬点家什过来。"皎然一行不住地嗟叹,更想见一见这个怪人。张松龄去不一会就和他的二十岁的儿子一起,搬来桌凳,拿来了瓦罐碗筷,还有一块粗茶饼。原来张松龄一家就住在隔壁,想来平日没少给予张志和照料。

屋门前的平地上,一行人坐在凳上,张松龄要为众人煮茶,抬出了屋里的三块石头,放上瓦罐,却没有水,忙让儿子去井里提一桶水来。陆羽自告奋勇前去煮茶,张松龄拦住了他说:"哪行呢?你是客人。"皎然等人也都在一旁说陆羽煮得一手好茶,张松龄这才同意了,然后去山墙处抱了一捆干柴禾来。

水提来了,张松龄吩咐儿子烧火,陆羽在三块石上坐上瓦罐,加上水,想把茶饼弄碎,用手掰开低质茶饼。待水二沸时,他就用手把茶饼掰碎在罐里,一会功夫,他就煮好茶汤,给每人舀上一碗,几人围着桌子稀溜稀溜地喝起来。张松龄喝了几口,巴咂着嘴说:"果然好手艺,这茶汤特别好喝。怪了,你并没多放作料,怎么就比我们煮的好吃呢?"众人大笑着说:"谁叫他是陆羽呢?"张松龄摸不着头脑,后才从皇甫冉嘴里知道陆羽事茶考茶多年,是个年轻的茶家,就对陆羽翘拇指笑说:"佩服佩服!"陆羽抱手对他作个礼说:"煮得不好,还请张大哥多多指教!"张松龄说:"我对茶可没考校,指教不敢当。"

正说着,只听屋外远处传过一阵高亢悦耳的歌声:

西塞山前白鹭飞,桃花流水鳜鱼肥。青箬笠,绿蓑衣,斜风细雨不须归。

张松龄站起来说:"舍弟回来了!"皎然几人也站起来,想这张志和还唱得好歌,都侧耳细听。歌声又起,声音越来越近了。

雪溪湾里钓渔翁,舴艋为家西复东。江上雪,浦边风,笑著荷衣不叹穷。

歌声还在耳边缭绕,柴门已然哗地一响,一个人一手提着钓竿,一手提着几尾银白的大鳜鱼走进来,随之一串哈哈响起:"哈哈,贵客到了,有失迎迓,得罪,得罪!"皎然连忙上前几步,抱拳说:"志和贤弟做得好诗,唱得好歌,真让我辈大开眼界!"张志和将钓竿和鱼一并交张松龄,还礼说:"见笑了,见笑了!"

皎然把陆羽、朱放、皇甫曾、皇甫冉逐一向张志和介绍,张志和都是抱拳作礼说:"久仰大名,幸会,幸会!"众人却是仔细打量这个有名的怪人,只见他头戴一顶小竹笠,全身披一整匹粗褐布,打着赤脚。他那一双眼睛,虽不大,却闪烁着精湛的光芒,众人都在心里暗暗称奇。

张志和扫了一眼桌凳说:"又劳烦哥哥了,帮我接待了客人,一会还得劳烦嫂子,帮我做鱼,再弄几样菜。今天我就用鳜鱼和程氏酒待客,各位可得开怀尽兴,不醉不休!"皎然说:"那当然,既然来到你这里,是一定要把酒喝好的,还要作诗!"张志和摘下小竹笠,挂在墙上,露出披着的长发,摆摆手说:"不,到我这里,就不用卖酸了,要作诗你们留着改天作,到我这里咱们唱渔歌!"皎然几个互相看看,都说:"唱渔歌就唱渔歌,拼着大不了一醉!"众人哈哈大笑,纷纷说:"痛快,痛快!"

陆羽早从瓦罐里给张志和舀了一碗茶汤奉上说:"你忙半天口渴了,尝尝我煮的茶汤。"张志和也不客气,端起碗一气喝尽,嘴一抹说:"好味道,好味道,你就是那个茶家了?"陆羽忙说:"不敢不敢,茶的学问大得很,陆羽只是略知皮毛而已!"

众人坐下聊天,朱放想跟张志和谈中原形势,张志和却顾左右而言他;皇甫昆仲想与张志和谈当今才子谁的诗作好,张志和也是一副懵懂不知的样子;倒是和皎然谈一些佛家学理,张志和听得津津有味。陆羽不善言辞,静静地坐一边听他们谈论,张志和怕冷落了他,不时问他一些种茶煎茶方面知识。

说话间,张松龄来说菜做好了,可以吃饭了。大家围桌而坐,张松龄的女人和儿子端菜上桌,一大木盆烧鳜鱼,两大碗鸡块,再就是时鲜的白菜茄子苦瓜之类。张志和拍开程氏酒泥封说:"乡间野地,没什么好东西招待贵客,自家土产,诸位就放开吃喝吧!"说着他起先喝下一碗酒。众人也不客气,开怀吃喝起来,鳜鱼味美,鸡块很香,时鲜蔬菜很赶口,吃得酣畅淋漓。有人提议敬酒,张志和说那些俗套就免了,众人也就依他,各自吃喝。一坛酒完了,又抱来一坛,渐渐地众人都有了酒意,张志和就把长发往后一甩说:"我要唱渔歌了!"然后,顿开喉咙就唱起来。

他的嗓音圆润,高亢,金石一般在长空回荡,众人一片喝彩。这时,只见张松龄把短褐一撩，头一仰，一道激越的声音奔泻而出：乐是风波钓是闲，草堂松径已胜攀。太湖水，洞庭山，狂风浪起且须还。

歌声把皎然、陆羽、朱放、皇甫昆仲全惊呆了，想不到这张松龄也是个才高八斗之人！

张志和朝兄长一抱拳说：“感谢家兄的牵挂，小弟会记住的！”然后又唱道：松江蟹舍主人欢，菰饭莼羹亦共餐。枫叶落，荻花乾，醉宿渔舟不觉寒。

张志和唱过，让皎然等人唱，皎然说：“你这是赶鸭子上架也，不过盛情难却，我们也各唱一首吧！”他想了想，就照着张志和歌声的音韵，唱了一首：五岭风烟绝四邻，满川凫雁是交亲。风触岸，浪摇身，青草灯深不见人。

接着是朱放唱：极浦遥看两岸花，碧波微影弄晴霞。孤艇小，信横斜，那个汀洲不是家。

当过伶人的陆羽唱歌不是问题，他接着唱道：洞庭湖上晓风生，风触湖心一叶横。兰棹快，草衣轻，只钓鲈鱼不钓名。

他的歌声也赢得了喝彩。皇甫曾接着唱道：舴艋为船力几多，江头雷雨半相和。珍重意，下长波，半夜潮生不奈何。

皇甫冉唱道：偶然香饵得长鳣，鱼大船轻力不任。随远近，共浮沉，事事从轻不要深。

志和大笑说：“都说不会唱，都唱得好嘛！我再唱一首，就给你们吹笛子听。”

钓台渔父褐为裘，两两三三舴艋舟。能纵棹，惯乘流，长江白浪不曾忧。

唱罢，他从宽布裹着的后腰里抽出一根竹笛，横在嘴边就吹起来，那是一曲《南乡子》，笛音穿云裂石，婉转悠扬，悦耳动听，皎然一行全听呆了。

良久，皎然不由小声喃喃地说：“好一个独与天地精神往来！”

听到这话，陆羽的心湖顿时一阵荡漾。

李冶探病

陆羽再次从顾渚山回来就病倒了，他是在山上和金三村等几户农人移栽茶苗淋了雨受凉生病的。天突然下起大雨，金三村拿斗笠给他，陆羽一看到没多少就完事了就没要，而且想着自己年轻力壮的，淋点雨没事，不想回来就大病一场。

整个顾渚山上都植上茶树，远远望去绿森森一片，陆羽心里十分高兴。他强忍着走回杼山茅屋，一停下来就感到浑身发软，一阵一阵发冷，全身酸痛，什么东西都吃不下。他挣扎着为自己煮了一碗茶汤喝，略感好点就迷迷糊糊地睡了。皎然是薄暮时分来的，他叫着陆羽的名字走进茅屋，却没听到陆羽的回应。他来到床榻边，看见了陆羽正在睡觉。叫了几声陆羽没应，伸手一摸陆羽的头，热得烫手，他赶忙回到妙喜寺，让小沙弥熬了一罐姜汤。天已黑下来，两人带上姜汤和一个蒲团，急匆匆又到陆羽茅屋，扶起软绵绵的陆羽，趁热给他灌了一碗姜汤，然后用被子将他严严实实捂盖了。忙完后，皎然让小沙弥回寺去，自己在陆羽床榻旁边放上蒲团，盘腿在上面打坐……

夜间，陆羽出了一身大汗。早晨醒来，天已大亮，睁开眼睛，他先看到一团灰黄的色彩，然后就惊奇地看到在一边打坐的皎然——晨光正透过正面墙上那个三尺见方的牛肋巴窗，照到皎然身上，这才恍然记起自己昨晚病了。

"皎然兄！"陆羽轻喊了一声，挣扎着要坐起来。皎然闭目不动，口说："你别起来，你的身子还弱，得将养几天才行！好些了吗？"陆羽又躺了回去，眼睛却有些潮湿，答道："好很多了，皎然兄，真是太辛苦你了，陆羽三生有幸，有你这个义兄！"

皎然收一口气，从蒲团上站起来笑道："你这个傻瓜，你写出一部好茶书来，就是对我最好的感谢！不过你呀，也别太拼命了，还得注意身子！"陆羽想要说什么，动了动嘴唇却没说出来，两滴热泪从眼角里滚出来。

皎然没看见，高兴地说："你出门这些日子，卢幼平太守已经奉调进京做判官了，我们一帮文友送了他。你的自传我也交他带走了，卢太守看了很高兴。说他一定要在皇上面前举荐你，说不定就会有一官半职落在你身上。嘿！卢太守赴京那天，我们喝酒醉倒了几个人，我还作了一首诗。"我念给你听：

故人念宿昔，欲别增远情。入座炎气屏，为君秋景清。
由来空山客，不怨离弦声。唯有暮蝉起，相思碧云生。

"皎然兄，你的诗作得越来越好了。"陆羽在枕上点头说。"当然了，我经常诗潮涌动。"皎然有些得意地看着陆羽。他突然意识到陆羽还没吃东西，连忙拍自己的秃头说："你看我，得意忘形了！你醒了，该吃点东西，我看送饭的来没有。"一会儿，他就领着提着瓦罐的人进来，找来碗筷，从罐里倒出热粥，陆羽没胃口吃了一小碗就不想吃了，皎然逼着他又吃了一些，见陆羽实在不想吃也就算了，转身说："你再睡一阵，我一会再来看你。"然后他和来人一起走了。皎然一走，陆羽也就闭上眼睛睡了。

当他再次醒来的时候，日光从窗里映进来，屋子显得很亮堂。继而，他闻到了一股香味，是道观寺院的那种香味。香味清除了屋子久不住人的潮湿霉味，他有些惊讶，自己的屋里怎么有这种香味呢？莫非是皎然拿来的？但陆羽觉得不会是皎然，他和自己一样大咧咧的。

这股香味刺激着他的鼻子，忍不住打了个喷嚏，跟着他听到了从厨房响来的脚步声，然后在门口出现了一张着一身道服的俏脸，笑微微地看着他说："醒了？"他惊得一下从床榻上坐起来，惊叫一声："季兰姐姐，你……怎么来了？"

"傻瓜！傻话！我就不能来？我生病你还去看我，你生病怎不告诉我一声？"李冶责怪地骂道。陆羽什么也没说，只是傻傻地看着李冶笑，然后披衣就要下床榻。陆羽想起来，但身子发软无力地摇晃着，李冶连忙止住他说："是你的好朋友皎然老和尚派人去告诉我的。"陆羽心里一热，热心肠的皎然真是个粗中有细的人，居然想起李冶——他的季兰姐姐来。他顺势又躺倒了，一手去拉李冶的手。李冶用另一只手打开他的手，嗔道："干什么？"陆羽眼巴巴地说："季兰姐姐，我还想吃你的香葫豆！"

李冶不由得好笑，哼一声说："那是小孩闹着玩，你现在是个大男人，还好意思做那些啊？好好休息，我已熬好绿豆粥，我去端来给你吃。"陆羽只得放了手，李冶去厨间端来了一碗绿豆粥,此时陆羽真想吃粥了,但他不接碗,死皮赖脸地要李冶喂他。李冶只得叹口气说:"谁叫我是姐姐呢?"陆羽笑了,然后张大着嘴。李冶看着他的样子笑了,骂了声:"死赖皮!"然后让他倚着床头,用木匙舀了粥喂他。陆羽巴嗒着嘴说:"真是好吃啊!"李冶忍住了笑说:"好吃就多吃些!"这是陆羽吃得最舒心的一次饭,他足足吃了两碗,李冶都惊讶了。

吃完饭收碗时,李冶说:"好久没见,你的茶书修改得如何了?"提到茶书,陆羽顿时精神一振,他又想起李冶"楚人《茶经》,浪得虚名"的评价,心里头有点不是滋味。于是淡淡地说:"增删改动了两次,但还不满意,须再增加一些内容。"李冶露出一丝会心的微笑,不动声色地说:"那快拿来我看,我要先睹为快!"陆羽挣着要下床榻,说道:"我放在文槐书函里了,我找给你看。"李冶忙止住他说:"你别下来,告诉我在哪里就行了!"陆羽手指了屋角一个木柜说:"就在那里面。"又躺下了。李冶从柜里找出文槐书函,打开取出了那一摞写满蝇头小楷的雪白越纸说:"你睡一会吧,我拿到院里看。"就走出门了。

陆羽哪里睡得着,他忐忑着心,尖了耳朵听院里的动静,连李冶翻动纸张的声音都听得清清楚楚,心也无端地紧张起来。过了很久,陆羽看到窗口透过的日光已移动了好大一块,李冶眉飞色舞地进来了。看到她的神情,陆羽的心放下了一些。李冶高兴地说:"陆羽,你这一稿不错,有模样了,条理清晰:一之源、二之具、三之造、四之器、五之煮、六之饮……离成功只有一步之遥了,继续努力,我的好弟弟!不过,我提议把前代的茶人茶事茶言也增加进去,这样就更全面了,你说呢?"

陆羽兴奋地一下坐起来说:"好啊,你提得真好!这方面的事我也知晓不少,像《晋中兴书》中说:'陆纳为吴兴太守,时卫将军谢安常欲诣纳,纳兄子俶怪纳,无所备,不敢问之,乃私蓄十数人馔。安既至,所设唯茶果而已。俶遂陈盛馔珍羞必具,及安去,纳杖俶四十,云:'汝既不能光益叔父,奈何秽吾素业?'《晋书》:'桓温为扬州牧,性俭,每燕饮,唯下七奠,拌茶果而已'……"

李冶说:"我想到三则,华佗《食论》中说:'苦茶久食益意思。'壶居士《食忌》里说:'苦茶久食羽化。与韭同食,令人体重。'郭璞《尔雅注》云:'树小似栀子,冬生叶,可煮羹饮,今呼早取为茶,晚取为茗,或一曰荈,蜀人名之苦茶。'你看如何?"陆羽大叫说:"好!你快帮我写下来!"李冶就去外屋书案去写,没写几个字,皎然派来的小沙弥又送吃食来了,还带话让李冶晚上到妙喜寺客房歇息。陆羽和李冶听了都很感动,心想皎然真是想得周到。吃完饭,日已偏西,陆羽就催促李冶快去妙喜寺,免得天黑走路诸多不便。小沙弥也说陆羽这里有他照应,李冶便听从了,对陆羽说:"那我去了,明天再来陪你。"小沙弥留在这里陪陆羽,陆羽问小沙弥皎然在忙什么,小沙弥说皎然从早起就上山,采了一根实心竹杖,也不知有什么用。小沙弥也和皎然一样,就在陆羽的床榻前打坐了一夜。

次日上午,皎然是和李冶一起来的,他们站在院子里说话。见陆羽的病好了许多,皎然得意地捋着长须说:"看来我是所托恰切。哈哈!这么快病已见好了,真是立竿见影啊!"说得陆羽和李冶的脸都有些发红,李冶就到篱笆边观赏一丛爬到竹片上的喇叭花。陆羽问皎然:"听小沙弥普清说你昨天上山半天,采了一根竹杖,你好端端的,要竹杖何用?"皎然说:

"哪是我用,是李萼侍御托人要我替他给他父亲采一根。为采这根竹杖,我费了许多气力才采到一根满意的,已托信使给他带去了。"

"哦,李萼做侍御了?我俩还是火门山求学时的同窗哪!"陆羽说道。

"啊,你们还有这一层关系哪,那以后请他到湖州一游,大家叙旧。"皎然笑着说。

"有这个机会敢情好了!"陆羽感慨道。皎然笑说:"采这根竹杖,我可是一举两得,又得了一首诗,我念给你听:竹杖裁碧鲜,步林赏高直。实心去内矫,全节无外饰。行药聊自持,扶危资尔力。初生在榛莽,孤秀岂封殖。"

皎然刚念完,李冶在那边接口说:"什么破诗,就写一个流水账,还好意思念给我们听?"皎然知道李冶那张嘴的厉害,对她摆摆手说:"我可没念给你听,我是念给陆羽听,你别牛圈里伸出马嘴来,我不和你说!不和你说还不行吗?"李冶哼一声,又看起她的喇叭花来。

皎然就转头问陆羽:"最近写诗没有,写了念给我们听听!"陆羽有些惶然说:"我这些日子一是改茶书,二是在顾渚山植茶,忙得昏天黑地,没了诗兴,只是写下两篇地理志《顾渚山记》和《慧山记》,我去取来,请皎然兄赐教!"皎然一挥手说:"有文章就好,快去取来,我等先睹为快。赐教不敢!"

陆羽赶忙进屋取来两篇文稿,捧给皎然,李冶也不看花了,兴致盎然地凑过来和皎然一起看稿、品评。

鉴水神功

代宗皇帝借回纥兵平叛见效了,回纥兵在仆固怀恩的率领下,收复东都洛阳后,把史朝义赶到田承嗣的莫州。田承嗣见大势已去,就将史朝义的母亲和妻子抓了献给唐军,史朝义只好带五千残兵逃往范阳,守范阳的部将李怀仙又献范阳投降唐军。走投无路的史朝义跑到一片树林里自己吊死了,历时八年的浩劫终于结束了。

朝廷颁下圣旨,举国庆贺,论功行赏,改年号为永泰元年。全国上下一派喜庆。陆羽也受到鼓舞,他思去想来,决定做一个煮茶的风炉来庆祝下。他画好了图纸到妙喜寺请皎然过目,皎然大力支持并且提了一些修改意见。陆羽改好图,就去湖州找到一个技艺精湛的铁匠,从做模具到浇铸,历时三月,风炉终于铸成,样子如三足古鼎。风炉制作完后,陆羽又把他的茶书再次修改,自觉满意后就抄写了两份让朋友们翻阅,这下得到了朋友们肯定,连皎然都说可以找人刻印了,但陆羽坚持说还要再行增改。此外,他又不断到附近农家,演示和推广他的渐儿茶煮法,他的煮茶法也渐渐在这一带推广开来。顾渚山的紫笋茶发展的越来越好,茶农的收益也日渐增多,陆羽的名头越发响亮起来,只要他走到茶乡,离老远大家就喊:"茶把式来了!"有些人还干脆叫他茶仙,争先恐后地拉他去家里吃饭。

这年顾渚山的春茶又大获丰收,紫笋茶运销各地,陆羽的名字也被四处传扬。夏天,他突然接到扬州刺史李穆的书信邀请,约他去扬州游玩。李穆是刘长卿的女婿,与陆羽也算是朋友。陆羽正好此时有闲暇,收到信后就决定去一趟。陆羽收拾好了上路,还带上一本手抄的《茶经》，一路向着北方行去，路途倒是顺利，足足七天才到扬州，到刺史衙门找到李穆。李穆见他来了很高兴，将他安置在离府衙不远的大明寺食宿，然后说好第二天来陪陆羽游玩品茶。陆羽知道这大明寺大有名头，前些年鉴真和尚在此出家并当过住持，后来鉴真东渡扶桑弘扬佛法，成为佛家一件盛事。

第二天，李穆没能来陪陆羽，朝廷派御史李季卿宣慰江南来到扬州，下榻扬州临淮馆舍，李穆忙于接待无法分身。那李季卿乃皇亲国戚，靠裙带关系新做了三品大员，穿上了紫色袍服，风光无限。五十多岁的他，一张瘦马脸总是板着，不苟言笑，出门必坐四马拉的大车，随从前呼后拥，招摇过市，抖足了威风。作为下属和晚辈的李穆，自当小心侍候，生怕出了差错，丢了乌纱，那一边自然冷落了陆羽，李穆心里也是着急。

两天后，李穆知道了李季卿大人有一癖好，喜欢茶饮、品水。他立即想到陆羽，想让陆羽为李大人献艺，说不定李大人一高兴，封赏丰厚不说，还可能给陆羽一官半职。但他知道陆羽刚直不阿且性格褊躁、淡泊名利，尤其不喜官场逢迎。继而想到扬州有个叫常伯熊的煮茶颇有名气，还有一套精致的茶具，此人据说也颇为圆滑世故，让他献艺，可能会讨得李大人的欢心。

于是李穆就去见李季卿，进言道："大人一路鞍马劳顿，夙兴夜寐，忙于公务，难得闲暇。近日天气晴好，我这存有两饼好茶，下官建议明日休憩一天，找个颇善煮茶的人献艺，邀扬州三五名流，共同畅叙品茗，不失为一雅事，大人以为然否？"正襟危坐的李季卿，一听品茗二字，一改往日严肃的面孔，马脸上眉开眼笑说："这倒真是一件雅事，本官何乐不为！不过，难在——"他沉吟起来。

李穆急问："有何难处？请大人明示！"李季卿道："品茗关键得要有一个懂茶善茶的人煮茶才行，你这里……能有这样的人？"李穆成竹在胸说："大人放心，我这里正有一个煮茶技艺高超的人，叫常伯熊，下官今晚就去知会他，谅他不会推辞，能为大人效劳，那是他的福分！"李季卿这才喜逐颜开地说："那你去安排，你去安排，本官客随主便了！"李穆回去后，立即差人去把常伯熊找来府衙。那是一个四十多岁的汉子，瘦窄的脸，一双小眼灵活地眨动。李穆把他为李季卿大人煮茶的意思一说，常伯熊忙不迭地答应说："能为御史大人献上茶艺，小人真是三生有幸，敢不倾力为大人效劳？"

次日，常伯熊特意换上了一身青衣，用车拉着他那套精致的茶具，风炉、炭挝、火夹、釜、交床、碾、罗、和、则、水方、巾、竹夹、长筷之类，早早地来到李季卿下榻的馆舍。李穆也带了几个美艳女子来此侍候。李季卿是睡足了才起来，用过早膳，来到院中。常伯熊一见赶忙跪地请安，李穆引见过后，常伯熊就做煮茶准备。一会儿，李穆请来的几个名流也到了，常伯熊开始施展本事煮茶。

常伯熊把全身解数都用上了，也是碎茶用碎、碾、罗三道工序，煮茶讲究一沸二沸三沸：釜中水如鱼目并微有声时为一沸，水边缘如涌泉连珠时为二沸，水面如波涛汹涌时为三沸，也是在二沸时舀一瓢水，再用则量茶末投入沸水，用竹夹搅动击沸，三沸时又将舀放的水兑入……在几个美貌女子的配合下，常伯熊的茶艺演示得如行云流水，煮出的茶汤滋味也让李季卿一干人赞赏不绝。常伯熊得了很多赏银,喜得他跪在地上连连叩头谢恩,李穆心里也是喜滋滋的。

末了,李季卿问了一句:"你茶煮得这么好,是跟何人学的?"常伯熊再次叩头说:"回大人,草民的茶艺是跟茶仙陆羽学的。"李季卿一下盯住常伯熊说:"是陆羽亲手传授你的?"常伯熊说:"那倒不是……不过也差不多……"李季卿奇怪地问:"此话怎讲?"

"回大人,是这样的,草民不是陆羽亲手传授,我是亲眼看到陆羽这么煮茶的,我有个亲戚在湖州顾渚山,我走亲戚时,恰遇到茶仙陆羽在顾渚山农家教人煮茶,小人记住了他的方法,又学他制作了全套茶具,就在扬州为人煮茶,这便就有了名头。"常伯熊说道。

"哦——是这样!"李季卿有些怏怏,一直到常伯熊和那些本地名流离开也没开朗起来。细心的李穆看出来了,众人走后,他问李季卿说:"大人对今天常伯熊煮的茶不满意?"李季卿说:"哦,满意呢还是满意的,不过——"李穆问道:"大人,如有什么不满意的,下官能弥补则定然弥补!"李季卿半天才说:"唉!其实也没什么,我听那常伯熊说他是学陆羽的煮茶方法,我想他肯定没把陆羽的方法学全,如果能吃到陆羽亲手煮的茶,岂不快哉?"一听李季卿这句话,李穆的脑里就飞快地转开了,他想这或许真是陆羽的一次机遇,连常伯熊都这么赏识,赏银那么丰厚,如果陆羽献艺,还不知怎样欢喜,封赏肯定在常伯熊之上。想到这里,他跨前一步,对李季卿说:"大人,陆羽正在扬州,如果大人愿意,我可以请他为大人献艺!"

李季卿的眼睛一下放出光来说:"真的?那太好了!李穆呀,你如果能玉成此事,本官一定给你封赏!"李穆有些受宠若惊,忙说:"下官不求封赏,让大人高兴,是下官职内应尽之责。下官这就去找陆羽,大人静听佳音!"看到李季卿欢喜的样子,李穆也高兴地躬身退出,唤上轿夫,坐上轿子,急急去大明寺找陆羽。第二天上午,陆羽果然和李穆一起来到李季卿住的临淮馆舍为他煮茶。李穆还带来了常伯熊煮茶的那套茶具供陆羽用。

这几天里,陆羽游玩了扬州古城。这扬州真不愧是东南重镇,京杭大运河纵贯南北,比那湖州更是繁华。陆羽除了领略市井热闹富庶,赏著名的扬州刺绣,考校物产外,还到隋炀帝行宫遗址迷楼凭吊,看瓜洲古渡,观二十四桥,感慨万端。昨晚,李穆找到他,和他讲了这几天冷落他的原因后,陆羽一点没有责怪他,他能理解身在官场的不自在。李穆又讲了李季卿好茶,也懂茶懂水,连常伯熊那样的茶艺也得到赏识,希望陆羽去给他煮一回茶,还说李季卿对一般的人傲慢,可对茶人却是敬重的。李季卿来到他的治地,招待不周会给今后带来麻烦,希望陆羽帮个忙。

陆羽本不想答应,他不适应和那些官吏打交道,但听到李穆后面的话,他就答应了。刘长卿对他有大恩,他的女婿能不帮吗?当陆羽来到临淮馆舍见到李季卿的时候,端坐在高背椅上的李季卿心里顿时不高兴。原来陆羽脱了往日穿的儒服,换上了一身短褐色的野人服装,披发、粗布短褐、芒鞋。李季卿觉得和他衣冠楚楚的三品紫袍盛装相衬,可真颇辱斯文,他不明白怎么有那么多文士要与这个其貌不扬的人结交。

"你就是陆羽?这本叫《茶经》的书是你写的?"李季卿拿起桌上一本越纸抄成的书扬了扬,漫不经心地问。这是昨晚上李穆呈给他的。陆羽看到了封皮上的《茶经》两个大字,他不明白李季卿手里怎么有他写的《茶经》,他迟疑地回答:"在下正是陆羽,《茶经》也是我写的,不过还不成熟,正在四处求人教正,力求完善后付梓,还望御史大人斧正!"

"好,年轻人,谦虚一点好!"李季卿说着又随手将《茶经》抄本往桌上一丢。陆羽的心里突然掠过一丝不快,但想到李穆,没有表露出来,只是额角的疤痕不自觉地动了动。李穆先时并没注意陆羽的衣着,此时看到李季卿的表情也在肚子里叫一声苦,但他知道陆羽的性子,忙对李季卿说:"御史大人,陆处士平日可是个很难请的人,可下官给他一说,他一听是为大人献艺,立马就答应了;今日饮的茶,也是下官花大价钱买来的顾渚山紫笋茶,也是陆羽先生一手培植出来的,今日人与茶齐备,真是大人的口福!"李季卿的情绪变得好了些,哼哼着说:"快煮茶吧。"

陆羽走到台阶下那张长桌前安放茶具,神态自若。李穆也吩咐司茶女子帮摆茶具,让司乐女子奏乐,司舞女子献舞,不料陆羽对李季卿说:"御史大人,茶为洁物,不可杂入脂粉香气;茶贵清饮,也请撤去舞者。我已带来一个大明寺小僧人作为茶童,余人皆不需用了。"

没有红粉佳丽助兴,这再好的茶喝起来也减味不少。这陆羽,也太狂妄了吧!李季卿的脸色一下沉下来了。李穆见了,立即对陆羽眨着眼睛说:"鸿渐兄,有美人助兴,这茶味才悠长,也说不定还成为茶坛风雅佳话呢!"陆羽说:"别人可以,但要我伺茶就得照我的话做!"李穆有些尴尬了,一时竟不知说什么好。

李季卿说话了:"且慢,我先考校个事,陆羽,要煮茶得用水,而煮茶对用水很讲究,听说你对水很有研究,你说煮茶用什么水好?"陆羽认真地回道:"回大人,煮茶用水,乃山水上,江水中,井水下。"李季卿点头道:"不错,可是这扬州城一马平川,山水是不能奢望了,只能用江水了,那用哪里的江水好呢?"陆羽微笑道:"自然是取用去人远者为好。"

李穆连忙问:"这扬子江那么长,具体取用哪里的水好呢,我马上派府兵去取!"陆羽略一沉吟说:"据我所知,扬州城对岸扬子驿段的南零水,就是很好的煮茶用水。"李季卿微微点头,认可了陆羽的说法。李穆见状忙说:"御史大人,我马上派府兵去取水!"陆羽赶紧说:"此时取南零水为时过早,水质偏冷,须得午时去取方好!"好茶的李季卿对水也是颇有心得,"就照陆处士说的做吧!只是此时离午时尚早,我们不如就一起到江边游玩观景,待午时再取水如何?"

御史大人发话,谁能说不好!于是,李穆跟着发号施令,一面派人急去江边备船,留下小僧人及几个仆役碾茶和做煮茶准备,余众陪御史大人起步,坐了几辆马车,浩浩荡荡地往扬子江边而去。到得江边,早有一只篷顶彩绘的宽大官船等候,上船后,司乐女子奏起弦乐,司舞女子舞动长袖献舞,李季卿和几个耆老宿旧端坐船中,边吃着时令瓜果,边目不转睛地看着那些扭动腰肢的红粉佳丽,一副乐滋滋的模样。只有坐在边上的陆羽如坐针毡,不时抬头看天色。紧靠船边,有两个年轻的府兵已准备了两个大坛,得令去取南零水。

江面宽阔,水波泛起无数的涟漪。太阳从薄云中出来了,红红的倒影在浪尖上涌动、变幻着形状,随之闪烁起耀眼的金光,江风习习,一阵阵扑人,像是孩童的手在抚摸面颊。陆羽就站起来,走到船头,眯细了眼睛观望远处的浩渺风景。时光易过,太阳到了当顶,陆羽连忙禀报李季卿："大人，午时已到，该取水了！"李季卿喝住了奏乐和起舞的女子，对李穆一挥手："取水！"于是官船起锚，起起伏伏地朝对岸行去。江风更大了，吹得船上人的衣袍刷刷作响。李季卿忽然喝令船停，众人都奇怪地看他，李穆忙问有何事，李季卿蹙了眉说："风太大，不如大家回岸等待，就让两个兵士坐小船去取，岂不更好？"几个耆老宿旧自然响应，李穆更是没有话说。

官船返回岸边，放小舟到江，两个兵士提了两个坛子和水瓢上了小船，陆羽要一起去，李季卿拦住陆羽说："且慢，取点水这等小事，就让下人去干吧！再说江上风浪很大，小船坐两人还行，多一人可就有危险了。"陆羽想想也是，也就没有坚持。两个士兵上小舟前，李季卿将两人唤到跟前，小声说了几句什么，两个士兵点着头，向御史大人行过礼，上了小船荡着双浆走了，小船颠簸摇晃着，一会就消失在烟波浩渺的江面。

这里的人仍坐了马车，回到临淮馆舍，坐在厅堂上。阶沿下，那些仆役和小僧人已是将煮茶诸物备好了，专等水到陆羽烧煮。歌舞重新开始，弦歌悦耳，美人的舞姿动人，主宾其乐融融。只有陆羽那本手抄《茶经》，孤独地躺在桌上，显得冷清寂寞。

功夫不大，两个士兵各抱着一坛水回到馆舍，额上汗水长流。陆羽让他俩把水坛靠放桌边，准备着手煮茶。厅堂里，李季卿喝止了歌舞，看了看陆羽，众人也随了他的眼光，看陆羽操持煮茶。陆羽揭开一个坛子的木塞，拿瓢舀了一些水尝了尝，勃然变色，赶忙又揭开另一坛水尝了尝，点点头，继而眼睛紧盯了那两个还在擦汗水的士兵，指着先尝过的那坛水，厉声问："这一坛水真是南零水吗？"两个士兵惊住了，一个士兵小声说："是呀，两坛水都在一个地方汲的呀！"陆羽冷笑道："真是这样吗？两坛水真在同一个地方汲的？"这一下，两个士兵慌乱了，嘴里支支吾吾，眼睛却不住往李季卿看。

李季卿说："陆羽，你是不是鉴水有误，都是扬子江里的水，你能分出区别来？"陆羽说："御史大人，陆羽的舌头是不会骗我的，这第一坛水甘洌而不醇厚，似傍岸边的水；而第二坛则甘洌醇厚，乃真正的南零水，这是不会错的！"陆羽说得斩钉截铁，李季卿的脸色白了一下，突然将眼光逼人地盯着两个士兵说："怎么回事，两坛水是不是如陆羽说的那样？"两个士兵汗如雨下，终于一个士兵说："陆先生神鉴，真是这样的……"李穆一听，气得大声喝道："该打！尔等怎么汲不同的水来蒙混陆处士？"两个士兵一下跪下来朝李季卿和陆羽叩头，但嘴里仍是支支吾吾说不清楚。

陆羽说："说！到底是怎么回事？"终于一个头脑灵醒的士兵说，本来两坛水都是舀的南零水，归来时因为风浪太大，有一坛水倾倒了，他们想同是江水，有什么区别，就在岸边舀水装了坛运来，不想让陆羽先生尝出来了，然后两人就不住叩头求饶。听到如此，李季卿舒了口气。其实用一般的江水冒充南零水，就是他私下吩咐两个士兵这样做的，他怕两个士兵说出实话来丢了面子，听士兵这样说，心才放下来了。于是他对李穆和陆羽说："饶了他们吧，他们没有返回去汲南零水，也是怕误了我们品茗。"陆羽什么都明白了，他不愿难为两个士兵，便说："一坛水也够了，让他们下去吧。"李穆听李季卿和陆羽都这样说，于是对两个士兵说："还不谢过御史大人和陆先生，滚下去！"两个士兵又分别叩谢了，狼狈地离开厅堂。

这里陆羽就吩咐小僧人洗釜添水煮茶,水烧上以后,他突然说要如厕,就急匆匆地出了厅堂去了别室。众人没有在意,依然闲聊的闲聊,做事的做事,直到釜内水沸了,仍不见陆羽回来。小僧人慌了,忙向李穆禀报,李穆让他去别室寻找,片刻小僧人跑回来,说别室里没有人。众人一听都明白了,这个陆羽,已经悄悄走了!李季卿气得扭歪了脸,他抓起桌上的《茶经》,两把撕碎了扔在地下,还不解气,又抓起一个空茶碗,狠狠地摔在地上,随着刺耳的碗片破碎声,他从牙缝里崩出一句话:"大胆狂徒,不识抬举的东西!"

目瞪口呆的李穆,汗水从额上滚滚而下……

最后是小僧人按大明寺的烧茶法为李季卿等人烧的茶。陆羽回去后在大明寺的耳房宿处,研墨运笔,势如龙蛇,一气写下一篇《毁茶论》,以宣泄胸中的愤懑之气……

修茶赛诗

陆羽从扬州回到湖州杼山苕溪,见到久别的皎然后,畅谈了两天。第三天天蒙蒙亮,陆羽就被一阵叫门声惊醒了。他起来开门一看,就见两个府吏带着几个健卒站在门前。陆羽吃了一惊,以为自己出了什么事,哪知那两个府吏向他献上一套带幞头的青色袍服,外带二百两足色纹银。两个府吏向他说明因由,他们是奉湖州和常州两州刺史之命,请他到两州相交的境会亭去相议贡茶之事。

原来是这两年来顾渚紫笋茶的名头越来越响亮,跟着便传入了京城。那皇宫里的王公贵戚一品过紫笋茶的味道,立刻就迷上了,朝廷一道圣旨下来将顾渚紫笋茶列为贡品。去年定的数量还较少,今年朝廷把一年一度的清明宴的美酒佳肴山珍海味改成为清明茶宴,以茶代酒,所以贡茶量一下翻了几番,湖、常二州的刺史都慌了。

陆羽一口推辞了,那两个府吏急得脸色大变。一个府吏说:"这礼品不收也得收,这境会亭你不去也得去,我们可是奉了死命令来请你的。你不去,我们可交不了差!"陆羽愤然道:"你们怎么能这样逼人?哼!我今天就偏不去,看你们能怎样?"两个府吏一听,扑通一声双双给陆羽跪下了说:"求你陆先生了,你不去,不但我们没命,连两州使君也脱离不了干系。我们带了人来,拖也要把你拖到境会亭。"府吏这一说,那四个健卒就朝陆羽逼过来,似乎要拖他走。陆羽连忙往后退,大声叱斥道:"青天白日,你们要干什么?"一个府吏突然想起什么,急忙在衣服里掏出一封信递给陆羽说:"看把我们急得,都差点忘记了,这是常州刺史耿沣耿大人给你的信。"

一听是耿沣,陆羽的脸色好转了,他急切地展开信纸,待把信看完,脸色已是平和。这封信是耿沣、潘述两人联名写来的信。耿沣是新任的常州长史,潘述也做了湖州长史。两人均受常州刺史李栖筠、湖州刺史袁高的委派,共同督办贡茶的事。陆羽把信纸塞入袍袖,长叹一声说:"朋友的事,我哪能推呢?待我收拾收拾就上路。"

陆羽让邻居朱三老人告知皎然他的去处,然后换上青色袍服,骑上府吏带来的健马,跟着他们风驰电掣般往境会亭奔去。正午时分,他就来到常湖二州交界的啄木岭上的境会亭,见到了耿㳌和潘述。着了蓝色官袍的二人正急得如热锅上的蚂蚁,陆羽的到来让他俩喜出望外,他们早备下一桌酒席为陆羽接风洗尘。

潘述是白苹诗社的成员,和陆羽很熟。耿㳌虽然仅是在刘长卿处有几面之缘,但他也是个颇有诗名的人,与钱起、卢纶、司空曙诸人齐名,号大历十才子之一,而且耿㳌的性格也和他的姓一样耿直,所以陆羽和他俩都不客气,见过礼落座后就开始吃喝畅谈。

一张小桌摆在亭子正中,桌上放着炒花生酱牛肉之类下酒菜,仆人们侍奉在一边,酒早倒好了,浓郁的酒香在亭内萦绕,山风拂面,凉爽无比。耿㳌将一杯酒倒入喉咙说:"陆大山人,劳动你大驾是实在没法了,这次贡茶量大,如果完不成朝廷定的贡茶数量,不但革职,还得查办,说不准连脑袋也保不住。两州刺史都急死了,所以只得请你来主持这事,也算是解救我们了。"

陆羽听他俩说起这次贡茶已增至一千镑,而且在清明前就要送二百镑急程茶到长安。他一算日期,不由得大吃一惊。从这里马不停蹄到长安也要十来天,二百镑茶的制作也要二十来天,而现在至清明也就五十来天,但制茶的场地和灶具之类全无。看到陆羽急变的脸色,潘述连忙说:"陆山人莫怕,这时间是紧了点儿,刚才我已和耿㳌协商过了,只要我们抓紧,还是来得及的。明天我们派几个人跟你一起选址建房,一切由你说了算,我和洪源少府全力做你的后盾,调人调物,要多少调多少,总之只要不违了朝命就行!"耿㳌也跟着说:"是这个说法,还望茶仙玉成!"这后面一句,是带着玩笑对陆羽的赞誉。

陆羽忙说:"茶仙可不敢当,不过蒙二位少府抬举,陆羽敢不尽力而为?"听陆羽这么说,耿㳌和潘述相视一笑,心中的石头落地了,他们跟着不断向陆羽敬酒。

酒过数巡,潘述和陆羽先问起耿㳌近来的新作,耿㳌直性子,也不客气,说诗是作了几首,最近作的是一首叫《宋中》的诗。耿㳌念道:

> 日暮黄云合,年深白骨稀。旧村乔木在,秋草远人归。
> 废井莓苔厚,荒田路径微。唯馀近山色,相对似依依。

潘述和陆羽齐声叫好。陆羽沉思片刻说:"耿少府,我更喜欢你前几年写的《路旁老人》一诗。"说着,陆羽就朗声诵道:"老人独坐倚官树,欲语潸然泪便垂。陌上归心无产业,城边战骨有亲知。余生尚在艰难日,长路多逢轻薄儿。绿水青山虽似旧,如今贫后复何为。"

耿㳌的诗写的这个路旁老人是真实的人,耿㳌还曾经让他来找陆羽学种茶。陆羽问道:"耿少府,这个老人如今在干什么呢?"耿㳌高兴地说:"你传了他技术后,他回去就种起了茶,现在都成了茶把式了。有次我看见他,他还要我感谢你呢!"陆羽笑着说:"那就好,那就好,感谢那是用不着的,只要他有一条活路我就心安了。"潘述知道怎么回事后也说:"陆羽救人一命,胜造七级浮屠,比我们这些无用书生强多了!"

耿㳌也问潘述近期可有诗作,潘述说:"我这些日子为这二百镑急程清明贡茶愁死了,别说湿(诗),连干都不知道了。"耿㳌说:"没有诗作,那得浮一大白!"潘述主动自罚了一碗酒,然后也问陆羽新近所做的诗作。陆羽说:"最近忙于《茶经》的修订,把诗荒了,只写了几篇考证地理的小文。"耿沣说:"你那首《六羡歌》:不羡黄金罍,不羡白玉杯;不羡朝入省,不羡暮入台;千羡万羡西江水,曾向竟陵城下来。虽只一首,可是当得了别人几首几十首诗的!"

潘述和陆羽很熟,就很随便,他嚷起来说:"那首诗虽好,毕竟是旧作,没有新作,也该罚酒呢。"边说边让仆人给陆羽的碗中满上酒。陆羽端起碗,却被耿沣止住说:"潘大人,人家陆羽是在作大文章,《茶经》著成,那是千古留芳的事情,岂是几首小诗可比?怎么能罚酒呢?这样,酒是要喝的,来,我们两人敬他!"耿沣和潘述端起酒碗举向陆羽,陆羽站起来,举碗说:"两位大人厚爱,陆羽怎么承受得起?"他一仰脖便将酒喝了下去,然后说:"清明茶宴指定用我湖常二州产的紫笋,将促使我二州的茶业大发展,只要茶农不断改进种植技术,严格工艺,确保声誉,我湖常二州何愁不富甲天下!"耿沣和潘述齐声应道:"说得好,说得好!"那天的酒,直喝到月亮在东山升起,三人皆沉醉过去才罢。

次日上午,酒醒过来的陆羽,带着耿沣和潘述派下的几个壮汉,骑马向顾渚山深处行去。最终,陆羽选定在妙喜寺茶园旁边的虎头岩处新建茶场。耿沣和潘述正式任命陆羽为茶督,薪俸从优。建造制茶房的工程轰轰烈烈地干起来了,平日偏远沉寂的顾渚山一下热闹非凡,从两州征来的泥工、木工、铁工、石工工匠千余人,还有运送木、瓦材料的人和马,为干活的人运粮煮饭烧水的人,甚至还有专门来看热闹的人。

陆羽忙坏了,他除吃饭的短暂时间外,一天到晚不断地在各处工地走动监督。妙喜寺茶园的沈管事也跟着他一起跑,他在焙茶房工地对工匠们说:"焙房一定要按规格做好,坑须深二尺宽二尺五寸,长一丈,上筑矮墙,墙高二尺,刷上泥。还有'棚'和'育',必须与焙配套。"他吩咐负责准备做茶工具的常州府吏,盛茶的篮子、笼子要多少,蒸茶用的灶和甑子要多少,捣茶用的杵臼要多少,作茶饼时用的规、承、衣要多少,晾茶用的大簸箩要多少,穿茶用的竹篾或是构皮绳索要多少,还有制茶工匠和役工的人数,采茶的人数。陆羽还特别叮嘱,地之所出按斤两论值,不可苛民。陆羽计算过了,虽说贡茶只能采摘一芽一旗的嫩叶,但这几年顾渚山区及周围紫笋茶大发展,在清明前制造二百镒是没问题的。

在搭造房屋的工地上,陆羽见到了金三村,他和陆羽热情地招呼,但陆羽发现,他有些落落寡欢的样子,因事太多,他也没有多问。工程进到一半的时候,耿沣来到顾渚山,陆羽陪着他骑马视察,看到一切都在有序而快速地进行,耿沣十分高兴地说:"陆羽,我们真是选对人了,有了你,我们湖常二州就高枕无忧了!"陆羽说:"过奖了!陆羽自该尽力!"

"不管怎么说,有你,我们就放心了!"耿沣一时高兴,不禁诗兴大发说:"陆羽我们来吟诗联句!"然后首先吟了第一句:"一生为墨客,几世做茶仙。"

陆羽沉吟一下,续道:"喜是攀阑者,惭非负鼎贤。"

两人就在马背上,边走边一人一句地接续着……

半个月过去,虎头岩旁矗立起几十间房屋,有制茶房、管事房,还有生活房,陆羽还将那眼金沙泉扩充和加上围栏。房屋刚建成,采茶季节就到了,跟着就是调集两万余役工采茶,连两州府衙也停止办公,以修贡为专务。采茶前还进行了祭泉祭山仪式,跟着就采茶制茶。天公也作美,春雨来得早,气温也比往年高,顾渚山地区紫笋茶长势茂盛,春分前七八天,大多数茶树已吐出一枪二旗,虽说芽叶偏嫩,但总算能够提前采茶。

顾渚山地区漫山遍野的茶园里,到处是人,源源不断的鲜叶送到茶场制作贡茶。陆羽脱下青色袍服,换上短褐衣衫,陀螺一般旋转在蒸、捣、拍、焙、穿、封等工序的场地,生怕出一点问题,尤其是焙茶,他盯得特别紧,连续几天没睡好觉,陆羽熬得又黑又瘦。十多天以后,首批贡茶制完,共得二百五十多䨱。两州刺史如释重负,欣喜异常,让陆羽最后品尝鉴定后就封存装箱,连同几坛金沙泉水,一并交驿站日夜兼程送京师。待贡茶贡水上路,两州刺史决定在境会亭设宴庆贺。

这天中午,境会亭内高朋满座,笑语喧哗。妙喜寺高僧皎然的到来,更使气氛热烈。座中人争着和他招呼,两州刺史袁高和李栖筠皆站起来相迎,尤其是潘述,拉着皎然的土灰色僧袍说:"你可来了,今天你得献一首诗才成!"皎然却不理他们,只把一颗光头四面转动,口里喊:"陆羽,陆羽,你坐在哪里?原来你在这里,我老眼昏花了!"陆羽坐在他旁边贵客席,对他微笑。皎然一屁股坐在陆羽旁边,瞪大眼睛看着他说:"难怪我认不出你来了?陆羽啊,看你瘦成了什么样子?你也太玩命啦!"

又黑又瘦的陆羽,神情显得很疲惫,只有一对变得更大的眼睛仍是有神地闪烁着,他说:"受人之托,忠人之事!"皎然摇摇头说:"我们等会再细谈,现在我得想一首诗来应景。潘述说了,我今天不献诗怕是脱不了身。"说过,他微闭了眼,嘴里喃喃有词地诵念着,全不管别人了。

此时酒宴开始,由穿着红袍官服的湖州刺史袁高站起来致辞。袁高四十多岁,又高又瘦。他甩着乌纱帽,抖着山羊胡说:"感谢大家的通力合作,才使这次茶贡按时完成。这次茶贡的完成,首功要推陆羽先生,没有他的鼎力支持,此次茶贡能否完功,那就难说了!待全部贡茶修贡完毕后,我们定对陆羽先生给予重谢!"袁高说到这里,拿眼睛去桌边看着陆羽,他觉得陆羽听到他的这话,就该站起来作礼致谢的。可是没有,不仅没有,他反倒听到了一种异样的声音,那是一个人睡觉的鼾声。他的脸变色了,居然有人在他讲话时睡了过去。他顺着鼾声看去,一下就看到摆着美酒菜肴的桌边趴着一个人头,鼾声就是从那里发出来的,正准备发怒,但是看清那人是陆羽时,他发不出火来了。

这时有人叫道:"陆羽,陆羽,你怎么睡了呢?袁使君在讲话呢,要对你重谢呢,还不起来向使君致谢!"皎然也从作诗的思绪里回过神来,他看看身边的陆羽,平静地说:"你们别惊动他,让他睡吧,他是太累了!"耿湋建议说:"咱们另换个地方摆宴,就让陆羽在这里睡。"袁高和李栖筠耳语几句,同意了耿湋的提议,又说:"来人,给他披上一件厚袍。"

刺史府仆人赶紧换了一张席桌,将酒宴摆在一块树荫下的平地上。酒过三巡,潘述就请皎然赋诗。皎然站起身来说:"两位州府使君,各位文朋诗友,老僧承蒙相邀赴宴,本想新作一首诗来庆贺,刚才见到我的好友陆羽累得黑瘦的模样,就失了作诗的心,我就把前不久作的《顾渚行寄裴方舟》来代替吧:

　　我有云泉邻渚山,山中茶事颇相关。
　　鶗鴂鸣时芳草死,山家渐欲收茶子。

  伯劳飞日芳草滋,山僧又是采茶时。
  繇来惯采无远近,阴岭长兮阳崖浅。
  ……

诗还未念完,座中便响起如潮的掌声。

辞官刻书

陆羽不顾皎然和李冶的阻拦,来到湖州府衙找袁高刺史。

走进繁华的湖州,陆羽顿生恍若隔世之感。自从卢幼平刺史奉调后,新刺史袁高虽说也工诗词,但他对白苹诗会不感兴趣,府衙也就不会用于诗会的场所了,加之这两年忙于顾渚山茶事,就更没时间过来了。虽然很久没来,但府衙还是那个府衙,他还不至于走错路的。他来到那个高大的府衙大门前,发现外墙的青砖又掉了一层色,显得有些旧了。他让守门的卫兵去通报袁高刺史,没过一会儿,正在府衙大堂办公的袁高就亲自到门口来迎接他。

见过礼,在大堂当中分宾主坐定,仆人送上茶汤,袁高笑眯眯地问:"陆山人,今天是什么风把你刮来了?"袁高今天一身便服,不像往日着官袍那么威仪,人显得和气许多。不想陆羽却是把茶碗在桌上重重一顿,一脸严肃地说:"袁使君,我是来向你请辞去茶督职事的。"

袁高大吃一惊说:"陆山人,这是怎么回事?莫非是我袁某有所得罪,还是因为薪俸菲薄了?前者我赔罪,后者我们可好好商量。总之,这茶山修贡的事还少不了你!"陆羽目视着袁高说:"使君,我就是因为修贡的事而请辞茶督职事的。"袁高愣住了,然后说:"此间应有情由,究竟何故,袁某愿闻其详。"

"无他,是黎民百姓受不了茶贡之苦了。"陆羽气呼呼地说。袁高听了一怔,两眼盯着陆羽好久,然后点点头说:"原来如此!"看着袁高的样子,陆羽心里有些紧张。但是,袁高什么也没有说,他站起来,沉着脸,一声不出地在大堂里踱步。踱了一阵,转身进了书房,出来时手里拿了一卷纸递给陆羽说:"看看吧!这是我前些天写的诗。"陆羽疑惑地将纸在桌上展开,袁高那端庄凝重的墨字就跃入眼底:

  禹贡通远俗,所图在安人。后王失其本,职吏不敢陈。
  亦有奸佞者,因兹欲求伸。动生千金费,日使万姓贫。
  我来顾渚源,得与茶事亲。氓辍耕农耒,采采实苦辛。
  一夫旦当役,尽室皆同臻。扪葛上欹壁,蓬头入荒榛。
  终朝不盈掬,手足皆鳞皴。悲嗟遍空山,草木为不春。
  阴岭芽未吐,使者牒已频。心争造化功,走挺麋鹿均。
  选纳无昼夜,捣声昏继晨。众工何枯栌,俯视弥伤神。
  皇帝尚巡狩,东郊路多堙。周回绕天涯,所献愈艰勤。
  况减兵革困,重兹固疲民。未知供御余,谁合分此珍。

> 顾省忝邦守，又惭复因循。茫茫沧海间，丹愤何由申。

陆羽看过诗，嘴里喃喃地念着："丹愤何由申，丹愤何由申！"他的眼前，立时映现出金三村一家的惨景。

直到深秋，陆羽才好容易把今年的贡茶忙完，待全部贡茶上路，他才舒了一口气。本来春天时朝廷定的全年贡茶量是一千镑，可是秋初时就增加到一千二百镑，在两州刺史的倾力支持下，陆羽想尽办法，使出浑身解数，才将贡茶数凑齐。歇了几天，陆羽缓过劲来，就把他的《茶经》再次作了修改，准备给皎然和李冶再看一次。做完此事，他突然想起今年过度采叶，必须对茶树增加肥料，明年茶树才长得好。他就想到顾渚山周围走走，给茶农们提个醒。他先到妙喜寺茶园，给沈管事叮嘱了，就翻山到了金三村家。在路上时他想，往年金三村种茶已小有收入，今年茶采得多，他的日子一定好过了。

岂知到了金三村家，离好远，他就看见，金三村的房屋比往年更破了，屋顶上的草也没有翻新，一面还有些塌陷。陆羽还注意到不仅是金三村家，周围的几家邻居同样如此，一时他心里有些疑问，是他们都忙不过来，没来得及翻修房屋吗？到了金三村的屋外，就听得里面有哭声和很多人的说话声，陆羽心下有些纳闷，他家在做什么事吗？"金三村，金三村！"陆羽高声叫着进了篱笆门，院子里站了许多人，男女老少都有，陆羽认得大多是邻居的人，他们见他进来，就都欣喜地说："陆茶仙来了，金三村或许有救了！"

陆羽问道："金三村怎么了？"他们纷纷说："金三村病了好久，要死了，却又死不下去，说想见你说句话。"陆羽一听就分开众人往屋里跑去。金三村住的那间屋子黑洞洞的，他进去后眼睛不适应，根本看不出什么，只是听到有两个女人在哭，又听有人说道："茶仙来了，让开让开！金三村，你醒醒，你天天念叨的陆茶仙来了，有啥话你就说吧！"金三村用虚弱的声音说："在哪里，在哪里？我看不见，陆茶仙，你来了吗？"屋里光线太暗，陆羽依稀看到几个男女围着一架靠墙的床，想金三村就睡在那上面了，他几步跨过去，抓住了床上人的一只手，喊道："金大叔，你这是怎么了？几个月前你还好好的？"

他终于看清躺着的金三村了，如果不是走这么近，他根本认不出。金三村面容消瘦，满面胡须，手在微微颤抖，艰难地睁开眼睛，看到了陆羽，眼睛顿时也有了一丝光芒，嘴唇抖动好一阵才说出话来，小声地说："陆茶仙，你来得好，来迟就看不到我了，我就是没看到你，没把那句话说出来，就咽不下这口气。现在好了，我要把那句话说出来……咳！咳……"陆羽忙说："金大叔，你慢慢说！"

"很感谢你来看我，我知道你是为我们好……教我们种茶……可是，可是，这贡茶，把我们害苦了，把我们搞得更穷了不说，还害死了我孙子……"金三村的话还没说完，旁边一个一直小声啜泣的女人这时捂住脸，忍不住放声哭起来。一个老年妇女搀住了她，陆羽知道她们是金三村的儿媳妇和老婆，但贡茶怎么就害死了他孙子，陆羽还陷在云里雾里，急问："金大叔，你的孙子怎么了？"金三村抖动嘴唇，自顾说下去："你能不能给那些做官的说说，少搞一点贡茶，让我们百姓有条活路……"金三村的话还没说完，突然脖子一歪。

陆羽拉着他的手使劲摇动，连声呼喊，但是金三村再也不能答应了。顿时，屋里的哭声四起，尤其是金三村的老婆和儿媳，呼天抢地地扑向床头，好不容易才被人拉住。金三村老婆的哭叫让人断肠："老头子，你走了，让我们孤婆寡妇咋办啊？——天呀！"陆羽心情沉重地走出屋来，他实在想不到，今天会碰到这凄惨的一幕。他向邻居打听金三村的病因，却原来全因为修贡茶。春天里，贡茶要得急，在州府的层层压力下，胥吏把定量摊派到每家。为完成摊派，每家所有人都一起忙贡茶，早晨天不亮就起身，天落黑还不得收工。金三村十岁的孙子，因为起早帮大人干活，天还没亮，失足跌下深涧摔死。金三村因为悲伤，气病在心，再加辛劳伤身，病体加重，不但无钱医治，每日还得忙贡茶不得歇息。就这样拖下来，贡茶还没完，他就倒床了，这一倒就没起来。由于忙贡茶，各家原来种的一点庄稼也荒芜了，本寄望于服役朝廷贡茶得一笔青叶钱和工费的，哪知官吏层层克扣下来，到茶农手里所剩无几，维持家用尚不足，更没钱去看病。金三村气病交加病情越来越重，多少天已是水米不进，村人都觉得他前几天就挨不过去的，不想竟拖到见到你陆茶仙才走，已是奇迹了！村人还讲，他们的家境都和金三村差不多，有的比金三村家还不如，有两家已经在卖儿卖女了。

怎么会这样，怎么会这样？听了村人的话，陆羽如遭雷击一般，呆在那里一声不吭。他实在想不到，他要为黎庶造福的种茶制茶，竟成为害人之事！一时，他的心在流血，万般痛苦。那天走时，他把他身上带的十多两银子全数给了金三村的老婆。

陆羽回到苕溪草堂后，在家里闷了几天。这天早晨，陆羽正在屋前屋后植种桑麻，皎然过来看他，并约他到乌程县开元观看望李冶。李冶不久前是来看过陆羽的，陆羽也想见李冶。他先拿出修改过的《茶经》让皎然看过，皎然大为赞赏，说可以考虑付梓了。二人租了马车到乌程县开元观，见到仍是一身道服的李冶。李冶很高兴地接待了他们，互相问候过，李冶见天气晴好，就请他们到湖上坐船喝茶。在船上，陆羽拿出《茶经》让她审读，七千多言的《茶经》。李冶很快读完，然后对陆羽说："陆羽，祝贺你，可以成书了！"皎然便自告奋勇说这事他来办，说扬州有一家刻字坊，雕刻工整，价格公道，有空他亲自跑一趟，陆羽连忙拱手道谢。

接下来他们谈诗论文，说到故去几年的李白，说到杜甫，说到刘长卿，讲新近写边塞诗名声大振的岑参、高适，还有皇甫昆仲，当然也谈到好久未结社的白苹诗会……李冶很关心京师的消息，问了一些代宗皇帝和臣子们的事。细心的李冶发现陆羽说得很少，有些心不在焉、心事重重的样子，就问："陆羽，你今天是怎么了，《茶经》定稿，贡茶也已修完，你应该高兴才是，怎么反倒一副愁肠寸断的样子，你有什么事吗？"皎然也问："陆羽你有什么心事？"陆羽涨红了脸说："我要辞去茶督的职事。"

皎然和李冶都吃惊地看着陆羽，他们不明白他好不容易有一个丰厚薪俸的职事，又是自己热爱的茶业，好端端的怎么要辞了呢？在他俩的惊疑中，陆羽讲了金三村及其村人的事，末了问："这跟我的初衷真是南辕北辙了，这茶督职事我还能干吗？"皎然和李冶都沉默了，良久，皎然喟然长叹说："世事如此，奈何奈何？你不做这职事，贡茶照样得修，黎庶依然受苦。"李冶也说："是呀，或许你干茶督，对庶民总会好一点的吧！"最后皎然和李冶都没能说服陆羽。

看完袁高刺史的诗，陆羽的心里禁不住一阵疑问。既然袁刺史知道这一切，理解百姓的苦，为什么不向皇帝行谏呢？他捧着诗对袁高说："使君，你的诗写得真好，贡茶如此糜费扰民，你该上书朝廷，让朝廷减少贡量，让百姓得以生息呀！"袁高看一眼陆羽，过了好久才长叹一声说："人在官场，身不由己啊！陆羽，你不知道官场的险恶，我就是因为耿直，已经从京畿观察使任上，数度贬官了。这贡茶事大，贸然上书，皇上一怒，便是革职查办，弄不好还会掉脑袋。所以，此事得慎重才行，否则，非但于事无补，反而落得个凄惨下场！"

陆羽一时无语，他不知道做官也有这么多难处，也有那么多险恶。但是，他还是对袁高拱手说："大人自有难处，不过我这茶督是不干了，陆羽告辞！"他刚走两步，就被袁高拉住了。袁高笑道："陆羽，请再听我说几句话。冲你这有情有义的为人，袁高这次也豁出去再上书行谏一次——当然这也要讲方法的。不过，你这茶督职事先不要辞，你辞了我哪去找像你这么精于茶事的人呢？另外，你干着才好为黎庶百姓说话，如果换一个鱼肉百姓的人，那百姓不是更难过了吗？你说我说的是不是？"

陆羽茫然地看着袁高刺史，心里思量着他的话。袁高把他拉到桌边坐下说："你这人跟我很对脾气，今天好容易来了，可不能随便走了，咱俩得好好喝一次酒，开怀畅饮，不醉不休！"

初识长安

人生就是这样变幻莫测，悲喜交织。一个月前，陆羽还在顾渚山妙喜寺茶园忙碌，接到了龙盖寺智远辗转捎来的口信，说智积师父身体欠安，每日念着陆羽，要他回一趟龙盖寺。陆羽接信后大急，向皎然说过后就匆匆往竟陵赶，等他到龙盖寺时，智积已经圆寂多日了。陆羽在智积禅师的灵塔下插上香烛，长跪不起。已经做了住持的智远百般劝慰，陆羽才缓过气来。他在龙盖寺盘桓了三天，回忆着他在龙盖寺生活的点点滴滴。他和智远促膝长谈，问到龙盖寺的境况，智远说经过安史叛乱以后，人烟稀少，香火大不如前。好在现今代宗皇帝崇佛，两个宰相元载、王缙更是投其所好，竟吃长斋。有此君臣的关顾，寺院的日子好过了很多。

三天后，陆羽跪别智积。当他赶回湖州杼山的时候，皎然已经焦急地等着他了，一见陆羽回来，长舒口气，就将他拉上马车去湖州。陆羽不知何事，问皎然，皎然笑着也不说破，只说是好事，你到州府就知道了。到了刺史府衙，见到袁高，袁高高兴地说："陆羽，你这回可出头了！"袁高捧出一份诏书，上面写着让陆羽速到长安，接受圣上召见。原来陆羽刚去竟陵，诏书就送来了。送诏书的差官等不及陆羽，留下诏书自己回去了，让刺史袁高代为送转，一定让陆羽回来后立即去长安。袁高派人到杼山找陆羽都两次了。

看完诏书，袁高笑道："陆羽呀，皇上召见，何其荣幸呀？当场就会给个一官半职，这下你就有出身了，再不是白丁，一辈子可就衣食无忧了。"皎然也开玩笑道："鸿渐此番好了，李冶一直焦心你老无所养,这下她该放心了。不过到那时,你别白眼看人,见了老僧都不认识了哟!"陆羽不好意思地说:"看你皎然兄说的,八字还没一撇!"皇上召见,这消息对他还是很震动的,说不定,这就是他人生的一个大转折,能有一个一官半职,吃朝廷俸禄,无论如何对他都是大好事,他的心里有说不出的高兴。

他们分析代宗皇帝知道陆羽,卢幼平应该功不可没,一定是他在皇上面前举荐过陆羽。再是陆羽修贡茶修出了名声,代宗皇帝是嗜好饮茶的。袁高最后叮嘱说:"你到京师,可得多带点银两,在那里该花销就得花销,不可小气,那是对前程多有帮助的。银钱不够,我这里再给你一些。"陆羽忙说:"银两很够了,修贡茶的赏银还没怎么用呢。"

满心欢喜的陆羽上了路。但是,沿途的境况,又让他的心中万分沉重。尤其是进入中原后,可说是满目凄凉,就如智远所说的那样,人烟十分稀少,有时走几十里路不见一户人家。田畴荒芜,官道长草,让陆羽心中伤痛不已。好在陆羽早有所准备,干粮带得足,再加有多年访茶受难的经历,也就不当回事,更为自己身处未受到叛军洗劫且十分富庶的湖州而庆幸。

在进入八百里秦川以后,人烟渐渐稠密起来,尤其是宽敞的官道上,走着应试的士子,他们一脸的疲惫和憔悴,神色却显得兴奋。陆羽戴幞头着青色袍服,独自一人骑一匹枣红马,晓行夜宿,一路风尘仆仆十多天,终于赶到了京城长安。下午时分,到了少陵原,浸在金色阳光里的长安城就映入眼帘。这长安真大啊,望也望不到边,第一次到长安的陆羽,心一下躁动起来。

他从东边春明门进入,一边是里坊,一边是兴庆宫等辉煌气派的皇家建筑。大街宽阔笔直,行人如织,熙来攘往,有骑马骑驴的,坐车坐轿的,挑担推车的,达官贵人,风流文士,游侠武士,贩夫走卒,还有许多僧人道姑,三教九流,什么人都有,还会见到几个金发碧眼的胡人。众人各自忙活自己的生计,各种各样的口音在这里交互碰撞。到了皇城前时,天色已是昏暗,他找到古银台门的客省住下,让客省仆役将马牵到后院,用好草好料喂了,才到客厨要了好酒好菜。连日奔波,他已十分疲劳。客省是代宗帝新设置的,专用于住四方来京奏事以及外蕃来京的使者,足有数百人。吃饱喝足后,他向客省仆役要热水洗过,就早早地睡了。

次日起来,穿戴整齐,吃过早点,陆羽向客省官打听到集贤院的所在。进了皇城,走不多远就是集贤院,陆羽向押院官行过礼,投过名帖,递上诏书,那个胖胖的押院官抬起一对鼠眼,看着陆羽说:"你就是陆羽?很年轻嘛,你在长安很出名哟,不但皇帝和皇亲国戚吃你的紫笋茶,大街上也到处在卖你的茶。对了,先前李齐物、崔国辅,还有刘长卿三位大人都在这里提说过你!"陆羽说:"他们都是我的恩师,陆羽感谢他们的栽培之恩!"押院官说:"老夫尽快把你的名帖禀报上去,圣上会很快召见你的!"他一边说,一边伸出手掌。

陆羽没注意,只是在口里说:"谢过大人!"押院官哼一声说:"那你回去等着,圣上哪日有闲暇召见,我们会通知你。"陆羽报上住的客栈就告辞出来,走上大街了,他才想起谢银的事,想回去又有点不好意思,想了想后觉得集贤院不过是个传递通报的部门,左右不了自己的前程,以后各道关口注意打点就行了,心里也就不以为意。

走上大街,见天色尚早,陆羽信步走上朱雀大街。初次来长安的陆羽,对这座都城几乎一无所知。长安城的规模宏大超出了他的想象,街道气势磅礴,结构匀称,布局整齐。城内南北并列的十四条大街和东西平行的十一条大街,将全城划分为一百零八个里坊和东、西二市,大街宽达八丈到四十丈不等,街两边成行成列地种植槐树,一排排整齐的房屋鳞次栉比。作为商品集散地的东、西二市更是热闹繁华。最为壮观的是矗立在城北的皇城和宫城,皇城是中央衙署所在地,南北七条大街,东西五条大街,承天门街把皇城分为东西两半,按从北到南分布,东边有东朝堂,西边有西朝堂;东边有门下外省,西边有中书外省;东边有左武卫,西边有右武卫;东边有尚书省,西边有司农寺;东边有左领军卫,西边有右领军卫;东边有太仆寺,西边有宗正寺;东边有太常寺,西边有鸿胪寺。

皇城北面的宫城三大建筑群:西内太极宫,东内大明宫,南内兴庆宫。太极宫是高祖和太宗处理政事的地方,主要宫殿有太极殿、两仪殿、甘露殿、武德殿等,太极殿是皇帝日常接见大臣的地方,两侧分设中书、门下诸省,处理政务。太极宫正门叫承天门,北门叫玄武门,驻有保护皇宫的重兵。大明宫是太宗以后的皇帝居住和处理朝政的所在,主要有含元殿、宣政殿、紫宸殿、麟德殿几个大殿,含元殿是整个长安城最雄伟的建筑,基台高一丈,东西长二十多丈,南北宽十多丈;而麟德殿是大明宫中最大的宫殿,是举办朝宴的地方。宫城有十道门,东墙之门外驻左三军,西墙之外驻右三军,严密守卫宫廷。南内兴庆宫在城东北兴庆坊内,南北长四百多丈,东西宽三十多丈,北面是宫殿,南面是典雅秀美的园林。三大宫群的殿宇高低错落,楼阁辉映飞廊相接,雄浑巍峨,瑰丽夺目。

宫城皇城都不是陆羽能去的地方,他只能沿大街在外郭城区的里坊街巷转悠。不觉来到了西市的永昌坊,这里店铺一家接着一家,往来行人络绎不绝。他向平准局的一个小吏打听到茶行的方位,就找了去。离很远就看到卖茶的店铺都挑着"茶"字的幌子,陆羽一家家看去,吃惊地发现,这里卖各种茶具,他设计的一套二十四件的茶具也有所卖。至于茶,那更是全国各地的名茶都有,他在一家店铺里看到卖顾渚紫笋茶的,那个老店掌柜正看他的《茶经》手抄本,让他十分惊讶。他看了看茶饼正是他督管的茶师父做的,但一个茶饼要三十两现银,他在心里纳闷贡茶是怎么来到坊间的。

老掌柜看他是个识货的人,就向他大谈起陆羽,说他的《茶经》和顾渚紫笋如何风靡皇室,而民间更尊他为茶仙,还拿出摆在货柜里的一个陶偶人,说这叫"鸿渐",也就是陆羽,江南到中原一带的茶馆或煮茶的灶房都供着它,保佑茶事生意兴隆,上次卢幼平大人在离京之前还在他这儿买了一个。他和店掌柜聊了许久,交流越瓷与邢瓷的优劣,最后花钱买下了一个越瓷碗、一个邢瓷碗和两个头顶有窟窿的陶偶"鸿渐",他要送给皎然和李冶,让他们也大笑一回。

得知卢幼平大人又外放后,陆羽突然想到一个人,他周身的热血沸腾起来——这个人就是李复。恩师李齐物已经在前几年去世了,就在来长安前,陆羽听袁高说起过李复。袁高曾官拜京畿观察使,他在京时李复曾放外任江陵县令,父亲辞世后回长安守孝,后在京都一个衙门里做个七品小吏。如今又过了一年多,不知李复还在不在那里,陆羽决定去试试运气。在饭铺吃完饭后,他向掌柜的打听了李复那个衙门的处所,然后在大街上雇了辆马车赶了去。他很顺利地找到那个衙门,那里的人告诉他李复已经在半年前放了饶州刺史,早到任上去了,陆羽失望而归。

夜晚,陆羽满大街乱逛,长安的夜景真是美丽。大街两边每隔三丈远栽着一根高杆,杆顶悬挂一盏很大的宫灯,数不清的宫灯把长安城照耀得亮如白昼。街两边的店铺也点出了大蜡烛,大街上依然游人如织,市声扰攘,灯光和天上的明月交相辉映,整个长安城显得美轮美奂。长安城太大了,没走多少地方,陆羽双脚酸疼了,想着时间还长就先回客栈歇息。他知道大街是棋盘布局,就没原路返回,从没有走过的街道回客栈。当走到永嘉坊一条清静的大街时,他忽然看到街边矗立着一座高大的府第,大门紧闭,灯光照着门楼上方两个硕大的字:颜府。

陆羽拦住了一个本地人模样的行人,拱手行礼问道:"这位大哥,请问这颜府里住的是哪位显要?"那人看一眼颜府说:"这是颜真卿颜尚书的府第。"陆羽心里一喜,又问:"可是那个在安史叛乱时,在河北平原郡首举义旗的大书家颜真卿?"那人不耐烦地说:"除了他还能有谁?你这人真是啰嗦!"陆羽也不以为意,道过谢后记住了位置就转身回去了。

次日上午,陆羽吃过早点,将所带的三饼顾渚紫笋茶带上,径直来到颜府楼前,见门口摆放着几辆马车,知道颜真卿有客。便对守门的颜府门吏说:"烦你通报颜大人一声,说湖州学生陆羽求见。门吏看了他一眼说:"颜大人此时正在会客,不方便见人。"陆羽忙说:"颜大人是认识我的,烦请通报一声,他不见我,我立刻就走。"门吏迟疑地看他一眼,见他一身士子衣着,就进去通报了。陆羽心里忐忑,不知颜真卿还能不能记起他,或者记起他还愿不愿意见他。

片刻,门吏急匆匆出来了,伸手做个延请的姿势说:"快请快请,颜大人一听说你陆处士来了,连忙要我赶快让你进去,他跟着出来迎你!"陆羽摇手说:"不敢当不敢当,我自己进去好了。"话音未落,一个洪亮的声音传过来:"什么风把陆茶仙吹来了,老夫有失远迎,恕罪恕罪!"陆羽抬头一看,只见颜真卿和另外两个人迎出厅堂来了。陆羽大惊,急忙趋前数步,一躬到底,口里说:"陆羽拜见大人!晚生孟浪拜访,怎敢劳烦大人尊步相迎?"颜真卿哈哈一笑,已然挽起了陆羽的手臂,声音洪亮地说:"陆山人稀客,来此我们都高兴,就别客套了,快请到厅堂一叙!"

颜真卿拉着陆羽进了宽大的客堂,只见客堂中已摆着一桌酒席,已经是杯盘狼藉。颜真卿旁边那个穿土黄色僧衣的瘦高僧人说话了:"清翁,怎么光顾说话,忘记给我们介绍了?"颜真卿一拍脑袋说:"看我这人,真是失礼了!"他指着僧人说:"这位是零陵郡来的怀素大师,这些日子正客居京师。"陆羽惊道:"莫非是大书家怀素上人?陆羽这厢有礼了!"边说边拱手向怀素深深一躬。怀素连忙还礼,口说:"不敢当!我长你几岁,你就叫我大和尚得了。"颜真卿又指着另一个着紫色官袍、圆头大脸的人说:"这是吏部从侍郎新擢尚书韦陟韦大人。"陆羽早从此人所着官袍服色看出此人是个显官,果不其然,连忙说:"草民陆羽见过大人!"韦陟只是冲陆羽点头,象征性地抱了抱手。他是朝廷命官,可没把一个务茶的小民放在眼里。

颜真卿问起陆羽来长安的缘由,三人听说陆羽是来蒙受皇上召见,就都向他庆贺。颜真卿吩咐仆人重新摆酒上菜，陆羽忙从长袍里取出茶饼说："请容晚生先为两位大人和上人煮茶，茶后再喝酒如何？晚生从湖州带来顾渚紫笋新茶，请大人和上人尝尝鲜。"一听是顾渚紫笋茶，颜真卿和韦陟高兴得连连说好。陆羽又说："这茶就由晚生来煮，请两位大人和上人品品我的渐儿茶滋味。"颜真卿说："这咋好呢，你是客人，怎好劳你大驾？"陆羽笑道："今天高兴，我乐意！"颜真卿也就笑着答应，他本是好茶之人，家里全套茶具皆有，立即吩咐仆人搬出来。陆羽拿一个茶饼给仆人，让他碎茶，又让另一个仆人给风炉生火，坐上釜和水，然后他拿着另两个茶饼犹豫着说："晚生只带了三个茶饼，煮了一个还剩下两个，本想送两位大人和上人一枚茶饼的，却只剩两个，如何是好？"

怀素立即说："贫僧好酒不好茶，且是客居，没有煮茶用具，这两个茶饼就正好给两位大人。"颜真卿和韦陟也推让着茶饼，陆羽说："就请颜大人和韦大人笑纳！不过却委屈怀素上人了。"怀素哈哈笑道："这饼茶煮好，我也就喝过了，委屈什么？"韦陟把看着陆羽送的那饼茶顾渚紫笋说："好东西！清公，这茶金贵得很吧？"颜真卿说："当然金贵，东市卖到三十两银一饼了。"陆羽已在东市知道行情，他平静地站在风炉前忙着，颜真卿三人在旁边看着。半个时辰后，陆羽将渐儿茶煮好，端给他们一人一碗，三人一喝，齐声叫好，怀素更故意喝得声音很响，口里连叫："好茶！好茶！"颜真卿说："陆羽，你这茶仙名不虚传，经你手烧的茶就别是一番滋味。"韦陟说："这顾渚紫笋茶还确是不错，难怪风靡长安。陆羽，这次皇上召见，给的官是不会小了。"陆羽微笑着说："大人和上人喜欢，晚生喜不自禁！"

喝过茶，几人入座喝酒，颜真卿仍坐主位，韦陟在他右手，怀素在他左手，陆羽坐末座。颜真卿对陆羽说："来得早不如赶得巧，我们三人可是已经喝过一坛酒了。你后来，又有喜事，可得陪怀素上人多喝几杯！"怀素笑道："哈哈哈，我就爱了这一口，陆羽，我们不醉不休！"又一坛酒抱上来，顿时酒香弥漫。颜真卿说："我这是正宗的湖州程氏酒。来，来，我们为陆羽的到来，干一杯！"

陆羽为自己的后到自罚三杯，然后敬颜真卿、韦陟各三杯，在颜真卿的示意中，与怀素连喝了八杯，两个仆人在桌旁忙不迭地奔跑着倒酒。在喝酒间，陆羽才得以认真打量他们三人。颜真卿跟几年前相比，苍老了一些，胡须也留得更长了，不过人却很精神。韦陟脸白如纸，养尊处优却又明显气血不足。怀素奇瘦，眉骨突出，一双眼睛深深凹陷进去，双眸却放出灼灼精光。他知道怀素醉酒作书乃神来之笔，也知道颜真卿给他递眼色的意思是要他喝醉怀素，好让怀素一展书艺。怀素善饮，酒量惊人，颜、韦二人年事较高，喝酒合起来也不是怀素的敌手，只有寄望于他陆羽了。

陆羽也主动向怀素频频敬酒，或者说是初次见面，或者说是为仰慕大名，或者说是为怀素的书艺成就，总之是找着话题喝酒。怀素仗着酒量大来者不拒，还说陆书的脾气对他的性子，两人你来我往，酒一杯杯地喝下去，颜真卿和韦陟相视而笑，对陆羽的好感又增几分。后来，似乎找不到喝酒的理由了，陆羽便想到一个好主意，举杯说："怀素上人，你励志学书事迹，陆羽敬佩之至，来日陆羽当为你写一篇纪传，可否？"颜真卿和韦陟笑着叫好，对怀素说："快感谢陆羽，和他喝三杯！"略有醉意的怀素，摇摇晃晃地站起来向陆羽举杯说："好，一言为定!陆羽兄弟,我敬你三杯!"不觉间,一坛酒又见底了,颜真卿高喊再上一坛酒。

怀素把酒杯往桌上一丢,舌头打滑地哈哈笑道:"清……清翁,酒……酒好了,不用上了,现在……把笔拿来吧,我知道你……你让我喝酒,是……是要我写……写几个字……"颜真卿和韦陟相视一笑,手往旁边白粉壁上一指说:"好呀,上人请!"原来颜真卿早有准备,他早在墙上抹出一大块白粉壁,又在白壁前摆放着一张条案,上面铺着一大张越溪白纸。颜真卿话声落时,早有仆人捧出磨好墨的大砚台,上面放着一支大湖笔。

怀素笑着说:"贫僧献丑了!"他步履蹒跚地走近墙壁,斜眼看白壁和条案上的白纸,自语说:"我诗不敢占白壁,非清翁诗莫属了!"说话间,他往上拉起衣袍长袖,猛地抓起砚台上的笔,蘸得墨饱,扑到墙壁前,眼半睁半闭,笔向白墙上一点,霎时动如脱兔,疾如闪电,又如骤雨旋风,一气呵成,片刻声势满壁、精气神十足的一首颜真卿的《咏陶渊明》诗便赫然壁上:

张良思报韩,龚胜耻事新。狙击不肯就,舍生悲缙绅。呜呼陶渊明,奕叶为晋臣。自以公相后,每怀宗国屯。题诗庚子岁,自谓羲皇人。手持《山海经》,头戴漉酒巾。兴逐孤云外,心随还鸟泯。

颜真卿三人还没醒过神来,怀素又将笔重蘸了墨,落笔到长案纸上,一时笔走龙蛇,横扫千军,如入无人之境。须臾,他写的《题张僧繇醉僧图》诗便跃然纸上:

人人送酒不曾沽,终日松间挂一壶。草圣欲成狂便发,真堪画入醉僧图。

写完落上名字后,怀素把笔一丢,一屁股坐在地上,有气无力地说:"累杀贫僧了,快拿酒来!"此时颜府许多男女听说怀素写字,都不顾内外之别跑出屋来看,颜真卿忙将他们吆喝回去,又让仆人给怀素送上酒。怀素连干三杯,才长舒一口气问:"贫僧草书如何?"神态间露着一丝得意。韦陟赞道:"上人的书法如诡奇变幻的山水,如天上倏聚倏散的云彩,如疾飞的林鸟,如倏然出没的草丛之蛇,可说是天下独步!"

颜真卿在白粉壁前看怀素的字,说道:"上人笔下唯见激水流,字成只畏盘龙走,心手相师势转奇,诡形怪状翻合宜。吾师张长史真行草俱佳,真行书皆有人传,狂草常叹无人为继。今观怀素书,代不绝人!"听到两个大书家对他的赞赏,怀素更是得意了,他转头问陆羽:"陆山人,你对我这草书如何看呢?"

陆羽直截地说:"狂来轻世界,醉里得真如。我在字里看到了上人一颗狂放无羁的心!不过,即使上人草书超绝古今,但终不可忽视楷法的精髓。山不厌高,水不厌深,能如颜大人那样汲取多家之长,自创楷书一体,且字如人堂堂正正,一身铮骨,高风亮节,千秋风范,万人景仰,如此书人一体,方得千百年不朽,此请上人留意!"在不露声色中,陆羽既直指怀素心灵的深处,又以颜真卿为例,婉转规劝怀素虚心求进,百尺竿头,更上一步。

怀素听完一下子从地上跳起来,拉着陆羽的手说:"爽快,爽快,知我者,陆羽也!陆羽,你是痛快人,很对我脾气!"陆羽拉着怀素的手,突然脑里浮起张志和的形象,心里想这又是一个与天地精神来往的人!颜真卿则和韦陟相视一笑,会意地在心里说,这个额上有小疤的陆羽虽然年轻,说话可不简单。开始根本没把陆羽当回事的韦陟,此时也对陆羽看重起来。颜真卿得了怀素的草字,心里一高兴,就用洪亮的嗓门喊仆人道:"再上酒上菜,我们继续喝酒,今天大家都得一醉方休!"

那夜,几个人全醉得一塌糊涂,陆羽和怀素是被颜府家人扶回去的。

拒诏离京

陆羽在长安住了近一月了,仍不见皇上召见,他又去了集贤院一次,押院官对他奸笑着说:"皇上的事,谁有胆去催问?仍让他耐心等着。颜真卿那里陆羽没敢多去打扰,一者颜真卿是公务在身的人,每日上朝下朝,还有客来客往的,忙得很;二者陆羽对官场中的人,不管如何交好,但觉终有一层隔膜。与怀素更见得少,那个闲云野鹤似的人,行踪无定。陆羽就每天在长安城里闲逛,好在他此来带的银子多,花销不愁,几天下来,他就把个长安城熟悉得差不多了。

长安城太大,东面有通化、春明、延兴三门,南面有启夏、明德、安化三门,西边有开远、金光、延秋三门,北边只有光化一门。作为大唐中央行政机构所在地的皇城,处在整个京城之中偏北处,东西五里一百一十五步,南北三里一百四十步。南面三道门,中间叫朱雀门,左边叫安上门,右边叫含光门。东面有二门,北叫延喜门,南叫景风门。西面也是两道门,北叫安福门,南叫顺义门。内中祭祀的布局,左边是宗庙,右边社稷,百官办公务的房屋穿插其间。

这天雨后放晴,陆羽来到了城南边一处里坊,看到大街两边一片巍峨高楼,园林栉比,轩冕相望,气势非凡,阵阵笙歌从高墙里飘出来。两家府第比颜府更是气派,门口停着一些轿子,坐着轿夫。两府门口还站着一些看门的家人,皆穿着鲜丽的丝绸衣袍。不过奇怪的是,这里的行人很少,跟别处的行人熙来攘往形成鲜明的对照。他问一个脸膛黑红的行人向他打听这是谁的府第,那人白他一眼说:"连这都不知道呀?赫赫有名的韦府和杜府。街上小儿都在唱'城南韦杜,去天尺五',街南府第就是韦家,他们一门出了许多高官,侍郎韦见素,御史中丞韦谔,如今又出当朝吏部尚书韦陟。北边的府第,那是现任江淮水陆转运史杜佑杜家。他两家都是富可敌国,不过两家府第都是不让庶民百姓走近去的,如有人靠近去,非挨家丁的暴打不可!看来你不是本地人吧,你可得小心点!"

陆羽向他道谢。那人又两边看看说:"前边那片五坊是宫市,你最好别去那里,免得自找没趣!看你是外地人,我就给你说这么多了。"陆羽还没来及道谢,那人说过就疾步走了。他的话让陆羽一头雾水,也勾起了他的好奇心,他慢慢地向那个行人说的不可去的五坊、宫市走去,沿路向人打听啥是宫市、五坊。很多人一听说后就低头走了,倒是有个汉子不怕事,对他说:"宫市就是皇家买东西的地方,而五坊就是雕坊、鹘坊、鹞坊、鹰坊、狗坊,皆是皇家开办的游玩地。"陆羽来到五坊间里的鹰坊,他一进坊口,就见一张大粗网张挂在街口,拦住行人去路。陆羽看到里面有几个役人围着一张小桌掷骰子赌博,呼五吆六的,一个个头发挽着,一律穿着同样的蓝色长袍。陆羽问道:"差官,怎么拦了网不让人进?"叫得几声,才有个唇髭很黑的人恶狠狠地朝他瞪一眼说:"你嚷什么嚷?谁不让你进了?要进来看鹰得给钱!"

"这怎么进个街还要钱?"陆羽诧异道。"这里就要钱!"那人不耐烦了。"要多少钱?"陆羽问。"两个缗!"那人举起了二根手指。陆羽吓了一跳问道:"咋要这么多?"那人骂起来:"他妈的要进来就给钱,不进来就滚,别那么些废话!"旁边的人说:"快,该你掷了,给他说那些干啥!"陆羽赶忙离开,又来到狗坊。这里街口倒没张网拦人,街上也有一些行人。街两边有许多木笼子,关着一条条各种形状的狗,也有许多穿蓝色长袍的役人看管着。那些狗都很凶猛,他路过时都要呲牙咧嘴向他咆哮,陆羽赶忙加快脚步走开。走到另一头,碰见一个老头挑了一副桶来挑水,忽然叫起来说:"差官老爷,怎么将水井蒙上网了,叫我们怎生挑水?"陆羽转头一看,见他的旁边有口井,井口果然用鱼网状的织物蒙住了。那边的役人说话了:"从今天起,挑水要给钱了,挑一次十文钱!"

"吃水也要钱,老天爷,还让不让我们活了!"那个老头长叹一声,又说:"差官老爷,你们发发善心吧,这也要钱,那也要钱,我们庶民百姓可怎么活呀?"那几个役人说:"老子管你活不活,老子只晓得给钱挑水,十文钱一挑!"老头下话求情,可那几个役人毫无所动,最后陆羽看不下去,他掏出十文钱,交给那几个凶神恶煞的役人,让老头挑水。老头感激得不住向陆羽作揖道谢,挑了水抹着眼睛走了。那几个恶模样役人本要怪罪陆羽多事的,但看他穿着士子衣袍,摸不清他的底细,怕惹着有势力的官人,他们就瞪他一眼走开了。

陆羽也赶忙离开这里,又走到了旁边一条街,街口有一家酒楼,几个役人正说笑着从酒楼上下来,一个个喝得脸红红的,咧着嘴,用手指甲抠着牙缝里的塞物,然后往蓝袍上揩手。忽然一个肩膀上搭着白帕的伙计跌跌撞撞地从木楼梯上跑下来,挥着手喊:"几位官人,你们吃饭还没有给钱哪!"几个役人停住脚步,一个暴凸着黄板牙、满脸横肉带着油光的役人对其他几人笑道:"嘿嘿,今天真是奇了,还有人敢要我们雕坊要饭钱。哈哈,教训教训这不知天高地厚的东西,不然他就不知马王爷有几只眼!"其他几人哈哈笑着附和:"真该让他长点见识,知道大爷们是谁!老子们吃饭谁敢要过钱,今天这东西是吃豹子胆了!"

那伙计来到几个役人跟前,气喘吁吁地说:"官人,你们饭钱没给,本店是小本生意,蚀不起本。再说,没收到饭钱,掌柜会赶我走的!"暴凸牙一只手伸在长袍里,笑嘻嘻地说:"嘿嘿,饭钱当然会给你的,你来,你过来,我给你!"伙计一脸笑容地来到暴凸牙面前说:"说谢官人了!"

"给你饭钱!"暴凸牙猛地就从蓝袍里伸出手,跟着"啪"的声声,暴凸牙的大巴掌狠狠地抽在伙计的脸上,伙计一下倒在地上。跟着那几个役人也动手起来,拳脚不住在伙计身上招呼,边打边骂着:"老子们吃你店喝你店是看得起你,你还敢跟爷们叫劲!"伙计痛得哎哟呼喊,抱了头在地上打滚,几个役人仍不停手。突如其来的变故把陆羽惊得目瞪口呆。

这时从酒楼上又下来几个人,内中一个小老头——看模样是店掌柜的,连连抱拳环圈向役人作揖说:"官人快请住手,伙计年轻不懂事,得罪了官人,老朽这里给你们赔罪了!"几个役人此时也打累了,就借势下坡住了手。暴凸牙说:"你这伙计太不知天高地厚,你赶快让他滚!"小老头鸡啄米似地点头说:"遵命,遵命。"

"还有——"暴凸牙从袍中取出一个小布袋,从里面拿出一条绿油油的小蛇,把它递给小老头说:"这是皇家的仙蛇,现在你们让它受惊了,蛇受惊了就长不好。我们把它拿给你,你可得好好给我们养着,到时我们来取,有个三长两短,我们就拿你是问!"其他几个役人也纷纷说:"养不好要你的狗命!"店掌柜看到蛇,吓得连连倒退,突然一下跪到地上,带着哭音说:"官人老爷,你们饶了小的吧,小的这还有点钱,孝敬官人打点酒喝。"小老头边说边在衣袍里取出几缗开元通宝铜钱,捧给暴凸牙。暴凸牙见钱也不少才说:"我们今个头次来你店子进食,看你是初次不知,就饶你一次!"他取过铜钱,才将小蛇装进布袋,带了同伙说说笑笑地走了。

"天啊!"此时店掌柜大叫一声咚地倒在地上,跟着出来的伙计连忙呼喊着他,最后把他和那个挨打的伙计一起抬回去了。本来,几个役人打伙计的时候,已经围了不少行人,但没有一个人敢出声,这时打人和被打的人都离去了,才有人愤愤不平地骂了句:"光天化日,白吃白喝,还变着法抢人,真是无法无天! 不让我们活了!"

陆羽在一边气得说:"堂堂长安城,难道就没王法了?"那人看他一眼说:"五坊是皇家的人,他们就是王法! 今天店掌柜还识相,及早拿出钱来,如要舍不得钱,还不知怎样呢。那次我在鹰坊看见一个人碰了他们的网,他们就说惊着了皇家的鹰,直接把人打死了。"那人叹着气走了,其他人也赶快散了。陆羽回去,心里沉甸甸的。

第二天早晨,他向客栈掌柜打听得宫市就在东市离皇城最近的地方,就信步走去。到得那里,却见整条街都是卖杂物的地方,有卖豆浆豆腐的,有卖饼的,有卖柴的,也有饭铺和茶楼。陆羽走得渴了,就上到一个茶楼喝茶汤。这是木质两层小楼,他在靠窗的一处坐下。小二便过来问客官喝什么茶汤,陆羽问小二都有什么茶,小二就报出一串名来,内中竟有蜀州的蒙顶黄芽,陆羽一听就忆起了那香醇的茶味,还有那永生难忘的人,便毫不犹豫地要了蒙顶黄芽。可是茶汤端上来以后,他一尝便大失所望,比他在蒙山吃的蒙顶黄芽差远了。他慢慢地呷着,转头看见窗下有一个老头牵着一头驴,驴背上驮着卖的松木柴,每根都是三尺五寸,捆扎得很整齐。有几个买柴的人问过老头,也许是给的价钱少吧,都没有成交。

就在这时,大街上忽然起了一阵骚动,有人惊骇地喊道:"阉人来了!"顿时大街上忙成一团,那些饭铺、卖饼的、卖浆的、卖油炸小吃的,一家家店铺慌着关门闭户,连茶小二也慌张地对陆羽说:"客官,得罪了,阉人来了,我们要关门了,茶钱你随便给点吧!"陆羽说:"阉人来怕什么? 他们来和你卖茶没关系吧!"小二急得说:"客官,一句话给你说不清,你快走吧!"没办法,陆羽付了茶钱走下楼,刚出店门,小二连忙就关了铺门。陆羽抬眼一望,只见从街那头走来两个穿土黄长袍宫衣、戴黑纱便帽的宦官,样子长得差不多,都是白净胖脸,手执拂尘。他们身后,还跟着几个一身军衣、身挎腰刀的健卒。他们好像对他们走到哪里,哪里就关门闭户的情景已司空见惯。

那个卖柴的老头也拉着驴想走,但因驴驮着柴走不快又是在大街上,早被宦官看到了,一个宦官把拂尘朝他一指,难听的公鸭嗓响起了:"卖柴的你别走,我们要买你的柴!"卖柴老头拉着驴走得更快,两个健卒一阵风地上去拦下了他,把他连人带驴拉到宦官面前,宦官一见他的驴,眼睛就亮了。一个宦官说:"你跑什么,怕我们买你的柴不给钱?哈哈,放心,这次我们不但要买柴,还连驴一齐买!"那宦官说着从一个健卒的手里拿过一块紫色的绢说:"这三尺绢,就是柴钱和驴钱。你快拿着,把驴和柴给我们吆到宫里去!"

老头惊恐得拉紧了驴绳,哭泣着说:"官家,饶了我吧,我不要你们的绢——那是用旧绢新染色的,一扯就破。这样吧,我也不要绢,就把柴送你们!驴可不能卖,我有老娘病妻小儿,全靠我用驴拉脚养活,没驴,我也不活了!"一个宦官哑着声说:"放屁!你送我们柴,我们也得须用驴驮回宫!"边说边对健卒努嘴使眼色。两个健卒就上去夺老头手里的驴缰绳。老头叫道:"我白拿柴给你们,你们还不肯,要夺我的驴,我没驴就是死路一条,我跟你们拼了!"他就和健卒扭打起来,但他哪是几个健卒的对手,只几下,老头就被打倒在地上,爬不起来,两个宦官和健卒则牵了驮了柴的驴,扬长而去。

他们走后,街两边的店铺又开了门,很多人走出来,围着老头,骂着那些恶事做尽的阉狗。老头慢慢坐起来了,他的眼睛呆滞,里面已经没有了泪水,嘴里只里念着一句话:"我没法活了!"后来,他挣扎着站起来,到街边就把头往墙上撞,被人拉住了,但他仍是挣着还往墙上撞!

再次目睹了京师惨景的陆羽,忍不住泪水长流。他知道惹不起皇家的人,也无能去帮老头牵回驴,他只有上去拉住老头说:"老丈这样做不得啊,你家里还有那么多人等着你呢。老丈,我这有十五两银子,买头驴够了,你就拿回去再买头好驴维持生计吧!"老头看着银子,又看看陆羽,突然跪倒在地叩头,口里说:"大恩人,你救了我的命,我可没什么报答你啊,善有善报,恶有恶报,好人,老天保佑你洪福齐天!"围观的人也纷纷劝说老头,也有些人解囊相助,感动得老头泪流满面,最后千恩万谢地走了。回去的时候,陆羽心生悲凉,他突然万念俱灰,对出仕做官全没了兴致。

几天后,集贤院的押院官派差人来客省找陆羽,知会他代宗帝两天后召见他。原来押院官在把他的诏书压了好久后,担心以后皇帝如追究起来吃罪不起,还是把那诏书转了上去,代宗帝很快发下话来。但是,当差人来到客省的时候,却没找到陆羽,客省官说:"此人走好几天了!走前留了一封信,托我寄送饶州刺史李复,然后付了钱就骑马奔出长安去了。"

差人回去禀报了押院官,押院官听了半晌才哼一声说:"真是天字第一号的傻子,居然连官都不愿意做!"

第八章 朋 友

访烟波钓徒，得青塘别业。《茶经》问世，李冶玉殒，真卿遇难。三癸亭上，皎然和陆羽祭奠亡灵。

湖州之会

又是一年春天，湖州杼山陆羽的草堂已经变了一番模样。房前屋后，是茂林修竹，每天早晨和暮黑时，鸟儿都要在竹林里聒噪出一阵狂欢。篱笆墙两边，是陆羽手栽的几十株桑树，阔大的心形绿叶在阳光下闪着油光。桑树内夹着几株桃树，此时小桃树的枝上已经绽开了新绿，开出了粉红花朵，喜洋洋地在桑树的绿叶中对着人笑，引来一群群蜜蜂，嗡嗡地在花蕊间忙碌。靠篱笆的院子内，陆羽种了一些蔬菜，嫩生生的惹人喜爱。在竹篱笆墙上，还爬着南瓜藤，金灿灿的南瓜花也开得正盛，有的已经凋谢了，结出了拳头大的瓜儿，那是他从《齐民要术》一书中学的。竹篱笆墙外，还长着一排排菊花。

陆羽忙完茶事回来，总会煮一碗顾渚紫笋茶，坐在院子里，在鸟语花香中，看着红红绿绿的颜色，听着天地间的奇声妙音，嘴里品着茶的醇香，无比的惬意。有时候，他会站在高处，手搭了凉篷，往不远处闪烁着银光的苕溪眺望。皎然和邻居朱三老人也常来看他，他也常去妙喜寺看皎然，到朱三老人等几家邻居那里走走，给他们送一些他用不完的衣物和用品。邻居们也都很敬重这个很有学问和本事、不屑于仕进的茶仙，除经常帮他缝补浆洗外，也回送陆羽一些吃不过来的鸡蛋蔬菜之类的东西。

自他从长安回来后，他的心境变得更加恬淡了。有人问他为什么去了长安没做上官，他只是说丢不下他的茶，别的他就再不多说了，别人也就只有为他叹息一两声。后来，朝廷来了诏书，拜陆羽为太子文学，陆羽没有去就职，又来诏书迁他为太常寺太祝，陆羽还是没有去。知他根底的皎然、李冶等朋友们对他的选择都没有说什么。或许，对陆羽来说，山林可能就是最好的归宿，而置身官场说不定反会给他带来难料的灾祸。

那一天，皎然来看他，恰好陆羽不在，皎然到朱三老人那里一问，才知陆羽到顾渚山忙茶事去了。皎然心想这陆羽真是劳碌命,饶有兴趣地看了陆羽的草堂一阵,就回去了。陆羽回来时,已是牛羊进圈,鸡鸭归窝的日暮时分,朱三老人来告诉他皎然来过,陆羽知道皎然来只是找他聊天,并无什么大事,不过他忽发奇想,我何不来个夤夜回访,也给皎然来个惊喜?

天黑了下来,还下起了淅沥小雨。听到雨声,陆羽迟疑起来,去不去呢?后来心一横,下雨更能给皎然惊喜!陆羽在黑暗中拉上门扉,戴上一个斗笠,拄一根小棍,他走上去妙喜寺的小路。夜沉沉地压着大地,白日艳丽的远山近水、庄稼、树林、房屋都被无边无尽的缁色掩埋了,只听得细雨如蚕食声沙沙轻响,远处的山峦黑魆魆的,苕溪微响的水流声也在黑夜中传了过来。一个人在暗夜里行走,在别人是有些害怕的,可是经历过访茶磨练的陆羽却不怕了,再加这段路是他走熟了的,路的那一头有他最好的忘年交朋友,他有什么可怕的?可是天太黑,路太滑,往日走惯的土路似乎变了样,陆羽走出不久,就摔了两次,把拄路的小棍也折了,斗笠滚到了一边。陆羽在黑暗中摸到斗笠戴上,再摸身上,短褐衣上已是糊满泥巴。陆羽在黑暗里笑了一下,站起来四处望了一下,暗夜沉沉,四边都是黑黢黢的,远处传来一两声狗吠,他壮了胆继续前行。

走了一段路,雨却大了起来,发出刷啦刷啦的声响,陆羽正在兴头上,他在路边一棵大榕树下躲起雨来。大榕树阔大的叶子挡住了雨水,但时候一长,积在叶上的水珠便滴滴嗒嗒地往下掉,一些水珠就落在陆羽的身上,风也吹起来,心里就生出了冷意。陆羽的思绪随暗夜的雨声一起流泻,他又想起了许许多多的人和事,许多熟悉的人此时正在做什么呢?后来,当想到皎然的时候,他的心就一阵阵发热,他庆幸此生有皎然这个朋友,他给自己太多的帮助。听说他这些日子正到处为刻印他的《茶经》找钱资,已经快够费用了。也有些日子没见季兰姐姐了,待顾渚紫笋新茶出来后得去看望一下她,给她带点新茶让她尝尝新。也不知过了多久,雨终于小下来,陆羽又踏上路途。经过这一阵歇息,已经走发热的身体又冷却下来,此时经风一吹,他有些冷起来了,不由得缩紧了身子。

雨完全住了,风吹开了云层,先是露出了蓝色的天幕,然后在天幕上出现了几颗星星,还出现了一丝淡淡的月光。陆羽能看清路了,虽说路依然泥泞,但已不至于摔跟头了,他深一脚浅一脚。往日短短的路程,今夜却走了两个时辰。快到妙喜寺的时候,就是一段石板路,很好走了。终于看到掩映着妙喜寺的那一片苍翠松林了,黑黑的一片横在前面不远的地方,有药香味透过夜色传过来,浓浓的冲人鼻子。陆羽驻足望着那片朦胧的黑影,想皎然此时在做什么呢,是在读书,还是写诗,抑或是打坐?见到他来,他真的会高兴万分吗?还是觉得他来打搅了他呢?此时来访,合不合适呢?陆羽心里忽然间忐忑不安起来。

陆羽此时已经走到妙喜寺的大门了,从门缝里微微看得到大殿透出的一线灯光,他的手已经伸出去要拍大门了,却突然缩了回去,在黑暗中笑了一下,嘴里喃喃地说了句:"我本来是乘着兴致去的,兴致尽了就回来,为什么一定要见皎然呢?我还是回去吧!"他转身往回走,踏上了归途。天上的浓云散开来,露出了半轮皎洁的月亮,天地一下明亮了,田畴、树木、庄稼都在月光下明晰起来,呈现了一幅白日里看不到的景致。陆羽慢慢走着,他观赏月亮,观赏铺着月光的大地柔和的别样美景,有些如痴如醉了。那晚,他回到住屋时,邻舍朱三老人家的雄鸡开始叫第一遍了……

皎然到扬州去了,他为陆羽《茶经》的刻印费了很多神,最后又拿出寺里的一千两银子,终于将刻印《茶经》和妙喜寺的《金刚经》花费的钱资凑齐了。陆羽因为要忙顾渚山茶事,还有金山村和水口村茶农的茶也靠他施教,因此不能和皎然一起去。皎然临行时,陆羽在草屋为他饯行,两人喝了许多酒,陆羽又煮茶汤喝。天亮了,妙喜寺的马车来将携着陆羽《茶经》书稿的皎然送去湖州,在那里转赴扬州。

皎然走后,陆羽在顾渚山和水口村、金山村忙了几天。自从袁高刺史上书朝廷后,贡茶量便没有增加,急程茶还减了一些。袁高请的茶把式已经能够独立制茶了,除了遇到难处,陆羽对贡茶就管得少了。贡茶不出事,袁高也没有多问,随陆羽去了,这让陆羽轻松了不少。闲余,他又将先前写的《顾渚山记》、《吴兴记》等地理随笔作了修改,新写了《教坊录》、《占梦》,还计划写《吴兴图经》和《江表四姓谱》等文。

那天下午,陆羽在顾渚山忙了一天回来,又累又饿,煮了茶饭吃过就睡了。第二天早晨他被一阵急促的敲门声惊醒,还是湖州府衙的两个差役站在门前,陆羽以为又是袁高刺史为贡茶的事来找他,不料差役说是袁使君奉调别地了,是新任的湖州刺史颜真卿颜使君请他去相商要事。

颜真卿做了湖州刺史?陆羽简直不相信自己的耳朵。颜真卿已是刑部尚书,名声赫赫的朝廷重臣,着紫色袍服的正三品大员,怎么变成着红色袍服的湖州刺史了?是贬官了?真是宦海浮沉难料呀!他心里疑惑着,但听到是他敬仰的颜真卿召见,又还是十分喜悦的。他二话没说,吃了一块冷炊饼,换了士子衣袍,就骑了差役带来的马跟着走了。

颜真卿真是出事了,这个义薄云天的人,因为仗义执言,得罪了宰相元载,元载在代宗那里一挑唆,就将他贬了官。先在峡州(今湖北宜昌)任小小的别驾,从正三品一下降到从五品,好在朝里的人替他说话,不久就转到湖州来任刺史,变为正四品。颜真卿生性慷慨耿直,全不把人生的浮沉当一回事,倒是听从副使李萼的建言,要做一件大事了。

当年安史叛乱国家危机的时候,颜真卿以一介书生挺身而出首举义旗,使一度沦陷的河北二十四郡有十七郡重归大唐。在颜真卿进攻魏郡不能下时,年轻的李萼从远方来到他的大营,向他献计并求六千兵守清河成犄角之势。颜真卿用李萼的计谋拔下魏郡,大获全胜。自此颜真卿对李萼刮目相看,青睐有加。这次到湖州,他立刻让本是湖州人的李萼做了他的副手。

在带着家室来到湖州接任之时,颜真卿听了远调为浙西观察判官的袁高介绍,知道湖州有三万人户,山畴连绵,河湖纵横,交通便宜,物阜民丰,富甲一方。更使颜真卿高兴的,是湖州文风鼎盛,这里有一帮名闻四海的士子在此居住,如诗僧皎然、陆羽、大历十才子之一的耿湋,有号天下第一美女道冠的李冶,苕溪边住有诗、词、书画俱佳的"烟波钓徒"张志和,还有诗名如日东升的朱放、潘述、李崿等人,不远的丹阳还住着不愿为官的皇甫曾、皇甫冉昆仲……颜真卿听得大喜。公事交接后,袁高搬住到本地一家有名的客栈,他要耽搁一月,湖州的故旧名流要分别与他饯行宴饮后再赴行在。颜真卿一行便住进了府衙。

那天,在府衙宽大的厅堂里,回到老家后很高兴的李萼立刻对颜真卿进言说:"颜公,湖州乃鱼米之乡,水旱宜人,百姓生计无忧,只须薄赋轻徭即可大治。再是稳定茶业,修好皇贡,便百事大吉,这事前任已有定规,再加茶仙陆羽在此,万难也不难了!"颜真卿看着他说:"那我们就诗天酒地,逍遥度日了?"

"不!"李萼正色说,"我知道你心中藏着一件耿耿于怀的未竟大事,那就是修编《韵海镜源》,可以说,修编《韵海镜源》此其时也!"颜真卿大笑说:"知我者,李萼也!"

原来《韵海镜源》乃颜真卿积毕生之力编撰的类书,全书搜集词藻典故,按颜氏五祖隋朝太子文学颜之推和陆法言所定的《切韵》编排,从"东"字起,按次序排列,并引《说文解字》、《尔雅》等书,索隐考源,阐明每一个字的含义,每字再先列古篆,再摘录经、史、子、集中两字以上的词汇或句子,编纂成书。书名《韵海镜源》乃取"镜照源本,无所不见"之意。颜真卿在天宝十二年时已修成一百二十卷,约完其四分之一数。安史叛乱后搁置,此后一直成为他的心病,他不忧身死,只忧此书不能在有生之年完功,而成为终身的遗憾。现在李萼的建言一下燃起他的希望,他能不感到欣慰吗?

他高兴地在厅堂中间踱着步,边捋着长长的胡髯说:"既修书,又结交文朋诗友,一举数得,颜某此番遭贬不亏了!"不过颜真卿又想到一件事,拍了后脑说:"集众修书,得有场地,这府衙哪容得下呢?"李萼笑道:"这有何难?可租下湖滨楼,稍作修葺,即可使用。如果人多时嫌紧,州学也可临时派为用场。"颜真卿又一次大笑,手抚李萼肩头说:"有李萼在,老夫无忧了!"他是个急性人,就让人搬出几大袋《韵海镜源》的资料,分类整理,让李萼将湖州范围文人学士列出名单,让他的侄子颜岘、颜须、颜项拿了他的请帖分头去请人。

陆羽来到湖州,也顾不得看那热闹繁荣的街景,直接来到府衙的时候,已经是高朋满座了。颜真卿一听到通报,立刻和李萼一道出二门迎接。陆羽一见颜真卿亲自迎出来,惊得忙抢前几步,深深地躬身行礼,口说:"陆羽一介山野村夫,怎有劳大人屈尊相迎?不敢当,不敢当!"颜真卿一把拉过陆羽,哈哈笑道:"陆羽,我们又见面了,真是有缘啊!我一来湖州,就打听你住的地方。怎么陆羽,你可是比在长安时瘦了,脸也黑了不少,是劳累的吧?唉!偏偏老夫还得劳烦你呢,修贡茶要劳你,修书更要劳你,让老夫怎么过意得去?"陆羽动情地说:"能为大人效劳,那是三生有幸!大人放心,陆羽的身骨硬,不会累倒的。只是,大人,你好像也瘦了。"

"我吗?"颜真卿笑道,"我老了,瘦点好,有钱难买老来瘦。"一阵寒暄过后,李萼从颜真卿身后闪出来,高声说:"陆羽,你还认得我吗?"陆羽顿时惊呼:"李萼兄,是你,你也来湖州了?火门山一别,转眼十多年过去,早听说你成大英雄了!"颜真卿插言说:"李萼现在是湖州副使了,是老夫左右手啊!"陆羽笑道:"啊!也算是我的父母官了,真是出息大了!"李萼说:"我是湖州人,靠颜大人的栽培又回到湖州。说起出息,陆羽你才是大出息,我不过是与世浮沉,而你,才高八斗,更是名声响亮的茶仙,我们都得礼拜,以后还想多喝你煮的渐儿茶哪!"颜真卿说:"你俩可是彼此彼此!我看亲热话等一会再说吧,我们别让其他贵客等我们太久了!"

李萼和陆羽赶忙收住话头,互相拱手重新见礼,然后相拉着手走进府衙宽大的厅堂。宽大的府衙厅堂,已是聚了十多个人了,一色的幞头和长袍,陆羽抬眼一看,内中有许多熟友。朱放、耿沣、潘述、李㟧、崔逵、罗隐之、陆士修、权器都来了,但也有一些没见过的脸孔。颜真卿对大家说:"又到一个贵客——茶仙陆羽!"朱放、耿沣、潘述、李㟧、崔逵、罗隐之等认识的人就纷纷起座与陆羽见礼,那些陆羽不认识的人也离座向陆羽招呼。客套过后,颜真卿在主位上坐了,方正的脸膛满是笑意说:"我颜清臣能在湖州结识众多的文朋好友,并且有劳诸位修撰《韵海镜源》,真是此生有幸,这里先谢过大家了!"说着站起来向众人连作三揖,众人也连忙站起回礼,纷纷说:"能为景仰心仪已久的颜大人效力,实为此生幸事!"

颜真卿有点遗憾地说:"湖州名士多数来了,只可惜还缺了三位,一位是女才子李冶,另一个是"烟波钓徒"张志和,还有一个是诗僧皎然。这次是不能没有他的,可听说他到扬州去了,按时间已该回来,却不知在哪里耽误了?"朱放接话说:"那疯僧素爱游玩,此时又不知疯到哪里去了。"陆羽忙解释说:"颜大人,皎然兄到扬州是为我的茶书刻印一事去的,不过……他走时是说过要到别处去游历,但具体到哪儿却没说……这样吧,颜大人,晚生现在就去扬州找他,我知道他对颜大人你佩服得很,有颜大人的召唤,他无论怎样都会立刻赶回来的,晚生这就别过大家。"

陆羽说着就站起来给大家拱手行礼作别,颜真卿连忙止住他,笑说:"好你个陆羽,真是个急性子,你去找皎然,这事老夫就托你了。不过事情再急也不忙于这一时,你明天再去也不迟。今天的事,是大家先乐一天,府衙地方促狭,就请大家移步到湖滨楼用膳,尽情喝酒,下午到水亭游玩,作诗联句。"众士子一听喝酒作诗,高兴得一片声欢呼起来。李萼补充说:"湖滨楼已由颜大人租下来,以后大家的吃住都在那里。现在我们就到湖滨楼去吃饭,府衙门口已等着马车,请大家依序坐车前去。"众士子闹嚷嚷地出了府衙,门口果然停了许多辆马车,大家依次上了马车,穿街过巷,直奔水亭而去,沿途引得许多行人驻足观看,议论说不知新太守有什么大事了。一路上陆羽都和朱放在一起,两人拉着手说了许多话,互道别后的境况。

湖滨楼地处湖州城边,临着绕城而过的苕溪,楼高三层,一色的木质结构。底楼是宴饮处,二三层楼用于住人和修书,四周风景秀丽,绿树成荫,夏日在这里住着十分宜人,离不远就是有名的名胜水亭。众士子到这里,凭窗远眺,都赞颜太守会选地方。这顿饭是吃得痛快尽致,两桌人喝了程家酒两坛,丰盛的菜肴反吃得少,一个个脸红红的,说话粗气大嗓,全没了平日那儒雅的风度。颜真卿是喝得最多的,好在他的酒量奇大,并不致失态。

饭后到水亭,因为路不远,大家走路去。水亭为梁代吴兴太守柳恽在天监十六年(517)所建,原名南堂,后易名水亭。亭子横跨苕溪之上,背山临水,气势巍峨,景色怡人,是湖州人常来游玩的地方。今天颜太守打过招呼,庶民百姓都被离老远挡了,因此水亭显得异常清静。午后太阳高悬,虽是短短的路,一行人也走得热汗淋漓,可一进水亭,一股凉气迎面扑来,众士子大呼快哉,一个个摘了幞头,撩起襟袍,让凉风在周身鼓荡,有人带的纸扇也丢到一边去了。陆羽早和府衙带来的仆人一起,架釜燃薪,煮起茶来,待众人歇过凉后,他的茶便一碗碗送到大家手上,颜真卿看着忙碌的陆羽,心里一阵感动。

品茶、玩棋、谈天，文士们的精气神都恢复过来了，站在亭边观景的颜真卿便说："文人聚会，岂可无诗乎！现在我们就来作诗联句。"朱放文思敏捷，立刻说："我们在水亭歇凉，就紧扣'风'字如何？"这提议得到了众人的认可。做过校书郎的裴幼清急不可待地说，我先来吟头两句："清风何处起，拂槛复萦洲。"有个叫杨凭的续道："回入飘华幕，轻来叠晚流。"其弟杨凝云续道："桃竹今一展，羽翣且从收。"陆羽以前不认识的左辅元续道，"经竹吹弥切，过松韵更幽。"陆士修接道："直算青萍末，偏随白浪头。"权器边用眼睛瞅陆羽，续道："山山催雨过，浦浦发行舟。"陆羽知道权器的意思，跟着续道："动树蝉争噪，开帘客罢愁。"颜真卿叫一声好，续道："度弦方解愠，临水以迎秋。"久不得吟的朱放急跟道："凉为开襟至，清因作颂留。"李恂续道："岂独销繁暑，偏能入回楼。"潘述结句道："王风今若此，谁不荷明休。"

……

作诗联句越往后越是气氛热烈，兴致勃勃、意趣盎然。

韵海镜源

从湖州到扬州，北上虽有水路，但很不方便，陆羽骑上了颜真卿提供的枣红马。起程后他顺路到乌程开元观去看望了李冶，告诉她颜真卿广纳士子编修《韵海镜源》的事和没有请她的原因。李冶也是很敬重颜真卿的，但对他修书一事不置可否，倒是对陆羽只身到扬州表示了很大的关心，让陆羽很感动。

陆羽身负颜真卿所托，一路晓行夜宿，几百里路他三天赶到，临近扬州还得过扬子江，过了江到了扬州城已是晚上。扬州的繁荣让他很惊讶。夜晚大街上到处灯红通明，热闹异常，尤其是城西北的堤柳掩映的瘦西湖上，点着彩灯的画船来往穿梭，笙歌阵阵，男女的欢笑声随风飘荡。陆羽已是十分疲惫，无心赏玩，本想立即找到皎然，但一时又不知文昌坊雕印社在哪儿，只得找了个客栈早早歇了。

次日早起，他向客栈掌柜问清文昌坊雕印社的地址，辗转几次，终于找到在东关街中心的文昌坊，这是一个很大很有名的雕印社。陆羽在那里一问，果然皎然已将《茶经》一书交文昌坊刻印，店里的师父和伙计正准备雕版呢。问到皎然，掌柜说那个和尚交了刻印费后在扬州游玩了几天，前两天才走了。陆羽忙问他到哪里去了，掌柜先说不清楚，后来想起似的说，听说是到丹阳访两个姓皇甫的朋友去了。陆羽一听就知道，皎然去访丹阳鱼竿村的皇甫昆仲去了，顿时急慌慌要走，掌柜听说他就是《茶经》一书的著者，喜得要留他吃饭，陆羽说身有要事，谢过走了。

到了客栈，陆羽结过房资，骑上枣红马，问清道路，再次坐渡船过扬子江。昨晚扬子江上游下过大雨，江面上涨了许多，江水也变得有些浑黄。过了江，顺着官道，陆羽打马直奔丹阳飞驰而去。从扬州到丹阳路程不远，骑马大半天功夫就到了。日落时分，陆羽来到临江的鱼竿村。这里他是来过的，所以轻车熟路就找到了，还准确地找到皇甫冉、皇甫曾兄弟住的那几间茅屋。他以为在屋外就会听到皎然和皇甫昆仲欢心快意的谈笑和喝酒声的，却不料竟碰上铁将军把门——一把大锁横挂在木板院门中央。陆羽一下傻眼了,他牵着同样疲惫的枣红马站在门前愣了好一会,然后就到村里去问邻居他们的行踪。

鱼竿村是个独立村,与其他的村互不连界,人家户也不多,只有二三十户人,不过出产丰富,也是鱼米之乡,而且风景秀丽,水陆交通方便,所以皇甫昆仲选择了这么个好地方隐居。但是,陆羽问了好几户人家,都说那是两个闲云野鹤似的人物,哪知道去了哪里。最后问到一个曾早起拾粪的老人,说看见他们两人一早和一个僧人一同乘船走了,问是到哪里,何时回来,皆说不知道。陆羽有些失望,不过听到有个僧人,那是皎然肯定无疑,心上又有些安慰。好在那老人热情,让陆羽进屋喝了些热水。陆羽又来到皇甫昆仲的茅屋前,将枣红马解了鞍鞯,放在屋后缓坡上啃草,自己坐在屋门口等,他觉得皎然和皇甫昆仲天黑时应该会回来。

陆羽靠坐在皇甫昆仲家大门的门槛坐着,眼望着不远处闪着波光的江面,想皎然他们或许天黑一会就会回来,于是继续守在那里。他突然不自禁地笑起来,想起前不久夜黑去妙喜寺,到了却又返回的情景,不过那次是没事找事,这次却是有事,可不管有事没事,怎么总是自己找皎然呢?不对不对,皎然也是多次找过自己的。记忆最深的那一次,是在好多年前了,也是在这里,自己来见皇甫兄弟,然后一起上凤翅山游玩了几天,谁知皎然也是追他赶到这里,找不到他们,他在村里一个小寺庙里,还写下一首《往丹阳寻陆处士不遇》。

想到这首诗,陆羽的心中一片温暖。那一年,皎然来这里等他,现在,自己又来到这里等他,看来,他们这对朋友今生真是摽上了。嘿嘿,这真有趣,他陆羽是何等幸运,此生有此等朋友!陆羽坐在那里想着,天黑下来也不知道,后来就睡着了,多日的鞍马劳顿,让他十分疲累。那匹枣红马,在吃够了草后也来到他身边,和他一起在暗黑中打盹。半夜时分,陆羽被一阵冷风吹醒,他不由得缩紧了脖子,往四周看去,只见天地一片墨黑,什么也看不见,倒是耳里听到什么地方传过来的一阵阵微小的虫声。从河面上来的风一阵一阵地吹过来,好在已是夏日,那风虽冷但还不扎浸骨头,陆羽太疲累,也就不予理会,只是往门角处靠了靠,又裹紧衣衫,再次睡过去。

他恍惚中好像看到天亮了,皎然和皇甫昆仲从渡口走来了,三人还边走边争论着什么。只听皎然说:"你们认为越瓷不如邢瓷,大谬矣!邢瓷似银,越瓷似玉;邢瓷似雪,越瓷似冰;邢瓷的茶汤呈红色,越瓷茶汤为绿色,如此种种,皆邢不如越。"陆羽大叫:"皎然兄说得好,确是邢瓷不如越瓷!哎呀,你们总算回来了,我把你们等得好苦。"他跳起来要去迎接他们,却觉得浑身像被捆绑了似的动弹不得。他一挣扎,人清醒过来,却发现自己是躺在不知什么人家的床上,浑身火烫火烧,并且酸痛难忍,额上还敷着一条冷毛巾。他忍不住呻吟了一声,顿时有人进屋来了,原来就是昨天给他吃食的老人,自己是睡在他家里了,看着老人慈祥的脸,陆羽叫了声:"老丈……"想挣起身子,却力不从心。老人忙按住他说:"郎君休动,你发烧昏睡一天了,身子虚脱,须静养两天。"陆羽这才真感到头重脚轻,他喘着气说:"谢谢老丈救治。"老人摆手说:"我今早去拾粪,就看见你睡在皇甫家院门下,先不知你有病,想喊你起来到屋里来睡,一摸你的头,却烫得吓人,还听你嘴里在说着胡话呢,我知你一定是受了风寒,赶忙找人来将你弄到我屋里,让我老婆子给你熬了姜汤,灌了你一碗,让你睡了发汗,快一天了你才醒来。等会给你煮点稀粥,很快就会恢复的。唉,你何苦要死守在门口呢?皇甫冉他们不在,你就找地方歇了嘛!"

陆羽听到老丈提到皇甫冉,忙问:"请问老丈,他们回来了吗?"老人说:"还没有呢,我看着的。你放心,他们回来我就告诉你。"听到皎然他们还没回来,陆羽心里有些急,但他只能在这里等,别无他法,他能有负颜真卿所托。皎然兄、皇甫昆仲呀,你们到哪里去了,颜真卿大人还等着你们哪!不过听老人说已关注着他们的动静,他们一回来会得到他在这里的消息,并且知道他的枣红马也被老人喂养了,便又放了心,身上一阵轻松,病就觉得好了不少。

第二天,他仍在迷迷糊糊的时候,朦胧中突然听到一个粗喉大嗓的声音问:"陆羽在哪里?陆羽在哪里?"陆羽一下惊醒过来,那声音好像皎然啊,是不是自己又在做梦了?他没有答应,可那声音又继续叫喊起来,而房东老人则是喜滋滋地跑到床边,大声说:"郎君,快,快,你等的人回来了!"陆羽一下从床上跳下地,没穿鞋就朝门口冲去,没见到人,口里带着哭音大喊:"鬼皎然,你这个鬼皎然,你和皇甫昆仲跑哪玩去了,让我陆羽等到得好苦啊!"……

《韵海镜源》一书的修撰紧锣密鼓地进行着。这真是一个浩大的工程,湖滨楼住满了湖州的文朋学士,按几大部分分工,各自明确自己职责。皎然的归来让颜真卿很是高兴,而皇甫冉、皇甫曾兄弟的一起到来更让颜真卿喜不自禁,在为他们接风时分别连敬他们三杯酒。

前任刺史袁高要走时,颜真卿让《韵海镜源》的修撰停工一天,就在湖滨楼共同为袁高饯行。袁高在湖州名声很好,尤其是他上书朝廷要求减少贡茶一事,更是在湖州人中有口皆碑,他要走了,还真有些舍不得。大家喝了许多酒,皎然和袁高平日交好,更是诗兴大发,当场诵诗一首:

皇心亭毒广,蟊贼皆陶甄。未刘蚩尤旗,方同轩后年。
天子幸汉中,辇辕阻氛烟。玺书召幕牧,名在列岳仙。
国难倚长城,庙谋资大贤。清损休汝骑,仁留述职篇。
遐路渺天末,繁茹思河边。饰徒促远期,祗命赴急宣。
谀才岂足称,深仁顾何偏。那堪临流意,千里望旗旃。

皎然的诗让满座叫好,更让袁高流下了眼泪,很多人也吟了送行诗,继之而起的是敬酒高潮。

送走了袁高,接着修撰《韵海镜源》。总编撰颜真卿不停地到二楼办公的各个房间查看进度,指点迷津,校正讹误。皎然和陆羽做了副编撰,尽心尽力地恪忠职守。在所有的人中,陆羽算是最忙的了,他除担负《韵海镜源》的修撰,还时不时到顾渚山督查贡茶的修制,因为颜太守新来,对茶贡的许多事还不熟,他不得不多操心一些。另外,在湖滨楼还管对众人茶汤的烧煮,因为大家都说他烧煮的茶汤好喝。大事小事,陆羽概不推辞,总是一丝不苟地做着。由于事多,而每天的事又必须当天完成,尤其是《韵海镜源》的修编是不能拖的,他就常常晚上一个人在二楼房间点着蜡烛赶工。

晚上是众士子寻欢作乐的时候,他们三五结伴,幞头长袍,手摇纸扇,潇洒地游走在湖州繁华热闹的街巷,茶楼酒肆是他们诗酒自娱的好地方,甚而烟花柳巷也有他们的身影。不过在这些身影中,总是少见一个陆羽。有一天晚上,颜真卿从府衙来到湖滨楼,看到烛光,就上到二楼查看,他轻轻地走进陆羽的那间屋,站在陆羽的身后,看见陆羽正坐在桌前,把头埋在资料堆间,左手翻着资料,右手握一支小楷湖笔,聚精会神地在纸上书写着工整的墨字。昏黄的烛光映着他峻峭的脸,他没戴幞头,头发挽在脑后,额上的那块疤痕有点显眼,眉峰微蹙,嘴唇紧抿,双眼随着笔尖走动。看着看着,颜真卿的心里一动,想陆羽是能成就大事业的,能结识陆羽,真是幸事。

他没有惊扰陆羽,悄悄地走了。之后,他就常常问起陆羽的情况,问到陆羽的住屋,一次,他还借故和陆羽一起去了他杼山的茅屋做客,也去了妙喜寺。在知道陆羽年届不惑,依然无家室无产业,孜孜以求的就是茶事时,他更是大为赞叹。他对陆羽十分赏识,尽管以前见过几次面,但都无深刻的了解。这一次较长时间的接触,他感到陆羽的身上有一种别人没有的稳重踏实和勤奋坚韧,虽然和别人相比,他没有出身,也无权势背景,但可以预料,这个人是会做出一番事业来的。只是,他的日子过得太清苦了,作为刺史,他准备给他一点帮助,至于什么帮助,他没和陆羽说,他要给他一个惊喜。

颜真卿也更加觉得,他的被贬到湖州,确如李萼所言,是他人生的一大收获,能和湖州的这一大帮文士才子相结识,乃不幸中的大幸。跟他们在一起,他感到无比的愉快,比在长安时与皇帝和一班权臣在一起心情舒畅多了,失去儿子的痛苦也消散了许多。几个月的时光在紧张而又忙碌中倏地过去,秋天的时候,耿湋远迁到许州任司法参军事,颜真卿邀众文士在湖滨楼为他饯行,酒喝得尽兴了,众士子与耿湋的道别话也说得差不多了时,颜真卿和他单独作诗联句。

颜真卿先道:尧舜逢明主,严徐得侍臣。分行接三事,高兴柏梁新。

耿湋续道:楚国千山道,秦城万里人。镜中看齿发,河上有烟尘。

颜真卿又道:望阙飞青翰,朝天忆紫宸。喜来欢宴洽,愁去咏歌频。

耿湋又续:顾盼情非一,睽携处亦频。吴兴贤太守,临水最殷勤。

好个"临水最殷勤"!众文士为耿湋的最后一句叫起好来,纷纷向他敬酒,颜真卿也再次和他喝了三杯。耿湋忽然想起什么似的,走到陆羽面前,也敬了他三杯酒,对陆羽在他修茶贡时的帮助表示感谢,陆羽说:"洪源(耿湋字洪源)先生,不就是喝酒嘛,我喝就是,其他的话别说了!"说着连干三杯。耿湋直喊爽快爽快,连忙也干了三杯。

耿湋走后不久,朝廷下旨让皇甫曾去京城长安任监察御史,淡薄功名的皇甫曾却不想去,倒是颜真卿劝他去,说在那个位上是能做一些好事的,可以保护一些正直的好官,抑制一些害民的权臣。族弟皇甫冉也力劝兄长前去,皇甫曾这才应了。颜真卿没想到,皇甫曾到京后,第一个便保护了他。原来奸相元载,在代宗皇帝面前下谗言将颜真卿贬职后,一直想赶尽杀绝,在得知颜真卿邀约一班文士修书后,立刻到代宗皇帝那里上奏,说颜真卿网罗党徒,私刻图书,有不轨之举。若不尽快处置,将生事端。好在代宗皇帝多了个心眼,虽有些将信将疑,但想颜真卿在安史叛乱时,拥兵几十万,若要反,那时易如反掌,彼时不反现在要反于理说不过去。皇甫曾到京后,代宗皇帝向他问起此事,皇甫曾据实言说,为颜真卿洗去了污水,也让代宗皇帝对元载生出了厌恶之心,渐渐疏远了他。

为皇甫曾的饯行比耿㳇那次还热闹。皇甫曾是白苹诗社的成员,而白苹诗社已经有好久没有聚会了。颜真卿就想以白苹诗会的名义游玩一天,一可重振湖州文风,二来可以请开元道观的李冶参加,来湖州这么久,他还没见过这个诗名满天下的才女。他计划先在湖滨楼聚会半天,次日在东溪玩半天,那是苕溪在湖州东边的一段。然后顺水而下,去看望张志和,他也还没有见过这个名声很大的烟波钓徒。他估计李冶可能有些难请,所以他派马车去乌程开元观接李冶时,对持帖人反复叮嘱一定要请来李冶。

不想李冶欣然答应,她也想见见很久未谋面的朋友们,更想见见大书家颜真卿——这个名气如雷贯耳,写字和做人一样端庄的天下第一义士是什么样子。当一袭黑色道冠服的李冶坐着马车来到湖滨楼前的院子时,颜真卿第一个从楼内迎了出去。李冶先说:"颜大人,久仰大名,今日得幸一见,小女子足慰平生之愿了!"

"哈哈,果然是名不虚传,貌比西施,才压文姬。你的《从萧叔子听弹琴赋得三峡流泉歌》,老夫可是时时吟咏。"说着就背起来:

"妾家本住巫山云,巫山流泉常自闻。玉琴弹出转寥夐,直是当时梦里听。
三峡流泉几千里,一时流入幽闺里。巨石奔崖指下生,飞波走浪弦中起。
初疑喷涌含雷风,又似呜咽流不通。回湍曲濑势将尽,时复滴沥平沙中。
忆昔阮公为此曲,能使仲容听不足。一弹既罢复一弹,愿作流泉镇相续。"

听颜真卿一字不差地背出她的诗,李冶有些感动,她由衷地说:"颜大人,你的记性真好!"众文士也从楼里出来和李冶见面,大家见李冶依然丰采照人。朱放笑着说:"哟,李冶,你是越来越漂亮了!"李冶佯嗔道:"许久不见,我还以为你这油嘴滑舌的德性改了呢!"然后对皇甫曾说:"恭贺皇甫兄的腾达,可惜你走了,我们这隐士群就少一个了!"皇甫曾叹气说:"身不由己呀!"朱放说:"你别假充正经,你那是尘心不死,如我,可是铁了心做个沧浪客,不求闻达,在鱼竿村住一辈子,终老山林了!"颜真卿插言道:"小隐隐于山,大隐隐于市,只要心地安然,我们就各守性灵吧!"他的话赢得众士子一片赞同。

皎然大着嗓子说:"李冶,这么久不露面,你把老僧忘了吧?"李冶瞥他一眼说:"你这个老和尚还没死呀,我还要去你坟上烧点纸,让你在阴间有钱花!"大家都笑了。皎然嘿嘿笑几声说:"看来我讨人厌了,有人想要我死,可我偏要活得滋润点,气气她!"陆羽只是微笑着望李冶,李冶给他一个娇媚的微笑,快乐就如水般溢满陆羽的心,他们没有说一句话,也算见过面了。

晚上,四壁的羊油灯把湖滨楼宽大的饭厅照得雪亮,为皇甫曾举行的饯行宴开始了,众文士坐了三桌,推杯换盏,热闹非凡。湖州盛产的鸡、鸭、鱼和菱角莲藕之类新鲜菜蔬,在程氏酒的作用下，让众文士脸热心跳。几巡酒后，宴会中心的皇甫曾就抵挡不住大家用酒对他的进攻了，急忙说："为感谢颜大人对我的一片厚爱，我提议我们还是作诗联句，以资纪念吧。"颜真卿看皇甫曾不胜酒力了，就端起酒杯说："甚好甚好，定为三言，老夫卖老，就先开头了。"李冶忽然站起来说："让小女子来抚琴，为诸君聊助诗兴吧！"

女道冠弹琴，众人齐声叫好。李冶来时就带了古琴的，颜真卿让人在靠窗处放一几案和矮凳，还移了一炉焚香在旁边。李冶取来琴放在几案上，在众目注视中，她调了调弦，又凝了凝神，双手在琴弦上一挑，随着叮咚的一声响，一串串清新激越的琴声就如活水一般在大堂里流淌开来。李冶弹的是古曲《高山流水》，随着她手指的舞动，弹拨抚按，琴音变幻，绕梁不绝，高昂时如高山飞瀑，落珠溅玉；舒缓时如蓝天流云，灵动极致；激越时如万马奔腾，蹄声得得，渐行渐远……

琴音更在众文士的心内盘桓，让他们的心境内外格外清纯宁静。就在这悦耳的琴声中，颜真卿开口吟道：喜嘉客，辟前轩，天月净，水云昏。

听着琴音，陆羽却是另一番感受，他想到他的季兰姐姐是年逾不惑之人，仍是孑然一身，不由有些心酸。他脱口吟道：雁声苦，蟾影寒，闻哀泹，滴檀栾。

李萼跟道：卷翠幕，吟嘉句，恨青光，留不住。

皎然续道：高驾动，清商催，惜归去，重徘徊。

陆士修结尾道：露欲稀，客将醉，犹宛转，照深意。

热烈的联句不断进行下去，酒也越喝越多，直到夜深才散了。

皎然斗诗

次日，众人坐官船到东溪游玩，再到西塞村访张志和，颜真卿也一直想见见这个隐居的烟波钓徒。不想早晨起来时李冶病倒了，原来昨夜因为她琴弹得好，众文士都向她敬酒，李冶一高兴，就多喝了几杯，天亮时分她就拉起了肚子，把她弄得有气无力。那边朱放几个还开起她的玩笑，气得她直咬牙想跺脚，却又没力气跺。颜真卿知道后，急忙为她请来名医，开了止泻药方，吃了药后，李冶好些了，不过东溪游玩却是去不成了，颜真卿只好让她在湖滨楼静养，还派了女仆专门侍候。陆羽本想留下来照顾李冶的，李冶坚决不让，说已经有人照顾了，你一个大男人留在这里，大家怎么说？陆羽想想也是，就算了。

众文士坐马车到苕溪边，登上早停在那里的官船，官船缓缓地在宽阔的溪水上飘行。苕溪涨水了，往日清澈的水带上了黄色，仍可见一群群的鱼在水里穿梭，水鸟嘎嘎地叫着，在水面翻飞，不时从水里啄起一条鱼来飞向远处。文士们或站在船头，观看两岸如画的景色，或在船中品茗下棋，或坐在船舷边高谈阔论，谈朝廷的人事变动，谁升迁了，谁又遭贬了，还有科闱传闻，谁中了状元之类。

另一边，观看一阵风景的颜真卿几人又开始做诗联句，同样是颜真卿开的头，他的第一联是：顷持宪简推步高，独占诗流行素波。不是中情深惠好，谁能千里远经过！

皇甫曾和道：诗书宛似陪康乐，少长还同宴永和。夜酌此时看碾玉，晨趋几日重鸣珂。

李萼接续道：万井更深空寂寞，千方雾起隐嵯峨。荧荧远火分渔浦，历历寒枝露鸟窠。

陆羽接着吟道：汉朝旧学君公隐，鲁国今从子弟科。只自倾心惭煦濡，何曾将口恨蹉跎。

皎然赶紧吟出几句收尾：独赏谢吟山中照耀，共知殷叹树婆娑。华毂苦嫌云路隔，衲衣长向雪峰何。

皎然一直和皇甫曾交好，联句的间隙，他当即咏一首诗送皇甫曾：维舟若许暂从容，送过重江不厌重。霜简别来今始见，雪山归去又难逢。皇甫曾听了，拉着皎然的手说："皎然兄，我们还会再见面的！"

午饭是在官船上吃的，吃了后官船即行启锚，悠悠顺苕溪往下游西塞山飘去。一路上，众文士依然在船边观风望景，陆羽看到，在官船的后面还拖着一条新做的舴艋小舟，新上的油漆在阳光下闪着光，他想了想，就知道颜真卿大人的用意了。

这时，他听到了朱放在和别人说："张子同一心做个当今伯夷、许由，是个闲云野鹤般的人物，颜大人修书专人去请他，他不来，认为是多事，还说只有没出息的人才去做官，一点不给颜大人面子，今天去能见到他吗？"陆士修说："谁知道呢，他是个一条小舟浮家泛宅的人，身无定迹，去哪里找他？"听到这里，陆羽的心也有些悬吊着，他看了一眼颜真卿，颜真卿却是一副胸有成竹的样子，他心里也就有了些底。

颜真卿确是有备而来的，他早就想结识这个名气很大的隐者，可多次请张志和也不来。他听说张志和一条小船浪迹苕溪，人很难找，所以花费了点心思，做了手脚，暗想不怕你张志和不就范，你能跑到天边去了？不过颜真卿什么也没说，只是一味看两岸风景，不时赞叹：山水秀丽，好地方啊！

果然，一个时辰后，船到了西塞山前一个山湾，就听到从湾里传出一阵歌声：

八月九月芦花飞，南溪老人重钓归。秋山入帘翠滴滴，野艇倚槛云依依。

却把渔竿寻小径，闲梳鹤发对斜晖。翻嫌四皓曾多事，出为储皇定是非。

歌声在山峰间回荡，在水面上飘浮。皎然和陆羽几乎同时叫道："是玄真子那个家伙！"欢喜之情溢于言表。颜真卿微微一笑，吩咐船夫将船往山湾划去。转过湾口，溪面变得更加宽阔。只见岸边一处有一巨石，上面蹲着一个着蓑衣戴斗笠的人，正执一根鱼杆垂钓，斗笠压住了脸面，别人根本看不清楚他的面目。

陆羽对皎然会心地一笑，开口唱道："雪溪湾里钓渔翁，舴艋为家西复东。江上雪，浦边风，笑著荷衣不叹穷。"那人一惊，抬起头来，就看见了官船，看见了船上的颜真卿等人。他突然哈哈一笑，除去斗笠，大声说："子同在这里等颜大人多时矣！不过，刚才一条大鱼让你们惊跑了，你们可得赔我！"正是瘦骨伶仃的张志和。

船要靠岸时，颜真卿双手抱拳道："先生可是烟波钓徒？请先生上船叙话，以解渴念。"张志和站起身来，他有些愣了，想不到颜真卿亲自专门为他来了。船已靠岸，陆羽一步跳上去，抓住张志和的钓鱼杆说："好你个张志和，敢跟颜大人摆架子？"说着把张志和往船上拉。张志和也就顺驴下坡,来到船上,和颜真卿见过礼。要在别人,他早不管不顾地转屁股走了,可这是名声若日月的颜真卿呀,天下第一书家,天下第一义士。在他的面前,任何人都不敢拿大的,他张志和纵然狂傲,也还是知道分寸的。

颜真卿风趣地说:"子同先生,老夫仓促而来,惊跑了你的大鱼,老夫赔你一条船如何?"说着往船尾一指,那是一条新造的结实的小船。张志和的眼睛一亮,他那条破烂小船,前不久不知被什么人在船底凿了几个大洞,无法修复,害得他只能溪边垂钓了。他说:"这真是赔我的?"颜真卿说:"当然!"

哈哈哈!张志和大笑说:"颜大人真善体民情,我可正需要一条小船哟,不过,有你这样预先准备了赔人的船吗?"说着又是大笑。颜真卿正色道:"不过,船给你,你得给我画一幅画!"张志和说:"好,大人也得给我写一幅字!"

"好,一言为定!我们先喝酒,尽兴了再濡墨挥毫吧!"颜真卿大手一挥。

官船上早又摆上了席桌,众文士纷纷来和张志和见礼,皎然点着张志和的头说:"好你个张志和,真是把谱摆够了,这是颜大人礼贤下士,要是我,早给你几拳头了!"张志和对皎然翻了翻白眼,和其他人拱手作礼。当皇甫曾和他见礼时,他摇着手说:"你这人官气太重,我不理你。"他拉着陆羽的手说:"你这人跟我对脾味,我要跟你喝三碗酒。"陆羽偏说:"我才不跟你对脾味呢,不过喝酒可以和你拼高下。"

笑声中,在李萼的张罗下,众文士在酒席上落座,立刻觥筹交错,推杯换盏起来。夕阳西下,金辉在苕溪里燃烧,官船在溪面微微摇动,四面风光都是佐酒的佳肴。那张志和是个喝酒不用人劝,主动买醉的人,在大家的劝喝下,一碗接一碗地灌酒,不一会就醉态可掬了。颜真卿早让人摆下书案和纸笔,还放了一个绷着缣帛的画架侍候,怕张志和醉过了不能作画,正要请他时,张志和已歪歪扭扭地站起来说:"把纸笔给我摆好,我……我要作画了,不!你们给我弹琴,我先要给你们跳一出《秦王破阵舞》!"

众文士先是叫好,然后就为难了,来时根本没带乐工和琴,拿什么来演奏?连颜真卿也发愣了,还是陆羽机敏,他把一只空碗倒扣过来用筷子敲击,清脆悦耳的乐声便飞了出来。众士子一迭声叫好,跟着学样,《秦王破阵乐》都是会的,大家都动手敲碗。乐得颜真卿连声说:"妙哉妙哉!"就在这碗乐声中,张志和在船中央应和着节奏,指天划地,或疾如旋风如三军拼杀,或动如脱兔如乘胜追击,或手舞足蹈如欢呼胜利……正当大家看得眼花缭乱时,张志和猛地扑到书案前,抓起一支湖笔,在墨盘里蘸一下就在绷着的缣帛上急速挥洒起来,片刻之间,一幅淋漓尽致的山水图跃然帛上。细看,只见水天苍茫,烟波浩渺,帆影片片,三山突凸,白云缭绕,雁阵声声,似在呼唤。水边大树旁山石下,正有僧俗二人汲水煮茶,汽雾蒸腾,如闻茶香。更高妙的是画上方的留白,足令人生出无限遐想。

画完,张志和将笔往案上一掷说:"颜大人,我前几天刚去了洞庭湖,就给你画一幅洞庭三山图吧!"大家都上前观画,赞不绝口,都说是神来之笔。陆羽小声对颜真卿说:"大人,这家伙作画有如怀素上人作书呢!"颜真卿笑着点点头。张志和用醉眼扫一下众文士说:"听说皎然诗才敏捷,陆羽字墨甚好,如得他二人献艺合璧,则此画就大放光彩了。"那皎然也不示

弱,片刻就做成了一首《奉应颜刺史真卿观玄真子置酒张乐舞破阵画洞庭三山歌》:

    道流迹异人共惊,寄向画中观道情。
    如何万象自心出,而心澹然无所营。
    手援毫,足蹈节,披缣洒墨称丽绝。
    石文乱点急管催,云态徐挥慢歌发。
    乐纵酒酣狂更好,攒峰若雨纵横扫。
    尺波澶漫意无涯,片岭崚嶒势将倒。
    盻睐方知造境难,象忘神遇非笔端。
    昨日幽奇湖上见,今朝舒卷手中看。
    兴余轻拂远天色,曾向峰东海边识。
    秋空暮景飒飒容,翻疑是真画不得。
    颜公素高山水意,常恨三山不可至。
    赏君狂画忘远游,不出轩墀坐苍翠。

  一首咏完,皎然诗兴犹存,接着又吟了一首《奉和颜鲁公真卿落玄真子舴艋舟歌》诗:

    沧浪子后玄真子,冥冥钓隐江之氿。
    刳木新成舴艋舟,诸侯落舟自兹始。
    得道身不系,无机舟亦闲。
    从水远逝兮任风还,朝五湖兮夕三山。
    停纶乍入芙蓉浦,击汰时过明月湾。
    太公取璜我不取,龙伯钓鳌我不钓。
    竹竿袅袅鱼徥徥,此中自得还自笑。
    汗漫一游何可期,后来谁遇冰雪姿。
    上古初闻出尧世,今朝还见在尧时。

  陆羽也便展示书艺,用他拿手的行草体抄写在画的留白处。在大家的叫好声中,拿着这幅三艺合璧的画,颜真卿高兴万分,他立即为张志和写了一幅字,写的就是张志和那首"西塞山前白鹭飞"的《渔歌子》。张志和拿到颜真卿墨迹刚干的字,看一会感叹道:"字如其人啊,字如其人!"说着就要告辞,颜真卿也不留他,只说后会有期,便让船夫解了官船后的舴艋舟交与张志和。

  张志和醉眼蒙眬地对众文士拱手作别说:"我今天这条鱼换的东西可真多啊,有酒有船还有字!"颜真卿哈哈大笑,众文士跟着笑说:"这个家伙!"张志和跳上舴艋舟,在暮色里晃晃荡荡朝西塞村划去,河风送来他带着醉意的歌声传来:青草湖中月正圆,巴陵渔父棹歌连。钓车子,橛头船,乐在风波不用仙。

  这里颜真卿一行的官船也解锚,在薄暮中返程,一路上众文士都在说那个烟波钓徒,只

有皎然和皇甫曾仍依依话别。皎然兴之所致,又作诗一首送好友:

人独归,日将暮。孤帆带孤屿,远水连远树。难作别时心,还看别时路。

情聚山亭

湖州可说是颜真卿的福地,在这里,他多舛的命运出现了亮色,先是对他具有重要意义,耗时一年余,集众多文士之力的《韵海镜源》初步修成完功了。余下的事,就是留少数几个人加工润色,校定错漏了。与此同时,他的另一件事也完工了。颜真卿很高兴,他提前让李萼知会众文士隔一日游杼山,到山顶去宴饮作诗联句。文士们颇为高兴,不过后来有人提出疑问,说到杼山顶上游玩可以,在那里宴饮就不可解了,山顶树木荆棘丛生,怎么好宴饮?有人就估计说,陆羽就住在杼山半腰,大概是要将陆羽的桌椅搬到顶上去吧。有人还让陆羽算计家里的桌椅能坐多少人呢,弄得陆羽也有些疑惑。

次日上午,颜真卿带着一个仆人,喊上皎然和陆羽,坐了敞篷马车去杼山。两人都有些不明就里,想要游杼山,明日和大家一并去好了,今日三个人去干什么呢,人少不热闹呀,莫非是去为明日的聚会做准备吗,可这有什么可准备的?路上,皎然忍不住问颜真卿:"颜大人,我们是去为明日聚会做准备吗?"颜真卿笑着说:"也是也不是,去就知道了!"

这回答让皎然和陆羽更不知底里了,又不好再问,只得说一些别的事,再是观望杼山景色。秋日的杼山,阳坡的一些树叶泛红了,红绿相间染人眼目,煞是好看。走一段后,皎然和陆羽都发现,通向杼山的道路变宽了,马车驶在上面又平又稳,那匹拉车的健马不用马夫扬鞭,就走得兴致勃勃的。更让皎然和陆羽惊讶的是,原来上杼山得从陆羽的茅屋处上山,可现在已经有一条新路,从高过陆羽茅屋很远的背后直插到杼山顶了。从陆羽屋后到杼山顶的路,也是被加宽了。两人高兴问:"颜大人,是你派人修的路?"颜真卿说:"你们帮助了我,我也得为你们做一点事吧?"皎然高兴地说:"颜大人,你不仅是帮了我们,这一带的百姓也是受益了啊!"

因为路好,马车跑起来很轻快,他们不一会就来到杼山顶上,其实距陆羽住的茅屋也高不了多少。还离山顶有一小段路的时候,皎然和陆羽都惊得张开嘴巴半天都合不上。只见山顶上,一个宽大的八角亭子巍然耸立在那里,亭子飞檐翘角,黄琉璃瓦,红漆大柱子,让四周的绿树一衬,格外引人注目,更给杼山平添了几多风采。亭脚四边都有连着坐板的护栏,亭中顺着亭边安放着几张窄长的石桌,那是供人吃茶和宴饮的。亭子前,还有几个工匠在进行完工后的收拾打扫,看到颜真卿的马车主动避让到一边。

看到皎然和陆羽惊愕的表情,颜真卿满意地笑了。他说:"这是我为湖州士子表示的一点心意,日后,湖州的士人就可以到这里来雅集,观赏风光,咏诗联句,也不失为一大乐事。明天我们就要在这里首次雅集,尽兴一玩,只是遗憾,此亭还无名字,所以请两位来,正是要你俩给起一个名字。"他们绕着亭子细看,整个亭子石木结构,造型优美,居高临下,一眼就看到陆羽的茅屋,和稍远一点的妙喜寺更是遥相对应,远处阡陌田筹水塘纵横,苕溪一线如练,四面风光尽收眼底。

皎然快人快语说:"真是好亭子,当然该有个好名字。论做诗填词,才思敏捷,陆羽不如我;论天文地理,五行杂说,我不如陆羽,这起名字的事,就由陆羽代劳了。另外起了名后,还望颜大人留下墨宝,题上匾额,为亭子增辉,以传之后世!"陆羽也是赞成,颜真卿只好说:"那老夫就当仁不让了!只是,陆羽,这亭名就你来起了,你起了名老夫才好写字呀!"陆羽说:"既是颜大人和皎然兄抬爱,陆羽就勉为其难吧,不过,起的名如你们认为不好,也可另起。"皎然说:"废话少说,快起吧!"

陆羽绕着亭子走了一圈,抬头看看亭角,又朝山下看一会,眉头微蹙,好一阵才说:"今年是癸丑年,十月是癸亥月,今日是癸卯日。依我看,就叫'三癸亭'吧,你们说可好?"颜真卿和皎然几乎同时说:"好,好,这名字起得好!"皎然连说:"妙哉!妙哉,陆羽,真有你的,一矢中的!"颜真卿看着他说:"上人,这下轮到你了,请赋诗以记其事!"皎然也不推让,略一沉思,片刻诗成,冲口吟道:

  秋意西山多,列岑萦左次。缮亭历三癸,趾趾邻什寺。
  元化隐灵踪,始君启高致。诛榛养翘楚,鞭草理芳穗。
  俯砌披水容,逼天扫峰翠。境新耳目换,物远风尘异。
  倚石忘世情,援云得真意。嘉林幸勿剪,禅侣欣可庇。
  卫法大臣过,佐游群英萃。龙池护清澈,虎节到深邃。
  徒想嵊顶期,于今没遗记。

诗一吟完,颜真卿就拍手笑道:"有了,有了,今日可是什么都有了,找你两人来是找对了。现在诸事皆备,我们快回去让工匠刻石勒铭吧!"回去的路上,颜真卿对陆羽说:"这三癸亭离你的居处最近,今后,这亭子就交由你经管,你可不要推辞!"陆羽想也没想说:"蒙大人信任,有颜大人这句话,陆羽当不负所托!"

次日,几辆马车来到湖滨楼,将众文士直接拉到杼山三癸亭。众文士一见亭子,也是惊呼不已,及听到是颜真卿的一片心意时,更是赞叹不已。亭子旁边还用树叶搭成一个棚子,煮茶的釜和一应用具都拉来了,厨具也拉来了,甚至连烧柴也想到了。跟着炊烟袅袅,由几个颜府派来的仆役在陆羽的指挥下烧好了茶,让众文士吃着,他们又忙着准备饭菜。众文士有的吃茶,有的看亭,有的看景,发现了亭子旁边新立了两方碑。因用红布蒙着,也不知写的什么,朱放便去打猜测,招来别人的指诮,也就不猜了,想终要揭开的,也就观景去了。

等了好一阵,颜真卿却没来,连李萼也还不到。又等了好久,才见李萼坐着马车风尘仆仆地赶了来,对大家说:"颜大人来不了了,他有喜事啦!颜大人本来已出门,在府衙门口碰上两个公人和一个年轻人向守门兵吏打听颜府。守门兵吏问他们什么事,他们说他们是从河北来的,是给颜太守送儿子来了。颜大人一听这话如响雷轰顶,他急切拿眼去看那个年轻人,他送儿子颜颇给刘客奴作人质时,儿子尚小,才十来岁,而眼下的年轻人是个高大的壮小伙了,他还是从年轻人的神态中发现了儿子的特征,兴奋得踉踉跄跄地扑了过去……"原来,颜颇失踪地的几任县令一直敬佩颜真卿,听说他的儿子在本地失踪,就一直派人寻找,终于在一处山中一个老人那儿找到颜真卿的儿子。方知颜颇是在战乱时偷跑到山里,累饿交病时被那个老人收救并抚养起来,在得知这是颜真卿的儿子时,老人义无返顾地将颜颇交给了县令,让颜真卿终于与儿子团聚。"

大家都为颜真卿高兴,朱放说干脆我们到颜府去祝贺。李萼急忙说:"现在可别去,颜大人一家正在激动中,先让他们倾吐释放一通情愫后再去吧,最好是晚上再去!"众人赞同。李萼又说:"我来时颜大人反复交代,他今天不能来,改日奉陪,不要因为他没来影响了大家的玩兴,还特别指明要搞开碑仪式。"李萼指着那两个用红布蒙了的石碑说:"我们现在就举行三癸亭开碑仪式,我代颜大人宣布,由三癸亭的命名者和经管者陆羽先生揭碑!"陆羽的耳朵嗡地一响,以为是耳朵听错了,怎么会是自己呢?跟在座的人比,自己哪有资格。他半天没动,李萼又补了一句:"这是颜大人的意思!"众文士全拿眼睛来瞧陆羽,陆羽仍没动,皎然喊道:"陆羽,你快去揭红布呀,大家等着看碑上的东西呢!"这真是让自己揭幕了,陆羽才站起来,诚惶诚恐地去揭了那两方红布,让上面镌刻着的字展露在大家眼前。掌声哗地响过,众文士就蜂拥前去看那两方碑上的文字。

第一方古朴凝重的碑刻的是颜真卿手书的《题杼山癸亭得暮字》,下有一行小字云:亭,陆鸿渐所创,正文为:

杼山多幽绝,胜事盈跬步。前者虽登攀,淹留恨晨暮。及兹纤胜引,曾是美无度。欻构三癸亭,实为陆生故。高贤能创物,疏凿皆有趣。不越方丈间,居然云霄遇。巍峨倚修岫,旷望临古渡。左右苔石攒,低昂桂枝蠹。山僧狎猿狖,巢鸟来枳椇。俯视何楷台,傍瞻戴颙路。迟回未能下,夕照明村树。

另一方碑就是刻的昨天皎然作的那首诗《奉和颜使君真卿与陆处士羽登妙喜寺三癸亭》,众文士流连许久,叫好不绝,朱放首先感叹道:"好亭,好诗,好字,堪称杼山三绝,亭将千古矣!"只有陆羽和皎然呆了似的,一言不发,其实他俩的内心都是无比激动,犹如大海,表面平静,里面却是巨浪翻滚。

仲秋的天气,十分凉爽宜人,一班士子在三癸亭上纵情欢乐,赏秋喝酒品茗,作诗联句,皎然更是拿出了他才思敏捷的本事,咏诗咏了个酣畅淋漓,赢得了大量叫好声。但是他后来发现不见了陆羽,想这家伙又有什么举动,便借了小解在亭子四处找他。他没有找到陆羽,直到要返回湖州时,陆羽才回来了,手里捧了一大把桂花,一走近就浓香扑鼻。大家问他采花做什么,他才说颜大人的儿子失而复归,他没什么好庆贺的,只有给他献一束桂花了,可此花难找,走了好远的地方,才找到一棵,众人都称赞陆羽真是个有心人。

那晚大家到颜府庆贺,众人说了许多祝贺爱子复归和宽慰的话。颜真卿收到陆羽香味馥郁的桂花很感动,还作了一首《谢陆处士杼山折青桂花见寄之什》的诗:

> 群子游杼山，山寒桂花白。绿荑含素萼，采折自逌客。
> 忽枉岩中诗，芳香润金石。全高南越蠹，岂谢东堂策。
> 会惬名山期，从君恣幽觌。

皎然更是施展他的诗才，当场作了一首《奉贺颜使君真卿二十八郎隔绝自河北远归》的诗庆贺：

> 相失值氛烟，才应掌上年。久离惊貌长，多难喜身全。
> 比信尚书重，如咸太守怜。满庭看玉树，更有一枝连。

《茶经》问世

让陆羽想不到的事还在后面。《韵海镜源》初修完成，颜真卿留下一些人做校勘，本来朱放和皇甫冉都在留用之列，但这两个沧浪客心系江湖久了，就想回去，颜真卿也不强留，为他俩欢宴饯行，又给了不少川资，就由他俩各自东西了。作为朋友的皎然和陆羽与他俩的离别是难分难舍，倒是他俩说人间聚散似浮云而不以为意，饯行宴后，各自跳上马车对众人一揖，再相互一揖便扬长而去，各回剡溪和丹阳鱼竿村过逍遥日子去了。

朱放和皇甫冉等众文士走后，《韵海镜源》的重校就全靠皎然和陆羽。颜真卿公事繁忙，忙不过来时，就让府衙的幕僚和族中子弟颜粲、颜颢、颜须、颜岘几个参与其事。又经数月，终于将《韵海镜源》完功杀青，颜真卿喜之不尽，邀所有人员游玩东溪，回来又在湖滨楼摆宴大肆庆贺。

也就是在欢宴后的次日，颜真卿带着陆羽、皎然、李萼几个，坐着马车来到湖州城的西北青塘门外，指着两间新落成的瓦房说："陆羽，这两间小屋，是老夫为你修的，你今天就搬过来住吧！"陆羽惊得面红耳赤，连连摆手，说话也结巴了："颜大人，你……你，这要不得！"颜真卿拉着陆羽的手，看着他的脸，情真意切地说："陆羽，你听我说，我知道你的为人，是不轻易受人财物的，只是这青塘别业你一定要收下，因为是专为你修建的，你且听老夫道原委。老夫在湖州，茶贡之事全靠你相助，修书你也充主力，使老夫得以无忧，我不表示一点谢忱是过不去的，这是一。另外，大家都知道，你一生矢志茶事，心无旁骛，年过不惑未能婚娶，且恒无家产，杼山茅屋破漏失修，这让老夫心存不忍。在湖州的众文士里，只有你一人是这种状况，即便如皎然上人，虽也无室无家，但有当朝对方外之人的惠顾，寺院田产足以养身，所以我不管他的。因此，为你治点房产，也是我们大家的心意，这是二。有此两点，陆羽，你就不必推辞了！你们其他人说说，是不是这回事？"

皎然首先说："颜大人想得周到，说得甚好，陆羽，你就别负颜大人一片心意，收下吧！"李萼也说："颜大人晓得你这个人的倔脾气，所以把房子修好才告诉你，怕你先知道了不让建。陆羽，你就领了颜大人这个情，不用再客气了！"陆羽还是结结巴巴地说："不……不……颜大人你说的,都是我该做的,我怎么能独自享有这份殊荣呢?不行不行……"颜真卿脸一沉说:"陆羽,你再不答应就是难为老夫了,是瞧不起老夫吧?"陆羽一下慌了,说话更加结巴:"颜……颜大人,你是我……我最敬重的人,怎么敢……敢有那种……想法呢?"颜真卿说:"那就别多说了!"陆羽无话可说了,他向颜真卿深深一揖说:"谢颜大人的大恩,陆羽愧受了!陆羽何德何能,蒙大人青睐有加,大人恩情,此生没齿难忘!"

颜真卿一挥手说:"别说客套话了,我命家人已经把屋子给你收拾出来,常用家具也已置办好了,你可以先住着,有空再把杼山的茶具拿过来好煮茶。"李萼高兴地说:"你在这里住就离府衙近了,我们好时常聚一起。"正在观看陆羽新宅周围景致的皎然说:"可是却离妙喜寺远了,我就不能像他的杼山茅屋那样想去就去,想走就走了。"陆羽说:"不能想走就走更好,你住下来,我们喝酒谈天更尽兴了啊!"皎然大笑说:"那就把我这老僧便宜了!"李萼又道:"干脆我们今日就在陆羽这里玩个痛快吧!"皎然说:"正合我意!我明天就得去扬州,估计陆羽的《茶经》该印出来了,今晚醉一回明日好上路!"陆羽有些过意不去说:"皎然兄,总是劳烦你了!"

皎然笑说:"这种劳烦我高兴呀,你就把酒准备下吧,待我拿书回来连醉三天!今晚可只能小醉哟!"颜真卿接道:"《茶经》出来我也醉一回,以示庆贺。今天我有家事,就不能奉陪了,你们几个年轻人尽兴玩吧!李判官,你要没事也在这里和他们喝酒吧?"长着一脸络腮胡子的李判官欣然应允。颜真卿回府衙去了,陆羽第一次住进了青塘别业的新宅。新宅的环境真好,西傍弁峰和苕溪,田野小径,桑麻如云,北临太湖,景色如画。颜真卿想得真周到,日用家具都为他办齐了。陆羽花了点钱让颜府仆人为他置宴待客,几个人开怀畅饮,陆羽把自己灌醉了。

次日,皎然没能去成扬州,在他们醉酒还未睡醒时,颜真卿已经派家人坐车来接他们了,说是早调任长城县丞的潘述和县尉裴修来了。到了颜府,见到老朋友潘述,陆羽和皎然都很高兴,和潘述两人互道别后情况,才知潘述此次来是邀他尊敬的刺史颜真卿和湖州的朋友们去长城县游玩。这几年,时局有所安定,大唐士子的玩风又炽盛起来。颜真卿的《韵海镜源》修成后,心情也愉快,长城县离湖州也不远,不过二十来里路,马车半天就到了,便毫不犹豫地答应了。于是,颜真卿带着参与编修《韵海镜源》的颜族子弟及陆羽皎然李萼,随了潘述裴脩,坐了三辆马车,浩荡地去了长城县。

次日,他们和长城县的文士们一起游玩了当地的名胜风景区竹山。竹山是莫干山的一处幽雅胜地,山上长满一丈多高碗口粗的楠竹,无边无际,十分壮观。当看到漫山遍野望不到边的楠竹林,在风中翻波涌浪时,众人连呼壮哉!长在山东的颜真卿及其族人还从来没有见过如此繁茂的竹林,高兴得捋着长须不断地说:"开眼界了,开眼界了!"陆羽也是孩子般眉开眼笑,连声喊道:"好竹,好竹,得为此竹浮一大白!"皎然更来了兴致说:"古人说秀色可餐,许是此之谓也,用竹色下酒,狂饮三百杯不知多。"潘述说:"好,我们一会就在我的书堂开宴。我的书堂就在竹林深处,四周皆竹,堂内用具也多是竹,在那里欢宴,更助诗情!"众人皆叫好,潘述又叫人砍了几根活竹回去摆在书堂内。

游完竹山,就到潘述的书堂休憩。潘述的书堂是掩映在一片竹林中的茅舍,屋内竹壁竹桌竹椅竹床,屋前遍种桑麻花卉,还有鸡鸭等畜禽鸣叫,山风徐来,凉爽无比,此等清幽恬适的环境,赢得众人一片赞美声。接下来是宴饮,喝酒作乐,然后就作诗联句。游玩后众人返回时,皎然就从那里去了扬州。当他从从扬州回来时,身上背着几十本刻印好的《茶经》和《金刚经》。

陆羽一身农夫打扮,头戴草帽,挥着锄头,在他的青塘别业屋前的地里栽植桑树和茶树,他到顾渚山为妙喜寺忙了几天茶事回来,就在屋前的这块地里忙开了。他是个闲不住的人,已经在另一块地里种上了白菜、萝卜等蔬菜,豆角的架子也搭起来了。要不了多久,他的新居就会掩映在绿树红花之中,将呈现一派鸟语花香、蝶飞燕舞、瓜果累累的迷人景象。上午下过雨,天空还堆积着一片片阴云,但太阳从云的缝隙中透出一道道金黄的光箭,天气显得有些闷热。马车载着皎然来到他的新居前,皎然提着和他的僧袍一样颜色的土布包袱下了车,马车就走了。皎然走到门前,嘶哑着声音喊道:"陆羽,快给我煮茶,老僧回来了!"陆羽在地里听到皎然的声音,惊喜莫名,丢了锄头就跑,正好在门口撞到皎然,他一把接过他的包袱,连说:"回来了,快进屋歇着,我就给你煮茶!"

进了屋,皎然一屁股坐在一根宽大的木凳上,用衣袖揩着头顶的汗说:"你快先打开包袱看看!"陆羽解开包袱的结,立刻,一摞装帧精致的书出现在眼前,封面上两个浓黑的大字跃入眼帘:《茶经》,他的眼睛瞪大了,随即饱盈了泪水。他拿起一本打开,油墨的清香立刻扑鼻而来,那一个个方正的黑字,既熟悉又陌生,但都亲切地对着他笑,仿佛是久违的亲人……他放下书,转身一下抱住皎然,颤抖着声音叫道:"皎然兄,谢谢你!"皎然笑了,陆羽的表情,正是他预想的那样。但他只笑了两下,随即就高举了双手,伸一个懒腰说:"累死我了,人老了不经累了,不过总算有个交代了!"

陆羽迅速地搬出风炉和铁釜,坐上水,边点火边说:"累着你了,你先歇会儿,我马上煮茶。"等他把茶煮好时,他听到了皎然沉重的鼾声。陆羽把茶碗放在桌上,细细地打量起皎然来。皎然确是老了,剃过的头顶头发稀疏,额上皱纹如刻,脸上银白的胡子乱麻般蓬乱,脸色十分憔悴。陆羽心里一动,既酸楚又感动,皎然真是难得的挚友啊,为他陆羽的事,耗去了多少精力。他已经是六十多岁的人了,再不能让他这么劳累辛苦了!就是他陆羽,不是也老了吗?有一次梳头,他都发现自己有许多白头发了,真是岁月不饶人啊!陆羽的心里,又泛起一股浓郁的感伤来。他没有惊动皎然,而是倾其所有,准备出一餐丰盛的饭菜等着皎然醒来。

当天,陆羽就将《茶经》分送了湖州的朋友们,颜真卿尤为高兴,说这是功在千秋,名垂万代的事情,当晚又为其办了宴席以示庆贺。席间,皎然宣布说:"据文昌雕刻坊掌柜讲,《茶经》的印行震动江南,杭州、苏州、常州、扬州等地都有书商进货销售《茶经》,待书售完,陆羽将得到一笔不菲的润笔。现在,要陆羽再将《茶经》通观一遍,若有错讹遗漏,也好在重印时给以补正。"陆羽很激动地连连点头,他的确想请朋友们再提提意见作修改。

陆羽的《茶经》刊行不久,湖州的朋友就逐渐减少了。最先离开湖州的,就是他在火门山的同窗李萼,因为颜真卿的举荐,奉调到京城做侍御了,颜真卿又是邀众朋友在府衙为他办饯行酒。走那天又在荻塘路的渡口再次设宴话别,皎然和陆羽都参加了,李萼和众朋友互相举杯,互道心曲,殷殷告别。皎然很动情,即席写下《奉同颜使君真卿送李侍御萼,赋得荻塘路》一诗:

    落日车遥遥,客心在归路。细草暗回塘,春泉萦古渡。
    遗踪叹芜没,远道悲去住。寂寞荻花空,行人别无数。

  李萼走后不久,京师传来消息,陷害颜真卿的宰相元载让代宗皇帝诛杀了。接着,代宗皇帝又任命大常卿杨绾为中书侍郎,礼部侍郎常衮为门下侍郎,同平章事。寄希望于二人革新除弊,重振朝纲。消息风一般刮遍神州大地,朝野庆贺。可惜杨绾上任不久就病逝了,他临死时举荐了湖州颜真卿进京辅佐。这样,代宗派了宦官萧常侍做宣谕官,到湖州来宣颜真卿进京。

  萧常侍带着几个人来到湖州的时候,整个湖州沸腾了,到颜府贺喜的人络绎不绝。颜真卿摆下盛宴款待萧常侍一行,皎然和陆羽都被请来了。席间频频劝酒,经颜真卿介绍,萧常侍对皎然和陆羽大感兴趣,他把陆羽敬的酒倒进喉咙,嘎着嗓子说:"你是陆羽?你了不起,皇宫的人都知道你,都喜欢喝你制的顾渚紫笋茶,还有蜀州的蒙顶黄芽和石花,还经常议论说不知那个陆羽是个啥样子的人。今日有幸,让我见到真人了。哈哈,来来来,我们干三杯!"喝过酒,又听颜真卿说起陆羽刻印的《茶经》,当即又求要一本,连说:"不虚此行,不虚此行!"

  听到萧常侍提到顾渚紫笋茶,颜真卿心里一动,他让人喊来管家,让他准备十饼顾渚紫笋茶送萧常侍一行。看到皎然陆羽又为他长了面子,颜真卿心里更是高兴。他的冤屈终于得到昭雪,湖州真是他的福地啊!在他遭受元载打击贬职来到这里后,他的命运就出现了转机,他不但结识了很多文士,而且在他们的帮助下,修成了几百卷的《韵海镜源》。接着,他失踪多年的独子也回来了,然后又是元载伏诛,他将重为朝廷重臣。在湖州众多的文士中,他尤其看重皎然和陆羽,可惜两人一人身在化外,一人心在茶事,淡泊功名,不然,他将举荐二人出仕做官,共同辅助朝廷建功立业。现在他要走了,要说的话一时又无从说起,那么,再敬他俩一杯酒吧,想到这里,颜真卿站起来,端起酒杯,走向皎然和陆羽……

  那两天,由于颜真卿每天陪着萧常侍,皎然和陆羽等众朋友没能与颜真卿畅叙离情别绪。两天后,颜真卿一家就随萧常侍一行往京城进发了。临别,众朋友几十人把他们送到湖州城外的官道,颜真卿死活不让送了,大家只得洒泪拱手而别,互道后会有期。回京后,他被代宗皇帝任为刑部尚书。不久,代宗皇帝就驾崩了,德宗即位。

  颜真卿走后,皎然回了妙喜寺,陆羽急急去了乌程开元寺,给李冶带去了一本《茶经》。在她那间靠后院的小书房里,这一回,依然风韵无限的李冶捧着书开心地笑了,说:"鸿渐弟,姐姐祝贺你!你做成了一件大事。真的,一件千古留芳的大事!"她说完就飞快地在陆羽的脸上亲了一下,惊呆了的陆羽憨憨地看着她笑。

李冶目光炯炯地看着陆羽说："鸿渐，《茶经》出来了，今后你做啥呢？"陆羽低头沉思一阵说："这阵子，我除忙湖州茶贡和妙喜寺顾渚山茶园之事外，就看《齐民要术》，跟农人学种桑麻菜蔬，求得自足。同时我觉得，茶的功用还远未认识和利用，我想今后偏重找寻茶的药用功效，为生民疗疾，造福民间，你看可好？"李冶点头道："你能思虑这么久远，姐姐十分欣慰。甚好，甚好！"之后，陆羽对李冶说起颜真卿奉调的事，又说起颜真卿修建为文士游玩的三癸亭与送他青塘别业的事。这次颜真卿因为走得急，没有派人来接女才子去话别，李冶听说后，脸上掠过一抹遗憾，叹口气说："在湖州多好！这种世道，尤其是在那个险恶的朝廷，只怕是好人难以善终啊！"

陆羽不信，正色说："这么一个人人敬重的好人，怎么会不能善终？"李冶只是叹口气。

结友赠书

陆羽从顾渚山回来，就一头钻进青塘别业的土地里务弄茶树，他又开辟出一块地新栽了几十棵紫笋茶树。自从住进了青塘别业，他给自己起了个别名叫桑苎翁。这里地处湖州城边，没有市廛的喧闹，他可以静心研究茶事和著书，还写了好几篇地理方志的文章。他在杼山的草屋已是交由皎然经管，陆羽在去拜望皎然时，也随便去看一下，修整一下花草树木，他对草屋还保持了一种浓浓的情愫。

那天，在鸡鸣狗吠声中，他正一身斗笠短褐的农夫装扮在地里汗爬滴水地忙活。蓝天高远，白云悠悠，远处有几个农人在翠绿的秧田里忙碌，时不时传过一两声牛叫，袅袅炊烟轻笼着城郊的田野。

"陆羽，权明府来看望你了，你这个鬼人，跑哪里去了？"陆羽忽然听到了皎然的大嗓门在喊。他连忙应了一声，拍拍身上的泥土，提着锄头钻出了茶树林，来到房前，一眼看到穿着土灰僧服的皎然带个小沙弥，身后跟着一老一少两个穿青衣圆领袍服的人站在门前的阴影处，他急忙趋前见礼。年龄大者是做过义兴（今宜兴）县令的权叔明，人称权明府，年轻的一个是他的侄儿权德舆。权叔明早和皎然交好，来访皎然后，一听陆羽也在这里，就和皎然一起来拜访了。陆羽和他们见礼，互道久仰，然后将他们迎进屋去。

皎然进屋发现屋里有些变化，细一看，是靠桌增放了两把矮背高椅，那是陆羽新近在湖州城里的家具店买来的。店主说是最新式坐具，陆羽觉得好，就买了。皎然就把两位客人往矮背高椅上让，那权德舆大概是觉得自己最年少不该坐，主动去侧边矮凳坐了，结果是权叔明和皎然坐了矮背高椅。那权叔明年纪和皎然差不多，长得高大清瘦，没有戴幞头，长发挽在头上，用一块白色方巾扎住，长长的山羊胡，眉目冷峭，脸带三分愁容。权叔明如今丢官赋闲隐居义兴君山之北，久不见皎然了，怪想念的，就来湖州了。他的侄儿权德舆，年纪比陆羽小一些，也是长发挽在头顶，用一块蓝色方巾扎了，人长得眉清目秀，只是气色似乎不太好，话也少些。

陆羽见他们走得热，就找出几把扇子让他们扇风，自己忙着张罗煮茶，小沙弥帮着他生火。权明府和侄儿边摇着扇子边看陆羽的房屋,皎然就在一边向他们介绍说:"青塘别业在湖州西北迎禧门外,迎禧门亦称青塘门。这一带西接弁峰,并行苕溪,田野小径,桑麻如云,北临太湖,景色如画,青塘别业坐落这里,清臣大人找的好地方啊!"权叔明和侄儿边听边细细看去,见这青塘别业正屋三间瓦房,两边各有一间草屋侧室,四周围着篱笆。正面有个小门楼,上书颜真卿手笔"青塘别业"四个楷体大字。当间客堂正面墙上挂着王维所绘的那幅《襄阳孟公马上吟诗图》,左右两边墙壁各挂着两幅缣帛的《茶经》卷轴。侧屋一边是居室,一边做了书房。侧屋的墙边还从瓦檐下拉绳吊着一根竹杆,上面晾晒着陆羽的几件洗过的袍服。别业前通官道,背靠山坡,四面连着水田、茶园、菜畦,有小路通向蜿蜒而过的苕溪可钓鱼,沿河是竹林和柳树。篱笆内遍植桑麻,空隙处栽植各种花卉果木。权叔明边看边赞不绝口,陆羽嘴里说:"这全靠颜大人的恩典!"在屋里坐不一会,人就凉爽了。皎然就让小沙弥去城内买酒买菜,他知道陆羽的日子过得清苦,朋友远道而来,是要好好招待一下的。陆羽见状,连忙掏钱,却被皎然阻住了。

茶很快煮好,几人喝着茶汤闲聊。权叔明和权德舆都大为称赞茶汤好喝,皎然笑说这是茶神煮的茶!接着权叔明又赞美青塘别业环境的幽雅,同时也对陆羽的无产无业、无家无室深表感叹,他叹道:"做个隐者也是很不容易呀!"原来他来湖州,主要是因为丢官后精神抑郁,想来散散心。他的侄儿权德舆也是个诗文俱佳的才子,只是近来偶染小恙,也就陪叔叔出来一走。聊了一会,皎然和陆羽就知道权叔明是并不甘心做一个隐者的,他的内心仍在朝阙,渴望出仕拜官,以福荫子孙。陆羽和皎然对看一眼,陆羽宽慰说:"明府先生莫为浮云遮望眼。"权叔明叹了口气,权德舆则听了此话认真地看了陆羽一眼。

陆羽又说:"皎然兄近日写的《咏史》诗,就很有见地,就蕴含着这个道理。"说着就将该诗背诵出来:

　　　　独负高世资,冥冥寄浮俗。卞子去不归,何人辨荆玉。
　　　　鬻春意不浅,污迹身岂辱。鸾鹔乐迍邅,虮蟠甘窘束。
　　　　五噫谲且正,可以见心曲。

皎然笑道:"看来世间文士害此病者甚多,前些日子太原沈居士也来我处散心,他也是'辞官因世难,家族盛南朝。名重郊居赋,才高独酌谣。浪花飘一卄,峰色向三条。高逸虽成性,弓旌肯忘招。'他走时,我把我的《浮云三章》诗抄送他,他的心情变好了。现在,我也把《浮云三章》送给你!"跟着自顾背出诗句:

浮云浮云,集于扶桑。扶桑茫茫,日暮之光。非日之暮,浮云之污。嗟我怀人,犹心如蠹。
浮云浮云,集于咸池。咸池微微,日昃之时。非日之昃,浮云之惑。嗟我怀人,忧心如织。
浮云浮云,集于高舂。高舂濛濛,日夕之容。非日之夕,浮云之积。嗟我怀人,忧心如愁。

权叔明听了皎然的诗,拈须沉吟,良久说:"好诗,好诗,劈山引水,醍醐灌顶,醍醐灌顶啊!"他郁结的心情豁然间开启了一道门,人一下畅快起来,于是拱手致意说:"多谢二友的开导，叔明不虚此行了。"皎然和陆羽也不在此话题上多逗留，便说起了文人的本行，谈近日写了什么新作，一说起来话就长了。那一直在旁边很少插话的权德舆，此时轻轻拉一下陆羽，从袍袖里摸出一页白纸，递给陆羽，小声而恭敬地说："这是我刚写不久的诗，请陆先生斧正！"

陆羽接过来，看权德舆一眼，见他脸上还有羞怯之色，忙说："我对诗修为浅薄，说不上斧正，拜读学习吧。"他看到纸上用刚劲的笔墨写着一首七言律诗《自桐庐如兰溪有寄》：

　　　　东南江路旧知名，惆怅春深又独行。新妇山头云半敛，女儿滩上月初明。
　　　　风前荡扬双飞蝶，花里间关百啭莺。满目归心何处说，欹眠搔首不胜情。

的确是好诗，充满着才气和睿智，陆羽不由得又看了权德舆一眼，见他正用殷切的目光看着自己，便赞道："好诗！"就这一句话，让权德舆如释重负般舒一口气。然后，两人就谈起诗来，谈大唐的名诗人，越谈越投机，陆羽发现，权德舆一反刚才的拘谨，说起诗就眉飞色舞起来。那边皎然和权明府也谈得热烈，在丢掉了心头的重负后，权叔明一扫往日的愁绪，脸也开朗放光。小沙弥已经将酒肉鱼菜之类全买来了，皎然让小沙弥把熟食搬上桌，放好碗筷，斟好酒，就让大家入席吃喝，其余的菜让小沙弥在厨间慢慢做好送上。

这一顿吃喝，直从日头偏西到即将落山。一坛酒快光了，陆羽让开第二坛，权叔明死活不让，说把这坛喝完为止，再开坛就出丑了，皎然也说够了，陆羽这才作罢。喝着余酒，皎然诗兴上来，当场吟诗：

　　　　应难久辞秩，暂寄君阳隐。已见县名花，会逢闹是粉。
　　　　本自寻人至，宁因看竹引。身关白云多，门占春山尽。

陆羽乘着酒兴，慨然说："皎然兄做诗，我来题壁，以志纪念。"众人击掌叫好，陆羽就去找出笔墨，笔蘸墨饱，去左边壁上挂《茶经》卷轴的空白处，用他娴熟老到的仿王羲之行草字体，在粉墙上龙飞凤舞地书下了这一首诗。

此情、此意、此境，权叔明叔侄感动得热泪盈眶，权叔明激动地站起来，长长的胡须颤动着，举杯高声说："让我为二位仁兄仁弟的深情厚意浮一大白。"

权叔明和权德舆叔侄在湖州盘桓了三天，临走时陆羽送了他们每人一本《茶经》。

香销玉殒

李冶被召进京的消息让陆羽和皎然都觉得很突然。

诏书先到湖州，德宗皇帝让李冶三天内起程赴京，并让湖州司马带人护送。新任刺史知道李冶和陆羽、皎然的关系，立刻将这个消息告诉了他俩。待皎然从杼山妙喜寺来到湖州时，李冶也被接到湖州来了。新刺史想到如果李冶成为皇帝身边的人，那自己想巴结还巴结不上呢！他把李冶安顿到府衙最好的房间，并且大宴两天，为李冶送行。

陆羽和皎然就是在府衙宽大的厅堂见到李冶的。陆羽和皎然都有些吃惊,李冶仿佛变了个人,她脱去了黑色的道袍,换上了一身艳丽的桃红色丝质长袍,头发挽成高髻堆在脑后,走起路来衣袂飘飘,犹如仙女,整个人显得容光焕发,光彩照人。薄施了脂粉的脸细白娇嫩,让她看上去根本不像岁近天命之年,而是一个二八佳人。陆羽和皎然心里都生出一丝不快,难道她一直守身如玉,就是为了亲近皇帝,成为皇帝后宫的万千宠妃吗?难道她竟是这样一个庸俗的人?两人用一种陌生的目光看着李冶。

但是李冶见到他俩却分外亲热,让人为他们送上茶汤,热情地问长问短,神情里又透着一种分外的亲切。莫非,这是她高攀后的一种假意和做派?陆羽和皎然心里疑云重重,但是,就算是一个普通的诗友吧,分别在即,也是一种伤情的事,何况是一个要好的文友,而且他们之间还有这样那样的关系。那种心理的不快很快消散,陆羽和皎然与李冶很快说起难分难舍的话。

李冶对一直陪在身边的新任刺史说:"我想和我的两个好友单独说会儿话。"新任刺史立刻知趣地走开了。李冶让人摆上席桌,送上酒菜,斟上酒,她说:"我们三人一直情同一家,现在,分别在即,让我先敬哥弟三杯酒,我过去有什么对不起的地方,就请你俩担待了!"说完,她一改平日很少饮酒的习性,连干了三杯酒。陆羽和皎然对看一眼,也喝尽了三杯酒。

李冶又给两人斟上酒,她举杯单对皎然说:"清昼先生,让我再叫一次你的俗家名字。这么多年来,你像一个好哥哥一样照顾我,给我许多帮助,可是我却经常给你添乱。记得你刚在妙喜寺出家,我想看看你出家的意志坚不坚,就做出轻浮的样子来挑逗你,你写了那首'天女来相试。将花欲染衣,禅心竟不起,还捧旧花归'的诗来责备我。请你原谅小妹的孟浪,玷污了清昼先生纯洁的禅心,小妹再次赔罪罚一杯!"说着一仰头喝尽了酒。皎然呵呵笑道:"好多年前的事,你还提呀,我都忘了,请你不要再放在心上。人年轻时,都会出点错的,就把它彻底忘却吧!"说着也将自己的酒喝了。

李冶又斟一杯酒,端着到陆羽面前,款款深情的眼睛直看到陆羽心里去,她轻声说道:"季疵,我走后,你要照顾好自己,姐姐最不放心的就是你,可是姐姐又帮不了你,这是姐姐最对不起你的事。看,你的胡子也这么长了,依然是无室无家,还好碰上颜大人,让你有个安身立命的地方,不至无产无业,可是没个女人,一个大男人单过还是艰难的,答应姐姐,有合适的女人就娶一个吧!可以告慰人的,是你的《茶经》已经刻印出来,大唐茶事将因《茶经》而更为兴盛,黎民百姓也能喝上茶了,这是造福千秋啊!姐姐为你高兴,再为你干一杯!"陆羽站起来,回望着李冶的眼睛说:"季兰姐姐,我现在过得很好的,有了茶事,我就过得很幸福美好了,不需用什么人了,倒是姐姐——唉,不说也罢!"说着陆羽吱一声喝干了酒。

李冶和陆羽两个姐弟相称,皎然似乎更明白一些什么了,为了调节一下气氛,他呵呵笑道:"看你们悲悲凄凄的样子,李冶进京见皇上,这是好事嘛,是我们李道冠的诗名太大,皇上想见见,就像当年玄宗帝想见李太白一样。李冶是方外之人,又不喜功名,那还不是就是一两月之后又回来了,何必这么生离死别一样呢?无论李冶诗名艳名如何大,皎然都不相信德宗皇帝会让李冶做了贵妃娘娘。试想,德宗身边年轻的娇娃佳人有多少,李冶毕竟是年近半百的人了啊,无论怎样打扮,细看,眼角眉梢的皱纹都是清晰可见。"李冶的脸上电光石火般掠过一丝异常之色,但转瞬即逝。

听皎然这么一说,陆羽也就释怀了。他也说:"姐姐你何时回来呢?许多人走了,听说连张志和也移住到会稽去了,等你回来后就搞次聚会,一者听你的长安见闻,二者作诗联句,快活一番。"李冶含糊地说:"我会尽快回来的。来,来,我们喝酒!"李冶喝了许多酒,酡红的脸上有了醉意,陆羽和皎然同样喝得很多,见李冶的样子,两人都劝说她别多喝了,李冶就说:"那好,酒不喝了,我为你们弹琴吧!"皎然和陆羽齐声说好。

李冶早有准备,七弦琴已摆放在旁边一个小桌上,她坐在琴前,对皎然和陆羽粲然一笑说:"我先为你们弹那首《相思怨》吧,这是我最喜欢的曲子!"接着,她的双手拨动琴弦,在叮咚悦耳的琴声中,她用珠圆玉润的嗓音唱起来:

人道海水深,不抵相思半。海水尚有涯,相思渺无畔。
携琴上高楼,楼虚月华满。弹着相思曲,弦肠一时断。

在反复的咏唱中,皎然的心绷紧了,而陆羽,则早已是满面泪水……

那天,皎然和陆羽直到夜深才回青塘别业歇息。第二天上午,他俩再去湖州府衙见李冶时,新任刺史说,她已经在今天早上启程走了,本来为她准备两天送行酒的,才一天她就执意要走,新任刺史留也留不住。皎然听了跺脚说:"这个李冶呀,此一去恐怕凶多吉少。"陆羽吓了一跳,问皎然原因,皎然不说,陆羽的心也七上八下。

听说李冶路过扬州歇宿时,扬州的文士听说她来了,设宴为她送行。大受感动的李冶,再次展露才华,当场填词谱曲,弹唱了一曲《恩命追入留别广陵故人》:

无才多病分龙钟,不料虚名达九重。仰愧弹冠上华发,多惭拂镜理衰容。
驰心北阙随芳草,极目南山望旧峰。桂树不能留野客,沙鸥出浦谩相逢。

听在场的人说,那天,李冶虽然旅途劳顿,但神采飞扬,美丽绝伦!

一个多月后,令人吃惊的事情发生了。那天下午,从京师来了一队武士,进了湖州刺史府衙,宣读了德宗皇帝的圣旨,要将李冶的亲属全部满门抄斩。消息惊动了全湖州,每个人都被惊呆了,这可是湖州史上最大的事件。人人都在问:为什么要将李冶的所有亲属满门抄斩?

那个带队的武官说出了事情的根由,原来德宗接见李冶时,德宗看见莺声燕语的李冶果然美艳惊人,就动心了,他让李冶上前去让他细细看看。哪知李冶上了殿,突然从长袖中摸出一把短刀刺向德宗,口里大叫:"狗皇帝,还我父母命来!"德宗天佑,急切中他抽出宝座上的软垫迎向短刀,只听噗的一声,被刺破的软垫绒毛乱飞。一击不中,李冶再次抽刀去刺德宗,德宗将软垫扔向李冶,一边向宝座后躲避,李冶追向德宗,殿下早已惊慌的大臣这时大叫武士,一群武士闻声拔刀冲进大殿,围住了李冶。想不到那女子居然会武功,用短刀和众武士过了好几招,但毕竟斗不过武艺超群且人数众多的武士,当场被砍死在宝座前。武士还说,也不知那女子用了什么办法,把短刀带进了查禁森严的皇宫大殿。那吓得差点丢了魂的德宗皇帝立即让人写了诏书,去杀掉李冶所有的家人,然后就卧床一病不起了。

来湖州的这一队武士却是白跑了,他们原准备来湖州大开杀戒,来个血流成河,至少灭掉几家人。但到这里一查,不料李冶父母双亡,自己是女道冠,不嫁不养,无亲无戚,居然没一个人可杀。至多可责备的是开元寺道长,李冶是她寺里道士,她多少有些责任,但当今几朝皇上都尊仙崇道,妙常道长已是个八十多岁的老妪,风烛残年的人,不好拷打了。再加新任刺史抱着息事宁人的态度,给了武士们许多银钱和礼物,武士们也就打道回府,返京复命去了。

只有听到消息的皎然和陆羽痛苦万分,陆羽这个时候,也才明白李冶一直冷漠待他的缘故,明白李冶的良苦用心和全部原委了,她那是为了他好啊。当她拒绝他的时候,她的心不知如何地痛苦难受啊!皎然和陆羽的心都在滴血,却又不好在外人面前表现出来,他们只能两人私自相对垂泪,皎然常颤声说:"陆羽,我们都不理解李冶啊!"陆羽哽咽着一个字也说不出来……

真卿遇害

天下又大乱了!三十七岁登上皇位的李适把目光投向北方的藩镇。那些拥有重兵的藩镇节度使,既有自己的文武百官,又不向长安缴纳赋税,俨然就是一个小朝廷了。不但如此,他们还想像天子一样世代继承节度使的职位。在成德节度使李宝臣死后,魏博节度使王悦向皇帝建议由李宝臣的儿子李惟岳继任节度使,德宗皇帝没有答应。有人说李惟岳继任父亲职场已成事实,如果不答应会出祸乱,德宗说答应了他得寸进尺,也会出大祸乱。王悦首先起兵,天下又一次开始大乱了。李适任命淮西节度使李希烈统领天下兵马讨伐叛乱,还封给他南平郡王的爵位,想笼络住他。哪知李希烈是只中山狼,在打了几个小胜仗后,就不听德宗李适的话了,后来干脆自称天下都元帅,四处攻城掠财,并向长安进攻,彻底反叛了。生性耿直受宰相卢杞排挤的颜真卿,本已经从吏部尚书改为太子太师,再次遭卢杞的谋害。卢杞向德宗进谗言,年过古稀的颜真卿被派往淮西去劝降李希烈。

李希烈听说颜真卿来了,想给他一个下马威。在见面的时候,叫他的部将和养子一千多人聚集在厅堂内外。颜真卿刚刚开始劝说李希烈停止叛乱,那些部将、养子就冲了上来,个个手里拿着明晃晃的尖刀,围住颜真卿又是谩骂,又是威胁。可是颜真卿面不改色,还朝着他们冷笑。李希烈见状,命令他们退下。然后他把颜真卿送到驿馆里,企图慢慢软化他。

叛军的头目都派使者来跟李希烈联络,劝李希烈称帝。李希烈大摆筵席招待他们,也让颜真卿参加。叛镇派来的使者见到颜真卿来了,都向李希烈祝贺说:"早就听到颜太师德高望重,现在元帅将要即位称帝,正好太师来到这里,不是有了现成的宰相吗?"颜真卿扬起眉毛,朝着叛镇使者骂道:"无耻!我年纪快八十了,要杀要刮都不怕,难道会受你们的诱惑,怕你们的威胁吗?"李希烈拿他没办法,只好把颜真卿关起来,派士兵监视着。凶恶的士兵们在院子里掘了一个一丈见方的土坑,扬言要把颜真卿活埋在坑里。第二天,李希烈来看他,颜真卿对李希烈说:"我的死活已经定了,何必玩弄这些花招。你把我一刀砍了,岂不痛快!"

过了些日子,李希烈耐不住了,干脆自称楚帝,又派部将逼颜真卿投降。士兵们在关禁颜真卿的院子里,堆起柴火,浇足了油,威胁颜真卿说,再不投降,就把你放在火里烧。颜真卿二话没说,就纵身往火里跳去,叛将们连忙把他拦住,又去向李希烈禀报。李希烈办法用尽,终不能使颜真卿屈服,无可奈何之下派人将其缢杀。

这里李希烈的叛乱还未平息,京师又发生了朱泚的叛乱,这次更使大唐朝元气重创,德宗皇帝也仓皇从长安逃到奉天,跟着的随从只有一百多人。那朱泚可是志在必得,跟着就围了奉天,同时自称大秦皇帝,设立文武百官,亲自督战。奉天被围一个多月,城中的衣物粮食全部耗尽,叛兵几次登上城楼,有一支箭射到德宗前面几尺远的地方,德宗无计可施,唯有哭泣而已。好在守奉天的将士没有二心,在太子的带领下,奋勇搏杀,数度打退叛军的进攻,再加朔方节度使李怀光率军前来救驾,才解了奉天之围。但由于宰相卢杞与李怀光有矛盾,卢杞唆教德宗不让李怀光的军队进城,甚至不见李怀光一面,结果李怀光干脆和朱泚勾结联络,共同谋反,德宗赶紧离开奉天,逃到梁州去了……

湖州是福地,没有兵火的洗劫,不过颜真卿遇难的消息就是这时传到湖州的,整个湖州为之震动,皎然和陆羽更是痛哭失声,他们不明白,以世界之大,为什么遭遇不幸的总是好人?

在一个细雨霏霏的下午,皎然和陆羽两人爬上杼山,来到三癸亭,他们像黎庶百姓一样,带着香烛纸钱,陆羽还特地带了一些顾渚紫笋茶,为敬仰的颜大人和诗友李冶烧纸祭奠。曾经多少次聚集湖州众多文士,荡漾着欢声笑语、诗赋歌咏热闹非凡的地方,已是十分的清静冷寂,烟雨罩着杼山的树和远处苕溪两岸的庄稼。现在,杼山依然,三癸亭依然,三癸亭飞翘的翼角依然,可是那些文士朋友已是风流云散,怎能不叫人感慨万端?

当纸钱的青烟带着茶香,袅袅向天上飘去的时候,他们坐在亭边的横栏上,望着远处灰蒙蒙的天地,陆羽忽然吞声对皎然说:"再也没有红颜知己李冶了,再也看不到我的恩人颜大人了,没有他的关顾,我不会有青塘别业,可能还住下面那茅屋——茅屋也是皎然兄为我盖的呀!现在,众多的文友们,走的走,死的死,他们都不在这里了。皎然兄,我可是只有你一个亲人了!"皎然叹口气说:"我又何尝不是如此?——不,应该说,世间众生都是亲人,天地万物都是我们的亲人!"

陆羽憔悴的脸上满是泪痕,他抖动着长胡子说:"可是,我每天离不得的是你呀,你是我感情的依靠,我此生最幸运的是有你这个朋友!人生一世,有此足矣!"皎然也感动了,有两滴泪花悄然爬上他的眼角,他说道:"我也以有你这个好朋友、好兄弟而满足,只是,陆羽啊……"他止住话没有往下说。

"皎然兄,你说,什么事?"陆羽急切地问道。皎然顿了一会,终于又叹口气说:"好兄弟,皎然兄大你十多岁,也是个风烛残年的人了。人生如白驹过隙,说不定哪一天哪一时,我就先你而去了!"

陆羽一愣,他盯住皎然的脸看,果然,自从李冶走后的这一年里,皎然明显变苍老了,脸色也有些憔悴,开口说话,可看到缺了许多的牙齿——毕竟是年过花甲的人。陆羽稳住心里的激荡说:"皎然兄,你近来是瘦了一点,但你是佛门之人,心胸豁达,身子骨硬朗,小灾小病侵入不了你,你会长寿的!否则,没有你,我孤独啊?"

皎然哈哈笑道:"你别心慌,离那个时限还有些日子的,况且我是佛家人,圆寂了那是往生极乐,是好事。"皎然笑一阵又认真地说:"不过,我反正是生生死死离不开杼山了!"

陆羽仿佛下决心似的说:"皎然兄,我永远和你在一起,生在一起,死也在一起,生生死死在一起!"

第九章 永 生

皎然圆寂，陆羽丹阳救友，饶州会李复，
喜见孟郊，终回顾渚，在平静中安然离去。

皎然圆寂

日子在不知不觉中过去了。陆羽没有想到，仅仅才一年多的时光，皎然就那么快地离他而去了！

那天一早，他在青塘别业煮了不同茶叶用量的几种茶汤，摸索用于医治食滞腹胀病症的最佳用茶量，几只盛着茶汤的土碗依次摆在案几上，他一一品咂着味道。正此时，妙喜寺的小沙弥普清跌跌撞撞地扑进屋里，带着哭音对陆羽说："不好了，陆先生，我师父——皎然上人他圆寂了！"

如轰雷在陆羽的耳边响起，"什么，普清你说什么？"陆羽不敢相信是真的。普清哽咽着，用双手抹着泪水说："我师父——他，坐化了！"

陆羽无知无觉呆傻般地愣了一阵，普清说："上座上人让我请你去一下！"陆羽喃喃地说："去一下，当然要去一下！"然后他就一头冲出门去，也不等普清，也不锁门，晕晕乎乎地跌跌撞撞地走。普清连忙跟出去，顺手带上了门，然后追上他，拉了他的胳膊。

走过一段小路后上了大道，昨夜下过雨，路变得泥泞难行，两双穿了麻鞋的脚走得很艰难，陆羽全然不觉。他的头脑里只响着一个声音：皎然圆寂了，皎然圆寂了！从湖州到杼山妙喜寺十多里路，平日慢走也就一个时辰，但今日仿佛路变长了，总觉老走不到。

终于到了！普清把他引到皎然平时打坐的房间，也是他圆寂的地方，妙喜寺的上座上人正和两个和尚守在那里。陆羽一眼看到屋中的蒲团上跏趺而坐的皎然，双眼紧闭，仿佛和平时一样正在入定，人已经僵硬了。陆羽扑通一声扑倒在皎然面前的一个大蒲团上，终于放出声来大哭："皎然兄啊，你怎么丢下我一个人去了？"

等到陆羽哭过一阵，上座上人递过一张纸说，这是皎然住持圆寂前写给你的。陆羽接过纸，那是一张雪白的四方剡溪纸，上面用皎然特有的圆润体写着：百尺竿头，更进一步！

看着那黑亮的大字,泪水再次模糊了眼睛,他大叫一声:"皎然兄!"上座上人走过来说:"陆先生请节哀,我们共同商量一下皎然住持的后事吧!"皎然圆寂后,上座上人就将升为住持了。

陆羽将皎然写的那幅纸折叠了,装入袖袍,抽噎着说:"皎然兄是佛门之人,一切按佛门规矩行事吧。不过他说过,他生生死死不会离开杼山!"

上座上人说:"按佛门规矩,皎然住持应实行塔葬,这是一定的。可是塔建在哪里,你是皎然住持的至密朋友,这就主要得依你的意思行事了。"陆羽拱手谢道:"上座上人信任陆羽,陆羽定当尽力而为!"

那两天,陆羽戴着一顶竹笠,在杼山上爬上爬下,为皎然的灵塔选址。后来,他终于选定了一个地方,那就是在三癸亭下面的山腰,那里有一块平地,足够建灵塔了。这里离妙喜寺也不远,就在山脚,而上到山顶就是文士们聚会的三癸亭,此处一头连着妙喜寺,一头连着三癸亭,真是好地方。陆羽甚至在选定塔址的时候,也为自己的坟茔选了一块地方,那是在皎然灵塔下面一点的一个弯凹处。他不敢和皎然平行相处,他只能跟在皎然后面陪着他。他说过,这一辈子,生生死死,他都要和皎然在一起。半个多月后,在妙喜寺僧众的努力下,杼山的山半腰矗立起了皎然的灵塔,移葬了皎然后,陆羽在塔下搭了个茅棚,在里面住了半月,为皎然守灵,然后才回到青塘别业。

回到青塘别业的陆羽开始整理皎然的诗文遗稿,得《昼公诗式》五卷,《诗评》三卷,与皎然以前的诗文一起共编十卷,诗文计五百四十六首。新任湖州刺史姓于,与皎然也很要好,由他筹资刻印,并作《吴兴昼上人集序》,其刻印的具体事务则由陆羽一手操持。

忙完皎然的十卷诗文刻印,陆羽还去了一趟乌程县开元观,年高的妙常道长也仙去了,钟声香火仍有,但也不如以前旺盛了。他找到新的女住持,女住持打开了关闭很久的李冶居室,里面已是空空如也,大概李冶在去京前就把自己的东西处理了,包括诗稿。陆羽有些失望,但他还是坚持寻找,终于在屋角较暗的墙上看到挂着一把破旧的废琴,许是李冶换新琴时顺手挂在了那里,陆羽如获至宝地把那琴抱了回来。

陆羽深居简出,很少出青塘别业的门了。整日茶饭无心,神思恍惚。有时候,他会突然跑进里屋,从木柜里拿出布套包着的李冶的那把破琴和皎然送他的那只秘色瓷碗,他退去琴的布套,又把包碗的纸一层一层退去,看一阵琴看一阵碗,之后又全部包好放回木柜。更多的时候,他成天呆坐着,眼睛无神地看着一个地方,半天不动一下。觉得肚子饿了时,就熬一点稀粥吃。茶汤也懒得煮了,口渴时,就将茶饼掰开,用沸水冲泡着喝。

早晨,天淅淅沥沥地下着小雨,陆羽一身短褐,长发披散着,赤着脚走出了青塘别业。雨淋湿了他的头发淋湿了他的短褐,但他像没有知觉似的在雨地里乱走,赤脚在泥泞的小道上留下一串串脚印。后来,他来到了杼山,围着皎然的灵塔一圈一圈地转,又在旁边的树林里乱走,还折了一根树棍乱打,有时敲击树干,把耳朵凑上去听声响,有时嘴里吟诵着诗文,有时则又口念佛号。再后来,他又来到苕溪边,在竹林里逛荡,一直到天黑才回去。

第二天,他同样如此,甚至天黑也不回去了,借着月光在苕溪边的竹林里游荡。那些干活的农人看到这个怪人,都很惊讶。后来,有人认出是曾在这里居住过的茶人陆羽,便去告诉了陆羽曾经的邻居朱三老人。朱三老人虽然年龄很大了,但身子却硬朗,赶紧去竹林里寻到陆羽,一把拉住正用木棍敲击树干的陆羽,大声说:"陆先生,还认得我朱三老头吗?"陆羽用呆滞的目光看着他,低头又去敲击树干。朱三老人说了句怪人,不由分说,就拉着陆羽去了他的家。路过陆羽的茅屋时,陆羽的眼睛亮了下,但很快又变得茫然了。

朱三老人的家人看到陆羽都很惊谔,老人让老伴快去烧些姜汤来,他将陆羽按在床上,哪知陆羽又爬了起来,还是要往外面跑,朱三老人一把抓住他,厉声道:"陆先生!你不是还有茶事没做完吗?你怎么敢这样糟践自己!赶快给我睡到床上去!"听到朱三老人的话,陆羽突然吃一惊,盯着朱三老人看一会,便听话地随朱三老人走向床头。此时朱三老人的老伴烧来了姜汤,陆羽同样听话地喝完了,然后倒头睡去。朱三老人给他拉上被子,数叨说:"唉!发高烧把人都烧糊涂成这样了,真是可怜!"

两天后,陆羽的高烧退了,人清醒过来,只是觉得四肢无力,身子发软,他惊奇于自己怎么睡在了朱三老人的屋里。朱三老人也不说破,只是让家人做了好吃食让陆羽吃,没事就陪他说话。陆羽搬到青塘别业后,到杼山茅屋来过几次,也专门来看望过朱三老人,可自从李冶走后他就没来过了。陆羽本来要走,朱三老人坚决不让,说他的身子还很弱,让他恢复好点再走,陆羽只得又住了两天。

两天里,他把什么都记起来了,整个人又变得沉郁起来,不过朱三老人的那句话依然在耳边轰响:你不是还有茶事没做完吗?你怎么敢这样糟践自己!他把痛苦埋到心的深处,没有再疯癫地胡闹了。倒是朱三老人看他闷闷不乐的,以为是他在这里住不惯,在陆羽又一次提出回去时没再阻拦。陆羽为感谢朱三老人的救护,干脆将茅屋送给朱三老人,朱三老人开始不受,在陆羽的坚持下,才说先帮着陆羽看管着,又摘了许多茄子豆角之类菜蔬让陆羽带回去吃。

回到青塘别业的陆羽,神志是清醒了,但却感到格外的孤独和寂寞,心里仿佛什么都抽干了似的,空洞洞的一片茫然。他总是怔怔地坐在厅堂里,眼前则晃动着李冶和皎然的面孔。渐渐地,皎然的影子晃动得更多,他想着和皎然结识以来的点点滴滴,想皎然的嗜茶,想皎然的诗。

他又想,如果李冶和皎然还活着,他们最希望他做什么?思之再三,觉得毫无疑问的是要他在茶学上再有所成就的!他忽然跳了起来,从侧边的书案上寻找,找出了皎然圆寂前写的那幅字。那天回来后,他就放在书案上,因忙于寻找皎然的灵塔之地,一时竟忘了。现在找出来,看到那"百尺竿头,更进一步!"的黑字,陆羽的泪水又出来了。他的心已经变得明镜一般,已经知道今后怎样生活下去了。茶道,茶道,他反复小声念叨着这两个字。

他立刻生着了风火炉,将釜倒上水,拿出顾渚紫笋茶,掰碎了,当水沸的时候,正要下茶叶,忽然又想起前些天无心无思的时候,将茶叶丢在碗里用沸水冲泡,那茶汤似乎有一种别样滋味。于是,他改变主意,将碎茶放进碗里用沸水冲泡,然后,一点一点地品味茶汤,品着品着,他吟诵起皎然的诗句:

一饮涤昏昧，情思爽朗满天地。
　　再饮清我神，忽如飞雨洒轻尘。
　　三饮便得道，何须苦心破烦恼。
　　……

　　后来，陆羽走出屋子，向远处眺望，阳光的金箭很刺眼，使他眯细了眼睛，他狠劲向天上伸出两手，做个懒腰，心也一下敞亮起来……

妙手回春

　　忙完妙喜寺的顾渚山茶事后的一天，湖州信使给陆羽送来一封信，那是权德舆写来的，信却是以诗代言：

　　愚夫何所任，多病感君深。自谓青春壮，宁知白发侵。
　　寝兴劳善祝，疏懒愧良箴。寂寞闻宫漏，那堪直夜心。

　　诗后附着一句说明：我现在丹阳练湖齐家村养病。
　　看过诗信，陆羽坐着想了一会儿。他想起权德舆那次陪叔叔权明府一起来湖州的样子，想起他的那首《自桐庐如兰溪有寄》。第二天，陆羽就锁了青塘别业的门上路了。斜背在背上的包袱里，除了旅途用物外，还有茶饼和一些草药。行行重行行，陆羽一路毫不停歇，第三天赶到练湖，又一路走一路问，终于在正午后找到了权德舆住的地方。
　　那是三间低矮的瓦房，住着寄居于此的权德舆一家。陆羽隔着篱笆墙看到屋门开着，就连叫了几声权先生，院里一只狗先叫起来，跟着从门里跳出一个垂髫男孩，想是权德舆的儿子了。他看了陆羽一眼，立刻又跑回了屋，就听屋里传出话声："爹爹！有个戴幞头的男士在门外叫你！"
　　"快！快快请进来，一定是陆羽来了！"一个男人用喑哑的声音说："夫人，快快煮茶，有客来了！"
　　那个孩子又飞一般跑出来，一边为陆羽开篱笆门，一边嘴快地说："我爹让你快进来！"
　　陆羽笑一笑说好，轻抚了一下男孩的头，几步跨进屋去说："载之先生，我来了！"
　　"陆山人，我盼你好几天了！"权德舆的声音很微弱。
　　陆羽听说话的声音在里屋，忙来到里屋门口。里屋有些暗，陆羽一眼看到躺在胡床上的权德舆，正在女人的帮助下坐起来，陆羽忙跨进屋拦住说："载之先生，你病着，千万别起来！"权德舆一把抓住陆羽的手说："你来了，我的病就好了一半！"
　　陆羽坚持要他躺着，权德舆坚持要起来，陆羽也就不再坚持，和他的夫人一道将他扶到客堂高椅上坐了。权德舆吩咐夫人说："熬好茶汤就做饭，多做几个菜，难得陆羽先生远道来看我，此时一定饿了。"陆羽正将背上的包袱放下来，忙说："夫人别忙，我还不饿，带着炊饼干粮呢,倒是有点口渴了。"

权德舆就让夫人快煮茶,陆羽端详着权德舆,见他比那次去湖州瘦多了,头发和胡子都乱蓬蓬的,满面憔悴,忍不住说:"载之先生怎么就病成这样呢?"

权德舆双手扶着椅把,轻叹一口气说,说来话长。

权德舆夫人让儿子给陆羽送来汗巾子,陆羽抹着汗听权德舆慢慢讲他这几年的经历。原来他从湖州回来不久,就谋得在淮南黜陟使韩洄麾下当幕僚的差事。谁知半年前染了怪疾,常是头晕目眩,全身忽冷忽热的,坚持了一些日子,实在不行了,只得辞了差回来养病。但吃了许多药,花尽了积蓄,害得连仆人也请不起了,病势虽有好转,但总不能完好。他把桌上一叠诗稿推给陆羽说:"病中难耐,只得作诗,如有友人前来看望,则是喜之不尽!"

陆羽安慰说:"病来如山倒,病去如抽丝,这是需要慢慢养的。"他认真翻看着权德舆的诗稿,从诗里知道,权德舆的确病得重,也很痛苦:

病中苦热
三伏鼓洪炉,支离一病夫。倦眠身似火,渴歇汗如珠。
悸乏心难定,沉烦气欲无。何时洒微雨,因与好风俱。

古　兴
月中有桂树,无翼难上天。海底有龙珠,下隔万丈渊。
人生大限虽百岁,就中三十称一世。晦明乌兔相推迁,雪霜渐到双鬓边。
沉忧戚戚多浩叹,不得如意居太半。一气暂聚常恐散,黄河清兮白石烂。

诗还有许多首,但陆羽看过这几首,他就知道权德舆的病根了——仍然是和他叔叔那次一样,功名心太重引起的病啊!但他不说破,而是赞道:"载之先生,你的诗写得真好,陆羽不及啊!"

权德舆连连摆手说:"《茶经》惠及万世,何人能比?你看——你送我的《茶经》,我已经熟读几遍,得益匪浅,煮茶也全用你的方法,确是不同凡饮啊!你的煮茶法,齐家村的人都会了,好多人家也种起了茶树,茶饮之风是越来越盛了。"他指着桌上一本用厚纸包着的书,又说:"我现在都还经常翻看的。"

看到权德舆这么爱护他的书,连这里也种起了茶,陆羽的心里感到十分的快慰。他连忙打开带来的包袱,拿出几个茶饼说:"载之先生,陆羽此来,就以茶作礼,我们品茗畅谈,我还要以茶作药,为你治病,你放心,一个月后,你的病就会得到根治!"权德舆激动得竟然一下从高椅上跳下来,紧紧拉着陆羽的手,抖动着胡须说:"鸿渐兄,叫我……叫我怎么感谢你呀?"

"先让客人喝碗茶汤吧!"权德舆夫人端着两碗茶汤进来说。从是晚上起,陆羽开始为权德舆配制药茶,他以茶叶为主,配上带来的草乌头、细辛等,一并熬煮成茶汤,让权德舆吃下,饭后,他们重新煮沸了茶汤,坐在院子里,一人摇一把蒲扇品茗畅叙。很奇怪,权德舆的病似乎好了许多,平日都在床榻上过的,现在居然能陪陆羽坐在院子里聊天了。

落日在天边烧出一片金黄,从练湖徐徐吹来的和风令人神清气爽。陆羽首先问起他当幕僚的情况,权德舆长叹一声说:"官场腐败,正人难立啊!"便讲了许多府衙中的肮脏的事情,抱着匡扶正义、革除时弊的他,本想能以此晋升进阶,不想却累遭小人谋害。

陆羽微笑着说:"载之先生,你功名心太重,心有所思而不得,情志失调,怎能不病呢?"权德舆也就笑着说:"好个陆羽,把我参透了!"

陆羽说:"我这次给你医病,你可急躁不得啊!再说一次,病去如抽丝,这医病须顺势而为,时候到了,病自然会好。"权德舆说:"我会有耐心的,跟你在一起,我可不急,一切都按你的安排行事,我全力配合。"陆羽笑道:"那就好,那就好!"停了停,又补了一句:"其实,官道与医道皆是相通的,更需要耐心,也要不急不躁,等待机遇!"权德舆何等聪明的人,一听陆羽这话,恍然大悟,好半天还在咂摸话里的深意,头一点一点的,嘴里小声叨念:"官道同医道,官道同医道……"

就这样,陆羽在权德舆这里住了一个多月,他每天除了用茶药医治,又用言语宽慰他,带来的草药用完时,权德舆的病也好了。他对陆羽感激道:"鸿渐先生,你用茶治好了我的病,真是茶神啊!"陆羽告别时,他死活不让陆羽走,陆羽又住了几天再次告辞,并说要去鱼竿村拜望皇甫冉,还要去剡溪看望朱放。权德舆见留不住,只得放行,他送了陆羽不少土产,把陆羽送了一程又一程。分手时,拉着陆羽的手说:"鸿渐先生,我永远记着你的话,官道同医道,我知道在官场上怎样为人了。"

陆羽的船已行了好远,但是陆羽到了鱼竿村并没见到皇甫冉,邻人说他去京师长安找皇甫曾去了。陆羽只得辗转路线到剡溪去找朱放,岂知同样见不到人,村人说好久没见到他了,也不知去了哪里。陆羽大失所望,只得怏怏回了湖州。

兄弟重逢

在落寞孤独中,陆羽把全身心扑在茶事上。顾渚山已经成为茶的汪洋大海,和金三村、水口村茶农的茶树连成了一片,全是一色的顾渚紫笋茶。现在,妙喜寺茶园的沈管事除管理茶园外,对茶的制作技术也已经很熟稔了。虎头岩处的制茶房更具规模,每到制作贡茶的时节,那里依然人流如织,热闹非凡。但是陆羽已经很少过问贡茶之事了,新太守为减少支出,让沈管事一并将贡茶制作之事管起来,沈管事风光了,人就得意起来,陆羽过问得多了,他还有些不高兴。陆羽毫不介意,更多的时候,他到金三村那里,教那里的茶农制作成茶的方法。他觉得跟农人在一起的时候,心情要愉快得多。

闲下来的时候,陆羽总是坐在青塘别业的院子里,煮一碗茶汤,在树荫下坐了细细品味,手捧一本他的《茶经》,眼睛漫无边际地瞧着某处,心早就飞得很远很远了。

陆羽近来很喜欢回忆过往的日子,在龙盖寺的生活,在施家戏班,在火门山求学,在访茶路上,在湖州岁月……一个一个的人重新在他的脑海里复活起来。智积师父、智远师兄、季兰姐姐、婉娘、施班主、崔国辅大人、邹夫子、李齐物大人、刘长卿、车云山的竹九公、金州宦姑滩的洪青山、蜀州蒙顶山的吴春吴茶兄妹，蜀南大山中的田伯成田玉仙父女，以及来湖州后与皎然朝夕相处，独与天地精神来往的张志和，义薄云天的颜真卿大人，众多的文士朋友朱放、耿㳽、皇甫昆仲、潘述等等，还有李冶和颜真卿之死，一个个人，一件件事，走马灯一般在他脑海里变幻。每一个人，每一件事，都要在他心中咂摸许久，他的一生是幸运的，有那么多的好人和贵人帮助他，他知足了。莫非，人到了一定年龄后都会如此怀旧？

就在他郁郁寡欢的时候，他的命运又出现了一次转折。那一天下午，又一个驿差走进了陆羽青塘别业的小院，交给他一封信，他一看到那信上的字体，心中无端地激烈跳动起来了。

这是李复的来信，已经二三十年没有音讯。他记得那年在长安，他是跟李复留过一封信的，但始终没得到李复的回音，现在，李复终于来信了！他迫不及待地看了信，在激动中却又迟疑起来。

原来，陆羽在长安留给李复的书信李复一直没收到，那时他刚从江陵县令奉调做了饶州刺史。前不久偶然在一个书香秀才处看到了陆羽的《茶经》，他激动万分，就以此书为线，多方打听陆羽的下落，终于知道了陆羽在湖州，立即就寄了书信来。他要陆羽接信后即起程去他那里一聚，还说上饶地利植茶，请陆羽去发展茶业，也是他为改一方为百姓谋的好事。陆羽想了一晚上，最后决定去。一者他和好友竟陵一别就没见过面，很是思念；二者在湖州他感到有些寂寞孤苦，想外出散散心。

次晨，陆羽就拿出一套刚刻印出来的皎然诗文集，来到杼山，在皎然的灵塔前焚烧了，以告慰皎然的灵魂。然后说："皎然兄，我要离开你一些日子了，到饶州为李复植展茶业，你放心，我会很快回来陪伴你的！"

饶州在湖州西南，从湖州到饶州路程并不远。尽管大唐朝已是天下大乱，四方藩镇割据，不过这一方依然安全，还处在朝廷的控制下。陆羽到杼山找到朱三老人，把青塘别业和花草树木都托付给他，给了他一些银钱。朱三老人很高兴，让陆羽放心，说不会让他的东西丢失一样。陆羽收拾起一个包裹，穿了一套新袍服，戴上白幞头，就上路了。第三天下午，陆羽就走进了饶州城区。这是他第一次来饶州，所以处处都与湖州相比较。他发现，饶州除城池比湖州略小，房屋要破旧一些外，物产居然也很丰饶，看得出是个富庶地方，他为李复能主政这样的地方而高兴。后来，他才知道，饶州就是因为"山郁珍奇，上乘富饶"而得名的。

辗转问路，他经过了那座建于贞观年间的澄波桥，最后来到了市街中部的刺史府衙前，让守门兵卒去为他通报时，他的心又激跳起来。分别那么多年，李复变成啥样了，他们还认得出来吗？没容他多想，里面已经响起一个人的声音："陆羽来了？陆羽在哪里？陆羽！陆羽！"跟着一个穿四品红袍、穿六合靴、着黑纱幞头的高大男人出现在府衙照壁前，他的后面跟着几个幕僚打扮的人。

那个男人满脸沧桑，胡须很长。陆羽一眼就认出这是李复。那神态，那身姿，活脱脱就和当年李齐物大人一样，他大叫一声初阳，就冲了过去。李复也在几乎同时认出了陆羽，他大喊道："鸿渐兄！"然后，两人就紧紧地抱在一起，颤抖的手互相拉着，眼里都滚动着泪花。

幕僚们提醒李复说："李使君，是不是让客人进屋说话？"一语提醒了李复，他连忙拉着陆羽进了府衙的客堂。坐定后,他俩再次互相打量,同时极力捕捉头脑中火门山时对方的面影,相视良久。李复长叹一声,感伤地说:"鸿渐兄,时光如白驹过隙啊,转眼间我们都老了!"

"是啊,日月如梭,眨眼几十年过去了!"陆羽也感叹道。

仆役送上茶汤,幕僚们也都回避了。两个人啜着茶汤,吃着厨房送来的炊饼打尖,互道着别后的经历,不知不觉就说到了日暮时分。在得知李冶之死和陆羽至今仍单身一人时,李复感慨万千,他安慰陆羽说:"鸿渐兄,你有《茶经》,这一点就比多少仕宦之人强了。你来了,我这里就是你的家,我们一起共同生活。"陆羽很感动,他对李齐物大人的过世也是万般感慨。

客堂里早早地点上了羊油灯,李复办了丰盛的晚宴为陆羽接风,他的几个幕僚作陪。李复脱去了官袍,换上了便服。他好像知道陆羽的口品味似的,满桌的菜都是农家风味,有清炖鲫鱼、红烧竹鸡、酒糟黄鱼、炖土鸡、农家三鲜……入座后,他用筷子点着一样菜说:"鸿渐兄,这样菜,你肯定没有吃过!"陆羽奇怪地看着盘子里黑黑的东西问:"是什么菜呢?"

"蒸双臭!"李复神秘地笑道。陆羽吓一跳说:"臭,还是双的,那怎么吃呀?"

李复笑道:"鸿渐兄别皱眉,这可是一道好菜,菜名臭,吃着香。接着他向陆羽介绍这道菜的做法。这菜结合了当地两种最臭的东西——臭豆腐和臭海菜梗,加入少量油、糖、姜片等调味品,放到旺火上隔水蒸一会,撒上葱花、椒丝就上桌。"接着说:"来,我们先尝一尝这个菜。"说着就夹了一筷进口,陆羽也夹了一块,轻轻地咀嚼,"怪哉!入口时微觉有点臭,跟着觉得臭中有香,臭中透香,然后越来越香,香满齿颊。真是妙啊!"陆羽赞道,然后又挟了一块放进嘴里。

见老朋友爱吃,李复笑着说:"你爱吃以后有你吃的。鸿渐兄,客房已经准备好,咱俩放开喝酒,醉了就睡,至少,咱俩得从分别以来,一年喝一碗,你看可好?"

"好!"陆羽豪气干云地端起第一碗酒说,"干!"

"干!"李复举碗响应。幕僚们纷纷向陆羽敬酒,结果那晚他俩都喝醉了。

翌日,两人都睡到下午才醒来,陆羽对李复说:"我今天为你煮渐儿茶喝!"李复拍手笑道:"好呀,多少年没喝到了,你来了就有口福啰!"

陆羽拿出他带给李复的礼物,一部《茶经》,十饼顾渚紫笋茶。李复高兴地拿着一饼茶在鼻尖嗅着说:"这可是好东西,名气大得很!有诗云:凤辇寻春半醉回,仙娥进水御帘开。牡丹花笑金钿动,传奏湖州紫笋来。"

陆羽说:"我今天就用它煮渐儿茶,用紫笋煮出的渐儿茶可是今非昔比。"李复向陆羽问顾渚紫笋茶的特色,陆羽跟他介绍说:"紫笋茶芽叶细嫩,叶芽相抱,紧裹如笋,色泽翠绿披毫,香孕兰蕙之泽。煮熬后,茶汤色泽如茵,味甘醇鲜美,有兰花之香。"待陆羽把茶汤煮好,李复尝了一口,高兴地说:"果然如此,真是好茶!"

喝完茶汤,李复把对陆羽的安排讲给陆羽听。他让陆羽来后就作为他的幕僚,拿一份薪俸,其他的事不用管,就是在饶州搞茶业发展,要人给人,要钱给钱,茶业做起来就是大功。还问陆羽,这样安排好不好?陆羽没有说什么,只要是做他心爱的茶事,他就完全满足了。

喜会孟郊

饶州气候温润,四面皆山,山峰柔曼蜿蜒直连天际。名山就有三清山、葛仙山、灵山、五府山、铜钹山、黄岗山……山山竹木翁郁,风景秀丽,比那湖州景观又是不同。

李复让陆羽歇息十多天再去忙事,可陆羽闲不住,三天后他就到处奔走了。首要的,是寻找一处利于植茶的所在。找了好多天,陆羽最后选择了城东一处无名的小山种植茶树,一是那里坡势平缓,土质肥沃,利于种茶。二是那些农人对种茶感兴趣,因为他们知道种茶的收益远大于种粮,只是一直苦于不会茶技。当知道来到此地的人就是名声显赫的茶神时,他们一下兴奋了,纷纷把陆羽当成贵客款待,要求陆羽教他们种茶制茶。陆羽一口答应,同时还说由州府出钱为他们提供茶树苗,那些农人就更乐意了。

李复的公事繁忙,他是一个秉承了父亲禀赋、忠于职守的人,因此无论在哪里,他都政绩卓著。他让陆羽放手做事,有难处找他。陆羽说要买茶苗,他毫不犹疑地拨了府衙的银钱给他。陆羽选了几个青壮年农人,和他一起回到湖州,从沈管事的妙喜寺茶园买回茶苗,然后就匆匆回了饶州。他甚至没有回青塘别业看一眼,因为茶苗要赶快入土,而那些农人都不知道怎样栽植。当茶苗栽上以后,那个无名的小山就被人称为"茶山"了。

从府衙到茶山有很长的路,如果每天来去很误事,也很累人。种茶苗的那些天,陆羽是吃住在农人家里的,他觉得这不是长法,干脆在农人的帮助下,在茶园边的山岩下筑了两间茅舍住下来。农人们东一家西一家地给他凑了生活用具,李复让衙役给他送来柴米油盐,陆羽就安顿在山上了。接下来,陆羽就教农人们搞好茶树的肥水管理,同时修建起一溜简陋的制茶的工房。因制茶的需要,附近打了一眼井。

很快茶树就长起来了,一垄垄、一排排的,似碧海涟漪直荡山顶,与山色连成一片。次年春,农人们就在陆羽的指导下少量采叶制茶了。这就是栽苗的好处,如果直播茶籽,则需三年才能采叶。由于此地农人从没种过茶,所以陆羽特别忙,每一道工序他都得又讲又做,有的关键技艺还得做许多次。他选了几个聪明能干的男人,重点传授技艺,通过他们又去教会更多的人。

毕竟年岁大了,制完茶陆羽就累病了,茶山的农人每家都来人看陆羽,给他送来鸡蛋之类好吃食,女人为他做饭洗衣,懂点医道的人为他扯草药治病,陆羽感动得热泪盈眶,病也很快就好了。当年茶山种茶农人的茶饼卖得好价,家家户户喜笑颜开,附近还没种茶的农人也来找陆羽要求种茶,陆羽更加忙了。倒是李复常想着他,派人把他请到府衙喝一次酒。就在这个时候,诗人孟郊慕名来到茶山拜会陆羽。

孟郊是湖州武康人,家庭贫困,可他偏喜作诗,并以刻意吟咏出名,人称苦吟诗人。他多次参加诗僧皎然在湖州组织的白苹诗会,是诗会年龄最小的人,皎然对他很是赞赏。他也是蔑视仕进,喜好出游。他在陆羽到湖州前,就外出游历去了,所以陆羽到湖州后就没有见过孟郊,不过他写的诗陆羽倒听人说过不少,那首《游子吟》更是人人称道。

孟郊来的时候，陆羽正在茶山的茅屋前给一群农人讲茶树的修枝养型。他讲完时，就看到一个男子还在原地，他穿的虽是短褐衣，但看得出不是常干活的人，头上的头发梳理整齐地用方巾扎着，面容却很奇瘦。陆羽先以为是农人，随口问了句："你怎么还不走？"那人却向他抱拳道："请问是陆羽先生吗？在下孟郊！"

"我是陆羽。啊，孟郊，你是孟东野？"陆羽抓住孟郊的手说："哈哈，今天见到你了！"孟郊道："久仰先生的大名，我是特来拜会先生的！"陆羽说："我到湖州，就听到你的许多事，可惜没见到你，今天见到了，很高兴，快请进屋一叙。"

两人携手进了陆羽的茅屋，陆羽对茶山人家自发每天轮流来人为他洗衣做饭的农妇——陆羽一天到晚教茶山农人务茶，忙得常常吃不上饭，茶山人就每天派一个人来为他洗衣做饭。陆羽说："我今天来了贵客，请为我多做几样菜，我们要喝酒。"农妇答应着进厨房去了。

茅屋很凉爽，两人相谈甚欢。孟郊说：这些年他都在外面游历，到处都在说着茶神陆羽，到处都在种茶制茶，喝茶已经从富豪贵族的享受进入黎庶百姓家。孟郊很感动，却不知陆羽在哪儿。前些日子他回家乡，才知陆羽一直生活在湖州，也是白苹诗社的成员。孟郊大喜，就要拜会陆羽，到青塘别业一问，才从朱三老人口中知道陆羽到饶州去了，孟郊就马不停蹄地追到饶州，又多方打听得陆羽的所在，就上了茶山。

听说孟郊是专程来拜访自己，还费了许多周折。陆羽很感动地说："湖州是我的第二故乡，你是湖州人，我们就是小老乡了（孟郊小陆羽十八岁），你怎么不仕进做官呢？"孟郊老实地说："我是进了几次科场的，可惜不第，也就断了念想，一心作诗了。唉！我是一生空吟诗，不觉成白头！你看——"孟郊把头顶伸给陆羽看说："我才三十几岁，头发都白许多了！"陆羽说："你作诗是语不惊人誓不休，造语新奇，精思苦炼而白头。有好诗在，白点头发，值得，值得！"得到陆羽的赞赏，孟郊很高兴，他同样对陆羽的《茶经》和对大唐茶业发展的贡献赞不绝口。

两人谈得高兴，农妇送来茶汤。喝过茶汤，陆羽带孟郊看茶山上的茶树，看到满山绿成一片的茶树，孟郊直说是叹为观止，然后又看陆羽住的茅屋。接下来的酒喝得更畅快，两人都喝醉了，一起倒在陆羽那张胡床上，农妇是何时为他们收了碗筷后走的，他们都不知道了。

次日，他们都睡到日上三竿才起来，陆羽生上风炉，为孟效煮渐儿茶，还给他讲煮茶须水三沸的道理。其沸如鱼目微有声，为一沸；缘边如涌泉连珠，为二沸；腾波鼓浪为三沸。而过了三沸，水就老了，就不宜饮用了。孟效听得很认真，脸上一副惊讶的表情。待陆羽煮好茶汤，孟郊端碗一喝说好喝得很，一连喝了三碗才打住。

陆羽觉得和这个小老乡很对脾性，他留孟郊多住了几日，不过孟郊有事还是推辞了。孟郊很羡慕陆羽在茶山的生活，临走时写下了一首《陆鸿渐上饶新辟茶山》：

    惊彼武陵状，移居此岩边。开亭拟贮云，凿石先得泉。
      啸竹引清吹，吟花成新篇。乃知高洁情，摆脱区中缘。

归死大同

　　陆羽在饶州几载,茶事大盛,李复的政绩更加显著,跟着就奉调为广州刺史,又加岭南节度使。作为李复的幕僚,陆羽跟着李复去了广州,岭南潮热的气候实在使陆羽难以忍受,再者,他感到自己老了,应该回湖州了——那里,是他终身割舍不下的地方。于是,在住了两年后,他向李复辞行,李复苦留不住,他了解陆羽,就给了他丰厚的川资放行了。李复连续三天为他饯行,最后洒泪而别。他们都明白,可能此生很难相会了!后来他们果然再没见面,但让人想不到的是,先走的倒是李复,死时五十九岁。

　　陆羽又回到了湖州,回到了青塘别业。回到湖州的陆羽更加苍老了,他的头发和胡须白了一半,手脚行动也迟缓了。青塘别业依旧,但是人事已非——为他看守房屋的朱三老人已经去世,朱三老人的大儿子继承父亲为他看守房屋。陆羽感慨万千,给了朱三老人的大儿子许多银子,并将苕溪草堂赠他居住。

　　回到了湖州的陆羽,首先去杼山看望皎然的灵塔。几年过去,灵塔已经呈旧色,一些地方长了青苔,陆羽用竹片刮去青苔,扫去灰尘,然后在下面坐了很久。隔了几天,陆羽找朱三老人的大儿子帮忙,将李冶的那把旧琴埋在了皎然灵塔不远的地方,还垒出一个高堆,他管这个土堆叫李冶冢。他同时告诉朱三老人的大儿子,他死后就把他埋在旁边那块他早选定的地方,朱三老人的大儿子连忙诺诺答应。

　　陆羽拖着衰老的身子,来到顾渚山旁的金三村和水口村,他除了教农人植茶制茶外,还用茶给人治病,农人们把他奉为神仙。他用茶叶和生姜搭配熬汤,为农人治伤风感冒咳嗽;用茶叶加一点红糖、荆芥、苏叶、生姜熬成五神汤,治风寒感冒、身痛、无汗等症;用茶叶加点冬花用开水冲泡,止咳祛痰平喘;用茶叶加点干橘皮用开水冲泡治支气管炎;用茶叶加点茉莉花和石菖蒲,研磨成粗末,再用开水冲泡服用,治失眠多梦、心悸健忘;用茶叶加桔花冲泡,每日饮用,治胃寒疼痛,食积不化;用茶叶加一点柚子壳和生姜煎服治腹泻;用茶叶加白茅根一起煎服,治水肿病;用茶叶加点川芎煎汤服用,治头痛目昏;用茶叶加莲花研细开水冲泡服用,治女人月经不调;用茶叶加一点大枣和红糖煎汤服用,治小儿遗尿;用茶叶加一点葱须煎服,治幼儿惊厥;用茶叶和丝瓜煎汤再加点盐,治咽喉肿痛;用茶汤加点醋治牙痛……

　　陆羽走到哪里,哪里的人就喜笑颜开,大家争相把他迎到家里去,把好酒好菜拿出来款待他,还有许多人远天远地从其他地方来请他。陆羽在忙碌中忘记了一切苦痛,收获着快乐,更让灵魂得到安宁……

　　这是一个平常的日子。春茶过后,顾渚山的茶农们松了一口气,忙了一季,该消歇一些时日了。这又是一个好年景,风调雨顺,茶农们又是一个丰收。金山村和水口村家家户户充满了喜悦。

　　老态龙钟的陆羽,却还不能安歇下来,他一身褐衣,睁大有些昏花的眼睛,手拄着一根竹杖,身后跟着请他的年轻人,步履蹒跚地穿行在顾渚山葱茏的茶树之中,在农家采茶的茶园和制茶房查看指点。有人劝他说，你年过古稀的人了，就在家里安静的住着，别再四处忙累了。陆羽是有求必应，只要那些农人请他，他就跟着上路。

茶事完了，农人们轻闲了，陆羽还不得轻闲，知道他会用茶治病，农家有什么小病小痛的，就请他去医治。那天，陆羽被水口村一户姓沈的人家请去，为他们一岁多的小儿治腹泻。这是简单的小病，陆羽去后，用陈茶叶和着生姜煎水让小儿服下，一会功夫，那个叫虎子的小儿腹泻症状就有好转，腹泻间隔时间已然见长，原先苍白的嫩脸有了血色，有气无力的身子动了一下，慢慢便睁开了眼睛，看着眼前这个脸上皱纹像菊花一样开放着的老人。

陆羽和蔼地说："好了，没大碍了，继续吃几次姜茶水，他就会好的。"一直紧着心的小儿的爷爷、爹娘顿时松下心来，纷纷说着感谢的话。陆羽看看夕阳西下，天不早了，便向小儿的爹娘交代了以后的服药方法，然后让小儿的爹——一个二十多岁的小伙送他回青塘别业。但小儿的爷爷，比陆羽小十多岁的老人说什么也不让陆羽走，说难得把茶仙请到家来一次。要不是为小儿治病，还没机会，他执拗地留陆羽吃饭，住一宿，说明天让儿子用马车送他回去，并且马上吩咐家里女人们杀鸡煮肉。盛情难却，陆羽留了下来。老人高兴地把陆羽让进客堂，吃茶谈天。那顿晚饭陆羽吃得很饱，酒也喝得很多，睡到半夜时感到身子有些不适，心无端燥热，浑身也感到酸痛。他想可能是这些日子忙累了，回去歇两天就会缓过来，也没太在意，强忍到天明，吃过早茶他就告辞回去，老人的儿子便用马车将他送回了青塘别业。

那天刚好朱三老人的大儿子朱大来为他打扫房屋，见陆羽回来就上床睡了，还以为他喝酒醉了，忙为他煮来一碗茶汤，但陆羽只喝了一口就放下了，然后就迷糊地睡去。朱大不敢离开，守着陆羽直到次日，看到陆羽仍然沉睡不起，知道陆羽不是醉酒而是病了，他有些心慌，连忙大声把陆羽唤醒，问陆先生你哪里不好，我去给你抓药？陆羽只把眼睛睁开了一下，摇摇头，又闭上了。朱大不得要领，只得守着陆羽，他坐在陆羽的床前，看着陆羽这两间空荡荡已显破旧的房屋，万分伤感，不由自己地说："陆先生，你过得太苦了！"朱大自言自语的这句话竟让昏睡中的陆羽清醒过来，他睁开眼睛，转头问朱大："朱大你说什么？"

朱大小心地说："陆先生，我是说你过得太苦了，你看你，年过古稀，无室无业，生了病，连个端茶送水侍候的人都没有，唉！"陆羽睁大眼睛看着屋梁片刻，脸上现出一丝微笑说："朱大，我值了！我有茶，有茶就有了一切！你知道吗？你去再给我煮一碗茶喝！"

朱大感叹着去煮茶了，陆羽仍定定地看着房梁，昏昏沉沉中，他的一生再一次如轻风一样从他的脑海里刮过——龙盖寺、施家戏班、火门山，访茶的经历，湖州的生活；智积师父、李齐物太守、邹夫子、崔国辅、刘长卿、皎然、颜真卿、季兰姐姐、婉娘、吴茶、施明亮班主、竹九公、洪青山、吴春、李复、朱放、皇甫昆仲、卢幼平、袁高、张志和、耿沛、潘述、李萼、权德舆、戴叔伦、孟郊、怀素……甚至还有金三村、田玉仙……不知不觉中，泪水淌满了他的脸，顺着皱纹的沟渠四处横流。

好久，他喃喃自语道："我得到的，比我失去的多得多……此生，真值了！"朱大煮好茶汤，来扶陆羽喝时，已经叫不醒陆羽了……

德宗贞元二十年（804），陆羽走完了他的人生之旅，病故于青塘别业。朱三老人的大儿子遵嘱将他埋葬在他生前选择定的地方,即皎然塔旁边不远的地方,与李冶的琴冢也不远,成为杼山的别样风景。他们三人,终于在地下又聚在一起了。他的许多遗物也一并随他埋入了地下——包括珍存的文槐书函。顾渚山村民、水口村的农人都来为他送葬,哭声在杼山经久不绝。

噩耗传出,刚从阳翟县令上辞官回丹阳鱼竿村皇甫曾的泪雨滂沱。皇甫冉也在几年前去世了,旧朋云散尽,皇甫曾也已经老迈了,哀痛至极的他和着泪水写了一首《哭陆处士》:

从此无期见,柴门对雪开。二毛逢时难,万恨掩泉台。
返照空堂夕,孤城吊客回。汉家遍访道,犹畏鹤书来。

在溧阳县做县尉的孟郊听到消息,当场大哭,直至昏倒在地。几年后,他同好友陆畅一起回到湖州,专程到杼山凭吊皎然和陆羽,写下了《送陆畅归湖州,因凭吊故人皎然塔、陆羽坟》,其诗情真意切:

森森雪寺前,白蘋多清风。昔游诗会满,今游诗会空。
孤吟玉凄恻,远思景蒙笼。杼山砖塔禅,竟陵广宵翁。
饶彼草木声,仿佛闻馀聪。因君寄数句,遍为书其丛。
追吟当时说,来者实不穷。江调难再得,京尘徒满躬。
送君溪鸳鸯,彩色双飞东。东多高静乡,芳宅冬亦崇。
手自撷甘旨,供养欢冲融。待我遂前心,收拾使有终。
不然洛岸亭,归死为大同。

后 记
生活在唐朝

一

此书的创作,首先得益于我的朋友——诗人、作家黎正光。

还是在2006年春节前夕的四川省作家协会年会上,我见到了久违的黎正光兄,交谈甚欢。他突然告诉我,他已创作出以反映远古黄帝元妃、发明栽桑养蚕的"先蚕"圣母嫘祖为题材的长篇小说,因为我是从事蚕业,而且也早有创作这个选题的想法,所以当他告诉我这个消息时,我很惊讶。三年后,他的作品《仓颉密码》出版了,引起了巨大反响。作为他的好朋友,我是无论如何都应该向他祝贺的。

当然,朋友写了的题材,我就不会去碰了。于是,黎正光向我建议写茶圣陆羽,这是他精心筛选的题材。我答应了下来,但那时我心里并没有没底。首先,我对陆羽的事迹所知甚少;其次,我并不好茶,对茶学所知甚微;此外,陆羽生活的唐朝衣食住行、典章制度都是十分重要,我也缺乏这类的知识。

从那以后,我就注意收集与有关陆羽和茶学的书籍研读为创作做准备。经过一段时间努力,我对陆羽有了大致了解。陆羽历经玄宗、肃宗、代宗、德宗四代,历史资料还是比较多的。在看完司马光的《资治通鉴》后,我又把关于这一时期的十四、十五册找出来重读,更是买下一套十余本的《中国风俗通史》,还买了相关茶学著作十余本,为本书创作打好了铺垫。

很幸运,在当年10月中旬,我来到浙江湖州参加了一个全国蚕学会议。湖州是陆羽生活时间最长的地方和最后归宿地,且湖州对陆羽的研究颇有成绩。会议期间,我得到了湖州市农业局蚕桑站马秀康副站长的帮助,在湖州陆羽茶文化研究会常务理事林盛有先生的陪同下,到杼山三癸寺、皎然塔、陆羽坟及城中的青塘别业进行了实地考察,并拜访了湖州陆羽茶文化研究会,得到张轩德副秘书长的热情接待,并赠送我多本陆羽研究的书籍和会刊。在该会上,我见到了茶文化研究专家丁文先生的《陆羽大传》,见有人已在我先写作,我写作陆羽的热情顿时减退。

次年,我通过行业朋友买到一本《陆羽大传》,拜读后感觉作者对陆羽和茶事研究颇深,但他是传记笔法,力求写出历史中的陆羽,这反倒增强了我创作文学中的陆羽的信心,但因忙于《中国蚕业史》四川部分的编写等种种因素,一直未能动笔。

2008年5月12日汶川特大地震发生后,在中华民族于大灾难面前体现的自强不息、顽强拼搏的抗震救灾精神的感染下,我的观念也在悄然改变。多少事,从来急,天地转,光阴迫。7月,我在电脑上敲下了《茶魂——茶圣陆羽》的第一个字。在此后的整个写作过程中,因为有黎正光的时时告诫和督促,我不敢有丝毫懈怠。

二

可以说,这是我写得最苦的一部书,其中的每一章每一节,对我都是严峻的挑战。

首先是对陆羽形象的定位。陆羽是个历史人物,但有关他的真实史料并不多。《全唐文》收有一篇真伪颇具争议的《陆文学自传》,《全唐诗》收有他的两首小诗,即《六羡歌》和《会稽东小山》,另有一些零星联句,还有就是从与他来往的文士所写的诗句中得一点鸿爪鳞迹。创作历史题材的小说,我掌握的原则是,在掌握资料的前提下,提练出人物的核心精神特质,以作为人物形象的基点和高度,既不偏离人物的人生梗概,又不能完全拘泥于具体的枝节,即在大的方面尊重历史,又在小处合理虚构,以创造新的文学形象。这不仅检点作家的史学修养,更考验作家的文学艺术功力。通过对资料的研读,我把陆羽定位为,由于特殊的经历,他是一个不求仕进而矢志茶业的普及,让饮茶从贵族的独享变成黎庶众生寻常生活的人,是个终其一生倾心为大众百姓造福的人。因此,在此书中,出于提炼和塑造人物需要,我在大的方面忠实于历史,而在许多人物事迹上或是时序颠倒,或是另辟蹊径,例如李冶之死就是如此。我写的不是历史的陆羽,而是文学的陆羽(包括与他交往的人),这点读者诸君是要明辨的。

其次是谋篇布局及情节发展。作为一个特定的人,陆羽有他生活的地域环境和人文范围,他们每一个人又有不同的个性和特点,他们互相影响,互相作用,由此推动情节的发展,这些都需要作者全面把握的。

再次是时代背景和风俗习惯的了解。人类的生活是不断演进的,各个时代有不同的衣食住行等风俗习惯,要写出特定环境中的特定人物,熟知当时的风俗习惯是其基本要求。而要写出茶业集大成者和为推动民族茶业发展做出重大贡献的陆羽,更需要掌握一定的茶业知识。

以上几点,都是需要作者阅读大量的书籍,更需要将其融会贯通。

因此,自从小说开笔以后,我就生活在唐朝了。每天徜徉在唐朝的天空下,沉浸在其具体的环境氛围中,和书中的人物一道生活,和他们一起欢笑,一起焦愁痛苦,他们的神态,他们的言语,他们的心思,都牵动着我的神经……现实的世界离我是渐行渐远,无关紧要了。每天面对的,都是新的开端、新的创造,并且,随着情节的推进,要不断翻阅相关资料,《资治通鉴》是我案头随时查看的书籍。有时候,数天写不出一个字,百端苦思不得其门而入。但是,我已没有退路,只能前行,唯有咬牙坚持写下去。

自从开笔写作此书后,我就没有星期天,没有节假日。我是利用业余时间写作,除正常工作上班外,我规定自己每晚完成500字,写作时间一般皆在晚上10—12点。虽然有时候绞尽脑汁写不出一个字,但有了星期天和节假日的弥补,基本上都能完成既定目标甚至超额,最多时有个星期天完成了5000多字。除此外,作为一名创作者,我每天还得保持一定的阅读量,读当代有影响的文学作品、文学评论,以及哲学、历史等方方面面的书籍,以期为写好作品提供滋养。

三

陆羽一生颠沛流离,经历坎坷,其中数次外出访茶更是吃尽了苦头。为了著成《茶经》,他的足迹遍布大江南北。

在创作中,我遇到的最困难的问题就是陆羽访茶时是否到过四川(唐时为剑南道)。陆羽访茶并没有文字记载,一些学者认为四川路途遥远,山高水险,推测陆羽是不会到那里的。但我认为陆羽是到过四川的。证据有二:一是陆羽在《茶经·七之出》中对剑南道八州产茶的排名肯定不是空穴来风;二是《图解茶经》一书排出了陆羽访茶的时间和路线:

754年,陆羽离开竟陵,踏上探茶之路。

北上义阳郡(今河南信阳一带)考察当地茶区。

经归州(今湖北秭归)转道襄州(今湖北襄阳)。

755年,抵达巴山峡川(今川鄂交界地区),发现两人合抱的大茶树。

峡州(今宜昌县)的虾蟆口,陆羽品尝到其水。

连续踏访彭州、绵州、蜀州、雅州、汉州、泸州、眉州等八州。

这就明确说明陆羽是到过剑南道的。唐初,剑南道的雅州蒙顶山所产的茶就很著名,黄芽、石花成为贡茶更早于顾渚紫笋茶,为写《茶经》,陆羽应该去那里察访过,虽然路途遥远,但以陆羽的意志和精神,千难万险是阻挡不住他的。不然,他在《茶经》中就不会对剑南八州的茶质作出广泛评介。因此,我是赞成陆羽曾到过剑南道访茶,并在书中也如此处理。退一步说,即或陆羽没到剑南,这样处理也不影响陆羽的人生走向和基本轨迹。

四

写作此书对我来说也是一次精神的洗礼,在创作过程中,陆羽的精神也时时在感染和激励着我,让我得以坚持写作下去。当在电脑上敲完最后一个字时,我顿感万分疲惫,犹如急水冲激的沙堆,一下瘫软下来。

关于此书的内涵与作品高下,全在书中,读者看过便能感知,见仁见智,由人评说,就不用本人饶舌了。再想多说几句的,还是参考资料。

　　如果把各类参考书籍摞起来,那是足有一人高的,如其一一罗列,便有掉书袋的嫌疑了。兹把主要的书籍点名如下:《资治通鉴》十四、十五册,《中国风俗通史》隋唐卷,《全唐诗》,《全唐诗外编》,《衣冠灿烂——中国古代服饰巡礼》,《茶经》,《茶道》,《茶书集成》,《齐民要术》,《茶苑撷英——"陆羽茶文化研究"论文选集》,《湖州茶诗》,《洛阳伽蓝记》,《宫闱文选》。还须一提的是陕西安康丁文先生的《陆羽大传》,它在资料的搜集上是下了大功夫的。读此书给我有两点启示:一是"不能那样写",即该书作者已经写了历史的陆羽,我就不能那样写了;二是"应该怎样写",传记作者完全忠于资料,概括提炼与合理想象薄弱了些,这是我写作的小说须回避而应另辟蹊径的。感谢《陆羽大传》对我的有益启示——尤其是茶学知识的学习和陆羽人生经历的借鉴,在此表示感谢。

　　还得感谢网络。此书的创作,网络给了我极大的帮助。陆羽到过的地方,很多我是没有去过的,也缺少这方面的书籍,值得庆幸的是,很多资料可以上网查找,这给我带来很大的方便。于是我借助网络,了解书中所涉及地域的特点、历史沿革、城廓布局、物产方言、风土人情,还有许多诗人的诗词歌赋等等,都能在网络上得到较好的弥补,大大丰富了本书的内容。

　　另有一点也要说明,因为陆羽的史料较少,但从与陆羽同时代的众多名诗人与之交往和所写诗歌的情况看,陆羽也是个饱学多识的文士、才华横溢的诗人,他应该有许多诗作,只是由于多种原因未能流传下来,出于情节发展的需要,作者就不揣冒昧,斗胆代他写了一些诗作,这是要为读者说明的,别误认为真是陆羽的作品而令作者汗颜。

　　末了,再次感谢好友黎正光,感谢浙江省湖州市陆羽茶文化研究会及张轩德副秘书长和林盛有常务理事,湖州市农业局马秀康副站长;更感谢四川省茶叶学会及刘以煌秘书长,浙江省湖州市陆羽茶文化研究会副会长、会刊主编张西廷先生对拙作的鼎力推介……你们对本书的倾力帮助,我都铭记在心,且让我叉手方寸,道一声:多谢了!

作者

2011 年 1 月 21 日